U0733490

望福人生

张正隆 /著

北方联合出版传媒(集团)股份有限公司

万卷出版公司

2014年 · 沈阳

ⓒ 　张正隆　　2013

图书在版编目（CIP）数据

人望幸福／张正隆著. —沈阳：万卷出版公司，2013.12（2014.4 重印）
ISBN 978-7-5470-2753-0

Ⅰ. ①人… 　Ⅱ. ①张… 　Ⅲ.①报告文学－中国－当代 　Ⅳ. ① I25

中国版本图书馆 CIP 数据核字（2013）第 196722 号

出版发行：北方联合出版传媒（集团）股份有限公司
　　　　　万卷出版公司
　　　　　（地址：沈阳市和平区十一纬路29号　邮编：110003）
印　刷　者：辽宁星海彩色印刷有限公司
经　销　者：全国新华书店
幅面尺寸：180mm×250mm
字　　数：450千字
印　　张：22.5
印　　数：10001—30000册
出版时间：2013年12月第1版
印刷时间：2014年4月第2次印刷
责任编辑：李英健　万　平　崔云全
装帧设计：刘萍萍
责任校对：于凤华
封面题字：冯大中
封面摄影：郭　韬
ISBN 978-7-5470-2753-0
定　　价：39.80元

联系电话：024-23284090
邮购热线：024-23284050
传　　真：024-23284448
E－mail：vpc_tougao@163.com
网　　址：http：//www.chinavpc.com

目 录
CONTENTS

一

一方水土

YIFANGSHUITU

—— "东北第一人的故乡" ——

"中国有个辽宁省，辽宁省有个本溪市，本溪市有个本溪县，本溪县有个山城子公社，山城子公社有个部队家属院，家属院有一家人，爸爸叫×××，妈妈叫×××，儿子叫×××，女儿叫×××。"

这是 1977 年后，我的两个孩子陆续来到这个世界，我的妻子哄拍他们睡觉时说唱的摇篮曲之一。

那时，我这个地地道道的本溪子弟兵是驻本溪某部炮兵团三营指挥连副指导员。部队营区在大山沟里，前面就是如今大名鼎鼎的庙后山，部队家属院在山前山坡下。东侧一墙之隔，是山城子公社中学，我的妻子在学校当教师。西侧院外，是公社（或大队）的石灰窑，山上是采石场，炸下石头烧石灰。通常下午四点来钟，"放炮了！""放炮了！"在院子里玩耍的孩子，闻声就往回跑，大人也赶紧跑出去，老鹰叼小鸡般把孩子抱回家。轰轰隆隆一阵子，有时就听到房顶上瓦片被砸得噼里啪啦响。

一天中午，妻子那个班的几个男生去山上玩，发现采石场被炸得裸露的岩石间有个洞穴。进去瞅一阵子，也没什么特别之处，随手捡了几块石头。妻子见了，觉得有点像动物化石，拿去给生物老师看，也说像。其他老师也说不像一般的石头，应该向公社有关部门报告一下，说不定会有什么发现。

约莫一年多后，家属院每天都要提心吊胆一阵子的人们突然发现：这采石场挺好的，怎么不放炮了呀？

县市省和国家有关部门，曾四次来庙后山采石场考察。中国考古界泰斗贾兰坡也来了。先后挖掘出土 72 种哺乳动物化石，其中人类牙齿化石 4 颗，小孩股骨化石 1 块，还有人工打制的石器、骨器，并发现用火遗迹。而人类牙齿和股骨化石，经铀系法测定，为东北地区发掘已知人类化石中最早的，距今约 50 万年，是与著名的北京周口店人几近同时期的史前人类。

这里竟是"东北第一人的故乡"！

石破天惊。

50万年前的亚洲大陆、东亚地区、辽东地区,气候环境与今天显然不可能一样。而无论有多大差异,古老的庙后山人,为什么要选择这里作为自己的家园呢?

东西走向的庙后山,向西迤逦到采石场那儿,已成尽头。西面为山城子公社(如今为县城小市镇一行政村)所在地山城子大队,再向西是南向通往笔者出生地草河口镇的小(市)草(河口)公路,被公路和同样南北走向的大山挟持的汤河,依山势向北流淌,注入十多公里外的太子河。

庙后山人依山傍水,拥有今天的本溪人一样的山水家园。

远在31亿年前的太古时期,这里原本是蔚蓝色的大海汪洋。之后,经历了用"漫长"难以形容的元古界、中生界,地壳升降,海陆交替,约在3000万年前形成了今日本溪地区的地形地貌。再后来,仿佛弹指一挥间,庙后山人的身影,就出现在这片山水之间。

那时的辽东山区,气候温暖湿润,森林茂密,遮天蔽日,今人想象得到和想象不到的水牛、犀牛、三门马、肿骨鹿等,在山林里追逐、徜徉、嬉戏。因几十公里外四季喷涌不息的温泉而得名的汤河,河面少说也漫过今天的小草公路,水丰鱼肥。"棒打狍子瓢舀鱼,野鸡飞到饭锅里",那时没锅没瓢,却有充足的食物来源,非常适合渔猎生存的庙后山人,当是无疑。

后来气候变冷,水量减少,茂密的森林被混交林和针叶林取代,庙后山景象与前大不相同。这个过程持续约10万年,气候又有回升,植被得到一定程度恢复,渐次成了今天的样子。

庙后山出土两颗疑似剑齿虎化石。剑齿虎与熊猫属同时期生物,前者早已灭绝,如今也很幸运的憨态可掬的后者,则不远万里地迁徙,在川陕的大山里寻到了宜居地。

笔者1975年结婚,就在这庙后山下有了自己的第一个家,也是这辈子有热炕头的最后一个家。在这"东北第一人的故乡",与庙后山古人为邻,生活了7年。在知晓这一切的3年间,大雪飘飘的季节,躺在如今早已不习惯了的热炕上,听窗外林涛吼叫,想着沧海桑田,眼前就现出侧后方山上直线距离不过200米的那个天然洞穴里的火光。

无论那4颗牙齿属于几个人的,那洞穴又是多么狭小,在那种让人想到开天辟地的洪荒世界,他们都应该是相当数量的一群人。他们必须依靠群体才能生息、繁衍。狼熊虎豹是随时需要面对的,天灾病祸则可能将一个族群灭掉。频发的地震、海啸,让曾经自以为"人定胜天"的现代人,领略了人类在大自然面前是多么屡弱、渺小,庙后山人那就更加无助、不堪一击了。

依据出土化石和植物孢粉,考古学家只能大体描摹庙后山人的生活形态,更多的依然是谜。每天，当军营吹响起床号，社员家升起缕缕炊烟，谁能想象得出庙后山人的那些生活细节？那洞穴里生息的是什么样的族群，或者家庭？谁知道连绵的辽东大山中，哪座山的哪道皱褶里，封存着比庙后山人还久远的人类信息？他们从哪里来，又去了何处？抑或就永远消失在这莽莽大山里了？

比之今人，远在旧石器时代早期的庙后山人，无论生活条件多么艰苦、恶劣，毫无疑问，他们都是为了求生活、求幸福来到这方水土的，而且果真幸运地寻到了一方福地宝地。

就像我的爷爷的爷爷，道光年间从山东过海闯关东，来到这辽东大山里落脚一样。

高句丽第一王都

传说扶余国王金蛙，在优渤水旁见一美女柳花，是河伯的女儿。柳花说她出游鸭绿江，与自称天帝子的解慕漱私通，被父母贬谪于此。扶余王将柳花纳为侍妾，关于宫中。那房子好像没有窗户，阳光却总能照在柳花身上。忽有气团从天而降，柳花因此怀孕，后来生一大卵，重约五升。扶余王将大卵喂狗，狗不吃；扔给猪，猪不吃；丢在路上，牛马见了，远远避开；最后弃之荒野，一群鸟儿飞来，用翅膀呵护大卵。扶余王挥刀便砍，想看看是何怪物，那刀却不能伤其分毫。扶余王惊骇，将大卵还给柳花。柳花将其包好，放置暖处，一日大卵破裂，现一男孩，就是后来的高句丽第一代国王朱蒙。

传说归传说，史实是扶余国为中国东北古代少数民族建立的一个地方政权，王都扶余城，位于今吉林市南山城子古城。扶余王子朱蒙，"骨表英奇"，才能出众，却因庶出，屡遭陷害，遂出走避难。一路辗转南下，来到卒本川，见这里"土壤肥美，山河险固，遂欲都焉，而未遑作宫室，但结庐于沸流水上居之。国号高句丽，因以高为氏"。

本溪市博物馆副馆长梁志龙说，卒本川位于今本溪市桓仁满族自治县境内，应是浑江水库淹没区的原高丽墓子村。

朱蒙建立高句丽王国的时间，为西汉元帝建昭二年（公元前37），朱蒙时年22岁。

4年后，又建立了山上都城纥升骨城。

这个纥升骨城，就是2004年被列入世界文化遗产名录的高句丽第一王都的五女山山城。

传说古代有五位烈性女子，屯兵山上，杀富济贫。官兵来攻，五女不支，官兵劝降，五女拒之，终皆战死，由此得名五女山。有人考证，高句丽初期，桓仁地区又称"卒本扶余"，"五女"可能是"扶余"的音变。

关于朱蒙在五女山上建筑都城，《旧三国志》以一种神幻的笔法写道："七月玄云起鹘岭，人不见其山，唯闻数千人声，以起土功。王曰：'天为我筑城。'七日，云雾自散，城郭宫台自然成，王拜皇天就居。"

五女山位于桓仁县城东北8.5公里的浑江右岸，海拔820米，雄峙于群山之间。主峰在山半腰处突兀而起，四周崖壁如削，挺拔陡峻，高逾百米，非猿猴不能攀援。专家考证，五女山山城城墙全长4754米，这种陡立崖壁的天然屏障长4189米，其余为人工砌筑的城墙，仅占总长的12%。也就难怪《旧三国志》中记载，朱蒙兴奋地大呼："这是上天为我筑的都城啊。"

山城分山上、山下两部分。山上部分即是大致平顶的主峰顶部，南北长600米，东西宽在110至200米之间，为古代人类活动的主要区域，城市遗迹大都分布这里。已发掘考证的，主要有一、二、三号大型建筑，兵营，哨所，居住遗址，蓄水池，瞭望台，西门和一、二号防御墙等。山下部分位于山城东部、北部和东南部，多为平缓坡地，主要有南墙、南门、东墙、东门、哨所等遗迹。

毫无疑问，这是一座军事色彩强烈的山城。山上为都城，山下应是禁卫军驻地，周边地区还分布着一些山城，像西面的桓仁高俭地山城，东面的集安霸王朝山城，南面的桓仁城墙砬子山城、瓦房沟山城，西南面的宽甸小城子山城，北面的新宾黑沟山城。这些山城据山临水，扼守通往都城的交通要隘，每逢战争，互为掎角，彼此呼应，拱卫王都。

高句丽原为本溪先民貊人的一支，汉时形成5个较大的部落，占据老大地位的是今桓仁及附近地区的涓奴部。涓奴部地近汉朝辽东郡和玄菟郡，受中原文化影响最为便捷，也最发达。朱蒙建立高句丽政权后，使用中原货币和铁器，经常从玄菟郡领取汉朝官服，并凭借实力向周围拓展疆域。公元5世纪初，势力已发展到太子河流域，本溪地区全部被高句丽占领。唐高宗总章元年（668），在唐和新罗联军打击下，高句丽政权灭亡。

朱蒙十九年（公元前19年），朱蒙去世，年仅40岁。

太子类利继位，史称玻璃明王。类利娶两位美女，一位禾姬，高句丽人；一位雉姬,汉人。两人争宠,经常吵闹。一次两姬又吵,雉姬出走,类利去追,百般劝归,雉姬不从。回宫路上,类利苦楚,歇息树下,见树上黄鸟双飞双落,吟诗一首:

> 翩翩黄鸟,
> 雌雄相依,
> 念我之独,
> 谁其与归?

这是东北地区的第一首古诗,《诗经》的影响显而易见。

玻璃明王二十二年(公元 3 年)秋,高句丽国都由纥升骨城迁至国内,同时在国内修筑尉那岩城。国内即今吉林省集安市,尉那岩城即今集安市丸都山城,为高句丽第二王都。

朝鲜民主主义人民共和国的首都平壤,为高句丽第三王都所在地。

牧歌与鼓角

1987 年后,在本溪的母亲河太子河上游,陆续发现新石器时代的人类遗迹——墓葬洞穴。

本溪满族自治县南甸镇马城子村,太子河南北两条支流在这里交汇后,一路远去注入辽河。河畔台地岩洞中,出土 4118 件文物,陶器以筒形罐为大宗,农具以亚腰石铲和有尖石铲最具特色,渔具有网坠、骨鱼镖、兽角,衣饰有麻纤维织物,还有石串珠、骨坠、牙坠,以及青铜短剑等,都是随葬器物。男性随葬多为石斧、石锛、石铲,女性多见纺轮。流行火葬,老年男性多葬于洞内中央,女性、孩童葬在洞壁处。早期不见墓圹、葬具,后来有了石块或石板垒砌的石圹,年代距今 5000 年左右。

庙后山出土的草鱼、鲤鱼脊椎化石,证明冬暖夏凉的洞穴,是人类的天然房屋、居所。而马城子的洞穴,则明明白白成了墓地。

历经了近 50 万年迄今无迹可考的断代,毫无疑义仍然生生不息的岁月后,依然逐水而居，家园已成墓地——这方水土上的我们的先人，已经走出洞穴，不再赤身露体了，社会也开始了比较简单的分工合作。

建筑被现代人称作"城市的服饰"。马城子的"服饰"原始、粗糙，就像马城子人身上那种纯粹意义的服饰。这是氏族公社的原始部落，茅草屋搭建在岸边台地上，鸡鸣狗吠，孩子们在阳光下嬉闹。炊烟袅袅，纺轮旋转，一把火烧光树丛腐叶，石铲的尖端插入春风吹润的土地，播下秋天的希望。日出而作，日落而息，伴着太子河不息的涛声，两岸一曲男耕女织的田园牧歌。

洞穴内随葬的鸡狗猪鹿的骨骼，表明渔猎已不再是庙后山人单纯的生产方式，裕余的猎获物已被驯化为家畜家禽了。如今高楼耸立的本溪市大峪，当年是个叫"打鱼"的村落。直到20世纪的30年代，本溪还有以渔猎为生的渔民、猎人。

石串珠、动物牙齿、骨头打磨、串联的饰物，并非女人的专利，一样在劳作的汉子们古铜色的胸膛上摇坠、闪亮。

专家考证，马城子出土的青铜短剑，最初也只是一种饰物，后来才有了好像是原本面目的征战杀伐功能。

没办法，战争也是必须面对的生活——就像我们今天的这个世界。

以马城子文化为代表的本溪先民，已经有了一个明确的族称："貊"，又称"梁貊"。

最早见于文字的，是《诗经·韩奕》："王锡韩侯，其追其貊，奄受北国，因以其伯。"

《山海经·海内西经》载："貊国，在汉水东北，地近于燕，灭之。"

倘是在一望无际的平原或者戈壁荒滩上的孤城，大军四面围定，很可能就干脆利索的两个字——"灭之"了。可在这辽远的层峦叠嶂的大山里，别说冷兵器尚不发达的西周时期，就是今天开进一支多么现代化的军队，也是难以"灭之"的。

难说貊人在选择这方水土为自己家园时，可曾有军事上的考量、目光，"山高皇帝远"则是客观存在着的事实。

沿太子河上行，两岸岩壁和山坡上，不时可见大小不等的洞穴。包括马城子，那些留存人类遗迹的洞穴，距河面的垂直距离，高者百米左右，最低的也在25米以上。生者与逝者，都不希望被脚下喜怒无常的一川洪流打扰，应该没有疑义。可在一些现代人都难以攀登的高山上，像南甸镇才窑村海拔500米左右的"放牛洞"，以及因各种原因被当地村民冠名的"老虎洞"、"獾子洞"、"蝙蝠洞"等也成了貊人的家园和墓地，又该做何理解呢？

本溪地处辽东山区，东南背倚长白山脉，西北面向辽河平原，行政上归燕国管理的貊人小国，远离统治中心，峰岭堆叠，山水阻隔，又拉大了这种距离。被山水滋养得剽悍强壮的貊人，遥望比较发达的平原地区，不知是否直咽口水，以及有所动作。而统治阶级一旦感到来自辽东大山里的威胁，这万山丛中就免不了刀兵。少数民族装备落后，倚仗之一就是老天爷、土地爷赐予的优势。

如今被本溪人称作"父亲山"的平顶山，所属两县之一的桓仁满族自治县被列入世界文化遗产名录的五女山，证据确凿，当年都是山城。现成的悬崖峭壁，垭口处石块垒墙，东北古代少数民族高句丽人在山顶筑城建堡，居高临下，凭险据守。

辽东大山里的这方水土，并非一曲田园牧歌的独奏。即便是庙后山人时代，那洞穴里出土的人类化石，不能排除生老病死或者某一个晚上被猛兽攻击所致，就能排除是另一个族群抢夺地盘的杀戮吗？

"瘸子打围——坐着喊"，本溪人管打猎叫"打围"。河北省有围场满族蒙古族自治县，清朝设的"行围狩猎"的木兰围场。"围猎"却并非清人专利。貊人、庙后山人迂回、包抄，将猎物围堵起来，然后呐喊着投石飞镖。而这回的围猎对象，是和自己一样的人了。在刀光剑影的鼓角声中，貊人从洞穴中出击、袭扰，崇山峻岭中的游击战。眼见力不能支，就扶老携幼，翻山越岭而去，再寻一方生活的空间。

在经历了《山海经·海内西经》记载的"灭之"后，辽东大山里的貊人小国，成了东北另一个逐渐兴起的少数民族，原为貊人一支的高句丽的从属部落。

当滔滔黄河把中原文明滋养得光华灿烂时，太子河中上游的本溪先人，好像还藏匿在大山深处缥缈的岚霭里。一个生疏的"貊"字，让笔者请教专家，又查字典。而专家学者也只能从一些历史碎片中，去连缀、倾听他们的步履、足音。

比较明晰点的，是从明代开始——《本溪市志》的大事记，开篇就是"明洪武十三年"。

正统七年（1442年），一条边墙从辽西起步，向东北逶迤到开原，再向南伸展。到成化十七年（1481年），历经39年，抵达鸭绿江畔。边墙全长1040公里，在本溪境内约70公里。或石墙，或土墙，或石垛墙，或劈山墙，龙蛇般在崇山峻岭间游走，至今仍清晰可见。没有孟姜女哭倒长城的传说，有的是明王朝对来自北方袭扰的忧虑、关切和不惜代价，也预示了这方水土的战事。

仅仅一条边墙是远远不够的，还有城堡、墩台。所谓墩台，即烽火台，圆者为墩，方者为台，五里为墩，十里为台，派驻官军。发现敌情，昼则狼烟，夜则举火，烽火相传，大山里即鼓角连天。城堡就是重兵驻守的军事重镇。像今天本溪境内的清河城、草河城、碱厂等，带"城"不带"城"的都是当年沿边墙一线兴建的军事城堡。后面将会具体写到，今天的许多村镇，就是因此而生的。

边墙筑毕后的第一场大战，是清河城之战。

万历四十六年（1618年），后金首领努尔哈赤誓师伐明，四月攻陷抚顺，七月入鸦鹘关（今新宾满族自治县苇子峪乡），兵临清河城下。清河城北近沈阳，南邻瑷阳，西连辽阳，为明代辽东的重要军事屏障。守将邹储贤严防死守，同时大举烽火，并派人飞马去辽阳辽东总兵衙门请求援兵。城内守军约五千五百人，另有几千百姓参战，城上火炮、弓箭飞射，滚木礌石齐下，后金久攻不下，伤亡颇重。努尔哈赤派抚顺降将李永芳劝降，并许以高官厚禄，被邹储贤严词拒绝。后金军头顶木板，在东北角拆砖挖城，又将后金军尸体堆叠起来，奋勇攻击。明军援军不至，火药、箭矢、滚木礌石殆尽，苦战两日，城破。

之前，这座辽东军事重镇，也是明朝与女真、后金的重要经济贸易集镇。隔道边墙，鸡犬之声相闻，人们友好往来，互通有无，主要"易米、布、猪、盐，无马匹"。但因开头交易物就是马匹，故一直称作"清河马市"，名传遐迩。这回一场血战，邹储贤及兵民约万人，几近杀绝。

明史载："清河既失，全辽震动。"

一年后，就是著名的萨尔浒大战。

清河城破，明廷震怒。翌年二月，派辽东经略杨镐督师8.8万，东西南北，兵分四路，杀奔后金都城赫图阿拉（今新宾满族自治县境内）。天才军事家努尔哈赤"任你几路来，我自一路去"，集中优势兵力，各个歼灭。三月初一、初二，西北两路军被歼；东路军主将刘綎全然不知，挥军疾进，初三在瓦尔喀什（今桓仁满族自治县铧尖子地区），被后金军伏击。东路军2.8万人，其中有朝鲜军1.3万人，或亡或俘，全军覆没。

努尔哈赤在清河城开了屠城先例，这回允许对手投降，并指定地区，让其居住生活。如今庙后山后三公里左右的朴堡村的朴姓，据说就是当年投降的朝鲜军后裔。

老县长章樾

清兵入关后，远去了刀光剑影，暗淡了鼓角争鸣，这方水土应该是田园牧歌的旋律了，却是长达二百年之久的封禁。

清王朝将东北视作"龙兴重地"、"祖宗肇迹兴王之所"，严禁其他各族人入内，以防破坏"龙脉"，并为此修筑柳条边。

从顺治年间（1644年至1661年）开始修筑的柳条边，大体沿袭了明代边墙的走向，顾名思义，是柳条唱了主角。将土堆成高宽各三尺的堤墙，上面每隔五尺插柳一株，每株间用绳将柳枝横向连接，所谓"插柳结绳"。堤墙外侧，再挖出深八尺、宽八尺左右的壕沟，就成了"柳条边壕"，通称"柳条边"。

官兵守卫是必须的。只是长达1500公里的柳条边，仅设16个边门，本溪境内只有一个碱厂边门。所有满、汉人等，一律搬到边内居住，边外见人就抓，见房就烧。清初学者杨宾在《柳边纪略》中说："有私越者，处爬边城口罪必置重典。"

从天气预报到汽车牌号，辽宁14座城市，本溪排名第五，辽阳第十一。可辽阳从汉代起就州哇府的，本溪直到光绪三十二年（1906年）设县前，还没个名称，属辽阳管辖，叫"辽阳东山"。这等模糊的概念，已尽显这方水土的荒莽，人迹罕至。如此这般再一封禁，这辽阳东边的大山就更荒凉了。

只是明朝实实在在的边墙，尚且阻挡不了人往高处走的脚步，又该如何评说这柳条边呢？是不是有点像中央电视台那"动物世界"中的雄性抬起一条后腿，在自己领地周围的树丛浇上尿液："这地界是我的了，谁也不准来了！"

清兵入关，中原战乱。那里本来人多地少，逢上天灾人祸，人们活不下去了，怎么办？闯关东。山东人多走海路，山西、河北人在地平线上跋涉。官军封锁，饥寒交迫，还有打劫的胡子（东北人管土匪叫"胡子"），一个"闯"字道出了闯关东人怎样的艰辛，和求生存、奔幸福的欲望？

东北原本地广人稀，加上大量兵丁家眷"从龙入关"，当时约占全国面积1/5的东北，人口只占全国的0.1%左右，平均每平方公里还不到两个人。田园荒芜，城堡废弃，周边还有人觊觎这方宝地，倘若被这等人动了"龙脉"，那就更不得了了。

顺治十年（1653年），清政府颁布《辽东招民开垦令》，竭力鼓励闯关东。能招得百人者，愿意当官，自愿选择，文授知县，武授守备。招得60人以上而未满百人者，文授州同、州判，武授千总。50人以上而未满60人者，文授县丞、主簿，武授把总。如果招得人众，每增加百人，再官加一级。具体到农民，也有优惠政策，每人月供粮食1斗，每垦荒1垧给种子6升，待秋天收获后偿还，每百人还借给耕牛20头。5年后调整政策，不再拘于招得人数，而以开垦耕地面积多少授官，更加实际、有效。

人迹罕至的辽东大山里，官帽纷飞，也算一景了。

从封禁到招垦，拆除这人为的樊篱，清政府有些急不可待。其实，从一个极端到另一个极端，无论貌似多远，有时只是一步之遥。

辛亥革命后，许多满族人改名换姓，以隐瞒满族身份。而本溪作为清王朝的重要发祥地之一，一方水土养一方人，从关内来的汉人渐习满俗，成为满族。

如今，本溪市所属的本溪、桓仁两县，都是满族自治县。

史书没有记载招垦令后的本溪地区，有多少知县、守备，以及州同、县丞、千总、把总等等。有多少也只是拿同品官员俸禄的虚职而已，真正实打实的知县是章樾。

章樾，河南祥符（今开封）人，道光二十七年（1847年）出生，监生，入选京师国子监，学后任湖北省郧县知县。光绪二年（1876年），任桓仁设治委员，后任桓仁县首任知县，也是本溪地区有文字记载的第一位知县。

桓仁县原称"怀仁"，取"仁人辈出，令人怀念"之意。这县名当然要报请大清国有关部门批准了。37年后，已是民国三年了，管这事的内务部突然发现，山西省还有个怀仁县。就算双胞胎也有个先来后到，更不能重名啊？而那个怀仁县远在辽代就有了，于是这辽东大山里的怀仁，就更名为"桓仁"。

章樾刚到桓仁时，其官衙就是浑江边上的几间茅草房，那模样跟附近的民居差不多。

元末明初，桓仁地区是一望无际的原始森林。后来人烟渐多，刀耕火种，林木渐稀。二百年封禁，草木肆意生长，又一派原始的荒莽。章樾在《初建怀仁县碑记》中写道："封禁久严，鸟兽充牧，绝巢窟而野无居人。"全县近6000平方公里，只有违禁进入的26531人，还包括了今吉林省集安县1/3的地界，且为人烟稠密地区。按照今天桓仁县的面积，每平方公里仅为0.2人。就是在这等荒凉地区，章樾划分政区，修筑县城，疏通驿道，设立渡口，等等等等，一张白纸，万事开头难。

后来就有了古今城市建筑史上的奇观——桓仁八卦城。

首要的是县城选址，章樾请来东边道尹陈本植。今人常用"走遍了××的山山水水"，来形容一方官员勤政爱民。陈本植不仅如此，还精于堪舆之术，不然章樾也不会请这位自己的上级首长干这活。这位业余爱好研讨易学的道尹大人，站到浑江边的元宝山上，眼见一条浑江在五女山下盘桓环绕，山水间一幅惟妙惟肖的天然太极图形，不知他可曾惊呼"天意"，就把城址选在了太极图的阳极上。依据"太极生两仪，两仪生四象，四象生八卦"，将桓仁县城形状定为八边形，即"八卦城"。

光绪五年，春暖花开，已经修好的东南两面城墙，轻者开裂散落，重的已经坍塌。究其原因，一是墙基不够深，经不起严寒，化冻后基础沉降，墙体酥散。二是这辽东大山里土质肥沃，却松散、黏度低，不像关内那样结构严密，既可夯墙，又能挖窑洞。要使城墙坚固，一要加深加宽墙基，二要用石块构筑墙体，中间夯以黄土、碎石。

这是辽东大山里有文字记录的第一次筑城，章樾一介外来书生，居民几乎都是违禁奔来讨生活的灾民穷人，谁懂啊？

重新盘算，省之又省，还得增拨白银2.2万两。

各地向朝廷申报工程项目银两时，多有虚假不实的作弊行为。桓仁原来申报的1.8万两白银，险些被主管财政的户部减缩，这回再增加2.2万两，翻了一倍还多，岂不难上加难？章樾在报告中据实而书，并说："请拨4万两白银，实在不能再节省，如朝廷认为筑城购材料价格有误，户部可派人来此登记造册，检查每项支出是否有错。"东边道尹陈本植和盛京将军崇厚，深知章樾其人，帮助运作，终于如愿。

上世纪70年代后期，笔者现在居住的城市兴建的一些公共设施，改革开放后曾颇收社会效益。当初主张搞这些项目的一位领导人却受到处分，错误之一，是"大搞楼堂馆所建设"。近些年来城市、道路建设，贪腐官员前仆后继，国人尽知。而章樾为后人留下一座天人合一、千古奇观的八卦城，还破天荒地在大山里修筑道路，没往怀里揣一分一厘银子。

影视里古装戏的县太爷，出门一顶吱呀作响的轿子，"肃静"、"回避"两块虎头牌引路，还有衙役在前鸣锣开道。章樾来桓仁，绝对不会乘轿，连走马上任都不曾。

辽东大山里最早的道路叫"滴台道"，桓仁境内有12条，有的上世纪60年代还在使用。所谓滴台道，就是上有悬崖，下临深水，在岩石间隙处形成的高低不平小道。一条浑江在大山里盘绕，人们逐水而居，不能跨越，要想去外面的世界，就只有这滴台道。有些路段，像"江界石"、"马鞍石"、"倒贴画"，要手脚并用，爬立交替，走挪结合，才能通过，让人想到今天的健身运动——攀岩。

不知道设治委员章樾来桓仁走的是哪条滴台道，反正是一眼就窥准了桓仁的发展之道。建城计划启动后，即开始筹划劈山修路。

改革开放初期有句话："要想富，先修路。"章樾在《修大岭记》中说的是"民以钱镪病，农以税赋病，官以催科病"，其原因是"数岭限之也"。强调"万事之急，莫过于修岭"，"开岭是为便民，便民是为了通商，通商是为了收赋税，不此之急，将焉急乎"？

这位日夜操劳的父母官，对劳苦百姓满怀同情之心。他在《初建怀仁县碑记》中写道："民工雇以胼胝，挥血汗兮堪怜。"在《修大山岭记》中则说："今则迫容缓者，庶几一劳永逸，故不敢息吾民也，然又未始不心悯其劳也。"

章樾力排众议，亲自指挥，各保（村）分工，限定时间，全凭原始劳作，凿岭开山，修通一条从县城至沙尖子码头65公里长的马车道——这就相当于今天的高速公路了。

"万事之急，莫过于修岭"——走进这大山里的人们，还须走出这峰岭阻隔的大山，才能到达想要到达的彼岸。

走出大山——直到今天，这不仍是本溪改革开放的重要主题吗？

头戴顶子，脚蹬朝靴，身着七品官服，前后各一补子，上绣飞禽走兽和海水江崖。一张布满风尘的脸上，神态安详、凝重，目光投向峰峦起伏的大山，好像还在沉思这方水土的发展方略、幸福之途。

这是矗立在桓仁县城章樾公园的章樾雕像。整块花岗岩雕像高5.1米，寓其在任5年又1个月，基座高1.877米，意为1877年到桓仁履职。基座前镌刻"章樾"两个大字，后面为其传略，左右两侧是他著书的《劝农四季歌》。

《桓仁县志》称：自设县以来，"在任、重任知县24人次，其中为民谋利造福者寡，平庸为官、殃民谋私者众"。

而本溪地区第一位县长章樾，勤政为民，廉明奉公，以其睿智的手笔造福一方，令万民传颂，万世敬仰。

山里号子

原为黑龙江省省长、"文化大革命"中最早被打倒的"走资派"李范五，其祖父不知什么年代闯关东，来到黑龙江省穆棱县（今穆棱市）八面通的狍子沟。抓把土，那土肥得冒油啊。正赶上官府"放荒"，就用嫁姑姑得到的一点钱，买了几十垧生荒地。说是买，其实你就甩开膀子刨去吧，一马平川的大平原，刨多少地都是自己的。世世代代将土地视作命根子的庄稼人，就给山东老家的亲戚朋友捎信，就像改革开放之初"此地钱多人傻快来"一样，人们就陆陆续续奔来了，李范五家就成了当地有名的"大粮户"——那时还没有"地主"这个称谓，起码民间没有。

我的爷爷的爷爷，即我的高祖父，当年来到如今为本溪与丹东界山的弟兄山碾子沟，那土地也肥得流油哇。高祖父扑通跪倒咣咣咣三个响头：就这地界了！

我的爷爷和爷爷的爷爷，没有实现那个"大粮户"的梦想，却也不再为肚子愁苦了。而那些如愿以偿的人们，反倒愁苦、郁闷起来。

八面通，听听管辖狍子沟那个小镇的名字，就让人心头敞亮。一望无际的三江平原，方方面面都可以自由进出，最关键的还是一条东西横亘的中东铁路。向东出绥芬河是俄罗斯，向南直通大连出海口，西南过山海关又进了关内，一下子就把世界拉近了，庄稼人有多少粮食你就卖吧。直到今天，这里还是出口俄罗斯农产品的重要出产地。

除俄罗斯外，这辽东大山与大连和山海关，直线距离近多了，关山重重，却把那空间拉得远远的。大山里也聚拢些镇子，也有些被称作"买卖家"的粮栈之类，可山里人只要舍得出力气，谁家缺粮啊？可以饲养畜禽，可以造酒，天寒地冻，山民好酒，又能喝多少？还有山珍野味的山货特产什么的，都得有销路哇？可在这大山里，你卖给谁呀？

"老少边穷地区"这句话，现在已经没人讲了。其实，革命老区、少数民族地区、边疆地区大都少不了个"山"字，"山区"几乎已成贫困地区的代名词。可这辽东大山里富呀！但那又能怎样？

这里因煤铁而注定要兴起一座城市，本溪就注定是座山城了。只是由于历史的久远和规模之大，"山城重庆"早已名声在外，再加上山大沟深，"山城本溪"就有种"藏在山中无人识"的意味。而本溪人谈起自己的家乡，从来都是毫不含糊的"山城本溪"。

笔者活了六十多岁，到处采访，虽未出国，也算见识些祖国的大好河山。比如红领巾时代就听闻的甲天下的桂林山水，名不虚传，极具特色，让人眼前一亮。只是比起辽东的大山，不光普遍矮一头，那些几近独立在旷野上的山头，更能让人想起女性的乳房。而辽东的山则是雄性的，高大、威猛、险峻、雄奇，山连山，层峦叠嶂，也就把山里山外阻隔了。

一路闯关东，也算见了些世面，繁华热闹的市镇，挂着各种式样幌子的商铺，骑马的坐车的衣着光鲜的男女，让他们觉得可望而不可即，潜意识里甚至还有几分推拒。像我的祖辈一样，奔来这辽东大山里的人，大都是土里刨食的人，他们的梦在土地里。可是，当他们终于填饱了那个世世代代都难以填饱的肚子后，就有些不大安分了，本能地开始向往、追求下一个目标了。

人望幸福树望春——这原本就是一代代人的生命主题。

可他们只能在大山里遥望外面的世界。

一条驿道，又称贡道，从元朝首都大都（今北京）至辽阳，在连山关进入本溪境内，向南几十公里后经丹东过鸭绿江，就是朝鲜了。用今天的说法，这是一条国际驿道，朝鲜每年朝见中原王朝君主的使节，中原王朝赏赐朝鲜的礼物，在驿道上往来。沿途设有驿站，连山关驿站编制驿丞一人，驿丁三百多，有驿舍接待往来官员。在那种年代，也该算得个县团级单位了吧。

有关的是驮道。

章樾说修道为便民、通商。本溪地区有记载的最早的这条驿道，与此无关。

《山间铃响马帮来》，是上世纪50年代的电影，今年春天中央电视台又播出一部同名电视剧。云南人叫"马帮"，辽东人叫"驮子"，两个名字，一个意思，都是用畜力在山里进行贸易运输。所谓驮道，就是驮队往来的山道。

这是连接山里山外的最初的贸易通道，是人踩马踏出来的自然道路。选择可行又较便捷的方向，在山里起伏盘绕，有的就是那滴台道，或者利用一段滴台道。这样的驮道，清末、民国初期，桓仁境内有11条，本溪略少些。本溪驮队奔辽阳，叫"下辽阳"，桓仁主要"下安东"，即今天的丹东。

这种驮道，除了人力，也只有劳累骡马驴了。

骑马有鞍子，驮货有背架，有圆架和三脚架，后者用作民间托运东西，前者为驮队专用。骡马通常驮货150至200公斤，驴不足百，休息时将货卸下。出山主要驮粮食，进山为日用百货，那粮食几乎全是大豆。金灿灿的大豆，几乎是山里人唯一能够用来换钱的东西。

本溪人管赶车的车老板叫"车伙子"（伙音huō），赶驮的就成了"驮伙子"，驮伙子有个跟包的。一个人最多赶3套驮子，一个驮队少则十几套驮子，多则几十，在山里一溜行军，也挺有气势。驮队头领叫"驮爷"，到哪儿都被视为"上客"（客音qiě）。一路上山高水险，还有关卡和抢劫的胡子，一切全凭驮爷指挥调度，稍有差池就可能白跑一趟，甚至赔本，不是随便什么人都能"爷"起来的。

有八十多岁见过驮队的老人说，先是驮铃声，接着是人踩马踏山路石头嘁里啪啦响，驮队就从山里过来了，堡子里的人出来"卖呆"（看热闹）。驮爷骑在马上，像个大将军，见到熟人打招呼。山里露水大，那人裤脚和马腿湿漉漉的，身上汗淋淋的。庄稼人瞅着这些人，觉得他们很辛苦，也挺牛气。那时比之种地，他们都是挣大钱的人。看到大姑娘、小媳妇在河边洗衣服，有人就扯着嗓子唱起来，那种荤了吧唧的小调。

与驮队结伴同行的，有时还有"挑八股绳"的。

这是一种人力挑运，两个筐，各系四股绳，故称"挑八股绳"。每人挑重60公斤左右，从桓仁到安东180公里路程，往返一次10天左右。据《桓仁县志》载，仅铧尖子一地，当年就有七十多人挑八股绳。最原始的运输方式，自然是最苦累的。有人说他们是铁人铁肩铁脚，那肩头和脚掌上的茧子有鞋底厚。滴水成冰的季节，进个堡子休息，摘下帽子，那头上热气腾腾的开锅了似的。夏天身上淌油似的，裆前裆后两块麻袋片。他们结伴出行，有驮队同行，更具安全感。扁担悠悠，汗滴串串，一路驮铃，若这趟生意挺好还有山歌小曲，翻山越岭而去。

后面将会写到的挣工分的桓仁县委书记王连生，就挑过八股绳。

而杨靖宇率军从吉林磐石地区挺进东边道，首先在桓仁落脚，一个最重要的原因，就是这里山大沟深，交通不便，便于游击。

即便到了1978年，全县仅有90辆各种运营车辆，人出行不便，每年秋季大量山货运不出去。"桓仁"成了闭塞、落后的代名词，司机则成了一种令人羡慕的职业，就有了一段民谣："脚踩半块铁，到哪都是客（客音qiě），十个司机九个骚，剩下一个是叉羔（无性能力的猪谓之"叉羔"）。"

章樾力主修路。张作霖主政东北时期，也把修路作为考察官员政绩的重要条件。路多了，也宽了，被称作"赶脚"的车马运输业就兴旺发达起来。

两轮畜力大车，初时叫"大眼车"，后来叫"花轱辘车"。笔者儿时见过花轱辘车。车体、车轮多用榆木、柞木制作，车轮上箍一圈铁瓦，坚固耐用。先是轴轮连体连动，自然笨重，逐渐改进，轴轮分离，绕轴转动处浇上油，顿时轻快多了。通常4匹马拉一挂车，载重2.5吨，效率大增。

大眼车、花轱辘车颠簸着，在山里左拐右拐，绕上绕下，又一番别样的景象。上岭了，有时会抽袋烟歇会儿，有时还要举行个仪式，磕头作揖念念有词，请山神爷爷保佑。然后"加套"，又称"加挂"，就是把后车的马卸下来加到前边车上，四匹马加成六匹，或者翻番。加好了，车伙子眼睛瞪圆，大鞭子挥起来啪的一个炸响，那嘴里就像机关枪扫射般"驾"、"驾"着，几十辆大车就这么"驾"、"驾"着呼号上来。下岭更关键，最要紧的是车闸，还有那匹辕马。那闸就在左辕板前的车辕上，连着车轮后面的一根横木，叫"两轮一杠"，下大岭、陡岭时一拉闸，那根横木即死死抱住两个车轮，叫"下死杠子"。没下死，听到木杠和车轮粗重的摩擦声，那心就蹦到嗓子眼了。前面几个车伙子，分别勒住几匹马的马嚼子，特别是那匹辕马。那马四蹄向后死死地蹬坐着，车老板死死扳住车闸，身子后仰着，脚在地上出溜着，脖子上鼓突的青筋好像要爆裂了。

滴台道的"倒贴画"，挑八股绳的走过，车马道宽阔了，可你听听"滚马岭"这名字？就算普通的山路，冬天雪滑，雨天泥泞，稍有不慎，一阵惊呼，那人和车马乱石什么的，就叮当山响滚下去了。

民国十四年（1925年），桓仁县城一个叫谢树仁的人，从奉天（沈阳）买回一辆载重汽车。据说这是桓仁的第一辆汽车，满县街上都是人，连县衙门的人也跑来卖呆，这是个什么东西呀？据说只跑了一次运输，就趴窝、报废了。

这是辆八成新的二手车，这个好像挺有经营头脑、超前意识的桓仁人，却分明不像个桓仁人。就算是辆新车，从奉天开回来，再开出去，不也八成快颠散架子了吗？没车毁人亡已经够幸运了。

1956年4月，桓仁县被国务院授予"公路养护模范县"——这是必须的。

如今南方来的汽车，到了本溪，未等进山，有人就要雇当地司机开车——那可是国家标准的高等级公路啊。

八股绳在四季轮回中颤悠，驮队依然在山里往来，只是车马的阵列成了主力，大山里的光景日渐生动活泼起来。

这是一支支不同装备的物流之师。驮爷、驮伙子、车伙子，包括挑八股绳的，他们让大山里的财富流动起来，山里人奔富的欲望有了喷涌的出口。应该说，他们是那个时空的先进生产力的代表，却也实实在在从事着一种风险性极高的职业。

伴着赶脚人"驾"、"驾"的呼号，马蹄铁在大山里溅着火星子，留下深深的辙印。而比这一切更壮观的，并成为这方水土中的物流主旋律的，是在大山里汹涌奔流的江河上的航运号子。

从桓仁县城到沙尖子，章樾极力主张修通的65公里的马车道，绝对是高瞻远瞩的战略家目光：后来被称作"桓仁小上海"的沙尖子，是得天独厚的水旱码头，从那儿放船，顺江而下，直泻安东。

桓仁满族自治县文联主席高崇，一个一米七五左右的山里汉子，已经出版两部长篇小说，清瘦儒雅，文采飞扬，又不失幽默，一口地道的本溪话。

高崇说他的曾祖父高连福，是浑江开航第一人。

笔者的老岳父，说他的祖辈是从山东一个叫"小云南"的地方，闯关东来到本溪的，之前是从云南的什么地方押解到山东的。东北天寒地冻，人们都爱袖着手，都是庄稼人的我的老岳父的祖辈，却习惯于像某些官员似的背着手。我觉得这是不是与康熙年间的三藩之乱有关哪？在云南跟着吴三桂犯了罪，一路捆绑着被弄到山东了？

采访高崇，应该说有了点眉目，他的祖辈也是循着这样一条路线，来到这辽东大山里的。他的奶奶生前常说，咱们老高家的祖宗，可是"犯了云南大罪呀"，到了山东还被官家管制着。

据高崇推断，他的祖辈是咸丰年间偷越柳条边，来到如今的桓仁县城落脚的，那时稀稀落落只有几户人家。人烟渐多，庄稼人热爱土地的疯狂劲头，却消弭了许多，变得懒散起来。人的欲望被大山阻隔、憋闷着，你就是有两个肚子，这地里生的，山里跑的，水里游的，又能吃多少？

应该是光绪初年，忽然有一天，高连福说他要下江走一走，看看顺江到底能走到哪儿，那儿的世界什么样。

高家住在城西元宝山的山坡上，山下就是浑江，冬天上山打猎，其余三季农闲时下江捕鱼。本溪有名的一江一河，太子河边人管船叫"船子"、"小船子"，浑江边人叫"槽子"，江边人会使船，也会做船。高连福砍棵两人来粗的大树，挖了两个原木槽子，牢牢实实绑在一起，带些干粮，再扔上几袋大豆，就跟几个约好的小伙子下江去了。

别说是高家了，十里八村的人都知道，高连福认准的事，十头牤牛也休想拉回来。

上世纪 80 年代，时兴漂流，一些血性男儿就在那暴烈的江河逐流追波。无论怎样生死一瞬间，好歹也有些防护设备、措施，可这高连福有什么呀？人们都哭啊，认定这是永别了。二十来天后，高连福带着两个人回来了，还带着好多山里人稀罕的东西。

一样的在大山里绕来绕去，没有花轱辘车的吱呀，有的是惊涛拍岸。一路打听着，过了宽甸后，江水汇入鸭绿江，知道前面的码头叫"安东"。这时安东已开埠多年，我的老天爷，三个人的眼睛不够用了。在大山里待了几辈子，谁见过这样的世界呀？最让他们感到惊喜并发现了发财致富的新大陆的，是山里人稀缺的日用百货，稀烂贱得简直不可思议，不值几个钱的大豆，在这里就像金豆子似的。而眼下还不敢问津、也搞不懂是何用途的洋玩意儿，几个来回后，也被他们运回大山里了。

据说，第一遍问那大豆多少钱一斤，高连福以为自己的耳朵出了毛病。终于听明白了，就认定自己甚至已经是个富人了。

"下安东！"

改革开放后，包括桓仁人的本溪人，去深圳，去广东，去北京。如今每年春节前后，有些人依然候鸟般来去。而他们的爷爷、太爷爷辈，当年几乎就是六个字："要发财，下安东！"

一条浑江，就像一条大动脉让山里人的血液汹涌奔流起来。

开头还是把几只槽子绑连一起，后来就是像模像样的船了，最大的能装 500石大豆。舱底收拾干净，茓子旋开，倒进大豆，再旋再倒，一圈圈旋座金山。大豆始终是大宗，也有小米、玉米、高粱和其他山货，反正什么能卖出好价钱，就装船下安东。

《桓仁县志》载：民国十三年（1924年），县内浑江航运业进入兴盛时期，每年出入浑江的木船达千只以上，输出输入物资价值千万元左右（大洋）。民国十九年（1930年，即九一八事变前一年——笔者注），浑江船只达到两千只。

每年春天跑桃花水时，船队起航。杀猪宰羊，烧香拜佛，沙尖子码头人山人海，却不嘈杂，人们庄严肃穆，绝对虔诚。高连福在自家门前江边修座龙王庙，家人每天到那儿磕头，祈祷平安。那时沿江有许多龙王庙，船到那儿必定上岸祭拜。1930年，桓仁县知事金作垾亲自主持，在县城修建一座东北最大的妈祖庙。

为首的船老大一声"哟嘿"，江上岸上齐声喊唱、应和。那号子高亢、雄昂，一种狂放的野性和奔流到海不回头的气势，让人顿时心血沸腾。船队已经远去了，消失了，那音律还在青山绿水间回荡。

高崇说他穿开裆裤时，还听到这种放船号子，多是隔辈老人随意哼唱的。前些年，这位作家、民俗专家曾特意沿江采风，一无所获。他在长篇小说《封禁泪》中写的几段号子，除了一句"我是浑江一条龙"外，那版权实实在在都是他这个从未放过船的放船人的后代的。两三代人唱沸了这方水土的那些经典的即兴的放船号子，已经永远地消失在浑江的浪花和大山的褶皱里了。

船队前面是只小船，叫"蹚水流"，因船头插面黄旗，上书船老大之姓，又称"旗船"。船老大是久经风浪之人，带旗船在前面蹚水流。后面大船船长叫"大铆子"（普通船工叫"铆子"），指挥大船随后跟进。

山大沟深，水流湍急，顺山势七拐八绕，就拐绕出许多凶险处，本溪人管这种地方叫"哨"。从沙尖子到安东，共有31哨，最有名的是棺材梁子哨、阎王鼻子哨、牤牛哨、太平哨，或者是隐没江中的大礁石，或者是伸进江里的山嘴子。大铆子根据旗船的航迹和自己的经验，随时下达命令，使船保持最佳航线，同时不能使船打横，江水太急，打横船必翻。在浑江上大铆子吼的是"向里划"、"向外划"。船上鸭绿江，左边朝鲜，右边中国，就喊"高丽划"、"咱家划"，张嘴就是三个字。根据船只大小，两侧铆子或四或六或八，都是整数，两人一桨，相对而坐，听到号令，或左或右，就嘿嘿吼着拼命划上几桨。水声，桨声，号子，白浪翻卷，生死赔赚一瞬间。过哨了，人们欢呼着，有的铆子嫌不过瘾，一个猛子扎进江里，扑腾、发泄一番。刚上船的铆子，坐那儿脸色煞白，找不着北。撞哨了，一阵惊呼，没撞死、没淹死的，抓块船板顺流而下，待到水缓处挣扎上岸。

"放槽子，撞砬子，最后剩个火匣子。"

"放槽子，哨石子，一年剩个棺材本。"

有人放一次船，就说，这辈子当牛做马也不吃这碗饭了。

话虽这么说，安东照样下，因为诱惑太大。船到货出，船主发钱，普通铆子跑一趟，就能娶个媳妇。

众多哨口，又是逆行，回船困难，每次都把船货一起卖了，叫"卖窝子"。只留一只旗船，买上一些货物装上，雇纤夫拉回去。像船上人一样，纤夫赤裸上身，下边前后两片麻袋片，纤绳套在肩上，赤足伏身，喊着号子，在乱石间步步叩头。一些滴台道，就是这么踩踏出来的。

船主和船老大等人，一般从旱路密行回家。

高崇奶奶说，你爷爷回来一趟，咱家半拉小炕都是银子。

如今人们都讲"幸福指数"，那时没这个。但是，毫无疑问，自浑江唱响雄昂的放船号子后，辽东大山里人们的幸福指数就顿然提高了。

到高崇的爷爷高永当家时，高家常年保有6只大船，在通化还有一家造船厂。浑江两岸，高氏船队无人不晓，到哪儿吃饭签单。年底，高永马上驮着银子，沿江一路掏去，叫"走马还钱"。

子随父性。高永一米六五出头，一身疙瘩肉，豪爽仗义，敢作敢为。高家几代单传，临到高永，儿子就有6个，1922年春又有了大孙子。他骑着高头大马，挎着盒子炮，从通化造船厂连夜赶回来，大摆宴席40天。

这年冬旱连着春旱，桃花水跑完了，宴席还没完，误了最佳航期。每年送去多少大豆，与收货方有协议，就像现在的期货、期豆。那边赔偿违约损失，这边船厂停产，船工没活，也要照付工钱。

第二年江水还是不大，一些船家宁肯赔钱，也不玩命。高永不服这个，亲自带领旗船。老远听到牤牛哨的吼叫，那牛角都露出水面了。高永吼叫着指挥，大铆子也都是老手干将，可高家那船大呀，撞上去一股白烟，后面的接二连三。黄澄澄的大豆，顺江铺散十几公里。

傻呆呆地望了一阵子，高永纵身投江。船老大早有提防，一把抱住，死死拖住。

高永长叹：浑江啊，你的浪花是白花花的银子，这回成了白骨啦！

除了去年的那些赔偿外，还有死伤赔偿——高家在这上头从不吝啬银子。

倾家荡产。

高崇说，从那时直到去世，我的奶奶就有了句口头语："饿死喽！""饿死喽！"

老辈人都知道一句话："先有碱厂，后有本溪。"

如今偌大个碱厂镇，最初只有几户零散人家，连鸡鸣狗吠都难得听清。前面说了，明代修筑边墙，碱厂为边城之一，从此兴起。官员、兵丁及家眷，还有大量民工，人吃马喂，军用民需，生财前景自然广阔。晋商闻风而动，其他各路商贾也陆续赶到，就有了一座南腔北调的市镇，并逐渐繁华、热闹起来，成为名震辽东的商业重镇。待到插柳为边，原来本溪境内几个重要城堡仅剩个碱厂边门，自然有其足够的理由。

碱厂地处本溪、桓仁、新宾、凤城、宽甸、抚顺几县的边缘地带。这种地界，山高皇帝远，通常被称为三不管、几不管，应该是胡子安身立命的风水宝地。否则，即便军事需要，一时成为重镇，一旦政治格局变化，失去价值，即成荒城废堡。

一切都源于一条太子河。

太子河古称衍水。国人熟知的荆轲刺秦王，主谋是燕国的太子丹。秦王大怒，兵发燕国，追杀太子丹。太子丹逃到这大山里的衍水边，据说是投水自尽的。人们为纪念这位太子，遂将衍水改称太子河。

有山就有沟，有沟就有水，即便平时没有，雨季也少不了，甚至暴发山洪。溪水河水奔流着，无意识地涌入某条大山沟，就汇成江河。太子河有南北两条主要源流，在南甸镇马城子村汇成干流，经泉水、小市、偏岭、牛心台等乡镇，进入本溪市区，再向西南流入辽阳，最后在海城汇入辽河。太子河全长413公里，流域面积13883平方公里，其中在本溪境内168公里，流域面积4428平方公里。

两山夹一沟，峰回路转处，突现一块通常被称作"甸子"的比较平坦的开阔地，让人眼前一亮，就少有不聚拢起人烟的。辽东大山里的市县镇乡村，通常就是这么来的。那也不能不被大山挟持着，有些憋憋屈屈的，一些房舍就被排挤上山了。碱厂的优势，不仅在于一条大河，还在于在那儿冲击出一片在山里人眼里挺大的小平原。即便是在地广人稀的时代，也是足够招人羡慕、眼馋的。

如今枯水季节，太子河水浅处，挽起裤脚提着鞋就过去了。当年它就像浑江一样，烟波浩渺，浩浩荡荡，峡谷里激流咆哮，一种太子河水天上来的感觉。

因太子河流域处于明清频繁用兵之地，最初的水运主要是为战争服务，往来运送士兵、辎重、粮草。清朝中叶以后，沿河居民渐多，随着商贸业发展，遂成为物流大动脉。

浑江上也漂流木排。辽东大山里较大的河流，档案里都有这种履历，只是太子河更具特色，或者说量更大些。笔者的爷丈人，每年跑桃花水时，就和一帮精壮的小伙子去太子河上放排。

木材从辽阳东山的大河里放出来，漂流到古城辽阳，再到历史也挺久远的海城入辽河。水路旱路，下行奔辽南，上行去辽中、辽北，西去是辽西，再入关内。安东为辽东一隅，木材用量有限，浑江放排量自然就少。这太子河流域和那出口处的天地就大不同了，而且辽中、辽北、辽西都是平原地区，关内就更不用说了。木材这种商品就很有分量，关里关外奔去碱厂的，许多都是木材商，时称"木头老客"。

《奉天通志》记载：大小木排每年自上游下运者"恒万余张"。

冬天是伐木季节，大山里分外热闹。那时别说老百姓，就是官员也没有环保生态意识，他们觉得这大山的馈赠是取之不尽、用之不竭的。待到冰消雪化，太子河伸展开腰肢，木材就顺流下来了。到碱厂是一站，这里水面平缓，便于作业，地面广阔，一堆堆原木在岸上堆成小山。夹杂在木堆中间的，是临时搭建的工人住宿、生活的马架子、草棚子。

放下来的木头是零散的，在碱厂打成木排，叫"打筏子"。柞树、桦树、枫树、楸树、黄波椤等等，松树最多，大都一人来粗，各个商号都有记号，各捞各的。因在镇子西边被碱厂人称作"西大河"的太子河，水面岸上，少则几十上百，多则几百人，都在忙活。划船的，撑排的，有的拿着带钩的长杆子站在河水齐胸深处，把横七竖八漂下来的木头往岸边钩拽，有的将木头推上岸，抬到木场堆起来，有的在浅水处打成筏子就放了下去。古铜色的肌肤在青山绿水间闪动，喊叫声、斧锯锛凿声和嘿哟嘿哟的号子，就像太子河不息的涛声。

打筏子，就是把散木打成木筏、木排。一根原木，两头锯凿出上窄下宽的缺口，再把根碗口粗细的水曲柳砍成同样形状，从那缺口穿进去，一根根穿连起来，叫"穿带"。除了长短粗细，还要根据客户需要，将树种分类，合并同类项。一个筏子，通常3米至5米宽窄。宽了不易驾驭，一些哨口又窄，容易撞哨。

如今中等以上规模的城市，街头会看到揽活的农民工，本溪也有。当年叫"功夫市"。碱厂镇里的功夫市，干什么行当的都有，主力是跟东北各地一样拿着农具的农民工。那才叫真正的农民工，就是到种粮大户家干庄稼活的。这西大河边的功夫市就单纯了，都是干水上营生的。没活在岸上卖呆，有活了，谈好价钱，领头的一声喊，赤膊的汉子就登排上船了。

西大河边，与木材差不多规模的自然是粮食交易了。一个个用席子圈围起来的高大的粮囤子，与小山样的木材，一溜溜排列在叫"上船口"的码头岸上，一冬收购的粮食存贮在里面，叫"打仓子"。跑桃花水了，大小船只尽量往岸边靠，随着装粮用木杠再把船往水深处推搡。一切停当，一声令下，太子河上船排争流。

碱厂周围的大山里热闹起来。一条条滴台道、驮道、车马道向外辐射，一条大河化腐朽为神奇，原本几不管的偏远水土，成了周边几县的商品集散中心。一些相关产业也应运而生。装运粮食的麻袋、芡子；盛装山货野果的筐篓；装90斤高粱酒的酒篓，如今成了博物馆的文物，当年曾经供不应求。更多的是旅店、饭店、车马店，当然还有妓院。商人进山出山，山里人采的关东山的头宗宝野山参，特别是那种老山参，像商人的银袋子一样，是不能随便带在身上出行的，就有了保安业。

碱厂没有"小上海"的美誉,但其繁华度与沙尖子比毫不逊色。有据可查的是,民国期间在周边几县有影响的商号48家。像"公悦成"、"公益成"、"福兴魁"、"德泰兴"等,这些早已化作大山的记忆的字号,当年那叫如雷贯耳。

有八十多岁的老人,说他小时去碱厂,街里满眼幌子,噼里啪啦的算盘声不绝于耳。

本溪地区当年另一大特色是制香业,也是借助一条太子河兴旺发达起来的。

在庙后山北面,与山城子村隔个朴堡村的行政村,叫"香磨"。香磨人砍伐柞树,锯劈成小块,利用汤河上的水车带动碾子、石磨,将其磨粉制香,畅销东三省,远销关内。

步行、骑自行车、乘坐公共汽车,香磨是笔者这辈子途经最多的村落之一。遥想当年,汤河上一轮轮水车在流水中日夜欢歌,岸边那碾子、石磨就吱呀转动应和着,也催动着人们的脚步。家家户户的院子里、房顶上,还有山坡、河滩,到处都铺展着晾晒的香条,几公里外即香气扑面。

> 一条大河波浪宽,
> 风吹稻花香两岸。
> 我家就在岸上住,
> 听惯了艄公的号子,
> 看惯了船上的白帆。
> ......

笔者出生的本溪县的那个小镇,名叫"草河口",那河就是条几米宽的小河沟。红领巾时代听到这首歌,就想:这条大河在哪儿呀?

后面将会比较详细写的赵永顺老人,当年一听到这支歌,就觉得是他家门前那条叫惯了"西大河"的太子河,又觉得有点不大对味儿。

浑江、太子河上也有帆影,很少。从大山里呼啸而来的江河,流速本来就快,加上山里风大,风向不定,瞬时变化,挂叶白帆,那不是没哨找哨吗?那艄公的号子的韵味,也与平原地区不同,甚至不可比拟。

"风萧萧兮易水寒,壮士一去兮不复还"。荆轲刺秦王未果,留下一段壮美的绝唱,太子丹则把易水和太子河联系起来。山里人不一定晓得这个故事,他们嘴里也没有"艄公"二字,而叫"铆子"、"大铆子",可船离岸时那种生离死别般的感觉呢?那闯哨时和过哨后的狂野、狂暴、狂喜的号子,又是一般江河上的艄公能够呼号得出来的吗?

奔腾的浪花，化作白花花的银子，也化作森森的白骨。我们的先人踏着浪花，呼号着前仆后继，大山里就有了通往幸福之门的路。

而一条青藏铁路通车，一曲《天路》迅速唱遍全国，那倾诉的不也是一个同样古老的主题吗？

大事记

● 1380 年（明洪武十三年）

在草河城设置草河千户所，是明朝在本溪境内设置最早的管辖女真人的机构。

● 1450 年（明景泰元年）

明朝官员王翱上报朝廷：海西、建州李满住、剌哈三军入境大肆掠夺。

● 1546 年（明嘉靖二十五年）

巡按御史张铎上奏朝廷，增设一堵墙堡（今本溪满族自治县境内马城子）、孤山堡、阴山堡、江沿台堡。

● 1569 年（明隆庆三年）

女真首领张摆失等欲攻清河、孤山堡，被明总兵李成梁围歼于夹河山城。

● 1588 年（明万历十六年）

努尔哈赤在清河堡与明互市。

● 1630 年（明崇祯三年）

丹阳县（今江苏省定远村）人郭守真，在本溪九顶铁刹山八宝云光洞内修道。

● 1807 年（清嘉庆十二年）

清河城小甸子永泉长烧锅建成，年产高粱酒 10560 公斤，为本溪最早的酿造业。

● 1846 年（清道光二十六年）

今桓仁满族自治县二棚甸子一带，开始栽培人参。

● 1865 年（清同治四年）

王起、马傻子率领的起义军，由碱厂进至奉天城南的王大人屯，大败官军。

● 1877 年（清光绪三年）

清朝增设奉天东边道，设怀仁县。

●1890 年（清光绪十六年）

怀仁县石头蛮盘岭万清观住持道人徐国清，自筹八千三百多吊钱，历时一年多，修通石头蛮盘岭，使县城至沙尖子路程缩短 15 公里，民众赞其义举，立碑铭记。

●1894 年（清光绪二十年）

中日甲午战争起，10 月 17 日有日军侵入赛马，在西小山坡放炮耀武扬威。清骑兵追至马鹿甸子，斩其队长中尉柳原南。

●1897 年（清光绪二十三年）

怀仁县知事涂景涛，在县城南门外创建莲沼书院，后经县知事王顺成续修落成，为该县教育之始，也是本溪地区唯一的书院形式的读书、讲学处所。

●1900 年（清光绪二十六年）

辽阳捐税征收局，在小市、牛心台两处设三等分卡，在赛马集、田师付两处设五等分卡。

太子河流啊流

——— 本溪真面目 ———

有关史志把本溪的冶铁史上溯到辽代，证据是《辽史·耶律羽之传》中的七个字：公元927年至947年，辽太宗耶律德光在位时，太子河流域"有木铁盐渔之利"。

明白确凿的，是明辽东都指挥使司在今属本溪市明山区的威宁营，设三万卫铁场，为境内最早的炼铁厂。

辽阳不产铁，而其管辖的辽东地区，明代已是重要产铁区。史料记载，辽东25个卫中，至少有3个卫的5个铁厂在本溪境内。嘉靖十六年（1537年），本溪年产铁5万斤，占当时辽东产铁量的1/7。

本溪的采煤史更久远。上世纪80年代发掘的西汉时期村落遗址，灶坑内就有燃煤灰烬。而在更久远的没有记载的什么时候，山洪冲刷出煤层，或者就是露出地表的露头煤，一场山火后，人们发现这种黑色的石头还有这种神奇功夫，是不是就往洞穴里边弄了？

不知道庙后山人可曾用过庙后山的煤，我家用了7年。山前山后，家属院和营区前的山沟里，马车、拖拉机、汽车，当时辽宁产的时称"辽老大"、"辽老二"的天蓝色汽车，进山时汽车颠得咣当咣当响，出山时粗重地喘息着，山路上是黑黑的煤面子。

1968年8月20日，我的母校本溪县一中的千余同学、校友，从高三到初一，或下乡或还乡（城镇户口叫"下乡"，农村户口叫"还乡"），齐赴"广阔天地炼红心"，有的就在公社、大队煤窑劳作。本溪是煤铁之城，本溪县不产煤的公社不多。头戴叫作"柳罐斗子"的安全帽，手抡大镐，运煤工具大都是水曲柳编的大筐。一筐二百来公斤，用绳子往外拖，身子挣扎着快贴地了，像当年浑江、太子河上的纤夫。

本溪的先人就这样采煤。

炼铁用坩埚。黏土制作的坩埚，高0.5米，围长0.45米，民间叫"罐肚子"。将铁矿石和煤炭装进里面，一个个排列在铁床上加热，烈焰熊熊，一昼夜矿石熔化。冷却后打碎坩埚，剩个圆锥体铁疙瘩，再用花岗石特制的炉子将其熔化，倒入铸型，就是成品了。

到了清代，因采煤炼铁动"龙脉"，封禁。雍正十三年（1735年）实行"新政"，有山西太原府盂县人杨海春，借其妻在清宫做乳母的特殊关系，首先获得朝廷发放的"龙票"，也就是今天的营业执照，在本溪湖柳塘采煤。之后跟从者日众，一些人闯关东目的明确，就是奔本溪采煤炼铁来的。外国人也来了，英国人捷足先登，从中国窑主手里买去龙票，与中国人合办煤矿。

一座座煤窑在青山绿水间洞开，煤的热情融化了矿石，大山里就有了铁水通红的不夜天。

一代代拓荒垦殖，大山逐渐坦露出它的真面目，这大山里叫作"煤"和"铁矿石"的石头，才是这方水土的金山银山。

我的家乡本溪，一座因煤铁而兴的城市。

直到1953年成为中央直辖市——就跟今天的京津沪渝一样。

大凡皇帝，少有不想长生不老、永享世间荣华富贵的。相传北宋末年的宋徽宗赵佶，也是如此。这位眼看江山难保的皇帝，听说东北的人参是灵丹妙药，就给山东登州府下道圣旨，立即派人去东北，给他寻找千年老人参。

有钟姓兄弟过海来到关东山，登山爬砬子，从春到夏，只采到几棵三年生的"二丫子"。有老"放山"（采参叫放山）人告诉他们，别想这档子事了，这世上根本就没有什么千年老人参。哥儿俩想爹想娘想家乡，也不敢回去了。坐在山坡上抽袋烟，火镰把脚下黑乎乎的石头点着了，附近还有沉甸甸的石头是铁矿石。哥儿俩在山东家里是铁匠，就在太子河边搭个窝棚，土法炼铁，打造农具。"钟氏铁匠炉"的名声，如铁锤砸在铁砧上般响亮。

大金国皇帝完颜阿骨打，这时好像还没想到要长生不老，而是雄心勃勃要夺取天下。他听说钟氏兄弟的铁匠炉，就让他们给他打造兵器。哥儿俩不想做这种凶器，就说辽东的铁质有些特别，只能做农具，做刀枪容易折断。那就一点儿办法也没有了吗？只有用千年老人参做引子引燃焦炭，练出的铁才行。

完颜阿骨打不惜重金，真就寻到了千年老人参。这时，钟氏兄弟听说山东老家的父母，被官府捉去杀害了。哥儿俩炼出人参铁，做成的刀剑削铁如泥，也把北宋朝廷削得七零八落，还把昏庸无能的徽、钦二宗父子，掳去东北的依兰城坐井观天了。

这自然是个民间传说，却也只能在这方水土上传说，因为本溪的人参铁是实实在在存在着的。

本溪钢铁公司（下称"本钢"）生产的铸造生铁，低磷低硫，有害杂质少，物理性能好，化学成分稳定，是中国最好的铸造生铁。与国外高纯生铁相比，钛含量处于中限，铬和钒含量仅为十万分之几，处于下限，其他微量元素含量只有百万分之几，品质好，享誉海内外，曾多次获得国家金奖。

本溪的铁，怎么成了"蝎子屄屄——独（毒）一份"哪？因为本溪的铁矿低磷低硫品质好，还因为本溪的煤也低磷低硫品质好。1936 年 11 月 11 日，日本关东军在《初次呈示录》中规定，东北各地炼铁厂的焦炭用煤，一律混用 30% 的本溪煤。本溪煤品质之优，就像药引子一样。据说，当年日本人从本溪运回去的煤，有的至今还在海底存放着。煤好，铁矿石好，两好轧一好，就有了铁中之王的人参铁。

不知道荆轲带去咸阳宫的利刃，可是人参铁打造。如今，地上跑的，水里游的，天上飞的，在太空中翱翔的，以及没跑没游没飞，也没去太空翱翔的，而在什么楼厦的什么地方为民造福的，中国的高精尖的东西，都少不了本溪的人参铁。

新中国还未成立，本溪已被定位为煤铁之城。

而当本溪终于显露出她的真面目，一代代闯关东人奔来辽东大山里的这方富庶水土，许多人目的明确，就是奔煤铁来的。

大仓喜八郎

太子河流啊流，就流到了光绪三十年（1904 年）。

这年二月，日俄战争爆发，被本溪人称作"小鼻子"（日本）、"大鼻子"（俄国）的侵略军，在东北大打出手，什么"边墙"啊"柳条边"啊，全不在话下。慈禧太后以光绪皇帝载湉名义发布谕旨："现在日俄失和，并非与中国开衅"，中国应"按照局外中立之例办理"，并划出辽河以东为双方交战地区——你们就在这地界随便打去吧，我不管了，好像这地界不是大清国的，与己无关似的。

枪炮声向北去了，一个小个子日本人来到本溪。

大仓喜八郎，别号鹤彦，1837 年生于日本越后国新发田（今新潟县新发田市），早年在东京做过杂货生意，靠贩卖军火发迹，成为日本八大财阀之一。此人在日本手眼通天，在中国广交各界名流，擅长走上层路线。据说，他和孙中山、蒋介石、冯玉祥等人都有交往。1912 年中华民国临时政府成立时，据说他借给临时政府 300 万元，而且条件优厚，还曾给孙中山运过武器。梅兰芳两次访日，据说都是他接待的。1927 年张作霖在北京就任北洋军政府陆海空军大元帅，据说沾"洋"字边的，就这个大仓发去贺电。大仓去世，据说民国上层人物都发去唁电。

1917 年，孙中山在《建国方略》中说："中国经营钢铁事业，现只有汉阳铁厂与南满洲之本溪湖铁厂，其资本又多为日本人所占有，虽云近来获利甚厚，亦不免有权利外溢之叹矣。"

"南有汉冶萍（汉阳、大冶、萍乡），北有本溪湖"，十个字概括了孙中山的这段话，道白了当时中国钢铁业的格局。而早在 1903 年，大仓即向汉阳铁厂贷款 25 万日元，两年后又向萍乡煤矿贷款 250 万日元。至于本溪湖铁厂，大仓先是独占，1910 年后开始中日合办。

这就不难想见这个人的道行了。

大仓 40% 投资中国，据说是日本八大财阀中投资中国最多的，这也是大仓二战后衰败的原因之一。

除本溪湖和汉冶萍外，大仓财阀还有天津、上海的大仓洋行，其在日本经营啤酒公司、八幡制铁所、帝国饭店等。2011 年日本"3·11"大地震后，因福岛核电站泄漏而地球人都知道了的那个东京电力公司，当年也是大仓属下的企业。

大仓与日本军界关系搞得火热，都与侵略中国有关。

日军铁蹄所到之处，需要军需供应商。同治十三年（1874 年）日本侵略台湾，大仓是侵台日军供应商。光绪二十年（1894 年）甲午战争，大仓成为日本陆军军需供应商，大发战争财。这回日俄战争，大仓又披挂上阵。

日本国土狭小，资源匮乏，所需军需能在占领地区开发、生产，自然是上佳首选，利润大大的。侵略台湾就是这么干的，这回也如法炮制。

大仓自行组织个"随军服务连"，沿安（东）奉（天）铁路（今沈丹铁路）沿线进行资源调查，有时就在硝烟战火中跟进。

本溪市原称"本溪湖市"，因汪在洞穴里的世界上最小的湖本溪湖得名，民国二十八年（1939 年）10 月 1 日设市，如今为本溪市的一个区——溪湖区。本溪的煤铁资源及其品质前面说了，其他炼铁用的原材料，像做炼铁溶剂的石灰石，建高炉必需的黏土，以及其他种种辅料，本溪不但应有尽有，且品质上佳，藏量丰富，除煤以外大都可以露天开采。

钢铁企业需要充沛的水源，汉阳守着一条长江。可从铁矿石、煤炭到炼出铁来，汉冶萍两省三地，耗费大量人力物力，得多花多少银子呀？而本溪，一条从市里穿过的太子河足够用了，其他所需一切皆在 25 公里之内，而那露天开采又是一笔什么样的利润呀？

得知这一切，不知道这个有点女人样的小个子日本人，眼前曾经怎样的金光闪闪、银光闪闪，有人用了四个字——欣喜若狂。

"先有碱厂，后有本溪"，碱厂往下第一个较大的水旱码头，是今天的本溪县城小市，第二个就是本溪湖，碱厂一些商号在这里设有分号。光绪元年（1875 年）十二月，本溪地区最大的商号张碗铺开业，预示了本溪湖超越碱厂的强势。而本溪的煤铁，宣示的则是辽东大山里的这方水土，迟早会兴起一座那个年代现代化象征的重工业城市。

这个叫大仓喜八郎的日本人，将其提前了。

光绪三十一年（1905 年）十二月十八日，大仓成立本溪湖炭矿，翌年一月举行开坑仪式，当年开采原煤 300 吨。宣统二年（1910 年）建成投产一个年产 15 万吨的坑口，另有年产 15 万吨和 20 万吨的两个坑口正在建设。同时，开始用蒸汽动力绞车从井下提煤，用蒸汽动力水泵取代人力排水。民国二年（1913 年）建成洗煤厂，安装两台德国造侧鼓式跳汰机，有完整的手选和水洗系统。第二年又建成发电厂，在坑口安装主扇进行机械通风，从而结束了矿井全凭自然通风的历史。

名为"炭矿"，那与汉阳铁厂相比简直近在咫尺的铁矿，让大仓垂涎欲滴，恨不能从嗓子眼里伸出个小巴掌。光绪三十二年（1906 年）七月和翌年五月，大仓两次派人对庙儿沟（今南芬）铁矿进行勘查，向奉天当局提出开采，未获同意。宣统三年十月，达成中日合办协议后，即迫不及待地动作起来。除庙儿沟外，之后又陆续取得梨树沟、卧龙、歪头山、岱金峪、马鹿沟、青山背、骆驼背子、望城岗、八盘岭、通远堡、大河沿一区和大河沿二区，共计 10 处铁山 12 个矿区的开采权。

民国三年（1914 年）11 月 23 日，一座东亚最大的现代化高炉，矗起在太子河右岸山脚下。炉体高于地面 83.3 米，炉容 291 立方米，设计能力日产生铁 130 吨，50 天后正式点火，成为东北钢铁工业使用高炉炼铁的开端。设备之先进，在亚洲属一流，连大仓开办的日本著名的八幡制铁所，也难望其项背。

从"罐肚子"到这座 1 号高炉，那炉体上无论镌刻着多少悲情伤感，都是一种里程碑式的跨越。

1 号高炉的主要设备，是从英国和德国引进的。民国六年（1917 年）12 月 10 日，由日本人仿 1 号高炉设计的 2 号高炉，在 1 号高炉旁建成投产，日产铁仍为 130 吨。

民国二十六年（1937 年）夏，由大仓财阀和"满洲国""合办"的煤铁公司，沿太子河南下扩张，在宫原（今平山区）建起主体设备仍为德国制造的 3 号、

4号高炉。这座钢铁交响的城市，也随之向东南拓展，逐渐形成今日本溪的主城区。

制造枪炮、飞机、舰船，低磷铁是必不可少的非常特殊的重要原料。极力对外扩张侵略的日本，自然是不能没有这东西的。当时瑞典生产的低磷铁最为有名，用木炭炼成，成本高，又远隔重洋，一旦爆发战争，运输中断，"大日本帝国"的日子，不就没法过了吗？有军队供应商本色，还有巨大的经济利益，又有本溪这样的宝地，使大仓财阀开始研究攻关。民国二十年（1921年）9月，首次在世界上用低磷煤试炼成功，质量远超瑞典的低磷铁，随即成批量生产。

从光绪三十二年（1906年）到民国三十四年（1945年），39年间，大仓财阀在本溪掠夺生铁334.98万吨、特殊钢1.70万吨、焦炭500.14万吨、原煤2369.42万吨，仅原煤一项即攫取利润6000余万元。

31亿年前的太古界时期，一片汪洋的本溪地区，海底形成铁质夹层。待到距今1.37亿至0.65亿年的中生界中晚期，这方水土生物繁茂，逐渐形成了同样巨厚的煤层。斗转星移，沧海桑田，本溪显露出巨大的资源优势，我们的先人采煤炼铁，预示着这里迟早会崛起一座煤铁之城。如今的本溪市明山区那"明山"，就是因为炼铁燃煤日夜通明，照亮大山而得名。而当以"罐肚子"为代表的原始采炼，被现代化的炉群逼得无处容身时，上苍赐给这方水土的炎黄子孙的丰厚宝藏，亿万年等一回的竟是个像女人样的日本人！

在如今被主城区半环抱着的平顶山，日俄战争中曾有激战。

光绪三十年（1904年）十月上旬，为支援旅顺口被困俄军，俄军东满支队沿太子河左岸向本溪推进。日军中将闲院宫载仁亲王率领的骑兵旅和梅泽的近卫预备旅与之交战，占领平顶山。俄军步炮骑兵数千人，从威宁营渡河，切断日军本溪与桥头之间的联系，包围平顶山。俄军在炮火掩护下，对平顶山反复猛攻，闲院宫亲自指挥，死战不退，太田联队长及许多官兵战死。黑木一军闻讯赶来增援，从俄军背后发起攻击，俄军不支，退向奉天。

于是，平顶山下当时几乎没有人烟的这片荒野，从此就有了一个让人拌嘴咬舌头的名字"宫の原"，意即"闲院宫的原野"，这自然是为了表奖这个叫闲院宫的日本将军。而当黑土地娩出"满洲国"这个怪胎，这片已经逐渐热闹起来的地界，就冒出了"宫原旅店"、"宫原大车店"、"宫原水泥厂"什么的，如今的本溪火车站，当年就叫"宫原站"。

儿时，在本溪地区最南端的那个小镇，听大人讲"本溪"、"本溪湖"、"宫原"，朦朦胧胧中觉得三个地名像是一个地方。而"宫原"则以为是"公园"，一个让人产生许多美好遐想的地方。长大了，明白了，心头就像被什么东西噬咬了一下。

那么，本书虽不可能全须全尾讲述，却也费了些笔墨的人物大仓喜八郎呢？

本溪市地方志编纂办公室编写了一本《本溪之最》，"最大的采煤矿井"、"最早使用发爆器引爆采煤"、"炉龄最长的现代化焦炉"、"最早的制氧机"、"最早的水泥厂"，等等，以及前面已经写到和后面将要写到的，都与大仓有关，有的还是中国之最。

洋货充斥市场，直接冲击、损害了民族工商业。"洋钉子"、"洋火"、"洋镐"，今天一些早已土得掉渣的东西，在八十多岁老人的嘴里常常少不了个"洋"字。那洋镐使着就是顺手，就像有了电灯，煤油灯就只有摆在博物馆一样。先进的总要淘汰落后的，这是没办法的事。

大仓的那些之最，似乎与寻常百姓关系不大，却在宏观上盖了帽了。

半个多世纪后，有人用"傻大黑粗"来形容本溪和本溪的产品。林立的烟囱，依然矗立着的1、2、3、4号高炉，让人想到二次世界大战前的德国鲁尔，那时工业化即现代化。19世纪后期，当铁甲战舰和克虏伯大炮轰开大清国的国门时，蒸汽机推动着人类历史以前所未有的速度飞奔，这一切都离不开煤和铁。而本溪湖则显露出她的真面目，在大仓的操弄下成为一座近代意义的城镇。喷吐乌金的矿井，流淌铁水的高炉，露天开采的铁矿，连接这一切的是一条条铁路。而在吼叫着同样的蒸汽机车的安奉铁路上，除了始点终点，本溪湖是最大的车站。煤铁的协奏，成为本溪湖的主旋律。今天的本溪，就从本溪湖走来。这页历史已经写在那个时空里了，大仓是主笔，无论我多么讨厌这个女人样的小个子日本人，都是绕不过他的。

问题的关键，在于他不是今天中国人都熟悉的招商引资来搞双赢的，而是发战争财的掠夺者。

并不排除他就是个商人。每年春节见到中国人，他会说"恭喜发财"。从清末到民国，极力交结上层，政治投资是为了经济回报。中国像梅兰芳这样的名角有几多，邀其访日，是不是也有点类似今天的企业炒作？满脑子除了发财没别的，管他战争财，还是和平财，只想在这个世界上钻钱眼，钻得越多越大越好！

2011年3月，日本发生9.0级地震，东亚这边在救人，北非的利比亚在杀人。19日，美英军队第一轮袭击发射110枚战斧式导弹，因型号不同，每枚均价100万美元左右。两天后，美国说它这回不当带头大哥了，要把指挥权交给别人。除了政治因素，美国在利比亚的利益不大外，它也不能不掂量掂量它的钱包，特别是在经济仍然低迷之际更得捂紧了。除了需要高科技，战争还要花钱，拼经济实力。一个人穷得吃不上饭，可能铤而走险，偷盗抢劫。一个国家穷得要死，还要对外发动战争，那就是找死。

当年，如果没有包括大仓财阀在内的日本八大财阀的财力支撑，日本能够发动九一八事变、七七事变和太平洋战争吗？

何况大仓财阀还是军队供应商。本溪湖生产的煤铁，除少量销往青岛、天津、台湾等地外，大量销往日本。其中的低磷铁，全部销给日本海军工厂。

况且，大仓喜八郎和他的儿子大仓喜七郎，在本溪还有那么多罪恶之最——留待后叙。

中日合办

辽阳属本溪湖附近一带，毗邻兴京（今新宾）、凤凰（今凤城）两厅属境，万山重叠，路径分歧，最易藏垢纳污，为盗贼渊薮，应另设知县一员。划辽阳、兴、凤三州厅地面，并归管辖，名曰本溪县，俾得就近控制，清乡缉匪，劝学牖民，以期治理有俾。

这是光绪三十二年（1906年）十月二十三日，盛京将军赵尔巽给朝廷的奏折中的文字。

翌年三月二十九日,《试办本溪县设治委员周朝霖〈勘定本溪县界情形〉报告》中说：

试办本溪县设治事宜委员为呈报事：窃照委员奉檄设治，分划兴京、凤凰、辽阳三厅州地界，奉饬定名为本溪县。委员勘定一处，随时绘就分图。会同原管州厅，先后呈送在案,现在三厅州界一律划定。东界兴京，南界凤凰，西界辽阳，北界兴仁（属兴京县），东北界抚顺，东南界宽甸、怀仁，计东西一百九十里，南北二百余里，全境面积共约三千九百方里，此卑县区域之实在情形也。其设治处，所以适中而论，应在小市。惟本溪湖为省城通东边之要道，山势环耸，实省城东南保障。一旦东顾多虞，于军略上有特别关系。又为奉安铁道所经之路线，日人藉保护铁道之名，驻有军队数百人，而随军营工商业者又数百人，遇事不免干预，即如开

矿、设赌两事，率起冲突，经委员极力据约抗辩，仅乃保守主权，此尤
其彰明较著者。若县治设于他处，则对于外人之抵抗力，全归消灭，日
后恐不堪设想。故就委员管见所及，其设治处应以本溪湖为断，此委员
酌定县治之实在情形也。

大仓财阀在本溪湖盗煤已近一年，赵尔巽应该知晓，却好像并未在意。将三
厅州的偏远地区划出个本溪县，这位盛京将军盯着的仍是他的子民："就近控制，
清乡缉匪，劝学牖民。"

设置委员、即将就任首任知县的周朝霖，执意将县城设在本溪湖，目的明确，
就是对着日本人去的。

从设治委员到知县，章樾殚精竭虑的是修路，如何尽快使山里山外的世界通
连起来。在同样万山重叠的本溪县任职，这当然也是周朝霖要解决的问题，可他
首先需要面对的还是虎视眈眈的日本人。

问题之艰难、棘手，也堪称大清朝的知县之最了。

周朝霖在本溪地区勘界，发现大仓在本溪湖采煤，顿觉事关重大。盗贼作案，
还要选个月黑风高天，这日本人不就是明抢吗？本想制止，又限职权，涉及外交
事宜，即向赵尔巽报告。赵尔巽即令负责外交的奉天交涉总局照会日本驻奉天总
领事馆，禁止大仓在本溪湖采煤，将煤矿交还中国。又令周朝霖会同辽阳交涉委
员照会日本副领事，就地禁止开采。

中国人采煤要有"龙票"、"龙章特许"才行。顺治七年（1650年），有山东
人在牛心台开矿采煤，被人发现举报，清政府一声令下，立马停采，当事人受到
惩罚。这大仓财阀根本不理清政府的碴儿，他是向日本关东总督府提出采煤申请
并获批准的，好像本溪湖属日本国似的。有这种"鬼票"、"强盗票"，对于中国
当局的照会，大仓自然不予理睬。

一条安奉铁路，是日俄战争中日本擅自非法修建的，未经清政府允许，也不
是战后从俄国手中继承的转让权益，战后本应拆除，清政府也据理力争。日本出
动军警，将原来的临时军用轻便铁路，强行改造成永久性标准铁路。之后再修支线，
哪里有矿产资源，就把支线修到哪里。譬如奉（天）抚（顺）铁路，就是奔抚顺
的煤去的。譬如笔者这辈子乘车最多的（本）溪田（师付）铁路，终点站田师付
名气不大，那煤却是煤中上品，是冶炼低磷铁必需的。日本不惜代价创造种种便利、
优惠，鼓励、支持"大仓"们大肆掠夺，恣意妄为。

面对日本的强势，别说七品知县周朝霖，就是封疆大吏赵尔巽，也是有中国心、
无中国力。但周朝霖并不气馁，他利用各种与日本人打交道的机会，不屈不挠地

向掠夺者发出正告：这里是中国的土地！

或者透水，或者瓦斯爆炸，大仓的炭矿事故不断，死的都是中国矿工。周朝霖悲愤至极，同时也认为这是迫其停产、收回矿权的机会。赵尔巽令奉天交涉总局照会日方，日方回答："本溪湖是日俄战争后未撤兵地区，日本人采煤是供军用，不能禁止。"

光绪三十四年（1908 年）八月，东三省总督赵尔巽令奉天矿政局总办郭祖舜，与大仓炭矿议定合办合同。两年后的五月，双方正式签订《中日合办本溪湖煤矿合同》。一年后的十月，又签订《中日合办本溪湖煤矿有限公司合同附加条款》，将"本溪湖煤矿有限公司"改称"本溪湖煤铁有限公司"。

周朝霖作为奉天矿政局本溪矿政分局总办，也是最了解实际情况的人，参与期间做了大量工作。

不知道周朝霖因何不给我的祖辈当父母官了，也不明白由知县而矿政分局总办，那官帽是大了小了，只知道，而且是"据说"——据说，"合办"的建议，最早就是周朝霖提出来的。

中国同盟会主办的《民呼日报》，曾载文疾呼："今者与日人合办，则（主权）已失其半矣，然此强权之下 ，奈何奈何！"

这已是当时所能得到的最好的结果了。

合同规定，合同期限为 30 年，资本总额为北洋大银元 200 万元，中日双方各出资 100 万元。日方以大仓炭矿机械设备等折价 100 万元，中方以矿产资源作价 35 万元，另交租金 65 万元。公司总办由双方各委任一人，其余公务人员由两总办协商平均委派，工人以雇用中国人为主。本溪的大批产业工人，就是在这种丧权辱国的背景下形成的。

《本钢志》中，有个"中日合办时期本溪湖煤铁有限公司历任总办一览表"：

年份	中国总办	日本总办
1910 年	巢凤岗	岛冈亮太郎
1911 年	吴鼎昌→管凤和	岛冈亮太郎
1912 年	葆 真	岛冈亮太郎
1913 年	赵臣翼	岛冈亮太郎
1914 年	王宰善	岛冈亮太郎
1915 年	王宰善	岛冈亮太郎
1916 年	谈国桢	岛冈亮太郎
1917 年	谈国桢	岛冈亮太郎

续表

年份	中国总办	日本总办
1918 年	谈国桢	岛冈亮太郎
1919 年	谈国桢	岛冈亮太郎
1920 年	谈国桢	岛冈亮太郎
1921 年	谈国桢	岩濑德藏
1922 年	谈国桢	岩濑德藏
1923 年	谈国桢	岩濑德藏
1024 年	谈国桢	岩濑德藏
1925 年	谈国桢	岩濑德藏
1926 年	谈国桢	岩濑德藏
1927 年	李友兰	岩濑德藏→鲛岛宗平
1928 年	周大文	鲛岛宗平
1929 年	周大文	鲛岛宗平
1930 年	李友兰	鲛岛宗平
1931 年	李友兰	鲛岛宗平

表面上看，中国总办的特点是换人频繁，仅 1911 年就换了两位，22 年有 9 任总办，是日本总办的 3 倍。唯一的例外，是第七任总办谈国桢。此人原籍广东，清光绪二十一年（1895 年）考取己未科进士，历任黑龙江督辕文案处总办、大凌河荒务局总办、黑龙江暨奉督临时政府顾问、东三省屯垦局副局长、奉天省东边道尹等，从清朝到民国，一大堆乌纱帽。有人说他体弱多病，经常待在沈阳家里，除了例行参加几次公司董事会外，就是写诗写字。有人说他在奉天省公署还有职位，这个中方总办只是兼职。而《本溪市志》中的结论是："公司的许多重要事项，他都不愿过问，致使中方主权丧失殆尽。公司所发生的重大事故，日本人露骨的侵略行径，多发生在他任职的年代。"

表面上看不出的特点，是中国总办几乎都是官僚。那个年代，找个懂得经营管理煤铁公司的人才，也真不易，这总办也只有从那衙门口出了。像铁岭知县赵臣翼、奉天省公署译电处长周大文，据说都曾励精图治，要把自己变成行家里手。一级级官帽升至知县，乃至当属省公署核心圈中人物的译电处长，以他们的聪明才智，只要假以时日，外行也能变成内行。可除了一个稳坐十年总办宝座、几近白拿数万元年薪的谈国桢外，其余最多两年，有的只干几个月，未等椅子坐热乎就走人了。结果，这本溪湖煤铁有限公司的中国总办，也就成了一个分发官帽的地场，而且在那些大小衙门外又多了个地场，而且是个肥差，名正言顺的薪金比同级官员高多了。

有人说，中国总办基本是拿钱不管事，也管不了事。

有人在为日本人效劳上，却是颇具能量的。

在拿到庙儿山铁矿开采权后，大仓财阀得陇望蜀，又向中国政府呈请开采歪头山、八盘岭、通远堡等12处铁矿，未获批准，即利用赵臣翼去北京秘密活动。据说开头也曾想好好干番事业的这位中国总办，不辞辛苦上下奔忙，利用各种关系大展身手，终获北洋政府"特殊批准"。

因提出"铁就是国家"被日本朝野赏识的岛冈亮太郎，在写给大仓的信中由衷赞叹："为公司而尽力的赵总办的深厚情谊，实在令人钦佩。"

接任赵臣翼的第六任总办王宰善，可是能管事的，他是日本工科学校毕业的，干这行属行家里手，且精明干练。可他是曾任奉天将军的陆军总长段芝贵的人，段芝贵失势，王宰善就卷铺盖走人。

民国动荡，城头变幻大王旗，谁上台就安插谁的人。

煤加铁成了煤铁公司，就有了制铁部，制铁部的中国部长叫顾琅。这顾琅可是个人物。他1899年到南京矿路学堂读书，和鲁迅是同班同学，三年后两人又官派日本留学，合作完成《中国矿产志》。之后，鲁迅改行学医，顾琅继续老本行，入帝国大学学矿务。毕业后，到天津高等工业学校任教务长，在本溪煤铁公司任职四年，然后任北洋政府农商部第二区矿务监督、农商部技监、实业部参事等职，是民国时期著名的矿学家。

日本人见到中国总办，点头哈腰地"哈伊"、"哈伊"，"哈伊"一阵子就完了。对顾琅、王宰善可是半点不敢含糊，上上下下洗耳恭听，"哈伊"得五体投地——可这又能怎样呢？

公司最高决策人为双方股东。中方是官股，奉天省政府是股东，张作霖成了东北王自然是他了，之后是张学良。日方是商股，由大仓财阀投资，大仓喜八郎是股东，死后由其子大仓喜七郎继任。中方官员不懂技术、管理，从一开始就缺乏话语权，再加上资金不足，有时需要向日方贷款，也就愈发弱势。所谓"合办"，不过是把原来明目张胆的抢掠，披件合法的外衣，使这种强盗行径变得理直气壮而已。

待到九一八事变，1927年曾当了一年总办、1930年又"复辟"了的李友兰，就连同一干中方官员彻底卷铺盖了。

中日合办22年间，共召开股东总会19次，与会人员为中国股东、日本股东、督办、中国总办、日本总办、理事、奉天交涉署、大仓组。其中，理事均为日本人，督办均为中国人，参加第二、第三次股东总会的督办是于冲汉。

本溪也出了些提起来让本溪人脸红的人物，这个于冲汉是最出类拔萃的。

这小子是本溪县草河口北沟人，是与笔者近得不能再近的同乡。光绪二十五年（1899年）东渡日本，在日本士官学校和东京外国语学校教授汉语。日俄战争期间，为日本满洲军总司令部高级翻译官、日本奉天军政总署长小川的翻译官，曾被日本政府授予三等瑞宝章。他的精明干练，也受到张作霖的赏识、信任，大红大紫，官运亨通，曾任东三省官银号督办、东三省保安司令部总参议、东三省特别行政区长官、中东铁路督办等职。

日本南满铁道株式会社（简称"满铁"）想在鞍山采矿炼铁，这就要占用大量土地。中国法令规定，外国人无权购买中国的矿山、土地。满铁奉天公所长镰田弥助与于冲汉商量，于冲汉建议中日合办，于冲汉就成了合办的振兴公司中方代表兼总办。又以这种身份进京，向北洋政府农商部要员行贿，助满铁获得大孤山等八个矿区的矿权。本溪湖煤铁公司的庙儿山铁矿，也是这小子如此这般操作而来的。

民国八年（1919年）4月，满铁鞍山炼焦场正式投产，举行仪式，日本人为这个汉奸评功摆好，并平反昭雪："于冲汉先后不断遭致中国一部分官员的疑惑，或称其为傀儡，或指骂其为卖国贼，而他始终如一，排除万难，为会社（指满铁）的事业鞠躬尽瘁，实属功劳卓著。"

日本人不吝啬赞美之辞，当然也不会吝啬金钱。仅这次投产仪式，就奖赏这小子1万元钱。那时的1元钱，能买5斤多猪肉。

不知道这个卖国贼卖国卖了多少钱！张作霖为东北首富无疑，但张作霖是利用日本人为自己服务，并不卖国，不然也不会那样下场。而这个本溪的败类，能在日本人和张作霖之间游走得如鱼得水，也算个人精了——那种人中妖精。

九一八事变后，这个数典忘祖的东西，先是伪自治指导部部长，后为伪监察院院长。1932年61岁，这个大汉奸终于蹬腿下了地狱。日本人要送他去天堂，日本政府送他一等旭日章。日伪当局特发治丧费1万元，为这个"开国元勋"举行"国葬"，并发给"建国慰劳金"30万元。

都是冲着日本人去的，于冲汉是投怀送抱，周朝霖是维护国家利益。

写着本节文字，总觉得愧对这位曾为我的祖辈的父母官的先人。因为除了前面的那些文字，还知道他是安徽人外，其他笔者一概不知。

在那种山河破碎、强敌蛮横的时代，像周朝霖这样的官，当得实在是太难太难了啊。

无论怎样"为民谋利造福者寡"，周朝霖和章樾，本溪地区的两位首任知县，都是恪尽职守的好官，成为以后一代代官员的楷模。

本溪湖瓦斯大爆炸

民国三十一年（1942年）4月26日，是个星期天。

本溪湖煤铁公司炭业部采煤二坑坑长上野建二，在回忆录中说："当天早晨天气恶劣，狂风大作，风沙弥漫，下着小雨。"

后面将会详细写到的在本溪湖出生、长大的郭雅丽，说那年她的母亲十几岁，那天下午两点来钟，惊天动地一声响，窗台上的瓶子和头上的灯泡就晃动起来。坐在炕上纳鞋底的姥姥说"地动了"，那时人管地震叫"地动"。一会儿，就听外面有人喊"矿上出事了"。郭雅丽的姥爷和几个舅舅都是矿工，姥姥和母亲夺门而出，跟着人们往矿上跑。

一声巨响后，滚滚黑烟从茨沟、仕仁沟、柳塘等五个斜井井口喷出，直冲云霄，整个矿区很快淹没在烟海之中。

离休前为本溪矿务局高级工程师的张洪昆，当时是炭业部保安课见习技术员，他是随救护队第一时间进入爆炸现场，并参与了事故调查的唯一的中国籍工程技术人员。

柳塘大斜井井口处的两间木板房，被时称"暴风"，即爆炸后产生的冲击波，冲击得无影无踪。最早见到的遇难矿工，是在井口外100来米处支撑绞车钢丝绳的混凝土架子上，被冲击波从坑口里抛出来的，有的已经摔成肉饼。

从柳塘入斜井到井底，向东经井下电车道，由茨沟中央大斜井出来，作业面上人横七竖八的，绊脚。一坑东场子出口附近二百多具尸体匍匐堆积在一起，多数嘴上系着毛巾。而在爆炸中心区二平半，东西两侧300米的巷道内，除了一名司机被压在四脚朝天的10吨重电机车头下，算是有个尸首外，见不到人了，都成肉泥尸块了。

27日开始搜尸、辨尸、认尸、领尸，5月6日才算大体结束。

许多尸体只能凭借裤带卡子，或者妻子、母亲缝补的衣裤上的补丁辨认。肉泥尸块用矿车、耙子、簸箕搂起来，装进麻袋、草袋，埋到四坑口、太平山的两个大坑里，这就是至今仍存的"肉丘坟"。矿工中许多是俗称"跑腿子"的打工者，家在关内，无人认尸，也埋在"肉丘坟"。

大爆炸后的半个多月，一座本溪湖城，特别是柳塘地区，纸灰飞舞，哭声动地。石灰石山下一刘姓人家，正在院子里的棺材前烧纸、哭诉，突然有人喊"鬼呀"。只见一个人晃晃悠悠进了院，这不正是棺材里的那个人吗？原来爆炸发生时，他被冒顶堵在一截巷道里，里面有水，饿了扒支撑木的树皮。也不知道过了多长时间，听到外边有人走动和说话声，他大喊救命，得以脱险。

各种版本的"死了一个爹（丈夫），又捡了一个爹（丈夫）"的故事，至今还在本溪湖流传。

据日本人事后统计，当天井下有四千四百余人作业。全矿井共有五个采区，除了最东部的五坑区和最西部的四宝砟未受爆炸影响，其余三个采区只有少数人生还。

"4·26大爆炸"死了多少人？当年8月，日伪当局建立的"本溪湖煤铁公司产业战士殉职墓碑"的碑文上，说是1327人。日本当局机密文件《灾变事故调查报告》中，记载的是1527人。苏联专家写的《煤矿与安全》一书中，也是1527人。张洪昆生前写的回忆录，是1549人。日本战犯、伪满洲国"总务厅长"古海忠之和于冲汉的儿子、伪民生大臣于静远，在供诉材料中说是1800人。无论究竟多少，死于这次矿难的日本人，都是准确的31人。

这就是人类采煤史上矿难之最的本溪湖瓦斯煤尘大爆炸。

当天上午，日本关东军司令部驻公司代表，在东山俱乐部召集公司主要领导开会，要求采取一切手段增加煤铁生产，支援"圣战"。当时的口号叫"铁就是国家"，而炼铁少不了煤。

前一天发电厂通往矿区的高压输电线发生故障，几经排查找不到原因，井下电力、通风时断时续，保安课办公室的黑板上，写着"明天可能停电检修"。这天上午，关东军司令部代表召集会议时，会议室的电灯时明时灭，终于不得不停电检修，而井下工人仍在作业。

不知道何时开始停电检修，大爆炸的准确时间是14点5分。就是说，从电力时断时续到完全停止，少说也不少于30个小时了。井下通风不畅，瓦斯越积越多，早已过了临界点，只待随时可能出现的一点儿火星了。

会议室不断明灭的电灯，已经发出警号。决定停电检修，更得将井下人员撤回地面，或者转移到安全地点待避。那样高浓度的瓦斯，即便不发生爆炸，也会损害井下人员的健康啊！且不说参加会议的煤铁公司理事长岛冈亮太郎，就是中日合办时期那个当了11年日本总办的首任总办，就算一窍不通的中国总办，干上十天半月，也会明白这种普通得不能再普通的常识。"可铁就是国家"，为了"国家"，为了"圣战"，不顾一切了。

什么叫"人肉开采"？

保安课有瓦斯检查员，发现瓦斯浓度超标，即可下令停止作业升井。可公司明文规定，星期天不设瓦斯检查员，由保安课值班人员检查。这天值班的是日野兹、立珍田春、中岛和张洪昆，上班时去灯房子领了矿灯（即可领入井费），但都没有下井。星期天不得休息，长此以往都有情绪，就点个卯，报个到，工资、津贴一点不少。保安课如此，机电课、运输课、采矿课也一样，上上下下已成公开的潜规则。于是，"4·26 大爆炸"的这道防火墙也不存在了。

即便如此，也不是没有一丝希望。按照常理，也是国际惯例，井下停电停风须有预告，送电送风更要提前通告。首先给井口的 4 部主扇送电，确保井下通风恢复正常，使瓦斯浓度达标。然后通知井下变电站，开始送电至各区变电站，将电力送至各采区。接下来由各采区值班人员会同电工，一个个掌子面进行排查，确认瓦斯不超标，方可恢复通电、生产。这个过程，通常需要四五个小时。结果却是停电无预告，送电无通告，一切全免了。煤铁就是国家，日本人好像舍不得这四五个小时，仅过了几分钟就下令送电，产生电弧火花，一场惨绝人寰的大爆炸瞬间发生，波及 1 万余米巷道。

张洪昆心急火燎的第一个念头就是这井下有几千口子人哪！

和张洪昆同为见习技术员的日野兹，和张洪昆拼命跑回课里，用电话向公司做了紧急报告。首先赶到矿上的，是斜井采炭所长藤田渡和保安科长山下寿一。看到井口喷发黑烟，即判定井下着了大火，下令老三坑口和柳塘上层的两台主扇停止运转，使井下停风断氧，闷死火源。

大错特错！

大爆炸并未引发大火。搜救队员只在二坑东场子附近见到几根燃烧的枕木，几桶水就浇灭了，闷死的是人。绝大多数人口含毛巾，缺氧窒息而亡。许多已经离开掌子面，趴倒在向外出走的巷道里，有几百人已经到达通天斜井半途中。一坑巷道旁的一处小房内，有 29 个日本青年实习生，有的趴在木板桌上，像睡着了似的。救护队不驻矿，加上又是周日，紧急召集，锣齐鼓不齐，第一批队员没戴面具下井侦察，说明当时井下有毒气体不大。如果两台主扇再运转哪怕半小时，绝大多数人都可获救。

通风区人员当时就表示质疑、反对，认为井下几千人生死未明，停风会增加有毒气体含量，对救人不利。立即遭到谩骂、训斥："混蛋！资源重要还是……执行命令！"即便怕烧毁煤炭，资源第一，人命第二，这个决断也是荒谬的。井下大都是岩石巷道，不可能引起大火，实践也证明了这一点。采炭所长和保安课长这等角色，竟然从未下过井，连这点也不懂吗？

冒顶、透水、火灾、瓦斯爆炸，自从有了本溪湖炭矿，这方水土的矿工和家属就伴着矿难过日子。仅一个庙儿山铁矿，从民国三十一年（1942年）到日本投降的4年间，就死亡17800多人，平均每天十余人。也就不难理解"4·26大爆炸"的必然性，迟早而已。

大仓财阀每天都在诠释什么叫"人肉开采"，这回还果断而又努力地证明了自己的无知、无能。

这等矿难之最，如此指挥失当，大错特错，日伪当局和大仓财阀处分了谁，又是怎样处理的呢？

处分通告是年底出来的，贴在煤铁公司的门厅前："决定给予炭业部部长今泉耕吉降薪10%12个月，并派往国外学习两个月的处分。"

仅此而已。

如果把公司法人大仓喜七郎和理事长岛冈亮太郎等人处理了，甚至绳之以法了，那"铁就是国家"和"圣战"靠谁支撑呢？这方水土是不是就不叫殖民地，那人也不是亡国奴了？

14时5分大爆炸，14时40分组成救灾指挥部，指挥部设在公司本部大白楼，指挥长就是这次矿难唯一的替罪羊、倒霉鬼今泉耕吉。前线指挥所在柳塘坑口的机电班，指挥长是前面写过的第一道命令就造成不可挽回的致命错误的两个人。或者"情况不明"，或者自相矛盾的报告，今泉耕吉气急败坏："混蛋！混蛋！快快快！"藤田渡和山下寿一再把这句话向下级吼一遍，上上下下乱成一团。

这时的本溪湖，已不是日俄战争前因一条太子河得利的水旱码头，而是一座现代化的煤铁之城。且不说1号、2号高炉及其附属设施的庞然大物，仅煤一项，就称"十里矿区"。除了中心区的"日本街"（又称"洋街"）和繁华地带的商铺，周围大都是煤铁公司工人住宅。柳塘地区的劳工房，从沟底一层层向周边山坡堆挤上去，几乎清一色是被称作"煤黑子"的矿工人家。

"四块石头夹块肉，把头喝血吃人肉，本来都是爹娘生，为啥对我这般狠。""远看像颗星（头顶矿灯），近看似个鬼，走路四条腿，三腿一落地，一脚就蹬空。"在这类民谣的诞生地，那地动山摇一声响，立刻把人们的心揪到了嗓子眼儿，而且情知这回灾难是不能小了。家属和休班的工人，不顾一切往矿上跑，柳塘、茨沟、四坑口等几个出井口，一时间聚集了几万人。山风把雨丝吹打在脸上，呛人的阴森恐怖的滚滚黑烟，把昼间骤然缩短了。人们心急如焚，喊叫着涌向井口，谁也不知道井下到底怎么了，又会有多少人亡家破，会不会轮到自己头上。

周围山上人更多。开头街里人以为地震了，很快看到山上矿井喷吐黑烟，矿区的人都往井口跑，警车、救护车呜呜驰过街道。人心惶惶，商铺纷纷关门，人们跑上山去，朝矿井张望。谁都知道煤矿出了大事，谁也不知道出了什么大事，还会出什么大事。人们打听询问着，骂小鬼子伤天害理不是个物，各种小道消息迅速流传开来。

有老人说，那工夫如果有人发声喊，就不只是本溪湖煤矿瓦斯大爆炸了，而是这座煤铁之城了。

后面将会写到，自有了本溪湖炭矿后，工人就以各种方式进行抗争，而且或多或少都能够达成目的。"4·26大爆炸"，日伪当局无论怎样惊慌失措，侵略者本性的第一反应却是迅速而又明确的，那就是严防暴动。

全城戒严，控制各厂矿、火车站和交通要道，首当其冲的是"特殊工人"。柳塘、茨沟有两千多"特殊工人"，特殊在大都是关内被俘的中国军队官兵，被关在铁丝网、电网围裹着的大房子里，每天被押解着上下工。这一刻，包括日本守备队的军警宪兵，将其包围，再把锹镐斧锤棍棒搜索罄尽。普通独身矿工居住的大房子，也被包围得水泄不通，反复查点人数，实行人身管制。

事发不久，矿区内的电话就打不出去了，封锁消息。不料还是出了纰漏。27日凌晨4点来钟，本溪湖电话电报局值班员熊谷奕雄被敲门声惊醒，是十几个来打电报的日本人，到9点来钟被宪兵队发现时，已经发出电报五十多封，都是日本人发往日本的。这还了得？当即下令停业。十几天后，停业令取消，所有电话电报仍不得涉及大爆炸的事。

5月6日，一篇《事故调查报告》出笼，以"极密"文件呈报日本政府、关东军和伪满洲国总理大臣府。此时，本溪湖瓦斯大爆炸已传得沸沸扬扬。迫于压力，奉天的《盛京日报》刊登一篇没有豆腐块大的文章，称："本溪湖煤矿四月二十六日午后二点零五分发生了瓦斯爆炸，损失轻微。"

5月2日，日本《朝日新闻》发表《本溪湖煤矿坑内瓦斯爆发对制铁无影响》："新京（长春）电讯：本溪湖煤铁公司煤炭部柳塘坑内于二十六日午后二时许，发生瓦斯爆炸事故。被害极其轻微。对大东亚战争供应低磷铁这个部门没有影响。"

因为"铁就是国家"，侵略者关心的是供应大东亚战争的低磷铁，所以死多少人都是"损失轻微"，"极其轻微"。

2011年日本"3·11"大地震，让世人记住了一个有核电站的叫"福岛"的地方。对于与大仓财阀不无渊源的经营福岛核电站的东京电力公司，有媒体罗列了"六宗罪"："为保资产，错过最佳时节"，"篡改数据，多次隐瞒事故"，"行动鲁莽，罔顾他国安全"，等等。一句话，公司利益第一，人民、国家利益靠边站去，更别提他人他国的利益了。

天灾人祸，福岛变祸岛，东京电力公司和日本政府备受指责。而纯粹人祸的本溪湖瓦斯大爆炸呢？无论那"六宗罪"与之有多少雷同相似，甚至就是一个模子倒出来的，跑到别人家去打砸抢，与在自己家里祸害自己，同时也祸害这个地球，能是一样的吗？

"资源重要还是……"——这"……"把一切都道白了。

在这点上，大仓财阀坦率多了，其国家意识也比东京电力公司强多了。

西江惨案

民国二十五年（1937年）2月23日，是个比"4·26"瓦斯大爆炸更深刻地嵌凿在本溪编年史上的日子。

21日是农历正月十一，伪桓仁县公署特务股和司法股通知下边各警察署，要求第二天把所有"归顺"人员送到警务科司法股，领取"证明书"，即所谓的"良民证"。

桓仁县大规模的"收降"工作，是从上年6月开始的。在集甲并村、大搞"集团部落"的同时，日伪宪兵队、警察特务机关，还有东边道特别工作部等，在抗日武装活动地区大肆宣传，"不管什么人，打死多少皇军，只要下山归顺，即为良民，既往不咎"。日伪威胁城镇士绅作保，还让一些抗日军家属上山呼儿唤夫。开头效果不大，落雪后山里难待，衣食无着，苦不堪言，一些人就想下山把枪交了，领个证回家种地，过个太平日子吧。

到年底，桓仁县陆续下山投降的有400人左右，大都为唐聚五的辽宁民众自卫军残部和山林队，也有东北抗日联军一军的。下山、缴械，然后到县警务科司法股按手印、采指纹，再在左手腕或虎口上，用绑在一起的几根针扎破3处，揉进墨，就留下永远磨灭不去的醒目的"∴"。这就算"归顺"了，放回家去，等通知来领"证明书"。

22日，各警察署把领证的人陆续送到县城，当晚被安排到城关警察训练所和几家客店住宿。

共三百多人，其中还包括4年前唐聚五举义失败后，就回家种地的一些义勇军。而这些人中，也并不都是刺着"∴"的人。一些人或者不在家，或者有什么事脱不开身，有父亲或者兄弟、孩子来的，还有让亲戚、邻居代领的。从10来岁到60多岁不等。但都是男人。那时女人大都是小脚，十几公里、几十公里去趟县城，不方便。

乡下人的春节，过了二月二年味才尽。晚饭后在那大通铺上躺着的、坐着的，抽着旱烟，唠着去年的年景，盼着今年的年景，谁也没有想到会有什么不测——不就是取个证明书吗？

23日早晨7点来钟，日本守备队在县城西边的浑江沿岸戒严，断绝行人车辆，并在冰封雪裹的江心水深处，指挥老百姓砍凿开个三间房子大小的冰窟窿。据一位砍冰窟窿的老人说，连传他去砍冰窟窿的甲长，也不知道日本人让砍那冰窟窿要干什么。

与此同时，来领证的三百多人排成四路纵队，顺城关大道被押送到西关的日本守备大队。站好队后点名，点到谁的名字，就进屋去领证。

大冷的天，太阳还未出山，大地冰冻如铁，人都冻得嘶嘶哈哈的。听到叫到自己的姓名，赶紧应着出列，进屋就被按倒绑上，再把嘴堵上。然后，薅领子，抓裤脚，两个人抬出后门，一用劲，咣当一声，那人就被扔在早已停候在后院的汽车上。

桓仁镇的老人说，头天下午，鬼子宪兵队把镇子里手指粗细能绑人的绳子，都买光了。

守备队和警务科各两辆汽车，装完一辆，开走一辆，穿过县城，直奔浑江。

有目击者说，那车上人摞人，"就像装猪肉样子似的"。一路颠到江面上，"再像扔猪肉样子似的往下扔、往下推"，连冻带摔，那些人大都不大行了，有的已经昏过去了。

在江边指挥把人往冰窟窿里填的，是宪兵队长杉木森平。在守备队指挥"发证"的，是守备队长野田，也随最后一辆汽车来到江边。桓仁老人对野田谈的不多，印象深刻的是杉木。五十来岁，秃头，大脑袋，猪肚子脸上一对小眼睛，一副罗圈腿。桓仁镇有家朝鲜族人开的妓院"姬岛馆"，这小子是个性虐狂，三天两头光顾，妓女们见到他吓得尿裤子。据说，桓仁"救国会事件"（后面将会写到）后，这个魔头受了处分，原因是在桓仁杀人太多，连上司也有点看不过眼了。这次"填江"后，据说又被批评，不久就疯了，自杀了。

被捆绑着从车上扔到冰面上，那些人站不起来，鬼子和伪警察就拖着，或用刺刀戳着推到冰窟窿里。水深处流速慢，人填多了，冰层下堵塞了，再推下去就漂起来了。他们就去附近江边人家拿来几根丈把长的木杆子，把冰层下的人往下捅，就这样使这项工作继续下去。

浑江从县城西边流过，桓仁镇人称其为"西江"。史书上称这次事件为"西江惨案"，民间叫"填江"、"填大江"。

三百多人只跑掉一个小孩。有7个十来岁的小孩没绑，别的好像都吓蒙了，只有这个瞅准鬼子伪军都盯着冰窟窿工作、卖呆的工夫，撒腿就往江边的柳树毛子里跑。周围和江边有鬼子警戒，举枪就打。那些人都冻得哆哆嗦嗦的，几枪没打着，小孩就钻进柳树毛子没影了。那柳树毛子密密麻麻的，下面是没膝深的杂草，枪声噼噼啪啪响了一阵子，鬼子和伪军进去搜，没搜着。

不管有没有"∴"形标记，县城这边来者不拒，斩尽杀绝，下边各乡镇则抓捕那些没来"领证"的人。拐磨子乡抓12人，正月十五填进富尔江。二户来乡抓11人，沙尖子镇抓19人，其余乡镇也人数不等地抓了一些，当地没有可填的江河，就地枪杀了。

本溪湖瓦斯大爆炸，无论死活，首先抢救出来的是日本人。

唯一受了处分的炭业部长今泉耕吉，据说和二坑主任上野建二有点什么亲戚，听说上野在井下，命令救护队搜救上野。于是，在优先的日本人中，上野又成了优先的对象。

即便当时井下没有六十多日本人，日伪当局和大仓财阀也不希望大爆炸发生，这是毫无疑义的。这次矿难死亡人数，无论是1327人，还是1800乃至更多，"人肉开采"都得有人。没有被美其名曰"产业战士"的"人肉"，日本急需的这种战略物资，会自己从地下走出来吗？况且其中还有一半左右的熟练工人，又得多长时间才能熬练出来呀？

可这"西江惨案"呢？

且不说国际法中有关战俘的条文是怎么规定的，他们早已是放下武器、拿起锄头的农民了。他们原本就是农民，现在还是土里刨食的农民。而且，其中还有那么多人，无论有百分之几百几千几万的保卫家园的权利，他们也没招惹过这些侵略者，因为他们或者已经过了，或者还未到与这些两脚兽搏杀的年纪。

有人说，西江惨案是杉木森平一手策划的。这话只是推断，缺乏具体证据。实实在在的是，这个宪兵队长一天不杀人，不折磨中国人，活着就像没了乐趣。这小子是个魔鬼，可那些和他同样装束的人呢？把这些手无寸铁的人骗来，车上车下地扔上摔下，再拖去那冰窟窿，或者用刺刀戳着，活生生推进冰窟窿里，从容地完成这样一个杀人不眨眼的全过程的人，还能叫作人吗？

许多桓仁老人告诫笔者：你不能用人的标准抬举、衡量日本鬼子。

这话也是后来的反思了。包括被填进冰窟窿里的三百多人，之前也会这样想：无论如何，他们不也是人吗？

"3·11"大地震后，个把月间，电视上每天少不了地震、海啸和废墟的画面，让世人感慨人类的渺小、无助的同时，也见识了日本人的坚忍、纪律性和彬彬有礼。他们被称作"鬼子"的先人，当年也是彬彬有礼的。最早在中国进行"人肉开采"的财阀之一，大仓父子是彬彬有礼的。那些制造了西江惨案的鬼子，有的如果还能回到日本，会成为一个好丈夫、好父亲，所到之处依然点头哈腰，彬彬有礼。

当战争把人的兽性推向极致时，人们常会做出连自己也觉得不可思议的事情。这在古今中外都不鲜见。只是这个世界上最彬彬有礼的日本人，那些被叫作"鬼子"的东西的兽行，也是举世罕见的。

连被视为亲日的印度尼西亚，也在中学教科书中告诫孩子："在占领我国的国家中，日本是最残酷的。"

这种日本人习以为常的彬彬有礼，就陡升一种毛骨悚然的阴森，还有一种难以理喻的疑惑：那是一种什么样的文化，才能把这样极不协调的对应的两极，如此和谐地融为一体呀？

就像大仓喜八郎和大仓喜七郎，从名字上看，这爷儿俩不就是哥儿俩，而且后者还应该是前者的兄长吗？

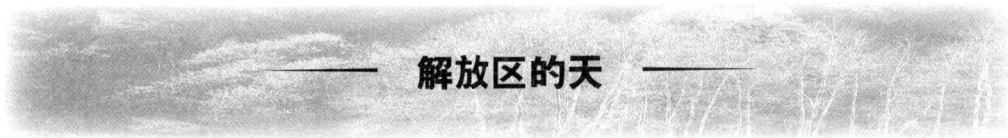

解放区的天

离休前为本溪人民防空办公室副主任的满清华老人，山东省掖县（今莱州市）人，民国三十一年（1942年）15岁，只身来到本溪湖谋生，在本宫商行印刷厂当学徒。

举家闯关东的，青壮年汉子或挑担，或推着独轮车，除了那点家当，有的车上还坐着个老人，担子的一头挑着个孩子。独轮车轴瓦干涩的噪音，在苍天和大地间吱扭着。孩子不哭不闹，眼睛似睁不睁，神态木然得像百岁老人。老人白发染成土色，混浊的目光凝视远方，闪烁着童稚的希冀。不用拖累人的老人、孩子、小脚女人，身上大包小裹的，人手一根棍子，在地平线上跋涉。

一代代像满清华这样的"跑腿子"，就方便、利索多了。一块家织土布的包袱皮，裹上点吃食，顶多再加上双鞋和衣服什么的，沿一条对角线卷裹起来，斜挎背上，两个角在胸前一系，就可以上路了。

从掖县走到龙口，乘船到大连，就到东北了。

老辈人如此这般叫闯关东，九一八事变后叫"出国了"，"满洲国"，日伪宣称"铁打的'满洲国'"。龙口码头上有个小房子，人在窗口前一站，里面咔嚓一声照张相，问你姓名，多大年纪，什么地方人，填写完了，扔出一张卡片就是"护照"，可以"出国"了。

本溪湖最繁华的窑街，从河东桥头横跨河西到柳塘，顺条蜿蜒的山沟，一路熙熙攘攘出去四千多米，其规模及土洋货之齐全，堪称辽东第一街。满洲饭店、湖山楼大戏院，在同行业中即便不坐辽东头把交椅，也属一流无疑。而最初因制陶业发达得名的窑街，自然也少不了皮肉生意，这窑街就有了另一种含义。

更让初来乍到的满清华感到惊异并压抑的，当然还是那十里矿区和庞然大物的高炉。无论多么响晴的天，本溪湖的天空总是灰蒙蒙的，像那"日本街"让人心头堵得慌。

像"九一八"一样，"八一五"是个刀镂斧刻般嵌进了本溪人记忆的日子。那天满清华印象最深的是火，从伪市县政府到"日本街"，到处都在焚烧档案文件。被称作"大白楼"的煤铁公司院子里，堆得小山似的，入夜后仍大火熊熊。"铁打的'满洲国'"稀里哗啦崩塌了，丧家犬似的侵略者，首先想到的是销毁罪证。

首先行动起来的是"特殊工人"。他们砸开电网、铁丝网，用棍棒武装起来，组织工人纠察大队，护厂护矿，维持社会治安。8月19日，发表《告全市人民书》，在茨沟升起中华民国国旗。举行升旗仪式时，普通工人来了，市民来了，群情激奋，高呼"打倒日本帝国主义"、"中华民国万岁"。

本溪湖沸腾了。

22日，工人纠察大队兵分三路，首先占领了铁路警察的武器库，又在大白楼地下室搜出一千多支步枪。从宫原开来3辆汽车，满载日本守备队，未等进院就被工人纠察大队包围。鬼子挺识相。"大日本皇军"已经黄铺了，对方人多势众，打起来一点便宜占不到，就乖乖溜了。

八一五光复后的中国，战争？还是和平？

中国站在十字路口上。

结果是战争——这回叫"内战"，中国人打中国人。

8月14日、20日、22日，蒋介石发出三封电报，邀请毛泽东去重庆谈判。9月26日，刘少奇在给重庆谈判的毛泽东、周恩来的电报中说："我们真愿和平。"

全国抗战八年，东北抗战十四年，在二次世界大战后的这个星球上，没有比中国更需要和平，更需要休养生息的了。但这不是共产党说了算的事。以蒋介石为首的国民党，认为他比共产党强大，他要一党独霸，用暴力消灭共产党。

从民国三十五年（1946年）4月开始，以林彪为总司令的东北民主联军拉开架势，在松辽平原上的四平和辽东大山里的本溪，打了两场中国共产党武装斗争史上罕见的城市保卫战。

四平坐拥东北腹地，控制四平，即可自由纵横关东大地。而本溪为拱卫沈阳的南部屏障、门户，著名的煤铁之城、重工业基地，又是安奉、溪辽、溪田三条铁路的交会地，战略地位自不待言。

4月1日，国民党调集五十二军二十五师、新六军十四师和六十军一八二师五四五团，从抚顺、辽阳两个方向进攻本溪。东北民主联军第三、第四两个纵队（军），利用山形地势，顽强据守，将其击退。7日，国民党兵分三路，空地配合，再次进犯，激战五昼夜，仍未得逞。28日，国民党重又集结5个师的兵力，发起规模空前的攻击。民主联军兵力本来不占优势，这时三纵又被调去四平作战，苦战不支，被敌突破。

史称"三保本溪"。

这是一场特殊历史背景下的城市保卫战。美国总统特使马歇尔来华调停内战，中共中央判断和平有望，一个和平民主新阶段即将开始。实际上这是根本不可能的，因为蒋介石不允许。而以当时共产党的实力，且是这种并非所长的陌生的正规的城市防御战，也是无望取胜的。

进入东北各大中城市的国民党军队，掀起一股结婚热。八年抗战，下级军官都老大不小了，这回天下铁定是国民党的了，该娶妻生子、安居乐业了。到处都有日本人留下的空房子，好多都贴上了大红"囍"字。本溪自然也着实热闹了一把。

国民党弹冠相庆，共产党则深入农村，发动群众，表演自己的拿手好戏，接下来是你来我往的拉锯战。

在草河口镇北边的我家三间草房，今天国民党军队来了住下，明天解放军又来号房子。我的老岳父常被甲长派去给队伍当向导，有时到家未等吃口饭，又被找去抬担架。解放本溪的最后一战——平顶山战斗，还抬过解放军的伤员。开头也不晓得是些什么队伍，后来明白了，戴钢盔和像牛屁股下面那东西的帽子的是国民党；穿戴破烂，肩扛手拿的家什也差远了的是八路军——那时老百姓管解放军叫八路军。

赵永顺当年8岁。他说，碱厂大的拉锯是四次，平时你来我往的就多了。远远地看到西大河那边路上扬起尘土，就知道是军队来了。不管白天晚上，听到汽车声，那就是国民党军队来了。八路军帮老百姓挑水、扫院子，国民党没这事儿。前院老赵家住着个国民党的营部，一只大公鸡在院子里溜达，那营长掏出手枪"啪"一枪打死了，老太太心疼也不敢吱声。营长笑笑，一口南方话，说不白吃你的，从屁股兜里掏出一把钱问够不够，说着又去掏。我们家住十来个女兵，通讯报务的学生兵，四川人，管鞋叫"孩子"，管我们小孩叫"小鬼"，吹口琴、唱歌，动不动就笑得叽叽嘎嘎的。他们是号称"千里驹"的五十二军二十五师的，后来往东去了赛马集，在新开岭让八路军"包圆"（全歼）了。碱厂镇国民党驻的时间多，田师付镇驻扎的是八路军。一天下午，来了几个小八路，扮成要饭花子搞情报，不知怎么让国民党识破了。最大的16岁，是领头的，被押到四道河口沙滩上枪毙了。我和一些小孩在道边人家前看着，小八路被反绑着，面色坦然。我曾写过一篇文章，发表在《本溪县报》上，纪念这个小八路。

碱厂镇有个刘俊秀，头脑精明，能说会道，开家挺大的商号，方圆几十里算个有头有脸的人物。共产党来了出任商会会长，国民党来了当上三青团服务队指导员，反正谁来了都让他为其服务，他也左右逢源，谁也不得罪，以图自保。朝鲜战争爆发了，他赶着自家的一辆车随民工去了朝鲜。"镇压反革命"运动开始了，这三青团服务队指导员够"线"了，被定为历史反革命，判有期徒刑十年。因为在朝鲜战场立过大功，减刑二年。到底应该怎样判断这个人呢？如果国民党得了天下，又会怎样定他的罪？国共拉锯，城头变幻大王旗，反正他就跟着那旗帜翻着跟头。

本溪市平山区桥头镇房身村六组93岁的何淑维老人说，那时南边台山是八路军，北边山上是国民党，我们这儿正好是两夹裆。八路军晚上摸过来，去北边山上拔碉堡，国民党也派便衣到南边去侦察。八路军过来叫"大娘"，国民党过来叫"大嫂"，那世道那个乱哪。国民党大炮、"子溜子"（子即子弹，溜子是弹道）嗖嗖飞，来得及时一家老少躲进菜窖里，来不及了就趴在炕沿下，我抱着个吃奶的孩子，直哆嗦。

以上只是大历史中的一些小镜头。当时的东北，除了松花江以北的北满地区，基本就是这样你来我往的拉锯战。

即便是被国民党占据了28个月的本溪市内，也乱得难以想象。民国三十六年（1947年）6月13日，一天工夫，187家商户遭土匪抢劫，瑞成祥商号被洗劫一空，荣盛合商号只剩下一张桌子。

翌年开春后，通货膨胀像脱缰的野马，那是本溪人最有钱的时候了。如今讲卡，钱包则什么时代都有，可那时钱包不行了。笔者儿时没少听老辈人叨咕，上街买东西得用面袋子装钱，一面袋子东北九省流通券，买不了一袋子高粱米。

本溪湖瓦斯大爆炸后不久，苏联就向国际联盟提出上诉，要求对日本政府予以制裁和索赔。1945年联合国成立后，苏联再次提出提案，要求联合国立案清算"4·26"矿难中日本人的罪行。1947年秋，南京政府曾派人来到本溪湖调查矿难情况，回去后再无下文。也是，忙于打内战的国民党，还能顾得上这码事吗？

　　　　解放区的天是明朗的天，
　　　　解放区的人民好喜欢，
　　　　民主政府爱人民哪，
　　　　共产党的恩情说不完。
　　　　呀呼嗨嗨咿咳呀嗨，
　　　　呀呼嗨呼嗨，呀呼嗨嗨嗨，
　　　　呀呼嗨嗨咿咳呀嗨。

　　这时已经有了《解放区的天》这支歌，只是本溪人还不会唱，这方水土也忽晴忽阴，阴晴不定。共产党来了是解放区，国民党来了叫国统区，而且也宣称是来解放人民的。

　　"国民党"这个名字挺好听，国民的党，老百姓的党，为人民大众服务的党。"想中央，盼中央"，也曾是所有沦陷区人民的普遍心理，把国民党军队和国民政府那些接收大员当成了解放者。结果却是"中央来了更遭殃"，因为人民发现国民党原来是"刮民党"。

　　这是一个用暴力反抗暴力的故事，就像毛泽东说的"不要枪杆子必须拿起枪杆子"。而那些还不会唱《解放区的天》，一时间还搞不大清楚共产党、国民党谁是谁非的人们，一旦明了谁是真正的解放者，是他们利益的代表者，国民党就以连共产党都感到吃惊的速度垮掉了。

　　　　拉大锯，扯大锯，
　　　　姥姥家唱大戏。
　　　　唱的什么戏？
　　　　是出大八义。
　　　　八义有几个，
　　　　他们都是谁？
　　　　你和我，定钢锤。

这是笔者儿时玩耍时常唱的民谣,"定钢锤"即猜拳定输赢的"石头剪子布"游戏。而在我来到这个世界不久就开始的用枪炮"定钢锤"的拉锯中,跟何淑维老人讲的一模一样,母亲抱着小小的我趴在炕沿下哆嗦,不知道,也不会想这个世界发生了什么。

太子河流啊流,终于到了民国三十七年(1948年)10月30日。

抗战胜利后首先在东北打响的这场内战,这时已经进行了3年。9月12日辽沈战役打响,10月15日攻克锦州,19日解放长春,东北地区只剩下沈阳、抚顺、本溪、辽阳、营口还被国民党盘踞着,而且均被分割包围,已成死城、孤岛。

10月25日,安东省军区电令所属独立一支队:"立即向本溪方向前进,相机收复本溪。"

驻守本溪的国民党军队,是沈阳保安团和被老百姓称作"清剿驴子"的"清剿队",共三千多人的烂杂武装。

支队司令员兼政委赵国泰,指挥担任主攻的二团,从抚顺出发,一路势如破竹,29日攻占本溪城郊的卧龙、沙包岭,30日再下大峪堡。进至城北大峪地区的水塔附近时,遭敌顽强抗击,其实也不过是临死前的回光返照而已。

支队副司令员寇奎甫,率领辅助攻击的二团,29日从桥头出发,30日凌晨插到本溪守敌背后的火连寨,并迅速突入镇内。然后,从西北方向向市区攻击前进。

葛春生,85岁,本溪县泉水乡腰堡村人,1948年1月参军,在独立一支队二团一营三连机枪班任机枪手。刘忠春,82岁,本溪县山城子村人,1947年参军,在独立一支队一团迫击炮连任瞄准手。笔者采访时,两位老人都在本溪县光荣院安度幸福晚年。

刘忠春老人说,我是土改翻身后参军的。第一仗去抚顺打救兵台,只有两颗手榴弹,打完这一仗才有枪的。后来成立迫击炮连,八二迫击炮,扛炮扛炮弹是个力气活儿,我个大,就调到迫击炮连。解放本溪,我们跟着寇副司令员,在火连寨西北山坡下架上炮,咣咣咣一顿炮火,步兵就冲进去了。扛上炮往本溪跑,赶到市内,战斗已快结束了。步兵利手利脚,炮兵慢哪。

葛春生老人说,"水楼子"(水塔)敌人顶得挺厉害,那也是大势已去,打败的鹌鹑斗败的鸡了。敌人跑到张家堡,又上了平顶山。山上敌人一个团,我们一营的两个连攻击,晚上8点来钟从后边山坡往上摸,枪一响就往上冲。快到山顶时有道砬子,立陡立陡的别说轻重机枪了,手榴弹拉了弦顺手丢下来就行了。我抱挺比利时造机枪,我们叫"大白头",子弹哗哗打得砬子火星四溅。全班3挺机枪12个人,伤了7个。全连180多人,战后剩58个,大都在那儿伤亡的。

老人说，我们连二排副排长李志保立了大功，他把爆破筒插进碉堡里了，敌团长扔出手枪，带人出来投降。一连的毛景才立特等功。敌人机枪一开火，他从侧面跃过去，一把把机枪抓了过来。胸前中了3枪，竟然没有牺牲，庆功会上，团长给他戴大红花。

本溪县光荣院坐落在县城小市镇的老墩台山下。解放战争中，碱厂镇四次拉锯战，小市镇也是四次，葛春生参加了一次。老人说，这四次拉锯战，三战老墩台。这光荣院当年是庄稼地，死了好多人，咱们的，敌人的。

老人感叹：新中国来之不易呀。

大事记

● 1907 年（清光绪三十三年）

三月初一，盛京改称奉天省，设三道，本溪县属东边道。

● 1908 年（清光绪三十四年）

一月，本溪湖炭矿安装一台 75 千瓦发电机，供炭矿用电。翌年十月炭矿成立电灯公司，向周围部分居民供电。

● 1909 年（清宣统元年）

四月初一，日本独立守备队第四大队侵占连山关、本溪湖、草河口等地。

● 1911 年（清宣统三年）

六月初一，清政府成立邮传部，本溪湖设立大清本溪湖邮政局。1912 年中华民国成立后，改称本溪湖邮政局。

● 1912 年（民国元年）

6 月 16 日，东三省都督赵尔巽颁布国民捐令，本溪地区据此开征国民捐。

● 1914 年（民国三年）

本溪湖商办煤铁有限公司开设电话交换机局，专为公司内部使用，为本溪最初的电话设施。

● 1916 年（民国五年）

7 月，大仓喜八郎通过本溪湖商办煤铁有限公司中方总办，向北京工商部提出减去部分出井税，被拒绝。翌年 2 月 5 日，再次提出类似要求，仍被拒绝。

●1917年（民国六年）

本溪至庙儿沟22千伏送电线路建成，为东北输电线开端。

●1919年（民国八年）

2月2日、11日，本溪湖商办煤铁有限公司二矿坑内发生两次火灾，共死亡矿工242人。

10月3日，500多名炼铁工人，其中100名日本工人，为增加工资、改善劳动条件举行罢工，公司被迫从4日起给中日籍准佣员增加工资二成，给中日籍常役夫增加工资三成。

●1922年（民国十一年）

5月，本溪湖商办煤铁有限公司选煤厂650名工人罢工5天，迫使公司给工人增加工资一至二成。

中日合办时期，煤铁工人经常举行罢工，《本溪市志》"大事记"中有记载的即达12次，几乎每次或多或少都能达成目的。

●1923年（民国十二年）

8月13日，本溪地区大雨成灾，河水暴涨，四区大干沟、磨石峪死于水患104人，草河掌死41人，望城岗子瞬间房舍无存，全县冲毁土地近6000亩、民房338间。

●1924年（民国十三年）

8月1日，本溪县司法公署成立，从此结束了县知事兼理司法的历史。

●1927年（民国十六年）

8月23日，工人选出代表与公司谈判，提出四项要求：一、成立工会；二、提高工资；三、实行八小时工作制；四、不许打骂工人。公司拒绝，4500名工人举行大罢工，袭击发电所、公司总部小红楼。日方调动守备队对工人武装镇压，致死亡24人，受伤73人，失踪100余人，被押受刑306人，91名职员、工人被开除。后在全国人民声援下，经谈判复工，释放被押员工，对死伤者给予抚恤，工人工资待遇亦得提高。

时有歌谣：

不怕身短，
就怕身软，
碰事不平，
罢工就灵。

●1928年（民国十七年）

12月29日，东北易帜，本溪撤红黄蓝白黑五色旗，悬青天白日旗。

●1929年（民国十八年）

本溪湖砚（辽砚）等4种特产，首次被征集，在全国西湖博览会展出。

●1931年（民国二十年）

9月19日，日本侵略军侵占本溪，包围县公安局，警察被缴械。20日，庙儿沟铁矿八十多名中国工人罢工，抗议日本侵略东北。

●1932年（民国二十一年）

4月5日，辽宁民众抗日救国会成立，下设军事委员会，唐聚五任委员长。

21日，在桓仁县师范学校操场，举行辽宁民众自卫军成立誓师大会，总司令唐聚五发表誓词，并向全国发出抗日通电。

●1933年（民国二十二年）

2月，中共本溪特别支部成立，书记孙己泰，组织委员陈象毅、宣传委员侯薪。

4月30日，为纪念五一国际劳动节和五卅运动，特别支部在本溪湖火车站、茨沟、柳塘等地张贴标语，引起轰动。

●1934年（民国二十三年）

2月21日，杨靖宇率独立师政治保安连，来到桓仁县仙人洞活动。

11月7日，东北人民革命第一军（即后来的东北抗日联军第一军）在桓仁成立，杨靖宇任军长兼政委，宋铁岩为政治部主任，朴翰宗任参谋长。

●1935年（民国二十四年）

5月15日，本溪湖特殊钢实验工厂电炉投产，开始试炼特殊钢。

同月，中共桓仁县委成立，县委书记兼组织部长李明山，宣传部长兼妇救会主任朴金华。

●1936年（民国二十五年）

2月，日本宪兵队以"思想犯"为名，逮捕本溪县立师范学校校长崔芳秋等一批知识分子，同年秋崔芳秋被杀害。

4月，杨靖宇指挥一军军部和一师主力，在本溪县东部山区梨树甸子，歼灭伪东边道讨伐队司令邵本良部五百余人，击毙日军炮兵中队长菊井少佐。6月，又在宽甸夹石砬子设伏，歼灭邵部一个团。

9月，在本溪县砬门子，一军歼灭日本守备队长岳奇以下40人。

12月，桓仁县西江桥开建，为本溪地区第一座钢筋混凝土桥梁。

●1937年（民国二十六年）

7月，本溪湖煤铁股份有限公司宫原厂区开始建设：（1）生铁工厂，第一、二熔矿炉及运煤设备；（2）团矿工程及附属设备；（3）发电、动力设备。

10月，抗联一军在本溪县红土甸子红通沟，打死日军牛岛队长及部下六十余人。11月中旬，又在本溪县老边沟歼灭日军四十余人。

同年，由九顶铁刹山三清观监院炉向阳监修、辽阳贡生白永贞主撰的《铁刹山志》出书，共10卷，石版印刷。

● 1939年（民国二十八年）

2月，桓仁县流行天花、霍乱、伤寒病，死亡四千多人。

10月1日，日伪当局将本溪湖街和宫原从本溪县划出，成立本溪湖市。

● 1940年（民国二十九年）

6月11日，日伪当局公布《区屯废合令》，强迫村民归屯并村，大搞"集团部落"，大批农田荒弃。

● 1943年（民国三十二年）

1月，日伪当局推行"勤劳奉仕"制，凡适龄青年征兵体检不合格者（民间称之为"国兵漏"），均强制进行各种无偿劳役。

● 1945年（民国三十四年）

10月8日，本溪市各界人民代表会议召开，成立本溪市民主政府，选举田共生为本溪市市长兼本溪县县长。

中旬，中共本溪市委成立，李力果任书记，张子衡任副书记，杨春茂任组织部长，张子衡兼宣传部长。

11月3日，民主政府接管煤铁公司，将其改称为本溪湖煤铁总公司，田共生为总经理。

同月，中共中央东北局、东北行政委员会迁到本溪。

12月3日，王玉波任本溪市民主政府市长。

● 1946年（民国三十五年）

1月18日，本溪市第一届临时参议会开幕，王玉波在会上宣布民主政府施政方针：废除苛政，减轻人民负担，实行生产、贸易自由。

5月2日，本溪市委、政府撤出本溪市区，到农村开展游击斗争。3日，驻本溪民主联军实行战略转移，炸毁第二发电厂和溪湖至宫原的公路大桥。国民党军队当天占领本溪。

6月，本溪县委机关迁至小市，决定在草河掌、胡家堡子、八楞树等地进行土改试点，7月在40个村开展第一期土地改革运动。

10月1日，国民党辽宁省政府将本溪湖市、本溪县合并为本溪县。

●1947 年（民国三十六年）

6 月 13 日，民主联军四纵队攻入本溪市区，不久撤出。

●1948 年（民国三十七年）

10 月 31 日，本溪市政府成立，王甦任代市长。

11 月 1 日，本溪市军管会召开本溪市各界代表会议，阐明中国共产党的城市政策，宣布接收国民党一切旧政权和企事业单位。

11 月中旬，王玉波任市长。

豺狼来了有猎枪

——『山魂水魄本溪人』一

——— "五尺身躯何足惜,四省失地几时收" ———

　　九一八事变,辽宁、吉林沦陷后,东北人心惶惶,许多官员争相南下进关。在沈阳赋闲的邓铁梅,10月上旬与好友云海清秘密返回凤城,南下抗战。

　　儿时常听老辈人叨咕邓铁梅,一口一个"邓司令",说邓司令这人了不得,是咱本溪县出的大英雄,提起"邓铁梅"三个字,小鬼子也翘大拇指的。

　　邓铁梅,名古儒,字铁梅,满族,清光绪十八年(1892年)生于本溪县磨石峪一富裕农家。读私塾、学堂,考入本溪县警察训练所,先后任巡警、班长,民国十年(1921年)升调凤城县(今凤城市)警察大队大队长,又升任公安局长。

　　像本溪县一样,守着一条安奉铁路,有了日本的附属地,凭空就生出许多让人忍无可忍的是非。民国十七年(1928年)夏天,日本人说凤凰山下的铁路上发现一块大石头,认为是中国人要颠覆列车。几经交涉,日方蛮不讲理,竟出动守备队将县公署包围,强迫县长在他们拟订的文件上签字。邓铁梅将警察大队部署妥当,进去与之理论,话不投机,那守备队长抽出指挥刀,邓铁梅则以大张机头的匣子枪相对。僵持一阵子,守备队长自知讨不到便宜,软了下来,撤兵解围。之后,日本人再也不提路基上的大石头这码事了。

　　日本商人在青城子铅矿越界开采,邓铁梅奉命查办此事。调查属实,当即封停矿井,并将盗卖国土的汉奸逮捕下狱。

　　"皇姑屯事件"、"铁岭事件"、"万宝山事件"、"中村事件",盛产大豆、高粱和煤铁等矿藏的黑土地,盛产"事件"。气势汹汹、咄咄逼人的侵略者,在各地千方百计寻衅闹事,为把事件变成事变制造借口。不知道邓铁梅对此曾经作何感想,他用行动告诉我们的是,对于这种心怀叵测的侵略者,不能姑息忍让,更不能抱有幻想,只有针锋相对,让他们明白辣椒不是巧克力才行。

　　中东、南满、安奉铁路,一路山河破碎,邓铁梅的热血在沸腾。

　　邓铁梅曾任凤城县公安局长多年,在当地颇孚众望,这里又毗邻他的家乡,人熟地熟。他来到小汤沟,士绅纷纷来见,出钱出枪。各村屯青壮年背着大刀、长矛、乌枪、土炮、"大抬杆"(一种威力很大的火药枪,身管长,口径大,需两个人抬着,又称"二人抬")和步枪踊跃来投,很快组织起一支四千多人的队伍。

第二年 3 月，邓铁梅直接指挥的队伍已达 1.6 万人，接受改编的 3 万人，在濒临朝鲜、旅大的安东、凤城、岫岩、庄河等县，形成了著名的抗日三角区。

邓铁梅为总司令的东北民众抗日救国自卫军成立后的第一仗，也是辽东地区民众抗战第一枪，是攻打安奉铁路上的重镇凤凰城。12 月 26 日夜，邓铁梅亲率一路主力，首先解决了南大街的伪警察大队，随即捣毁了伪县公署、公安局，砸开监狱。攻击火车站时，日军凭借炽盛火力顽强抵抗，大都是庄稼人的自卫军凭借人多势众和不甘当亡国奴的中国心，几次冲锋，前仆后继，日军除少数人钻进地下室，大部被歼。

第二天的《盛京时报》撰文惊呼："安凤线匪警频传,凤凰城被袭焚,通信断绝,形势严重。"

此后，这支义勇军攻县城、拔据点、扒铁路、炸桥梁，还曾用步枪打下敌机，经历大小百余仗，搅得侵略者日夜不宁。

民国二十三年（1934 年）春，邓铁梅患病，不能随队活动。当时，东北各地义勇军将领大都脱离战场，去往关内了，队伍也就散了。一些部下也劝邓铁梅去关内治病。《塘沽协定》已经签订，把冀东大片地区划为"非武装区"，等于成了中华民国与"满洲国"的"安全边界"，国民党政府釜底抽薪把义勇军出卖了。邓铁梅的部队也只剩下千把人，大气候，小环境，义勇军大势已去，败局已定。但他明白，只要他邓铁梅留在这里，这方天地的反日旗帜就能撑下去。部下扯来敌人悬赏 10 万元取他项上人头的布告，他看罢，哈哈一笑。

邓铁梅有句名言："能被打死，不能被吓死。"

5 月 30 日，邓铁梅在岫岩县小蔡家沟养病时，被叛徒出卖了。

民国二十一年（1932 年），日军曾以安凤地区绥靖总队长头衔和 20 万元编遣费招抚邓铁梅及其部队，先让汉奸送信，不久又派来日军军官劝降。为了彻底断绝某些动摇分子的投降念头，邓铁梅下令，将 6 名日本军官全部处死。

日本人明白，对这样一个中国人动硬是没用的，就以礼相待，饮食很好，还让他的夫人陪伴他。一些日本军官也常来狱中与之交谈，对他的气节表示敬佩。一次，一个军官拿把折扇，请他题字。邓铁梅略加思忖，提笔挥就："五尺身躯何足惜，四省失地几时收。"

9 月 28 日，邓铁梅被秘密杀害，时年 43 岁。

邓铁梅被俘遇害后，在辽东扛起抗日旗帜的是苗可秀。

苗可秀，原名苗克秀，又名景墨，号尔农，本溪县下马塘人。清光绪三十二年（1906 年）出生,读私塾、中学,考入东北大学文学院。九一八事变后流亡北平,在北京大学借读，积极投入抗日救国活动。11月5日，曾和部分东北学生参加"东北民众赴京请愿团"，为负责人之一，南下请求国民政府收复东北。

苗可秀曾迷信国家主义，幻想国民党能使中国强大，加入国民党。南京之行，使他认识到中国的事情还得靠民众的力量，东北青年要做抗日救国的先锋，奔赴前线杀敌保家。

民国二十一年（1932年）2月，苗可秀来到邓铁梅的自卫军，被委任为自卫军总参议。

8月13日，自卫军打下岫岩县城，除指导官岗村逃脱外，城里几个日本人全部被活捉。内中一商人愿以两万双胶鞋赎人，自卫军则要20万发子弹，并将其释放，由此拉开长达两个月的谈判序幕。

当时自卫军需要喘口气儿，进行休整补充，谈判意在与敌周旋，争取时间。鬼子的算盘是"招抚"。双方讨价还价，从凤城谈到奉天，又谈回凤城。自卫军鱼龙混杂，一些人认为张学良不出关，抗战没指望，就想假戏真做。苗可秀认为必须采取断然措施，邓铁梅同意，并委托他全权处理，将谈判的鬼子全部杀掉。

日军大举"讨伐"，疯狂报复。

自卫军司令部驻地龙王庙附近的黄土坎，被敌人占领后，不但对司令部形成威胁，而且当地盐滩税款一项即损失数万元。10月下旬，苗可秀指挥一团、十团、十五团、十八团和武术队，激战大半夜，将其夺回。

12月8日，日军调集重兵，从岫岩、凤城、安东三个方向进犯龙王庙。苗可秀在龙王庙西北鸹鸹窝设伏，打死打伤日军六十多人。自卫军司令部向尖山窑转移，日军二百多人赶去文字街堵截，把老百姓的箱子柜等家具搬到街上，构筑工事。苗可秀指挥部队将堡子团团围住，在密集火力掩护下，大刀队趁夜色冲进堡子，砍杀五十多日军。

尖山窑是自卫军发祥地，辽东三角抗日区的重要据点，这时已被日军占领。天将破晓，自卫军部署妥当，炮兵发射十余发炮弹，苗可秀一马当先冲了出去。日军凭借工事，拼命抵抗。一介书生苗可秀，冒死爬上墙头，坐在墙上指挥战斗，一支20响匣子枪向鬼子喷吐火舌。官兵大受鼓舞，奋力向前，终于将敌人打垮。

邓铁梅被俘后，苗可秀大恸，一边拾整队伍，一边派出精干队员暗中寻访，处死了出卖邓铁梅的两个叛徒。

年底，三角地区除苗可秀领导的少年铁血军外，其他义勇军都溃散了。

民国二十四年（1935年）6月13日，苗可秀率领铁血军四十多人在岫岩县羊角沟宿营时，被汉奸刘仁安告密。五百多日伪军将村子包围，苗可秀指挥部队突围时负重伤，卫士王德林背着他冲出包围，在山林中隐蔽。21日，辗转到凤城县碑家岭老乡家养伤，又被告密，被捕。

敌人将苗可秀押到凤城县城，又用装甲车送去安东疗伤。苗可秀说，你们休想从我嘴里得到任何东西，也就用不着假惺惺地来这套了。

7月25日下午，在凤城县城南山沟，苗可秀被绑在一棵松树上。一个日本军官道，你打死那么多日本人，他们的家属都要求对你处以极刑。如果你现在答应投降，还可以不死。

苗可秀轻蔑地一笑：打死日本人是我的天职。抗日不怕死，怕死不抗日——你就来吧。

面对黑洞洞枪口，29岁的血性男儿高声吟道："尔农松下折颈枝叶茂，可秀日久还田重复生。"

苗可秀的父亲务农，在农闲时挑担叫卖做点小生意，苦劳苦作供儿子读书。邓铁梅家比较富裕，但比起黄拱宸也差多了。

黄拱宸，原名黄成庸，满族，清光绪二十五年（1899年）生于本溪县清河城镇。因其父侍候清朝王爷有功，清廷将清河城前央成记一带山林土地赏赐给他，遂富甲一方。

沈阳蒙旗师范学校毕业的黄拱宸，性情豪爽，广交社会各界人士，帮助穷人，在本溪、兴京一带赢得声望。闻听九一八事变，黄拱宸肝胆欲裂，拉起一支千余人的义勇军，不久慕名投奔邓铁梅，被委任为自卫军左参赞（相当于参谋长），与苗可秀一起成为邓铁梅的左膀右臂。

自卫军的三位主要将领都是本溪县人，本溪地区的小股义勇军与邓铁梅多有联系，黄拱宸受邓铁梅委托，几次回本溪地区收编队伍。缺乏被装给养，他就捐出家产，供给部队。

民国二十二年（1933年）春节后，黄拱宸到兴京县苇子峪收编山林队"占东边"，正赶上一支伪军"讨伐"，寡不敌众，他和随行人员被俘，带去兴京县城，关押在第十四监狱。

黄拱宸的夫人赶去探监，要变卖家产赎他出去。有的伪官员久仰黄拱宸大名，敬佩他的为人，劝他编套假口供，不承认自己是黄拱宸，再托人疏通，保住性命。黄拱宸断然拒绝。他说："我是个堂堂正正的中国人，我为抗日救国而死，死得其所。从拉队伍抗日时起，我就准备着这一天了。"

这年夏天，黄拱宸走上刑场，35岁的刚烈青年昂首高呼："打倒小日本子！""中华民国万岁！"

—— "我李向山没当过一天亡国奴" ——

"李向山原名李瑞林，字祥山。高个，大眼睛，长方脸，高鼻梁，说话脆快，为人坦率，办事果断。平常一身农民打扮，外出时好穿长袍戴礼帽，骑匹大青马，一派学者绅士风度，初识者敬而远之，接触后方知平易近人。"

这是笔者写《雪冷血热》时求教过的桓仁满族自治县党史办负责人李戍和他的同事，在一篇介绍李向山的文章中的文字。

李向山是桓仁县铧尖子乡人，家有土地 500 亩，富足大户。他自小聪明伶俐，读书成绩骄人，青年时代崇拜孙中山，将自己的名字改为李向山。曾任县民立学校校长、桓仁地区教育界稽查员、劝学员兼土地委员、建道委员，为官清正，尤以办学业绩突出。他认为要想国富民强，必须消灭贫困愚钝，而这首推教育。办学方针以建国强民为宗旨，所培养学生多具爱国思想。当时农村公办学校很少，他自费在铧尖子办所"三乐学校"，意即国家乐意，乡亲乐意，黎民百姓乐意。有的农民不乐意，只顾养家糊口，不想让孩子读书，他到处劝学，讲道理不听，抡起马棒就打，人称"李大马棒"。

九一八事变传到桓仁县，李向山寝食难安，仰天长叹：这么大个中国，让小日本子欺负成这样子，耻辱、耻辱啊！

唐聚五在桓仁举义，李向山在铧尖子组织大刀会，参加唐部，被委任为团长。在坎川岭阻击战中，大刀会曾重创敌人。日军占领桓仁后，李向山拉队伍上山，因民间有"小鬼怕老家钱"之说，报号"老家钱"，在桓仁、兴京一带活动。这种队伍，通常在老百姓眼里就是胡子，可因为李向山是首领，连胡子也不认为"老家钱"是胡子，日本人则称之为"政治匪"。

民国二十二年（1933 年）冬，李向山听说磐石、海龙有共产党领导的红军，曾几次派大儿子李再野前去联系。转过年 2 月，抗联一军独立师三团团长韩浩率先遣队到桓仁后，在海青伙洛西岔柴火垛沟找到李向山，李向山激动不已，当即跟韩浩走了。十多天后回来，高兴地对妻子说，"我见到了杨司令，大个，关里人，岁数不大，有能耐，中国有这样的英雄好汉是不会亡的。"

辽东山区，沟壑纵横，峰岭如浪，桓仁还有"辽宁屋脊"之称的老秃顶子山。

仁者爱山。而杨靖宇率军从吉林磐石挺进桓仁，看中的是这大山里是游击战的天然乐园，这里民风古朴、强悍，富有反抗精神。九一八事变后，统领辽东各路义勇军的辽宁抗日民众自卫军，就是在这里诞生的。当时，这大山里几乎村村挂红灯，向那个"满洲国"示威、叫板。

李向山参加一军，被任命为一师副官，协助师长工作。

李向山当红军的消息不胫而走，这本身就是一种非同寻常的广告效应，桓仁县有几人不知道李向山哪？而在许多人眼里，他的行动就是一种标杆、榜样。他的学生和许多敬佩他的人，在他的影响下参加了抗联。当时桓仁地区大小山林队几十股，有义勇军残部，有抗日、不抗日的胡子，在他的说服带动下，大都投靠了抗联，听从指挥，有的还接受改编。

一军能在桓仁迅速站住脚并发展壮大，李向山的作用是不可低估的。

民国二十四年（1935年），日伪当局在桓（仁）兴（京）地区实行"集甲并村"，一年后一师西征，当地环境愈发恶劣。长期的山林生活，使李向山得了疝气，愈来愈重，行走不便，又难骑马。军部向北转移前，决定留他坚持斗争。

自李向山拉队伍抗日后，为了躲避敌人抓捕，他的家人就开始流离转徙。桓仁、兴京、本溪、宽甸等县，先是投亲靠友，后是什么地方僻静奔什么地方。民国二十五年（1936年）4月，日伪特务抓住了李再野。李再野原是东北大学学生，九一八事变后随父抗日，以在铧尖子开大车店为名，去奉天、苏家屯购买枪械弹药。一军密营中的兵工厂、被服厂、医院的许多设备和原料，都是他买的。特务问他李向山在哪儿，他说，300里以内没有，去了哪儿不知道。特务把他放了，经过9个月的秘密盯梢，在发现李向山的同时把他逮捕，押去县城日本宪兵队点"天灯"后，填进浑江的冰窟窿里。

李向山不断转移藏身地点，被捕时躲在兴京县黑瞎望的一个地窖里。腊月天，里面冰窖似的。疾病折磨，营养不良，头发老长，53岁的人，看模样少说也在70岁以上。一点儿高粱和苞米粒吃光了，这天传令兵"李大耳朵"出去弄吃的，李向山听到外面有动静，未等把那只左轮手枪抓到手里，敌人就进来了。

押往县城途中，赶上修路堵车，被绑在车上的李向山，趁机向民工高声宣讲：乡亲们，同胞们，我李向山没当过一天亡国奴！我死了不要紧，东北有三千万同胞，中国有四万万人民，中国不会亡！

在桓仁日本宪兵队，敌人软硬兼施，一无所获。敌人对杨靖宇最高悬赏后来增达1万元，这时抓到李向山是5000元，自然如获至宝，岂会轻易罢手。用飞机把他押送奉天，什么手段都使了，仍是枉费心机，才下了毒手。

比李向山小11岁的解麟阁，痛感民族危亡，喊出"大丈夫无国何以为家"，辞去桓仁县五区第八小学校长职务，拉起一支二十多人的队伍。唐聚五举义，解麟阁率队加入唐部，被委任为工程兵中校团副。后参加抗联一军，任三团参谋长、一师参谋。

小学校长，那个年代被称作"先生"，当属文人。解麟阁长得高大威猛，又练过武术，勇武过人。第一次战斗，对付一帮伪军，他带部队正在桓仁与宽甸交界处挖战壕，抢把铁锹冲上去，砍得敌人血肉横飞，从此得名"虎将"。两年后，率游击连在马鹿泡伏击敌人，枪响为令，他首先杀入敌阵，生擒日军小队长秀乙。

民国二十四年（1935年）2月9日，桓仁县城扭秧歌、踩高跷，锣鼓喧天。"耍正月，闹二月"，是东北的民间风俗。伪商会组织秧歌队，到县城的一家家衙门口去拜年，也是借机宣传"太平盛世"、"铁打的'满洲国'"。鞭炮声中，一支支秧歌队汇聚到伪警察署门前，伪警察都抻长了脖子"卖呆"时，解麟阁带人潜入里面，勒死看守，打开武器库，将三十多支手枪一扫而光，神不知鬼不觉地离去了。

桓仁县城炸营了，许多人丢了官帽，而一军一师从此就有了一支神出鬼没的手枪队。

二户来乡伪警察署有四十多人，是桓仁西部地区最大的敌伪武装，解麟阁带手枪队把什么都摸清楚了。11月间的一天晚上，他和三团团长韩浩兵分两路，半夜时分赶到，敌人还在酣睡。解麟阁带八十多人翻墙而入，除少数顽抗者外，敌人大都被活捉，经教育后释放——既拔据点，又攻心。

像抗联的其他10个军一样，一军没有政府支持，没有军事编制，没有后方，因而也就没有兵员、给养、弹药补充。作为军人、军队生存、作战的一切的一切，都只能靠自己解决，依靠当地群众解决。而解麟阁、李向山和马上就要写到的隋相生等人，作为土生土长的桓仁人，在这方面具有不可比拟的优势。协助桓（仁）兴（京）县委发动群众，建立根据地，筹措粮草，购买弹药。解麟阁还多次率队截击日伪军的驮队、车队，既消灭了敌人，也解决了部队的军需。

民国二十五年（1936年）初，解麟阁的夫人产后大流血，生命垂危。解麟阁正在铧尖子抓捕汉奸，有人捎来口信。一师军需部长韩震从军医那儿抓来草药，让他立即回家。这天早晨，他和警卫员正在熬药，二十多伪警察将房子包围。两支匣子枪啸叫着，解麟阁腿部受伤。警卫员俯身背架他，被他挣脱，大吼别管我，掩护警卫员突出重围，自己身中数弹牺牲。

像李向山一样，唐聚五的自卫军受挫后，解麟阁毫不气馁。听说共产党的红军挺进东边道，他就派儿子解吉庆去联系，在柳河县见到杨靖宇的队伍，当即参军。

解麟阁一家五口参加抗联，先后战死疆场。

一门忠烈。

前面写到的抗日志士，有名有字，有的还有号。一军一师四团团长隋相生参加抗联前，好像连个名也没有，都叫他"隋牛倌"、"隋没牙子"（"没"音 mo）。

隋相生，桓仁县铧尖子乡海清伙洛村人。从小给人放牛，因疾病饥饿，缺乏营养，儿时退牙后再未长齐，说话漏风，故得名"隋没牙子"。家境极贫，46岁参加抗联时，依然孑然一身——谁家姑娘愿意嫁给这样一个人哪？

他想参加抗联却有些自卑、羞口：人家能要俺吗？

李向山在桓仁县大名鼎鼎，解麟阁久负民望，隋相生在抗战中绽放出自己的光芒。

先给部队做地方工作员，筹集粮草，收集情报，通风报信，白天晚上，风里雨里，到处奔波。人们都瞪大了眼睛：这还是那个人眼前总要往后缩的"隋牛倌"、"隋没牙子"吗？

杨靖宇带来的一军独立师，有三百多骑兵。桓仁山大沟深，骑兵不得施展，决定把马分给当地百姓，分马的任务交给隋相生。他告诉那些比他差不了多少的穷苦人，马归大家无偿使用，如果死了，交上马皮就行。三百多匹马，方圆十里八村谁不想要啊？一个大字不识的牛倌，把一切安排得井井有条、妥妥当当，靠的当然不只是诚实、公正。

一师军需部长韩震牺牲后，隋相生受命组建四团。民国二十五年（1936年）4月，四团成立，隋相生被任命为团长。

当了团长，隋相生那"相生"二字依然鲜为人知。而尹小苏是在成为三团九连三班战士后，才有了"小苏"这个名的。他是桓仁县二户来镇果松川村人，是个孤儿，从小给人放羊，天生一副好嗓子，成天哼唱《苏武牧羊》，除了"小羊倌"，又得名"小苏武"。参加抗联了，你叫什么名啊，这才想起人生在世还有这码事。"尹羊倌"不行，"尹苏武"也不合适，就叫"尹小苏武"吧。有人说这不是个鬼子名吗？就把"武"字拿掉了。民国二十三年（1934年）春他参军时15岁，个子又小，却有一身干巴劲，还练过武术，平时是个活跃分子，战场上不顾一切。第二年5月歪脖子望战斗中，他先是刺死一个鬼子，又抱着个鬼子滚下几十丈高的砬子。后来人们发现他时，那嘴里还咬着鬼子的一只耳朵。

从团长到士兵，许多人曾是牛倌、马倌、猪倌、羊倌。"人"字加个"官"，这是社会最底层的一群人，就是他们构成了从义勇军到抗联的基础、骨干，舍生忘死，为保卫家国而战。

比之一师其他团，四团装备差，兵员新，缺乏战斗经验。但是，他们是地地道道的桓仁子弟兵，实实在在是为保卫家国而战，对于这种大山里的游击战，具有天然的地利人和优势。

一师主力西征后，留下四团在桓兴地区支撑。日寇加大"讨伐"力度，恨不得一口吞了这支土生土长的抗日武装。隋相生将部队化整为零，小群多路，到处袭扰，打了就跑。一仗仗下来，依然叫着"隋牛倌"、"隋没牙子"的乡亲们，对这位团长肃然起敬。

民国二十六年（1937年）12月，滴水成冰的季节，隋相生带十几名官兵在羊湖沟村的倒木沟密营休整。这天晚上，一军军需部长兼一师政治部主任胡国臣，带二十多人来到密营，被敌发现跟踪。拂晓时分，枪声骤起。隋相生冲出密营，白蒙蒙的雪夜中，少说一个中队的敌人，正从左中右三个方向包围上来。战士们长短枪齐射，掩护胡国臣等人向沟口撤退。沟里一汪不冻泉，在沟口形成一片无遮无拦的冰面，几挺机枪封锁住那儿，一些官兵在沟口中弹牺牲，胡国臣也负伤了。隋相生怒眦欲裂，命令集中火力射击那机枪阵地，将火力吸引过来，终于使胡国臣等人脱离险境。

天亮了，枪声稀落下来，隋相生趴伏在被鲜血染红的雪地上，拥吻这片他无限热爱的乡土。年近半百终于爆发出绚丽的光芒的生命，与那些他的子侄辈们正值青春年华就戛然而止的生命，相拥着化作这方水土的山魂水魄。

当隋相生、解麟阁、李向山在冰天雪地中浴血奋战，在这页被血染泪浸得掀不动的历史中创造历史时，桓仁县城活跃着一群不拿枪的战士。

李德衡，字景南，清光绪二十二年（1896年）生于桓仁县八里甸子镇，通化高等师范专科学校毕业，又在东北大学教育学院进修，九一八事变时任桓仁县教育会长兼桓仁中学校长，为桓仁县最有学问的大知识分子。

唐聚五举义，在桓仁师范学校举行誓师大会，李德衡发动师生全力配合，还组织宣传队到乡下宣传抗日。李向山、解麟阁拉队伍抗战，都受到他的影响。

李德衡组织抗日救国会，以捐资兴学名义开展募捐。民国二十五年（1936年）9月7日，一次就给一军一师送去3马车军需物资，另有钱款数目不详。他还召集本家族兄弟出资，给一军购买粮食、布匹、食盐、手套、胶鞋、袜子、毛巾等，亲自送去老秃顶子密营。

年底，李德衡被捕，同时被捕的还有救国会骨干十余人。

宪兵队晚上抓人，李德衡上午就得知消息。他召集骨干开会，一时找不到的托人捎去口信。有人说跑，有人说不能跑，那样显得咱们好像怕死似的，让小鬼子小瞧了中国人。最后决定，谁也不跑不躲。为了避免惊吓家人，晚饭后都说有事，到学校等着，等着鬼子来抓人。

伪县公署参事官三轮健儿亲自审讯，首先劝降。李德衡和他的战友们，或者慷慨陈词，或者冷笑，一言不发。

这些人大都是教师，在那个年代的县城，是非常受人尊敬的有知识、有身份的文雅的体面人。当他们在桓仁上汽车被押往沈阳时，鼻青脸肿的，一瘸一拐的，没了眼镜的，眼镜腿变成绳子绑在耳朵上的，文弱的知识分子已被折磨得没了模样。他们互相扶架着，脚步蹒跚，面色苍白，却是坚定的目光，不屈的眼神，充满连最熟悉他们的人都难以想象的血性男儿大丈夫气概，宁肯掉头，也不低头。李德衡带头喊口号，大家高呼："打倒小日本！""中国不会亡！""中华民国万岁！"

有人说，这是一些真正的传道、授业、解惑者。

翌年1月12日，李德衡在沈阳被杀害。鬼子不准收尸，他的几个学生扮作要饭花子，冒死将遗体偷了出来，背抬回桓仁。

巍巍摩天岭

本溪满族自治县连山关镇境内的摩天岭，是本溪市西南部与辽阳市的界山。摩天岭山势陡峻，峰插云端，故曰"摩天"。山路曲折回环，多是陡壁深岩，岭顶一道豁口，可通车骑，自古为通往朝鲜的重要陆上孔道，自然也是兵家特别看重之地。

清光绪二十年（1894年）十月，中日甲午战争爆发，日军突破鸭绿江防线，二十六日占领安东，三十日攻陷凤凰城，叫嚣"取奉天度岁"。

镇守摩天岭的清朝名将聂士成，安徽合肥人。中法战争中，他主动请缨支援台湾，立下功勋。之后率军驻防河北、辽东，升任直隶提督，在八国联军入侵天津时为国捐躯。

十一月十二日，日军金田少佐以一个大队（营）兵力占领连山关后，开始攻击西面15公里处的摩天岭。聂士成成竹在胸，命令正面防御部队凭险死守，两侧峰岭密林中遍插旗帜，摇旗击鼓，心理战，迷魂阵。侵略者何曾见过这种阵势呀？只是正面攻不动，虽然明知有诈，也不得不从侧翼迂回，战战兢兢进入，一声号炮，四下里伏兵齐出，猛杀猛砍，"武士道"成了"武士倒"。这样打了十来天，日军伤亡惨重，始终摸不清对手虚实，只好退守连山关。

二十六日，大雪飘飘，天地皆白。聂士成当机立断，趁雪夜敌军麻痹，亲率数百骑兵攻袭连山关。枪声骤响，铁骑冲杀，日军已经没了迎战的胆气，连夜逃往草河口。

聂士成乘胜追击，与清将依克唐阿率领的部队两路夹击，在草河岭展开激战。从上午打到天黑，毙伤日军42人，击毙者中有两个大尉、一个中尉。

日军继续南逃，清军继续追击，一直追到凤凰城。

甲午战争，大清国兵败如山倒，摩天岭、草河口之战是难得的亮点。

斗转星移，清朝变民国，不变的是小日本的狼子野心，在东北弄出个怪胎——"满洲国"，摩天岭就又一次见证了侵略者的下场。

民国二十五年（1936年）6月，一军决定西征，意在打通与党中央和关内红军的联系。6月中旬，一师主力从本溪县铺石河出发，大体的行军路线是从辽阳、岫岩、营口等地迂回西进，过辽河直插山海关，或经热河进关。一路不时与敌遭遇，前有堵截，后有追兵，日伪军还乘火车、汽车追击、迂回、包围，欲乘机吃掉一师。更糟糕的是沿途群众不了解抗联，以为是胡子来了，所到之处，群起攻击。7月上旬，西征部队兵分三路，夜行晓宿，东返本溪。

由师长程斌、参谋长李敏焕率领的一路，7月15日重返辽阳与本溪的界山摩天岭时，天已大亮。过了豁口，在个叫对面炕的地方吃点东西，隐蔽休息，准备晚上越过安奉铁路，继续东返。

摩天岭东面的连山关镇，驻有日本守备队一个大队，是安奉铁路上的一个重要据点。得知一师东返，这天上午，二中队长今田大尉率领所属中队（连）的近两个小队（排）出来堵截，一路搜索来到摩天岭，已是下午两点来钟。大热的天，算上今田共49个鬼子，另有一个朝鲜人翻译官，个个气喘吁吁，汗流浃背，也饿了。走到对面炕山梁下林子边一块稍平点的草地上，今田哇啦一声"米西"，这些不知死活的鬼子就把枪架好，取下挂在腰间的猪腰子饭盒，坐下狼吞虎咽起来，但还是没弄成饱死鬼。

连山关守备队豢养军犬的狗圈有二十多间，今田这小子这天如果牵上一条军犬，可能就没有笔者的这些文字了，或者这场战斗就是另一种形式、模样了。

甲午之战中的摩天岭战斗，是正规军的正规的攻防战。这次是鬼子与游击队性质的抗联的不期而遇的遭遇战，赶巧了的干净利索的伏击战。

据说，鬼子刚出现在岭下，就被岭上高处的瞭望哨发现了，林子里的鼾声马上就停了。这是片杂树林子，高大的柞树、椴树、楸树遮天蔽日，矮小的灌木密密麻麻，特别是林子边的榛柴棵子，连只兔子也难挤得过去，以至于每个倒毙的鬼子，都是难得的靶子。

作为指挥机构，师部的实兵战斗力自然有限，这保安连却是一师的精华。保安连的任务是保卫师部，兼反奸肃反，官兵政治可靠，军事过硬，每人两大件，一支三八大盖，一支匣子枪，有的还有支撸子。西征一路，到处被追打，露宿风餐，有时连弄野菜的工夫都没有，这窝囊气受的呀。自看到来送死的今田中队第一眼，趴在林子里的官兵眼里就喷火冒烟。枝叶遮挡，有些看不大清，最近处距敌也就30来米。而在50米内，一支匣子枪就是一挺小机关枪。

第一声枪响，今田就栽倒了。鬼子愣了，东张西望的工夫，林子里的弹雨像刮起股飓风，枝叶纷飞，震耳欲聋，15公里外的连山关镇都听到了炒豆般的枪声。还在愣神的、扔了饭盒去抓枪的鬼子纷纷倒地。山坳里无风，硝烟久久不散，今田中队的"武士"横七竖八，绿叶青草溅着污血。

一个鬼子，一个翻译官，只跑掉了两个。那个鬼子负了重伤，几天后也死了。时称"摩天岭大捷"。

老于太太及其他

在桓仁满族自治县采访，不时听到关于"老于太太"的故事。有人说她是抗联，有人说她不是抗联，无论是不是抗联，都说她打鬼子。

九一八事变前，老于太太就是胡子。有人说她长得漂亮，被胡子头抢上山当了压寨夫人，胡子头叫官军打死了，她就成了胡子头。也有人说她是为了逃婚，自己上山当了胡子的。胡子忌讳女人，认为队中有女人不吉利，而她特别能干，比男人还"飒愣"（爽快、利索、果断），又有一手好枪法，没她不行，就当了胡子头，叫"大姑娘队"。

关于老于太太是抗联的版本，说红军到桓仁后收编胡子，"大姑娘队"也被收编了。有人说编为一个支队，有人说编为游击大队，老于太太是支队长（大队长），有委任状，上面盖着杨靖宇的官印，老于太太也有官印。程斌投降后，杨司令带红军走了，老于太太还在桓仁打了半年，扛不住了，下山投降前把委任状烧了。还有说是放个罐子里埋起来了。"文化大革命"中，老于太太挨批斗，说她是胡子头，想起这个罐子，上山去找，没找到。

非抗联的版本，说你拿不出抗联的证据，那不就是胡子吗？

笔者请教县党史办的同志，他们说我们知道的也就这些，多少年了，查无实据，都是民间传说，但她打鬼子是真的。

一双裹了又放的半大脚，两支匣子枪，5个儿子都是在她背上长大的。出没山林，打家劫舍，袭击日伪军。赶上敌人"讨伐"这山那山、这县那县，没白没黑地到处跑，桓仁、兴京、宽甸的山林里，到处都留下了那双半大脚的足迹。孩子饿了，脑袋从她腋窝下拱过来吃奶，或者把奶子撩到肩头上，吃得更舒服。据说她的奶子特别长，民间叫"布袋奶子"。又说那不是天生的，就是那样奶孩子奶长的。奶孩子也不妨碍指挥、打仗，喊着叫着，趴着跑着，左右开弓，孩子也不把枪炮声当回事了，照样吃奶、睡觉。不过，打完仗了，背上的孩子一点儿动静也没有，母亲就赶紧解下来，看看是不是打死了。待到下山投降前两年，3个大点的儿子都拿起了马枪、手枪。

据说，在辽东山区的山林队中，最多时近百人的"大姑娘队"，女人是最多的。平时在老于太太身边的几个人，都是年轻力壮、武艺高强的女兵，丈夫被打死后更是如此。老于太太留下5个儿子，小产的，夭折的，不知有几个。那年代女人生孩子叫"过鬼门关"，更不用说她们这种境况了。死人不说，怀孕、生孩子又怎么行军、打仗啊？那时没有避孕药具，她们就吃一种什么草药，绝经了，每月再也不"来事"了，这辈子也不能做母亲了。

一军是民国二十七年（1938年）秋后陆续撤离本溪地区的，老于太太应该是年底，或是翌年初下山投降的，之后就住在桓仁县普乐堡，直到"文化大革命"中被迫害致死。投降后被押去县城宪兵队，托人写个"悔过书"，她按上个手印，就把她放了。这时鬼子已经改变政策，对像她这样的人不再填江、处死了。

1998年3月28日，我在老于太太的大孙子于海金家采访，中午去路对面的小卖店买烟。开卖店的老人叫王志祥，74岁，他说老于太太下山时他见到了。是从大荒沟下来的，是被日本人领着伪警察押回来的，押到孟家店的院子里。就剩十几个人了，头发老长，披散到肩上，分不清男女，脸、手和胳膊腿，露肉的地方都是锅铁色。棉衣挂得像烂羊皮袄似的，袖子、裤脚丝丝缕缕的，不少人没穿鞋，用破布、麻袋片包着脚。大雪隆冬，那是但凡有点办法，也不会下山投降的。老于太太背着老五，脸上看不出什么表情，那眼色刀子似的，昂着头，挺刚强。

看了于海金的家谱，与他的爷爷于德荣并列的一个姓名叫"于王氏"。除了于家人外，几乎都没人知道老于太太姓王——连这样个强悍的女人都没有名字，好像她生来就叫"老于太太"似的。

民国二十一年（1932年）春，北平抗日救国会派赵振国来到本溪县歪头山村，找到九一八事变前任小学校长的白广恩，组织义勇军。白广恩联系"四季好"、"大祥字"、"大荣字"、"燕子"、"平日"、"黑虎"、"小白龙"等山林队，拉起一支千余人的队伍，在本溪、辽阳、沈阳三角地区活动。8月28日，义勇军兵分三路，大白天攻进沈阳城，从大南门打到大东飞机场，烧毁飞机1架，缴获机枪12挺，把这座东北最大的城市搅得沸反盈天。

民国二十四年（1935年）4月18日，"南侠"王殿甲、"双侠"张荣久攻打本溪县南坟（今南芬）火车站，打死日军4人、伪军2人，缴获步枪13支、手枪3支和17000多发子弹。

老于太太的"大姑娘队"，是否曾被一军收编，不做定论。先后被一军收编的山林队，有几十支。而那些未被收编的，一军所到之处，或做向导，或联合作战，少不了被民间称作"胡子"的山林队的身影。

儿时听老辈人讲邓铁梅，参军后部队驻地就在他的家乡磨石峪村。九一八事变40周年前夕，作为部队报道员的我，去找邓氏家族的人采访。两位老人悄声道，邓铁梅打日本没假，可他不是共产党，有人还说他是国民党，他的事讲不得呀。

被伪法庭判为"共匪政治犯"的李德衡，其实并不是共产党员。他的那些救国会的战友、文弱的血性男儿，也都不是共产党员。黄振宸也无党无派。如果有机会，他倒可能像苗可秀那样，参加国民党。但这并不妨碍他们跟侵略者拼命，也就无愧为响当当的中国人，无愧于这方水土的先人和后人。

而那些被逼得铤而走险，哪朝哪代都要被官府打灭的胡子，当中华民族到了最危险的时候，也见义勇为，挺身而出，向着侵略者发出愤怒的最后的吼声。

他们不会唱《国际歌》，却吼出了《义勇军进行曲》！

日本有个"本溪湖会"，由曾经在本溪湖生活过的日本人组成，其宗旨是促进中日友好，为中日友好协会的外围组织。自1984年受中国人民对外友好协会本溪分会邀请，到本溪进行技术交流考察后，经常来本溪考察、访问、旅游，还为本溪市希望工程捐款。好客的本溪人，每次都热情接待。1990年，本溪市人大常委会第十九次会议决定，授予会长成田安正为本溪市荣誉市民。

"我们的足迹踏遍本溪湖，因此本溪湖是我们的故乡，我们的会员都非常愿意中日合作。"（成田安正）

"本溪湖市是生我育我的地方。我生于本溪湖市协和区（溪湖区）永利町15号。父亲在那里经营一所钟表店。""幼小时期，我经常和中国的小男孩、小姑娘在一块弹石子儿玩。中国老妈妈还给我香喷喷的大馒头，味道好极了，这些往事一年四季也难以忘怀。"（栭山昇）

"吃了午饭，然后到北地找我的家。""我们的同行渡部先生发现了他的旧住宅，那时的旧住宅是一家住，现在已变成三家居住。"（今泉武）

"小伙子时代，于昭和十四年（1939年）为了谋生，就来到自由的旧满洲，后来在本溪湖煤铁公司总务处找到了工作，当时还是一个无拘无束自在逍遥的毛头小伙子。昭和十五年参了军，不久就战败了。带着战败可耻的心情，被集体遣送回了日本直到现在。"（内田修一郎）

"经常想起我在本溪湖那块宝地上的往事，怀念之情像野草一样，总不能忘怀。"没错，谁也不能忘记自己的出生之地，或者把自己的童年、少年、青年时代永远留在了的那个地方。问题在于，如今每天也有许多外国人进入日本谋生，也有后人在那里呱呱坠地，有谁是端着三八大盖、驾着零式战斗机进入的，又在哪儿弄出个"满洲国"什么的？我相信他们和他们的父辈中的一些人，包括当年到桓仁县普乐堡的开拓团的许多人（曾耳闻目睹的老人说，看他们携带的那些破烂家什，那日子在日本过得也不比俺们强多少），是来这里讨生活的，也不怀疑这些日本客人怀念"故乡"的真情。可他们当年的到来，与我们的祖辈闯关东和我降生到这方水土，能是一样的吗？而我作为一个本溪人看罢他们的文字，写下这样的读后感，不也是顺理成章、水到渠成的吗？

本溪湖的顺山子山上，有个大仓喜八郎的遗发碑，本溪湖会的人来了，有时会去那儿看看。我的朋友史建国，原是本钢发电厂宣传部长，一次由他陪同去那儿。遗发碑在"文化大革命"中被砸毁了，地形地貌也变了，见到个十多岁的孩子，临时请他当向导。本溪湖会的客人没有准备，有人掏出一把糖要给那个孩子，表示谢意，被史建国坚决而又婉转地制止了。

当年鬼子进山"讨伐"，见到孩子，有时就掏出几块糖来。

每个民族都有自己难以磨灭、又不容触碰的敏感记忆。

顺山子曾被侵略者改称"诚忠山"，并在山腰峭崖上刻下"诚忠"二字，以示效忠天皇。山下与山脉走势并列平行的一条街，以本溪湖火车站为界，东面为洋街，西面是中国街。自日俄战争后，日本人在洋街设宪兵队、警察署，独自行使一切权力。中国军队通过洋街时，不准列队、持枪、鸣号。中国人犯了罪，如能跑进洋街，中国警察不能进去抓人。日本人在哪儿胡作非为，即便杀了人，只要进入洋街，便如同进入安全岛。

好山好水好地方，
条条大路都宽畅。
朋友来了有好酒，
若是那豺狼来了，
迎接它的有猎枪。
……

他们不是本溪人

本溪满族自治县草河掌乡的马骥村，原名上崴子村。

民国三十五年（1946年）春，草河掌来了几个年轻人，为首的是区委书记马骥。那时乡镇叫区，管辖区域通常比现在的乡镇要大些，而区委、区政府干部则年轻得多，主要领导二十多岁，少有过三十的。

建立根据地，建设政权，培训干部，按"二五减租"分地主的青苗，然后开始土改运动。在老乡家吃派饭，开头有人用山区最好的大黄米饭和咸腊肉、咸鸡蛋招待他们，马骥不吃，说，共产党的干部是人民的勤务员，是为老百姓服务的，你们吃什么，我们就吃什么，千万别把我们当官待，那样我们就脱离群众了。

翌年7月，本溪县公安局社会股股长黎明，去21年后笔者下乡当知青的小市公社达官寨大队搞土改，途经成沟村时遭敌伏击，身负重伤。当村农会干部、群众赶到时，年仅23岁的黎明只说了一句话："我再也不能为人民服务了。"

抗战打鬼子，中国人不能受日本人欺负，这话一听就懂。关于土改中的阶级、阶级斗争和马骥的这番话，乃至黎明的"为人民服务"，老百姓从未听说过，就不能不觉得生涩、难懂，何况还是一口本来就难懂的南方话。让人们感到了这些不让把他们当官待的年轻人的可亲可敬，这世道与过去不大一样了的，是那温暖的目光和一致的言行，当然还有早已留在了脑海中的那些见惯了的官们的劣迹。

42年前，笔者在本溪县革委会报道组工作时，曾到草河掌采访。谈到共产党在这里建立的第一届区委、政府，有人开口就是"英特纳雄耐尔就一定要实现"：这是一些有文化、有理想、有信念的年轻人，他们要创造一个自由、平等的红彤彤的新世界，坚信他们信仰的主义是人类的真理，并随时准备为之献身。

如今的书记、乡（镇）长，每天早饭后去乡（镇）委、政府的楼里上班，楼下汽车，室内电脑、电话。有什么比较重要的活动，自然西装、领带、皮鞋。当年马骥和一帮区干部，大都土黄色军装，打着绑腿，背挎着长短枪和公文包，今天这村，明天那堡，走到哪里，哪里就是区委、政府了。情势紧张了，就得睡觉都睁只眼睛。草河掌人称"本溪县的西伯利亚"，高寒山区，偏僻闭塞，虽不像小市、碱厂那样经常拉锯，也随时可能与敌遭遇。

翌年2月4日，马骥和一些区县干部在上崴子村宿营被村里暗藏的敌人告密。次日凌晨从小市赶来的国民党军队将村子包围。一阵鱼死网破的冲杀，出来后清点人数少了6个人。冰天雪地中，马骥和区长张世友，两支匣子枪吼叫着又杀了回去。

3个月前在榆树底村，也是夜里，被敌突袭。有4个女同志没冲出来，马骥又冲了回去，救出3个。

这次又救出5个，区委书记和区长都没有出来。

为了缅怀马骥，本溪县人民政府将上崴子村改名为"马骥村"。

同样为了缅怀陈英，小市镇水簸箕沟被改名为"陈英村"。

陈英是在马骥刚到草河掌任区委书记，或者还未到任时就牺牲了。

他们走的应该是一条路，就是从小市到草河口的那条小草公路。前面说过，这是笔者这辈子最熟悉的一条山区公路，走到陈英村那段狭窄的山路，有时仿佛就会听到那阵突发的炸耳的枪声。

那是4月30日，小市区委组织委员兼农会副主任陈英，带人去水簸箕沟发放春耕贷款。一行8人走到久才峪时，遇上十几个解放军士兵，穿着主力部队的黄军装，说他们是十旅的，实际是刚从兵工部叛逃的土匪。他们说是去草河掌执行任务，与陈英等人一路南行。

八一五光复后的乱象，前面只说了你来我往的"拉锯"。

东北人盼光复、盼解放，首先来的是共产党，接着国民党也来了。国民党军队是"国军"，正宗正牌，那吃食穿戴和背挎的家什，也比共产党强多了，更不用说还有飞机、大炮、装甲车了。儿时听老辈人唠起这段，开头有的人觉得共产党打不过国民党，待到国民党进攻时，共产党到东北后组建的新部队，包括收编的敌伪武装，有些就倒戈了，甚至成团成旅地反水。县区武装也鱼龙混杂，有人原本就是投机革命，加上特务暗中策划，许多县区干部就是被这些人杀害的。

小市区委号召青年参军，加入区公安队。有坏人鼓动20个青年，以参军为名，到区里骗枪。陈英觉出异样，把这20人留在区里谈话，重点对象是12个苦大仇深的失业工人。经反复教育，耐心启发，这些人说了实话，后来成了坚定的革命者。难说陈英对这十几个人没有警惕性，那种情境也难有什么断然措施。实际情况是，久才峪是个较大的堡子，待到走到山大沟深、没有人家的水簸箕沟时，这帮东西就突然动手了。

6天后，在小草公路南端草河口区沙河沟的贺家大院，区委书记陈平负重伤，副书记冯志、组织委员刘志华和区干部戴志然等多人被害——红领巾时代，我就听说过"血洗贺家大院"。

本溪县大队三中队长孙家良携队叛变，勾结当地土匪一百五十余人，这天下午将贺家大院包围。区委干部都认识孙家良，这小子还打着县大队的招牌，陈平担心误伤，下令不准射击，结果匪徒冲了进去。

4月底5月初，正是映山红漫山遍野怒放之际。乍暖还寒的辽东大山里，黄黄漠漠的底色中，青翠的是松柏，火焰般的是映山红，在河边，在悬崖上，红红火火地爆发出春天的歌唱。

也是这年4月，第一次本溪保卫战打响。

三纵七旅十九团团长钟本才，率部在本溪以北的大头沟、石人厂、三人沟一带组织防御。战斗十分激烈，双方伤亡惨重。机枪手牺牲了，红军时期曾是机枪手的钟本才，抓起机枪向敌人射击。一发炮弹飞来，32岁的团长抱着机枪的身形晃了晃，扑倒在弹雨横飞的高地上。

3年解放战争中，钟本才是在本溪牺牲的职务最高的解放军干部。

钟本才，江西省雩都县人，民国二十一年（1932年）参加红军，长征到陕北。著名的平型关战役中，他是连长，率先冲向公路，与鬼子喊里喀喳拼刺刀。抗战胜利后挺进东北，把生命留在了本溪。

马骥是江苏省金山县（今属上海市）人，陈英、冯志、刘志华都是河北省安国县人，给这个世界留下的最后一句话是"我再也不能为人民服务了"的黎明是山东省莱芜县人，他们都是抗战军人。在本溪牺牲的抗联烈士，像一军政治部主任宋铁岩、一师师长韩浩、军需部长韩震、参谋长李敏焕等，都不是本溪人。他们怀揣着救国救民和"英特纳雄耐尔一定要实现"的理想、信念，和本书写到没写到的本溪人一道，把只有一次的生命永远根植在了辽东大山里的这方水土之中。

像我这把子年纪的本溪人，每当看到漫山遍野的映山红，就不能不想到他们。

「为工业中国而斗争」

—— "英雄式的劳动热忱" ——

民国三十四年（1945 年）8 月 15 日上午，日本人还在进行防卫训练，几乎都是中小学生。街面上早已少见青壮年日本男性了。按照既定方针，一旦本溪失守，"特工队"首先炸毁本溪湖和宫原的 4 座高炉，然后是其他厂矿设施和桥梁。结果，中午收听天皇"御音广播"，"终战了"——煤铁公司的设备算是保存下来了。

9 月 20 日，苏联红军一个连进入本溪。这只是支象征性的部队，真正的主力，是随后赶到的由工程技术人员组成的拆迁大军。苏联人目的明确，就是奔煤铁公司的设备来的。忙活两个多月，共拆卸各厂矿设备 14985 吨，其中动力设备 2985 吨，炼铁设备 1815 吨，采选设备 2462 吨，运输设备 1382 吨，设备备件 1910 吨，打包装车运回苏联。

这是一次致命的洗劫。

顺便说一句，苏联人当然不只在本溪这么干。鞍山钢铁企业 80% 的设备，占东北总发电量 65% 的电力设备，被苏军拆卸运走。长春科工大学 25 个实验室的教学器材，也成了苏军的"战利品"。有老百姓说，"老毛子"连黄牛都往火车上赶。据美国官方统计，苏军占领期间，东北仅工业损失即约达 20 亿美元。

"九一八"叫"事变"，"八一五"叫"光复"，苏联人这么一来一走，煤铁之城真的就光复了：昔日烟尘笼罩着的本溪，天空一下子瓦蓝、清亮起来。

取而代之的是拉锯战的战火硝烟。

共产党撤离本溪前，将一些设备拆卸运走，又将第二发电厂的 3 号锅炉和太子河上的大桥炸毁。国民党接收煤铁公司后，曾有个雄心勃勃的三期复工计划。可接收变"劫收"，国民党自身的腐败，比他接收的这个摊子还烂，其结果也就可想而知。更不用说民国三十六年（1947 年）6 月 12 日，民主联军卷土重来攻入市区，虽然很快撤离，这一"锯"未直接拉到这些接收大员头上，可下一"锯"呢？大员们随即纷纷弃职逃离。总经理张松龄在天津设立"本溪煤铁有限公司天津办事处"，在北平设立"北平办事处"，专事接收这些逃亡人员，再也不回去了。

读者就不难想象，这煤铁公司会成了什么模样。

83 岁的赵捷，离休前为本溪钢铁公司副总经理，中等个头，腿脚不大好，但那精神头和思维、记忆则应该给他减去 10 岁。

老人说他当年是一手手枪、一手护照进入本溪的。

那是"东北行政委员会辽东财经办事处"的护照："兹有赵捷同志等四人因接收工作路经（此处空白几字）前往本溪携带枪支事毕返希沿途岗卡验照放行……"今天护照单指公民出国证明其国籍、身份的证件，那时就是公出时向主管机关领取的凭证，类似于后来的介绍信。

这时辽沈战役已经结束，本溪解放也一个多月了，黑土地上的共产党人最忙的就是接收城市了。已从哈尔滨搬到沈阳的东北局调兵遣将，各级干部轻车简从，正从各地星夜赶往奉命接收的大中城市。

辽东财经办事处设在大连。赵捷等人从大连坐汽车到安东，途经大孤山时碰上王玉波、韦若夫妇，他们是去接收本溪市政府的。换火车到桥头车站，天已擦黑，余下十多公里靠步行。有个刘玉魁，原是柳塘煤矿特殊工人，也是去接收煤铁公司的。赵捷和他一商量，不等了，走。两个人沿着铁道线北上，走出一条好长好长的隧洞，已经星斗满天，初冬的夜色寒气逼人。市面还不大太平，赵捷拎支勃朗宁，刘玉魁是支驳壳枪，见到哨卡就亮护照。一路黑灯瞎火，快到太子河大桥了，才远远地看到发电厂有几点灯光。赶到本溪湖公司大白楼，已是半夜时分。

大白楼旁一幢二层红砖楼，为大仓财阀在本溪最初的公司本部。九一八事变后，经营规模迅速膨胀，又建起这座当时本溪最高的三层楼，因外墙贴白色瓷砖，被称作"大白楼"，原来的红砖楼叫"小红楼"。国共拉锯，交替接收煤铁公司，都将大白楼作为总部。

辽宁海城人赵捷，1946 年参加革命，先在辽东山区打游击，后调辽宁行政公署事业处当会计，离休前是本钢主管财务的副总经理。用他自己的话讲，这辈子就跟钱打交道了。当时他这位接收代表，是煤铁公司财务处会计科和稽核科两个科的科长。上班第一天，他说去看看金库吧。原来的会计科长李永庆叹口气，拿起一串钥匙，打开挺厚重的大铁门。二十多平方米的金库，靠墙一圈一人多高的铁皮柜，中间还立着几个，开着的，半开的，被他们拉开的，一个个空空如也，蒙着铜钱厚的灰尘，有的还拉着蜘蛛网。

赵捷瞅着进屋就看到的大铁门旁水泥地上的几块豆饼：就这东西？

五十多岁的原科长长叹一声：你们再晚来几天，连豆饼也没了。

11 月 7 日，即赵捷上班第二天，东北行政委员会工业部宣布正式接收本溪煤铁公司。当时公司所属的 32 个厂矿，除发电厂可部分维持发电、有的煤矿还能产点煤外，全部停产。

恢复生产，需要大量招收工人，可工人能白干活吗？起码得让人吃饭哪？

而回顾在本溪生活的六十多年，赵捷老人说他再没见过那样的丽日蓝天。

如今人们到那儿见到烟囱喷吐浓烟，就会皱起眉头，觉得这里不宜居住、生活。而在煤铁公司恢复生产前的那些日子，赵捷会经常凝视周围那些林立的烟囱，梦里经常看到它们一起喷云吐雾起来——那简直就是这个世界上绽放的最美丽花朵了，心花怒放啊！

88岁的何俊波，16岁到发电厂当电修工，离休前是发电厂副厂长兼总工程师。他祖籍山东省即墨县，爷爷那辈闯关东来到本溪，在明山沟种地。大仓来了，建电厂招工，父亲进厂学徒，此后子孙三代都在发电厂工作。

本溪解放前一天，何俊波在调度室值班。下午水楼子那边枪声炒豆似的，炮也咣咣响，天黑后平顶山上枪打炮轰。何俊波一颗心就在嗓子眼上悬着。那要是有颗炮弹落在发电厂，老百姓点油灯也能活着，可不能往井下送风了，那人不憋死了吗？井下还有几百口子人哪！

眼下偌大个煤铁公司，全凭还有几个坑口出煤，才算没有咽下那口气。有道是"兵马未动，粮草先行"，煤铁公司这样的大企业则是电力先行，没电就断气了。

苏联人"高抬贵手"，本溪湖依然矗立着的1号、2号高炉，曾让自以为江山在握的国民党接收大员雄心万丈。宫原厂区一片狼藉，荒草丛生，可以开垦种高粱了。作为钢铁业龙头的南芬铁矿，用接收代表王明衡的话讲，那是"荡然无存"。有记载的员工数字，最多时是38170人，这时只剩其一个零头多点的9009人。多数回山东老家了，或去乡下种地了。接收大员早没影了，那些大烟囱都不冒烟喘气儿，留在城里喝西北风啊？

共产党的办法很土，却实在、管用——一个新生的政权自有其排除万难的勇气和魄力。

谁都有几个亲朋同乡，发动群众写信捎话，无论新老，来者不拒。同时号召收集献纳器材。"老毛子"往苏联拆运机器，你拿还不如我拿。国民党接收大员盗卖器材，花天酒地，工人也要养家糊口。经过宣传动员，工人逐日增多，许多人还不是空手来的。小到钳子、扳子，大到机床、钻床，连异常珍贵的白金坩埚、玛瑙乳钵也推扛回来了。

但这也只是杯水车薪。

南芬选矿厂原有各型设备七百多台，这时仅剩残缺不全的十几台，423台发电机剩下78台，缺东少西成了废铜烂铁。电力先行，先行官是以电器股长郭树磁为首的一个电工班。选台比较好的，缺什么零部件，从别的电机拆下来装上去，但无论如何也凑不成一台完整的——没有配电盘上的胶木绝缘板。

买？别说两手空空，就算有钱，关内还在打仗，东北刚解放，多年战乱，信息不通，谁还经营这东西，你上哪儿买呀？

有人说能不能用石板替代呀？班长贾广和一拍大腿：妈个巴子，咱这地场还缺这东西吗？

二十多个汉子扛上大锤、大镐、撬棍上山去了。

制作配电盘和刀闸开关底座，要把石板薄厚打磨均匀，再按尺寸锯成大小不等的半成品。可当时虽未明确，却是正儿八经的县团级企业，竟然找不到一根锯条，就是今天一些家庭常备的那种尺把长的小钢锯条。有道是"一文钱难倒英雄汉"，这些普通电工说的是"活人还能叫尿憋死"？找来些铁片，两头缠上破布，在滴水成冰的破厂房里吱吱呀呀地拉呀磨呀，拉磨出上千块四角八棱的石板料。

煤铁公司最初转动起来的机器，几乎都是这么拼凑的。

本溪市奇石协会主席姚常林，81岁，当年是煤铁公司耐火厂成型车间工人。老人说，来料了，大家都冲上去抢，你料少了，那活能干多吗？领导说给自己家干活，累了也得歇会儿呀？后来就批评，谁干的活多就批评谁。刚复工时，领导带头上班，后来带头下班。你走你的，反正不能拿绳把我绑回家去。加班没加班费，干多少都是那些钱。那时当选公司、市的劳动模范，除了奖状、大红花，物质奖励就一条毛巾，或者一个裤衩。那人就是觉得这回咱工人阶级当家做主了，浑身来劲儿。你做100块砖，我就得101块，非得超过你不可。我不行。那年我18岁，个又小，还是新手，许多人跟我差不多，那就笨鸟多飞、勤飞，不回家。从家里带几天的粮食，猪腰子饭盒放在干燥炕上，一会儿就好了。困了就在干燥台上睡，热炕头似的。那时各厂矿这样的人多了，比之在破厂房里吃住的，我们已是在天堂了。

天堂里有杀手。粉碎车间200瓦的灯泡，萤火虫似的一个红点，米把远看不清眉眼，出来也认不出是谁，那人整个被粉尘糊住了。如今现代化生产，天蓝色工作服像窗外的蓝天。那时下场雪，厂区周围雪地一会儿就黄乎乎的了，主要是二氧化硅颗粒。干上三年，顶多五年，百分之百患上硅肺，即人们常说的矽肺。或矽肺，或尘肺，煤铁公司的一线工人，少有与这两种职业病不搭界的。那时姚常林和他的工友不懂，厂矿领导不懂，连中央领导也不懂。那时人类的词典里，还没有"环保"二字。那时也没什么劳动保护，顶多有个几层纱布的口罩，本来喘气就难，戴上更憋气，许多人不戴。那时人们的思想很简单，就是为了让那些大烟囱早点冒出烟来，咱们得多出一把劲。

自1917年2号高炉投产后，炼的那铁造了多少枪炮、飞机、舰船，屠杀了多少中国人啊？如今是咱自己的了，得抓紧时间让它为新中国出力呀！可现在，炉膛里当初 80 吨通红的铁水，凝成了大铁坨子已经三年了。想用炸药炸，不行。又用电炉炼钢的办法，想把它融化了，还是不行。最后用凿岩机打眼，再把圆锥楔子一排排打进眼里，吊起落锤吭吭砸，把铁坨子撑裂后分割，一块块清除出来。最后 4 天，没人回家，饿了嚼几口干粮，困了就随便找个地方眯一会儿。

"电焊邑邑水焊皮，钳工老爷选矿驴。"选矿厂老辈人传下的这句顺口溜，意思是在凭力气吃饭的"选矿驴"眼里，那些技术工人就像老爷似的自在。煤铁公司有许多技术含量低的工种，选矿厂比较典型的是推车工。

招工考试，带班班长先演示一番。将块百来公斤的矿石搬起放下，抢起 32 磅大锤一顿砸，再操起锹装车。双手铆足劲，一只脚上去咔嚓一踹，身子向后一仰，再起身向上顺势一扬，小簸箕似的大锹上三十多公斤矿块，就翻进了"U"形铁矿车。随即猫腰攥把一声"嘿"，矿车就在小铁道上启动了。而在几十米长的小铁道上有了惯性前，你看那人脖子上的血管，一条条鼓凸得好像随时都会爆裂似的。

一轮演示未完，有人自觉不行已经走了——考的就是一把子力气。

一般人每天砸五六吨矿块，后来当了书记、厂长的"铁牛班"班长李芳田，能砸 8 吨。

推矿纪录是"铁牛班"的王学祥创造的，一个班推矿 103 车，每车 1.3 吨，一天 133.9 吨。

推车工的职业病，除了矽肺和关节、腰腿痛，还有一身伤疤，被砸飞的矿石崩的。许多人手指手腕多处骨折，抢锤挥锹硬生生累断的。

起重工的标志，是肩膀和后颈部的 3 个肉瘤子。

仅有的 1 台桥式起重机已成废铁，而选矿设备、零件多是五大三粗的重量级，千八百斤算小菜一碟。杠子、绳子是从自家带的，捆绑好了，少则几个人，多则十几个，硬邦邦的柞木杠子横上肩背，一声号子咬紧牙，"起重机"就开动了。几十年后退休了，那 3 个瘤子已被岁月打磨去了，一些老人那头仍然习惯性前倾着，后脖根总像有什么东西压着似的。

像推车工那样虎背熊腰的汉子，不光要有力气，连喘气都得在一个点上，这就少不了劳动号子：

嗨——嗬嗬哟！

嗨哟嗨哟嗨哟嗨哟！

大姑娘过来了哇，

嗨——哟！

你们不要瞧哇，

嗨——哟！

瞧了可不得了哇，

嗨——哟！

晚上睡不着觉哇，

嗨——哟！

……

嗨——喽喽喽！

嗨——哟哟！

脚下要看准喽，

嗨——哟哟！

腰杆要挺直喽，

嗨——哟哟！

跟着共产党喽，

嗨——哟哟！

努力干革命喽，

嗨——哟哟！

工友大团结喽，

嗨——哟哟！

生产大开展喽，

嗨——哟哟！

……

在有号子没号子的热火朝天中，1949 年 1 月，特殊钢厂 250 公斤感应炉炼出了第一炉钢。

7 月 4 日下午，2 号高炉流出了第一炉铁水。

15 日，中共中央东北局、东北行政委员会在本溪隆重举行开工典礼大会。东北行政委员会副主席林枫、高崇民和中央军委代表张令彬等党政军领导，亲临大会表示慰问、祝贺。

中共中央和中央军委为大会题词：

为工业中国而斗争。

东北局和东北行政委员会发来贺电：

> 蕴藏极其丰富的煤铁之城，为日本帝国主义长期劫夺之后，又遭国民党反动派的盗窃破坏，去岁东北解放，始为人民所有，七个月来，你们以英雄式的劳动热忱，在冰天雪地山野里，在千度高热的熔炉旁，收集找寻器材，修理装配机件，发挥了主人翁的积极性与创造性，克服种种困难，胜利地完成并超过了预定修复与生产计划，当此正式开炉典礼之日，我们代表全东北人民致以热烈祝贺！

如今八十多岁的金洁老人，牛心台镇花脸沟人。1946年5月3日，民主联军撤离本溪炸毁太子河大桥，巨大的爆炸声传到牛心台，很快撤离的部队也过来了。一些人跑来跟他要他们的入党志愿书，说国民党来了见到那东西，还不要我们的脑袋吗？金洁当时是牛心台区委组织干事。老人说区中队三十多人，最后跟着区委、区政府转移的就剩两个了。之后你来我往，走马灯似的拉锯战，多少次过家门而不入。本溪最终解放了，他被任命为牛心台区区长，匆匆赶回家乡，路边一个小孩叫他"老舅"。他说快去告诉你姥，就说我还活着，回来了。兵荒马乱，两年多未见面，母亲连跑带颠来了，伴着泪水的第一句话就是：儿啊，这回能站住吗？儿子道，站不住我敢见你吗？母亲还是不大相信，这回真的再不走了？儿子大声道，这回这天下铁定是共产党的了！

不是母亲信不过儿子，而是老百姓还信不过共产党。

谁来了都铁嘴钢牙承诺一番，让你们过上什么样的幸福生活——人们已经见识得太多了。

何俊波老人说，本溪解放当天，接收代表就进厂了。为首的王一民，大高个，挺瘦，挎支手枪，没多少文化，南方人讲话听不大懂，"好好干活，有吃有喝"是听懂了。十多分钟讲话，除了"工人阶级当家做主了"外，这8个字讲了好几遍。有人用鼻子哼：有吃有喝，你倒是拿来呀？光用嘴填乎人哪？

哈尔滨以南，国民党占据大中城市和铁路沿线，共产党控制农村。城里缺粮，本溪也一样。1948年2月，煤铁有限公司在写给上级机关的一份报告中说："本溪四面被围，孤立无援，粮款已罄，情形异常严重，员工……被饿自杀者有之，羸弱倒毙者有之，市面萧条，物价奇昂，全市陷入饥饿恐怖状态中。"

共产党接收的就是这样个乱摊子。饭都吃不上了，谈何恢复生产？金洁老人说他当区长后的第一件事，就是筹粮、调粮，当时的市长、县长、区长都在为粮食奔忙。问题的严重性在于，这年辽宁水灾，沈阳周边各县几近绝收。还有人祸，战乱中谁还能把全部心劲用到土地上？而且任何改革都难免付出代价，经过土改后的广大农村，旧的生产关系被打破了，新的还未健全起来，即便未遭灾地区，减产也是自然的。

从 1948 年 11 月开始后的 3 个月里，选矿厂每个员工 20 公斤玉米，接下来的 3 个月增加到 25 公斤。今人谁能想到，这 45 公斤玉米就是半年的工资？煤铁公司大抵如此。工人上班带饭，有的就揣块咸萝卜疙瘩，渴了饿了都喝水。

有老工人说，那时别说工作服了，连劳动保护都没有，谁身上衣服没有几块补丁啊？有的补丁摞补丁。穿戴无所谓，关键是吃的。人是铁，饭是钢，那人饿得前腔贴后腔，歇一会儿就不想起来了，没骨头了似的。再一寻思明天的好日子，咬牙撑起来，咕咚咕咚灌一肚子凉水，还干。

> 咱们工人有力量，
> 嘿！咱们工人有力量，
> 每天每日工作忙，
> 嘿！每天每日工作忙。
> 盖起了高楼大厦，
> 修成了铁路桥梁，
> 改造得世界变呀么变了样！
> 哎嘿！
> 发动了机器轰隆隆响，
> 举起了铁锤响叮当，
> 造出了犁锄好生产，
> 造成了枪炮送前方！
> 嘿嘿嘿嘿伊嘿哟，
> 咱们的脸上放红光，
> 咱们的汗水往下淌，
> ……

"不打勤，不打懒，专打不长眼"，说的是如何对付日本监工，不干活，少干活，还能不挨打，叫"磨洋工"。反饥饿，反内战，一些工人也用这个办法对付国民党。可现在，这些同样饥肠辘辘的工人，却唱起了《咱们工人有力量》。

力量从何而来？

今人听说过"豆腐渣工程"，谁吃过豆腐渣了？1948 年年底，选矿厂从一家豆腐坊弄来几团豆腐渣，这可是"工资"外的一笔福利呀。党委开会，研究应该分成多少份，还要分成大中小的不等份，方案详细、具体，也就一会儿工夫。因为谁家揭不开锅了，或快揭不开锅了，员工的情况都在心头装着。而他们中有人家里也断顿，或快断顿了——留待后续。

南芬铁矿十里矿山，立在四坑的大黑板上，这天写着一封慰问信：

钟连志、赵有录、张玉发、张道球、周维义、李忠林等同志：

你们赤胆忠心，不畏艰险，在修复四坑口、井下巷道排险和抢运空压机的战斗中，带领群众，艰苦奋斗。由于连续苦战，以致积劳病倒，尤其钟连志同志竟至累倒吐血。我代表党组织和全矿职工，向你们表示衷心感谢，特送上五斤鸡蛋，略表慰问和敬意，希望你们能安心休养，并祝早日康复。

你们在恢复矿山的历史大业中所做的卓越贡献，在本矿历史上将永放光彩！

落款"傅守凡"——南芬铁矿接收代表、首任矿长，5斤鸡蛋是他自掏腰包买的。

一些老人说，那时厂矿领导常到工人家串门，有时临走摸出几块钱，说：先买点粮吧，别亏了孩子。

特种钢厂浴池烟囱冒烟了，工人乐坏了。煤矿工人被称作"煤黑子"，这钢厂工人一个班下来，也黑得不客气。脱巴脱巴跳进去，老天爷，这水咋这么凉啊？吵儿巴火间，进来个女人，四十来岁，面色白皙，身材修长，腰间挎支手枪。特钢厂党委书记兼厂长林纳。一群大老爷们顿时傻眼了，有的木呆呆立在那里，有的慌忙捂住下身，或者跳进水中。林纳径直走到水池边，把手伸进水里试了试，转身走了。

第二天，工人洗上了热水澡。

这些挎着手枪的人的弱点，也是明摆着的。

选矿厂千方百计、千辛万苦拼凑起来的发电机，雷雨中一声炸雷，被击毁4台。人们急得团团转，一位接收代表当即下令，让工人站到开关前，一见电闪，未等雷鸣，立即拉开关停电。人们哭笑不得，有人给他讲相关知识，他一拍腰间的驳壳枪：这是命令！

首先进入本溪的共产党人，第一位全职总经理是周纯全。这位来自大别山的农民后代戎马一生，1955年被授予上将军衔理所当然，但与这煤铁公司总经理挨得上边吗？有人探究出个中原由之一，这位开国上将参加革命前，曾在武汉当过工人。在绝大多数农民出身、许多是放牛娃的将军丛中，也算得沙里淘金了。"南有汉冶萍，北有本溪湖"，也算一种缘分了。可就算多大的厂矿企业，他不也就是个工人，甚至徒工吗？而那大别山区的工业，还不是打造镰刀、斧头、马蹄铁的铁匠炉？

这是一些打江山的人。他们进入这座城市，不一定像赵捷那样拿着护照，枪是少不了的。如今工人见个企业领导，常是先车后人，甚至见车不见人。那时这些接收代表与员工最大的、也是除了黄棉袄以外的唯一区别，就是腰间的手枪了。还有敌特活动，工人巡逻护厂，比实际需求更本质的是习惯了。枪林弹雨中出生入死，军人的第二生命已经与之浑然一体，成为身体和生命的组成部分了。

苏联人可以拆运机器设备，却搬不走本溪的煤铁资源。无论国共两党怎样拉锯，就在这方水土岿然不动，让人怦然心动。而让煤铁公司、煤铁之城生动起来的重要标志，是这座城市的标志性建筑之一的高炉流出铁水，最大的拦路虎是炉膛里的铁砣子。毫无疑义，国民党接收大员中有炼铁专家，就工程技术而言，共产党的接收代表望尘莫及。可最终使工人焕发出"英雄式的劳动热忱"的，却是开头并不被他们看好的共产党、土八路。

人们信得过共产党，认定跟着这个党有奔头，会过上好日子。

无论今人能否理解，都别小瞧了那1团豆腐渣、5斤鸡蛋和几元钱，历史有时就被这类细节感动并推动着。而林纳闯进浴池的那种旁若无人，正是把工人当成了自己的亲兄弟。

国民党接收大员的工资，是员工的十几倍，还有"还治费"、"勤杂员费"，可以吃空饷。这些是工人听说的（听说的也没错），人们看到的是他们盗卖器材，许多员工连豆饼都吃不上，甚至饿死了，这些人照样吃香的、喝辣的。可共产党的接收大员，除了身上那支枪外，你就看不出什么"大"来。"咱们工人阶级当家做主了"——这些打江山人的南腔北调，可不是挂在嘴巴上的。工人"以厂为家"，也是毫不含糊的——给自己家干活，还能讲价钱、藏心眼、舍不得力气吗？

"大姑娘过来了哇"，"你们不要瞧哇"，"瞧了可不得了哇"，"晚上睡不着觉哇"，后来"阶级斗争"年代会被视作"封资修"的这类内容，自人类有了劳动号子就少不了的。而后来上学、未上学的孩子都会说唱的"跟着共产党"，则是古往今来史无前例的，这些"饿得前腔贴后腔"的人们，却满怀激情顺口就"嗨哟"出来了。

方志敏烈士的《可爱的中国》，还需要多少遍地研究、讨论、修改吗？那是拿起笔来，就不可遏制地从心头奔涌出来了。

煤洞里头黑隆隆，
煤黑子好像黑爬虫。
天天爬进又爬出，

哪有一天爬出穷?

人望幸福树望春,没有谁就想来这个世界受苦受难。从最初的第一缕炊烟,到一代代背井离乡闯关东,人们在这方水土生产、生殖、生存、生活,生死轮回,生生不息,盼的奔的就是个好光景。以前哪朝哪代都有成功者,享受人世间的荣华富贵,而工农大众永远是"穷人"的代名词。

现在,他们看到爬出穷窝的那一天了。

这是火红的年代,是创业的年代,是用枪杆子打下江山,再用劳动号子唱沸了江山的年代,是激情燃烧的岁月,绝对的一曲艰苦奋斗精神的赞歌。无论怎样饥肠辘辘,无论衣服怎样补丁摞补丁,也无论今人怎样难以理解,人们被亘古就有的憧憬鼓舞、激动着,他们心情舒畅,精神饱满,美好的明天指日可待,幸福指数自然很高。

中央直辖市

离休前为本溪市民政局长的杨振华老人,1949 年 9 月从哈尔滨来到本溪,下火车天已黑了。四下瞅瞅,嗬,本溪这么多高楼大厦呀,比哈尔滨气派多了。天亮后再看,哪来的高楼大厦呀?一些小平房,多为茅草房,趴在山坡上。

此前此后,凡是夜里来到本溪的人,望着那悬在半空的灯火,无论跑过多少大码头,见过多大世面,顿时觉得矮了半头:这不就是摩天大楼吗?

"楼上楼下,电灯电话",如今太稀松平常了,当年可了不得,是革命胜利后要建设的理想境界,对"社会主义"的形象解说。上个世纪 80 年代前后,有支歌《沈阳我的故乡》,其中一句就是"社会主义的高楼大厦"。只是这"楼上楼下,电灯电话"究竟是个什么样儿,就像今人展望半个、一个世纪后的这个世界,谁能说得明白呀?

到本溪就在市政府民政科工作的杨振华老人说,当年本溪的几座楼房屈指可数。溪湖区的小红楼、大白楼,北地的工字楼,南地有座二层小楼,也叫"大楼",鹤立鸡群哪。最高建筑是现在的市政府办公楼,也是日本鬼子建的,主楼 4 层,一半未建完就完蛋了,咱们后来扩建、加盖一层。前边哪有广场啊,荒草杂树,有片高粱地,现在的公安局、中医院那一片是乱坟岗子。下班晚了,鬼火在草丛中忽闪。

1949年10月1日，北京举行开国大典，本溪欢庆鸣礼炮，炮架在现在的文化宫对面，真炮实弹往平顶山上齐射。如今这一带是中心市区，楼厦林立，房价昂贵。弹道下的东明街，一排排楼厦波浪般向山上涌去，一些高层建筑早把那弹道阻断了。即使最精准的炮手，即便能在那楼群中寻到穿越的孔道，那山腰山顶上的楼房、景区呢？而当年，文化宫周边比市政府前还荒凉。那条顺着沟膛好像要直达平顶山巅的东明路，与之平行的同样被水泥的森林挟拥着的繁华热闹的步行街，一条沟被树木填塞着，沟底一条小溪在绿荫中淙淙流淌，自然成了动物的乐园，据说上世纪50年代初还有狼出没。

南北一条马路，从南地到溪湖。那是名副其实的"马路"，比之南来北往的牛车、驴车，叫"马路"已够现代了。当然也有更现代化的交通工具，两辆烧木炭的公交车。烧木炭的锅炉挂在尾部，炭火熊熊，先是噗噗噗，后是吭吭吭，就拖着一股浓烟启动了，老百姓称之为"烤地瓜车"。司机有时真在锅炉上烤地瓜、土豆什么的当午饭。

头两年媒体热议，石家庄要改名字。"村"也好，"庄"也罢，这个中国最大的庄都是座省会城市。而共和国元年的本溪市，用东北人的话讲，也就是个"大堡子"、"大屯子"，却成了中央直辖市。

看看被一条安沈铁路分割成东西半城的西部那些林立的大烟囱，就明白为什么要中央直辖了。

本溪解放后，属安东省管辖。1949年4月，安东省与辽宁省合并，成立辽东省、辽西省，本溪为东北行政委员会直辖，1953年4月又升级为中央直辖市。干部由中央政府任命，公安局提拔个科长，也要报请中央组织部批准。中央召集各省市自治区领导开会，本溪市长自然参加——前面说了，就像今天的京津沪渝一样。

有亲历者说，那时东北行政区和中央搞个什么活动，比如篮球比赛，本溪一个大堡子人少，这方面的人才也少，名次自然就差，可这并不妨碍本溪人的自豪，本溪人牛哇！

有人告诉笔者，当时中国大陆有12个直辖市，辽宁占了5个，沈阳、大连、鞍山、抚顺、本溪，都是机器轰鸣、烟囱林立的重工业城市。沈阳、大连今人比较熟悉了，鞍山被称作"钢都"，抚顺是"煤都"，本溪则是"煤铁之城"，全都有了，还有特种钢。而且，煤是优质煤，铁是"人参铁"。鞍钢恢复生产举行开工典礼，东北局和东北行政委员会的代表到会慰问、祝贺，本溪煤铁公司还有中央军委的代表，因为本溪的人参铁、特种钢主要为军工生产服务，用于制造高精尖产品。

杨振华老人说，我陪王玉波市长到煤铁公司视察工作，他望着那些高炉、烟囱感慨：战争年代，咱们若有这么一家企业，那中国革命会是个什么成色呀！

从井冈山到瑞金、延安、西柏坡，到最终进入北京，共和国诞生后的三年国民经济恢复和建设时期，以毛泽东为核心的第一代中央领导集体，被苏联的工业化模式的强大示范作用所吸引，毫不犹豫地选择了苏联模式，集中一切力量发展工业，特别是重工业。

1952年12月，党中央在《关于编制一九五三年计划及长期计划纲要》中指出："工业化的程度首先决定于重工业的发展，因此我们必须以发展重工业的大规模建设为重点。"

抗美援朝战争中，毛泽东说美国军队"钢多气少"。自中国共产党的武装力量诞生之日起，面对的对手就"钢多气少"，但这绝不意味着让对手就这么"多"下去。而自1840年鸦片战争后，中华民族挨打受辱的历史昭示的又是什么，新中国的当家人最明了了。这时毛泽东还没说"工业以钢为纲"，也没人说他站在天安门上，展望这个传统的农业国的明天，就是遍地林立的大烟囱。人类文明进步到这一历史阶段的现实，是工业化及现代化，"钢铁"在某种意义上就是"高科技"的代名词。

一直在钢铁的力量打压下前仆后继的共产党人，那种对钢铁的崇拜和渴求是太自然了。

不光煤铁，还有水泥。全国十大水泥厂，本溪占两个，那烟囱比铁厂、钢厂还大。

今天的儿童会把那大烟囱冒出的浓烟，视作地狱的魔鬼在喷云吐雾。笔者红领巾时代的作文，则将其写作美丽的"烟朵"——那是像"社会主义的高楼大厦"一样，对我的家乡和那个时代的赞美、讴歌。

哈尔滨人杨振华，在哈尔滨做地下工作时的一个战友，是本溪县马城子人，患肺结核去世前，让杨振华有机会替他去看看他的父母。东北解放，千头万绪，忙啊。北京要举行开国大典了，杨振华由东北局调去国家内务部，寻思着这一去不知什么年月回来，快去完成战友的遗愿吧。来到本溪，碰上市长王玉波，把市长乐坏了，说快去马城子吧，回来就到我这儿上班。杨振华给他看内务部的调令，说这怎么行啊？王玉波说这怎么不行啊？我给东北局和内务部人事处打电话，就这么定了。杨振华说你这不是"劫道"、"绑票"吗？王玉波苦笑笑：让你当这个市长，送上门来的"票"也不能不要啊。

杨振华老人说，当时算上警卫员、炊事员、马车夫，市政府才四十多个人。那时不叫局，叫科，科下面是股。我们民政科4个股，优抚、社会、卫生和人事。市政府没有卫生科、人事科，后来两个局的工作，都在民政科，还有个政协组，相当于现在的政协。你说民政科管多少事，再猜猜有多少人？算科长7个。

离休前也是民政局长的冯文甫，当时是人事股长。杨振华后来当了优抚、社会两个股的股长，手下只有一个科员。卫生股就一个三八式老干部，人事股也是冯文甫一个人拳打脚踢，负责全市的普通干部调配。打电话的，找上门的，都跟他要人，没有不缺人的单位。

记得第一次办这种事儿，是建设科（今建委）跟他要个科员。

冯文甫是南芬冯家堡子人，1948年年初参军，3天后被选送省干校学习。他读过5年书，南芬区百多新兵中，百里挑一的知识分子。这建设科的科员，政府机关干部，怎么也得有点文化，能写写算算才行啊！最熟悉的自然是冯家堡子那一片了，没一个够格的人。那也不能站到街上，见人就问"你读过几年书"哇。就发动机关同事举荐。有人说他的妹妹刚从山东老家来，念过6年书。太好了，及时雨呀。五年级考六年级的，让她写了"本溪市人民政府"7个字，挺好。他就在张纸上写上"建设科：兹介绍×××同志到你处工作"，落款"冯文甫"，再写上月日，盖上"冯文甫印"，也未请示报告科长，让她拿着去报到上班了。

如今报考公务员，有时几十、几百，甚至几千人竞争一个职位，"千军万马过独木桥"。当年就这么简单，几十年后还成了离休干部。

一手手枪、一手护照进入本溪的赵捷，那护照上明明白白写着"事毕返"的——他还返得了吗？

恢复、发展生产，那些没气了的大烟囱要喘气，还要矗立起更多更大的大烟囱，这一切都需要人来完成。中国好像从来都不缺人，而这时最缺最急需的就是人了。需要干部，需要工程技术人员，需要工人，大批大量的。

冯文甫参军3天，就被送去省干校学习，共产党人已着手为战后的新中国培训、储备干部了。本溪刚解放，市政府即贴出招生布告，在本溪湖红十字会举办青年干部训练班，同时各单位抓紧培养干部。

姚常林老人说，后来当了厂长的耐火厂接收代表史玉金，见我干活挺实在，常跟我唠嗑，问家里几口人，爹妈干什么，又问我对共产党怎么看的。我说"共产党领导工农翻身得解放"——这句话"打腰"了。他说组织上想让你做青年工作，我说什么是"青年工作"呀？他说就是把青年组织起来跟党走，干革命。我一听糟了，这不就是当官了吗？我爹让我进厂学手艺，说人有了手艺，这辈子就有了铁饭碗。反复拉锯，一些人担心共产党这江山坐不长远。再说了，我什么也不懂，这官怎么当呀？一天下班回家，我爹说你们厂一个大官来了。我吓了一跳，说来干什么？我爹说唠唠家常嗑，挺和气、实在个人，和过去的官不大一样，听他的不会错。有了这话，我就成了耐火厂第一个团员，那时叫"新民主主义青年团"。两个月后入党，党组织还是秘密的，不公开。不久，我这个团支书又成了党支部的组织委员。1954年调离耐火厂时，我已介绍入党四十多人。1958年28岁到机电厂当书记，几千人的厂子，那是豁出命也得干好啊！

姚常林当然不是个例。只是本溪一个"大堡子"，刚解放时人口不到5万，而一个煤铁公司的需求量就不下3万，上哪儿弄这么多人，特别是专业人才呀？

从周边市县调，从东北各地调，从全国各地调——中央和东北局对本溪采取了特殊的人才战略。

实际上，自王玉波、赵捷等人星夜赶赴接收本溪始，一批批干部、大中专学生，就从华北、华东、华中、华南陆续奔来了。抗美援朝战争结束后，更有大批转业军官、复员军人直奔这里，脱下军装，成为本溪人。

退休前为本钢组织部长的吴松璋，广东汕头人，1953年秋师范毕业。他说还未毕业，就听说本溪要来接人了。这时煤铁公司已经分家了，煤叫矿务局，铁是钢铁公司，我申请去本钢。都知道本溪在东北，具体在哪儿呀？同学们趴在地图上找。那时报纸经常宣传东北工业基地，就像改革开放后宣传经济特区似的。人们向往工业地区，就像战争年代奔赴前线，还让人想到改革开放后的南下潮。父母都支持我，支援东北工业基地建设，光荣啊。和我们脚前脚后赶到本溪的，还有湖南、江西、江苏的几批学生。广东是工业、财经、师范3个学校的，一百多人，在市委党校召开的欢迎大会上，市委书记金铁群讲话："同学们，怎么给你们介绍本溪呢？打个比方，就像德国的鲁尔！"直到今天，我还记得这句话，给家里写信也说"本溪是中国的鲁尔"，觉得自己的人生选择太美好了。

1954年年初，市委和本钢一行5人，去安徽接一批干部。满清华这时是市委工业部干部处秘书，去安徽接人，回来后又跟踪调研这些人的履职状况。

老人说，共接回46个干部。在东北局开介绍信，到中组部换介绍信，明确要求多少个地师级干部，多少个县团级的，回来后几乎全部降职使用。六安专署副专员王晓清，按理应该当副市长，或本钢副总经理，却到本钢机关党委任副书记，一下子降了多少级？县委书记王守华，到耐火厂当总支书记，好像还是县团级的正职。省商业厅对外贸易处长石磊，到本钢设备处当副处长。到厂矿负责生产的也一样，厂长、矿长前一律带个"副"字，为二把手。他们说放下锄头拿起枪，这辈子没跟工业沾过边儿，当个副职已经赶鸭子上架了，有什么可挑拣的？这些人大都是老八路，身上少有没伤疤的，也真有股子战争年代的劲头，后来大都成了行家里手挑大梁的角色。

工人主要从本溪、安东、沈阳、辽阳、旅大（今大连）等地农村招收，还有不断从关内流入的人员。

到1950年，市区人口已增至16万多。原本以山东人居多的这座移民城市，愈发南腔北调得生动活泼起来。

本溪湖，本钢厂区占地面积 63.9%。矿务局那煤矿的世界主要在地下延伸，地面的需求量也越来越大，大仓时期已向南拓展。矗立在彩屯山坡上，应与高炉同为煤铁之城标志性建筑的亚洲最大采煤竖井井塔，塔下不断扩张的本钢主厂区，太子河中段这片最大的河谷盆地，显得越来越拥挤。越来越多的平房，最高四层的楼房，就被排挤到山上去，星空下的"摩天大楼"越来越多。而那山上山下的万家灯火中，又有几个不是与煤铁公司息息相关的？

上世纪 60 年代初，这时距矿务局整体破产还有近 40 年时间，本钢将为员工发通勤票改成发通勤费，许多人步行上班，不坐公交车了。市公交公司立刻就撑不住了：你们让我们跑空车呀？

早就有"大本钢，小本溪"之说。

实实在在说，本溪如果没有煤铁，别说直辖市了，今天也还是本溪县。

杨振华老人说，第一次去煤铁公司，进厂区那人一下子就显小了，这些庞然大物都是干什么的呀？这个哧哧冒气，那个里面轰隆隆响，就寻思这家伙要是来脾气爆炸了，可了不得呀？那时懂什么呀？市政府和全市人民直接间接地都在为煤铁公司服务，多出煤，多炼铁。

新中国成立后，东北人民政府重工业部的一班人马，组成共和国的工业部（后改为冶金部）。各省市主管工业的副省（市）长，为第一副省（市）长。而本溪的书记、市长、副书记、副市长，与煤铁公司（后是本钢）的书记、总经理经常互换，直至上个世纪末。

你不懂工业，不懂煤铁生产经营管理，怎么当好这个书记、市长？

> 雄赳赳气昂昂，
> 跨过鸭绿江。
> 保和平，卫祖国，
> 就是保家乡。
> ……

刚过上两年和平生活，朝鲜半岛燃起战火。"咱们的脸上放红光，咱们的汗水往下淌"，《咱们工人有力量》愈发高唱入云。炉火通红中，本溪子弟兵和民工大队开赴前线，本溪人节衣缩食，捐款购买 7 架战斗机。用不上个把小时就有一列军列通过本溪，杨振华为过往军人忙活吃喝，一年到头眼睛红得兔子眼睛似的。而在这长达 5 年多的时间里，包括我家和我的岳父家，本溪城乡居民几乎家家住着军人，先是准备入朝作战的三十八军、三十九军、四十军，后来是经治疗后出院休养的伤员，叫"康复员"。

本溪人为抗美援朝做出了特殊的贡献，这场改变了东亚，乃至世界政治格局的战争，也直接影响了本溪的命运。

仅南芬铁矿6.5公里长的广阔矿脉中，就蕴藏着低磷低硫、易采易选的铁矿石12亿吨，已经世所罕见。后来开发的本溪又一家钢铁联合企业北台钢铁总厂，其生产之方便，则是"山上矿石山下铁"。本溪得天独厚的优势，前面已介绍很多，这里不再赘言。

在战火中诞生的共和国，百废待兴，首先是经济战略如何布局。在工业化即现代化的那个时代，煤铁是国家的重要战略物资，尤须统一规划。在东北众多的重工业城市中，煤铁之城本溪特别受到青睐，苏联专家也看好本溪——本溪做大做强正逢机遇。

朝鲜半岛突发战争，美国飞机不断窜至本溪。仅1952年1月29日上午就有8架次飞来骚扰，下午又有3批36架次投下细菌弹、传单。美国人的意思再明白不过了。就地理位置而言，本溪、鞍山都在敌机的飞行半径之内，地形地貌就大异了。辽东大山里的本溪，敌机利用山势低飞，雷达很难发现。鞍山属平原地区，敌机难以偷袭。于是，新中国成立后就占据中国钢铁业头两把交椅的这两座城市，无论怎样各具特色，在应对战争上，本溪就占了下风。

1949年末，本溪煤铁公司制订的1950至1952年三年恢复发展计划，因朝鲜战争被迫中断。根据中央"远离沿海，靠近苏联"的应急措施，1951年年初，本溪煤铁公司在齐齐哈尔筹建第二钢厂，即北满钢厂。第二年5月，原定第一个五年计划中投资本溪煤铁公司的项目，转投湖北大冶钢铁厂。而离本溪实在太远的北满钢厂，和当时属本溪煤铁公司的大连钢厂、抚顺钢厂，分离出去也是迟早的事。

没人说如果没有这场战争，本溪就会成为共和国的钢都，那影响却是明摆着的。

地工路

本溪山多水丰，山啊岭啊峪啊河啊沟啊甸子的，地名以山水命名较多。以姓氏命名的，或最早居住的人家，或世代繁衍形成旺门大户，姓什么就叫什么堡子。本溪有 26 个民族，自然有以少数民族姓氏命名的，满族居多。还有以动植物、战争遗址和良好愿望命名的。

本溪地名的特点是简单、拙朴。如市内的"南地"、"北地"，就是"南边的地方"、"北边的地方"，直通通的没有任何韵味，不知道中国还有哪座城市会如此命名。而"坑口"、"竖井"、"煤矿"、"乌金"、"铁工"、"铁东"、"铁西"、"铁南"、"重工"、"建工"、"地工"等，无论多么简单、直白，都不乏形象和这座煤铁之城的韵律。

就说说"地工路"，即地方工业路，又称地方工业一条街。

地工路位于市中心区东部，从本钢技校右侧丁字路口顺坡而下，到富佳大酒店向东北拐个胳膊肘弯，再到高峪的合金厂，全长 5 公里左右。其实真正的地工路，到富佳大酒店已是尽头，只是人们的感觉和习惯，把它延伸到合金厂。

1985 年年末统计，本溪地区有地方工业企业 454 家，其中重工业 213 家，轻工业 241 家，职工 117000 多人。地工路只占 20% 多，但它却是本溪地方工业的缩影。

雪花飘飘，苏新军从市政府出来，在南地、北地那些房舍较多的街巷左顾右盼，脚步在雪地上拐来绕去地画龙。

这是 1950 年的初冬，让美国人丢盔卸甲的抗美援朝第二次战役正挽弓待发。如今人们已经没了"窗户纸"的概念，那时只有公共建筑和极少数居民才有的玻璃窗上，几乎都糊着"米"字形纸条，以防飞机轰炸时碎片飞散伤人。战争的轮子好像随时会碾过这座城市，眼前的现实展示的则是那场内战的创伤。街道两旁间或可见空洞的窗户，没盖的房子，或者干脆一堆瓦砾，在落雪中寂寞无声。

嘎吱嘎吱的踏雪声，在解放路后面的汽水厂止息了。一间搭在厂房山墙上只有半面房盖的房子，东北人叫"偏厦子"，外观有门有窗，里面也算有模有样，是汽水厂的一个小仓库。苏新军里里外外看个遍，站在雪地上又端详一阵子，点燃一支烟：行，就这地场了。

汽水厂不到 50 平方米的小仓库，就成了后来全国赫赫有名的本溪市合金厂的第一座厂房。

25 岁的苏新军，一身黄棉军装，中等个头，挺敦实。国字形脸庞，绕嘴巴经常一圈粗硬的胡楂子，眉毛较重，眼睛不算大，却是目光炯炯，土气中更透着英气、霸气。腰间牛皮带上的勃朗宁，显示那个特殊年代的干部身份，具体、准确的是什么呢？本溪市生产管理处（后改称工业局）处长？本溪市合金厂厂长？应该说都是，又好像什么都不是。

市长王玉波找他谈话，问他是否搞过钨金。伪满时，他在长春一家日本人的小合金厂当过工人。1948 年春，已是解放军骑兵营长的苏新军，曾被调去吉林白城子冶炼钨金，没想到这段经历会决定他后来大半生的命运，也就明白开国上将周纯全，人生中为什么会有了本溪煤铁公司总经理的履历。而苏新军的实践见证的则是，一个新生的政权如何惜才如金，怎样从千军万马中发掘建设型人才，哪怕多么不起眼的也不放过，并把这种潜能发挥到极致。

所谓钨金，就是锡基合金，又称锡基轴承合金，特点是摩擦系数小，韧性、导热性、耐蚀性好。天上飞的，水里游的，地上跑的、不跑的，凡能彰显一个国家强大的物件，都少不了它。

这时距美国宣布对华经济封锁、全面禁运，还不到一个月时间。高瞻远瞩的市长当然不知道，而曾在白城子 3 个月炼出 35 吨钨金的生产管理处长在想，是不是煤铁公司或什么单位缺这东西了，那还不简单，炼他几锅呗！

刚进屋还跟他开玩笑的市长，这工夫可就严肃起来：小苏哇，战争年代，居无定所，小打小闹，够吃够喝就行了，现在咱们得换换脑筋了。全国只有两三家钨金厂，都掌握在资本家手里，产品质量也差。向外国买，受制于人，也不是长久之计呀！你有这个手艺，国家需要钨金，而且需求量会越来越大，这不正好建个钨金厂吗？万丈高楼平地起，想着新中国的百年大计、万代基业，咱们要建个像模像样的钨金厂。

后来名噪全国的本溪有色金属冶炼之父，这一刻无论怎样被市长的描述激动着，也想象不出这个像模像样的钨金厂是个什么模样。既然如此，那厂房啊设备啊资金啊就少不了，当然首先是人。

人嘛，你自己想想办法，我也帮你张罗。被杨振华说成"劫道"、"绑票"的市长说，厂房你自己选。至于钱吗，我还寻思你把厂子办好了，能帮我一把呢。

又道：小苏哇，这新中国江山怎么打下来的，咱们共产党怎么走到今天的，你还不清楚吗？

提到久违了的两个字"钨金"，苏新军脑子里就是锅啊勺啊模子之类——如果真的给他一座现代化的钨金厂，他还真的蒙门儿。

1 把勺子、2 口大锅、3 个模子和 4 个人，就在小仓库里干上了。

"一二三四"成了合金厂的绰号，也是合金厂和本溪人白手起家、艰苦创业的象征。

勺子、锅和模子，是托人从沈阳借来的。算上苏新军两男两女 4 个人，是从各单位调来的。"处长"、"老苏"、"小苏"，叫厂长是 3 年后的事了。如今提拔个像苏新军这样职务、年纪的干部，要先在媒体上公示，有人会把你几岁读书，何时大学毕业，一级级提拔到这个职位需要多少时日，丝丝入扣算个底儿掉。那时没这个。那时不称职务、姓名，"哎"一声，他也一样答应。他又天性随和、幽默，动不动就来一荤一素的段子，逗得大家哈哈大笑。

人马齐了，家什全了，厂房有了，像居家过日子一样，第一件事是砌锅台，需要耐火砖。本溪不缺这东西，去耐火厂捡，捡半截子的，不合格废弃的。做饭得有米面，这"一二三四"的"二"里，也不能干熬，这个得花钱。贴出告示，收购破香炉、香碗、酒壶什么的，以至于一些人把这里当成了破烂收购点。

4个人中，姜新冰在白城子跟苏新军干过，曹平和徐建真擀面杖吹火——一窍不通。烈火熊熊中，那些香炉什么的在大锅里化作银灰色的液体，两个人瞅着这个稀罕哪，这不就跟做饭似的吗？

就这么做饭似的，就有了那3个模子里的3块合金，就结束了中国人不能冶炼锡基巴氏合金的历史。

出手不凡，石破天惊。要在今天，各路媒体记者该把偏厦子挤爆了，"中国第一"、"国内首创"、"填补空白"。可这时，别说媒体了，连他们自己也不晓得这3块合金在中国合金冶炼史上的价值、意义，不就是炼了两锅钨金吗？至于有关部门专家检测、认证，他们根本不知道世界上还有这档子事。

转过年去，沈阳一家工厂一次订货30吨。钨金厂的"生产"牌钨金，月产量不到10吨，一下子接这么大个订单，这下子可要大发了。4个人惊喜得目瞪口呆，那家工厂来人了，30吨不要了，只要1斤半。这时的钨金厂，已从汽水厂的偏厦子搬到溪湖的慈航寺大庙，那人那语气似乎不无商量余地，待到在大庙里外转了一圈后，连这1斤半都不大想要了。

又一阵目瞪口呆：1斤半，还不够咱沾锅底的呀？

苏新军道：这事怨不得人家，这单货咱们接了。

有个"生产"牌钨金，却连个正式厂名也没有，更不用说在个大庙里成天跟和尚打交道了，这还叫个厂子吗？即将威震华夏、走出国门的名牌产品，被这些也真叫人看不上眼的表象遮掩着，藏在辽东大山里未被人识。这时还没人把"名牌战略"4个字连在一起，也没人成天把"诚信"二字挂在嘴巴上，苏新军要用事实向这个世界宣示：我的"生产"牌合金货真价实，就是最好的！

1斤半钨金被那家工厂拿去化验，完全合格。

马上订货，连续订货。

汽水厂不到50平方米的偏厦子，是办公室，更是车间，又是原料、成品仓库，还是厨房、食堂。快中午了，墙角灶台铁锅里飘散出高粱米或大楂子的香气，那两口大锅里银灰色的液体也热情洋溢地咕嘟着，真跟做饭差不多。只是同样的米面经过不同的人手，那味道就大不一样了，这冶炼合金更加非同小可。合金是一种金属元素与其他金属或非金属元素融合而成的，各种元素有严格的比例。无论怎样土法上马，那人和设备怎样土得掉渣，在科学数据上都一视同仁，绝无"感情分"，稍有差池"一锅饭"就废了。

从大庙搬到峪前街后，还没个正式厂名的钨金厂，接到一批焊料订货。金属焊接离不开焊料，这个苏新军知道，可他哪干过这活呀？从沈阳请来个姓闫的师傅，人很勤勉，手艺也没说的，可一到配料的关键时刻，大家都想跟他学一手时，他就不露了。他说人多心烦，配料容易出错，就一个人关在屋子里鼓捣。

这个难不倒苏新军。鬼子、鬼子，日本人那么鬼，也挡不住他偷艺学艺。不然，在枪林弹雨中挥舞马刀的骑兵营长，人生就不会一个弯拐到这里，与合金结下不解之缘。他聪明、精干而又强悍，从无服输的时候。搬了4次家定居在高峪的合金厂，也不是当年的"一二三四"了。论技艺，从厂、车间领导到一线骨干，许多人都赶上他的水平了。可他是什么水平啊？论文化，只读过3年书。全厂百多号人，或者放下锄头的农民，或者复员转业军人，像他一样的土八路。试制磷铜时一点儿招也没有，他让人买几本苏联人写的《有色金属再生手册》，连夜翻找"磷铜"二字，有人找到了，却不认识"磷"字。

从"生产"牌磷铜，到同样牌号的质量超过世界顶尖名牌英国产的4X锡合金，试制新产品早已不是"大姑娘坐轿头一回"了，却每次都有那么多头一回。古老的冶炼术，一锅锅、一炉炉地实验、摸索，失败了再干，再失败再干。苏新军想不到还有大学毕业生就业难的时代，他做梦都在欢迎大学生，全厂职工敲锣打鼓扭秧歌呀，他们就是合金厂的宝贝、圣人，甚至神仙了，起码对付一些天书似的洋字码子，不用满世界求仙拜佛了。别说小小的合金厂，就是煤铁公司这样的大企业，每年又能分配几个呀？

1958年中国第一届广交会上，有英国人在本溪合金厂展位前不肯离去，对那锡合金的一种成分0.3镍，百思不解：最高温的镍和最低温的锡，温差2000℃以上，你们有什么办法使它们熔解、化合？我们英国的4X是世界名牌，尚且不敢保证这等质量，你们怎么敢保证它含0.3镍？你们的陈列品也许达到了这个标准，可成千上万吨生产呢？

供销科长孙宾熙明白，这回算是碰上了"冤家对头"。可他刚到合金厂不久，就赶来广州开这会，如何讲得明白呀？

那时打个长途电话，不知要转多少个交换台，好歹跟家里联系上了，苏新军说：你告诉英国同行，不相信我们的化验单，他们可以自己化验，今后还可随时跟踪化验。至于我们用什么方法冶炼的，对不起，这是商业秘密。

沈阳那家订货1斤半的工厂，信不过钨金厂，说来就来了。绅士风度的英国同行倘有这等条件，来本溪看了合金厂的"商业秘密"，再听一遍"一二三四"的故事，会不会把脑袋摇得波浪鼓似的？

1956年春，合金厂生产的二百七十多种"生产"牌合金，销量已占全国的半壁江山，并远销朝鲜、越南、泰国、马来西亚、埃及、加拿大。

中国最早生产的汽车、坦克、火炮、舰船、飞机，所用合金都是本溪合金厂的"生产"牌。

没人说本溪是中国的"合金之都"。无须置疑的是，中国的合金人无论来没来过本溪，都必须向本溪合金厂看齐。因为本溪合金厂的合金标准，就是中国合金的国家标准——"生产"牌合金就是中国合金业的代表、形象。

烧火的，下料的，观察火候的，苏新军自然是总指挥了。眼瞅着两锅"干饭"熬成了"稀粥"，苏新军操起勺子，小心翼翼地舀着，一勺勺倒进模子里。这东西金贵呀，不然怎么能叫"合金"呀？

有人觉出有点异样，回头看，王玉波市长不知什么时候来了，正专注地盯着钨金厂的头两锅钨金，脸上笑吟吟地绽开一朵花。

市长盯着的当然不只是"一二三四"的钨金厂。

一钢铁，二煤炭，三水泥，这时还没有"支柱产业"的说法，支撑本溪的就是这三大产业，特别是前两个。采煤、炼铁，本溪自有传统优势。大仓财阀进入后，民族工业几乎被打压殆尽。如今依托煤铁公司发展地方钢铁、煤炭工业，前景不言自明。其他轻重工业，也是"大树底下好乘凉"。红花还需绿叶衬。依托中央企业，发展地方工业，既支持了支柱产业，又搞活了地方经济，两条腿走路，做大做强这座工业城市。

"一二三四"——当年的骑兵营长在汽水厂的偏厦子吹响冲锋号时，本溪地方工业的各路人马开始整队、集结、跃出堑壕。

挎着勃朗宁的苏新军，是从战场上下来的合金冶炼大师，更多的是被称作"耍手艺"的手工业匠人。木材厂原是个小棺材铺，也做板凳箱子柜什么的，靠几个木匠起家。几个鞋匠、裁缝组合的制鞋社、制衣社，搞大了变成厂，厂长、车间主任几乎清一色的鞋匠、裁缝。如今办厂，除了资金，还得有资质，有多少中高级职称的工程师。那时要讲这个，连苏新军也只能老牛掉井里了。白手起家，土法上马，能工巧匠开动脑筋搞科研。产品对路，厂子火了，有的添置设备，扩大规模，有的"下崽"。像机修厂变机床厂，再生出第一、第二、第三机床厂和微电机厂，无线电厂竟达11个。老厂养新厂，养大了分家另过，"父子"就成"兄弟"了。

之后，本溪地方工业兴起的两次高潮，一是 1954 年资本主义工商业改造，二是 1958 年"大跃进"中的"大干快上"。而 1957 年合金厂为国家创造的价值，人均已达 10 万余元。10 万元是个什么概念？如今在笔者居住的城市，只能买不到 10 平方米的住房，那时却可去北京买下二十多套四合院。企业有钱了，扩大再生产。政府有钱了，两三万元就能扶植个挺像样的企业。

本溪是座重工业城市，与个"重"字相匹配的，自然是众多的男性职工了。1940 年市区男女比例为 2.59∶1，1949 年降到 1.20∶1，1953 年升至 1.43∶1。一座城市不能净是些大老爷们儿，还要组建家庭啊。这副担子自然也由地方工业扛了。自 1958 年春办起第一家绣花厂后，到 1985 年建立起二十多家纺织企业，就业女工近 3 万人。

轴承厂、水泵厂、锅炉厂、工具厂、印染丝绸厂、合成纤维厂、第二机床厂、无线电三厂、第二汽车配件厂、第二玻璃制品厂，等等——1985 年的地工路两侧，分列 56 家全民和集体企业。

一道东西走向的山梁，高低起伏到太子河畔止步。山下一条小河，河边一条人踩马踏车轮碾压的山道，车道沟里顽强地生长着车轱辘菜，开着细碎的小花。路边荒草杂树丛生，野花招来蜂蝶，农田逐年增多，夜里草丛中闪动着绿荧荧的眼睛。

今天已难说清谁是第一家入驻的企业，那时也没有"地工路"这个名称，人们也没有"园区"概念。有条坑坑洼洼的土路，有了第一家企业，有水有电，方便省事了，再有企业就来这里吧。如今的工地是吊车和推土机，那时就是锹镐土篮子之类，石夯、木夯，在汗珠子和劳动号子中起落。一排排厂房建起来，一根根烟囱在厂区耸立着，机器轰鸣，日夜不息，就有了一条地方工业路。

合金厂搬了 4 次家，最终定居的高峪，地名是后来改的，当时叫"高丽坟背"。听听这名字，就知道这地界多么荒凉了。全凭人力自己动手建起的厂房，凉亭式的有盖无墙，堪称举世无双。熔炉几百上千度的高温，天然的通风降温，夏天舒服了，冬天冰火两重天。四周挂上草袋子，雪花能飘进来，别说刺骨的寒风了。脸上汗水刚出来就被烤干了，后背则是透心凉，就笑称自己是"阴阳人"。建厂房是全厂总动员，盖宿舍就是机关人员的活了，不能耽误生产哪。这时还没有"机关干部"一说，起码企业没有，也没有"农民工"一词。农民进厂就是工人。许多工人是循着祖辈的足迹，闯关东来到本溪的，孤身一人没个家。一些复员军人也一样。这时和后来挺长的历史时期，都讲"先生产，后生活"，那也得生活呀！这时合金厂已经挺有钱了，雇个工程队干呗！那时人们少有，甚至没有这种思维，又不是盖高楼大厦，自己能干，凭什么花那冤枉钱啊。那时的"机关干部"，也没多少白领模样，男男女女，和泥砌墙，立柱上梁，一些人干得有模有样。因为这些多少有点文化的人，别说农村来的，就算城里人，那"大堡子"的民房，又有几个不是自己和亲朋邻居帮着盖起来的呀？

新中国成立初期那叫"一穷二白"，就像合金厂的"一二三四"，与此相关的则是"白手起家"、"艰苦奋斗"、"自力更生"——这些司空见惯的口号、标语，那个年代可不是随便挂在嘴上、贴在墙上的。

合金厂高高矗起的 7 根大烟囱，是用装原料的铁桶一个个焊接起来的，一层层用钢丝绳向三个方向拉拽、固定在地面上。地工路的许多烟囱也是这样。大家挺自豪，咱们这些大烟囱也有本钢的高了，可一刮大风就露怯了。本钢那些钢筋水泥烟囱，刮台风也稳如泰山，地工路这些风稍大点就左摇右摆扭起"秧歌"，要不是那些钢丝拉拽、固定着，早七零八落散花了。

可那《咱们工人有力量》，却唱得一样雄劲、豪迈。

地方工业的迅速崛起，加快了煤铁之城的工业化步伐，迅速形成煤铁、建材、化工、机械、纺织、轻工、电子等门类比较齐全的工业体系，在共和国的工业进程中起到不可替代的作用。

"一五"计划期间，苏联援助中国的 156 项工程中，本钢有两项，一是工源两座高炉及其系列配套工程扩建改造，二是在齐齐哈尔市的富拉尔基建设一座特殊钢厂。作为全国钢铁行业中仅次于鞍钢的老二，本钢在完成上述任务的同时，到"一五"计划末的 1957 年，年产铁矿石、精铁矿、生铁、特钢、焦炭，分别比 1952 年增长 5.02 倍、1.73 倍、2.48 倍、3.21 倍、2.33 倍，产品质量显著提高，品种大量增加。

1950 年，特殊钢厂第一次生产出镍铬枪钢 R55。5 年后与六二六等厂合作，研制成功国内第一代枪钢 50A、50 特，结束了用日本钢号和从苏联进口枪钢的历史。接下来，是中国第一批炮钢、第一批梯形弹簧钢、第一台透平发电机用钢。而长春汽车制造厂在试制第一批解放牌汽车时，别的难关都闯过去了，唯发动机的气缸体和气缸盖铸件，先后使用国内许多厂家的产品都不过关，一试本溪的"人参铁"铸件，神了，立马成功，一点瑕疵都没有。

1954 年本钢生铁合格率达 99.78%，创全国先进水平。2 号高炉利用系数达到 1.667 吨／日·立方米，创全国中型高炉利用系数最高纪录。

1957 年，本钢成功冶炼出工业用硼钢，填补了国内空白。

同年，煤炭部在本溪召开洗煤化验会议，向全国推广本溪矿务局洗煤厂的"三快化验"（快速化验水分、灰分、硫分）经验。而早在 1949 年完成的 36.6 万吨洗精煤，占当年全国洗精煤产量的 53.82%。

1958 年，本钢采用强化还原炼钢首获成功，应用此法冶炼弹簧钢为国内外首创。

1959 年，本钢第一钢铁厂连续 21 个月获全国中型高炉冠军，第二钢铁厂继续保持全国大型高炉红旗，南芬露天矿获全国黑色冶金矿山红旗。

同年，本溪矿务局荣获全国煤矿红旗竞赛"万吨红旗局"称号。

1967 年，本钢制造出国内第一台电炉液压装置，使电炉炼钢自动控制达到国际先进水平。

1969 年，本溪矿务局彩屯煤矿洗煤厂，成为全国第一个全部实现重介质的洗煤厂。

1978 年，本钢铸造生铁获国家金牌奖。

1980 年，本钢生铁产量突破 300 万吨。5 号高炉利用系数、生铁合格率、焦比三项指标，在全国大型高炉中名列第一。

到此打住，而上面罗列的，也只是同时期的部分"首创"、"第一"、"金牌"。

与此同时，合金厂"一二三四"吹响地方工业的集结号，一批批令人眼花缭乱的骄人成果，也礼花般绽放在共和国的星空。

出手就是"国内首创"的合金厂，好像就是来这个世界拿金牌的。电解铜、精铜、34A 铅铜焊条、电解铜箔、可溶性阳极连续电解铜箔、"70SS"高强度铝合金、锌基"920"合金，等等。当然不只是在中国拿金牌，锡合金超过英国的 4X 后，经国家一机部鉴定，又超过美国的 4B 标准。至于国家财政部来本溪总结合金厂的三级核算经验什么的，并在全国推广，这里就不多说了。

水泵厂试制成功 2DB-3/37 型比例水泵，填补国内空白。而且，这家不到百人的小厂，在收音机中闻听中国向太平洋发射运载火箭和卫星的消息，会像本钢、合金厂的员工一样分外激动，因为那火箭和卫星的回收，少不了他们研制的 2DSL-10/15 和 IDB-0016/80 型药剂泵。

轴承厂试制成功螺旋滚子轴承，达到苏联同类产品水平，并填补国内空白。

机械厂试制成功国内第一台高温油泵 HOH4-7 热油泵。

塑料厂试制成功国内第一批 6A 浮选机转定子补胶。

机床厂试制成功国内第一批军工生产 704 工程配套急需的 MB6380 型半自动钻头刃磨床，填补国内空白。

印刷厂研制的 2.5mm 印制电路网格和大幅面高精度涤纶坐标，前者使国内千余家用户不再依赖进口，后者填补国内空白。

无线电视一厂研制的 CJT-1 型高灵敏度金属探测仪，全国领先。

缝编厂研制的缝编绒渗透印花腈纶毛毯，国内首创。

第二玻璃制品厂生产的彩环牌 B100、B110 拉丝口杯，在全国同行业评比中名列第一。

合成纤维厂、纺织厂、印染丝绸厂联合研制的细旦聚酯短纤维产品，国内首创。

重型汽车制造厂生产出国内第一代 LN3100 型 108 吨电动轮矿用自卸汽车。

1972 年，一位战友回上海探家归队，给我带盒鹤牌刮脸刀片。计划经济年代，上海的产品就是中国名牌。仔细一看，产地却是本溪，地工路工具厂的产品。千里万里转了一大圈，竟又背回老家了。这位战友也有点疑惑：售货员说这是最好的刮脸刀片呀？后来得知，鹤牌果真鹤立鸡群。

以"傻大黑粗"著称的煤铁之城，因为地方工业的崛起，就有了几分清丽、俊秀。

需要多说一句的是，连上了《人民日报》头条、长春电影制片厂都来拍电影的鼎鼎大名的合金厂，尚且分配不到一个大学生，这些厂子也就可想而知了。

有老人说，一帮土包子，白手起家办个厂子，能赚点钱就行了，谁承想还能搞出这么多个国内首创和顶尖的产品哪？

还有更想不到的。

"共产主义设想学习班"

1958 年 6 月 12 日，《人民日报》头版头条文章，河南省遂平县放出"卫星"，小麦亩产 3530 斤。4 天后，湖北放出小麦亩产 4353 斤的"卫星"。3 个月后，青海放出小麦亩产 8585 斤的"卫星"。一时间"卫星"满天，越放越大，小麦、水稻亩产很快超万，直至六位数的 13 万多斤。

毛泽东担心了：粮食吃不完怎么办？

2011 年 9 月，湖南省农科院宣布，"杂交水稻之父"袁隆平院士指导的超级稻百亩试验田，亩产达到 926.6 公斤。

留下《湖南农民运动考察报告》《怎样分析农村阶级》《〈农村调查〉的序言和跋》等名篇，对中国农村的历史和现状有着精辟见解的毛泽东，果真就相信这些"卫星"是真的吗？

本溪没放这种"卫星"。本溪地区"八山一水一分田"，这一分田又大都为山坡地，"人有多大胆，地有多大产"，山里人实在，还没有这大"胆"。本溪县提出"一年实现'四化两自给'"什么的，在那种"假大空"充斥的时日，这种"牛皮"也算不得什么，其中不乏应景成分。真正大张旗鼓动作起来的是深翻土地。秋翻土地可以灭虫，草叶掩埋后还积肥了，好处多多，结果却是挖地三尺，越深越好。

这时，我是本溪最南端的草河口镇小学的学生。小学生也要"大跃进"，上午上课，下午全校师生扛着锹镐，去镇南苗圃对面的地里深翻。刨挖个坑，连起来战壕似的，把里面的石头搬走。10岁上下的孩子，一下午挖出"屁大个地方"，完不成任务，晚上摸黑夜战。

曾任本溪县县长、县委书记，退休前是市政府秘书长的汪希文，这时是连山关公社石哈大队战区兵团司令。县委、县政府机关干部下去分片包干，"战天斗地"，人海战术，男女老少齐上阵，分片包干，都叫"战区兵团司令"。县里有《快报》，三天两头表扬石桥子战区如何翻得又多又快。"比先进，争上游"，汪希文刚从中央党校毕业归来，如何肯落后？组织社员挑灯夜战，那人都要累散架子了，还是落在后面，就不免疑惑：按那《快报》上的数字，石桥子别说耕地，岂不连锅台也翻个底朝上了吗？

汪希文是本溪县南甸人，当过小学教员，后调区县机关工作。那时区县机关干部大都如此，农村家庭，有点文化，对农业并不陌生。挖地三尺，熟土翻下去，生土翻上来，更不用说有的还是沙石土了，非减产不可。

我一个戴着红领巾的小学生，不懂这种常识。大人懂，可他们更懂得道破真相的后果，不但于事无补，还成了"小脚女人"、"右倾"、"反党"。

汪希文在回忆录《岁月留痕》中说，党员在1952年秋全县各区干部进行思想和作风建设集训中，关于共产党是个什么性质的政党，形成三种观点。一是工人阶级的政党，二是农民阶级的先锋队，三是工农联盟的政党。这等严肃、重大的问题，大家见仁见智，畅所欲言，三种观点自动站队，聚拢一起，会上会下争论得不亦乐乎。而县委副书记顾作斌在总结发言时，首先肯定的，就是这种求真求实的诚实态度。

采访中，许多老人都谈到新中国成立初期的民主作风。而自1957年"反右"斗争后，人们或者缄口了，或者随波逐流，做着明知不是那么回事儿的事儿。依然敢于直言者被打入另册，在运动中不断地摔着跟头，甚至家破人亡。

1957年，苏联发射了人类第一颗人造地球卫星，开启了通往宇宙的道路。1958年中国升空的那些不堪回首的"卫星"，打开的是"假大空"的潘多拉匣子，给党和国家造成巨大的损害和灾难。

1958 年 8 月初，毛泽东在河南、山东农村视察时说："还是人民公社好。"

一石激起千层浪，人民公社化运动在全国一哄而起。先搭架子挂上牌子，不到 3 个月，全国 74 万个高级社并作 2.3 万个人民公社。本溪县将 20 个高级社并为 15 个公社，提前一个多月完成任务。

随之而来的是大办食堂，一个大队（村）的男女老少都去一个大食堂吃饭——留待后叙。

这是一个全面"大跃进"的"全民大办"年代，全民办电，全民办运输，全民办教育，事事大办，办必全民。在"一番两番不算翻"的口号影响下，各行各业你追我赶他超，竞相提出自己的"大跃进"指标。教育界提出 8 月 1 日前组织全市文盲入学，9 月 1 日前基本扫除文盲，10 月 1 日前完成扫尾工作。标准是职工识 2000 个字，农民识 1500 字，达到会写会讲会用，能写 200 字短文。结果，8 月末即宣布"苦战一个月"，扫除文盲 3.5 万人（占文盲总数的 94.7%），提前完成任务。

一些亲历者说，那时就是行政化、命令化，不怕说大话，就看谁胆大，越说胆越大，一些事情说完了好像就做完了。

本溪是煤铁之城，"大跃进"的重头戏，自然在这上头。

8 月的北戴河中央政治局会议决定，钢产量要在 1957 年 535 万吨的基础上翻一番，并向全党全民发出为 1070 万吨钢而奋斗的号召。截至 8 月底，全国钢产量为 450 万吨，就是说要用余下的 1/3 时间完成 2/3 的产量，办法只有大搞群众运动。

从那个时代过来的人，提起 1957 年，后面好像自然会跟着"反右"两个字，提起 1958 年就是"大跃进"了。"大跃进"的代表性语言是"人有多大胆，地有多大产"，标志性画面莫过于大炼钢铁的遍地小高炉了。

一时间，从城市到乡村，土法炼焦，土法炼铁，处处点火，遍地冒烟，小高炉如雨后春笋。今天想起来乌烟瘴气，当年感觉却是蔚为壮观——起码在大多数人的嘴里是这样。

仿佛一夜之间，太子河两岸矗起二十余座小高炉。这是本钢新成立的第三炼铁厂的炉群。白天与一铁、二铁的 1、2、3、4 号高炉一道喷吐浓烟，入夜炉火熊熊，把太子河面映得通红。

8 月中旬，本溪市委根据省委工业会议传达的中央政治局扩大会议精神，接连召开两次全市干部大会和群众誓师大会，全民动员，以钢为纲，为 1070 万吨钢而战。对本钢的 4 座"大洋炉"是下命令、压指标，创造高产月、高产周、高产日，不断放"卫星"。"小土群"计划建 100 座小高炉，9 月又决定再建 2015 座，

10月底统计已建成935座。应该说，干这个，本溪有着方方面面的优势。可在已投产的218座小高炉中，能正常出铁的只有7座，占已建成的炉数的0.75%。

本溪还学习广西鹿寨的经验，平地挖大坑，填进焦炭、矿石就点火炼铁。没有比这再符合"多快好省"的"大跃进"原则了，太简单了，是个人就会。可如果这样就能炼铁，那发明了"罐肚子"和高炉的人，就是世界上最愚蠢的人，而且还成了罪人：用得着你们那样挖空心思劳民伤财吗？挖个大坑就行了呗！

在"比学赶帮超"的声浪中，合金厂提出一年搞12个亿超过本钢，熔炼厂表态年产值超过矿务局。

科学技术协会奇思异想，要利用东明那条水沟发电。

前面说了，本溪还是个"大堡子"时，如今《本溪日报》楼前繁华的东明步行街还是杂树丛生、荒草萋萋的山沟。随着城市扩展，人口增加，房舍渐多，沟底那条清亮的溪流，已呈臭水沟模样。且不说与市中心区近在咫尺，筑坝修水库会有什么后果，那不就是个半个月不下雨，一步就能跨过去的小水沟吗？冬天连跨都不用了。

有人说，臭水沟上能建电站，小孩撒尿也能发电了。

实话实说的人，什么时候都有——包括后来的"文化大革命"。

离休前为市人大常委会副主任的刘宁，这时是市公安局副局长。1959年春，在市委一次会议上，他书面发言《坚持实事求是路线，反对浮夸作风》。题目是从报纸上一字不差抄的，这时中央已经意识到"大跃进"中的一些问题，准备纠偏，也就没人对他的"说三道四"说三道四了。7月开始的庐山政治局扩大会议，反"左"变反右，风向骤变，他的厄运就来了。

在市委扩大会议上，刘宁和市委农工部副部长马云、本钢耐火厂厂长马寿山等人，受到有准备的揭发批判。

半个多世纪后，右眼眼底萎缩失明的刘宁老人说，我拥护"三面红旗"（总路线、大跃进和人民公社），我没有那么高的思想觉悟，认识不到"大跃进"违背了客观经济规律，只是看到一些现象，感觉不是那么回事儿。像小麦、水稻亩产几万斤、十几万斤，根本不可能的事情，还是《人民日报》说的，那是党报，党中央的机关报啊。大高炉吃不饱，建那么多小高炉，公安局也建个反射炉炼钢。人民公社化，办大食堂，能吃饱也行，吃不饱哇。说我是"反党反社会主义右倾机会主义分子"，我说我受党培养教育十多年，怎么可能反党？说我"与彭德怀遥相呼应，猖狂反对'三面红旗'"，我说我说的这些现象，是不是客观存在？就说我是"攻其一点，不及其余"，"用一个指头否定九个指头"。当时说"大跃进"的得失，是九个指头与一个指头。准备开除党籍，看我年轻，家庭出身好，历史清白，定个"右倾机会主义分子"，行政降两级，调离公安战线。

矿务局长李元龙，说为"翻番"拼设备、砸家底，今天产量上去了，明天日子怎么过呀？

自然也是反对"大跃进"，而反对"大跃进"就是"反党"。

之前，市委常委、本钢总经理王文，市委公交部长余惜光和财贸部长刘华强，都因为"反党"受到批判。

1960 年 2 月 4 日，市委召开扩大会议，中心议题是传达省委扩大会议精神，批判"右倾思想"，研究全市国民经济如何"特大跃进"。

这场历时近三年、没什么温度计能测出高烧多少度的"大跃进"、"特大跃进"，最终被一场特大洪水冲息了。

冯兴昌，退休前是本溪满族自治县副县长，个子不高，73 岁的人了，仍然依稀可见一张娃娃脸。

1960 年夏，正是"特大跃进"方兴未艾之际，省委通知每县选派两个人，到省里参加"共产主义设想学习班"，条件是思想活跃，有相当的理论水平。

冯兴昌当时是团县委理论教员，和交通局一位杨工程师去的，住在东北局大院。省委第一书记亲自做动员报告，东北局领导也来接见，讲"十五年赶上英国"、"超英赶美"，讲敢想敢干首先得敢想，鼓励大家解放思想，畅想共产主义。

干社会主义要想着共产主义，冯兴昌觉得这个没错，但是不能离谱。1952 年参加工作不久，他就听说"楼上楼下，电灯电话"的社会主义，后来又听说共产主义就是苏维埃加电气化，列宁说的。再后来又知道共产主义社会物质极大丰富，按需分配，消灭三大差别（工农、城乡、脑力和体力劳动差别）。当理论教员，培训新团员，他也这么讲。有人希望他再讲得具体些，他实话实说，我就知道这些。那是真不知道哇。可在这设想班，他还能这么讲吗？你是来干什么的呀？

如今社会没电就停摆了，那时偏远农村还点油灯。油灯变电灯，冯兴昌像"设想班"中许多农民出身的干部一样，曾亲身体验那种喜悦和激动。想来想去，他觉得还是列宁的那句话具体、形象，又简单。就设想一个天堂样的地方，一个电的世界，想干什么按下电钮就行了，包括去太空旅行。

光嘴说不形象、生动，要求制作沙盘模型。需要材料、工具，还有手艺，起码得半拉木匠。有的回县里做，有的让家里做好送来，互相观摩、交流、学习，集思广益。

冯兴昌老人说，这时"大跃进"的问题已经开始显现出来，一些大食堂已经

为工业中国而斗争"**111**

办不下去了，可我们的"设想班"吃得好哇，天天细粮鱼肉蛋。两个人一个房间，厕所在屋里。如今太普通平常了，那时了不得呀。特别是像我这样的土包子干部，长那么大头一回。就寻思要是老百姓都过上这种日子，是不是就是共产主义了？

今天，我们说中国还是社会主义初级阶段，而且这个阶段将持续很长时间。

可在半个多世纪前，共和国诞生还不到 10 年，我们就要跑步进入共产主义了。

一场大洪水

前天晚上值班，昨晚又熬到大半夜的杨振华，被窗外一阵喊叫声惊醒，使劲揉了揉像抹了辣椒面的眼睛，披衣下床。

1960 年 7 月中旬后，那天像漏了似的，山野大地吃饱了雨水，太子河、浑河翻着混黄的浊浪，东明沟里那条水流好像也有点可以建电站的模样了。8 月初大雨变暴雨，仅 3 天工夫降雨即达 333.9 毫米，相当于本溪地区全年降水量的三分之一。太子河水超出水位警戒线 11 米，最高水位达 20.53 米，洪水流量达 1.43 万立方米每秒。

这是 8 月 4 日清晨，雨还在下，水天水地水城。前边邻居家进水了，几个人抢镐挥锹，吵儿巴火地在门前筑堤修坝。杨振华家在东明，出门习惯性地去推那辆白山牌自行车，根本没用。东明、崔东和中间的市政府前面的路都成河了，山城的大街小巷都成河了。山城变水城，"河水"顺坡而下，就有股山洪的气势。杨振华几次被冲倒，好歹爬起来。有人被冲走了，人们在大街上救人。

满耳雨声水声，本钢的那些大烟囱在雨雾中凝立，彩屯大桥下的太子河汹涌咆哮。向上游一看，老天爷！太子河几米高的洪峰，不是平推，而是立着就压下来了。

脑子里一片空白后再看，河水几乎与桥面平齐了，一阵阵在桥上溅起几米高的浪花。

公安局治安处的朴处长不知什么时候早到了，可着嗓子喊叫、拦阻着，不让人们上桥。大都是下夜班的工人。杨振华大喊我是民政局的老杨。两个人向大家解释，河水还在上涨，桥也随时可能坍塌，待我们先上去看看，没有问题大家再过河回家。

满世界汪洋，河水呼涌而来，呼涌而去。钢筋水泥大桥在水中漂浮、忽悠着，让杨振华想到儿时的摇车，后来还想到红军长征飞夺泸定桥的铁索桥。一个浪拍来，"老朴！""老杨！"明知听不见也喊，看到人了，两颗心才踏实些。

天已大亮，洪水中的漂浮物逐渐清晰起来。吐穗的高粱，闪着红缨的玉米，蒿草和树，电线杆子，柴火垛，房架子，有的上面还有人。两岸有人手执长杆伸向河面，抛扔充气轮胎，那河面骤然宽至约两公里，这种施救能有几多机会？而那柴火垛、房架子什么的，撞上大桥立刻散了架子，上面那人瞬间就没了影儿。

一个姑娘抱着一棵大柳树，树上还有条蛇，从杨振华眼前、脚下一闪而逝。之后一提起这场洪水，眼前就是这个姑娘惊恐、无助的眼神。

三年"大跃进"，人们张口就来的一个响当当的口号，叫"人定胜天"。这一刻才终于发现面对大自然的侵袭，原来竟是如此孱弱，无能为力，不堪一击。

市委、市政府和各区县党委机关，中央和地方的各级企业，以及上述单位因"大跃进"而成立的各种"办公室"、"指挥部"，全力以赴，抗洪救灾。

最终统计，全市淹亡 1064 人。安沈铁路甲线溪湖大桥被冲断。本钢两座焦炉、储热池进水，9 座电炉 7 座钢水凝固。矿务局本溪、彩屯两座煤矿地表塌陷，井下进水，淹没过工作面。地方企业有 161 家受洪水袭击，全部冲毁 25 家。冲毁水电站 61 处、水动力 249 处、水利工程 794 处。农村受淹土地 32 万亩，占全市耕地面积的 25.8%，其中全部冲毁不能复耕的 17 万亩。冲走大牲畜 770 头、猪羊 7532 只、家禽 4.3 万只，以及房屋 1.73 万间，城乡直接经济损失 3 亿元。

"三年自然灾害时期"，"三年经济困难时期"，这是在一个相当长的历史时期里，关于这个非常时期的两种不同的表述。至于造成马上就要写到的"三年困难"的原因，究竟几分天灾，几分人祸，笔者曾长时间地认为就是前者：本溪发生了百年不遇的特大洪灾，这还有什么疑问吗？

《本溪市志》（第一卷）载，1960 年 5 月，"全市接纳山东省藤县移民 3538 户，计 14299 人"。

说是"移民"，实为"饥民"。

曾去藤县接收移民的杨振华老人，说他最早见识到地方票证就是在藤县，连买地瓜干面的饼干也要粮票。一个抱孩子妇女买几块，一个"盲流"上去就抢，那女的差点儿把"盲流"的耳朵咬下来。杨振华好歹把他们拉开，给那女的 5 两全国粮票、两元钱。她哭着说，孩子快饿死了，他是跟我抢孩子的命啊。

此时之前，各地出现弃婴。上海孤儿院最多一天收到 108 个，各地儿童福利院收养的弃婴，均数倍于正常年份。全国妇联主席康克清找到内蒙古自治区第一书记乌兰夫，乌兰夫从牧区紧急调拨奶粉，同时发动牧民收养孤儿。后来估算，苏浙皖等地有5万弃儿北上，一路寻找栖身活命之地，其中相当数量来自如今中国最富庶地区之一的温州。

山东是"大跃进"的重灾区之一，加上头一年旱灾，这年春天青黄不接之际，吃饭已成问题。全国的形势，国民经济比例严重失调，工农业生产大幅度下降。第二季度20种主要工业产品中，18种没有完成产量计划，其中11种甚至低于一季度水平。曾经大放"卫星"的农业更不容乐观，中央发出调运粮食的紧急指示，仅完成计划的一半。上海、北京、辽宁库存已空，连电中央告急。毛泽东说，手中有粮，心中不慌。正在"特大跃进"的辽宁、本溪，本该不用多慌的。土豆开始收获，两个月后新粮就下来了，结果来的却是历史上有记载的最大的一次洪灾。

饥馑脚跟脚就到了。

后来称"大跃进"为"发高烧"、"升虚火"，人营养不良的先期征兆是虚胖、浮肿，脑门儿、腿上一按一个坑。11月全市患浮肿病62428人，之后越来越多。我的父亲和哥哥，就是转过年去才浮肿的。据不完全统计，本溪地区因浮肿病并发其他慢性病，死亡41人。

1961年1月至9月，农村人均原粮，即收获后未经任何加工的粮食，只有130斤，其中还有90个大队不到120斤。为渡难关，决定统一安排每人每天的粮食定量，备耕的3月5两，大忙的4月至7月7两，7、8月蔬菜旺季2至3两，9月1至2两。如今城里白领，鱼肉蛋丰富，年纪轻轻就有了"将军肚"，每天也不能少于半斤纯粮，那时人们哪来的油水呀？人与畜争粮，牲畜入冬后大量死亡。桓仁县5个公社不完全统计，一个冬天饿死耕牛骡马1467头（匹）。另据16个公社统计，20天内生猪死亡4217头。

山东较早发生饥馑，中央将鲁南几县划归江苏，以减轻山东负担，同时向东北移民分流。本溪市来者不拒，越多越好。1949年至1960年，是本溪人口增长最快时期，由53万迅速增至107万。尤以"大跃进"期间增速最猛，仅"盲流"（盲目流入城市人员）即达7.9万余人。根据国务院《关于防止农村人口盲目流入城市》指示成立的"盲流"返籍办公室，反倒成了招工办公室，谁缺人就去返籍办招，有的企业还到火车站抢"盲流"。各行各业都在"大干快上"，没有人怎么行啊？突然一场大洪水，"民以食为天的"的"天"要塌了，开始缩减城市人口。城里马路不长粮食，农村再苦，活命毕竟容易些。人口迅速回流。到1962年年底，共精减职工127202人，减少城镇人口134507人。

而在大洪水后的两个月，根据中央"低标准，瓜菜代"的方针，本溪开展大搞"代食品"的群众运动。12月20日统计，全市已采集树叶802万斤，城镇人口人均11斤。

我们家吃树皮树叶的历史，要推后两个月。

父亲 17 岁到铁路工作，60 岁退休前去世，在沈丹铁路中点的草河口火车站，除了站长、书记以外的工作，几乎被他干遍了。新中国成立初期，组织上找他谈话，要他入党。后来他跟母亲说，共产党挺好，就是会多，总开会我还干不干活儿了？父亲说的"干活儿"，指的是家里的活儿。我们家房前屋后，有 3 个篮球场大小的菜地，种的蔬菜吃不了。还有果树，春天草莓、樱桃，夏天灯笼果、杏、桃，秋天苹果、葡萄、梨。父亲上班 24 小时，休息 24 小时，打我记事时起，就难得见他有闲着的时候。上世纪 50 年代，先后供我们兄弟姐妹六个读书，还有年迈的爷爷奶奶，父亲每月工资只有 40 元，但我们家在那小镇却绝对属中上等的小康人家。

一场大洪水，菜地成泽国，毕竟也有点收获，而且还能抢种一季秋菜。即便国家粮库饱满，依据父母的人生经验，也不可能把那些烂白菜帮子什么的弃置地里。一把把拾整起来，用葛条一截截捆扎好，一串串吊在树上。当这些风干的一碰哗哗响的东西，也化作了维持呼吸运动的热量后，我们家也像街坊邻居一样，开始上山采集"代食品"。

在我的记忆里，榆树叶、榆树皮是最可口的，榆树皮熬得黏糊糊的，鼻涕似的，没有任何怪味。柞树叶又苦又涩。最吃不得的是玉米脱粒后剩下的芯子，我们叫"苞米骨子"，往年都是烧火做饭用的，这回变成锅里的吃食了。先在缸里发酵，再用磨碾碎，掺点玉米面，放在锅里做"发糕"。拿不成个，得用勺舀，吃在嘴里沙拉拉的，最要命的是拉不出屎。我和弟弟妹妹憋得嗷嗷叫，父母拿棍儿给抠。

至今仿佛还能听到父亲给我抠完后的那声叹息："荒年哪！"

从三年困难时期开始的票证时代，凭证供应的商品最多时竟达百余种，最重要的当然还是粮票了。作为吃商品粮的城镇户口，当时每月的粮食定量，大人和学生是 27 斤，小孩是十多斤吧（记不准了）。确定无疑的是，无论难以下咽的"代食品"，还是能照见人影的稀粥，母亲每顿饭绝对按量下米（面），宁少不多。来客人加把米，客人走了，再按顿减扣。

1961 年 9 月，眼见着板上钉钉不会再挨饿了，母亲从箱子底下拽出个米袋子，里面装着十来斤大米："吃顿干饭吧。"

那是非到万不得已，也就是有人快要饿死了，才准备动用的救命粮。

春天给人带来希望，人们挎着筐去山上、野地里挖野菜。母亲吃了一种灰菜，中毒了，眼睛眯缝成一条线，人肿得都认不出来了。

父亲浮肿，哥哥浮肿，肚里没油水，撒尿却像豆油似的。当时有规定，浮肿病人每月特供 2 斤黄豆，母亲每天给他们炒一把。满世界炒黄豆的香气，馋得我直咽口水，也吞不下嗓子眼里伸出来的小巴掌。父兄要大家一起吃，母亲就给大家分。那种金黄的、带着炒煳的斑点、许多还裂开芝麻口的黄豆，在同样裂着许多芝麻口的看不出女性的手里，被母亲一粒粒地数着，像数着金豆子。

当时黄金6元1克，如今多少钱了？无论翻了多少倍，当年那个少年吃着那"金豆子"，如今已经60多岁的老人写到这里，想到的都是同一个故事：洪水滔天中，一个富人和一个穷人各自攀附在一棵大树上，富人背着一袋金子，穷人揣着几块干粮。洪水退后，富人死了，穷人重新开始了生活。

从那个年代过来的人，都少不了这种记忆和思考。

离休前为市委政研室主任的孟昭淮，记忆中挥之不去的还有种"过山车"般的感觉。

当时他在市委统战部工作，行政十七级（相当于今天的县团级）干部。那时市里经常在文化宫召开十七级以上干部会议，十七级的副局长、科长去开会，十八级的局长却不行。那时就讲级，什么级别享受什么待遇。到了三年困难时期，十七级以上干部又有了"糖豆干部"的别称、戏称。有文件规定，十七级以上干部每月可到副食部门领得1斤糖、2斤黄豆。如今一桌饭菜有时没吃多少，有人就扬长而去。那时可别小瞧了这点糖、豆，一家人补贴点稀缺的热量、高蛋白，量变到质变，非病与病之间，就可能筑起一道隔离墙。

从中央到省市，统战系统每年都开十次八次会。这年夏天，在北京召开民主党派中央扩大会议，五十来天，住在民族饭店，南北名菜，星期天坐大客车出去参观。困难时期，党政会议吃饭有严格规定。统战部门会议，与会的多是民主人士，就特批些鱼肉蛋。作为会议工作人员，孟昭淮会前一脸菜色，会后油光满面，从鱼肉蛋到"代食品"，一会儿天上，一会儿地下，就像坐过山车似的。而一想到父母和妻儿的吃食，就有种仿佛偷嘴的愧意。

"文化大革命"中时兴"忆苦思甜"即忆旧社会的苦，思新社会的甜。我的舅丈人土改时划为雇农成分，雇农是农村中的无产阶级，自然成为"忆苦思甜"的不二人选。一次忆着忆着，就说"那三年啊，可把人饿毁了"。主持会议的人赶紧让他喝水，然后向大家解释这位老雇农年纪大了，记性不好，把新旧社会弄混了。

如今听到孩子说这个不好吃，那个不爱吃，我就说，把你们送到"三年困难时期"。

孩子问，"三年困难时期"怎么回事呀？

大洪水那年，我15岁，小学刚毕业，暑假过后上初中。

两山夹一沟，我们家住在镇北头，三间黄泥抹缝的石头墙草房。东边沈丹铁路，西边紧挨着沈丹公路，然后是山下平时没过脚脖子的一条河。大雨中，我骑在窗台上看小人书。眼瞅着大水漫过公路，涌进院子，一些小鱼也被冲了进来，张着嘴在水面上喘气。我兴奋了，跳下去，用个筐篓这一顿捞啊。

父亲蹚着大水回来了，呵斥道：再泡两天房子泡倒了，你还乐？

大水过后，厂矿停产，交通中断。局势最险峻时，据说本溪只有三天存粮。

手中无粮，从中央到省市的当家人，该是何等心焦、心慌？父亲一个铁路职工，不知道、也不可能知道这等国家核心机密，他担心的是自家的房子泡倒了。而我更是少年不知愁滋味。

饿肚子把我饿大了。

本溪县五中坐落在沈丹公路与小草公路的交会处，在我们家北边1公里多点。这年冬天上学路上，经常迎面碰上夏天我们曾去火车站敲锣打鼓迎来的山东移民，拖儿抱女，冻得鼻涕拉达的，脚步在结了层霜的冰雪路上蹒跚着，循着来路重返故乡。而我在转过年去的4月，也不再背着书包上学了。

不知道是否有正式停课放假的通知，反正学生陆陆续续都不去上学了，后来连老师也拿起镢头开荒种地去了——时称"小开荒"。

本书写到的从那个年代过来的各色人等，少有没有小开荒经历的。

疯狂的"大跃进"，疯狂的小开荒。

我们家西边山上有个"老虎洞沟"，不知"老虎"因何而来，山下有个天然的石洞。那条留下噩梦般记忆的小河，从山脚下流过，过河一道约四层楼高、45度左右的陡坡，上去就是老虎洞沟。如今一条改变了小镇地貌的高速公路，就从那儿擦肩而过。从4月初开始的大半年里，16岁的初一学生成了一个地道的农民，就在那沟里面朝黄土背朝天地劳作。

主要种玉米，然后是高粱、黄豆、绿豆、小豆、谷子、糜子，还栽了地瓜。入伏后，把背阴坡砍倒的树棵子一把火烧了，先种萝卜，后种荞麦。

除了农具，上山下山不带空手的。上山背粪，下山扛柴火，秋后就是粮食了。父亲说背上去多少粪，就能背回来多少粮食。用个面袋，装上多半袋子。大人都是用土篮子挑，我个小，前面的扁担钩子挽了两圈，上老虎洞上边那段陡坡还是触地。可栽地瓜浇水，就得挑了。扁担横在肩背上，一步，两步，一脚踩实了，再迈第二步。身子晃悠悠的，稍不注意，一脚滑了，连人带桶就滚了下去。

父亲下班后两头作战，弄家里的菜地和上山开荒。母亲除了一应家务，也在房前屋后忙活，有点工夫也上山来抡镢头。姐姐在沈阳工作，哥哥病好后回本溪钢校读书，弟弟妹妹还小，我成了全天候的小开荒主力。

至今我也缺乏"亩"、"分"的概念，我家应该有10个篮球场大小的小开荒，少说一半是我一镢头一镢头刨出来的。

每次离家，母亲都在我的衣兜里揣上两个饼子。是那种"代食品"少得多的饼子，有时还是金黄色的纯玉米饼子。这是父母对我的"特供"。轮着镢头，心里总惦记着那两个饼子，情不自禁就咬一口，有时不知不觉就没了，好像自己长腿跑进肚里去了。饿呀，站不住了，就跪在山坡上刨。眼冒金星抡不动，挂着镢头歇一会儿，想想现在多刨点地，秋天就能多收点粮食，就觉得有劲了。而且南坡北坡好多人都在忙活，还得和他们抢哪！

贫穷是童年少年最深刻的记忆，那时最盼望过年了，可以吃"好嚼果"呀。"大米干看（饭），猪肉走（肘）子，鸡蛋搁（糕）子，粉条留（流）子，窝窝头子"，每年春节的那几天，童谣中的渴求就变成了现实。而一场大饥馑，则把人们对幸福的夙愿，打回寻常的本色。生活的主题一下子变得异常简单，就是活着，为了明天，为了明天更美好。那美好的标准和境地，就是纯粮的"窝窝头子"，不再吞咽这种不是人吃的"瓜菜代"。

参军后填写各种表格，在"简历"一栏中，我把这段历史划入我的学生时代。这确实是那个辍学的中学生的学生时代，老虎洞沟是他的大课堂。

退休后每天"两个八小时工作制"，亲戚朋友给我讲"身体是革命的本钱"时，我脑子里经常想到的则是那个跪着刨地的16岁少年。我不知道一个人会有多大的潜能，一辈子发挥了多少，浪费了多少。但我知道人的精力有时是无限的，前提是心情愉悦，对生活、对明天满怀希望。

而从国家大计上看，如果没有这种疯狂的小开荒，中央的"调整、巩固、充实、提高"的八字方针无论多么正确，国民经济都不可能恢复得那样快。

1960年，本溪还有一件大事。

6月中旬，省委通知市委，毛泽东主席要来本溪视察，并要小住几日。

1946年春，关内停战，关外大打，一个四平保卫战，一个本溪保卫战，毛泽东在延安连电指示，曾经非常关注本溪。如今，包括本溪在内，几近中国一半直辖市的辽宁五座城市，虽然中央不再直辖了，可这座盛产煤铁的重工业城市，一个"重"字自然有着非同寻常的分量。毛泽东要来视察"大跃进"中的本钢和矿务局，还要看看本溪全民办电的情况。本溪水资源丰富，1954年开始建设水电站，"大跃进"中又在小汤河建起18座小水电站、水轮泵站、抽水站，人称"一龙十八站"。长春电影制片厂为此拍摄电影《流水欢歌》，本溪被省政府授予"群众办电红旗市"，毛泽东当然有所耳闻。

新中国成立初期，许多本溪人给毛泽东写信，表达对伟大领袖的感激和热爱之情。具体内容可分三类，一是报捷信，二是表决心，三是汇报思想。前二者以单位、集体居多，特别是岁末年初，纷纷给毛泽东写信报捷，并表决心。一个班组提前完成生产任务，或者有了什么喜庆事，有人说这事得告诉毛主席，让他老人家和咱们一起高兴高兴，提笔也写一封。二电厂工人技师王凤翔，以"比比过去，想想现在，看看将来，叫我怎能不热爱祖国和领袖"为题，给毛泽东写信汇报自己的工作和生活情况。耐火厂技工学校的孟宪臣，一个多月识字三千多，也写信向毛泽东汇报自己的学习成绩。那时人们有什么心里话，都想跟自己的领袖说说。

这是个极其秘密又激动人心的消息，一个以市委书记任志远、市长章云龙为组长，市委书记处书记刘曾浩、本钢总经理王文为副组长的接待筹备组，迅速成立并行动起来。本钢有个苏联专家招待所（今本溪宾馆），是当时本溪最好的接待处所。刘曾浩亲自坐镇指挥，把招待所后一楼左侧的四个房间，改造成一个卧室、一个办公室、一个书房、一个卫生间。床是按照毛泽东在中南海用的那张床的尺寸制作的，床的两侧都有台灯，因为毛泽东喜欢躺在床上看书，侧身这边看累了，翻过身换种姿势。毛泽东习惯晚睡晚起，窗帘要厚。最让人着急上火的是，跑遍省城买不到1.8米长的浴盆，最后在一家工地的仓库里找到了。

毛泽东喜欢喝绿茶，抽脱尼古丁的香烟，每餐少不了辣子，爱吃红烧肉、鳝鱼、泥鳅。一次到某地视察，东道主做了道"群龙争艳"，把泥鳅放水桶里，不断撒盐换水，让它们吐泥直至吐尽水清，放进加好作料的面糊里，上屉蒸好后，面糊上都是伸出来的小鱼头，既是饭又是菜，还挺艺术，毛泽东吃得很高兴。为了丰富毛泽东的业余生活，当时本溪最有名的矿务局文工团，还特意排练了几个小节目。

原定毛泽东8月7日来本溪，结果4日来了一场大洪水。

"楼上楼下，电灯电话" ——"幸福楼"

85岁的史长发老人，江苏高淳县人，中上个头，一条假腿，白发，连长寿眉都是白的，上下门牙就剩一颗了，却是快人快语，而且思维敏捷。

他16岁成了孤儿，给人放牛。一次打碎个泥壶，被女主人骂了几句，一气之下不干了，当兵吃粮去。路过个村子遇见哨兵，问他干什么，他如实道来。这时指导员毛英奇过来了。1955年毛英奇被授予少将军衔，1988年史长发到南方出差去看他，说老指导员，你还认不认识我呀？毛英奇说，你不就是那个倔脾气的机灵鬼吗？你还没死呀？

因为一气之下，就注定了史长发这辈子的命运。还是因为脾气太倔，那官越当越小。

1946年4月，在苏北一次战斗中史长发受伤。关于脚踝中弹如何要从大腿上部截肢，以及此后直至他到本溪前的经历，笔者可以写部中篇，而且相信读者会爱不释手。但因与本书主题关系不大，所以只能简单捷说。

华东野战军有14个荣誉军人学校，1947年夏国民党进攻苏北，14个荣誉军人学校改编为14个团撤到山东文登。1948年春国民党重点进攻山东，14个团中能走5里地的就地转移、安置，其余都是像史长发这样两条拐杖一条腿的，一千二百多人编成一个团到东北去。不是今天人们用的那种拐杖，就是两个树丫把修理的，腋下一圈磨得血糊糊的，史长发实在受不了了，干脆当棍子挂着单腿蹦。当地政府组织人背，大都是些大姑娘小媳妇，山东老百姓好啊，让女人背着更受不了哇！

山东人有闯关东的传统，八一五光复后国共两党更是几十万军队闯关东——谁承想还会有这样一支队伍哇？

到龙口乘船到大连，再乘船到安东，过界从新义州、平壤到图们，乘火车到哈尔滨。在大连第一次吃到苹果，在哈尔滨知道世界上还有香肠。史长发被分配到海伦县当兵站站长后，安了一条假腿，又娶了媳妇。1951年年底，组织上送他到吉林大学学习，先读速成中学。当时有许多干部，特别是基层干部，看不懂公文。读了一年半，各地急需干部，东北局分配干部时重点倾斜重工业城市，史长发来到本溪。先是筹建传染病医院，一切妥当了，院长没当够一星期，又调去筹建第二医院（今中心医院）。

八一五光复后，共产党首先接收本溪，当时工源、彩屯、溪湖、南芬有4家医院，都是煤铁公司的，后改为八路军一、二、三、四野战医院，随军撤离。1953年8月，史长发来到本溪时，这座欣欣向荣的中央直辖市，人口急剧膨胀，只有一家设在溪湖的市立医院（今第一医院），怎么行哪？

凭着那一千二百多"单蹦腿"的战友，史长发觉得组织上让他干这个，挺对自己的心思，也非常正确。后来让他当这医院的第二院长，民主人士郭福秀当第一院长，也非常正确。医院是治病救人的，人家是专家，咱懂什么呀？

要人没人，要钱没钱，没有"一二三四"，也跟当初的合金厂差不多。本溪县还有志愿军的"康复团"，让他想到当年的"荣军学校"、"荣军团"，就去那里挑医生，再派人去沈阳、上海招聘大学生。有个姓赵的中医，"三反"（反贪污、反浪费、反官僚主义）时"打老虎"被打了，史长发调查发现没什么问题。这是个能人，路子广，买材料没钱能赊着，就任命他为基建科长。

史长发和郭福秀在路边一个席棚子里办公，有病人，郭福秀还给看病。眼看着医院快建好了，史长发一瘸一拐地去市委、政府机关各科室，还有报社、学校、厂矿，宣传二院的医疗条件多么好。进屋先自我介绍一番，我是第二人民医院的第二院长，临走再拍拍那条假腿说，我是"史瘸子"，好记，记住谁有病了都到我们医院去啊。

看他拖着一条假腿，大冷天汗涔涔的，有人很感动，连说一定，一定。

有人不高兴了，说你这是要治病，还是来送病啊？你盼着我们生病啊？有你这样当院长的吗？

半个多世纪来，少有本溪人没有受益的这家医院的创始人告诉笔者：万事开头难，建院时压力大，建完了一点没觉得轻松。全院百余职工，市卫生科（今卫生局）还有几个人在我们那儿开支，冬天取暖买煤又得一笔钱，不看病哪儿来钱哪？现在孩子咳嗽两声，也赶紧抱去医院，那时人们哪舍得花这个钱哪？当时有政策，政府机关和企事业单位的人看病，没有现金，可以记账，年底算账。老百姓看病花钱，3年还不上，政府给兜了。党的政策好，还得让大伙都知道哇。

史长发到本溪后，一家人在张家堡租间房子。这天晚上回家，家人没了。房东大嫂说，你们家住大高楼了，我赶毛驴车送去的。又瞪大眼睛问：怎么，你还不知道哇？

一幢俄式红砖三层楼，矗立在东明街南边的花园山下，离医院不远，与医院几乎同时动工。上下班路上，或是在工地忙活，只要面向花园山，想不看它都不行——在那一片，它鹤立鸡群，太高了。

这就是本溪有名的"幸福楼"。

有人说，新中国成立后本溪有两个大兴土木时期，一个是上世纪50年代，再就是近20年以来。

随着人口的快速增长，首先是煤铁公司兴建的平山角子工人村，规划人口2.5万人，用地面积44.22公顷，其中住宅用地32.9公顷，建筑面积153853平方米。住宅布置与平顶山平行，随山就势建成梯形。之后，柳塘、平山、北地、南地等地，市政和本钢、矿务局的职工住宅，在统一规划下一片片陆续崛起，时称"工人新村"。到1957年年末，全市共投入6610万元新建住宅百余万平方米。

楼房多为二层、三层，四层很少。"苏联的今天，就是中国的明天"，当时什么都学苏联，楼房多为俄罗斯风格，楼顶人字梁两面坡，地面多为地板，外皮一律清水墙。

"幸福楼"的差异，在于居民都是干部，从科（局）级到副市长，老红军、老八路。还有文化名人，像市评剧团的名角赵桂芝。自然不属于"工人新村"，老百姓叫"干部楼"。

"幸福楼"五个楼口，除中间的三楼口每层两家外，其余都是三家。苏新军一家住在一楼口二层，史长发家在五楼口一层，这是照顾他腿有残疾，上下楼不方便。两室一厨一卫，还有间不到两平方米的储藏室，卧室有橱柜，大得可以睡个十多岁的孩子。当时苏联的房屋就是这种格局。两侧四个楼口，每家建筑面积六十多平方米，中间楼口 100 平方米左右。

市政府南侧的市府路，还有个与"幸福楼"一模一样的三层楼，住的也都是十七级以上的干部。后来讲社营级、县团级、地师级、省军级，论的是职务，这时讲的是行政级别。十七至十四级为中级干部，十三级以上即为高干。这对双胞胎似的三层楼，也有十三级以上的高干。市委书记任志远、本钢总经理王文，是八级干部。市委、市政府和本钢的主要领导，多住两家一院的平房，人们简称"高平"。

如今做饭用煤气，那时用煤，煤面子。家家户户楼外有个煤堆、黄土堆，厨房有个和煤的池子，煤与黄土按 2∶1 比例，和得半干不湿，烧火做饭。如今的生活垃圾，早晨上班时用个塑料袋就提下去了。那时没有这种"白色污染"，垃圾主要是炉渣，上楼用桶呀筐的提煤和黄土，下楼时是沉甸甸的炉渣，垃圾堆黄乎乎的小山似的。

一到冬天，从市到区（县）、街道（公社），各级领导就得多操一份心，别煤气中毒熏死人哪。阴天，气压低，半夜三更的，居民委和居民组的老太太就在辖区里转，必要时还要敲敲门，喊别睡得太死了，小心煤气中毒哇。

"幸福楼"也是一样的黄土堆，只是天南地北凑一楼，一些人哪见识过这种烧煤法呀？弄得冒烟咕咚也做不好饭，会的人就去言传身教。谁家做点好吃的了，或是有特色的家乡菜，给对门和楼上楼下送去点，大家都尝尝。谁家来客人了，过去坐坐，南腔北调唠一阵。

中间楼口公安局长叶春家有电话，谁都去打，家属、孩子还成了通信员，这楼口、那楼口去敲门：你们家来电话了。

俄罗斯建筑风格的"幸福楼"，当年入住时只有像公安局这样的局级以上，而且先是第一局长，后来是那"局长"前不带那个年代通常不会省略的"副"字的家里才能安装电话。"楼上楼下，电灯电话"，"苏联的今天，就是中国的明天"，明天家家都有电话了，这"幸福楼"就齐全了。

副市长毕林的母亲，是"幼儿园园长"，谁家孩子母亲要下乡，或是外出开会，就把孩子抱过去，跟着孩子叫"奶奶"：毕奶奶，给你了。民政局长的妻子李玉书，伪满"国高"毕业，没工作，却挺忙。那些上学没上学的孩子，有的父母也管不了，有的也没工夫管，都听她的。无论下多大雨，在单位都不用担心晾在外面的衣服、被子淋湿了，下班去她家取就行了。

谁家生活水平高低，不在职务大小，主要看人口多少。多少级挣多少钱，没有任何额外收入。你级别比他高两级，多两口人的花销，就扯平了。四楼口一家，丈夫是市供销社主任，妻子当副区长，只有一个孩子，生活水平明显高出一大截子。一般来说，有 3 个孩子，妻子再没有工作，就比较困难了。有的四五个孩子，有的还有老人，就低于全市的平均水平了。三楼口一个胡处长，母亲卖冰棍，大热天背个木箱，里面衬着棉被，去冰棍厂 2 分 5 厘批的，卖 3 分钱。市府路那幢双胞胎的"幸福楼"，财政局副局长的父亲，背着麻袋捡破烂，在花园山下搭个小仓库，捡的破铜烂铁酒瓶子什么的放里面，个把星期借个手推车推去废品收购站卖一次。

市委第一书记任志远的儿子住在五楼口三楼，他在广播电台工作，妻子在本钢研究所，都是一般工作人员，有几个孩子，生活一般。

谁家装个日光灯，又白又亮，人们瞅着好奇，这是什么灯泡哇？二楼口一家有台收音机，更了不得了，许多人去听，特别是孩子。隔壁宋处长家五六个孩子，就一个男孩宋立成，喊几遍吃饭也不应，耳朵贴在墙上听，夜里人家把收音机关了，才上床睡觉。宋处长狠狠心，花一个月工资买了一台，宋立成老牛了：都到我家听收音机呀。

本溪的第一台电视机出自"幸福楼"，王光自己装的，7 英寸黑白的，大人孩子都去看。半导体收音机、万能表，他都能装，"幸福楼"的孩子最佩服他了。他爸是民政局长，民主人士，给张学良当过秘书，"文化大革命"中被抄家。

史长发的儿子史建国，未满 1 岁，被母亲抱进"幸福楼"。他记得楼前一片挺大的高粱地，一条从平顶山流下来的小河，两岸长着柳树和没膝深的蒿草。夏天没等走到河边，青蛙就扑通扑通跳进水里，小鱼吓得一下子就没影了。后来那片高粱地矗起一幢三层楼，瞅外表，"幸福楼"就成了"三胞胎"，里面那格局却不同，质量也差些。

没脱开裆裤，史建国就和"幸福楼"的孩子混熟了，扇啪击，弹玻璃球，藏猫猫，冬天的主要活动是滑冰，滑冰得浇冰场，就选在楼前空地上。文化局长的儿子小宝是孩子头，可着嗓子喊："都来浇冰场，一人二十盆，不浇不是人！"喊几声，一盆盆水就从楼口端出来。有人把胶皮管子接到水龙头上，从窗户伸出来，大家欢呼着，冻得鼻涕拉达，小脸通红。

男孩子最喜欢的游戏，当然还是"军事演习"，何况他们的父辈还大都是从战场上下来的。弄根棍子当枪，小宝是司令，在花园山上"冲杀"。也经常和山寨版的"幸福楼"的孩子，以及周围平房的玩，"冲"啊"杀"啊。有时玩急眼了，两下里土块、石头就飞起来。"幸福楼"的人少，小宝下令撤退，大家呼喊着往回跑。

本来没有"幸福楼"这个名字，它就是平山区群力街二组，与一组和三组等等并无多少不同。有的职工住宅铺着地板，"幸福楼"是水泥地上涂层红漆。"幸福楼"前偶尔停辆那个年代非常稀罕的吉普、轿车，在周围居民的心目中，那是工作需要。老红军、老八路，最差的也是解放战争打过仗、抗美援朝跨过江，身上那么多眼儿，享受点也是拿命换来的。何况从那楼里出来的孩子，有的看那衣服显然是老大穿小了给老二，老二不行了传老三，再老四老五接着来，又和普通百姓家有啥两样？

"幸福楼"声名大噪，源于"大跃进"中的自封自命。

前面说了，随着人民公社化而来的，就是"吃饭不花钱"的大食堂。全市共办了1956个，二十余万人就餐，有的一个生产大队办一个，一些社员吃顿饭要走几里地，有小脚老太太骑着毛驴去大食堂吃饭。——我们后来常说的"大锅饭"就有了最直接的出处。

人民公社"一大二公"，是过渡到共产主义的最好组织形式。这话老百姓听不懂。吃大食堂的好处，一是可以使妇女从几千年的"锅台转"中解放出来；二是节省大批劳动力、粮食和烧柴；三是培养了集体主义精神。这话倒是听懂了，可农家都睡火炕，冬天靠烧炕取暖，再加个火盆，总不烧火，那炕那房子还能住人吗？各家都不做饭，喂猪的泔水从何而来？不养猪，没有农家肥，粮食又怎么增产？

转过年去，人民公社化就"化"到了城市，"幸福楼"所在的群力街道变成了东风人民公社。"幸福楼"有个人在平山区担任领导干部，去抚顺参观学习回来，说咱们楼也要大干快上。如果这大干快上只是随大流地办个大食堂，也就算不得"幸福楼"了，有人还要办学校、托儿所、医务所、图书室、理发点、缝纫点，等等。一句话，一条龙服务，不用离开这幢楼都解决了——这就与众大不同了，不就"幸福"了吗？

已经不是"共产主义设想学习班"的"设想学习"了，而是马上就要进入了。

北京也有一幢不叫"幸福楼"的"幸福楼"，就叫"共产主义大厦"，更具"大跃进"年代特征。那就是当年红极一时的福绥境公社大楼，一幢好大的八层白色居民楼，就在白塔附近。楼内有服务社、幼儿园，还有供 358 户人家吃饭的大食堂。大食堂解散后，人们在楼道和阳台上生火做饭。1993 年准备拆除，在专家建议下得以保留。当年鹤立鸡群的"共产主义大厦"，如今淹没在楼群中。

半个多世纪后，在"幸福楼"住了 42 年的赵玉庭、邵振勤夫妇说，当时我们家在三楼口三层左侧，被选作幼儿园，后来搬到五楼口三层的一间房子。一层右侧胡处长家是食堂，搬哪儿去记不得了。我们挤进一间正儿八经的卧室，一些人住厨房。办大食堂了，不用自己做饭了，厨房没用了，砸吧砸吧改成卧室。

由于人口增长过快，无论怎样大兴土木，1957 年年末本溪人均居住面积也仅为 2.52 平方米。满清华老人说，他结婚后曾三次借人房子住，先是他的处长，然后是市委组织部和结核病防治所的同志。他分到房后，也先后有三对夫妻到他家来挤。"幸福楼"也常有这事。今天好像有些不可思议，那个年代很平常，而且大都是下级到上级家去挤，因为上级年纪大，成家早，大都有房住，领导就应该关心下属——不是这么个理儿吗？

可眼下这叫什么事呀？

一应房屋要改变功能，食堂、教室要扩大面积。可能媒体不发达，抑或是别的什么原因，当时没听说有"楼歪歪"、"楼脆脆"，也没有今天这样现代化的破坏机械，就是用锤子咣咣砸，那楼结实呀。当时也没有晚 6 点后不得装修扰民的规定。就算有，"大跃进"就是要打破常规大干快上，不然怎么能跑步进入共产主义呀？

市政府办公室主任石敏闻讯赶来，试图阻止一下，思虑再三，还是把话咽回去了。当一股潮流滚滚而来时，别说凡人，就是超人，也是螳臂当车。

"幸福楼"各家的购粮本都收上去了，统一发自制的粮票、钱票，一天三顿饭，到点都拿着家什去三楼口食堂。

学校开学了，托儿所开始接送孩子，医务室什么的也挂牌了。

如今已经"退养"的史建国，和当年"幸福楼"里年纪差不多的小伙伴，档案袋里白纸黑字写着的学生时代，是从如今名气挺大的群力小学开始的。可他们平生第一次坐到被称作"教室"的房间，就在这"幸福楼"里，史建国记得有两个来月。

岁月模糊了人们的记忆，有的被打磨得没了痕迹，有的在当时其实就是不算数的——响亮起来的是"幸福楼"的名字。

而在"瓜菜代"时期，因为"幸福楼"里住着的大都是十七级以上干部，也就是前面说过的"糖豆干部"，那 1 斤糖和 2 斤黄豆，倒是比前面那山寨版的"幸福楼"和平房里的居民幸福点。

大事记

● 1949 年

4 月 21 日，本溪市划归东北行政委员会直辖。

9 月 28 日，本溪市第一届第一次各界人民代表会议召开，会议号召全市人民为迅速恢复和发展生产、建设本溪而努力奋斗。

10 月 1 日，中华人民共和国成立，中共本溪市委、市政府召开庆祝大会，全市党政军民 2.5 万人集会，举行盛大的庆祝活动。

● 1950 年

1 月 29 日，本溪煤铁公司炼铁厂创日产生铁 716 吨新纪录，超过日伪时期最高日产量 167%。

9 月 28 日，本溪市第一届第五次各界人民代表会议召开，选举产生本溪市各界人民代表会议协商委员会，通过了致中央人民政府转交联合国的电文，强烈谴责美帝国主义侵略台湾、侵袭东北领土的罪行。

12 月，本溪煤矿原煤年产达 115 万余吨，比东北沦陷时期最高年产量的 1944 年提高 21.5%。

● 1951 年

1 月 1 日，本溪人民广播电台开始播音，市长王玉波发表元旦讲话。

4 月 26 日，在全省镇压反革命统一行动日中，本溪市将 141 名罪行严重的反革命分子和 5 名重大刑事犯罪分子捕获归案。

● 1952 年

1 月 14 日，市委、市政府所属单位掀起反贪污、反浪费、反官僚主义的"三反"运动高潮，普遍组织"打虎队"，历时近半年。

23 日，召开全市工商业大会，开展反行贿、反偷税漏税、反盗骗国家资财、反偷工减料、反盗窃国家经济情报的"五反"运动，参加的私营工商户 1909 户，6 月上旬基本结束。

同月，调整粮食收购价格，高粱、玉米、谷子、大豆和稻子五种粮食，价格平均提高 9.4%。

9月，本溪市劳动就业委员会成立，对全市失业人员进行调查和安排，基本解决了失业问题。

●1953年

2月1日，本溪市联营公司开业，1979年成为全市最大的综合性零售商场。

20日，国家重工业部命令：本溪煤铁公司改称为本溪钢铁公司，抚顺钢厂、大连钢厂、北满钢厂归本溪钢铁公司领导。

4月1日，本钢煤矿部与赛马矿务局合并，成立本溪矿务局。

7月1日，按照第一次全国人口普查要求进行人口普查，本溪市人口为609643人，其中城镇人口264084人。

●1954年

6月19日，中央人民政府决定，本溪市改为辽宁省辖市。

8月，市镇居民用粮实行分街定点供应，对库存少量品种限量供应。

9月15日，棉布实行计划供应，至1982年年末敞开供应。

12月15日，彩屯竖井煤矿正式投产，设计能力为年产150万吨焦煤。

●1955年

1月13日，市政府决定，在北地兴建一座面积9公顷的花园（今儿童乐园）。

5月19日，市委召开党的代表会议，中心议题是贯彻全国党的代表会议精神，迅速开展增产节约、反对浪费运动，努力完成全市第一个五年计划。

12月，全市96%的农户参加农业生产合作社，其中参加高级社的占84%，本溪农村社会主义改造基本完成。

●1956年

1月29日，全国有色合金首次订货会在本溪召开，国家21个部门和全国五百多个单位参加，签订了上世纪50年代第一批供货合同协议书。冶金部将依赖进口的铜合金、铅合金、镁合金和锡合金，全部交由市合金厂生产、供应。

5月29日，中共本溪市首次代表大会召开，选举产生中共本溪市第一届委员会，市委设书记处，任志远为市委第一书记。

12月，本（溪）通（化）公路桓仁境内长100米的头道河大桥竣工，为本溪市解放后建的第一座大型公路桥。

●1957年

3月18日，全市发生流行性感冒，部分企业厂矿因此停产。

5月，根据中央和市委对整风运动的指示，全市陆续开展"反右"斗争。1959年统计，全市划"右派"分子784名，同年10月为73人摘去"右派"帽子。

同年，全市提前超额完成"一五"计划指标，工业总产值超过五年计划的

69%，平均每年增长 26%。

●1958 年

1 月 5 日，本钢下放干部乘坐的大客车横过太子河时，冰裂车沉，下放干部 39 人和送行家属 4 人遇难。

6 月，全市开展声势浩大的宣传贯彻"鼓足干劲，力争上游，多快好省地建设社会主义"总路线活动，掀起"大跃进"高潮，高指标、瞎指挥和共产风迅速泛滥开来，小高炉盲目上马，年底达 32 座。

12 月 5 日，全市城乡市场糕点、饼干供应，实行核收粮票。

同年，本溪师范专科学校、本溪医学专科学校、本溪钢铁学院、本溪煤矿专科学校等 4 所高等院校先后建立，1962 年相继撤销。

●1959 年

4 月，本溪县小市地区发现西晋十六国时期的古墓群。

5 月 15 日，铁道部、冶金部和辽宁省人民委员会，在本溪市召开全国路厂协作现场会，推广本溪市路厂协作经验，本溪车站和本钢运输部被铁道部和冶金部授予全国路厂协作红旗。

9 月 7 日，本钢第一钢厂"青年炉"响应鞍钢青年炉倡议，联合太钢青年炉向全国钢铁企业青年炉提出开展"日日超产、炉炉优质"的友谊竞赛活动。

同年，市人委决定兴建烈士纪念碑、市政府广场和观礼台、中心公园、站前游园、少年宫、青年宫、体育馆、交际处、联营暗渠、展览馆等 10 项工程。

本钢南芬露天矿年产铁矿石达 673 万吨，相当于解放前 31 年采出量的总和，荣获全国黑色冶金矿山红旗。

●1960 年

8 月 4 日，本溪地区发生百年不遇特大洪灾，市委、市人委领导全市人民抗洪抢险救灾。国务院内务部长钱瑛率慰问团来本溪，国家和省拨款和建材支援灾区人民重建家园，恢复生产。

11 月，本溪煤矿安全检查员赵金昌，创制人车安全钩成功，在全国推广。

●1961 年

4 月，市粮食局开始发行和使用本溪地方粮票（1962 年停止使用），同时发行本溪地方油票，按月发行，当月有效。

10 月 27 日，市人委发出《关于公布本溪市第一批文物保护单位名单的通知》，溪湖区肉丘坟、桓仁县抗联烈士塔、本溪县马骥纪念碑、本溪市革命烈士纪念碑、桓仁县烈士陵园、桓仁县五女山兀拉山城、本溪县新城子古城址、本溪县清河城古城址、本溪湖、铁刹山、谢家崴子水洞列入第一批文物保护单位。

同年，全市暴发传染性肝炎 11849 例，卫生部门及时抽调医务人员进行防治。

● 1962 年

5 月 28 日，市人委决定，凡有关部门和国营企业占用手工业集体所有制企业的资金财产，应如数退赔。

8 月 24 日，牛心台区大峪粉条加工厂出售变质湿粉条，造成 178 人食物中毒，17 人死亡，厂负责人姚文奎被判处有期徒刑三年。

● 1963 年

1 月 1 日，南地至溪湖无轨电车全线通车。

同年，日储 4000 吨自来水的净水厂清水池，长 4 公里的歪头山铁矿矿山公路，全长 410 米、总面积 4200 平方米的太子河大峪防洪堤，三项重点基建工程竣工。

● 1964 年

7 月 1 日，全国第二次人口普查，本溪市人口 1078650 人，其中城镇人口 718401 人。

24 日，中共本溪市委召开三届六次全体委员（扩大）会议，传达贯彻中央五月会议和省委三届三次全体会议精神，研究、安排开展社会主义教育、"四清"（清政治、清经济、清组织、清思想）、"五反"（反对铺张浪费、反对分散主义、反对官僚主义、反对贪污盗窃、反对投机倒把）运动的问题。

同年，本钢南芬露天铁矿试验大型微差爆破成功，1977 年获省、部科研成果奖，1978 年获全国科学大会奖。

● 1965 年

1 月 23 日，市人委第十四次委员会讨论通过《关于严禁市区（县、镇）居民小开荒的决定》和《本溪市沙、石、土管理办法》。

2 月，中共本溪市委召开三届七次全体委员（扩大）会议，贯彻省委工作会议精神，学习《农村社会主义教育运动中目前提出的一些问题》（简称"二十三条"），讨论安排工作，掀起工农业生产建设高潮。

那时没有『感动中国』人物

——『山魂水魄本溪人』二

—— "大王" ——

一块"英格"手表，放在气锤的座砧上，两吨气锤的锤头呼啸而下，咔的一声骤然停下。一阵惊呼，都以为那表粉身碎骨成刀片了，一看，那锤头与座砧间分明有道缝隙，与那"英格"表的厚度差不多。伸进根铁丝扒拉不动，锤头升起后再看，表蒙子丝毫未损，秒针咔咔走动。

以往需要表演，那座砧上通常放着的都是鸡蛋。这进口的英格表多金贵呀，万一有个闪失呢？改革开放初期，看街上跑辆"大奔"，有人会问这是谁的车呀。而在本书写到这里的那个年代，千儿八百人的工厂，如果谁手上戴块"英格"表，个把星期差不多就成名人了。

"神了！"人们由衷地赞叹着，投向"气锤大王"刘凤鸣的目光，五体投地中自然也少不了惊奇、不解和探究。

本溪解放时48岁的刘凤鸣，中等个头，眼睛不大极有神，性情豪爽，精明过人。他是辽阳人，念过三年私塾，15岁到本溪湖煤铁有限公司当杂工，19岁在本溪湖一家私人铁工厂学习锻造技术，25岁后开始浪迹天涯。沈阳、鞍山、大连，还跑去朝鲜5年，都是当锻工。1939年回本溪湖特殊钢株式会社锻造厂干老本行，1948年年末任锻造厂技术负责人，1952年有了正式职称——锻造车间技师。

有人当了一辈子锻工、技师，有他不多，没他不少。但刘凤鸣则是不可替代的。到哪儿找活干，人家也不缺人哪。他就随手把那气锤摆弄两下，对方立刻瞪圆了眼睛，抓住他的手不放，说你就开个价吧。不光价高，还得给大洋，那时钱毛，人们爱要大洋，就又得名"刘大洋"。

刘凤鸣曾当过小把头，1950年还因此受过批判。后来入党时，有人又提起这码事，说他打工人。他打工人，也打把头，还打日本人。日本人瞅他不顺眼，他瞅日本人不顺眼。日本人"八格牙路"，他就"妈个巴子"。有时日本人动手，有时日本人未动手，他的拳脚就上去了。日本人气急败坏，他就一个字："走！"他一个人走了，有些活就没人干了，几十个徒弟都听他的，都走了厂子不黄了吗？之后，日本人学乖了，再恨他，见了面也点头哈腰的。

有人说，从解放初直到退休，刘凤鸣未涨过工资。一是不要。他是八级工，人称"八级大"，工人中的顶级技术、顶级工资，觉得自己的工资赶得上局处长了，让给别人了。二是脾气倔，得罪人，不会拉关系。

当了车间技师，看谁干活不地道，也劈头盖脸一顿训，急眼了照屁股再来一脚。领导批评他，新社会了，不许打人。他急扯白脸地辩白：我是为他好哇！真的。真的，他带出来的徒弟，个个身手不凡。

井下运煤，连接挂车使用一种无缝五环链子。东北刚解放，各地煤矿亟待恢复生产，设备缺东少西，一般的配件照猫画虎做一个，这无缝五环链子过去都是从德国进口的，谁能做得了哇？就是进口也得有个过程，要等到驴年马月呀？

听说本溪有个"气锤大王"，东北人民政府工业部长王首道亲自来了。

"无缝的五环链子？"如今国人会想到奥运会标志，那时没这个。刘凤鸣的工具箱里有团黄泥巴，拿在手里捏着模型，又在钢坯上反复描画、端详。所谓"难者不会，会者不难"，那也不易呀！他终于琢磨明白了，吭吭的汽锤声中，只见通红的钢坯在座砧上翻转着，逐渐变长、拉细。待到出了五环的雏形，有人一颗心都吊到了嗓子眼上：这不是比织女绣花还要精细吗？就这么吭吭砸得震耳欲聋，能成功吗？

而在行家的眼里，那一招一式显示的都是炉火纯青的技艺，更透着"艺高人胆大"的自信。

经检测，刘凤鸣锻造的无缝五环链子，质量完全符合标准，可以成批生产，替代进口。

王首道的手和刘凤鸣握了个满把：刘师傅，你可真是锻造战线上的"气锤大王"啊！

一铁厂高炉大修和发电厂检修，刘凤鸣用两吨气锤代替 5 吨气锤，将料罐钟梁和鼓风机的风轮锻造成功。为提高加热炉的寿命，减少修炉口的次数，他设计了加热炉炉头大型吊砖，使加热炉的炉体寿命提高两倍。根据自己多年经验总结的"入火锻钢法"，使锻钢质量合格率达到 100%。

大连、上海、太原都知道"气锤大王"刘凤鸣，气锤坏了，怎么也修不好，就来找他。德式的、美式的、英式的，不管什么式的，他听听看看摸摸，就知道毛病出在哪儿。许多城市同行请他去做技术表演，崇拜呀。冶金部举办全国锻造技术训练班，特聘他讲课、表演，苏联专家翘起大拇指连叫"哈拉少"。

高尚一和贾鼎勋都是煤铁公司特殊钢厂的炼钢工，一个发明了"高尚一快速炼钢法"，一个人称"炼钢大王"。

他们都是土生土长的本溪人，高尚一 1917 年来到这个世界，贾鼎勋比他晚 4

年。贾鼎勋 15 岁到本溪湖特殊钢实验工厂当炼钢工；高尚一从小给人放牛、赶车，下过煤洞，也在特殊钢实验工厂干过几年，本溪解放后重返钢厂。他们都是新中国第一代炼钢工。

1948 年 11 月 11 日，贾鼎勋和工友们守着那台高周波感应炉，没白没黑地鼓捣了 11 天，终于鼓捣出了本溪解放后的第一炉钢水，又开始全力以赴鼓捣那台 1 吨电炉。

这时，通过炉前取样，观看钢花，贾鼎勋就能判断出钢水含碳量，根据电炉冒烟情况报出熔化期、氧化期和还原期的不同炉温，冶炼技艺已经相当成熟。可现在最重要也最急迫的，是让那残缺不全的感应炉和几乎只剩个空壳的电炉健全起来，恢复它们的职能，而这原本应该是设计制造专家的工作，起码也得高级技工和工程师才能干得了的。

今天已经难以具体描述当年的情景了，有老人说了两个字"鼓捣"。辽东的 11 月，还不是手碰上铁器就粘下块皮肉的季节，贾鼎勋和工友们炉里炉外地摸索着，再把那些在厂区搜集的、从家里拿来的零配件，一一端详、琢磨、比对，不能把"鼻子"安到"嘴"上啊。装上卸下，卸了再装，有的不知道鼓捣了多少遍，两位数挺平常。

恢复生产时期大量招收新工人，有的班只有一个比较老的炼钢工，技术也不大熟练，只好采取"民主炼钢法"，七嘴八舌，大家合计着干。贾鼎勋利用业余时间给大家讲课，传授冶炼技术，又点灯熬油写了一本《制钢技术手册》——这是尚未诞生的共和国炼钢史上的第一本技术教材。

在 1950 年开展的创纪录活动中，贾鼎勋创出二十多项新纪录。其中用生铁直接炼钢、用矿石沸腾造渣脱碳工艺试验成功后，钢锭合格率由 60% 提高到 93%。他组织工人推广"高尚一快速炼钢法"，炼一炉钢从 10 小时降到 6 小时，最快只用 4 小时。

高尚一班操作的 1 号炉，是老掉牙的日本造 5 吨电炉，炼一炉钢最快也要 7 个半小时，人称"笨炉"。有道是"笨鸟先飞"，干这行却不行，一样的三班倒，你还能从 24 小时里再挤出 8 小时倒一班？那就从每道工序上找找窍门，用今天的话讲叫"向管理要效益"。"笨炉"装料全靠人力，各个环节有主有次，合理部署兵力，不再有忙有闲，抢出个把小时。之后，加强熔化期操作，钢液勤搅拌，提前吹氧助熔，快速出渣补炉，创造了 5 小时 15 分冶炼一炉钢的新纪录。接着又在缩短氧化期、还原期等工艺上做文章，平均 4 小时 33 分就能炼出一炉钢，效率提高了将近一倍。

在车间工程技术人员的帮助下，高尚一电炉班总结出"四快三准两不出钢"

的一套炼钢法——这就是被重工业部推广全国的"高尚一快速炼钢法"。

煤铁公司第一机器厂的第一台半自动立式车床，是傅恩义捡来的一台破机床，又用同样捡来的三百六十多个零件装配成的。

特殊钢厂轧钢机传导轴的人字齿轮磨损严重，需要更换。轧钢机是德国产品，零配件自然要从德国进口，却连想都没人往这上头想。原因很简单，一是没钱，二是至少要等两年时间。

人字齿轮就像个车轮似的，在傅恩义脑子里转哪转哪，家里的桌子上、炕上都是他画的图纸。

傅恩义建议改进龙门刨床，来加工人字齿轮，而这必须有能够拐弯的刨床。世上还有能拐弯的刨床？有人笑了，最终是惊呆了。傅恩义改进了刨床的变速轮、铣头、刀型和刀的角度，刨床真就乖乖地拐弯了，加工出来的人字齿轮，质量超过进口的德国货。

1951年隆冬，东北人民政府工业部召集机械加工制造业的各路精兵强将，研究制造水泥厂大窑的大型齿轮。

多年战乱，设备失修，解放后运转3年了，各地水泥厂频频告急，大型齿轮磨损严重，有的勉强用烧焊修补维持生产，有的已经停产，或者濒临停产。当时正是恢复和发展国民经济时期，百废待兴，哪儿少得了水泥呀？会上，王鹤寿部长大声疾呼，特别号召大企业要勇敢地站出来，关键时刻为国家排忧解难，而与会代表则面露难色。

制造这种大型齿轮，技术上并无多大难度，关键在于这个家伙太大了。直径两人多高，重一千多公斤，各地都没有加工这么大备件的机床。有道是"手巧不如家什妙"，没有金刚钻，怎么揽这瓷器活呀？

这时还没人叫傅恩义"革新大王"，但他已颇有名气了，不然不会让他参加这次会议。他对一起开会的厂领导说："我想试试。"

缺少5米行程的单背刨，把4米刨床改成单背刨。卡活时中心位置总也卡不正，在地沟两侧装上一副滑板，滑板上再装一个横向中心轴，就能根据活件大小随意调整了。最费心思的是怎样使牙轮有节奏地转上一个圆周，最终用螺母装置传动的办法解决了。

傅恩义很能吸烟，那吸烟史就是从这时开始的。实验失败了，那杆小烟袋就不离嘴了。

正式试车的场面，让人想到"汽锤大王"锻压那块"英格"表。东北人民政府工业部和市委、市政府、煤铁公司的领导都来了，结果是好像已经千篇一律的"雷鸣般的掌声",过后才觉出这手掌怎这么疼啊。

创造内眼千分尺;利用反正刀车制方扣螺纹;改进龙门刨车制弧型备件;改进8尺自动车床,铣45度斜齿轮机、旧铣床;用杯型砂轮磨平面,提高功效20倍;改进20尺车床变速,提高功效25倍……仅一个"一五"计划期间,傅恩义搞了100多项技术革新,其中重大革新9项。

当我吃力地写着应该和读者同感陌生的名词术语时,我还想告诉读者的是:贾鼎勋读过6年书,高尚一读两年,傅恩义、刘凤鸣一天书没念过。

傅恩义所在的煤铁公司第一机器厂,即后来的本钢第一机修厂,人称"技术大本营"。在本钢,在本溪,在相当长的历史时期,一听说是"一机修"的,人们立刻肃然起敬,张口称"师傅"。因为一机修的人个个身手不凡,无论年纪小你多少,论技术都是师傅。

市委、市政府和本钢领导,都爱把孩子送去一机修。

从本钢到矿务局,以合金厂为代表的地方企业,以及其他各行各业,当年搞得最多的活动就是技术竞赛。1959年11月30日,本溪市的一次技术竞赛有12万职工参加,表演了5000多个项目,解决2630余项生产关键难题,推广2460多项先进经验,涌现14000名标兵。

看到这里,就能明白写在和没写在前面《地工路》章节中的那些"第一"、"首创"、"填补空白"是怎么来的,是多么顺理成章了。

"我们是光荣的中华人民共和国的主人"

桓仁县有人打死一头熊,给市委、市政府送来两只熊掌,市委第一书记任志远犯愁了。那时没有"×级保护动物"一说,吃熊掌不违法,问题是怎么吃呀?人家实心实意送来的,不要,退回去,这不是打人脸吗?

可两只熊掌,全市几十万人,也真是个难事。猛然想起来李庆振、江志浩、高永久等几个劳模在市里开会,对,就这么办了。

刘树生没去吃熊掌,那天晚上他在几十米深的井下当班。

刘树生是河北省玉田县人,1947年来到本溪,奔老乡来的,老乡在黏土矿。

黏土不是土,是石头,放炮打眼推矿石。朝鲜战争爆发,他参加工人纠察队,保护矿山。看他办事认真,干什么丁是丁、卯是卯,不久调他到本溪湖煤矿当瓦斯监测员,直到1984年退休。

笔者采访时已经81岁的刘树生老人,个头不高,身体挺好,有点驼背,热情爽快,一辈子乡音未改,而且嗓门挺大。这都与他的工作性质有关。"四块石头夹块肉",经常需要低姿行进,井下矿工的性命都攥在他的手心里,再温声细气的人,非常时刻也得可着嗓子吼。

当了30多年瓦斯监测员,那个时刻拎在手里的瓦斯监测器,已经成了他身体的一部分。外面玻璃罩,里面一点小火苗,像温度计似的有刻度,小火苗随着瓦斯量大小上下蹿动,矿工都叫它"火灯"。0.5没问题,1是临界点,小火苗蹿到那儿就不行了。那工夫别说区长、矿长了,就是老天爷发话也不好使,都得听监测员的。瓦斯是煤矿工人的第一杀手,监测员是矿工和煤矿的守护神。本溪煤矿是超级瓦斯矿,出个事就了不得。从主巷道下去,一个采区巷道近5公里,刘树生一个班巡视三遍。工人看他来了,就知道什么时间了,定点定时,那个时间他一定会出现在那个地方。通风处没问题,死胡同最危险,最容易积聚瓦斯,是每次巡视的重中之重。伪满时监测员提的是鸟笼子,欢蹦乱跳的小鸟,眼瞅着就死了。人要吸上几口,身边跟着医生也没辙。都说"老鼠过街,人人喊打",煤矿工人最喜爱的动物就是老鼠了,叫它"老君爷",三年困难时期饿成那样,也省出干粮喂它,看到它就把心放肚子里了。可一旦看到它们都跑出来了,不是塌方、冒顶,就是瓦斯超标,它们往哪跑,你就跟着跑吧。人没这种灵性,靠的是科学、认真,刘树生则认真到一丝不苟,还有不要命。人往外面跑,他往里面跑。他知道哪儿最危险,知道哪儿还有人,他要拿到最准确的数据,要帮助最后一个兄弟脱离险境。

矿工说,老刘是咱们的"老君爷"。

历届矿长都说,有老刘在井下,睡觉踏实。

也有人不喜欢他,因为他爱管"闲事",爱提意见,"大跃进"中更是唱反调:不顾安全拼设备,别的单位那是劳民伤财败家,咱们还要加上要命,出了事可就"大要命"啦!你忘了小鬼子弄的瓦斯大爆炸吗?

领导恨不得捂住他的嘴:老刘,你小点声不行啊?全国都在"大跃进",咱们不"跃进"行吗?这事咱们谁也管不了,你就别管闲事了。

刘树生瞪大眼睛,我是这煤矿的主人,我看着心疼,睡不着觉,不管不行啊。

领导叹口气,说,老刘啊,你把自己一摊子活干好就行了,拜托了。

我还不干了呢。他嘴上这么说着,却干得更认真了。

工作服一年换一套。自三年困难始，刘树生一套工作服穿了二十多年，不知道缝补了多少层。我说这套工作服应该送去博物馆收藏。他说你不知道，我刚来本溪时，黏土矿山坡上那么多坟，有的连口薄棺材都没有。新中国了，工人翻身做主人了，能省点就省点，新衣服下井一天也埋汰了。

这位当年的老劳模，改革开放后的全国五一劳动奖章获得者，退休前的 6 个春节，都是拎着瓦斯监测器在井下过的。

吃了熊掌的李庆振，是本钢南芬露天矿采矿凿岩工人，有十多年的凿岩技术经验。1954 年露天矿开展夺红旗竞赛，年终评比，他夺得全年红旗竞赛第一名。1955 年，他提出"单台机包掌子作业"建议，3 月由他指挥开始实施。班台效率定额为 30 吨，当月达到 35.5 吨，4 月达 80.5 吨，9 月 91.7 吨，10 月突破百吨。1956 年 1 月，又连续三次创造新纪录，第一次班台效率突破 200 吨，第二次 300 吨，第三次竟达 600 吨。

李庆振常说："咱是给谁干活？"

山东省曲阜县人李庆振，1916 年出生，1932 年开始打短工，1933 年闯关东到鞍山弓长岭铁矿当采矿工人，1940 年到本溪南芬铁矿当凿岩工人，给谁干活不用说了。1945 年参加解放军，1950 年复员重返南芬干老本行，就认定是给自己干活了——给自己干活，还能不甩开膀子，把聪明才智都发挥出来吗？

如今讲"技术"，旧中国叫"手艺"，手工业嘛，自然是"手艺"了。"学手艺"、"耍手艺的"、"吃手艺饭的"，手艺传儿媳不传女儿。"教会徒弟，饿死师傅"，女儿嫁人了，不也把手艺白送人了吗？"汽锤大王"带出几十个徒弟，关键技术也不能不留一手。谁有什么急难，请他去露一手，行啊，谈好价钱，好吃好喝伺候着。到露一手的时候了，都远远地一边去，"露"给你们了，我还怎么吃这碗饭哪？可新社会了，这时讲"新旧社会两重天"，那人也两重天了。有时求援的人来了，刘凤鸣揣上几个窝头、抓把咸菜就走。人家崇拜"汽锤大王"，又是上门请来的客人，怎么能让他吃这个呀？他说花那冤枉钱干啥，把活干好，别耽误干活，比吃什么都香。找到症结，边操作，边讲解，有人不明白就再来一遍，恨不能一下子就把这些素不相识的人都变成"大王"。

本溪铁路工务段钢轨检查员王耀年，18 岁到铁路工作，多年经验积累，练就一手绝活。发现钢轨表面出现白光，用小锤敲敲，就能判定里面是否有暗伤。几次事故证明没错，看着小鬼子气急败坏却没辙，他偷着乐。解放了，绝活该亮了，谁信呀？工长说，一条钢轨几百元，你说有暗伤就废了？王耀年急了，如果我说错了，愿赔 4 个月的工资。锯开一看，大家倒吸一口凉气，一道十多厘米长、一指多宽的空洞，随时可能断裂。"钢轨大王"的声名不胫而走，铁道部派专人帮他写了一本《王耀年暗伤钢轨检查经验》，像"汽锤大王"一样被各地请去传经送宝了。

日本投降后，当闯关东的八路军、新四军夜过封锁线，为没看清铁路、匆忙中摸了把钢轨懊恼又激动不已时，就不难明白"钢轨大夫"为什么只能诞生在本溪这样的城市了。

辽东大山里的煤铁之城，在留下一页苦难历史的同时，也为新中国储备了大量优秀的产业工人。

中日合办时期，总办的年收入是工人的几百倍，职员的是几十倍。伪满亦然。国民党接收大员的高薪和腐败，前面说了。共产党接收这个烂摊子，是与民共渡难关，工资不断向工人倾斜。1957年党员干部降低工资，级别越高降幅越大，职工则升级，企业工资高于国家机关，工程技术人员高于同级管理人员。当年的"煤黑子"、"窑花子"，收入抵得上科处长了。

而使《咱们工人有力量》唱得气壮山河的，主要的并不是物质的力量。

1954年2月，市工会联合会决定3月为"合理化建议活动月"，结果活动起来就收不住了。年底统计，职工提建议1.1万余件，采纳5600余件，78人获"合理化建议者"称号。

职工是企业的主人，也是新中国的主人，如何搞好企业，怎样管理、建设国家，当然要出谋划策有发言权了。

市委第一书记请劳模吃熊掌，劳模们说别光给我夹了，你也得尝尝哪！一顿饭下来，几个厂矿一线工人的生产、生活情况，皆了然于胸。

无论在座的人吃没吃过熊掌，也无论吃出了什么味道，这顿饭的本质意义都不在"吃"上。从旧社会的"苦力"、"臭苦力"，到这座城市一把手的座上宾，那种人的尊严，人性的温暖，工人阶级的荣耀、地位，自然化作"英雄式的劳动热忱"。

像刘树生一样，李庆振等人也爱提意见。这是那个时代劳模的特征之一。他们好像要把积攒了几辈子的心里话，向他们信得过的人一吐为快。而这些打江山的当家人，无论听着顺耳，还是逆耳，都知道他们投身革命，那么多人流血牺牲，是为了什么。

1948年11月10日，市政府召开庆祝东北及本溪解放大会，那彩门上的巨幅横标就是："建设民主自由幸福的新本溪。"

我们是中国人，我们是光荣的中华人民共和国的主人！

这是在开国大典的礼炮声中，诗人严辰给我们留下的诗句。

无论怎样时过境迁，无论需要什么样的体制保障，"翻身得解放"，"当家做主人"，那时就是这么说的，人们就是这种感觉、认识，就是这般光荣、自豪——历史就是这么记忆着的。

当家人

1948 年 11 月 2 日，一个三十多岁瞅着挺瘦弱的年轻人，来到本溪煤铁公司总部的大白楼。腰间皮带上挂支手枪，黄棉袄的胳膊肘和前襟打着补丁，裤脚和黑布鞋泥糊糊的。

他叫杨维，煤铁公司第一经理。

许多老人谈到杨维时说，六十多年了，多少任经理、总经理呀，数他这任最难了。说那时人们叫他"杨总"，不是总经理，是总指挥，从打仗到建设，依然是指挥战斗，转移战场而已。指挥部就是他的办公室，一张铁床，几把椅子，一台电话，一天睡不上 5 个小时。说那时讲"全心全意依靠工人阶级"，他就是全心全意，把工人当宝贝，走遍 40 平方公里厂区，和工人交朋友，还规定星期六为工人接待日，什么话都能跟他说。说他说"外行不能领导内行"，所到之处老工人和工程技术人员都是他的老师，每天晚上去夜校，当老师讲马列主义和国内外政治形势，当学生笔记记得比谁都认真。说他果断，有魄力，有大局观，有战争年代那股劲儿，又有科学态度，把板拍到点子上，恢复生产才那么快。

1949 年 6 月 30 日，已是半夜时分，炼铁厂厂长范杰良打来电话：2 号高炉送风后，炉台震动得非常厉害，苏联专家让马上停炉。

山城在星空下画出模糊的轮廓，太子河边的炼铁厂明亮如昼，好像吸拢了全城的灯光。热风炉隆隆的轰鸣声中，2 号高炉的炉台像个打摆子的病人，震颤得让人脚下无根。夜空中分明潜藏着一种居心叵测的凶险，巨大的炉体好像随时可能坍塌，或者轰然一声爆炸。

来不及和谁打招呼，杨维迅速登上高炉的阶梯，直奔炉台。

2 号高炉是公司最先动工修复的高炉，开炉成功与否，意味着公司能否全面恢复生产，关系到共产党和共产党领导下的煤铁之城工人阶级的声望。

厂长办公室里，年轻的第一经理点燃一支烟，道：都谈谈自己的意见。

坐着的，站着的，公司和炼铁厂的领导、工程技术人员、老工人，除杨维外，最引人注目的是苏联专家罗曼罗尔夫和公司总工程师靳树梁。

罗曼罗尔夫认为应该停止送风，查明原因后再行定夺。

靳树梁恰恰相反，主张继续送风，而且还要加大风量。

各自的赞同者在申明自己的观点时，都把目光投向杨维。

罗曼罗尔夫是位炼铁专家，工作认真，作风严谨。公司各厂矿都有苏联专家，那是煤铁公司最需要专家的时期，他们的作用是不可替代的，为恢复生产做出了重要贡献。后来中苏关系破裂，有人对他们说三道四，多属硬贴政治膏药。"把咱们公司祸害得最厉害的'老大哥'，这回又来帮咱搞建设了。"这是实话，说这话的人和"老大哥"合作得也很好，后来就成了"反苏"的"右派"。可眼下没有这些非正常因素。无论怎样意见分歧，后果可能多么严重，大家都是一个目标：如何安全而又尽快地炼出第一炉铁水，掀开煤铁之城新的一页。

关于各自的理由，两位专家阐述得愈是详细、具体，杨维就愈是听得吃力，似懂非懂。一些名词术语都是第一次耳闻。毕竟才半年多时间，无论怎样聪明好学，多么渴望成为专家，这一刻他都不可能成为专家。停止送风查找原因，自然顺理成章，也最稳妥了。否则，且不说秋后算账，就戴顶"不尊重苏联专家"的帽子，马上就可能立竿见影，炉坍人亡！

几乎一直是在倾听的杨维开口了：都谈完了？

第一经理站了起来，声音不高，却是咬钢嚼铁：继续送风，加大风量。

又道：如果出了问题，我负全责。

随着风量增加，炉台震动愈发剧烈，人们的心都提到嗓子眼儿。当风量加大到每分钟700立方米时，震动开始平复下来，达到定额值的每分钟920立方米时，炉台纹丝不动了。

缺粮食，缺衣服，缺资金，缺设备。放眼煤铁之城，走遍40平方公里厂区，不该缺的全缺，该缺的全有。有人说把煤铁公司改成"高粱公司"，砖头瓦块捡吧捡吧种高粱吧。

最缺的当然是人，尤其稀缺的是工程技术人员。

两个来源，一是伪满时期留下的，二是国民党派来的接收人员。当时煤铁公司的头号技术权威靳树梁，正是曾经的国民党接收大员。

50岁的靳树梁，大高个，文雅、和善，因脸上有白癜风，人称"靳花脸"。

他是河北省徐水县人，1919 年以优异成绩毕业于北洋大学采冶科，到汉口扬子机器公司化铁股任工程助理员、工程师。1936 年进入国民党资源委员会任委员、中央钢铁厂筹备委员会成员，1937 年率队赴德国实习考察。1938 年回国后，先后任多家钢铁厂工程师、厂长，主持设计、安装、拆迁、修复多座高炉。抗战胜利后，被国民党资源委员会派到东北接收日伪企业，任国民党政府经济部东北区特派员办事处接收委员。1946 年 5 月，任该办事处本溪办事处处长，负责接收本溪湖煤铁公司及关联企业，同年 10 月调任鞍山钢铁有限公司第一协理（第一副经理）。1948 年年底任鞍钢顾问，1949 年 4 月调任本溪煤铁公司总工程师。

这是一位中国为数不多的冶金专家。

有人说，这不就是个国民党吗？

有人冷眼旁观，看共产党能把煤铁公司弄成什么样，也在看共产党怎样对待这位曾经的接收大员。

1945 年 11 月 3 日，共产党首次接管煤铁公司时，总经理由市长兼任，经理是日本人，两位副经理、顾问日本人各半。经理下设部长，日本人任正职，中国人为副职。公司最后一批 148 名日籍职工，是 1953 年 10 月才遣送回国的。

共产党知道自己的短处在哪儿，他们发愤图强，要从外行变成内行，同时借用一切可以借用的力量。至于靳树梁嘛，那道理太简单了，他是中国人，他爱自己的祖国，爱自己从事的炼铁事业，这是最基本的事实。一个新生的政权，一个朝气蓬勃的政党，自有吸纳这一切的自信和魅力。

而杨维在停风还是送风的决断中，把板拍向了靳树梁，一个很重要的原因，是知道这位专家还有顾虑。在战场上掉转枪口、炮口的"解放战士"（被俘后参加解放军的国民党士兵），即便当即立功，也不能不心怀忐忑。靳树梁不是拿枪的军人，毕竟也是从那个阵营中过来的，难免有顾虑，举手投足斟酌再三，甚至谨小慎微。唯其如此，他的意见才更应受到重视，没有十成把握，也有八九成。

信任是疑虑、隔阂的解药，是幸福感中最贵重的元素，却不是为了信任而信任，而是实事求是。刚从硝烟中闯过来的共产党人，知道战争是非常实际的，搞建设也是非常实际的，谁的意见正确就听谁的，这里面不能添加任何亲疏厚薄之类的东西，这才是根基牢固的信任。

炉基裂纹、高炉炉喉与炉缸中心偏离较大、点火送风后炉台震动等等，在那万事开头难的时日，在解决这些重大技术难题的过程中，靳树梁的作用举足轻重。

1950 年，靳树梁提出的《本溪煤铁公司三年计划的意见》，被纳入公司 1950 年至 1952 年 3 年恢复发展计划。

同年 9 月，靳树梁调任新创建的东北工学院（今东北大学）院长——用当时的准确称呼是"第一院长"。

新中国成立前本溪最大的私营医院院长郭福秀，被市政府任命为第二人民医院第一院长，开头不免有些疑惑：第二院长打江山出生入死丢条腿，我一个民主人士，国共两不沾，这"第一院长"会不会是个牌位呀？

当年的第二院长史长发老人说，第一就是第一，小二还能管大王？我有时也跟他来两句，他也不计较，知道我很敬重他，就这熊脾气。我这辈子官越当越小，他当到市政协副主席，说我跟你搭伙没搭够啊。

冯文甫老人散步，走到市委那儿，保安问他干什么，他说我在这楼里工作三十多年，想进去看看。保安说不行，他说那我就在外面看看。

1952年，冯文甫考入东北工学院，毕业后重返民政科，后来调到市委秘书处当秘书，1962年任处长。那时不叫办公厅，也没有秘书长，就一个秘书处，算处长十来个人。

秘书处无小事。交办的事，当即记下，马上落实，向主管书记汇报。发个通知，让对方复读一遍，一个字不能差，各区县厂矿谁接的电话，几时几分接听电话，记录清清楚楚。书记来了，大家站起来，问什么答什么，把记事本拿给他看。冯文甫当过党小组长、支部书记，小组、支部开会，到时书记都来了。不能参加，要提前请假，说明原因，也不是一请一个准。省委组织部要求每个党员写自我鉴定，第一书记任志远写得最好，小组会上表扬。有的写得不好，提出批评，指出为什么不好，差在哪儿，限期重写。

曾在市委、市政府工作的老首长来了，书记、市长有的拿酒，有的拿菜，菜都是在家做好的，招待老首长。

在"大跃进"中被打成"右倾机会主义分子"的刘宁，行政降两级，从公安局调到工业局任副局长。还在"大干快上"，地工路的许多工厂都是在"大干快上"中诞生的。缫丝厂正式开工了，从丹东请来帮助建厂的工程技术人员要走了，刘宁和纺织局副局长王坤每人掏出30元钱，在本溪最有名的太和楼饭店为他们饯行。建玻璃制品厂是从上海请来的师傅，自掏腰包请顿饭，刘宁觉得过意不去。丹东师傅在本溪几个月，又是邻市，今后还有机会见面，上海师傅来了一年多，这一走就可能是永别了。想来想去，有了，弄些硬柞木，锯成半米来长，再劈成样子，捆扎结实，一人一捆，送上火车。平时唠嗑听他们讲，在家做饭时炉火灭了，弄点引火柴可不容易了。

上世纪80年代后期主管工业的副市长姜峰，60年代初和当时主管工业的副市长万劲夫的儿子万淮海是中学同学。万劲夫十级干部，万家六七个孩子，一件衣服也是从老大开始降幂排列往下轮流穿。姜峰去了，万淮海的母亲就给他端上一盘苹果，个头比鸭蛋大不了多少。

笔者采访时已是市政协副主席的姜峰说，那时市里领导的住房比较宽敞，一般在 150～200 平方米之间吧。除此而外与普通百姓家孩子的差别，就是过年能分上几个苹果，副市长家平时来了客人，而且是孩子的客人，能够陪着吃个苹果，那种舔嘴咂巴舌的样儿，一点儿不比我差。再有就是三年困难时期，吃的那"代食品"中的玉米面，可能比普通百姓家的多点吧？

房子大，也没什么东西。十七级的史长发，正儿八经的县团级了，一个柳条包装衣服，两套被褥一捆，再就是锅碗瓢盆什么的，租房的房东赶辆毛驴车就送去"幸福楼"了。

如今家庭多挂字画，那时多见照片，大大小小镶贴在玻璃框里，挂在墙上。劳模和先进工作者家里多的是奖状。在煤铁公司恢复生产中立下殊勋的贾鼎勋，获得一笔巨额物质奖励：一套工作服，一套衬衣，一双球鞋，另有青布、白布各 1.7 丈。

要论奖状之多，少不了本溪煤矿工人、全国煤炭系统劳模王恒成。他家住在溪湖棚户区，住在那一片的还有矿务局副局长郭金秀。论职务级别相当于副市长，家里除了多台电话，再就是有时路边会停辆吉普，大家都知道是来接郭副局长的，孩子们围前围后看个没完，成为那个年代那片棚户区的一景。

让工资并不是模范、先进人物的专利。至于分房子，你都结婚了，或者就差房子不能结婚，我的对象八字还没一撇，那就先分给你呗。

而史长发竟然不知道在"幸福楼"给他分了套房，下班后回家，不见家了——在今人眼里，是不是也够匪夷所思的了？

1956 年的除夕夜，选矿厂厂长鲁恩国从苏联学习、考察回到家，得知妻子因病住院出院不久，就问住院费交了没有，妻子气得差点儿给他一巴掌。这时没有"作秀"一词，夫妻对话秀给谁呀？让鲁恩国念念不忘的，是国民党怎样背负着巨大的政治、经济赤字走向末日的，耿耿于怀的是作为一个党员干部，绝不可以因自己的行为损害、玷污党的形象。

1992 年夏，笔者去济南采访，接待我的山东省建委的一位同志告诉我，三年困难时期，他的父亲是费县县委书记，他的祖父就是那时饿死的。

真的，那时的"焦裕禄"很多很多。

在一个相当长的历史时期，我们常说"发挥我们的政治优势"，这"政治优势"的核心内容，就是坚信广大人民群众是和共产党站在一起的。

我们走在大路上，
意气风发斗志昂扬。
毛主席领导革命队伍，
披荆斩棘奔向前方。
……

三年困难时期，面带菜色的人们，能把《我们走在大路上》唱遍神州大地，原因之一，难道不是相信共产党能够带领人民走出困境，奔向理想幸福的明天吗？

自 2002 年始，中央电视台每年评选"感动中国"人物，已经推出七十多位。

而在没有"感动中国"人物的漫长岁月，在笔者家乡，包括本书没有写到的许多人，带着这方水土的品性和所处时代的印记，以一种让人心灵震颤的力量，感动山城，感动中国，感动后人。

六

折腾
ZHENG

浩劫

前面写过一笔的孟昭淮老人，中上个头，身材可以入选老年模特队，举止儒雅，神态安详，思维敏捷，记忆力惊人。

孟昭淮来到这个世界两个多月后，"东北王"张作霖被日本人炸死，暗示了他们这代人前途的艰难、凶险，消息传到他那个偏远闭塞的小山村已不知是驴年马月了，能够经常提醒人们那是个什么世道的是"跑胡子"。光天化日，夜黑风高，铜盆铁桶之类响器突然间好像把天都敲破了，人们就不顾一切地往山上跑啊藏啊。一次来不及了，赶紧从灶坑里扒些柴灰洒在炕沿下，再泼上饭米汤和酸菜水，然后一家人趴到炕上。胡子闯进来，闻到那股味儿，再看到炕沿下的"呕吐物"，认定这家人得了"窝子病"（瘟疫），赶紧走了。

最终还是为了躲胡子，从兴京县（今新宾县）与本溪县毗邻的孟家崴子搬到碱厂。而像条尾巴甩不掉的，是留在老家的四十多亩山坡地——土改中因此被定为小地主。

父亲、叔叔在北满打工三年，揣回家一千多元钱，这是孟家几代人发的最大一笔财。倘若好吃好喝，再绫罗绸缎什么的，女人搽搽雪花膏，用上香皂，一家十几口人也可以美美地享受两年。这当然是后来天真的"后悔药"了，孟家断不会这样过日子。而且一旦露富，胡子呼哨一个来回，不但财产洗劫一空，人都可能搭进去。那是个穷不得也富不起的年代。如今人们买房保值，宏观调控，房价下跌，有点钱不知往哪儿放了。那时人们永远钟情的是土地。土地小偷偷不走，胡子抢不去，多大灾年也能收点活命粮，留给子孙最保险了。正巧有马姓人家破败，四十多亩山坡地急于出手，价格挺便宜，祖父当即拍板成交。1948年秋，历经五个朝代的祖父去世，再提起这码事，儿孙们就说咱爹（爷）是花钱给咱们买罪受哇。

孟昭淮在碱厂读完小学，1942年考入奉天第六国民高等学校，剩三个半月就毕业了，日本投降，社会无政府，学校不上课，回家吧。

祖父、父亲苦做一辈子，就希望有个字号，开家买卖。孟昭淮的理想，前辈想都未曾想过。这奉天六高原是省立第一商业学校，久负盛誉，历届毕业生均为各家金融财政部门免试首选。凭他的才华，孟家祖坟该冒冒青烟了。

开头神不守舍，就盼着世道安稳下来，回校完成学业。眼瞅着今天八路明天"国军"，兵荒马乱，越来越乱。好歹安定下来了，民主政府和各行各业都在招人，一座碱厂镇像他这等文化的没几个，可家门框上钉块"小地主"木牌，谁要你呀？时也，运也，认命吧，这辈子老老实实种地当农民吧。

1949 年春节后，孟昭淮套上爬犁往地里送粪，村农会主席来了，从兜里掏出个叠成三折的字条，说是区里送来的通知。孟昭淮打开一看，是区里让他明天去参加考试。

从此开始 10 年从教，然后调入市委统战部，一路顺风顺水，

这年 6 月入团，成为学区校长，年底被评为区二等模范教师，第二年是区一等模范教师和县先进教育工作者。1951 年调到县文教科，1953 年入党，1955 年成为市劳模，1956 年在市委文教部被定为行政十七级干部。

需要强调一笔的是，在同期参加工作的同事中，他入团、入党都是最早或较早的。而在本溪有资格进入文化宫开会的千余名十七级以上干部中，像他这样 28 岁的"解放牌"，又是小地主家庭出身的小知识分子，更是寥寥可数。

心情舒畅，浑身有使不完的劲儿。

猝不及防，"文化大革命"开始了。

市委领导被贴了好多大字报，第一书记刘曾浩首当其冲。大字报中说的事情，有的孟昭淮不清楚，有的显然不是那么回事儿。可无论怎么回事儿，这"革命无罪"、"造反有理"，都应该是旧中国的事儿。如今共产党坐天下，这是革谁的命，造谁的反，折腾谁呀？

统战部所在的市委大楼二楼楼梯处，贴出张大字报，不经意间看到的竟是"坚决揪出统战部内部的反革命修正主义分子孟昭淮"的大标题。这统战部也没有第二个孟昭淮呀？五雷轰顶，灵魂出窍，定睛再看，署名"革命群众"的大字报，抓住他的家庭出身做文章，说他是"隐藏在机关内部的危险敌人"，并严斥领导"用人不讲阶级路线"，"重用阶级敌人"。

一双像农民一样粗糙、皲裂许多口子的手，在拿起教鞭后的好长时间，都不能不心怀忐忑，战战兢兢。他忘不了钉在老家门框上的那块木牌，那是他的软肋，生活却不断淡化这种记忆，直到入党。"有成分论，不唯成分论，重在表现"，他相信党的政策。他认为像他这种人更应该加强改造，入党后更是注意克服自己的非无产阶级思想，追求完美到拒绝瑕疵，以对得起党的培养和信赖。"我早就是党的人了，这家庭出身就成了永远赎不完的原罪吗？"他不服气，可连市委第一书记这样打江山的老革命，不也被批判为"地主阶级的孝子贤孙"吗？

1946 年土改，孟昭淮家被定为中农成分。一年后又土改，仍是因为那四十多

亩山坡地，门框上的牌牌由"中农"而"富裕中农"、"富农"、"小地主"，步步升级。如今，这个胎带的原罪，又会把命运绑架到哪里？

迅雷不及掩耳的"文化大革命"，迅雷闪电般席卷全国，煤铁之城自然也不能例外。两个人也能成立个战斗队，山头林立，群雄混战，半年多后形成针锋相对、势不两立，又都宣称"坚决拥护毛主席的革命路线"的两大派群众组织。大鸣、大放、大字报、大辩论（时称"四大"）轰轰烈烈，两个阶级、两条道路、两条路线斗争（时称"三两斗争"）如火如荼，而能代表、象征这一切的是大字报。那是人类史上的奇观，也应该是中国大陆毛笔、墨水、纸业最兴盛的时期。各单位楼（屋）里楼（屋）外墙上触目皆是，里三层外三层地贴呀，有的走廊、楼梯也拉上绳子，晾衣服似的粘挂着大字报。街头更多的是大标语，叫"大字块"，通常是一张纸一个字。笔者当时是本溪县一中的红卫兵，这活也没少干。开头是写好了拿出去张贴，后来变成流水作业，叫"刷大字块"。前面有人拎着糨糊桶，用笤帚往墙上刷糨糊，接下来有人往上贴纸，最后一道工序是用两三指宽的扁笔，刷墙似的往上写字，写完了再标明"保留三日"，以防被人覆盖。半条、一条街刷过去，有时回来发现被毛驴啃得七零八落，它要吃那糨糊。倘是人为，这就是破坏"文化大革命"的"反革命行为"了，对驴却不行，只有轰走。最好是轰到对立派的大字报、大字块那儿，让它吃个痛快。

那大字块的头两个字，通常是"坚决"，接下来是"揪出"、"打倒"、"炮轰"之类，然后是本单位、本地区乃至"中国最大的走资本主义道路的当权派刘少奇"——"万炮齐轰"！

1966年8月8日通过的《中国共产党中央委员会关于无产阶级文化大革命的决定》，即著名的"十六条"（因其有十六条决定），明确指出："这次运动的重点，是整党内那些走资本主义道路的当权派。"

"十六条"开篇即说，"当前开展的无产阶级文化大革命，是一场触及人们灵魂的大革命"。而几位当年在市委、市人委（政府）工作的老人说，市委第一书记和市长被打得满地滚，第一书记的妻子是针织厂厂长，被剃个阴阳头（又称"鬼头"——"牛鬼蛇神"嘛），也被打得满地滚，一声不吭。

1952年"三反"运动"打老虎"，"老虎"越打越多，市长王玉波认为不能这么个打法，被批"右倾"，受处分，到煤铁公司土建工程公司任党委书记。现在，他是市委书记处书记，自然也成了"走资派"。他的妻子韦若是市委宣传部副部长，也被批斗，剃了阴阳头，跳楼自杀。

从中央到省市县及各系统、单位，几乎都有"打倒×××"的口号。这"×××"

分别为姓，代表几个重点人物。本溪纺织系统是"打倒刘王于徐"，"刘"是前面写到的刘宁，最早的"死班"成员。"班"即"毛泽东思想学习班"，"死班"即关起来不让回家。他是纺织公司经理，包括三位副经理中的两位，纺织系统四十多人被办了"死班"。开头吃不下饭，后来无所谓了，造反派说他"吃胖了"，也成了罪过。今天弄去这个厂子批斗，明天再去那个厂子，饭前挂牌子在路边排队，"向毛主席请罪"。挂在他脖子上的牌子，写着"走资派三反分子大特务刘宁"，"刘宁"两个字是倒着写的，什么意思不用说了。

刘宁的妻子是文化局人事科长，两大派群众组织哪个也不敢沾，没完没了的批判会、批斗会、活学活用毛主席著作讲用会是必须参加的。一般人是百无聊赖，她还要加上心乱如麻，丈夫被办了"死班"哪！不知什么时候信笔写了"毛泽东选集"5个字，不知什么时候听台上人讲了"败家子"3个字，又信笔写下，被人告发。一张纸两行字间，空白大半页，风马牛不相及的事，就算连在一起了，逻辑上也讲不通啊？没人听她的，也被办了"死班"。

刘宁六十多岁的母亲，一双小脚这跑那颠，给儿子、儿媳妇送饭。

当年一手勃朗宁、一手护照进入本溪接收煤铁公司的赵捷，这时是本钢南芬选矿厂"走资派"厂长，被拉去露天矿的"万人坑"前批斗。造反派讲得激昂慷慨：无产阶级革命派的战友们，如果这些"走资派"的阴谋一旦得逞了，就要"党变修，国变色"，我们无产阶级就要"重吃二遍苦，重遭二茬罪"，这个世界上就会增加多少"万人坑"啊！……

孟昭淮老人说他"文化大革命"中占的最大的便宜，就是在市委机关了。十七级的副处长，如果到厂矿、学校当个什么长，就成了正儿八经的当权派，说不定被揉搓得什么样了。机关大，官帽多，他连个中层干部都算不上，还能参加群众组织战斗队。

1968年6月，本溪市革命委员会成立。新生的红色政权，需要的是"小葱拌豆腐一清二白"的，孟昭淮自然不行了。市委、市人委和人大、政协的几百人，一下子没了单位，每天去哪儿上班哪？也不用上班了，带上行李，都去北地的市委党校，时称"五七战校"。

新中国成立后"镇反"，即镇压反革命。新生的红色政权也不例外，叫"深挖"，即深挖阶级敌人。主持"五七战校""深挖"的是"工宣队"，全称"工人毛泽东思想宣传队"。当时本溪抽调四千多名产业工人，组成二百多个"工宣队"，进驻机关、学校、医院等上层建筑部门。"深挖"声势极大，时称"刮十二级台风"，几乎每天都有被刮进"死班"的已被"阶级斗争"的筛子筛了多少遍的人，又一轮人人自危，又一堆冤假错案。

到"五七战校"后，放下行李的第一件事是"表忠心"。先在房间正中墙上高挂毛主席像，两边是16个大字："大海航行靠舵手，干革命靠毛泽东思想。"门窗贴上"忠"字，有的还是像剪窗花那样剪的，"忠"字下还托着一颗红心。除台湾外的29个省市自治区都成立了革命委员会，"全国山河一片红"，神州大地很快成了这般模样，时称"红海洋"。

"表忠心"少不了"忠字舞"。高潮时，煤铁之城随处可见，小脚老太太也翩翩起舞。

开会讲话，"首先让我们共同敬祝我们心中最红最红的红太阳，我们最敬爱的伟大领袖毛主席万寿无疆！万寿无疆！万寿无疆！敬祝毛主席的亲密战友，我们的副统帅林副主席身体健康！永远健康！永远健康！"在1968年已成定式。打电话，开口不是"你好"，而是"毛主席万岁"，对方回应"敬祝毛主席万寿无疆"，或者"为人民服务"、"要斗私批修"、"千万不要忘记阶级斗争"，等等。进商店买东西，也要如此这般对答一番，再进入正题。

前年冬天，笔者的儿子看电影《山楂树之恋》，其中有跳"忠字舞"的镜头，问我们：爸爸妈妈，你们那时真是那样子吗？

我说：那还假得了吗？

他问：那时人们是怎么回事儿呀？

我说：那时人们吃错药了，你妈吃了男宝，我吃了乌鸡白凤丸。

再一想，就这一句话，就把儿子打发了，就算是对后人有所交代了吗？

一场"大跃进"，一场大洪水，一场大饥馑。1964年3月，本溪地区肉食品开始按平价敞开供应，意味着生活转为常态，进入正轨了——两年后一场"文化大革命"开始了。

一个系统，一个单位，甚至有的一个家庭，夫妻、父子、兄弟之间均分两派，均自我标榜为"革命派"，指责对方为"保皇派"。

这是《四平市志》中的文字，拿来本溪，放到全国，一样合适。

有则笑话，丈夫上班背上工具包，就觉得不大对劲，中午打开饭盒一看，里面竟是稻草。下班回家，一场辩论，妻子指着丈夫的鼻子怒斥：你是"保皇驴"，捞稻草，就配吃这个！

国乱了，家也乱了——而当时的媒体念念有词，说是"乱了敌人"。

《本钢志》说，"大跃进"和大洪水，人祸加天灾，直到1966年本钢生铁和特殊钢的年产量，才恢复到1960年以前的水平。而到了1976年，即十年"文化大革命"的最后一年，"本钢生产已濒临崩溃的边缘"。

全国亦然。

　　社会主义好
　　社会主义好
　　社会主义国家人民地位高
　　反动派被打倒
　　帝国主义夹着尾巴逃跑了
　　全国人民大团结
　　掀起了社会主义建设高潮
　　建设高潮

　　从母亲的摇篮曲开始，笔者不知道这辈子听过唱过了多少歌，有的至今还唱，有的改动了歌词还唱，有的注定只能唱那么一会儿。而这首曾经伴我从少年到壮年的《社会主义好》，唱出的正是那个年代众望所归的大实话："反动派被打倒，帝国主义夹着尾巴逃跑了"，那么"全国人民大团结，掀起了社会主义建设新高潮"，不就太顺理成章了，就应该这样过日子吗？

　　却窝里斗得沸反盈天。

　　盲目、愚昧、荒唐、狂热、迷茫、痛苦、野蛮、暴虐、暴戾、暴力，对科学和人的权利、尊严、生命的蔑视，以上许多文字同样适用于那场"大跃进"。可"大跃进"无论怎样成了"大跃退"，主题毕竟还是"生产"、"建设"、"发展"，追求的是"超英赶美"的强国梦。这自己折腾自己的史无前例、登峰造极、堪称折腾之最的"文化大革命"，却是为的什么，又是怎么回事儿呢？

　　下面是《黄克诚回忆录》中，谈到1949年平津战役结束后，黄克诚去北平向毛泽东汇报天津接管和城市民主改革后，毛泽东留他吃饭，"我们边吃边聊"的一段文字：

　　突然间，毛泽东停下筷子，问我道："你认为今后城市工作的主要任务是什么？"我毫不犹豫地回答说："当然是发展生产。"毛泽东很严肃地摇了摇头说："不对！主要任务还是阶级斗争，要解决资产阶级的问题。"我一听此言，方知自己的想法与毛泽东所考虑的问题有很大差距。在这次当面考试中，我在毛泽东的心目里是不及格的。现在回想起来，毛泽东在解放以后，仍然以阶级斗争为主要矛盾的思想有其一贯性，所以他总是一个接一个地搞运动。

　　在农村是打土豪、分田地，进城了，革命对象就是资产阶级了。

　　共和国还未诞生，阶级斗争的主题，已是既定方针了。

下面是 1962 年 8 月、9 月，毛泽东在北戴河中央工作会议和党的八届十中全会上的讲话中的一段文字：

社会主义社会是一个相当长的历史阶段。在社会主义这个历史阶段中，还存在着阶级、阶级矛盾和阶级斗争，存在着社会主义同资本主义两条道路的斗争。存在着资本主义复辟的危险性。要认识这种斗争的长期性和危险性。要提高警惕。要进行社会主义教育。要正确理解和处理阶级矛盾和阶级斗争问题，正确区别和处理敌我矛盾和人民内部矛盾。不然的话，我们这样的社会主义国家，就会走向反面，就会变质，就会出现复辟。我们从现在起，必须年年讲，月月讲，天天讲，使我们对这个问题，有比较清醒的认识，有一条马克思列宁主义的路线。

两相联系，对于"文化大革命"的来龙去脉，是否能够多少明白点了？

当"文化大革命"被加上引号，被称作"十年浩劫"时，人们还能记得那首叫"无产阶级文化大革命就是好"的歌吗？

无产阶级文化大革命（嘿）就是好
就是好哇就是好哇就是好
马列主义大普及
上层建筑红旗飘
革命大字报（嘿）
烈火遍地烧
……

"红太阳照亮了碱厂堡"

"工业学大庆"，"农业学大寨"，"全国学解放军"，已经不仅是"保留×日"的"大字块"，更多的是用白灰刷在墙上的大标语了。

本溪地区一个特色口号是："远学大寨，近学碱厂堡！"

碱厂堡是本溪县山城子公社的一个生产大队，在笔者平生第一个家的庙后山前的部队家属院西南侧，直线距离 1 公里左右，可谓鸡犬之声相闻。1969 年年底参军前,我在本溪县革委会报道组工作时,还曾像"特派记者"似的驻队3个多月,与部队和市革委会像我一样的人在那儿搞报道,宣传典型。

这是一个"用毛泽东思想改天换地育人"的学大寨典型。

碱厂堡是本溪县的贫困队,用当时的话讲,叫"花钱靠贷款,吃粮靠返销"。全大队178户人家,最多时一年吃返销粮5.5万公斤,欠信用社贷款1.5万余元。1967年粮食亩产由250公斤增加到600公斤,一举摘掉吃返销粮的帽子,粮食产量达19万公斤。之后的3年间不断飞跃,粮食产量分别达到29万公斤、40万公斤和50万公斤。

1968年《人民日报》一篇《红太阳照亮了碱厂堡》的文章,使辽东大山里的这座小山村名扬全国。先是省内各地代表来参观学习,后来是全国各地的,再后来外国人也来了。东南亚的,阿尔巴尼亚的,英国女作家韩素音的名字,今天国人也不陌生,也来采访。

碱厂堡的变迁,始于1966年年初的"四清工作队"进村,关键人物是工作队队长、驻县城某军军长刘德才将军。

乘车在辽东大山里钻行,难以比较各村的贫富程度,推门进去就一目了然了。准备上山打柴的男主人,身上棉衣十来个破洞,几个孩子就在屋子里瑟瑟发抖。年近半百的将军、本溪地区职务最高的共产党员,脱下大衣给孩子们披上,随行人员也赶紧脱下自己的大衣。

将军的心被刺痛了。放牛娃出身的将军,和农民有种天然的情愫。新中国成立17年了,他不能眼睁睁地看着农民还过这样的日子。他要带领农民向贫困宣战,并希望通过典型的力量,使这辽东大山里的人都能过上好日子。

工作队撤走后,刘德才带领部队干部来碱厂堡蹲点扶贫。市、县革委会成立后,也派人来蹲点。1969年秋,将军升任沈阳军区副司令员、旅大警备区司令员,临走前还来碱厂堡和社员一起收割水稻。

笔者手头有篇署名"碱厂堡大队革委会"的文章,题目也叫"红太阳照亮了碱厂堡",成文时间应在1968年9月之前。全文分四个部分,小标题依次为"'五七'指示光辉照亮了我们前进的道路"、"革命大批判是我们不断前进的动力"、"毛泽东思想哺育出一代新人"、"用解放军政治建军的经验建设社会主义新农村"。

还有"碱厂堡大队贫下中农的革命语言",类似于今天的"名言集锦":关于"活学活用毛主席著作"的,如"一天三顿饭,毛主席语录学三遍,不学不吃饭";关于"斗私批修"的,如"大节上的私字拼命斗,小节上的私字上纲上线斗,老私反复斗,新私及时斗,公开的私字面对面斗,隐蔽的私字揪出来斗";关于"阶级斗争"的，如"阶级斗争松一松，阶级敌人就要攻一攻；阶级斗争抓得紧，革命政权掌得稳"。

作为那个时代的记忆，无论本节本章的许多言语多么费解，早已被历史的风吹雨打去，碱厂堡富裕起来了。

沿着与碱厂堡擦肩而过的小草公路，逆汤河上行不到10公里，就进入了草河掌乡境内。

草河掌乡草河掌村，是1946年6月本溪地区最早的土改试点之一。正是国共拉锯时期，这天下到底会是谁的呀？人们心里没底，就有了假土改。一些地主、富农的土地、牲畜分给农民了，后者只是担个虚名，两下里有约定，既应付了共产党，国民党来了也不跟穷人算账。为了粉碎敌人的阴谋，巩固胜利成果，土改干部扮成国民党，夜深人静时去地主家钓鱼。有的地主信以为真，咬牙切齿大骂共产党，说等你们回来站住脚了，把这些穷棒子千刀万剐也不解恨。钓出5个地主，还有个通风报信的狗腿子，开罢斗争大会，乱棒打死。

"大跃进"中去省里参加"共产主义设想学习班"的冯兴昌，目睹了当时的情景。

穷人分得土地，缺乏劳动力，没有牲畜，还是个难。政府号召成立互助组，自愿组合。冯兴昌和三舅、四舅是一个互助组。两个舅舅都是中农，是那种"养牛为耕田，养猪为过年，种地小而全"的人家，那个年代算得小康了。有道是"外甥是狗，吃了就走"，舅舅、舅妈对他像对自己的孩子，东西没少吃，也经常帮他家。那年他才13岁，可他家是贫农，按照阶级路线，就只能由他当组长。开会他去，回来告诉两个舅舅；农活怎么干，还是舅舅说了算。都是至近亲戚，过去没有互助组也一样互助，大家实心实意，舍得出力气，当年粮食大丰收。

冯兴昌老人说，凡是自愿的事就好办，由互助组过渡到初级社，我觉得也没问题。如果还像旧社会那样单干，就会形成两极分化，出现新的地主、富农和贫下中农，还能再来次土改？兴修农田水利工程，不依靠集体的力量，一家一户能行？"走共同富裕的道路"，这话什么时候也不错。可有高山就有平地，想一下就都富裕起来，平均主义一般高，可能吗？从初级社到高级社、人民公社，缺乏物质基础，穷过渡，三级跳，一刀切，几年工夫就把大家拢到一起。旧社会有的大家庭十几、二三十口人，骨血连着，这支那支，你的我的，还闹意见，过不下去分家了。这回成千上万人一口锅里搅马勺，能没有问题？一个最简单的事实，生产队的大片土地打不了多少粮食，社员家那点自留地都是高产田，一亩能顶两亩，说明了什么？

大锅饭挫伤了人的积极性，出工不出力已成普遍现象。碱厂堡也不能例外。

调动积极性的方式,除了运动,形成高压态势,刺激一下,"高潮"一阵子,还有"破私立公"、"斗私批修"。碱厂堡的关于"大节上的私"、"小节上的私"、"老私"、"新私"、"公开的私"、"隐蔽的私",那些变换花样地斗来斗去,无论有没有、有多少真正出自农民之口,不过利用典型之口说出来而已,就像今天同样的一句话,从名人口中说出来就成了名言一样。"挖'私'根","狠斗'私'字一闪念","在灵魂深处爆发革命","割资本主义尾巴","宁要社会主义的草,不要资本主义的苗"……从那个年代过来的人,有几个没说过这些话呢?把"私"字破除了、斗垮了,使其无所遁形,那人不就都在大锅饭里"一心为公"了吗?

而当这种"破"、"斗"不复存在,那种人的原本的欲望、欲火,就一下子喷涌、奔泻出来了。

"人人在学习之中,人人在批判之中,人人在组织之中……"我记得碱厂堡学大寨的经验中,有六个"之中",如今忘掉一半。前两个"之中"不难理解,这"人人在组织之中",说的是根据年龄、性别,成立了"红孩子队"、"钢姑娘队"、"猛虎队"、"三八妇女突击队"、"红到底队",全村没有散兵游勇,人人都有自己的组织、队伍。

红色政权的人要"小葱拌豆腐一清二白",肚脐眼有疤的送去"五七战校",深挖猛揭批斗成"新人"。再把千百年来散落乡野,占人口80%左右的农民组织起来,把"私"根挖掉,是不是就创造出一个红彤彤的新世界了?

几十年后,回头去看,难以理喻中,就有种感觉,有人是不是太理想主义了,总惦记着在有生之年进入共产主义,或者说是一个纯而又纯的世界、世外桃源?

有传闻,农忙时,部队几个连队去碱厂堡助民劳动。我在碱厂堡采访、调查3个多月,参军后还去写过稿子,没见过,也未听过。可全县百余生产大队,像碱厂堡这样常年驻扎一个工作队,高潮时光写材料、搞报道的就五六个人,可能吗?

但是,碱厂堡人那手上的老茧,一个汗珠掉地摔八瓣和不断增产的粮食,是实实在在,不带任何虚妄的。

即便是在"大跃进"和"文化大革命"期间,本溪人不也为共和国奉献出那么多金牌、第一、首创吗?

从"反右"后开始闭嘴

79 岁的刘庆芝，中上个头，文雅、沉静，笑得温暖、慈祥。

他是黑龙江省穆棱县人，日本投降后八路军闯关东到那里时，他是县城中心学校的学生，还不到 14 岁。八路军走到哪儿都宣传群众，组织学生扭秧歌、演话剧，刘庆芝投身其中，突然感到一种由衷的愉悦和激情。部队领导发现他的天赋，问他愿不愿意参军，那还能不愿意吗？辽沈战役后，为了培养、深造，部队让他报考鲁迅艺术学校，毕业后分配到本溪市文工团。1957 年从群众艺术馆调到文联，不久"反右"运动开始，被打成"右派"。

运动已经要结束了，领导找他谈话，说组织决定你是"右派"。他吓了一跳，说我怎么能是"右派"呀？领导说你"反苏"。"反苏"就是反对苏联，这可是个了不得的罪名。具体到本溪的"反苏"，多是对苏军拆走煤铁公司的机器设备直抒胸臆了。而刘庆芝认为，如何看待这件事，不能离开当时的背景。国民党就要来了，谁也想不到东北会那么快就解放了，都是共产党，落到"老大哥"手里，总比落到国民党手里炼钢炼铁、造枪造炮打共产党强。

"文化大革命"后落实政策，文联派人调查、核实一圈后，哭笑不得：刘庆芝是百分之百的"左派"，怎么成了"右派"呀？

刘庆芝老人认为，他被打成"右派"，有两个原因。

组织上调他去京剧团任党支部书记，这是提拔了，他没去。他就喜欢音乐，不愿做党务工作，还因为京剧团的那个环境。京剧团的几任领导都犯了男女关系的错误，有的还是抗战干部，用当年的话讲像个染缸。他一个年轻人，万一名声弄坏了，还怎么谈恋爱结婚哪？这时他已经有了女朋友，是鲁艺的同学，还是他介绍入团的，两人情投意合。市工会的一位领导突然找他谈话，说组织上决定把他的女朋友介绍给一位抗战的老同志，不让他再和她接触了。他蒙了，思虑再三，要求和女朋友见上最后一面。领导说最后一面，就此了结，一刀两断。他问女朋友怎么想的，她说父亲反对，母亲同意。他说我问你什么意见，她只是呜呜哭。

老人说，那时讲"党是母亲"、"把青春献给党"、"党叫干啥就干啥"，我把对象都让出去了，这辈子就去京剧团当书记没服从组织决定。有人认为我不识抬举，又担心我和对象藕断丝连，影响不好，把我打成"右派"，成了"阶级敌人"，这下子不就彻底断了念想吗？

讲到这里，老人有些哽咽。

几十年后再见，领导还叫他"小刘"，连说对不住啊，对不住你啊。

文联一个刚从部队转业的肖哲，说：刘庆芝19岁入党，父亲是村支书，两个哥哥都是党员、军官，这样的人怎么能反党？

为"右派"鸣冤叫屈，肖哲也成了"右派"。

赵捷老人说，本钢计划处有个朱仲萱，上海人，二十多岁，青春靓丽。她的一封信被人拆看了，当然不是随便什么人都能拆看的。她挺生气，说宪法保护通信自由，这是违法行为，侵犯人权。说完了，当时痛快了，后来成了"右派"。

朱镕基的哥哥在第二人民医院当医生，也是"右派"。

当个"右派"挺容易。

刘庆芝被定为"右派"前，文联已有6个"右派"，已近人数的三分之一。据说，当时定"右派"是有指标的，文联还差一个，拿他凑数。没想到还跳出个肖哲，超额完成了任务。

《本溪日报》抓4个"右派"，"文化生活组"（副刊）组长林溪岩也是后补的。1958年春节后上班了，被领导找去谈话，宣布决定，开门大凶。开除党籍，由行政十八级降至二十五级，工资由87元5角减至37元5角。刘庆芝是行政降两级，工资从62元降至48元5角。

"右派"都去基层劳动改造。刘庆芝去本溪县下松木堡子，林溪岩到郊区高台子，开头和下放干部集体吃住，后来住到老乡家。

林溪岩老人说，成了"右派"，心情沉重，抬不起头，但是开头政治压力也不算太大。领导谈话，宣布决定，还称"林溪岩同志"，明摆着的还是人民内部矛盾。到农村劳动，干部社员也没把我这个"右派"当另类，"老林"、"小林"叫得挺热乎。当时人们还不大明白"右派"是个什么货色，掂不出它的斤两。我呢？就寻思好好改造，争取一两年后重新入党。秋天大队广播喇叭通知召开社员大会，突然宣布"地（主）富（农）反（革命）坏（分子）右（派）"不准参加，我心里咯噔一下，怎么把我和这些人拴一块去了，连"社员"也不是了？后来"阶级斗争"风声越来越紧，"地富反坏右"统称"五类分子"，我知道这下子完了，明白无误就是"阶级敌人"了。

提起本溪的"反右"，许多老人念念不忘市委常委、宣传部长石光，一位从延安来的老革命。各单位报上来的"右派"，他说这个是"认识问题"，那个"本质是好的，一时说了错话"，保护下来好多人，不然本溪的"右派"会更多。

本溪"右派"784人，全国 30 多万，这些"右派"大多为知识分子。

1957 年 4 月，中共中央发出《关于整风运动的指示》，决定在全党进行一次反对官僚主义、宗派主义、主观主义的整风运动，发动群众大鸣大放大辩论，开展批评与自我批评，帮助党整风。6 月 8 日，形势突变，中共中央发出《关于组织力量反击右派分子进攻的指示》，《人民日报》发表社论《这是为什么》，大规模的"反右"斗争在全国展开。

"知无不言，言无不尽"，"言者无罪，闻者足戒"。这是 1944 年毛泽东提出的两条原则。而在那样一个新中国朝气蓬勃的时期，人民心情舒畅，又是响应党的号召，帮助党整风，使党的肌体更加壮健，自然是党员、也是每个爱国人士的责任和义务。

据说，本溪的 784 名"右派"中，最终没有平反的是一个零头，4 人。

整风变"反右"，一个立竿见影的效果，就是人们不敢说话了。

满清华当时刚调到市建筑工程公司任副经理，公司两千多人定了 4 个"右派"，都是干部。一个写篇小说《带血的裙子》，讲一个姑娘不想嫁给老干部。一个说苏联红军抢咱们本钢设备，还强奸妇女。另两个性格活泼，爱开玩笑，也讲点怪话。

老人说，开头说得对的错的，大家都掏心窝子，没忌讳。一看这架势，谁还敢说话呀？我跑去工地干活，躲得远远的。有的工人不知深浅，说"大鸣大放，傻子上当"。我说"胡说八道"，瞪他一眼，他做个鬼脸。1957 年"反右"是个临界点。"病从口入，祸从口出"，或者留半句，或者不吱声，再不敢像过去那样张口就来了。

1958 年 6 月，正是"卫星"满天飞的时候，中央号召开展"向党交红心"运动，北京等地高校知识分子打消顾虑，讲了如何同情"右派分子"的错误言论。中央及时抓住这一典型，著名的"不打棍子，不戴帽子，不抓辫子"的"三不"方针，就是这时提出来的。

本溪市委提出"交黑心，炼红心"，谁交得越多越黑，就是和"右派"界限划得最清楚，对党最忠诚。市一中一位教师，两天交了七百多条"黑心"，像什么他认为解放战争是"自相残杀"，国共斗争是"胜者王侯败者贼"，抓"右派"是"欲加之罪，何患无辞"等，让许多人听得心尖直冒凉气儿。

这回真的实行了"三不"方针，人们顿觉松了口气儿。

可接下来的那些运动呢？

1959 年庐山会议后，人们都躲着彭德怀，没人愿意和他同机回京。

1968 年 10 月八届十二中全会，在通过《关于叛徒、内奸、工贼刘少奇罪行的审查报告》，举手表决"永远开除"刘少奇的党籍时，与会的中央委员、候补委员和各省市自治区负责人、军队代表、红卫兵领袖，总计 132 人，只有被毛泽东称为"白区的红心女战士、无产阶级的贤妻良母"的陈少敏，假作生病，用手捂胸，没有举手。

张志新就被割了喉管。

以往亲情不再——"幸福楼"二

1966 年 5 月 25 日，北京大学聂元梓等人写的《宋硕、陆平、彭珮云在文化大革命中究竟干些什么》，被毛泽东称作"全国第一张马列主义的大字报"。

《本溪市志》载：6 月（无日），"市政府交际处一名工人在聂元梓的大字报的影响下，贴出全市第一张矛头指向市委领导的大字报"。

先是市委、市人委领导，接下来就轮到部局区县领导了。

大字报、大字块也贴到了"幸福楼"，上面指名道姓地列数楼中谁谁谁的罪行，大字块的姓名上还要画个大大的"×"。来贴这些东西的大人造反派和红卫兵小将，有时还要宣讲一番，再喊些"炮轰"、"打倒"、"万岁"的口号。

忽然有一天，一群人来了直奔某个楼口，惊叫声、喝斥声和翻箱倒柜声。喧闹一阵子，有人就从楼上被揪了下来，脖子上挂个大牌子带走了。之后，同样的一幕不断在"幸福楼"上演，有时还是连续剧。"走资派"、"三反分子"、"反革命修正主义分子"、"叛徒"、"特务"、"阶级异己分子"、"×××的黑干将"，等等，一座"幸福楼"几乎集了那个年代所有的"革命对象"。有时睡梦中也会惊醒，仔细听一阵子，就知道谁家又遭殃了。

开头，造反派揪人时薅领子、按脑袋，"幸福楼"的人就念毛主席语录"要文斗，不要武斗"，造反派就喊"造反有理"、"革命不是请客吃饭"，双方打语录仗。造反派走了，再去落难人家劝慰一番，帮助收拾抄家后凌乱的房间。后来被揪斗的越来越多，靠前的人就少了。待到有人举报谁谁谁抗拒"文化大革命"，同情、保护"走资派"什么的，谁还敢靠前哪？

许多人先是疑惑，继而蒙了：一栋楼住了这么多年，瞅着都挺好的，怎么都成了"牛鬼蛇神"哪？这"幸福楼"不成了"牛鬼蛇神窝"吗？可"文化大革命"

是毛主席亲自发动和领导的，毛主席还能错吗？真是知人知面不知心，这"文化大革命"不搞不得了哇。

住在一楼口的市体委主任庞庆振，原是国民党团长，火线上率团起义，这回成了"国民党残渣余孽"。妻子是一中教师，除了天然的"反动军官太太"，还是"反动学术权威"，被剃了阴阳头。有当年同住"幸福楼"的她的学生说，朱老师讲课没比的，人品、风度、气质在本溪属一流，怎么能受得了这种侮辱、刺激呀？好说歹劝，晚上没多少人时回家了，还得按时上班吧？冬天好办，大热的天怎么办？最盼下雨了，可以把雨伞像帽檐那样压得低低的。

"建设民主自由幸福的新本溪"——还有人记得当年欢庆东北及本溪解放大会时，那贴在彩门上的巨幅横标吗？

市中医院院长被游街时，从卡车上头朝下栽下来自杀了。妻子闻讯，在卫生间里上吊了。

三年困难时期，二楼口一位公安局副局长的手枪没放好，被孩子拿在手里摆弄。小男孩喜欢这东西。母亲见了，上去抢，枪响了。这是"文化大革命"前，"幸福楼"唯一一次死人。全楼震惊，都去帮着忙活，失去母亲的孩子更是受到百般关爱。

当时，闹哄哄、乱糟糟的煤铁之城，叫不叫"幸福楼"的楼里，无论发生了什么事情，只要与政治沾边，就唯恐避之不及了。

这时距防盗门时代还有二十多年，人们的心灵之门已三点锁紧了。造反派来了，或是谁家两口子吵架了，大人用暴力教训孩子了，楼上楼下，乃至对门，听得真真切切，像没听着似的。单位、社会的派性也带回"幸福楼"，同一派的人有唠的，观点对立的在楼下楼道碰面了，谁也没看着谁算是好的，一言不合就可能公鸡斗架似的辩论起来。哪派也不是的人，今天跟这个人说句话，明天见了那个人，就可能被狠狠地瞪上一眼。

揪斗、抄家的闹剧后，是扫地出门。不断有人搬家，汽车停在"幸福楼"前，装上家具，一家老少去农村"走'五七道路'"。有时车走车来，这回是往楼上搬家具，新人换旧人。家家门户紧闭，还要叮嘱孩子不要随便跟这家人搭话，和小朋友玩耍也要注意。

如今城市楼厦林立，人们感叹楼上楼下邻居几年，有的走到对面不相识。这种人际关系始于何时，是否就是城市化的必然，怕是需要学者专家好好调研论证一番。而"幸福楼"的老人不必如此烦琐，他们说就是"文化大革命"折腾的，就是从那时开始的。

"远亲不如近邻"——有这话，还有这情吗？

二楼口住着某局的一位局长和副局长，两人都是抗战干部，两家共用一堆煤，"文化大革命"中闹掰了。副局长被打倒了，局长暂时还站着。"幸福楼"五个楼口上方，都挂着毛主席像，"牛鬼蛇神"每天要挂着牌子定时站在那里，"向毛主席请罪"，有人监视。大冷的天站久了，副局长对局长说，老×呀，行了吧？局长道，你问问革命群众答应不答应。哪来的"革命群众"呀？就是一帮围观的小孩子，大人谁会这样不识趣？

有两位曾经围观的"50"后，给我讲了这个故事。

大人之间的矛盾、冲突，自然会反映到孩子身上。

多么要好的朋友，在一起玩耍也难免碗碰碟子、碟子碰碗，争吵几句，和好如初。现在不行了，几句来回就是"你爸是'走资派'，你是'走资派的狗崽子'"。这是最有力量的撒手锏了，对手通常会掩面而泣，或者哇的一声扭头就跑回家去。如今的孩子有做不完的作业，有点工夫，屁股又"焊"在电脑前的椅子上了。那时作业少，要想玩耍，释放儿童的天性，除了融入孩子群中，几乎没有别的途径。怯生生走出家门，再被来句"狗崽子"什么的，如此往复几次，就只有在家软禁自己了。再活泼好动的孩子，也不能不变个人了。

而当骂人"狗崽子"的也沦为"狗崽子"后，也少有不小老鼠似的躲在家里了。

有人说是1967年春，人们看到中间楼口一个"三反分子"的"狗崽子"下楼了，身边贴身保镖似的跟着个表哥。二十多岁，虎背熊腰，据说还会武术，从山东老家来的，与比他小十多岁的表弟寸步不离。从此，这个孩子敢于正视人们的目光了，也没人骂他"狗崽子"了。

大事记

●1966年

5月18日，《中国共产党中央委员会通知》(《五一六通知》) 下发后，市委决定成立"文化大革命"领导小组，第一书记刘曾浩任组长。

8月18日，毛泽东在天安门接见红卫兵后，本溪的红卫兵开始串联，揪斗"走资派"，各级党政组织陷于半瘫痪状态，学校停课，一些厂矿停产。

● 1967 年

1 月 3 日，在群众组织压力下，市委被迫决定撤销副市长孙吉平和市中级人民法院院长陈英的党内外职务，24 日、30 日又撤销市长章云龙和市委监委书记浦涛的职务，之后大批领导干部被错误地撤职和开除党籍。

2 月，在上海掀起全面夺权的"一月风暴"影响下，本溪群众组织开始层层夺权，市委、市人委遂告瘫痪。不久，全市形成"本联"（本溪市无产阶级革命派大联合委员会）和"八三一"（毛泽东思想八三一革命造反总司令部）两大派群众组织，派性斗争愈演愈烈。

3 月 26 日，根据中央《关于人民解放军坚决支持左派群众的决定》，本溪驻军、本溪军分区成立"三支两军"（支左、支工、支农、军训、军管）办公室，派出解放军毛泽东思想宣传队进驻机关、学校和文化、卫生等部门。

8 月 12 日，本钢一钢厂两派群众组织武斗，130 余人受伤，全厂停产 52 天。

20 日，"本联"与"八三一"武斗，后者当场死亡 13 人。

● 1968 年

6 月 15 日，本溪市革命委员会成立。

16 日，市革委会举行首次全体委员会议，研讨深入、持久开展"革命大批判"、"清理阶级队伍"、"对敌斗争"和加强革委会建设问题。在随后的大规模"清理阶级队伍"运动中，致死 1704 人，致残 1140 人。

11 月 12 日，市革委会召开群众大会，批判刘少奇的"叛党罪行"。

● 1969 年

12 月 19 日，全市大批干部实行"五带"（带工资、带户口、带粮食关系、带家属、带组织关系），下放农村接受"再教育"。

● 1970 年

3 月 14 日，市东方红水泥厂试制成功具有世界先进水平的特种钢筋防腐水泥。

5 月 6 日，为实现本钢"三二二"（年产生铁 300 万吨、普钢 200 万吨、特钢 20 万吨）改造规划，市革委会决定成立彻底改造本钢会战指挥部。

12 月 27 日，中共本溪市第四次代表大会召开，选举胡金波为书记，阙启普、史宁夫、耿青为副书记，从此党政实行"一元化"领导，市委、市革委会合署办公。

● 1971 年

4 月 21 日，本溪煤矿抗大中学（今十五中）组织学生到农场劳动，放火烧荒引起火灾，烧死扑救火灾的学生 10 人，烧伤师生 6 人。

11 月 2 日，全国冶金矿山工作经验交流现场会，在本钢南芬露天矿召开。

●1972 年

1 月 9 日，本钢二铁厂新建 5 号高炉投产，设计炉容 200 立方米，年产生铁 150 万吨，为当时全国三座最大高炉之一。

11 月 5 日，三架岭隧道工程动工，由本溪驻军施工，两年后竣工，全长 790 米，为当时辽东最长的公路隧道。

●1973 年

11 月 2 日，本溪市首次环境保护工作会议召开。

●1974 年

1 月 30 日，市委召开"批林批孔"动员大会，设分会场 21 个，2 万余人参加。

11 月，本钢新建的二钢厂生产出第一炉钢水。

●1975 年

7 月 25 日，胡金波主持召开市革委会会议，宣布对章云龙、王玉波予以解放，恢复党的组织生活。

8 月 11 日，本钢热轧厂安装使用国内自行设计制造的第一套 1150 毫米万能板坯初轧机试车成功，冶金部发来贺电。

同月，"文化大革命"期间结合到市革委会和各级领导班子中的军代表全部撤出。

●1976 年

2 月 25 日，市委召开县团级以上党员干部会议，号召把"反击右倾翻案风"的斗争进行到底。

5 月，围绕"天安门事件"，市公安局在全市开展"追查政治谣言，打击反革命"活动，许多人受到审查和迫害。

9 月 9 日，毛泽东主席逝世，市直各单位设置毛主席灵堂，全市人民分别到各灵堂敬献花圈，沉痛哀悼。18 日，20 万人在市政府广场举行追悼大会。

●1977 年

3 月，全市掀起揭批江青反革命集团罪行斗争高潮。

4 月 23 日，桓仁县森林管理所 13 名职工和 95 名下乡知识青年，乘船渡浑江水库去植树，因风大，超载失事，93 人溺亡。

是年，本溪县农科所培育的"本育八"玉米新品种，获省重大科技成果奖。

（七）

命运
——『山魂水魄本溪人』三

MINGYUN

我的偶像

张立砚是 1960 年考上大学的，某师范学院数学系。

年轻的读者，千万别把那时的大学生与今天的混为一谈。一是那时的大学生，绝对属稀缺人类。像笔者就读的本溪县一中，有全县 8 所中学中唯一的高中部两个班百八十人，每年考上大学的一半左右。二是前面说了，如今"千军万马过独木桥"，大学生就业难，竞相报考公务员，而计划经济年代大学生毕业，板上钉钉就是国家干部。

蒸汽机车拖拽着的车厢里，充斥着汗气和劣质烟味儿。一是三年困难时期，许多旅客一眼就能认出是"盲流"，是为了填饱肚子闯关东的。如果人的身份、地位可以置换，车厢里包括那个年代堪称衣冠楚楚的与张立砚年纪差不多的，都会替他去那大学的殿堂读书。可这个 19 岁的年轻人，却心甘情愿把自己下放到这"盲流"的队列中，义无反顾扑奔辽东大山里的煤铁之城，去寻他的文学梦。

已经退休十年的张立砚老师，说决定了他这辈子人生的一次命运转弯，是叔叔回辽南老家盖州城的一次探亲，而且他又惴惴地平生第一次道出了他的作家梦。叔叔说巧了，我们厂有个全国有名的大作家舒群，去跟他学不就行了吗？

我这个侄子想当作家，你能不能教教他？时任本溪合金厂党委书记的叔叔张四维，也就跟舒群说了这么一句。

中国作家协会原秘书长舒群，上世纪 30 年代的成名作《没有祖国的孩子》风靡一时。新中国成立后创作的长篇小说《这一代人》，与《创业史》《青春之歌》《林海雪原》等，被团中央推荐为八大长篇佳作。1958 年，因所谓"反党集团"问题，下放到本溪合金厂任副厂长。

开头有点像今天的家教，只是与金钱没有任何关系。每天 8 小时劳动，四车间工人张立砚，有时下班饭也不吃，就奔去舒群家。舒群落难，煤铁之城却是偏得，天上掉下来个大作家，仰慕求教的自然少不了。那个时代的青年人，如果不喜欢文学，好像就没年轻过。不过历史已经证明了，像笔者学生时代就崇拜的作家张立砚这样虔诚、痴迷的，真的不多。

没有拜师仪式，绝少正儿八经地授课，主要是面对面地交流，有时甚至不需要语言。考上大学不念了的熊岳高中学生，几乎把那座县城能拿到手的古今中外名著都看过了，并紧盯当代文坛各种体裁的文学佳作。而更令老师击节的，是他的聪慧和那种文学感觉、悟性。

老师激动、兴奋了：孺子可教也！

1935年在上海参加左翼作家联盟的老作家，也是太压抑、郁闷，怀才不遇，缺乏知音了。

先是市级报刊，接着是省级，然后是国家级的，署名"张立砚"的小说、散文一发而不可收。1965年作为辽宁代表，出席全国青年文学作者代表大会，受到党和国家领导人接见。

一颗文学新星，从辽东大山里冉冉升起。

1966年年初，从合金厂四车间直接调任市文联专业作家。

半年后，命运就开始在政治运动中挣扎、浮沉，身不由己地翻着跟头。

> 1966年7月13日，市委召开三届十次（扩大）会议，传达中共中央、东北局、辽宁省委关于"文化大革命"的指示精神，对照检查本溪市"文化大革命"进展情况，确定"五界"（即学术界、教育界、文艺界、新闻界、出版界）和市级党政机关为"文化大革命"的重点。会议对如何深入开展运动作出了部署，并印发了所谓《舒群反党反社会主义事实概要》。

以上摘自《本溪市志》。

张立砚则目睹了恩师被宣布开除党籍时的情景。

是在叔叔的家里，来自北京中宣部的决定，这时距"文化大革命"还有段时间。无论舒群为合金厂的发展做出了怎样特殊的贡献，在人们的心目中，这位副厂长的本质角色就是个文人、作家，还是个平易近人、脾气不大好、让人感觉有点喜怒无常的"老小孩"。与作家同样令人仰视的，是1932年参加革命并入党的老党员、老革命，在这座煤铁之城仅次于市委第一书记和本钢第一经理的行政九级干部。人说"酒后吐真言"，这位嗜酒如命的恩师，无论怎样喝得烂醉，口无遮拦，酒气冲天中都嗅不到丝毫反党反社会主义的味道。叔叔张四维更是深知其人。而开除党籍，这不就是"政治斩首"吗？上级有关部门已经催促几次了，这位党委书记"监斩官"拖不下去了。这天晚上，备了好酒，倾其所能，做了几样舒群最喜欢吃的菜，为这位老布尔什维克的政治生命送行。

舒群、苏新军、张四维，经常在彼此家里吃饭。像张立砚一样，不知道这顿饭的主题的舒群，听到"开除党籍"四个字，端着酒杯的手一下子僵住了，两眼直呆呆地盯着党委书记的老朋友，好长时间才蓦地一声爆发了。

半个世纪后，已经退休十年的张立砚老师说，那时在二十多岁的学生眼里，年届半百的恩师已是老人了，他这辈子都再未见到一个老人会那样号啕大哭、恸哭失声。

一家人陪着流泪。舒群的家在北地，公交车直通到合金厂门口，张立砚送他回家。舒群已经恢复平静，说："咱们走，坐车不自由。"

直到今天，这句话还不时在张立砚耳边响起。

对张立砚的人生影响很大的另一个人，是他从未谋面的姨父，而且完全是负面的。姨父与单位一个人不和，学这个人的字体在电线杆上写了"国民党快回来吧"，落款当然也是这个人的姓名。正所谓"搬起石头砸了自己的脚"，公安局一查笔迹，判刑十四年。由于他如实在毕业前写的简历表上填写了这一事实，高考升学自然受到影响，不然也不会稀里糊涂被师范学院数学系录取。好在张家党员很多，综合一下，政治上还属堪用。

应该说，舒群从一开始就不是被群众运动打倒的，却不能不在群众运动中被折腾、蹂躏。而他的学生则在那个疯狂的年代里，继续不顾一切地狂热地追求那个文学梦。

"本联"机关报《曙光报》，印刷厂工人排字时，把"敬祝毛主席万寿无疆"的"万"字，弄成了"无"字。这还了得！办报的主要是原市委宣传部的一帮笔杆子，出了这等严重的政治问题，自然不行了，就由文联、文化局和本钢的几个笔杆子组织个写作班子。当时全国的写作班子多如牛毛，像北京最著名的是代表中央"文革"小组说话的"梁效"（清华大学和北京大学"两校"的谐音），上海是"石一歌"，本溪叫"宫守辰"。张立砚是本溪大名鼎鼎的作家、笔杆子，一些人就把他与"宫守辰"画了等号，而"宫守辰"的许多重要文章也确实出自他的笔下。"本联"号称"百万大军"，高音喇叭的喧嚣覆盖煤铁之城，走在路上，经常听到"下面播送宫守辰的一篇评论……"谁人不知"宫守辰"哪？别说这种群众组织的小报、广播了，就是后来正式刊登在党报上的文章，署的也是报道组的名字，也没有稿费，无名又无利，可他觉得周围投送来的都是敬佩的目光，幸福指数高极了。

1969年调到市革委会报道组，一位市革委会的领导、原市委的老干部来到报道组，特意提到"宫守辰"，说你们都是本溪有名的笔杆子，认不认识"宫守辰"哪？就有人瞅着张立砚，他假装没瞅见，也不吱声。

若干年后有人埋怨他：你写了那么多保他的文章，人家记着呢。你就点个头，不用去找他，同样的条件，提职分房不也首先会想到你吗？

他一门心思奔的是怎样在《人民日报》《辽宁日报》上几个头题，脑子里哪有这根弦哪?

那时大小叫个单位,几乎都有个报道组,下去采访,所到之处都有人围住他。"张老师,'批林批孔'有什么新精神哪?""张老师,你看我这篇稿子能不能用啊?"发现苗子、人才,就像当年舒群对他那样竭力提携,有的还是他帮忙介绍入党的。时光如梭,有的还当了市级领导。依然"张老师"、"张老师"叫得亲热,有的就"立砚哪"拖上了长音,一篇小说中的某种人物立刻就从脑海中蹦了出来。

人情冷暖,世态炎凉,无论时代怎样风云变幻,他只管用一支笔在寻梦之旅中跋涉。

"横扫一切牛鬼蛇神"的"文化大革命",首先打倒的是"三家村"(邓拓、吴晗、廖沫沙),然后是"彭(真)罗(瑞卿)陆(定一)杨(尚昆)"。1965年出席全国青年文学作者代表大会,党和国家领导人接见,除全体合影外,还有张彭真、杨尚昆走到他那儿时记者抢拍的。有人找他谈话:听说你跟彭真、杨尚昆照相了?那意思明摆着的:你跟他们什么关系呀?他吓得汗毛倒竖,下班后赶紧把两个人从照片中剪了出去。之后打倒一个,他就剪掉一个,几张照片千疮百孔成剪纸了。

"文化大革命"结束后的"揭批查"(揭发、批判王洪文、张春桥、江青、姚文元"四人帮",清查与"四人帮"有关的人和事)有人又找到他,问他"宫守辰"的几篇文章怎么写的,×××的"六大罪状"哪来的。又一身冷汗,猛地想起家里的"收藏箱",里面都是传单、报纸,包括群众组织的小报,还有自己写的文章、大字报底稿,随时收集、留存的资料,原本是准备将来写小说用的。一夜未睡,一一翻看,一一寻到出处。这是他人生中最痛苦的低潮期,因为说清楚与说不清楚,都不是他个人的事。他最害怕的是像舒群那样不能写东西了,写出来也无处发表了。

20年后,因为孩子的婚姻,使他与当年对立派的一个重要的"笔杆子"成了远亲。这个人说他是"刘曾浩的黑秀才,杀人不见血的凶手",他也用同样的笔锋回敬他。山不转水转,自然是要见面的。落座前握手,饭桌上谈得热乎,却心照不宣,谁也不提这事。说什么呢?让晚辈听得云里雾里不说,就是这些当年笔仗打得不可开交的冤家对头回想起来,不也觉得比小孩子过家家拌嘴吵架还可笑、更难以思议吗?

神马都是浮云。

1969年夏秋之交,我正在碱厂堡奋笔直书,县报道组来电话,说市报道组来人了,要写一篇关于"一带二十九"(1个碱厂堡带出29个碱厂堡)的重头文章,要我赶紧回县城。

那时写文章讲究"吹路子",什么观点、思路最能"紧跟毛主席的伟大战略部署",就往那上头"吹"。"路子""吹"歪了,事实再硬,文笔再好,也是白费。市报道组来三个人,县报道组全员三个人,坐在县招待所的房间里喷云吐雾,把一扇开启的气窗"吹"成了烟囱。斜对面沙发里一个人,三十出头,中等个头,挺精神,戴副眼镜,说话有时有点结巴,还直眨巴眼睛,却是观点独到,思想犀利,也就比较引人注意。待到有人叫声"立砚",对他的"路子"发表意见时,我的心一阵急跳。待到第二声确定无疑了,怎么说呢?当时我正在谈恋爱,感觉比隔上半年几个月见到今天成了老伴的未婚妻还激动。

后面将会写到,这座故乡城市颇有几位我的偶像,当然都是作家,首先当然是舒群。可这种大师级作家,在我的心目中就像端坐云端的神仙,离我太远太远。我不知道张立砚原是辽南盖县人,以为和我一样是这方水土养育的,有种同根的可比性的亲近感,就成了拥抱作家梦的人生奔去的第一个目标。

在庙后山前与部队家属院一墙之隔的山城子公社中学,妻子的同事开玩笑,说你们家那位人到营房了,裤裆还在家里炕沿上。这事真的不能全怪我,那时的军装实在是太肥大了。只是退休已经5年了,见的作家不少了,最近一次见到这位偶像,身穿一套不知穿了多少年的西装,古稀之年仍不修边幅。一次举办笔会,作家们发现这位讲课的市文联秘书长圆口布鞋里的袜子颜色不一样,原来光着一只脚。更让人哭笑不得的是"张立砚找张立砚"。办公桌上电话响了,"请张立砚老师接电话"。推门出去喊了几声"张立砚电话",没人应,回来说"张立砚不在",继续埋头写作。

在本溪采访,谈他去欧洲旅游,一定要去德国,一定要去马克思的故乡特里尔城,寻觅、感觉一下这位影响人类、影响中国也影响了他大半辈子的伟人。我们自然会谈到早已作古的舒群,"文革"中这位大作家实际上是被抛出来的。谈到历次运动,为什么几乎总是首先拿知识分子,特别是文艺界的人开刀。谈到明知这是个风险很高的职业,为什么还会如此痴心不改。谈到人生苦短,人这一辈子倾其所能,能为社会创造多少精神、物质财富,吃饭、睡觉、应酬占去了多少时间,更不用说正值大好时光的"十年浩劫"了。谈到任何时代都有虔诚、执着的人,无论这种虔诚、执着怎样受到打击、嘲弄,都是社会发展的动因。而一个人能够从事自己倾心热爱着的事业,特别是在那种年代,这是人生最大的幸福、幸事了。

挣工分的县委书记

王连生，桓仁县沙尖子区（今沙尖子满族镇）下甸子村人，1928 年出生，读过两年书，11 岁失学放猪，14 岁随父务农、打短工，前面说过还挑"八股绳"。1947 年土改时任村农会组长，1948 年入党，1949 年任村公安委员、党支部委员。同年组织 8 户翻身农民成立互助组，精耕细作多施肥，粮食年年增产，1952 年玉米亩产 560 公斤，高出当地亩产 95%，被辽东省政府授予"爱国丰产模范"称号。1953 年带头响应党的号召，领导农民走社会主义道路，组织 15 户农民成立初级农业生产合作社向阳社，任社主任。同年赴京参加全国劳模国庆观礼团，受到毛泽东接见。

土生土长的农民王连生，深知在这八山一水一分田的辽东大山里，农民要想吃饱饭，再为国家多做贡献，就得向山要粮。1955 年，他采用"紫穗槐串带"的办法，即像梯田似的隔一段种上一垄紫穗槐，在 200 亩 25 度以上的山坡地种植玉米，既保持水土，紫穗槐根瘤菌又增肥了，每年割一茬还能编筐窝篓做笼子，一举数得。这年每亩增产 50～100 公斤，割条子编笼子 4500 个，仅此一项副业就收入 3500 元。

下甸子有条 5 公里长的河叫"漏河"，旱天缺水，雨大洪水泛滥。新中国成立后多次治理，收效不大，1960 年大洪水更是冲得房倒屋塌。1961 年后，下甸子大队党支部书记王连生，带领大队干部社员，用铁丝笼子装石头修起 65 座"铁笼坝"，终于治服河害。之后又向河滩要地，在河边栽植杨柳 550 亩，利用洪水淤泥造田。

民间藏龙卧虎，省农业特等劳动模范王连生，就是这种龙虎式能人。他领导社员推广优良品种，改革耕作技术，实行间种、混种、套种、复种，养猪养鱼养蚕，种植人参，嫁接果树，大队还办起加工厂、粉厂、小煤窑，兴建小水电站，下甸子大队成了全县有名的富裕队。

1965 年 6 月，《辽宁日报》头版刊登题为"下甸子再造山河"的长篇通讯，并配发社论《我省山区建设的又一面旗帜》。

1968 年 6 月，王连生作为农民先进模范代表，被结合为桓仁县革委会副主任，之后又任主任。1973 年 3 月被选为县委副书记，1974 年 6 月任县委书记。

从农民到桓仁县的一把手，王连生与桓仁县第一任县长章樾，显然是两种不同类型的人物。而从建县至今够编一个连的桓仁县主官，每个人都不能不带着特定年代的烙印——王连生的特色是经历了"文化大革命"。

1968 年 9 月，《人民日报》发表长文，介绍黑龙江柳河"五七干校"的经验，"五七干校"随之遍地开花。本溪也一样，"五七战校"改个字变成"五七干校"，下设 4 个分校，转过年去陆续开赴农村。孟昭淮所在的第一分校，来到本溪、桓仁两县交界荒无人烟的大山沟里安营扎寨，二、三连搞基建盖房子，一连开荒种地。6 月，土豆地里的白花像铺了层雪，一个电话把他和几个人召去市革委会政工组宣传组。

借调 5 个月，写"讲用稿"，又称"讲用材料"。

"全国山河一片红"后，各地兴起"活学活用毛主席著作讲用会"热潮。本溪市这一年开了九次"讲用会"，先是各县区和各行各业的，最后一次是全市规模的"活学活用毛主席著作积极分子代表大会"，简称"积代会"。公社、县（区）、市、省和厂矿企业及各行各业的代表，出席哪一级的"积代会"，就是哪一级的"学习毛主席著作积极分子"，像今天的省劳模、市劳模似的。只是前面写到的那些劳模，这时几乎都成了"黑市委树的黑典型"，"只管低头拉车，不会抬头看路"，成了"刘少奇线上的人"，刘树生还成了什么"大特务"。而"学毛著积极分子"是用毛泽东思想全面培育的新人，是不能有一点疤的。

从未写过"讲用稿"，照猫画虎学学吧。正好有篇桓仁县的稿子，说的是二户来公社一个大队两派群众组织势不两立，学习了毛主席"在工人阶级内部，没有根本的利害冲突"的最新指示，经过"斗私批修"，两派头头坐一块谈心，"一对崩"变成"一对红"。孟昭淮觉得这篇稿子写得挺有说服力。哪知不久去桓仁，稿子两位作者气不打一处来，说我们写的是两派关系"缓和"了，你们市里觉得不够劲，胡编乱造，硬给拔高，让我们替你们背黑锅。原来电台广播了这篇稿子，两派一听炸锅了，都来质问他们，说你们瞪着眼睛说瞎话，也不知道脸红啊？

在桓仁县二棚甸子公社巨户沟大队，孟昭淮又见识了另一种典型。一个挺年轻的大队书记，能说会道顺杆爬，要什么有什么，张口就来，说完了就像做完了，没影的事儿也能说出个花来。

不过，最难写的还是王连生的"讲用稿"。

不是王连生不配合，也不是这个典型是假的，而是这个人太实在了。

写"讲用稿"也得"吹路子"，一个明显贬义的"吹"字，已使孟昭淮反感、不快，那也得"吹"呀！这"讲用稿"与一般的总结、报告不同，个人典型就是讲自己的事，要求故事感人，情节生动，多讲心理活动。下甸子改造山河是实实在在的，王连生就是山区建设的一面旗帜，讲这些张口就来。这个人精明强干，语言表达能力也强，大实话中透着机智、幽默，讲半天让你不上厕所。对毛泽东和毛泽东思想，他感恩报恩，绝对忠诚。在工作中学习，两年文化底子也能达到小学毕业水平了，毛主席著作是真学真用，碰到困难也会想到毛主席的教导。但是，这"讲用"要什么事都往"学毛著"上挂，凡事都是"学毛著"的结果，而且"立竿见影"，怎么可能啊？他觉得毛主席要是知道了，也不会同意的。而孟昭淮和另一个写"讲用稿"的人，也觉得别扭，不是那么回事儿。

同样让人头痛闹心的是，这几个月间毛泽东的"最新指示"特别多。报纸上一发表"最新指示"了，就听见外面街上锣鼓喧天、标语口号。那时讲"高举"、"紧跟"，"宣传落实最新指示不过夜"。吃住都在原市政府第二招待所的三个人，就得点灯熬油忙活一阵子。王连生讲，孟昭淮和另一个人记，多讲几个事例，看哪个能对上点号，跟"最新指示"贴得近点，再"吹路子"。

结果剩两天就开会了，中央人民广播电台又发表了关于"打人民战争"的一条"最新指示"。赶紧挖材料、"吹路子"，写完一段，送审一段，提出意见，再行修改。已经开会了，还没抢出来，就让王连生最后一个"讲用"，最后几页还是请主持人递到台上去的。

王连生的"讲用稿"，先送到宣传组审查，再由政工组审一遍，最后由市革委会领导审定。从中央到地方的省市县公社，新生的红色政权下设机构都叫"组"，通常为四大组，即政工组、办事组、人保组、生产组。政工组下设组织组、宣传组，组织组又分组织组、人事组、档案组，宣传组则分为宣传组、报道组、材料组。办事组相当于今天的办公室，人保组是公检法一套，生产组抓工农业生产，都下设好多组。组在中国通常为最小的单位、机构，可中央领导小组，而且是"小组"，却成了堪称古今中外最有权力的机构，号令一切，再部局厅委办的，岂不有凌驾于中央"文革"小组之上之嫌吗？于是，从中央到地方全是组，组套组，一堆组，老外不明白，中国人也糊涂。笔者算是过来人，立此存照，免得后人考古。

王连生是收官之战的"积代会"重点人物，必须讲好，在省里也要出彩抢先的。他从沈阳开个什么会回来，被市革委会领导留下，在招待所硬憋了一个多月。

对这样一个20年来一直红下来的先进典型，以孟昭淮当时的身份、处境，是不能不多少有些戒备的。可他很快发现，这个人不但精明干练，悟性很高，而且实在、率真，依然保留着农民淳厚的本色。

开头王连生挺拗，去市革委会谈几次话，也拗不过了，说，我这团泥呀，管他锅台、炕上、天棚、房顶，你们就随便抹去吧。而与王连生同岁的孟昭淮，"文化大革命"前进步那么快，除了工作认真，还有能力，干什么都觉游刃有余。可这回是实在不行了，明知不是那么回事儿，还得硬往那上写，这叫人干的活吗？

见两个笔杆子焦头烂额的样子，王连生就讲几个笑话，让他们放松放松。一次还说如果我要当上领导，一定给你们这样点灯熬油抠材料的笔杆子发双份工资。

说王连生是个农民的重要标志，是当了县委书记还挣工分。

本章和前一章许多加引号或不加引号的字词句子，早已作古了，"工分"、"挣工分"也一样。而在那个年代，"挣工分"与"挣工资"，则把人分成没说高低贵贱，却是截然不同的两大类。前者是农民，叫"社员"，人民公社社员，后者是职工、干部，城市户口，吃商品粮。从阶级论，一个非常漂亮的地主富农的女儿，通常会嫁给一个很一般的贫下中农的儿子。按"挣工分"与"挣工资"说，前者少有不羡慕后者的，哪怕是嫁给个有缺陷的城里小伙儿。

著名的大寨大队党支部书记陈永贵，当了国务院副总理也挣工分。王连生不是个例，但也不是潮流。

王连生当了县委书记后，就有个"三不原则"，一不进城，二不变户，三不挣工资。有省市领导很关心他的家庭生活，说不一定非得如此。他说我本来就是个农民，我愿意和农民在一起，这样可以使我时刻不忘自己应该干什么，让农民也过上好日子。

任县委书记第一年，桓仁县粮食亩产由150多公斤增加到250多公斤，第二年创历史最高水平，亩产达400多公斤。

王连生和县委两位领导睡在一铺炕上，下乡和到市里开会坐长途大客车。县委两辆吉普车的职能，就是对上级检查工作迎来送往。那时下乡吃"派饭"，即在老乡家吃饭。要是让他知道对他搞特殊化了，大队、小队干部就要挨批了。而普通农民一年四季那饭桌上是些什么吃食，他是太了解了。

一年到头，两次请客吃饭。一是八一建军节，代表县委请驻军首长吃饭，菜不多，1瓶白酒，4瓶啤酒。二是春节，代表县委、县革委会，请劳模、功臣、烈士家属吃饭，标准与八一一样。

中央政治局委员、沈阳军区司令员李德生，来桓仁检查工作，汇报完了已是中午，人们都觉得这回得破例了，中央首长啊！王连生一点挽留的意思也没有，连句客气话都没有。

基因加家教，王家的人都很优秀。王连生的女儿被推荐参军。那个年代参军，几乎就是脱离农村的唯一途径了，何况还是女兵。王连生听说了，一句话给否决了。

女儿考上丹东农校，毕业了，父亲高兴了：农村最需要你这样的人了。弟弟中专毕业，回家等待分配工作，也被他"分配"农村了。

有在县委工作大半辈子的老人说，当年有新书记上任讲话，说我在桓仁工作多年，这会儿回来一看，山河依旧，这种局面再也不能继续下去了。新领导再来，再讲一番山河依旧，再表一番雄心壮志。可在那种年代，你就算有天大的本事，又能怎样？而王连生这个人，于公于私都没挑的，一样是真想把桓仁搞好啊。

写着集县委书记与县革委会主任于一身的王连生，常会让我想到老县长章樾。只读两年书的农民，离不开大老粗的行列，与出身书香门第、入选京师国子监的老县长，显然是不一样的，可他们带领桓仁人奔富的干劲和真心、真情呢？

1976年"四人帮"倒台，转过年去开始"揭批查"，王连生被查出两件事，一是毛远新给他两盒中华烟，二是传说江青送他一双袜子。

1975年，毛远新在辽宁抓了个"哈尔套大集"的典型，召集各市县负责人开现场会。毛远新见王连生总抽老旱烟，拿出两盒中华烟，说你抽这个试试吧。王连生连忙推辞，旁边一位首长接过来，给他揣进衣兜。

1976年，王连生随毛远新率领的辽宁省一个代表团访问罗马尼亚回到北京，江青来看毛远新，代表团其他成员也顺便被江青看了看。据说江青送给大家每人一双袜子，其中也包括王连生。

据此，有人提出"上抓'四人帮'，下批'王李张'（王连生和另外两位桓仁县领导人）"。

本章和前一章写到的许多事例，在没经历过"文化大革命"的人的眼里都是笑话。挣工分的县委书记不光是笑话，还会让人想到"作秀"两个字。而这不应算作笑话的一双袜子、两盒烟，却弄出了更大的笑话——用一些人话讲是"王连生被打倒了"。

1986年5月14日，王连生因肝病去世，年仅58岁。

临终前，王连生在县医院向当年的老搭档李鸿芳托付三件事。一是不开追悼会，二是送他回下甸子看看老父亲，三是火化时好好炼一炼，看看得的是什么病。李鸿芳泪流满面：为什么不开追悼会呀？毛主席说我们的队伍里不管死了谁，只要是做过一些有益的工作的，都要给他送葬，开追悼会，这要成为一个制度。

王连生吃力地道：开追悼会不是给组织添麻烦、出难题吗？你让组织怎么评价我这一辈子，给我做结论哪？

党的好儿子王连生！

那时也有万元户

　　桓仁县业主沟乡富尔江村一组村民赵大林，61岁，中等个头，穿件蓝灰色西服，花白头发染过了，缺颗门牙，瞅着比城里的同龄人苍老，那身板壮实得则让同龄的城里人羡慕嫉妒恨。一双大手结满老茧，皲裂好多口子。

　　赵大林祖籍山东登州府，同治年间高祖父闯关东，和三个曾祖父在安东鸭绿江码头上当装卸工。一天，一个大烟鬼模样的人让他们给他看船，说7天后算工钱，7天后如果没人接船拉货，船货就归他们了。世上还有这样给人看东西的吗？却硬是让这爷四个碰上了。7天过去了，一天天又数了7天，码头上人来人往，没人搭理他们。高祖父抽了半袋的烟锅子，在江边大青石上叭叭敲几下，站起身形：咱也对得起他了。

　　12只大船，满载盐、粮食、布匹，更多的是日用百货，连船带货都卖了。

　　从一开始就挺蹊跷，一辈辈至今也解不开这个谜。当年的四个装卸工，则觉得像是梦境，可那白花花的银子是实实在在的。一觉醒来，摸摸，还在，就有了一种随时可能被追杀的惊悸。

　　买几匹驮马，把几袋银子装上去，再弄些别的货物混杂、掩盖一下。一路北上，哪儿山高林密奔哪儿。因野猪出没而得名野猪沟，后来才改的业主沟，就矗起一座赵家大院。

　　如今城里乡下有钱人买（盖）别墅，当年讲究大院。一个村镇，高墙大院多少，见证这方天地的富裕度。进沟老远就能见到的赵家大院，占地两万多平方米，两丈高的院墙，底下是半人来高的青色大条石，然后是大青砖，顶上尺多厚的劈柴样子，再压上土，长出青苔后愈久愈结实。四角筑炮楼，养十几个炮手，十几杆老洋炮、大抬杆。赵大林小时候藏猫猫钻进去，里面上下两层，黑窟窿洞挺吓人。中间一道有月亮门的墙，把大院一分为二，各有五间正房和厢房。东院赵家人住，西院伙计住，有粉坊、油坊、烧锅，县城还有商号，每天大车出出进进。各地商号大车来拉货，赵家的大车去县城、走通化、下安东，走时拉自家产品，回来多是日用百货，秋天主要是拉粮食。赵家有上千亩土地、山林，自给不足，还得收购。

　　赵大林说，赵家的马车是"七个头的"，即七匹马拉着，先是花轱辘车，后是胶轮大车。头天晚上装好，第二天蒙蒙亮出发，有时半夜三更回来。刚下岭，几里外就听那"晃浪"（铃铛）响成一片，那是赵家最美妙的音乐了，也只有赵家才有这等气派。进院了，那马欢快地打着响鼻，卸车的、喂牲口的，院子里忙活得差不多了，屋子里热腾腾的饭菜就上桌了。

60多年后，笔者来到这里，赵家大院已经荡然无存，遗址上的房屋聚拢起一个村民组。

赵大林家的三间瓦房，坐落在赵家大院的西南角。进屋是厨房，东屋住人，西屋堆放着三千多公斤稻子，外面仓房里还有两千多公斤。牛圈里大小5头牛，1头老母猪领着几只猪崽，在积雪的院子里溜达。老伴去世6年，一个儿子在高速公路打工，他承包20亩水旱田，另有76亩果园。就经济状况而言，算个中等偏上人家。

而我来到这曾为野猪乐园的业主沟，目的明确，就是奔着"文化大革命"中的万元户赵大林来的。

赵大林的师傅——生产队果树技术员李富春，原是中央企业桓仁铅矿工人，三年困难时期饿得受不了，回乡开荒种地，吃了两年饱饭，把自己和一家人都弄成了挣工分的农民。他说，什么叫"一失足成千古恨"，看看我就知道了。土埋半截的人了，我这辈子就这熊样了，你才二十出头，得给自己好好掂量掂量啊。

社员都有自留地，民间叫"小份地"，种点菜，边角旮旯种点玉米。赵大林都种上李子树，一年能长一人来高，市价每棵8角。生产队也种，用马车拉出去卖。赵大林用手推车，拉到十多公里外的新宾县腰堡去卖。半夜出发，天亮回来，照常去果园上班——他是果园看护员。

从1974年开始，卖了两年，共卖9次，卖得11000多元。

第一笔到手4800元，那个年代至少可以建两个赵家大院。

打着生产队的旗号，人家跟他要介绍信，他说会计没在家，过些日子给你补上。他给生产队卖过树苗，跟买方挺熟。可生产队公家买卖，都是半天晌午才到，哪有鸡没叫就来的呀？就怀疑他是投机倒把，走资本主义道路。赵大林说，像我这种家庭出身，吃了熊心豹子胆也不敢走资本主义道路哇！

民间传说，一个小偷被人赃并获，大家都不相信他是小偷，因为没人能扛得动那个赃物，这个小偷也真的再也扛不动了。赵大林觉得自己就像那个小偷。小山样一车树苗，关键是那几道岭。要是今天的社会环境，他再减去40岁，还是那个棒小伙，想都别想。可那时也是想也没想，没觉得怎么的就上去了。

装车时轻拿轻放，出村时更是大气儿不敢出，要是撞上个人立马就完蛋了。

夜深人静，把窗帘拉得严严实实，拿出四个装钱的枕头，数钱。若是今天，百元票子个把分钟就数完一捆，那时最大面值10元，而那枕头里1元票子就30多捆，还有5角一捆的。一些钱也不知过多少手了，软塌塌、黏糊糊的，你就数去吧。梦中多少次突然闯进来一群人，他魂飞魄散，梦醒后大汗淋漓。

每次推车出去，他都命令自己："就这一次，就这一次了！"回来后再下决心："再也不干了！再也不去干了！"他知道长此以往，露馅只是早晚的事。

有金融专家从居民家庭人均收入、人均储蓄入手，选取1981年、1991年、2001年和2007年四个时间点，对"万元户"财富的变迁进行测算，结论是今天百万元的购买力，尚不及30年前的1万元。而从那个年代过来的人，都知道那时"市场繁荣，物价稳定"，后4个字倒是真不含糊的。可无论怎样"繁荣"、"稳定"，赵大林的1万元无论怎样远远超过今天的百万富翁，这钱于他又有何用呢？柴米油盐衣食住行，他不能表现出任何异样，连个与街坊邻居稍微不同的小物件也不敢买，那不是露富了吗？而有钱不能花，那不就是一堆纸吗？

可他管不了自己，他喜欢那种数"纸"的感觉。

这天早晨卖树苗回来，赵大林急忙扒拉几口饭，拿着镰刀刚走出院子，劈头看见"贫协"（贫下中农协会）主席：先别去果园了，跟俺走一趟。

秋收大忙已近尾声，山岭枫叶火红，柞树渐干发黄的叶子在风中抖索。山岭下一片割了大半的玉米地里，社员站着的，坐着的，抽烟的，闹闹哄哄的。

这是生产队组织的一次田头批判会。政治队长喊了几嗓子"开会了"，指着弯腰低头站在人前的赵大林，开始说明他的"错误罪行"，然后喊口号。有人光举拳头不吱声，有人那拳头和"打倒"都有气无力的，有人可着嗓子吼出一声，就引发一阵哄笑。

35年后，赵大林说，那时讲"批判资产阶级法权"，我至今也不明白什么叫"资产阶级法权"，可政治队长说我卖树苗"是资产阶级法权的典型表现"，我就往这上靠。我说我爹我爷爷搞"资产阶级法权"，残酷剥削贫下中农，我投机倒把卖树苗是"贼心不死"，妄想恢复失去的天堂。我是资产阶级的孝子贤孙，是咱生产队走资本主义道路的黑干将，破坏了生产队"抓革命，促生产"和"文化大革命"的大好形势。一句话，把能想到的帽子都往自己头上扣。最后表决心，一定要和"资产阶级法权"彻底决裂，在思想上灵魂上与地主阶级家庭彻底决裂，请革命的老少爷们儿看我的实际行动吧。

男男女女三十来人，干活家什一样不少，明摆着"抓"完"革命"还要"促生产"的。就是弄去大队，也是走个形式过场而已。可要是弄去公社呢？在那个"割资本主义尾巴"的年代，有人多养几只鸡也被割了"资本主义尾巴"，多少贫下中农忙活一年还欠队里的，你个"地主阶级的孝子贤孙"卖几次树苗就成了万元户，别说全公社、全县，就是全市、全省、全国还有第二个吗？他不知道是谁发现举报的，反正这事被捅到上边去，那可真的是"罪该万死"了。

结果，就是赵大林自留地里剩的树苗，被生产队来人拔走了。连他主动坦白交代、认定百分之百应被没收的11000多元钱，也依然一分不少地存放在那四个枕头里。

如今城里随处可见的农民工，省吃俭用，拼命挣钱，供儿女读书。自己这辈子就这样了，儿女不能再这样了，即便不能成龙成凤，也要比自己有出息。当年本溪市合金厂一位电工的母亲，走的却是一条完全不同的路径。这是一位蒙古王爷的女儿，内蒙古解放前夕，眼见王府将倾，当国民党军官的丈夫生死不明，即怀抱幼子远走高飞，隐姓埋名。北京、天津、沈阳，最后落脚本溪，住在福金沟。先嫁个水泥厂工人，不久去世，又嫁个烧锅炉的锅炉工。有道是"人往高处走"，受过高等教育的女人，却一心向下，盯住那个年代政治地位最高的工人。而原本文雅、娴静的女性，也竭力模仿、学习左邻右舍那些工人大嫂的行为、做派。如今有人洗钱，她是洗人。经过这样一番整容、磨砺，终于将自己和儿子染红了，儿子入团入党一帆风顺。打倒"四人帮"，看到世道与前大不同了，才告诉儿子你原来姓什么，老家在哪儿，听说你爸去台湾了，在"蒙藏委员会"干什么。

赵大林的前辈，男婚女嫁，门当户对，都是有钱人。到了他这辈，虽然未说像这位王爷的女儿那样目的明确，嫁娶的也大都是贫下中农子女，黑红结合，混淆了阶级阵线，就创造了一种宜于生存的政治环境。

赵大林的老邻居，68岁的姜世宗退休前是小学教师。6岁那年，一家人逃荒到赵家大院时天黑了，赵家人留吃留住。他的父亲会点木匠手艺，想留下干活，一家人就住了西院。

姜世宗说，赵家这地主和一些书上写的不大一样，做生意讲诚信，乐于帮扶穷人。在赵家大院，东家、伙计吃一锅饭菜，没把你当下人看。土改时，赵家财产被分，4人被定为地主分子，也没打他们。后来什么运动来了，开批斗会，让他们上台弯腰低头，仅此而已。像果园看护员这种俏活，多少贫下中农都求之不得，能落到赵大林的头上，也说明了赵家的人缘和小环境。他卖树苗挣1万多元，一些人也眼红，可人家没耽误上班，树苗种在自留地里，那也是劳动所得。无论那个年代多么疯狂，这种原本的价值观，还是在人们心中潜藏着的，并主导着人们的行动。

而在"远学大寨，近学碱厂堡"的热潮中，算上侍弄树苗，实打实也就个把月时间,而丝毫未影响"抓革命,促生产",赵大林就成了万元户,昭示的又是什么?

想当科学家的徐恺

本溪市溪湖区有个矿建街,为煤矿工人居住区,满眼矮趴趴的小房,许多家房顶是黑乎乎的油毡纸,怕风刮走,压着石头。"文化大革命"前来这里访亲探友问个路,说矿建街谁谁谁家住在什么地方啊?三十多岁的矿建街人,对这"矿建街"八成会有些蒙,他们熟悉的是矿建街的老名字"耷拉腰子"。

退休("内退")前为《本溪广播电视报》新闻部主任的徐恺,就出生在这里。那是一幢坐落在山洼里的石头墙瓦房,21平方米,最多时住过6口人。他的弟弟至今还住在那里。

1955年出生的徐恺,1964年上学读书。矿建小学、柳塘小学、二十九中学,全是矿工子弟学校。九年一贯制,1973年应该高中毕业,这一年全国学校没有毕业生,拖到1974年上山下乡。

徐恺背上书包就是好学生,品学兼优,而且不是一般的好学生。从小学到高中,年级考试都是第一名,没第二过。小学一、二年级时,每次公布期中期末考试成绩,老师都是"徐恺双百"。为了鼓励大家向徐恺学习,老师再把徐恺方方面面的优点讲一遍,同学们就拍手打掌地齐喊:"徐恺双百!徐恺双百!……"

"文化大革命"开始了,他瞅着挺热闹,不知道此生命运就此改变——一个11岁的孩子知道什么呀?

活蹦乱跳个人,有人办个残疾证,说腿脚有毛病,就可以留城不下乡了。

这时徐恺的父亲的病已经很重了,医生说只能活三个月。领导找到他说老徐啊,你的情况你自己考虑。父亲说,你放心,我是在组织的人,我带头。母亲哭了,说你都这样了,徐恺再下乡走了,这个家谁撑着啊?父亲嘴拙,说不过母亲,悄悄拿了户口本给徐恺报了名。

这一届本溪煤矿毕业子弟,统一下乡到本溪县偏岭公社,徐恺被分到法台大队第四生产队。正值秋收大忙,一天活没少干,挣的却是相当于老太太的三等工分。青年点的老知青说,咱们下乡青年"不得烟抽"(受歧视),这么多年了,再能干也难得挣一等工分。徐恺去找生产队长,队长说你们是来接受贫下中农再教育的,学生和老师能一样吗？徐恺说接受再教育应该是在政治思想上，劳动应该同工同酬，干多少活就挣多少工分。又说明天能不能找个人，我跟他比试比试？队长寻思你个小毛孩子，才来几天就这么狂，一口答应。

在大泊子割谷子，那垄有半公里长，每人6条垄。与徐恺同台打擂的姓钟，外号"个半人"，庄稼院的全把式，身高力壮。钟大哥一开始就把徐恺甩在身后，割到一半左右时，已把徐恺落下十来米远。接下来逐渐接近，到地头时就剩米把远了。"个半人"躺在地上喘了好一阵子，大声道：给小徐记一等工分，城里还有这样厉害的小伙子。

19岁的徐恺，一米七出头，身材匀称，英俊帅气。父亲是"煤黑子"，他却白净、斯文，身上却又都是肌肉块。在"耷拉腰子"他家的小石头房周围，种了好多地，主要靠他和父亲。他没割过谷子，挥起镰刀却得心应手，下乡前几年，他家的烧柴都是他割的。

青年点18个人，徐恺当了点长。上任伊始，约法三章。他说，第一，不管男女，最好不要和当地青年搞对象。这句话不知道父母跟你们说过没有，我妈跟我说了。什么原因，我不说了。第二，和普通社员礼尚往来没什么，对贫协主席以上干部，任何人不准送礼。想参军、回城，凭本事好好干，不准搞这一套。谁犯了这一条，驱逐出青年点，到生产队部大炕睡去。第三，生产队的果园，去了可以吃，不能往兜里揣。生产队的集体财物，社员家的东西，一针一线不准动。咱们不是解放军，但这是做人的底线，因为那叫偷。谁违犯了这一条，对不起，也把行李搬到生产队部大炕去。

徐恺沉稳，从不张扬，也不声色俱厉，大家都服他。

青黄不接时最苦了，青年点上顿下顿土豆。大柴灶点着了，土豆洗巴洗巴，一刀两半搁锅里，一点油没有，撒上半碗盐。"驴肚子，铁打胃"，徐恺后来十多年一见土豆就想吐。

农忙时累得拽猫尾巴上炕，农闲时什么文化娱乐没有。望着满天星斗，有时一个人哼哼起来，大家都唱得泪流满面：

> 我站在船栏边
> 举目望故乡
> 船儿船儿你慢慢行
> 让我把亲人望一望
> 啊！年老的爹娘
> 你不要悲伤

离别的话儿我牢记心上

我坐在煤油灯下
低头思念故乡
灯火随着风儿摇
灯火随着风儿摇
以往的时光怎能忘

啊！美丽的姑娘
你不要忧伤
离别的话儿我铭刻心上

徐恺说，这类歌曲还有几首，不知从哪儿传来的，也没人教，触景生情自己就从心里流出来了。去年知青聚会，我们还唱。

下乡不到两年，徐恺当了生产队长，社员大会选的。他刚来时，一个劳动日10分工2角8分钱，当了不到两年队长，离开时是2元4角6分。

过去队干部只盯着土地，徐凯是两手抓。东北农村讲究猫冬，他组织马车、拖拉机出去拉脚。开头有阻力，看到挣钱了，积极性就来了。再动员在家的人上山割杏柴，他联系买主，每捆2角钱。农村宗族关系复杂，用当地人话讲"牛尻尻亲戚圈儿套圈儿"。徐恺和谁都没有瓜葛，处事公道，自然受到拥戴。

当队长不久，大队书记找到他：小徐，咱们大队有两个参军名额，你想不想走？

徐恺沉思一阵子，说：我想上大学。

书记急了：全公社一年也不一定摊上个上大学名额，这雨点能落到你头上吗？

这天晚上，徐恺平生第二次落泪了。

第一次是父亲去世。

父亲是山东潍坊人，从小给地主放牛。1948年，或1949年来本溪煤矿当工人。父亲身强力壮，沉默寡言，就知道干活，一个不能顶俩，一个半绰绰有余。有党员找他谈话，小徐子，你想不想进步哇？父亲道，什么意思？党员说，咱们有个党组织，这个党组织就是领导穷人翻身得解放的共产党，需要加入新成员。父亲问入党组织得什么条件，党员说就像你这样好好干活，每月交5分钱党费。父亲说："我入这个党。"

父亲这辈子说得最多的一句话，就是："我是在组织的人。"

从家到矿里是山路，快走得半个小时。有人下班回来，顺便背回个松木墩子当劈柴。母亲说你就会挣你那点死工资，父亲说那是公家的东西，我是在组织的人，不能那样干。下夜班，黑灯瞎火，有时身上摔得青一块紫一块的，母亲说矿上有的是棍子，你不好拿根拄着吗？父亲说，那是公家的东西。母亲气得牙根痒痒，说你也就比傻子精点。

"九一三"事件一级级传达到普通党员这一层时，开会谁也不吭声，支部书记说老徐发个言吧。组织点名了，他就说刘少奇反对毛主席，这林秃子要杀害毛主席，不比不知道，还是刘少奇好啊。

之前，忆苦思甜，让他发言。他说我是在组织的人，实话实说，旧社会我没像别人那样苦大仇深。我摊上个挺仁义的地主，伙食挺好，年底结完账还送一大包衣服，都是八成新的。

幸亏就这么几句，不然主持人恨不得又会上去捂住他的嘴巴。

肝萎缩，吃不下饭，扒拉几口，拿起毛巾往脖后一挂，两手往前一拉，上班走了。瞅着那人都直打晃了。母亲生拉硬拽，把他弄去医院。他这辈子没住过院，住了个把月院，回来又去上班。领导说老徐呀，身板能行吗？他笑笑，说没什么，得了个治不好的病。领导说你就不用上班了，他说现在闹革命的人这么多，干活的萝卜没坑多，我不大中用了，好歹也能顶半个。

他在井下采过煤，推过车，看过变流机，这回不能下井了，在井上坑木场看坑木。

父亲每月开工资，首先交党费。一次忘了，下班回家想起来，转身就走。母亲撵出门去，说这也不是赶火车，明天上班再交不行啊？父亲说不行。

父亲是1975年12月25日去世的，徐恺头一天从乡下赶回来。父亲说，我这病是自己得的，不是工伤，别给单位添麻烦。

徐恺说，我在乡下给你弄副料子，杨木的。

父亲说，你是好孩子，但是不能这么弄。中央大干部，爬雪山，过草地，死了都炼了，咱算啥？我是在组织的人，咱们都要听党的话。

又道，能不能跟炼人炉的人说说，加大风量，把我吹上天去，越高越好。活着没去过哪，死了好好溜达溜达。

两年后子继父业。

在同学和知青中，"双百徐恺"是第一个下井的。煤矿工人叫"下井"，不懂煤矿的人叫"下煤洞"。徐恺结婚前，领导、工友、街坊邻居给他介绍过二十多个对象，一听是"下井"、"下煤洞"的，有的看都不看，有的看了替他也替自己惋惜，这么个小伙儿怎么"下煤洞"了呢？弄得他都没自信了，也不换衣服，穿套工作服就去了。最后一次相亲回来，等在门口的母亲问他怎么样，他说是咱们家养得起的人。而那边未来的老丈人，对女儿说：这小伙子不是久居井下之人。

掘进工与采煤工是井下的井下，前者在前面掘进，后者随后跟进采煤。徐恺在掘进队的整备班，放顶挪溜子。一次漏顶了，徐恺觉出不好，刚转过身，觉得上边忽悠一下把他推出几步，煤和石块就把他埋住了。师傅李广学，外号"孔老二"，跑出几步觉得不对，回头看，煤石还在往下落，徒弟就露着个脑袋了。师傅两手死死抓住一根柱子，弓背撅腚堵住窟窿，大喊"上柱上柱"。前面几个人跑回来，七手八脚，横的竖的，把柱子支架起来再救人，师傅的手都扒出血了，徐恺的脸都憋青了。

一次抢修设备，整备班36个小时没上井，二十多人的母亲、妻子都跑来了，有人疯了似的。领导再三解释，就是机械故障，必须抢修，那人们也不走。

井下没有四季，一年到头一个季节。上得井来，那"煤黑子"连亲娘老子都认不出来，除了眼白和牙都是黑的。计划经济年代，中国最好的澡堂子就在像本溪煤矿这样的大型国营企业，硫黄浴，三种温度，乏累酸痛得像灌了铅的身体沉浸进去，那种舒服惬意简直就是人间仙境了。可徐恺升井后，有时就径直去到井口那儿的小食堂，花1角8分钱买两个花卷、一碗豆腐脑，吃完抹抹嘴巴，转身又回到那没有四季，也没有昼夜轮回的世界里了。

星期天不休息，还要加班，徐恺每个月在井下少有低于35个工作日的。

他要养家。他下乡第二年，妹妹就下乡了，在偏岭公社偏岭大队。大弟6岁夭折，小弟在二十九中读书。母亲没有正式工作，父亲去世前在街道办的石灰窑采石、推车，母子俩一白一黑。那根本不是女人干的活，更不应是个五十多岁的孱弱多病的女人干的，这个残破的家已经够她受累受罪的了，母亲这份工作被他坚决地辞退了。纵使不能使母亲幸福，也要使她少受累遭罪。他和妹妹都不小了，弟弟将来也要成家，他是老大，是这个家的男子汉，他必须竭尽全力撑起这个家。

可那个大学梦呢？

父亲去世，徐恺找到煤矿领导，请矿里出辆车把父亲送去火葬场，回答是没有车。没出半个月，这位领导的岳母去世，大小车7辆。从那一刻起，他就明白我无论自己怎么干，上大学也只能是个梦了。1977年恢复高考，他眼前一亮。这回要考了，不再像过去的工农兵大学生那样推荐、保送了，顿觉这个世界太阳出山般光芒万丈，随即又暗淡下来。

噩梦醒来是早晨。在路边，在太子河畔，在颠簸的公交车上，到处都能看到手不释卷的人们。这种可人、动人，让人感到社会的激情和奋进的画面，在人类的历史进程中怕是再也难见了。而在经历了一场革文化命的"文化大革命"后，人们对科学文化知识的渴求实在是太自然了，点燃这种激情的导火索是高考。

考上的，没考上的，许多人焦头烂额。十年浩劫，扔了 10 年哪。徐恺则是一种终于灵魂附体的感觉。即便强行把目光从书本里拽出来，或者干脆把书本合上，那些公式什么的也像久违的老朋友，甚至就是情人，蜂拥入怀。

他太清楚自己来到这个世界应该干什么了。

自听说恢复高考的消息，母亲的目光就有点不大敢与他对视。这天问他，你怎么不看书了？徐恺说，我看了，没有合我心意的专业，今年不考了。

军人、航海家、法医、记者等等，看小人书、小说、电影，被其中的什么人物感动了，就立志想干什么。少年徐恺的理想色彩斑斓，直到有一天老师说你应该当一个科学家，直到下乡还有老师鼓励他不要放弃，任何国家都不能没有科学家，凭你的天赋完全可以成为一个科学家。

母亲说，恺呀，你是妈身上掉的肉，妈再没文化、再糊涂也明白呀，大学就是你的命，你是为了这个家呀！

母子抱头痛哭。

10 年煤矿，近一年井下一线工人，徐恺开始写稿，写身边那些令他感动的人和事，寄往电台、报社，被《本溪法制报》看中，调去直接当了总编室主任，把那个科学家的梦打发了。

笔者 1966 年高中毕业，同届毕业的还有我的三个姑姑（亲姑）的孩子。表兄弟四个同时考大学，我要是没考上，或者考上个一般的大学，这脸往哪儿搁呀？一场"大革命"，谁也别考了，当了两年红卫兵，上山下乡。

三姑的孩子在丹东凤城县一中，省重点中学，数理化成绩全校数一数二。四姑的孩子和我同在本溪县一中高三一班，当班长。老姑的孩子在北京读书，文理兼优，多才多艺，绘画尤好。三年困难时期在北京饿得受不了，一放寒暑假，我爹我妈就让他来我们家"蹭饭"，拿个粉笔、铅笔头到处画，画什么像什么。那个年代也没有什么幼儿特长班，就是天赋。

"文化大革命"给文学家提供了无尽的创作题材和空间，迟早会出大作家，科学家却出现断层。而我坚定地认为，我们表兄弟四个的人生，本来应该从 1966 年开始大学时代的历程，有的还应该是中国的名牌大学，像"双百徐恺"那样成为科学家。

谁也不能为父母介绍对象，家庭出身无法选择。而比家庭出身更重要更具决定性的是时代，你出生在什么时代，就注定要经历什么样的历史，并付出什么样的代价。

——— 那一声"唉" ———

前面说过，高崇的祖辈自咸丰年间闯关东来到桓仁，就住在城西的元宝山上。到了高崇父亲这一代，就有了"山上高家"和"山下高家"，山上是高崇一家，山下是他大爷家。后来山下人家渐多，形成一个村落叫魏家网。笔者采访时，山上高家已成废墟，山下魏家网有开发商大兴土木，正在建楼房、别墅。

高崇的父亲高俊峰，这位浑江航运第一人的后人是个美男子，那"美"字前面还要加个"健"。1.75米以上个头，白净皮肤，浓眉大眼，宽肩阔背细腰。几乎每年夏天都在浑江里救过人，那一身疙瘩肉，拖抱着溺水者上岸的身形，让围观的女人目不转睛。

高俊峰伪满时期就在水文站工作，直至1978年64岁患结肠癌去世。在单位，他的工资仅次于站长，不仅因为资格老，还在于无所不能，工作一丝不苟。而在高崇的记忆里，父亲在家就没有闲着的时候。

房前屋后那么多地，种菜，种粮食，栽果树。鸡鸭鹅是少不了的，还养蜂、养兔、捕鱼。夕阳里，小船上，古铜色的肌肤在霞光中一闪，唰——那网撒得又远又圆，一条浑江难寻第二人。上班是工人，船工、测工；下班是农民，亦工亦农，工农林牧副渔全了。还有木匠、瓦匠、编筐窝篓、镉缸镉锅镉碗，等等，无师自通，没有不会的。

开荒种地，碰上块大石头，两人合抱，或者合抱不过来的，通常会坐那儿抽袋烟。然后，双手死死抠住底部，整个上身和脸紧紧贴在上面，脖子上的青筋突起，脸憋得通红，嘿的一声，大石头就叮当山响滚下山去了。

在童年、少年高崇的心目中，父亲简直就是世界上最有力气的人。长大了，他发现父亲更精于谋划、算计。

不知什么时候，一觉醒来，糊着报纸的天棚红光一闪一闪的。父亲倚坐在炕头墙上，半截身子掩在被窝儿里，手中的烟斗一点红。隔上十秒八秒，有时个把分钟，吸一口，红光闪现片刻，屋子里的物什就从黑暗中现出轮廓，印象深刻的是父亲那张刻满沧桑的脸。待到那点红不见了，磕打烟灰躺进被窝儿前，黑暗中一声长长的"唉"，那雕塑就动作起来。

干活累了歇会儿，那只梨木烟斗端在手里，叼在嘴上，脸上若有所思。有时雕塑般一动不动，就盯着眼前那一块，末了注定是那一声长长的"唉"，那雕塑就动作起来。

1960年8月，老天爷不眨眼地下了三天三夜大雨，江边许多房子没影了，稍高处人走家搬。省里派四架飞机，来桓仁空投救生物资。父亲一个星期没回家，在水文站忙活本职，兼带救人，丝毫也不担心自己的家。如果"山上高家"也成了水乡泽国，那可真是世界末日了。

而使父亲拒不下山的另一个重要原因，是山上的土地。

兄弟六个，父亲排行老四。两个叔叔捡到一颗炸弹，砸开抠里面的炸药炸鱼，炸弹炸了。这是解放前的事。奶奶从此精神不好，亲戚朋友送点好吃的，这藏那掖的，甚至干脆搂在被窝儿里，张口闭口"饿死喽"、"饿死喽"。高家船队在浑江上撞哨，家道破败，生活一落千丈，也没饿死过人。三年困难时期，家有那么多存粮，院子里一群鸡鸭鹅，还有十几种果树的应时水果，却跟那个时代一道"瓜菜代"，而且坚决性的。

"山上高家"自产的粮食，一家人放开肚皮，一年也吃不了。更重要而且优越的是，高家是山下挣工分的人羡慕不已的挣工资的城镇户口，每月都有国家定量的商品粮供应，为什么还要拼命地土里刨食，又勒紧裤腰带呢？

高崇说，老年古话"大旱不过三年"，父亲谋划生活的目光就是三年。天灾也好，人祸也罢，无论如何，确保一家人能渡过三年难关。

1969年夏，一天高崇放学回家，见父亲大汗淋漓，脸色煞白。口减肚省地积攒了十多年，准备给哥哥娶媳妇的1000元钱，放罐子里埋地下进水了。爷儿俩抱着罐子，找到个在银行当过科长的远房亲戚，好歹算换回一半左右。

1986年翻盖老房，高崇从墙里扒出几捆伪满的绵羊票子。

高家曾经那样辉煌，山倒水翻，顷刻之间。土改时那些殷实大户变成穷光蛋，也是一夜之间，有的还丢了性命，牵累后人。国共拉锯，兵荒马乱，一天能变两次天。许多枪林弹雨中打天下的人，如今成了"走资派"，连国家主席都成了"叛徒"、"内奸"、"工贼"。能把生活谋划到后年，已够高瞻远瞩了。连农民为填饱肚子开点荒，也成了"资本主义尾巴"，谁知道明天又会闹出什么样的"革命"来？就算没有"革命"的时日，活蹦乱跳个人，一场大病，一个令人羡慕的家庭，顷刻就陷入窘境。

世道无常，社会变迁，天有不测风云，谁知道会有什么样的冰雹砸下来。钱不保险，粮食实在，可土地呢？平光的道，说不上什么时候就冒出一道坎，你都看不到，摸不着，硬是迈不过去。

挣工资，吃商品粮，公费医疗，这位水文站的船工、测工，在那个年代应该是不错的了。再加上亦工亦农的收成，拒不下山的"山上高家"，可谓双保险了。可他这辈子最缺的就是安全感，最多的是危机、防范意识，是他耳闻目睹亲历的生活教导的。

高俊峰这辈子娶过四个女人，第一个没当母亲就死了，第二个留下个嗷嗷待哺的女儿。都说送人吧，他不，母亲样搂在怀里。正是拉锯时期，他把女儿抱去水文站，用高粱面糊糊喂了半年，死了。高崇和几个兄弟姐妹，都是第三个妻子留下的。夜深人静，烟斗的红光一亮一暗，看着并排躺在炕上的孩子，听着他们深沉的呼吸，心头就会泛起温馨、甜蜜。突然一个激灵，要是我死了，这些孩崽怎么活呀？

那声长长的"唉"，就把什么都吞咽下去了。

儿时的高崇，非常迷恋父亲抽烟的神态，觉得父亲的力量和智慧，都是从那烟斗里来的。一次他学着父亲抽烟的神态偷偷吸了一口，老天爷，这个苦辣呀，呛得直咳嗽，就想，父亲为什么要抽这东西呀？

秋后上场了，院子里的粮仓满登登地金黄，炕头上方梁柁上吊着几捆黄烟，父亲叼着烟斗的样子，就有些美滋滋的。可在那声长长的"唉"后，有时就会自言自语："不知明年年景什么样啊。"

未出三年，两个妻子离世，有人说高家老四命硬，克妇。可一个标本样的美男子，精明能干顾家，疼老婆，爱孩子，自有女人前仆后继。高崇母亲去世，扔下一窝孩崽，媒人来了，或者相亲，他开口就是硬邦邦的三个字："我命硬。"最后一个妻子也先他而去了，他抓住她不放："我这命怎这么硬啊！"

他命再硬，能硬过命运吗？

正儿八经的水文站工人，"山上高家"理应为工人成分。土改工作队的头脑中，好像没有"工人"这个概念，和农会商定为贫农，倒也符合"土地改革"的字义。高俊峰去农会费番口舌，把自己提高一格，要了个中农。不穷不富，不前不后，不显山，不露水，左右逢源，他觉得这样才保险、安全、稳妥。

改革开放初期，市委、县委宣传发家致富，党员要带头发家致富，敢于贷款致富。高崇的哥哥也在水文站工作，也是测工。有在信用社工作的同学找他几次，劝他贷款，碍于情面，帮老同学一把，贷 1000 元吧。老同学说你帮人帮到底，少说 2000，我才能完成任务。哥哥咬咬牙，又加了 1000。背着 2000 元贷款像背座山，种了一年贝母，赚了几十元钱，赶紧把贷款还了。高家不敢过欠钱的日子。而那些一直贷下去的，有的发家致富了，有的瓢底写账了。

高崇有个亲戚，他叫哥，改革开放初期做过生意，当时算是有钱人。接受把钱放罐子里埋地下沤烂了的教训，高家人有点余钱藏着掖着不保险，赶紧去银行存上，这个亲戚正好相反。大热的天，一摞百元票子鼓鼓囊囊揣在胸前 T 恤的小兜里，说，钱是什么？钱就是血脉，没钱那人就干巴了。又拍着胸脯子，兄弟，你看大哥我这血脉冲不冲？

在写着"万元户"赵大林的一节时，总有种"于无声处听惊雷"的感觉。而高俊峰的那声长长的"唉"呢？

到了高俊峰这一代，高家好像已经失去了先人那种敢于冒险的强悍和血性，彰显的恰恰是一种生存智慧。每个家庭、家族都有属于自己的传统、文化，受到打击、创伤，难免就要调整、修正一下，留下痕迹。适者生存。可无论高俊峰那声长长的"唉"多么悲苦、无奈，命运多么无常，生活又怎样教导、打磨着这个家族的性格，谁能说他们对幸福的追求不是真诚的、坚忍不拔、竭尽了全力呢？

任是什么样的藩篱、禁锢，也阻遏不了人们追逐幸福的渴望和行动。只是无论你怎样挣扎、拼命，也把握不了自己，拼不过命运——这是经历了那个年代的几代人的命运。

来本溪寻梦的我的偶像张立砚是这样；想当科学家的徐恺是这样；挣工分的县委书记王连生是这样；住"幸福楼"、没住"幸福楼"和住平房的人们都一样；连石破天惊般成了万元户的那么幸运的赵大林，也概莫能外。而财神庙那场骇人听闻的悲剧，等于宣判了"文化大革命"的破产。

只要挣扎、拼搏、奋斗、追求，山水就有魂魄。

沉陷与崛起

采空区

郭雅丽童年的远大理想，是长大后去冰棍厂上班，她以为这样就有吃不完的冰棍了。

家住溪湖区矿里街的郭雅丽，父亲是河北省雄县人，抗美援朝参军，复员分到本溪煤矿当工人。母亲是土生土长的矿工女儿，退休前在市燃料公司工作，用母亲的话讲，一个挖煤，一个卖煤。

三年困难时期出生的郭雅丽没怎么饿着，不光因为赶上的是困难时期的尾巴，关键在于父亲是煤矿工人。普通市民每月粮食定量 27 斤，煤矿工人是 40 斤，额外还有 13 斤面，工间还供一顿饭。那时夫妻俩就这么一个宝贝女儿，还能亏着她吗？

精神世界亏大了。

刚懂点事，开始用目光探寻世界，世界就闹哄哄地乱套了。大字报、大辩论、批斗会、游街、武斗，让她觉得这个世界好像从来都是这样子，就应该是这个样子。上学学毛主席语录，不久开始"批林批孔"。如今说"孔子"，世界各地办孔子学院，那时叫"孔老二"，老师讲孔老二是林彪的祖师爷。批判《三字经》，"人之初，性本善，孔孟用它把人骗"。同学玩"叮当锤"，赢了在地上画一道，写了"天下太平"四个字，有人说是"反标"（反动标语），就有人来查。"阶级斗争""必须年年讲，月月讲，天天讲"，你倒来个"天下太平"，这不是鼓吹"阶级斗争熄灭论"吗？

心灵被胡乱涂抹着，背上还背着个刚满周岁的小弟。母亲上班，就得她带了。好在那个世界还乱着，见怪不怪，允许她背着小弟上学。打倒"四人帮"，欢庆游行，从柳塘到市文化宫，公交车五站路。秋老虎那个热呀，见到卖冰棍的买一根，小弟吃着就不哭了。她嗓子冒烟似的，也舍不得咬一口。那时就立下人生第一个志向，将来去冰棍厂做冰棍。

矿务局二中高中毕业，郭雅丽被分配到红阳矿土建处三工区。一大片简易工棚，"三个女人一台戏"，女工宿舍 22 个人，出来进去都是笑声。清一色煤矿工人后代，身上工作服，脖子上像父辈那样扎条白毛巾，只是安全帽上没矿灯。忙活一天，拿个小板凳，坐在工棚外野地上看场电影。工会、团委搞文化活动，两辆大解放一对就是舞台，郭雅丽也上去唱歌，唱电视剧《霍元甲》的主题歌《万里长城永不倒》。食堂有台19英寸黑白电视机，好多歌都是看电视学的。食堂三顿饭都是细粮，大米饭2分钱一两，一个炒菜1角，炖肉菜3角。如今的女孩子爱吃零食，一张五香嘴难得闲着的时候，那时郭雅丽她们讲究省吃俭用攒钱，从家里带点咸菜，每月伙食费15元用不了。每月工资、奖金、加班费和野外补助，加一块90多元。而城里的职工、干部，大小伙子干了几年，收入也就40来元。就有"找对象就要找矿务局的女工"，一些女工当然也在攒钱筹备嫁妆。郭雅丽每月给家里60元钱，留下15元伙食费，另一个15元存到银行，5年算上利息1000元，把这样一笔巨款放到父母手里，那是什么感觉呀？给红阳一矿建生活区，忙累一天，有人说今晚得拽猫尾巴上炕了。有人就去抓她梳在脑后的马尾巴，说拽住猫尾巴了，闹成一团。晚上老鼠在床下吱吱叫，她们就学猫叫。看野场电影，身上叫蚊子叮了那么多包也不觉得，梦里都是笑声。后来看电视剧《激情燃烧的岁月》，郭雅丽就觉得那几年是她的激情燃烧的岁月。

1984年调到土建处宣传部。从工区到机关，连续八年先进、优秀团员，1991年12月1日入党。

父亲是火线入党。他是通信兵，电话线被炸断，几次接通，最后一次还负伤了，火线立功、入党。母亲也要求入党，一直没入上。她18岁那年，父亲说该加入组织了。在这位井下除了通风什么都干过的老矿工、老党员心目中，他的儿女都应该是党员。

下班后开完会已快8点了，在公交车站等车，冰样的路灯光下，心头一阵阵热浪。她希望碰到个熟人，说咋这么晚才下班哪？她就说刚开完党员会议，我入党了——"入党"两个字，当然是突出的重音。

进了企业门，就是国家人，这回还是党的人了。

没想到下岗了。

因为矿务局破产了。

全国第一家破产的大型国有煤炭企业——煤铁之城竟弄了这么个第一！

本溪十佳建筑之一的市文化宫前，车水马龙的环岛，向东西南北辐射出五条繁忙的街道。前方南北向的人民路左侧，不到半公里的距离，先是本钢，接着是市政府。右侧同向的胜利路同侧，几乎同样的距离，市委、矿务局。四幢最高四层的东西向临街建筑，曾经的中央直辖市的本溪党政领导机关，和同样的地市级的曾经的中央直属企业本溪钢铁（集团）公司、本溪矿务局，四座大楼，见证着曾经的煤铁之城的辉煌——有人称之为"四座大楼，三足鼎立"。

其实，早在上世纪70年代的煤铁之城，四层楼已经算不得"大楼"了。如今在周围的楼厦掩蔽下，更显得不起眼了。可人们至今仍然称其为大楼，除了习惯，当然是由于它们在这座城市举足轻重的作用、地位。

笔者采访时，矿务局大楼早已变成了"本钢板材有限股份公司采购中心"。

1953年，煤铁分家，成立本溪矿务局。"大跃进"，"文化大革命"，改革开放，沧海桑田，几多变迁，本钢始终叫本钢，本矿则几经变迁。1983年，经国家煤炭部批准，本溪矿务局、沈阳矿务局和辽宁煤矿基本建设局合并，组建新的沈阳矿务局。1996年经煤炭部批准，改名换姓为"本溪煤炭实业有限公司"，从沈阳矿务局独立出来，又杀回本溪。1998年国务院领导到辽宁考察，确定了本煤"整体破产、资产变现、关门走人"的破产原则。1999年7月1日，这家有九十多年采煤史，为国家贡献了3亿吨优质煤的大型国企，正式实施破产。

支撑本溪的两大支柱企业之一，轰然坍塌。

主要原因是资源枯竭——煤铁之城没煤了。

破产买断，下岗走人——不知道"下岗"两个字，在中国是谁最早叫出口的，我总觉得就是出自曾经那样辉煌的我的家乡的这座煤铁之城，起码是最早尝到这两个字的滋味的，而且是那样大的规模。

这时，依然被人们习惯而固执地称作"矿务局"的本煤公司，有独立法人单位29个，在职和离退休人员54500人，其中全民职工14943人，集体企业职工15603人，全民离退休、退养、抚恤人员21429人，集体退休人员2525人，算上他们的家人，直接受到这次整体破产冲击、影响的，约占市区人口的十分之一左右。

还有本钢减员下来的和地方企业的下岗职工呢？

2005年年初，市政府对全市所有居民家庭就业情况进行调查，发现在当时的34万城镇户中，仅"零就业家庭"就有1.11万户。

从上世纪90年代开始，在这座没了煤的"铁之城"，这支庞大的失业大军的身影随处可见，搞装修的、搬运的、摆摊的、拾荒的。在火车站前、永丰、东明、消防，一句话在最能招揽眼球的地方，纸壳或木板上写着"刮大白"、"贴瓷砖"、"木工"、"瓦工"、"电工"、"焊工"等等，有的挂在脖子上，有的立在脚前地上。有的干脆就是两个字"力工"，凡是需要出力气的活，我都能干。路边街头，或蹲或坐或站，烈日下，寒风里，等待雇主。如今，这种情景在各地城市也不鲜见，多是让人说不清到底算是农民还是工人的"农民工"。而当年在老工业基地的东北，特别是辽宁，像本溪这样的城市，几乎是清一色的纯正工人，许多是几代的产业工人。有的则远走他乡，去深圳，去海南，去山西，去上海，去北京。当然还有上访的，去市里，去省里，去北京。

某煤矿矿长家的房子漏雨了，让妻子去街头找几个维修工，特意叮嘱不要找矿务局的。几个小伙子挺精灵，觉得问得挺蹊跷，回答说是市政建设公司的。进屋一看，这不是咱们矿长吗？干完活，喝酒，矿长说我把煤矿弄黄了，不好意思见弟兄们。几个工人叹口气，说：这也不能怪你，咱们矿转产搞得挺好的，活到现在也能挺好，没想到一刀切了。

破产的厂矿，厂长、矿长与工人的差别，也就是工龄长些，多拿点买断钱。

唠到曾经的煤都抚顺、煤城阜新，同样的资源枯竭，辽宁三个半转轨城市，全国四百来个因采煤而沉陷的城市，人家就没有一刀切，也就没咱们这下场。矿长说，破产是新事物，国家也没经验，也得摸着石头过河。咱们是试点，先走一步，蹚路子，咱们就掉河里了。唉，这也不是咱们市里说了算的事，市委、市政府承受的压力也老大了。反正不管怎么说，也算为国家提供了经验教训吧，咱们还得奔咱们的日子，想办法、下力气奔好日子。来，喝酒、喝酒。

矿长喝醉了，一个劲地说，多好的煤矿啊，在我手里干黄了，对不起弟兄们哪！

几个工人都劝，这事真的怨不得你，谁叫这事叫咱们这些人赶上了呀？

一个冬日的下午，西斜的阳光有气无力地照耀着烟雾笼罩的山城，太子河上冰封雪裹。徐恺从溪湖采访回报社，路过溪湖大桥西桥头时，见一个穿着破旧军大衣的人，脖子上挂个烟匣子，站在桥头路边卖烟——这不是高师傅高贵全吗？

五十多岁，中上个头，腮边棉帽的毡绒和下颌的胡子，被哈气弄得潮乎乎的。一个长半米、宽不到半米的木匣子，50多度角大张着，把整个胸前都遮住了，里面一排排摆着各种香烟，有橡皮筋横拦着不能滚落。一双眼睛被阳光和山坡、桥下积雪刺激得眯缝着，见是徐恺，一双大手从手闷子里拽出来，拿两盒烟硬往徐凯的衣兜里揣。徐恺说我不抽烟，高师傅说，你们记者写文章，点灯熬油的，怎么能不抽烟？

本溪煤矿著名的325采煤队，是国家煤炭部命名的"特别能战斗队"，高贵全是这个队的"千吨风镐手"，徐恺读中学时就知道他是劳模。他的婚礼是矿务局党委书记主持的，还去北京参加国庆观礼，受到华国锋接见。常年在井下一线劳作，身体多病，医生说他不适于井下工作了。他说我就是个采煤的，到井上能干什么呀？

唠起身体，高师傅叹口气：矿上不行了，这身板也不争气，干什么都得有个好体格呀。

煤矿工人的技术含量本来就低，年轻力壮的可以凭体力找个饭碗，最难过的就是像高师傅这样的了。走出好远了，徐恺还回头去望那个捧挂着烟匣子的身影。

一个曾经那么辉煌时代的背影。

1991 年年初，红阳矿召开 1990 年宣传工作总结表奖会议，正是"腊七腊八，冻掉下巴"时节，会议室的暖气冰凉。郭雅丽从不喝酒，也不得不喝点暖暖身子。

如今煤价步步高，五六百元 1 吨，山西煤老板全国闻名，去北京、到国外买房子。那时煤价是最低的时候，40 元 1 吨，采 1 吨煤国家给多少补贴。后来补贴越来越少，也不能总补贴呀。煤卖不动了，也就采不动了。

采煤的烧不起煤，市委、市政府也一样。副市长姜峰的一位老同学，来找老同学上访。唠一阵陈年往事，姜峰说老同学有什么难处只管讲，只要我能办到的，无论从哪方面说都没二话。讲什么呢？他是来讲他家那片小区暖气不热，进屋就觉得这副市长的办公室，温度与他家的也差不多，就说顺便来坐坐，走了。

没了煤的铁之城，一个又一个寒冬。

比天气更冷的是心灵。

郭雅丽调到机关工作不久，矿务局就开始走下坡路了。先是奖金发不下来，接着拖欠工资。当年父亲一个人的工资，养活一家人挺好的，这回全家人都上班了，反倒不行了。后来又放假，有活通知上班，没活回家待着。

第一次采访，笔者住在燕东宾馆，那儿距站前广场不过 300 米远。或始发，或路过，每天清晨都有几列客运列车经本溪南来北往，东奔西去。早起散步，那广场上奔去候车室的人大步流星的，一路小跑的，跑得汗淋淋的，每天都少不了。开车前 3 分钟停止检票，有时就看到旅客在那儿跟检票员理论、求情，希望能够破例放行。

郭雅丽不是没赶上"火车"，而是这列车停运了、没有了。

昨天还是"国家人"，今天成了"自由人"。昨天起床后洗漱一番，匆匆吃点饭，拎起母亲装好的饭盒出门上班了。今天照例忙活着，猛一想，忙活啥呀？东西南北中，偌大世界，去哪儿上班哪？农民没有上班的地方可以土里刨食，工人不上班一家人吃什么呀？

郭雅丽还算轻松、幸运，因为她还是独身，那些上有老下有小的呢？

破产后买断，一次性结算，老工人最多拿两万来元，郭雅丽是 6400 元，连买保险都不够。

这时距正式破产还有 8 年多时间，郭雅丽是没下岗的下岗，接着是两妹一弟。先是父亲采煤母亲卖，儿女长大了，直接间接都采煤。矿务局这样的家庭很多，用煤矿工人的原话是"一窝子一窝子的'煤黑子'"，用当时应运而生的新话叫"零就业家庭"。

郭雅丽父亲是"八级大"，退休前也被拖欠两年多工资，退休后三千多元，时有时无。本来就是闲不住的人，这回更闲不住了，上山挖药材，下太子河打鱼，拿市场上去卖。

像"下岗"一样，我固执地认为"啃老"的专利，也应该是属于本溪的。

但郭家儿女不啃老。小弟找到个挖通信管线的活，一年四季不闲着。双下岗的小妹和小妹夫，去太子河边捞鱼食卖，同时打"游击战"、"麻雀战"，听说哪儿有活了，找上门去干几天，没活了再去捞鱼食。孩子要吃香蕉，小妹夫去批发市场扛两箱，到人多热闹处卖了，攒够一天花销有余，剩几斤拎回家去。郭雅丽和大妹起大早去沈阳五爱市场批发衣服，回来在街头摆摊，大冬天冻得呲哩哈哈直跺脚，天热了坐在路边容易发困。儿时去冰棍厂做冰棍的理想，早已化作笑谈，迷迷糊糊中总爱回到那激情燃烧的岁月。

1978年，矿务局还被辽宁省命名为"大庆式企业"，煤炭部来开现场会。1979年，煤炭部还在本溪矿务局召开会议，在全国煤炭系统推广本溪矿务局质量标准化建设的经验，怎么五六年后说不行就不行了呢？而土建处承建的富佳大酒店、溪铁城大酒店和地税、财政大楼等，个个全优工程啊！煤矿工人升井后，有最好的浴池，还有理疗室、保健饭，彩屯煤矿职工食堂可容纳800人同时进餐，主副食每天十几个品种，二十四小时为职工服务，一切实行标准化服务，凡是见过的中学生，无论矿工与非矿工子弟，少有不情不自禁把自己的前途、未来与煤矿联系起来的。当年想方设法来矿务局的人多了，郭雅丽读中学时的两任班主任就是这么来的，矿务局系统工资、待遇高哇。如今有人谈恋爱，要找个局长的女儿，同称"局长"，矿务局长是地市级，比市政府那些局长大多了，可人家一听就没戏了。那道理太简单了，因为你是"矿务局"。

"采煤地区平均下降1.5米，下沉盆地中心达2.1米。"这是早在1975年的11月4日，市建委关于彩屯煤矿的一篇调查报告中的文字。郭雅丽不知道数据，但她知道，本溪人都知道，地面沉陷是因为下面是采空区。溪湖、牛心台也一样，本溪的煤田在太子河下，在铁路线下，在高高低低的建筑物下，包括此刻她摆摊的地下，也被采空了。井下拒绝女人，她从未去过那个地下的世界。父亲每天下班后回家的神态告诉她，他和他的工友们在那个空洞的世界里，曾是多么踏实、满足，并带给家人同样的感受。可现在，一想到脚下的空洞，心头就没着没落的，甚至有沉陷到了那个空洞的世界里的感觉。

梦里乾坤，天上地下。猛听得"城管来了"，一阵手忙脚乱，然后拔脚猛跑，直到觉得安全了，或者真的上气不接下气了。

她从未见过父亲流泪，儿时就觉得男人不会哭。一次父亲带她去医院看望工友，邻床一个大男人哭出了鼻涕泡，把她逗笑了，也把那个大男人逗乐了。那时她就记住女人也不能哭。可一被城管追撵得只恨爹娘少生了两条腿时，没人处，坐在那里，有时就会默默垂泪。

报纸上说、领导也讲，改革开放会有阵痛，要付出牺牲，没想到首先从他们这些人开始。

父亲说，你是党员，不能去闹。

那时她正在推销三株口服液。开头没去，后来听人说"谁不去是叛徒"就去了，拿个马扎子，去那市府广场黑压压的人群中静坐。市政府组织人给大家送水，冬天送热水，夏天凉白开，还搬去一些饮水机，郭雅丽上去帮着忙活。

考律师，考保险公司经理，笔试最多差20分，最少只差6分。"文化大革命"中打下的文化底子，无论她怎样聪明，能考过那些大学生吗？

有家公司招聘个办公室主任，她去了。人家说广告上说得明明白白，要男的。她说我知道，把我当男的就行。

郭雅丽，近1.70米的个头，身材匀称结实。大雪飘飘，在文联采访，推门进来，一张杏仁脸冻得红扑扑的，皮肤白净得能看见下面的毛细血管，性格沉稳、大方，行事干练，一直独身。第一次采访，我和文联的王重旭副主席就想给她介绍对象。

她说，开头到哪儿应聘，实话实说，把自己的优缺点一一道来。后来发现，要想聘得那个职位，就得把自己说得无所不能，而且真就得无所不能。上任半个多月，一位副总经理心梗猝死。要在往常早躲得远远的了，这回动嘴动手，全靠她张罗。没出一个月，老板的儿子百日庆宴，又是她这个办公室主任的职责。依然尽职尽责，事无巨细，百密无疏。老板一时高兴，大加赞赏，要给她加薪，她掏出了辞职报告。

她说受苦受累不怕，就怕受气受白眼。

这种"运动战"、"游击战"的最后一战，是在本溪第一家麦当劳店。报名、面试、培训、排班、大堂、售卖、现金四个经理全干过，每周逢单是白班，逢双是夜班。她喜欢夜班，这样就可以连轴转，白天还可打份工。父母和弟妹说你是铁人哪，不要命了？

一天凌晨，出租车司机好歹把她喊醒了，她不知道是怎么下车的，身子像没了骨头似的，使劲睁开眼睛，这是哪里呀？竟认不出生活了三十多年的矿里街，找不到自己的家了。

睡眠永远比吃饭重要。马蹄表定时把她催醒，匆匆梳洗完毕，临出门道一声：爸呀，我今天去把你的党费交了。

即便囊空如洗，连坐公交车的两角钱也掏不出来、或舍不得时，像父亲一样，她每月按时交纳党费。

笔者总觉得城市像人一样，有她的筋骨、血脉、魂灵，乃至生命周期。一代代生生不息的人的命运，决定一座城市的命运。而人的命运，又与人的素质和这方水土的文化息息相关，其中举足轻重的是志气，有个安放灵魂的地方。

笔者的校友、妻子的同班同学、在矿务局医院工作的房桂英，关于矿务局破产的感受、冲击，好像有点间接。

工人住院，几天、十几天、个把月，出院时结账，花多少钱有个小票拿回去，煤矿很快就把钱转到医院。自有了矿务局医院就这样。从1985年开始，逐渐就光开小票不来钱了，煤矿欠医院的，医院欠药厂、医药公司的。这时房桂英正在财务科，人家来要钱，就跟人家解释，你把心放肚子里，我们这样的医院还能把钱欠黄了吗？这话是非常有说服力的，说的听的都根本想不到真就黄了。

最早听到"破产"两个字，有人不明白什么意思，有人觉得这不是资本主义西方世界才有的事吗？

在整个矿务局系统中，医院的处境算是最好的了。一是可以向社会开放，收治病人有钱赚，每月多少也能开出工资。二是全院六百多人还有两条路可以选择。一条买断走人，就不再是矿务局的人了，怎么生活自己弄去。另一条硬挺，与医院共存亡。

"文化大革命"中，笔者母校有支毛泽东思想宣传队，文艺演出全县一流，房桂英为台柱子之一。父亲原是县粮食局长，成了"走资派"，完全因为这种文艺特长，1968年下乡去到一个比较富裕的生产大队，两年后招工回城，又直接被矿务局毛泽东思想宣传队选中。"文化大革命"结束，宣传队解散，先去机电厂描图，又调到医院总务科、财务科。下乡算工龄，按工龄买断，一年330元，能拿到10230元。

一百多人选择了买断。一种是医生有自信，去了私人诊所、民营医院，收入倍增，等于白拿一笔买断钱。另一种多为行政人员，认定硬挺下去前途无望，或者家庭出了什么问题，急需一笔钱。待到后来需要买养老保险，一些人的买断钱都不够，也就顾不得将来了，爱咋咋的。

刚下乡时，见到个年轻的母亲敞着怀，一手抱孩子喂奶，一手拎着猪食桶去喂猪，隔着猪圈和邻居大嫂唠得热火朝天。知识青年房桂英当即下定决心：倘若将来我也得这个样子，这辈子就不嫁人了。

可眼下这事到底应该怎么办哪？她真的拿不定主意。

跟丈夫商量，与科长研讨，又去找院长。都说市卫生局会接收，那又会怎样？

"四座大楼，三足鼎立"，医院也一样。人们至今仍然习惯地称之为"二院"的市中心医院与本钢总医院、矿务局总医院，山城本溪的三大医院的综合实力，一直难分伯仲，矿务局医院则在心血管、腹外、眼科、儿科领先，外地人都慕名而来。这回破产了，年轻的走了，年老的退了，一落千丈，就算被卫生局接管了，谁还来看病呀？而像她这样没有一技之长的人，会不会被分去洗衣房，或者扫地擦窗当个清洁工啊？

三年困难时期，粮食局长的女儿一样吃糠咽菜。民以食为天，谁能不吃饭哪？这粮食局应该万古千秋了吧？说没就没了。没了粮食局，老百姓反倒方便了，还节省了社会资源，是好事，新事物。看新事物不能用旧眼光。可马上奔五十的人了，能有多少新眼光呀？

买断？硬挺？有人一天变了几个来回，有人神经质似的，见人就问你说这事应该怎么办啊？

街头算命的生意火爆起来。

最终决定与医院共存亡的房桂英，开始节衣缩食。从小家庭优裕，好打扮，又漂亮，宣传队的台柱子能不漂亮吗？有些衣服穿几次就放起来了，这回都找出来，不大合适的动手改改。鱼肉蛋什么的，除了来客人，基本就是年节再想了。丈夫是经济师，在本钢初轧厂工作，月收入最多时1500元。煤铁之城，一煤一铁，煤没了，这个家还有铁撑着，过正常日子没多大问题。可儿子读中学，过几年考大学，还得娶媳妇、买房子，一笔笔都是大钱，不趁早过点紧巴日子怎么行啊？

忽啦啦走了一百多人，人员变动，机构调整，房桂英任机关党支部书记、爱卫会主任、计生办主任。一天，一个后勤的大集体工人打电话，说我老婆怀孕了，第二胎了，你们看着办吧。老天爷，基本国策，一票否决呀！一间小房，一个小院，一条大黄狗扑上来，冲她狂吠。房桂英最怕狗了，可就是狼也不能退呀。她把装着100个鸡蛋的篮子护在身后，汪汪声中也听不大清里面说了什么，大冷的天，冻了半个多小时才进屋。唠上主题，不到30岁、挺秀丽的小媳妇，说我生孩子卖钱。房桂英说那是亲骨肉哇，小媳妇说亲骨肉也得活命啊，除了生孩子卖还有什么招了？你看这个家还叫个家吗？说着就哭了，房桂英的泪水也下来了。唠了个把小时，小媳妇破涕为笑，说房姐你放心，我没怀孕，是吓唬他们的。

院长张明亮，当过10年井下一线工人，又当矿长。当了院长，冬天一双呢子面敞口棉鞋，鞋底钉块手推车轮胎外带，鞋尖后跟船头船尾般向上卷翘着。破产那年46岁，平时话语不多，沉稳踏实，精明干练。

在全院医护职工大会上，他说，过去咱们在一条船上，今天还是这条船上的人，只是这船已经跟过去不一样了，一样的是拼搏、竞争。我就跟大家讲竞争。市二院、本钢总院、矿务局总院，本溪的三大医院，谁不憋着劲比学赶超呀？现在咱们不行了，不行了更要竞争，到市场上去竞争。大病重病疑难病，人命关天，这个要实事求是，将来争。眼下要争的，是大量的常见病、多发病，把这些患者争取过来，把我们的医疗水平和综合实力发挥到最大值。有人说笑脸不治病，我说笑脸暖人心，冷脸能添病。我不要求你对患者都像自己的家人，像亲戚朋友行不行？我们需要破釜沉舟的决心，更需要脚踏实地的行动，需要付出比别人更多的辛苦，首先要树立患者第一思想，在医德医风上争第一、创名牌，我们这只船就能乘风破浪，否则迟早还得沉没。

已经更名为"金山医院"的原矿务局医院，是最早开始微笑服务的。

矿务局走下坡路时，本钢的势头挺好。笔者所在部队军官转业，都爱去本钢。上世纪80年代，洗衣机开始普及时是单缸的，90年代多个甩干功能双缸了，本溪人就有了"单钢"、"双钢"一说。"单钢"即一个人在本钢工作，"双钢"就是夫妻俩了，意味着富足、保险，令人羡慕。

2000年秋的一天傍晚，房桂英很晚下班回家，见丈夫坐在书桌前愣神，饭也没做。问怎么了，丈夫长叹一声：我"退养"了。

每个时代都会死去和诞生属于那个时代的大量的新词汇，"退养"即退职休养。减员增效。男48周岁，女43周岁，以此为界，本钢所属企业全部一刀切退养。

这时，金山医院已大有起色，房桂英的收入已由破产前后每月最高的400元，增加到1600元。而退养的丈夫则一下子减到530元。

煤奋起，铁又塌了——家庭过山车。

房桂英家你低我高，这过山车算是转了个平手，那些退养的"双钢"呢？

"双钢"也好，"单钢"也罢，每月还能开几百元，还有一分钱没有的。

后面将会写到，本钢钢管公司，那是集团中的集团，下属6个分厂两千多人，自1996年"放假"后，12年后每人补了一千多元。

还叫"地工路"

苏新军之后的合金厂厂长吕殿义，年纪跟苏新军差不多，中等个头，瘦，多病，还负过伤。那时不像现在，开会桌前放瓶矿泉水，或者一杯茶水，有人还自带水杯。

他犯病的时候就摸出几片药干咽下去。有时疼出冷汗，吃几片药顶顶，什么不耽误。

外出一身洗得发白的黄军装，或者中山装，在厂子就是工作服，一看就是个工农干部。新中国的工业，原本不是西装革履的人搞起来的。可跟他谈起合金，会以为他是科班出身的专家，懂行又严谨。其实，他原是东北军，后来参加八路军，转业前是个少校。爱动脑筋爱看书，到合金厂后看的几乎都是有关合金的书，他说看书还能止痛治病。

青年工人称苏新军"老苏头"，吕殿义就是"老吕头"了。"老吕头"没官气，没架子，却威严，平时有空喜欢在车间里转，早晚爱站在厂门口看工人上下班。倘是今天，有人会说这是老板在看着咱们，当监工了。那时没人这么想。而在"老吕头"迎来送往的目光中，就像看着孩子回家了，忙活一天又回自己的小家去了。

像苏新军一样，吕殿义对于干部很严厉。领导班子成员中，吕殿义批评得最多的，是给他写过大字报的一个人，这个人认定吕殿义是挟私报复，许多人认为吕殿义不是这种人，却也不能没有疑问。后来合金总厂分厂钨钼厂厂长姜峰，看了这个人的档案，发现对这个人最重要的一次提拔使用时，吕殿义的评价非常客观、公正，谈到的优点也最多。

《本溪市志》中说："1966—1968年受'文化大革命'动乱影响，地工产业生产基本停滞，收购困难，工业品长期短缺。"

吕殿义就是这当口来到合金厂的，撑过难关，继续书写辉煌。

最辉煌的一笔，是钨钼厂与中南矿冶学院进行厂校合作，辽宁首创，全国罕见。中南矿冶学院缺少科研、教学基地，合金厂从"一二三四"开步走那天起，最缺的就是科技人才了，情投意合，优势互补，先是无偿，后是有偿，互利互惠。市委、市政府大力支持，先后四次会议，研究实施给政策。一切顺风顺水，合金厂自然如虎添翼。

专家、教授送上门，再把青年工人、干部送出去，到中南矿冶学院培训、学习——吕殿义想的是合金厂的百年大计、万世基业。

中南矿冶学院副教授席辉楚，是张学良的医官的儿子。夫妻俩在合金厂三年，把孩子也带来本溪读书。1985年10月14日，席辉楚心脏病猝发去世。吕殿义老泪横流。全厂人为其送葬，许多家属也特意赶来，一路纸钱飞舞，哭声动地。有记者说，我要能活到这份儿上，情愿立马就死。

合金厂的历史，少不得两个人，苏新军和吕殿义。两个人都属"大老粗"干部，没多少文化，特别尊重知识。即便是"臭老九"已经臭到家的时候，也是一样。这是一种骨子里的东西，一种最普通的原本的常理。只是苏新军没有这样的机会，吕殿义赶上了改革开放的时代。这个爱动脑子的、落到笔上通常会被形容为"一心扑在事业上的"打江山的共产党人，怎能不甩开膀子呢？

去冶金部办事，吕殿义兜里包里翻了个遍，也没找到介绍信。那时大小是个单位，就有制式的介绍信，写上姓名、人数、事由、时限，盖上公章，出差必备，就像赵捷当年来接收本钢时的护照。没人知道他是冶金部长吕东的侄儿，他也不会说这话。末了，找出几张职工食堂的饭票，说这个能不能证明我的身份哪？那门卫瞪大眼睛，重新打量这个干瘦的小老头：你是本溪合金厂的呀？

那意思是你怎么不早说呀，谁不知道本溪合金厂啊？

本溪合金厂的生产、销售额，已占全国的60%。

刘忠绪老人，笔者采访时89岁。他是辽阳人，1948年正是煤铁公司大批招工时，他的叔叔在一铁厂，捎信让他来。先在黏土矿当工人，第二年9月到一铁厂炼铁车间为高炉送风，从此未离开热风炉，1955年就是"八级大"，1980年退休。

老人家住南地。骑自行车、坐公交北上，隔着一条太子河，老远就看到一铁厂高耸的1号、2号高炉。骑自行车不能总盯着，就选个最近的距离、最好的角度停下来，站那儿望啊望，恨不能拥在怀里。坐公交车，先是前望，后是扭过头去回望，直到没了影儿。

刘忠绪老人说，他的梦里都是高炉、热风炉。而同样在合金厂干了一辈子的孙金章老人，也真的只有在梦里才能见到他的合金厂了。

矿务局正式破产前，包括合金厂在内的本溪著名的地工路，地方工业路，地方工业一条街，已经成了"停产一条街"。

遥想当年，打夯的号子，不断矗起的厂房，不断地"国内首创"、"填补空白"、金牌、第一。上下班高峰，骑自行车的，坐公交车的，各单位的班车大巴在车水马龙中鸣着喇叭。接下来，那些耸立的大烟囱，红砖的，钢筋水泥的，用盛装原料的铁桶焊连起来、再用钢丝绳拉拽固定着的，一个个陆续不冒烟了，白天行人寥寥，夜里一片漆黑。继而，临街房屋挂起各种招牌，饭店、歌厅、台球室、水果店、粮店等等，晚上霓虹灯闪烁，复又热闹起来。而今的地工路，两侧楼厦林立，一个个居民小区，又一番景象。

仿佛一夜之间，变戏法似的。

1956年到合金厂、40年后退休的孙金章老人，一辈子在生产一线，看到的都是实实在在的事，最反感的是"走后门"的"不正之风"。在本溪，除了本钢、矿务局两家中央企业，地方国营中最好的铁饭碗，自然就是合金厂了。工资高，分房快，待遇好，年轻人找对象也以找到合金人而自豪，一些人就想方设法把孩子安排进来。普通职工的子弟，岗位自然比不上这些人，有的两个萝卜一个坑，萝卜也能占人参的坑。合金厂素以严格履行规章制度著称，1986年孙金章当车间值班员，发现夜班有人睡觉。合金厂黄了后，有人百思不解，说当年"一二三四"起家，能打下全国大半壁江山，如今这么多人，这么好的设备，这么好的产品，怎么说黄就黄了呢？孙金章老人说，他发现有人在岗位上睡觉，管得了张三，管不了李四，就知道早晚是这么回事了。

与此同时，民营企业的小老板和供销人员，拉着那个年代还挺稀罕的拉杆箱，开始出入天南地北的企业、宾馆，本溪合金厂的产品逐渐就卖不动了。合格不合格的，人家的产品价格低，还有回扣，你行吗？

本溪合金总厂为国家大一型企业，最后一任厂长秦家福，人称"秦大一"，与笔者年纪差不多，六十出头就去世了。一些人说他是"懊糟"（苦闷、烦恼）死的。

有人说，从苏新军到吕殿义，合金厂不是一个高蹦上来的，到了秦家福却好像一个高就蹦下去了。

有人说，在那个特别强调工业总产值的年代，是秦家福将合金总厂由3000多万元发展到6700万元，本溪才有了这么一家地方国有大型企业。只是每代人都有自己的角色、使命，甚至宿命。无论秦家福多么精明强干，多么想把厂子搞好，日夜操劳，着急上火，到他这任几乎注定只能是个"败家"的角色。

"文化大革命"重创地工路，有人像断了线的风筝飘哇飘，有人脚踏在地上，做着默默无闻，却是古往今来、千秋万代都需要做的事情。接下来，有的开不出工资了，有的勉强维持着，有的再创辉煌。待到有了"破产"一说，有的步了矿务局的后尘，有的改制了。合金总厂的1万多职工，也融入到以矿务局为主力的打工者大军中。

地工路过山车般升降浮沉的最后一幕，是把地皮卖了，给各奔东西的下岗职工买养老保险。

俱往矣。

采访中，许多人谈到"一刀切"。

矿务局破产已成定局，问题是究竟应该怎样破产。一位中央领导请主管工业的副市长谈谈，这位土生土长的本溪人实话实说，矿务局下属这么多单位，我认为应该具体情况具体分析，有的可以破产，有的不能破产，有的能不能看看再说？资本主义国家有比较完备的法律，我们毕竟还缺乏经验，也缺乏理论、思想准备，以及相应的政策、法规。全国第一家破产企业沈阳防爆器材厂，厂小人少，容易消化，再就业压力不大。像矿务局这样的大企业，整体破产，几万人一下子放到社会上去，恐有不妥，应该慎重，区别对待。

十几年后，谈到某煤矿被人买去赚大钱了，这位当年的副市长说，这说明非改革不可，还说明资源并非都枯竭了，还有煤价上来了，任何成败利钝都少不了运气的参与。

一些下岗职工说的是：咱们要是再干上一两年，还用破产吗？

矿务局加本钢，再加上地方企业，本溪下岗职工达18万多。以当时抓得非常紧的"一对夫妻一对孩"和"一对夫妻一个孩"计，每个下岗职工身后少说应有两个人，就是54万之众。1998年年末统计，本溪人口1563358人，就是说每3个人中，直接受到下岗冲击的就有1个多。

中国有几个城市，曾有这样的失业比例？

这对一座城市意味着什么？

有人说，毛主席说"要奋斗就会有牺牲"，改革开放也一样。摸着石头过河，有的摸得挺顺溜，有的难免湿鞋湿脚，本溪是掉河里了，在激流中挣扎着、游着。

苏新军和舒群，厂长和副厂长，两人互敬互爱，用民间的话讲叫"对撇子"（情投意合）。喝酒也"对撇子"，你家我家，你一口，我一口，边喝边唠，唠工作，唠人生。1959年"反右倾"，有人贴出大字报《合金厂五大吃家，苏新军名列前茅》。他看不大懂，问旁边的人，说我什么"毛"哇？

工作严肃认真，没事爱说爱笑，和职工没大没小的。这并不妨碍人们对他的尊敬，当然也不妨碍大家跟他开玩笑。看到女工洗脚，有人说你敢不敢跟她洗脚？那女工是个泼辣的大嫂，也跟着将他，说来呀，他的一只脚就伸到那脸盆里，大家哈哈大笑。运动来了，有人就给他贴大字报。

"文化大革命"中，"走资派"苏新军被开除党籍，一家人从"幸福楼"扫地出门，到本溪县富家楼子公社赵甸子大队安家落户。

这天和大队书记唠嗑，书记说委屈你们城里人了，这大山沟子太穷了，干一天活还挣不上1毛钱。

苏新军说，想过好日子好办，按我说的道走就成。

苏新军的档案还没转来，没人知道他是新中国的第一家国营合金厂的厂长。听他把好日子说得像吹口仙气伸手就来似的，大队书记孟昭维惊愕中当然不无疑问，待到听明白后，这不是天上掉下个财神爷吗？一拍大腿：老苏大哥，就按你的道走，天塌下来我扛着！

合金厂多年的废铜渣，堆放在本溪市卧龙村的山沟里，里面有10%左右的残铜。苏新军带人用马车拉回来，又亲自动手砌起"八卦炉"，再做了一个耐火罐，指导大家做了同样尺寸规格的30个耐火罐。

"一二三四"——苏新军又在本溪县的大山沟里吹响了冲锋号。

一个月后,赵甸子大队买了第一辆拖拉机,两个月后有了第一辆汽车。

炉火熊熊,汽车隆隆,全县17个公社141个大队,有几个有解放牌大汽车的呀?幸福向赵甸子大队招手,赵甸子人美死了。

1972年年底,苏新军扛着一卷行李来到县城。县革委会主任张德魁找他谈话,让他给县里建一家熔炼厂,他说行。张德魁说,老苏啊,因为有你,才想办这么个厂子,这个厂子全靠你了,可我却不能给你个名分。苏新军连连点头说行,没问题。从大队书记到县革委会主任,他知道他们承受着什么样的政治压力。别说党籍了,后来他发现自己连户口都没了,整个一个黑人。多少人对他唯恐避之不及,这两位当家人却甘愿把命运与他连在一起,实在令他感动,也不能不为他们捏着一把汗。当年在合金厂,"苏厂长"、"老苏头",叫什么他都答应。而今,仍然有人称他"苏厂长",他知道这是一种过去时的习惯称呼,或者尊称,他一概予以制止,坚决地纠正为"老苏头"。一辈子被两次开除党籍,再大大咧咧、不拘小节的人,也不能不变得分外敏感。他怕引起误会,更怕有人打小报告,把"重用坏人"的帽子扣到当家人头上。他必须尽力保护他们,保护他们就是保护自己,保护自己倾心热爱着的事业。在这个世界上,只要能让他干合金,那就是最大的幸福和快意了,夫复何求?

转过年去,正是三九天,"老苏头"和几个工人来到县城西北的太子河畔,借用原本溪县黏土矿的两间石头房,一间做宿舍,一间做厂房,建起两座熔炼炉。

远在赵甸子的妻子不放心,打发儿子来看看丈夫活得怎么样。冰天雪地的世界,厂房里熔炼炉炉火正旺,宿舍里砖头搭起的木板床头,一个老酒壶,一个剩点饭菜的饭盒,饭菜和床下脸盆里的水结了冰。

"一二三四"!

1974年,即建厂第二年,实现产值374万元,利税38万元。

2003年,已改称冶炼厂的熔炼厂,上缴利税过亿。

60多年前,从汽水厂的偏厦子,到溪湖的慈航寺大庙,最终在太子河畔的高峪安营扎寨,白手起家,产品销量占据全国的半壁江山。当合金厂辉煌不再,地工路最终定格为"停产一条街",留下一条"地工路",一段历史,一卷记忆,一个符号,让后人怅惋、沉思时,而今本溪著名的工业企业冶炼集团,正在悄然而迅速地崛起。

你不能说这一切都是苏新军一个人的功力、功劳,可历史有时如果没有这样一个人,就硬是不行。

突出重围

关广梅，一个喝太子河水长大的本溪人，上世纪 80 年代中国改革开放的风云人物。

1971 年，21 岁的关广梅，到市蔬菜公司消防副食商店当营业员，被分到猪肉组，具体工作是砍肉。几公斤重的大刀起落，用冷冻车从南方运来的梆梆硬的猪肉柈子，就在咣咣咣声中被剁砍成小块。这形象、气势，似乎与个姑娘家对不上茬口，但这工作实实在在的是给那个年代寡淡的百姓餐桌，送去点油水和肉香。

从营业员到市场部主任、业务经理，十多年的经验积累，不可或缺的天分、悟性，大刀阔斧动作起来就一鸣惊人。1984 年承包消防副食商店，1986 年租赁濒临破产的光明商店和全市最大的副食商店东明商场，1987 年她的租赁集团扩大到 8 家，占当时全市零售总额的 1/3，有媒体称她组建了中国第一个租赁商业集团。

关广梅租赁的东明商场，货柜大都敞开着。门口贴着公告，标示经营的 120 种副食品价格，如果顾客发现高于其他商店同一商品的价格，商场除找给差价外，还奖给价值 1 元的购物券。这在今天都属小儿科了，不值一提。读者可能不晓得的是，如今居民最低生活保障标准，是那个年代我这个中校军官薪金的 5 倍左右。社会发展、进步，当然不能全用钱来衡量，也能窥见一斑。

租赁立竿见影。消防副食商店实现利润高出合同 50%，比租赁前高 1.5 倍。长期亏损、行将破产的光明商店，一个月即转亏为盈，8 个月盈利 8 万元。东明商场租赁后 5 个月，利润比上年同期增长 2 倍。

可招标大会上，某商店门市部主任和二十多个班组长，一起站起来大声喊，我们不同意关广梅租赁！

痛苦与幸福像对连体婴儿，问题在于最雄辩的事实已经站出来说话了，依然扯不清、理还乱。

我无论如何不能理解：过去微利、亏损，甚至连工资都发不出来的企业反而是社会主义，现在有了利润的企业反而是资本主义，真是怪事！

这句普通的，却是一针见血，又恰逢其时的大实话，出自关广梅写给《经济日报》的一封信，发表在 1987 年 6 月 12 日这家报纸的头版。随后，就是这家名曰"经济"的日报，展开的历时四十多天的关于姓"社"姓"资"的全社会的政治大讨论。

时称"关广梅现象"。

关广梅之前，已有大名鼎鼎的"南步北马"，即浙江的步鑫生，河北的马胜利，她并不是中国租赁第一人，租赁企业的规模也不是最大的。论年收入，与在十三大期间同时出现在记者招待会上的鲁冠球相比，只是人家五位数的一个零头。可那个时代却选择了她，把她推上了舆论的风口浪尖，因为她的大实话触动了那个时代那根最敏感的神经。

《经济日报》销量大增，"关广梅现象"成为舆论焦点。

有人说她是"没有资本的资本家"，有人说她"把市场的商品和物价都垄断了"，有人认为她租赁的商店涉嫌脱离了党的领导。所有的批评和责问，都归结到一点："她干的是社会主义吗？"连之前跳交际舞，也被提到了"资产阶级自由化"的高度。

而在出口的、没出口的一些人的潜意识里，你是省、市特等劳模，全国"三八"红旗手和"五一"劳动奖章获得者，优秀共产党员，就应该"无私奉献"，年薪怎么能比普通职工高几倍呀？

一点也不奇怪——三十多年来，我们的各种会议和宣教机关，一直不就是这么教导、批判着吗？

何况，这年的《人民日报》元旦社论《坚持四项基本原则是搞好改革开放的根本保证》，指出"要坚持四项基本原则，就要旗帜鲜明反对资产阶级自由化"。传统的当下的，有无利害关系的，这些张口就来的念念有词，都属主流思想，自然更有底气，理直气壮。

有媒体称，由关广梅的一封信引发的关于姓"社"姓"资"的这场大讨论，为中共十三大的召开做了充分的思想、舆论准备。

这年秋天召开的十三大会议期间，关广梅和同样来自基层的三位南方改革家，在人民大会堂会议厅被二百多名中外记者团团包围。在被问到改革遇到的阻力时，这位落落大方的本溪女性，侃侃而谈：人们思想认识和观念上的不一致，是我遇到的最大的阻力。不管顺利，还是遇到阻力，我都将坚持改革，因为改革是中国的大势所趋，不可逆转。

第二年，东明商业集团解散，关广梅退居二线。1998年48岁，正是干事业的年纪，从糖酒公司总经理的位置上退休。

这一年，这位曾经投书报社求助的新闻人物，最后一次接受媒体采访，就再也没有记者能够见到这位或者姓"社"、或者姓"资"，仿佛已经不再姓关了的极富争议的风云人物。

在改革的大潮中轰轰烈烈出场，在激流险滩中摸着石头过河。仿佛完成了一个使命，一颗平常心，转身回归自然、平凡。

"生在新社会，长在红旗下"，这代人也算历经人间四季，一颗心承载得太多，蹦跳得太颠簸、太悬乎，也就活得太累。关广梅还应加个"更"字。而这种累，又有几多是她能够承受并应该由她承受的呢？

当关广梅在北京参加十三大时，笔者受命正在本溪采访另一位改革开放的标志性人物、人称"破烂王"的张玉金。

这年53岁的废旧物资回收公司经理，中上个头，挺胖，圆乎乎的脸上一双大眼睛，笑眯眯地招人亲近，瞪起来也挺吓人。

祖籍山东黄县，父亲闯关东到本溪做买卖，赶上乱世，一事无成。他9岁挎个篮子，沿街叫卖香烟花生鸭梨苹果糖。国共拉锯，安东有盐缺布，他就来回跑这买卖，跑一趟一家人好吃好喝过半年。得拿命换。过几道封锁区，有时子弹就在头上"嗖嗖"飞。

本溪解放，铁路、工厂、矿山到处招工，他想都不想，贸易局贴出告示立马去报名。站柜台第二年，本溪县有三个一等营业员，他是其中之一。第三年调到市里，他是最年轻的一等科员。然后股长、科长、副经理、经理，又食堂管理员、修建队长、"现行反革命"，再科长、副厂长、副经理、经理，乌纱帽变换，人生浮沉，最倾心的还是做买卖，他觉得他就是来这个世界当买卖人的。

到社营级的贸易货栈当经理，任命书上特意注明他是"副处级"，他把那括弧里的三个字好一阵端详。这贸易货栈是买卖，做买卖讲的是亏盈，盈了货栈就发达了，亏了正处也白搭。有人做买卖是假，当官是真，买卖黄了不心疼，不耽误当官就行，换个地方乌纱帽还能换个大号的。他讨厌这种人，认定这种人是官场上的奸商，但这并不等于他不想当官，没有"野心"。

单位换了十几个，煤铁之城转了大半圈，人生半百使他名声大噪的，是1984年夏关于承包废旧物资回收公司的招标打擂。报纸上说他是"改革家"，路透社说他是"野心家"，他说"我是买卖人，给共产党做买卖的买卖人"。

3年前，人称"张大炮"的张玉金，是这家"收破烂"公司的副经理。不管公司年盈利多少万，他总说"能翻番"，而且讲得头头是道，可一举手"张大炮"就哑火了。他口径再大也是单管发射，人家是多管火箭炮齐鸣，说他"吹牛皮"、"放大炮"、"想当官"，是"野心家"，结果是卷铺盖走人。卷了铺盖刺激着他，改革的大潮推拥着他，"张大炮"把炮架到市供销社，架到市政府、市委，一炮又一炮不带标点符号的连珠炮。他说我不是吹牛皮，敢把军令状写在牛皮纸上，如果一年不翻番，罚我撤我降职降级开除党籍，怎么的都行。结果就有了承包公司的招标大会，并最终以185万元夺标。

接手时公司盈利60多万元，10月底突破180万元，年底达到300万元。

张玉金有句名言："我会赚钱，因为我知道钱眼在哪儿。"

"收破烂"公司盈利天天看长，有关部门桌上的告状信也越来越多。

先查"非法收购"、"偷税漏税"。这事还真有，可不是调查组查出来的，是他们自己查出来的。他说这事今后可能还有，因为有捅咕的人。欢迎你们经常来查，查不出来也能震唬那种捅咕的人，你们是对我负责，咱们都对党负责。

又查他"重用坏人"。"坏人"之一解放前当过半年特务，后来投诚参加解放军，招标大会上投票反对张玉金夺标，张玉金把他由副科长提为科长，又提为经理助理，因为这个人懂行、能干。"坏人"之二开过五金行，曾被定为"不法资本家"，以后老老实实，再也未乱说乱动，搞金属鉴别在全省都是能人。"坏人"之三竟然是个妓女，一了解原是"满洲国"的事，那时她才11岁，被卖进火坑就一年。

又说他"滥用职权，提拔七八十个科级干部"。他说确有其事，说他们是处级也行。公司原来网点少，破烂收得少，他又增加了几十个分公司和门市部，还想设十几个，再多十几个"经理"。"经理"叫着挺好听，其实都是原来的级别，没多一顶官帽。就像现在都叫孩子"心肝"、"宝贝"，叫"小猫"、"小狗"也一样，就是个名。

最后说他"受贿"，数额开头说是1000元，后来变成300元。当时的300元，差不多够得上个处级干部的小半年工资了。他说这事好办，像"文化大革命"那样把我揍一顿，揍蒙了兴许就能承认了。

末了，这位"破烂王"叹口气，告诉笔者：买卖人讲"和气生财"，可我招标那一下子就得罪了那么多人，和气得了吗？这些人虎视眈眈的，我就是再不讲党性，不讲良心，也不能违法乱纪——不敢哪！

1980年5月，当初被称作"新生的红色政权"的"本溪市革命委员会"，改称为"本溪市人民政府"。

"文化大革命"后的第一任市长是连承志。

连承志，山东省荣城县人，1928年出生，1944年读师范时参加革命，到抗大一分校学习。日本投降后闯关东，先在辽东军区看管金柜，国共拉锯在本溪县打游击，到处钻山沟，钱袋子也背在他身上。干这活一要革命坚决，立场坚定，稍有动摇，见钱眼开，拐跑了呢？二得身强力壮。身背枪弹等装具，还有干粮什么的，额外再加个钱袋子，翻山越岭，没副好身板真不行。连承志1.85米以上个头，身大力不亏，在本溪40年，有几个本溪人不知道"连大个子"的？

而十年浩劫后的第一任市长，怎么形容他接收的这方天地呢？也跟当年进城时的感觉差不多，重新收拾旧山河。

衣食住行，吃喝拉撒，全是问题，而且许多已经到了非解决不可的时候了。

如今上下班高峰，中国好像没有不堵车的城市。那些停在楼前、胡同、停车场里的汽车，一下子涌出来，挺宽阔的马路就成了停车场。那时车很少，当市长5年，他也没有专车。被现代化的进程取代的是自行车，那时中国是自行车王国。有时步行，有时骑车，有时他这个市长也往那能把孕妇的胎儿挤掉的公交车上挤。而这些挤上没挤上公交车的，好歹还能来挤，汹涌的知青回城大潮，还有每年4万多的高中生，那个年代又有几个人能考上大学呢？这一刻的市委书记、32年前来接收这座城市的市长王玉波，当年着急上火的是从市政府到煤铁公司都缺人手，如今正好倒过来了。"文化大革命"中，中国发展最快的就是人口了，一下子猛增了3个亿。市委、市政府千方百计，竭尽全力，终于把这些待业的人推进公交车去上班了，十几年后又下岗了，弄得他们这些前任好像是为后任出难题似的。

灰黑色的人流中，国防绿的军装是人们的最爱，比今天所有的国内外名牌都名牌。男孩子特别迷军帽，笔者的军帽就被抢过，在矿务局医院附近。没人想到二十多年后的世界会多么斑斓，年轻的女性大冬天里面穿条绒裤，外面套个"裤衩子"，在大街上溜达。无论如何，衣的问题不大，食就显得急迫了。自这方水土有饭店后，豆腐脑儿就是一道少不了的大众小吃，"文化大革命"头两年还有，不知何时不知不觉就没影了。那时本溪人、辽宁人非常羡慕北京人的重要原因之一，是北京的副食商店卖猪肉，而且不需要肉票。笔者的采访对象，好几位谈到当年去北京出差往回扛猪肉。这事笔者也干过。如今人们不知道吃了多少瘦肉精，那时专挑肥的。大热的天怕臭了，买肉还得买盐，回到住处用盐卤上。肚子里再缺油水，吃了喝了也得拉撒。每天清晨，一片片的平房区，厕所前就排起长队，年纪大的拿个板凳坐着，雨天再打把伞。

一个五十出头的大个子男人，背着个挺大的旧挎包，大步流星过来了，人们说这不是连市长吗？嘴上想跟市长唠些心里话，还得提防着下边，尿急呀。精力不集中，容易跑冒滴漏。

至于住房，有这排队如厕，已经不言自明，留待后面专门叙述。

好像光顾着"闹革命"了，喧嚣过后，人们才发现一切好像还是老样子，一切又都与从前不大相同了。

有道是"大医医无病"，而这时的这座煤铁之城就像一辆疯跑了10年的汽车，所有的零部件都该大修、更换了。

每天早晨7点前几分钟，连承志高大的身影出现在市长办公室。各委局办领导也提前1小时上班，来见市长。开个会，有什么问题，怎么办。那时没有双休日，星期天固定半天会。晚上，或者厂矿，或者学校，或者街道，到处去转，有时带着有关人员，有时就他一个人。

该换届了，论年纪也该到站下车了，差额选举，当选的是老市长连承志。再选还是他。已经写了辞职报告的"连大个子"，硬是选不掉。结果一年间，本溪没市长，代理市长也没有，由常务副市长主持工作。

选不掉的市长，忙活的都是关系到百姓生活的实事。当然还有像关广梅、张玉金等人承包、租赁的事，只是刚开个头，就只能由继任者接力了。

在"人望幸福树望春"这个永恒的主题下，每代人都有自己特定的空间和使命。而接下来的这方水土的当家人所孜孜以求的，更能让人想到好像与今天八竿子打不着的老县长章樾。

孟昭淮老人说，1978年他在市委文教办工作，去福州、厦门、苏州、杭州考察中学教育，感触很深。恢复高考才一年，本溪人读书风气也挺浓，可比人家差远了。那时这些地区还比较落后，没多少大企业，考不上大学自谋出路，在城里帮父亲推车子。

生活的窘促，使原本就有经商传统的南方人，对市场有种本能的需求、欲望和冲动，机会到来，立马行动。本溪就不同了，大企业，大工厂，落榜当工人，接父母班。大国营，铁饭碗，靠国家，依赖思想，缺乏危机感，企业破产了，一下子闪那儿了。改革开放初期，多少南方人来本溪打工，街头修鞋的几乎都是浙江人。本溪人不干，觉得给人摸鞋底，丢人。

刘宁老人则谈了另一方面的例子。日本电影《追捕》上映了，女主角戴的帽子挺别致，服装厂眼明手快，立即生产一批，立即热销，小伙子也戴上了。国内开始流行喇叭裤、半高跟儿鞋时，服装厂、制鞋厂出手也快，厂子挺红火。"奇装异服"了，"崇洋媚外"了，"资产阶级自由化"了，各种责难也纷至沓来。这时刘宁是市经委主任，顶住压力，不为所动。这回帽子又火起来，而且是本溪人抢了先，市里有人火了，问是谁的主意，要追究责任。这下子扛不住了，立即停产，剩下9万顶帽子悄悄运去辽阳，个把星期就卖了。

老县长章樾力主修路，为的是走出大山，把山里的产品变成商品，与外面的世界连通起来。一个多世纪后的本溪市委、市政府的当家人，更需要的是一条心路，让思想冲破牢笼，在辽东大山里杀开一条血路，突出重围。

毫无疑义，关广梅、张玉金两位改革开放的典型，对于本溪的思想解放运动起了重要的推动作用。但冰冻三尺非一日之寒，那冰融三尺会是一日之功吗？

而且，有些问题的解决，是非政策加物质的力量不可的。

采访中，许多人谈到"东北现象"，谈到南方已经在改革的大潮中迅速崛起了，中央才提出"振兴东北老工业基地"。东北的工业，主要是辽宁的工业，特别是重工业，是中国第一骄子，科技力量也十分雄厚。科学技术是第一生产力，那改革开放的试点，为什么不选在辽宁？二战后，德国、日本迅速崛起，不也是因为有人有技术吗？设备老化，产品老化，人员老化，拖儿带女一大堆。而在深圳建特区，一张白纸，没有负担。在辽宁当家的领导干部，一茬茬都喊"解放思想"，怎么解放？中国最著名的省级领导改革家，恰恰是从辽宁出去的。

这一时期的本溪，也不无独特的贡献，那就是"东北现象"中的"本溪经验"。因为有了这个"经验"，全国各地在处理类似本溪矿务局那样的问题时，就比较慎重、稳妥了。

写着这一章，我总会想到"双百徐恺"。无论他是多么了不起的天才，可能成为什么样的大科学家，他都只能放弃。因为他是长子，必须撑起这个家，帮助母亲把弟弟妹妹拉扯大。而他讲的那个和党中央主席华国锋握过手，凛冽的寒风中，站在太子河桥头卖香烟的多病的"千吨风镐手"高贵全呢？

一个年代落幕时的那缕血色霞光。

那时没有网和微博什么的，一些段子也不胫而走，比如"下岗女工不用愁，涂脂抹粉上酒楼"。可像桓仁铅矿，多少年的中央企业破产了，偏远闭塞的大山沟子，想上酒楼哪有啊？

矿务局破产后，溪湖区 6.3 个人中，就有 1 个吃低保。

最困难时，有的区政府拖欠机关干部 18 个月工资。笔者的妻子在街道办事处工作，隔三差五也会拖欠一次。熟人见面，你们单位开支吗？能开工资的就是好单位了。

世上的树都往上蹿，采空区有的树朝下长。一棵一人来高的小树，一天天也觉不出矮了多少，突然有一天就没影了，沉陷下去了。

精神的，物质的，除了那 10 年外，我的家乡的幸福指数已经降入谷底。

曾经的中央直辖市的书记、市长，曾经的著名的重工业城市的书记、市长，曾经为共和国创造了那么多辉煌业绩的城市的书记、市长，如今成了"东北现象"中的典型城市的书记、市长。历史的接力棒一棒棒传下来，这一棒就到了他们的手上。"维稳"好像成了第一要务，本质的问题是解决百姓群众的基本需求，首要的当然是有个能够养家糊口的工作，有了工作还要及时地获得收入、报酬。

前面说了，2005 年年初统计，全市 34 万户城镇居民中，仅"零就业家庭"就有 1.11 万户。没说的是两年后，"零就业家庭"动态为零。

无论这个世界怎样人满为患，本溪在全国最先提出帮扶、解决"零就业家庭"时，曾经招来多少疑问的目光，这不就是人的最原始的需求，劳动者最基本的权利吗？

一场浩劫后的精神的、物质的贫困，一次悲壮雄烈的突围，从还在塌陷的沉陷区里奋力冲杀出来，不见血火，也没有传统意义上的英雄，没有老县长章樾那样的人物。

有知情者说，时势造英雄，没有时势就像种子没有土地。有些事需要回头去看，有的现在看都不大行，因为还不是一个全过程。有人耕耘，有人收获。历史的聚光灯下站立着的成功者，有时只是个收获的角色，真正伟大并付出艰辛的，恰恰是那些默默耕耘的人。

"李双双"——李茂章

一辈辈的闯关东人都是自发自愿的，日本投降后有所不同了，包括根本没有闯关东传统、主要为两湖两广人的国民党军队。中华人民共和国成立后，那人就更杂了，天南地北，一声令下，背点随身用品就来了。

李茂章是 1963 年 8 月来本钢的。

1941 年，李茂章生于山东省寿光县岔河乡老大营子村。这是个勤勉的不断书香的农家，祖父头拱地劳作，也要供孩子读书。父亲边读书边种田，读完初中当了小学教师。李茂章小学毕业考入潍坊二中，再考入山东冶金学院炼铁专业，从此与钢铁结缘。1963 年 7 月大学毕业，全校 250 名毕业生被分配到全国各地，李茂章和 22 名同学，来到当时中国五大钢铁企业中排行第二的本钢。

刚从三年困难时期走出来的本溪，形势正好，欣欣向荣。刚走出校门的 22 岁的大学生，半夜时分乘火车还未进入本溪，老远见到被高炉铁水映红的夜空，一颗心就被激动了。

第二天即得知，他被分配到劳资处了。毕业考试，二十多门课程总分前三名的大学生，去找带他们来的领队老师，说他想到炉前一线去。老师说，这是组织决定，留机关的都是优秀生。

一个月后，被安排到二铁厂劳动实习。第一次穿上工装，戴上安全帽，站到那铁水奔流的高炉前，就有了种身心与那高炉融为一体的感觉。合金厂十多年也分配不到一个大学生，本钢仅一所山东冶金学院，一年就分来22个，那个年代绝对是知识分子成堆的地方。可比起三十多年后大学扩招、精英教育一下子变成普通教育，当时大学生的数量再加一倍也属稀缺分子。而这个长得高高大大，一口浓重山东话的大学生，堵风口，除铁渣，苦活累活抢着干，和工人师傅说说笑笑的，一点隔膜都没有，自然受到大家的青睐。

之后，借调冶金部半年，回来搞企业管理，接着就来了"文化大革命"。"臭老九"，到"五七干校"劳动,1970年调到北台钢铁厂建小高炉。成立北台钢铁总厂，先后任办公室秘书、冶铁车间党总支书记、炼铁厂厂长、总厂副厂长，1984年在总厂党委副书记任上，调市委统战部任常务副部长。

"我是个炼铁的。"当秘书，当书记，有机会，他就跟能够决定他的命运的人说这话。那时和现在不一样，国家培养个大学生不容易，学非所用，这样的买卖赔大了。而且，他觉得自己好像前生就和那高炉有个约会，他就是来这个世界炼铁的。当书记、秘书，与高炉已经有了距离，到了市委统战部，干脆只能老远地瞅着那些高炉、烟囱了，那种空洞与失落是别人难以体会的。这统战部常务副部长的工作很重要，能胜任的人很多，想炼铁、能炼铁的却有几个呀？

1989年1月28日，快过春节了，市委书记、原本钢党委书记丛正龙，当着他的面，给本钢党委书记、经理写了封信："茂章同志酷爱企业，经市委再三商量，同意（他）回本钢。"

到二铁厂任党委书记。

3年后，总算人尽其才，调任一铁厂厂长。

前面说了，"南有汉冶萍，北有本溪湖"，作为中国炼铁业的鼻祖，汉阳铁厂早在抗战期间就整体搬迁了，只剩下本钢一铁厂的两座高炉还矗立在这辽东的万山丛中。

煤铁一家时的"煤铁公司"，准确，不含糊，就是煤和铁。分家后改称"本溪钢铁公司"，就有点名不符实了。前面说过，本钢生产的是饮誉中外的人参铁，既然你的铁这么好，那就干这个吧。计划经济时代,指令性生产,名为"钢铁公司"，实际主要就是个"铁公司"，应与本溪铁路系统同名，叫"本铁"。人参铁自然也让人家拿去赚大钱了。1982年，仅上海某厂用本钢的生铁进行深加工，创利润即达4亿元，而本钢每年还不到3亿。改革开放已经十多年了，辽东大山里的本钢人再拙朴、实在，也明了一个钢铁联合企业，不能光给人家生产原料，必须出铁出钢出钢材。而把"本铁"变成"本钢"，使之全盘皆活的前提，首要的当然还是铁了。

一铁厂的两座高炉,虽说已经 90 高龄,年产 60 万吨铁本来不成问题,却真的成了问题,这些年来就在 50 多万上晃悠。具体症状是每年的 2 月、5 月、8 月和 11 月,也就是每隔 3 个月发作一次,不好好干活,每次持续个把星期左右,打摆子似的挺有规律。

李茂章和技术科长带人死看死守,在炉台上观察、研究,二十四小时不离人,最终还是他发现并认定是炉顶"卡料"。可这"卡料"又是怎么回事呀?有道是"外行看热闹,内行看门道",只是这门道要是那么容易就看出来,这病也不用拖这么多年了。

长痛不如短痛,休风停产检查。仪器、人眼,炉上炉下观察,终于看出门道了:高炉大修时,探尺保护管没焊好,煤气向上冲刷,把探尺保护管磨漏了。

李茂章 10 月上任,年底生铁产量突破 60 万吨。

1999 年创造了 70 万吨的纪录。

1993 年 4 月,2 号高炉出现异常,炉缸耐火砖外冷却壁水管水温差达到 8℃。这是个非常危险的信号。1987 年炉壁曾经烧穿,万幸当时炉边没人,不然全完了。李茂章力主大修。扒炉后一看,老天爷,只差两三厘米就烧穿了。

公司经理张文达激动地说,茂章啊,这是救了一座高炉啊!

没到大修年限,原定一铁厂分担一半费用,这回全由公司拿了。

冶金部规定大修年限是 8 年。2 号高炉最多是 6 年,一般 5 年就要大修一次,这次还不到 5 年。症结到底在哪儿呀?炼铁的李茂章不服劲,这次大修终于搞明白了:炉缸上部的风口偏大,风力达不到中心位置,影响生产,还容易烧穿炉缸壁。

这次大修后,2 号高炉的大修年限达到了 11 年。

大修一次,需要提前半年备料备件,停产一个半至两个月时间,各种花销 5000 万至 7000 万元。这回这么一加一减,1 个亿出来了。

原料矿槽和风机已不适应生产需要,李茂章建议改造,结果又节约资金 1000 万元。

一铁厂职工说,咱们厂长见招拆招,招招都是硬招、实招,点在要害上。

1997 年 6 月的一天晚上,一家人吃过晚饭,李茂章坐在沙发上看中央电视台的"新闻联播",公司总经理刘国强来了。

唠上几句,总经理直奔主题:有件事,茂章你好好考虑一下,公司打算让你到二铁厂当厂长,再兼党委书记。一铁厂那边也离不开你,两个厂的党政担子都你挑了。为什么这样做,我不说你也有数。茂章啊,公司的意见不是轻率的,希望你好好考虑考虑。

14 年后，已经七十多岁的李茂章告诉笔者：当时一点思想准备没有，我说这件事还真得好好考虑考虑。第二天他又来了，提着两袋子水果。我老伴青光眼，刚做完手术，这次也没提到二铁厂的事。送走客人，老伴说他还得来，这事不答应怕是不行了。

1.80 米以上个头，寸把长的平头，黑白发，浓眉下的目光和善又富神采。在本溪生活 48 年，这位中国一流炼铁专家，一口乡音硬是丝毫未改，执拗得就像认准他就是来这个世界炼铁的。

那年李茂章 56 岁，明摆着的，还有 4 年干头。这个不是问题，明天退休，今天也要往前奔。铁的产量、质量，已成制约本钢发展的瓶颈。一铁厂步入正轨，这个瓶颈就是二铁厂了。就生产而言，两个主体大厂，拳打脚踢，他也不怵。问题在于眼下实在是个非常时期，本钢改制，减员增效，十多万人将有一半左右分流、下岗，会对企业造成什么样的冲击、影响？没了煤的铁之城，主要就靠本钢撑着了，"本钢一咳嗽，本溪就感冒"。而作为国有独资特大型钢铁联合企业，两个铁厂打喷嚏，本钢就要发烧了。谈不到生死存亡，在岗的许多本溪人将被拖欠工资，则是实实在在的。改革已经到了直接触及每个人的切身利益的节骨眼上，他知道公司和市委、市政府的压力非常大，前所未有的压力，他的心也七上八下的，可他能打退堂鼓吗？

就有了总经理"三顾茅庐"，请出"李双双"的佳话。

李双双是"文化大革命"前一部电影，也是女主角的名字，热情、爽朗、善良又坚持原则的李双双，是那个年代农村妇女的崭新形象。而三十多年后本溪现实版的"李双双"，则是因为一肩挑起两个一线大厂的担子，借用了李双双的名字，与荧幕上的形象毫不搭界——不知道偌大的中国，是否还有像李茂章这样的"李双双"、"张双双"、"王双双"。

李茂章家住东明，每天早晨 7 点前，拎个尼龙兜子站在艺术宫前的路边等车。周二、周四，一辆金杯面包来接他和另几位厂领导，去溪湖的一铁厂上班。周一、周三、周五和双休日，又一辆金杯面包来接"李双双"和另一个领导班子的人马，去南地的二铁厂。

前面说过，二铁厂的 3 号、4 号高炉及附属设备，当年被苏联红军拆卸得七零八落。1957 年修复后，每座高炉年产生铁，由 13.5 万吨猛增到 41 万吨，在国内引起轰动，还成了国际新闻。没有 1 号、2 号高炉那样的历史沧桑，一样是共和国的功勋高炉和钢铁输送线。只是近 10 年来，二铁厂一直完不成生产任务。而一铁厂两座高炉的设计日产生铁能力，还不到二铁厂一座高炉的一半，1972 年投产的 5 号高炉，更是当时全国三座最大高炉之一。了解了这些，就该明白二铁厂在本钢是何等举足轻重，总经理为什么要"三顾茅庐"请出"李双双"了。

3 号高炉两年多不能正常运行，4 号高炉因炉型掉砖，造成炉况失常。找到症结，4 号高炉炉喉喷补，5 天结束。3 号高炉大修，75 天工期，51 天完成。两座高炉恢复正常，产量、质量上来了，整个本钢的生产运行也一下子顺畅了许多。

钢铁企业最怕"号外铁"和"铁砣子"了。"号外铁"就是不合格的生铁，李茂章到二铁厂前的 4 个月，仅此一项就赔偿钢厂 4000 万元。你生产的铁不合格，影响了我的钢的质量，你不赔谁赔呀？"铁砣子"是铁水温度不够，倾入大罐凝固成的铁砣子，出现一个直接经济损失 10 万元。近 10 年来，二铁厂最多的一年出过 307 个。

李茂章变成"李双双"一年又两个月后，"号外铁"和"铁砣子"都没了。

过去到冶金部开会，人家叫"本钢"为"笨钢"，这回都跑来学习取经了：你们是怎么把"号外铁"、"铁砣子"消灭的呀？

被称为"炉老大"的 5 号高炉，一个月出了 11 次"号外铁"，炉长工资扣没了，李茂章让财务部门借给他生活费。

"李双双"见招拆招，不是头痛医头，脚痛医脚，而是抓根本，抓管理，抓落实。过去也不是没有规章制度，老旧、粗疏不说，许多时候就是贴在墙上、挂在嘴上。自己的情况吃得透透的，跟踪世界上的先进工艺技术和管理方式，乘着改革的劲风，"李双双"将其量化、细化到每道工序的每个人的每个环节。第一年年底，还有人议论今年能拿多少奖金，第二年没人问了。

每天晚上上床后，"李双双"先把一天的工作过遍电影，再把明天的下个月的明年的工作掂量一番，还有什么潜力可挖，可能出现什么问题。即便是拎个装着文件、资料的尼龙袋子，站在路边等那辆金杯面包的工夫，脑幕上的电影也是一幕一幕的。

车水马龙中，没人留意这位即将退休的衣着普通的老人，更没人把他与自己的工资袋联系起来。

本溪出了个苏新军，就有了一个曾经那样辉煌的合金厂。而李茂章变成"李双双"，集采矿、选矿、烧结、焦化、炼铁、炼钢、轧钢等为一体的大型国企本钢，腰身就舒展开来，欢歌劲舞了。

有时，一个人就能决定、改变历史。

而这位"李双双"，则从一线工人到副厂长，还有其间跟他搭档的党委书记，指名道姓地谈了许多人，说没有这些人帮扶，我这个炼铁的就算浑身是铁，又能打几颗钉？

好汉鄂春海

　　1973 年，高崇在桓仁县红卫中学（县一中）毕业，到县土产公司当农村业务指导员，不久去了趟北甸子公社长春沟大队，检查收购的杏条和包装板质量是否合格。坐那种长鼻子的长途汽车到北甸子公社，下车又走了个把小时。冰天雪地中，大队书记早在村口等着了，嘴巴和帽耳上结着冰凌，老远迎上来，一双冰凉的大手把高崇握了个满把：土产公司的领导来长春沟检查指导工作，我们万分高兴，万分欢迎、欢迎。

　　大队部一间半草房，外间锅灶、水缸、橱柜，里屋一铺小炕，炕上一张饭桌，桌上一盒带锡纸的"大生产"香烟，一盒火柴。地上一副桌椅，正中墙上挂幅镶在镜框里的毛主席像，下面一个比像还大的"忠"字。一碰掉渣的土墙，炕上补了好几块的炕席，吃饭时碗沿锯齿式的口子，目光到处好像都写着"破旧"两个字，却很干净、利落，让人感到一种不肯向命运低头的奔好日子的心劲儿。

　　让高崇感到好奇的，是地下办公桌上靠墙摆着的两排罐头瓶子，窗台、炕梢也是，干干净净，排列得整整齐齐，像等待阅兵的方阵。就是那个年代那种统一、制式的罐头瓶子，半尺多高，上下一般粗，有的商标还挺完整，"红烧猪肉"，高崇马上就会见到的那种，上面白白的一指多厚的一层猪油。后来下乡多了，发现不少大队部和社员家，都这样摆列着罐头瓶子，就明白这首先是一种室内的装饰品，同时隐含着"富有"、"好客"的意思。那个年代，别说猪肉了，这种猪肉罐头也是稀罕物。等于明明白白告诉你，欢迎你下次再来，我们一定用最好的吃食招待你。

　　大队长、书记、会计三个人作陪，都抽烟，用白纸卷的旱烟。桌上那盒锡纸包装"大生产"没人动，显然是留待下次待客了。

　　高崇不抽烟，也不喝酒，只是这不喝酒实在解释不明白。很少说话的会计也帮着劝酒，说大冷的天，喝几口暖暖身子。一只岁数不会比高崇小的军用水壶，也不知什么酒，先给他倒上了，这个苦啊辣啊，这辈子就再也忘不了这口酒。

　　一瓶猪肉罐头（中间又拿来一瓶），一条浑江鲤鱼，两个毛菜，三双筷子都给高崇夹鱼夹肉，夹完了就忙活那两个毛菜。有时筷子伸进那罐头瓶里，也只是蘸点白白的猪油而已。待到客人吃完了，主人才开始打扫那点鱼肉。

大队长和书记，两个高高壮壮的 40 岁左右的汉子，前者有点口拙，后者善讲：土产公司的领导来我们长春沟检查指导工作，我代表全体干部社员表示万分欢迎，这第一杯酒先干为敬。

不到二两酒下肚，书记就脸红脖子粗的，舌头也有点大了，却始终不离主题，就是希望高崇多给长春沟弄几个项目：种地不挣钱，这地场没什么来钱的道儿，社员穷啊。小高同志，你来一趟不容易，回去一定给我们争取几个好项目。伟大领袖毛主席教导我们："穷则思变，要干，要革命。"我们长春沟也要变，也真干，真革命，可一茬茬班子干下来，还是没变，还是个穷，我们对不起伟大领袖毛主席，对不起贫下中农呀！

书记的泪水下来了，大队长和会计的眼睛也潮了。

第一顿饭是大队接风，晚上书记送高崇去社员家"吃派饭"，一路上还喋喋不休：你回去千万给我们争取几个项目呀，我代表全村老少爷们儿谢谢你了。

土产公司仓库里，收购上来的各种各样大大小小的香炉、铜佛、锡壶一堆堆的，铜钱装了多少麻袋。仓库满了，来车拉走，最终的去处是合金厂的熔炉。如今，高崇常想，那不都是文物吗？其中一件就可能价值连城。可即便留到今天，而且还能穿越回去，送给长春沟大队一件，能值那瓶猪肉罐头钱吗？

刚走上社会的 19 岁的高崇，下定决心，回去后好好向领导汇报，给长春沟争取点优惠政策。可他很快发现，全县一百五十多个生产大队，有的比长春沟还穷，而土产公司能赚点钱的项目，又有几多呀？

书记拉开房门，一团雾气呼拥出来，先把高崇让进屋，向女主人介绍这是县里来的高同志，又问做的什么好嚼果呀？进里屋看看饭桌上已经摆好的饭菜，说带没带我的份儿呀？说笑着转身走了。

那时干部下乡，都在社员家吃饭，叫"吃派饭"。下乡补助每天 6 角，再交 1 斤 2 两粮票。被派饭的人家，首先政治合格，贫下中农，顶多中农，又比较富裕，还要干净。有的就在附近，大队干部就在院子里喊：××，今天轮到你们家派饭了，做点好嚼果呀。

一碗大楂子小豆干饭，一盘炒鸡蛋，一盘炒土豆丝，高崇知道这是当时的农家能够拿得出的挺好的、甚至是最好的嚼果了。只是中午吃得挺饱，这小山样带个尖的满满一大碗饭，如何吃得了哇？女主人是位三十多岁的大嫂，见他只管埋头吃饭，急了，一个劲地把那盘鸡蛋往他眼前推，说乡下没什么好吃的，我也做不出什么味道，大兄弟你多吃菜，吃了了再盛。接下来本来是"别寻思锅里没有了"，却说成了"别寻思锅里还有"，也未觉得。高崇愈显窘态，赶紧吃完走人。

土产公司、供销社和县委，三个大院转了一遍，当年那个刚出校门的中学生已退居二线了，却始终忘不了平生第一次下乡的经历。而在那之后的岁月里，他总觉得必须努力工作，不然就对不起这位朴实的大嫂和高高壮壮的大队书记，也对不住自己的良心。

赵大林所在的业主沟，当年因野猪出没得名"野猪沟"。本溪人管蛇叫"长虫"，长春沟当年长虫多，原名"长虫沟"。

长春沟被称为"本溪的小岗村"，是因了一个叫"鄂春海"的人。

鄂春海，满族，解放战争中参军，又跨过鸭绿江作战，转业时是炮兵排长。原在桓仁发电厂工作，三年困难时期饿得受不了了，携家到长春沟当农民，当过大队干部、生产队长，1977年在第二生产队当队长。

33年后，长春沟村二组村民，说他们记不得这是鄂春海第几次当队长了，那时二队的成年男人，没几个没当过队长的。赶了半辈子车的宫殿胜，老实巴交的，话说不明白，当了一年队长。当了大半辈子教师的赵文生退休了，也硬给选上了。后来外派，少有干过半年的。再后来差不多就是谁爱当谁当了，谁当队长也是个穷，越来越穷。县里的，公社的，工作队来了一个又一个，谁来也没辙。县里号召企业来扶贫，财政局也来了，谁也扶不起来。就像个病人，自身不行了，外人使多大劲，又有什么用呢？

全队39户180多人，春耕大忙只有十来个人在地里干活，这边苗长挺高了，那边还没种完呢！工作队逐门挨户劝了一圈，都说病了。干一天活，还"倒偿支1毛钱"（欠生产队1毛钱），当然还是不赔不赚在家闲着好了。社员欠生产队的，生产队欠信用社的，最多的一家欠五千多元。那时的五千元，顶现在五万也不止。过年了，生产队给每家再贷个十元八元的。姑娘都嫁出去了，最多时七十多条光棍。

妈个巴子，今年把地分了。鄂春海抽着老旱烟，仿佛自言自语。

会计曹桂国吓了一跳：分田到户，这还得了吗？

鄂春海瞪他一眼：年年吃返销，返销粮不也得拿钱买吗？信用社能管你一辈子？没别的招了，就这条道了，就这么定了。

当即就分，每户多少亩地，秋后交生产队多少粮食，余下归己。

这是1978年春。

鄂春海50多岁，大高个儿，长脸，战争年代腿上负过伤，走路一拐一拐的。村民都说他性子倔，是有名的"二老鄂"，话语不多，说一不二。

笔者采访时56岁的曹桂国说，合作化二十来年了，鄂队长又把地分回去了，这不是"走回头路"吗？"文化大革命"中，农村批得最多的就是"三自一包"（自留地、自由市场、自负盈亏、包产到户），说这是"刘少奇的流毒"。我就劝他召集队干部和老贫农开个会，形成个决议，出了事大家扛着，也能好点。他说就你这小样儿，一棒子就搞倒了，我好歹打过仗、立过功，能扛几棒子。我说刘少奇都永远开除党籍了，你算个啥呀？他说那还把你们搭上干啥呀？又说，我一个老农民，已经到底了，还能把我怎么的？我说还有"地富反坏右"中间那个"反革命"呢？他叹口气说顾不上这些了，先让大家伙吃饱饭再说吧。

闻名全国的安徽省凤阳县小岗村，是18个农民以托孤方式，在土地承包责任书上按手印，比小岗村早半年的长春沟，就鄂春海一个人扛了。

据笔者所知，解放战争中仅一个海南岛战役，至少有一个黄继光式的英雄李公范——应该是李公范式的英雄黄继光。

没有不透风的墙，而且也不用透风，田里的庄稼会说话。公社的人来了，县里的人来了，有的一声未吭走了，有的摇摇头走了。有的转了一圈好像没看着，说"今天天气挺好啊"走了。后来好像上边有"精神"了，有人就表态了：这是倒退，要180度扭过来！

都为鄂春海捏着把汗，说好汉不吃眼前亏，劝他出去躲躲，躲过风头再说。他一声不吭，有时笑笑，嘴唇干裂的口子就流出血了，依旧拖着条残腿忙碌着。

因为始终不见上边有什么动作，上边声色俱厉的表态，也就应该理解为应对上边的一种政治保险手段。当世世代代勤劳、朴实的庄稼人出工不出力，或者干脆躺在炕上装病时，无论嘴上说着什么的再不开窍的人，也能明白这大锅饭已经走到头了，只是需要有人振臂一呼而已。

往年老鼠见了都要落泪的粮仓，这年秋后有了金黄色的储存。转过年去，鄂春海做主，把牲畜也分了。别的生产队也跟着动作起来。这一年风调雨顺，年根有人杀年猪了，腊月廿三过小年就听到鞭炮声了。

省劳模、长春沟党支部书记刘启家，一个中上个头、精明强干的山里汉子，鄂春海搞分田到户时是三队的会计。

至今已有百年历史的冰酒，起源于德国的法兰克尼亚。一场突至的暴风雪，使挂在枝头的葡萄结成冰。沮丧的葡萄酒庄主人将冰葡萄压榨酿酒，竟妙手偶得意外惊喜，酒香独特，芬芳异常，这就是今天被西方上流社会称作"葡萄酒女王"的冰酒。

适当的纬度，生长期足够的积温，充足的光照，冬季寒冷而不干燥，零下8℃以下持续24小时以上的低温。苛刻的地理和气候条件，使全世界只有加拿大的安大略省和德国的个别地区，往往需要三四年才有一年能够凑齐各种自然因素，生产一次冰酒。而因浑江的桓龙湖形成的独特的小区域气候环境，使北甸子乡成了全球罕见的"黄金冰谷"，每年都可以生产冰酒。

包括长春沟村的北甸子乡，2001年开始栽植加拿大威代尔冰葡萄，笔者采访时冰葡萄基地已经近万亩，而且还在扩大规模。

当年鄂春海走家串户，是劝说社员接受分到家的几亩土地。轮到刘启家了，是动员村民栽植冰葡萄。

国共拉锯期间进行的土改，农民不敢接受分到他们名下的土地，是担心国民党回来了怎么办；这回则认定：你这不是和党的方针、政策、路线对着干吗？吃不饱饭是肚子的事，再弄顶政治的帽子戴上，那人还活不活了？经过"文化大革命"的"战斗洗礼"，一辈子从土坷垃里刨食吃的农民，谈起"方针"、"政策"、"路线"来，不说一套一套的，也能跟你理论半天。

轮到刘启家了，那口舌剔除了政治的因素，却一点儿也不轻松。

实行联产承包责任制，肚子问题解决了，还得奔更幸福的日子呀。先是号召养鸭，接着种药材，后来栽山楂，或者失败，或者收效不大，也就给下一步设置了障碍。而北甸子乡的冰葡萄栽植，最早就是从长春沟开始的，没有先例，没有事实说话，第一步迈得格外吃力。

第一年，每户36棵冰葡萄苗，从加拿大漂洋过海运来的。那时一级级上级都号召"党员带头致富"，到了村这一级，刘启家就得首先号召自己了。党员的钱也不是大风刮来的，有了头几次的教训，一些党员怕再打了水漂儿，他这书记不带头行吗？这家出，那家进，讲这东西两年就见钱，两年后不见钱，这钱我替你掏了。光凭红口白牙，有几个信的呀？有时下半夜回家躺在炕上，也翻来覆去睡不着，这火上的呀。

2005年，仅冰葡萄一项，收入多的人家上万，那数钱的手直抖——长春沟人什么时候见过这么多钱呀？

而今人均过万了。

刘启家说，长春沟有冰葡萄1300亩，还有林下参4000多亩、果树3000多亩，后两项还没见钱，见钱后不比冰葡萄少。果树再过5年就行了，也不吃草料，长去呗！

长春沟是伪满时搞"集团部落"归屯形成的村落，上世纪80年代吃饱饭后还是茅草房，之后十多年间房顶大都换成油毡纸，黑乎乎的，"光棍村"外又多了个"油毡纸村"。而今几乎清一色的红顶瓦房，室内装修有的比城里还漂亮，年轻人的摩托车大都换过好几辆了。去县城又看中一辆更好的，没带钱，一看身份证长春沟的，骑走吧。有的还把女朋友带回来了。

去长春沟采访归来，漫天皆白中，望着沿途葡萄园中披挂着白雪的冰葡萄，就想起那位再三跟高崇要项目的高高壮壮的大队书记。

如果给他时势，谁敢说他不会是条好汉？

"杂拌楼" ——"幸福楼"三

"幸福楼"的孩子都有孩子了。

1969年，史建国从十七中（今市高中）毕业，本该去"广阔天地炼红心"的，他都准备好了，听说是周恩来指示选批优秀学生充实工人阶级队伍，把他选上了，分配到本钢钢厂新成立的管车间加热炉当加热工。每天拎个装饭盒的兜子，挤了三年多公交车，1972年年底报名参军。所在部队同年兵中，他第一个入党、当班长、提干。笔者采访时，老荣誉军人的儿子说今天让他参军他都干，结果因为脾气太像那个老军人，1981年转业重返本钢，又回到"幸福楼"。

比史建国小一岁的"幸福楼"老了、矮了，而且一天天变老、变矮。楼前那条儿时抓鱼摸虾的小河，在里面藏猫猫的树丛草棵子，早都没影了，那些低矮的平房也一年年减少，取而代之的都是高楼，最低的也比"幸福楼"高。看到大汽车停在楼下，有人往车上装家具，认识的就说搬家了，再问在哪儿呀，换新楼了吧，几室呀。一问一答，末了道一声"有空去串门儿呀"，就应一声"有机会一定去"。

星期天，节假日，还在享受美美的懒觉，噼里啪啦叮当一阵响。史建国趴窗前看了看说：谁家结婚哪？已经离休了的老荣誉军人看一阵子，摇摇头：这是谁家呀？

一辆贴着大红"囍"字的面包车，后面跟着一辆同样贴着"囍"字的大客车，从楼下缓缓驶过，这应该是去饭店举行婚礼了。"幸福楼"和周围楼里不少人把头探出窗外，一些人站在楼下行注目礼，孩子们还跟着两辆喜车跑了一阵子。

上世纪80年代，这样的声势、场面，也算比较体面了。

老荣誉军人结婚时，讲究的是政审，组织上要审查女方家庭、本人是否有政治问题。他在黑龙江省海伦县结婚，当地组织、政府对其知根知底，那也要调查一下，经批准后才能跟她结婚，因为你是在组织的人。像赵捷结婚就简单了，跟战争年代差不多。都是革命同志，买点香烟瓜子糖块什么的，同志朋友凑一块，领导讲话"革命夫妻，革命到底"，大家再祝福、热闹一番，把两个人的行李搬到一块就行了，革命事业才是更重要的终身大事。

民间还是非常重视、讲究的，而且好像越来越重视、讲究。

中华人民共和国成立前，即我们常说的旧中国，男婚女嫁，礼仪浩繁。首先是订婚，有娃娃亲、指腹为婚，更多的是通过媒人提亲。先由媒人互通情报，双方父母同意，即互换男女青年的"生辰八字"，请算命先生推算是否"合婚"。没问题，男方家选吉日，邀女方家长议定聘礼钱、首饰、服装、被褥各多少，一式两份写成礼单。如男方到女方家订婚，叫"下大茶"。订婚后，女方家选吉日，协同媒人和近亲好友去男方家"看姑爷"。之后，男方家再选吉日，协同近亲好友去女方家"会亲家"。其间仍有许多繁文缛节，比如"会亲家"，男方除备足礼金外，另有一对红布叫"见面红"，近亲好友也要各备"装烟钱"，席间亲家易杯畅饮叫"换盅"。

这种几近把男女主人公排斥在外的"父母之命，媒妁之言"，看重的是对方的家庭，家庭的传统、文化、教育、风气，两个字"家风"，是不是"正经人家"、"根本人家"。笔者青少年时代，常听老人讲：看人家那根，这孩子就差不了。

聘礼多少，当然也是订婚成败的砝码之一。实际上，即便是新中国成立后的相当长的历史时期，在一些贫困地区，成为人妻后，想再添置点那礼单中罗列的东西，都是非常困难，甚至是不可能的。所以，这几乎是人生唯一一次能够积攒点财富的机会，自然显得非同小可。讨价还价的结果，有的就不欢而散。

男主角第一次正式出场，是在订婚后携带议定的礼单中所列的各项礼品，选吉日去未来的老丈人家送聘礼，叫"送日子"，又称"过大礼"、"过彩礼"。如果小伙子是第一次在这个村子露面，从形象、个头到举手投足，就会被村里人评议几天。

女主角闪亮登场，当然是在新婚大礼这一天了。新娘子无疑是人们争睹的明星了，可从被扶下轿，到一拜天地二拜高堂，再夫妻对拜，直至扶入洞房，汉族婚俗，新娘子都蒙着盖头，悬念留给新郎，一众宾客只能端详那身材和几寸金莲。满族婚俗则不同，夫妻对拜后，新郎即用秤杆挑去新娘的盖头，让人一睹芳颜。席间，新郎要给宾客敬酒，新娘则要"装烟"、"点烟"。那种尺把长或更长的烟袋，装好烟敬上、点燃，宾客须回赠"装烟钱"。

随着清兵入关，一些带有满族特色的婚俗，也融入大江南北的风土人情。而"听房"、"听窗"的习俗在东北并不盛行，除了冬天刮风飘雪的，趴在窗外多有不便外，是不是也与新娘子早已亮相有关？而今楼厦林立，又几乎都在酒店举行婚礼，这类婚俗自然绝迹，谁还能隔着防盗门或架着云梯去"听房"？

　　旧社会再穷的人家，也要尽力雇顶轿子和几个吹鼓手，一路吹打着让新娘子风光一把。笔者的母亲说过，她儿时的一个玩伴，结婚时因为没轿子坐，一辈子不痛快，好像枉来世上做回女人。

　　新社会，包括大堡子似的本溪市内，先是"晃浪"悦耳的马车，接着是同样披红挂彩的汽车（乡间多是拖拉机），然后是面包车、大客车，直至今天的轿车，而且是车队，奔驰、宝马、奥迪什么的，起码先头几辆大抵如此。两位主角不用说了，以老丈人、丈母娘为首的"娘家客"（客音 qiě），乘坐的也是最好的车。婚礼及宴席上，无论有多么高级的领导，也无论老丈人、丈母娘身份多么低微，也要被安排到上座，并受到百般照顾。即便当年的革命婚礼多么简朴，老革命的新郎倌，有时也要抽机会为"娘家客"专门请一桌。婚礼上，"娘家客"永远是最尊贵的"上客"、贵宾。我把这么大个姑娘给你了，尊贵中传递的是谢意、感恩。

　　在"政审"深入普及民间的年代，则是例外。地主分子的老丈人，一个"阶级敌人"、"专政对象"，被请到上座，什么意思呀？有的干脆面都不露了，免得"一条鱼腥了一锅汤"。

　　民间有话"老儿子娶媳妇——大事完毕"。如今都是独生子，老人往往一辈子积蓄，能为孩子买套房。当年七狼八虎的，不讲"有房有车"，"三大件"也少不了哇。你就一个又一个地轮班忙活去吧。一场婚礼下来，身心俱疲，所谓"儿子结婚，老子发昏"。

　　笔者的少儿时代，在那个草河口小镇，常见谁家院子里搭起席棚，几口大锅冒烟咕咚的，伴着肉香飘散好远。办丧事也是这么个架式，可从那门上贴着的"囍"字，里出外进的人们的脸上，一眼就能明了这是办喜事，大人叫"办事情"。倘是街坊邻居"办事情"，我妈就去"赶礼"，自然也要"随礼"，又称"随份子"。而今，"随份子"还在，简洁、明快、富于动感的"赶礼"，几乎只有在老年人口中才能听到了，通常都是大白话的"参加婚礼"。如今的随份子钱，在上世纪 50 年代、60 年代的 2 元、5 元后面，差不多也要再加上两个"0"了。

　　"文化大革命"最狂热时，时兴送"红宝书"，即《毛泽东选集》和《毛主席语录》，当然还有毛主席像章。也就是被政治上比较时髦的人弄热了那么一阵子，很快恢复生活实际。一个脸盆，一对枕巾，两三个人凑份子买个床单或暖水瓶什么的，均摊 5 元左右。

　　应该从上世纪 60 年代开始，"三大件"约定俗成二十多年，先是手表、自行车和缝纫机，有的加台收音机成了"四大件"，叫"三转一响"。后来就是电视、冰箱、洗衣机了。如果新房里的电视机是彩色的，洗衣机是双缸的，来宾就啧啧称奇了。

笔者 1975 年结婚时，还讲究"多少条腿"。老辈人都是炕琴柜，到了这一代时兴立柜，又叫衣柜，挺高大的，立在地上。加上一套桌椅，有的还有个高低柜，又称酒柜，就 16 条腿了。不久，沙发、茶几进入普通人家，也成了结婚必备。参加婚礼归来，人们就议论这家有多少条腿。

史建国是 1982 年结婚的，妻子是市精神病医院的医生，医院院长、父亲的老同事给介绍的。岳父也是本钢的，实在的本分人。两家老人都觉得人比什么都重要，好好工作过日子，"腿"呀"件"的都在其次。况且六十多平方米的两居室，史建国的弟弟也老大不小了，第二年有了孩子就更挤巴了。

"幸福楼"的第二代，大都是从上世纪 70 年代开始进入结婚期的。"文化大革命"中"破四旧"（旧思想、旧文化、旧风俗、旧习惯）、"立四新"。婚俗中的许多内容成了"四旧"，谁还敢造次。这派那派，斗来斗去，也有仨亲俩厚的，有心请两桌，再一想算了吧，什么样的终身大事也比不上不惹事为妙了。

有的孩子结婚好久了，一些人还不知道。一栋楼住着，怎么不告诉一声呀？回答是旅行结婚了。

不知道本溪的旅行结婚始于何时，"幸福楼"的始于"文化大革命"，也算得那个年代的一种政治智慧了。

史建国结婚时已经没了这种因素，旅行结婚纯属个人选择。

"幸福楼"新面孔越来越多，新鲜事层出不穷。

喇叭裤许多人看不惯，很快就消失了。衣着本应展示美、掩饰丑的，让人看到了许多修长的美腿，有的倒把两条罗圈腿暴露无遗了。有的小伙子也女人似的一头长发，一些人看不惯也得看着。忽然有一天，一个老人戴顶贝雷帽在楼下散步，瞅着这个别扭哇。慢慢地就觉得无所谓了，有的人甚至觉得挺有风度，也戴上了。

喧闹一时的是港台歌曲，和稍晚一点的节奏快而强烈的迪斯科。多少年了，人们的耳膜已经习惯了那种响当当、硬邦邦的东西，这种"靡靡之音"突然涌了进来，那种感觉实在是太震撼了。小青年拎着录音机，有的那块头瞅着能有十多斤，一路响着招摇过市。听惯了革命歌曲的人们，无论对其是何态度，都不能不认真听听，并品味一番。有时"幸福楼"的人大都睡了，咣唧咣唧的节奏由远而近，上楼了、进屋了还在咣唧，有人就把头探出窗外吼一嗓子：把那破玩意砸了！

世界在变，"幸福楼"在变，变化最大也最本质的，是人的变动和人与人的关系。

因其居民多为十七级以上干部的身份，比之当时的工人新村和今天小区的居民楼，"幸福楼"自然特色鲜明。枪林弹雨中留下伤疤的，在地下斗争中迎来光明的，举止言谈无论与普通百姓有多少差异，打江山的人都知道江山是怎么得来的。他们的父母，那些与儿女一起生活在"幸福楼"的，或者来这里住上段时间的，对他们的幸存的也出息了的孩子，对这个社会和各色人等，也充满爱意。而这些像他们的儿女一样南腔北调的老人，给这"幸福楼"充实得更多的，还是那种民间的传统美德。这一切融合起来，"幸福楼"的邻里关系，亦即社会关系，人与人之间的关系，堪称楷模了。

一场"文化大革命"把"幸福楼"搅和得面目皆非，有人从此不相往来，有人见面眼睛要出血。岁月流逝，有的见面能打个招呼了，心头免不了还是疙疙瘩瘩的。而当"幸福楼"变成了"杂拌楼"，上下楼见面也难得打个招呼了——谁认识谁老大贵姓啊？

谁家的孩子下岗了，谁家的孩子下海了，谁家的孩子"进去了"，谁家的孩子当官了、发财了，还有谁谁去世了，等等。当然都是当年的老邻居了，这"幸福楼"里已经没几家老户了。没了抬头不见低头见的尴尬，旧人新闻传来，就勾起许多苦辣酸甜。

前面说过，俄罗斯建筑风格的"幸福楼"，当年入住时只有像公安局这样的局以上干部，家里才能安装电话。如今"幸福楼"的电话越来越多，增长的速度却逊于周围的楼群了。

岁月催人老，当年被周边群众称作"干部楼"的"幸福楼"，则越来越趋向平民化，而且有别于其他普通的楼房。

计划经济时代，企业就是小社会。体现在住房上，这一片是本钢的，那一片是矿务局的。即便在不动产的房地产"动"起来后，居民主体仍是几十年的老户，楼上楼下，左邻右舍，相熟得很。而干部这个群体流动性本来就大，新楼崛起，"幸福楼"日渐老旧，人往高处走，填补进来的就是素昧平生的社会各色人等了——不然怎么能叫"杂拌楼"呢？

大事记

●1978 年

5 月，市委召开深入揭批江青反革命集团、平反冤假错案广播大会，为被错误打倒的刘曾浩、章云龙、李文甫、王玉波等市委领导和 60 名局以上干部公开平反昭雪，恢复名誉。

8 月 9 日，市委召开理论与实践关系问题讨论会，会期 6 天，拥护中央否定"两个凡是"（凡是毛主席做出的决策，我们都坚决拥护；凡是毛主席的指示，我们都始终不渝地遵守）的决定。

●1979 年

1 月 19 日，市委召开常委（扩大）会议，集中讨论了把党的工作重点转移到社会主义现代化建设上来。

●1980 年

7 月 1 日，市委、市政府派 7 人小组赴京，分别向国家计委、水电部、煤炭部、城建总局、国家环保办、规划局等领导机关，汇报本溪城下采煤危害城市安全问题。23 日，国务院副总理余秋里出席在本溪召开的全国第二次煤炭工作会议，听取市政府领导汇报，决定停采平山地区地下煤炭。

●1981 年

2 月 2 日，北台钢铁厂在全国 18 家地方中型高炉竞赛中，获高炉利用系数、焦比、风温、成本、日产量五项指标第一名。

7 月 16 日，本钢一钢厂与冶金部钢铁研究总院合作研究的降低电渣重熔电耗新工艺，达世界先进水平。

●1982 年

10 月，据市委纪委统计，经过拨乱反正，全市平反"文化大革命"期间的冤假错案 19037 件，改正错划"右派"和受株连的 967 件，纠正"反右倾"、"拔白旗"中的错案 372 件，解决"改造落后地区"、"四清"中的错案 736 件，有 539 名本溪解放前的个体劳动者从私营工商业者队伍中划出，给 45 名工商业者、61 名起义投诚人员、774 名归侨和侨眷、6 名台籍同胞、253 名与台港澳有社会关系的人落实了政策。

同年，按照中央 [1982]1 号文件精神，全市农村 2477 个生产队中，实行"双包到户"（包产包干）的已达 2252 个，占 91%。

● 1983 年

5 月 1 日，本溪水洞对外开放。

● 1984 年

7 月 30 日，本钢铸造生铁再夺金牌。

12 月，本钢一钢厂生产的叶片钢，参加冶金部六项国优比赛，名列第一。

● 1985 年

12 月 18 日，市有色金属研究所研制的"精铁矿粉一次还原铁粉"，为国内首创。

同月，本钢钢研所研制的"高炉炉喉煤气成分测定仪及取样装置"，为国内首创。

● 1986 年

7 月 9 日，本钢日产生铁首次突破万吨大关。

9 月 12 日，本钢实现产铁 1265 万吨无废品，生铁合格率连续 4 年居全国之首。

10 月 16 日，被国家列入"七五"计划重点工程的辽宁省大型水利工程观音阁水库，在本溪县小市镇开始建设，水库总容量为 20.7 亿立方米，1995 年 9 月 15 日举行建成典礼仪式，本溪、辽阳、鞍山、营口等市均受益。

● 1987 年

1 月 21 日，市政府召开全市深化企业改革报告会，市长于国磬做关于改革形势和任务的报告。会议提出要推进领导体制改革；实行所有权与经营权分离；搞好分配制度改革，继续简政放权；发展横向联合，建立企业集团；鼓励人才流动等方面的具体改革措施。报告还强调，在改革中要注意反对资产阶级自由化倾向，坚持四项基本原则。

4 月，本钢一铁厂荣获全国冶金特级炼铁厂称号。

6 月 3 日，全市开始颁发居民身份证，从 7 月 6 日起正式使用。

● 1988 年

3 月 18 日，市十届人大第二次会议决定，垂柳为本溪市树，天女木兰花为市花。

4 月，本钢一铁厂高炉利用系数一直保持在 2.0 以上，连续 30 年获全国冠军。

12 月 15 日，为解决政企不分、官商不分的问题，本溪市撤销 57 个由党政机关开办的企业和综合性、金融性及流通领域的公司。

● 1989 年

1 月 13 日，本溪市第一家民营企业集团公司——本溪 113 集团公司举行成立庆典。

6月5日，市委、市政府向全市各级党组织、群众团体、企业单位及全体共产党员和全市人民发出关于认真学习贯彻《中共中央、国务院告全体共产党员和全国人民书》的通知。

7月，北台钢铁总厂生产的"北方"牌铁精粉，被冶金部质量检测中心认定达到世界先进水平。

8月29日19时10分左右，草河口化工厂聚氯乙烯车间聚合工段发生特大爆炸事故，三层厂房倒塌，11人死亡，7人受伤。

11月16日，经国务院批准，本溪设立本溪满族自治县、桓仁满族自治县，其行政区域保持原区域不变，也不增加机构、编制。

● 1990 年

4月，在桓仁满族自治县向阳乡大地村发现一处罕见的大规模古墓群。

11月5日，本溪市第四次全国人口普查结束。截止到7月1日零时，全市421430户，户均3.61人，总人口1545798人，男性787889人，女性757909人，汉族1089043人，少数民族456755人。

● 1991 年

3月5日，无线电一厂研制的超声气体流量计，填补国内空白，达到国际先进水平。

4月1日，全市正式放开肉和秋白菜价格。

9月11日，合金总厂钨钼厂研制成功全自动手表重锤重合金，填补国内空白。

11月26日，溪田公路八盘岭隧道正式贯通。

● 1992 年

2月9日17时，本钢二钢厂1号120吨转炉完成第66炉役的最后一炉钢水冶炼，未经补炉连续出钢1715炉，创全国百吨以上大型转炉一个炉役基础炉龄的最高纪录。

3月21日，本溪市签订首份国有土地有偿出让合同，私营企业华宝工艺美术装潢公司以每平方米150元的价格，获得412平方米土地20年使用权。

10月24日，本溪市石桥子经济技术开发区开工奠基。

● 1993 年

8月21日，本溪满族自治县连山关镇炼铁厂研制并批量生产的海绵铁，各项指标居世界领先水平。

9月16日，本溪市首批取消17项农民负担。

● 1994 年

9 月 9 日，本溪满族自治县泉水镇孟广军的个体煤矿发生瓦斯爆炸，亡 7 人，伤 1 人。

11 月 8 日，在全国林业名特优新产品博览会上，本溪有 14 种产品分获金、银牌和优秀产品奖。

● 1995 年

1 月 26 日，国务院批准本钢新上连轧项目，总投资 18 亿元，钢坯生产工艺可达国内先进水平。

5 月 6 日，市委、市政府命名首批爱国主义教育基地：革命烈士纪念碑、本溪烈士陵园、杨靖宇纪念馆、邓铁梅将军纪念碑、苗可秀将军纪念碑、平顶山、南芬庙儿沟万人坑、溪湖茨沟肉丘坟、庙后山古人类文化遗址、本溪湖、铁刹山、本溪市博物馆、沈本高等级公路、观音阁水库、本溪市国防教育中心、本溪市预备役师教导队、本溪水洞、温泉寺、关门山风景区、桓仁国家级森林公园。

5 月 19 日，国家"八五"重点工程——本溪冷轧薄板生产线负荷试车成功。

● 1996 年

1 月 3 日，市政府常务会议研究决定，由财政、人寿保险和劳动保险共同筹集 570 万元，用于保障困难企业职工和居民基础生活。

11 月 28 日，在中华技能大奖和全国技术能手评选活动中，本溪市重型汽车制造厂镗工李连才获大奖，并被授予"镗工明星"称号。

● 1997 年

1 月 9 日，市委、市政府召开全市稳定工作会议，就开展扶贫解困活动，促进经济发展和政治、社会稳定，做出具体安排、部署。

9 月 16 日，本钢在本钢文化中心举办企业管理"黑洞"曝光展览，展示 1996 年至 1997 年间，由于管理弊端造成 7275 万元巨大损失的 74 件典型事例，使参观者受到强烈震动。

11 月 11 日，市长李英杰在接受媒体采访时，就如何搞好本溪国有大中型企业，提出优化国有经济布局、大胆探索公有制实现形式、继续实施国有企业战略性改组、加快富余职工分流和再就业步伐、积极推进综合配套改革的"五路并举"的工作思路。

● 1998 年

1 月 13 日，全市经济工作会议确定，1998 年经济工作的两条主线，是搞好国企改革脱困，发展非公有制经济。

3 月 1 日，城市居民最低生活保证制度实施，标准每月 120 元。

7月4日，本溪市区运行38年的无轨电车，被汽车取代。

9月22日，本钢热连轧厂日产卷板10752吨，实现超万吨的历史性突破。

● 1999 年

9月19日，由市建设集团开发建设的国家首例企业集团型康居示范工程——华夏花园住宅小区正式破土动工。

12月30日，本溪钢铁（集团）有限责任公司与北台钢铁（集团）有限责任公司联合重组大会，在本钢文化中心举行。本钢、北钢强强联合后，综合实力得到加强，钢产量由全国第八位升至第五位。

九

钱是什么

——『山魂水魄本溪人』四

QIANSHISHENME

男儿当自强

1997 年夏，本钢钢管集团公司宣布职工"放假"时，机动科设计室机械工程师孟昭君，像许多人一样并未怎么在意。月缺月圆，河东河西，人也有个闹病的时候，等市场好了，产品有销路了，再回去上班呗。

上班时乏累，说得具体点是个"困"字，盼双休日主要就是盼那个懒觉。这回睡吧，几天后也不踏实了。不上班就没工资，这日子就紧巴了。

机动科三十多人，设计室 6 个人，就科长、副科长还在上班，每人轮流半个月，在办公室看摊儿。机关那些科长、副科长都这样，后来有的就去街头摆摊了。开头两个人还挺有信心，告诉孟昭君：别着急，上班会通知你，这么大个企业还能黄了不成？待到"放假"变成"放长假"，再见到孟昭君等人，就跟大家探讨：这么大个实体企业，真的就能黄了吗？

6 个分厂两千多人的集团公司，每天上班光黄海大客车就二十多辆，最红火时买钢管的汽车排队等几天，软硬件在全国也是一流的，忽然有一天就没了。别说那时候，就是今天想起来，不也像个梦吗？

再到一块儿，一个个七嘴八舌，有的嘴角烂了，有的嗓子哑了。这个说这"长假"要"放"到什么时候呀？那个说什么"放长假"呀，矿务局那不是明摆着的例子吗？有的说不能指望公司了，得自己想辙了。有的摇头叹气：原以为在家闲着多舒坦享受呢，原来这世上最受不了的就是这个了。

孟昭君闲不着，成天趴在桌前雕刻印章。吃饭了，妻子、母亲喊几遍了，他头也不抬，说把这几刀刻完的。

10 年后，中国工艺美术大师关宝琮在一篇《记昭君雕刻艺术》中写道："昭君所雕的石雕无须打稿定型，因石的形状而设计，因石的俏色而雕刻，他雕刻过程中都会随着石内颜色与形态的改变而改变他的雕刻内容，作品浑然天成，朴拙大方，体现了北方工艺的厚重与雄浑，又有南方雕刻细腻处的精工细刻，铁线开丝的均匀与准确，活链雕与镂空雕的高难度技艺都能在他作品内容需要时而出现。""昭君所发明的紫砂印、澄泥印与瓷印，不但为千百年来紫砂、澄泥家族增添了崭新的成员，也为中国印学文化开拓了新的领域与空间，并为中国文人施展篆刻艺术提供了更开阔的平台，在中国的印学史、中国的紫砂史、中国的澄泥史上确有开疆拓土之功。"

孟昭君是 1966 年，即"文化大革命"的风暴开始席卷中国大地那年诞生的，从小爱画画。小朋友玩"啪击"——一种比钢笔水瓶盖大点的圆纸壳，上面印着古装戏中的人头像。别人都买，他自己做。在胶皮上刻画出模子，用油彩印在鞋盒子上，比买的还漂亮。如今奥数班、钢琴班、绘画班等等，林林总总不下两位数，那时"全国山河一片红"，男女老少都是"政治班"。去父亲厂子，有人正在黑板报上出"批林批孔"专栏，他说人家画得不像，拿起粉笔就画。正批林彪的"天才论"，那人看了一阵子，说这小孩是个天才呀。

天才也得吃饭哪。

在合金厂当会计的妻子也"放假"了，"夫妻双双把家还"。一个半周岁的女儿，5 口之家，全靠父母每月四百多元退休金养活，女儿的奶粉差不多就得花掉一半。父母年老多病，父亲患痴呆症，一会儿清醒，一会儿糊涂。

发现刻印章可以赚钱，纯属偶然。兴趣使然，关键是"放假"了，有的是时间，也是打发时间，先给家人刻，然后是亲戚朋友。山东的大姨姐的孩子的老师，是山东画院的院长，无意间看到那方印章，赞不绝口，给他寄来三方芙蓉石。三天工夫雕好了，寄回去，就寄来 300 元，而他"放假"前的月收入是 350 元。

于是他就背起行囊，去内蒙古的巴林右旗买巴林石。

从此，天南地北闯世界。

下火车，乘汽车，再步行，一双胶鞋在 1998 年早春的泥泞中跋涉着。

不时去胸前摸摸，那里贴身揣着 6900 元钱。有时摸着，耳边就会响起国歌的旋律"中华民族到了最危险的时候"，就变成了"这个家到了最危险的时候"。

大姐工伤，常年不上班，上班有时也开不出工资；二姐接母亲班，在水产公司一个单位，也黄了；弟弟在街头揽活，给人家打零工。那贴身揣着的 6900 元钱，是这四个有血缘关系的家庭的全部积蓄，用来应对各种意内意外急需的，即人们常说的"过河钱"。后来看电影《疯狂的石头》，赌石是有钱人的游戏，那些人起码不用为柴米油盐犯愁。而他则把父母和姐弟的命运，那种最基本的生活、生计，都赌进去了。

谁当过报童，谁靠几百元起家，青史留名的都是成功者，百倍千倍万倍无名的，甚至流落街头的呢？他的兴趣、爱好能够赚钱，可能养家糊口吗？没人知道前方等待他的将是什么。"放假"使他的人生有了次选择的机会，他却选择了一堆冷冰冰的石头，做了一次破釜沉舟的冒险。因为母亲支持他，母亲说要是你爸还能说道明白，也会支持你闯世界。

国共拉锯，父亲饿得受不了，想参军，"当兵吃粮"嘛。如今孟昭君个头也不高，挺清瘦，父亲当年更瘦小。看人家不想要，父亲顺手把旁边士兵肩上的机枪扛过来，说我给你们跑几圈。一挺捷克式机枪，从东北扛到华北，又扛过鸭绿江，复员分配到本钢机修厂。枪林弹雨中九死一生，政治运动就没那么幸运了，在狱中待了三年。母亲就去"扛大件"，扛着百多斤的虾米包，从 3 米高的跳板上摔下来，老天爷保佑，胳膊腿没断，那身上青一块、紫一块的多少伤呢？咬紧牙，爬起来，继续扛。她没有生病受伤的权利，她必须去干一些男人都干不了的活儿，因为她需要更多的钱，才能撑起这个家。

当这个家两次到了最危险的时候，都是母亲挺身而出。

母亲说，昭君，你记住，个高个低，你都是七尺男儿，你认为你行，你就出去闯。这个家你放心，老天爷饿不死睁眼的家雀，你妈还能动弹，捡破烂也不会喝西北风。

塞外的风，刀子似的刮在脸上，仿佛还送来了驼铃、马蹄和胡笳声。遥想当年昭君出塞，那个叫王昭君的弱女子，千里迢迢嫁给呼韩邪单于，给汉朝和匈奴带来了半个多世纪的和平。而他孟昭君也出塞，还过黄河、下江南，仅仅是为了那个夫妻双双"放假"了了的家，还有那个好像因"放假"才突然萌生、放大了的儿时的梦想？

男儿当自强！

在江西景德镇烧窑，实在忙不过来，让弟弟来帮把手。比他高壮得多的弟弟，一个什么苦活累活都干过的辽东汉子，说哥呀，这些年你怎么扛过来的呀？

选泥、炼泥、真空、洗泥、立坯、雕坯、阴干、上釉、修坯等等，别说这些具体细节，连大的流程有几项都不清楚。刚到景德镇时，当地人话听不懂，东南西北辨不开，坐在马路牙子上，热得好像就剩下喘气的劲儿了。一个叫姚吉祥的中年人，后来孟昭君叫他二哥，开了二十多年窑厂，跟他唠了一阵子，说你什么也不懂啊？

烧窑时住窑厂，平时住泥料库，也是他的工作室，一个大帆布篷子。中间一个大柱子，周围用竹竿挑起来，50 公斤一包泥料，一包包堆着。一张床，一张桌子，穿个大裤衩子，在水泥地上忙活，浑身上下水淋淋的。每天花 1 元钱买两壶开水，泡方便面，觉得头晕恶心。一个路过的老人说得补水，再买两壶水，还是不大行，身子发虚。买个电饭锅和几斤猪骨头，炖好吃了，这回行了。以后隔三差五的，就炖上一锅猪骨头。

让弟弟受不了的，是那方水土。辽东大山里的气温，有时也蹦到 30℃多，晚上就凉快许多。这江南的夏天，温差不大水汽大，蒸笼似的。太阳地里 30℃，住那帆布篷子里会是什么滋味儿？更不用说烧窑的热浪了。最盼着老天爷来场大雨，站到雨地里淋个痛快。

电视上说"宁舍一顿饭，不舍二人转"，孟昭君是自有了手机后，宁舍一顿饭，天南地北，每天都要给母亲报个平安。一听到"儿啊，好好干，把自己弄好，不用挂着家"，他就热血沸腾，又无地自容。母亲就是他的人生教科书，无论什么样的打击、苦难都要承受、扛住。可母亲已经风烛残年了，还得苦苦地撑着这个家，你算个什么儿子、男人哪？

男儿当自强！

2006年夏，父病危，孟昭君在山西省新绛县买绛泥，星夜赶回来。医生说需要打一种进口针，每支2100元，每天3支。打了一个星期，最后还是每支37元的对症了。

那一个星期，医生问他三次"还打不打了"。

一眼就能看出他不是富人。

第一次出山，去内蒙古买巴林石，住最便宜的小店，能挺到下顿，这顿饭就省了。"节省每一个铜板为着战争和革命事业"，刚上学就记住的毛主席语录，用到这里是不能让四个家庭的"过河钱"打了水漂儿。

即便被誉为"中国紫砂第一印人"，作品拿了那么多金奖、银奖，他依然觉得钱紧。

背上书包就是好学生，读大学当班长、入党，同学、同事都爱来他家聚会，两个姐姐帮着炒菜。"放假"后冷清了，在街上碰到了，有的可能真的没看见，就过去了。这几年又热闹起来，有的开着豪车来了，来看他的作品，有的开口就是这方印章值多少钱哪。

钱是柴米油盐，是豪车豪宅，还是尊严。有人为钱没了尊严，有人有钱好像还有尊严，有的忽然什么都没了，有的连命都没了。

孟昭君如果没有钱，父亲那次病危，八成也没命了。"夫妻双双把家还"后，如果平时没积攒点"过河钱"，女儿连最便宜的奶粉也喝不上。而笔者采访时，他正张罗要在本溪建个工作室，没钱行吗？

"好道来的钱才好花。"这是母亲的话，落实到行动上，是"男儿当自强"。

首先是做人

　　三年困难时期出生的程苙莙，曾祖父挑副担子闯关东，在安东落脚，一辈子在地垄沟里刨食吃，后人就吃技术饭了。那个年代叫"耍手艺"。祖父会看水，他说这儿有水，你就打井吧，十有八九不会走眼。父亲则是纯粹的"手艺"，在安东日本人的工厂里当钳工，车钳铆锻焊全能，新中国成立后评级就是"八级大"，人称"程万能"。母亲老家也是山东，爷爷那辈闯关东到安东，买块地当然要种庄稼了，一刨，老天爷，地皮下全是煤。只是地就那么大，煤就那么多，更要命的是抽上大烟了，母亲不到10岁家已彻底败了。

　　父亲总结经验教训，说人这一辈子，一要学好，二得有手艺。金山银山，坐吃山空。手艺在身，那金山银山就长你身上了，谁也拿不走。

　　国共拉锯，工厂停产，没地方"耍手艺"了，就做生意。前面写到的"破烂王"张玉金，安东、沈阳来回跑着倒腾盐和布，"程万能"倒腾大车内胎和电线。以桥头镇为界，南边共产党，北边国民党，南来北往是一关，老百姓叫"过卡子"，做生意的到哪儿都要歇歇脚，打点打点。客栈老板是共产党的地下党，看这小伙子挺精明，让他当了交通员。那年头撑死胆大的，饿死胆小的，胆大的过卡子也有伤的亡的。"程万能"毫发未损，革命、生意两不误，还娶了个媳妇。程苙莙的母亲住在地下党负责人家对门，一来二去就有了感情。

　　新中国成立后，是精明的手艺人与生意人的二重奏。

　　本溪市有机化学厂的"八级大"，每月工资84元7角，那个年代是高薪了，可人还怕钱多生活好吗？自己做个崩爆米花机，赶上生意好时，一个星期天能赚二十多元。夏天晚饭后天还大亮的，扛上街头，再咣咣崩一阵子。

　　如今城管驱赶街头商贩，多因占道经营，还弄一地垃圾，妨碍交通，影响市容。当年属于政治问题，那时还没有"资本主义尾巴"的说法，多少也是这么个意思。平时睁只眼闭只眼过去了，来运动了，崩爆米花机就给没收了。

　　有的图纸大学生看不大懂，没读过书的"程万能"却讲解得明明白白。那是心有灵犀的工业语言。小小的本溪市有机化学厂，主打产品是糖精，产量、质量居全国之首，远销东南亚和西欧。这么干那么干，他爱给厂领导提建议，领导也爱听他的。"文化大革命"中批这批那的，一寻思，这话不是"程万能"说的吗？就把他批一顿，说他是"反动技术权威"。

使他倒了大霉的，是在废品收购站买了5台废发动机，修好了，卖给本溪县高官公社高官大队。发动机是国家一类物资，严禁个人买卖。先是大会批斗，"程万能"撅腚不服。我干私活了不假，是八小时之外在家干的，一点儿没耽误"抓革命，促生产"，没动厂里一根钉子，也没卖给个人。把几堆破铜烂铁，变成农村急需的嗡嗡转的发动机，这不是为"农业学大寨"做贡献吗？结果"投机倒把"之外，再加个"态度恶劣"，当然还要联系他的一贯表现，判刑五年。这是1975年。5年后出狱，已经改革开放了，这辈子做梦都想自己开家工厂的"程万能"，也终于被改造成功，彻底服气了：这世上还有什么比自由还宝贵、幸福，更值得眷恋的呢？

老子老老实实，再也不敢"乱说乱动"了，就轮到儿子"蠢蠢欲动"了。

前面写到的许多人是被下岗的，程茳苕是自己辞职不干了。

初中毕业想读高中，父亲从劳改农场发出指令，考技校，学手艺。那一套"手艺经"，因服刑还理直气壮有了新佐证。夏天在水泵房里看水泵，冬天负责维修草绳机，不用像其他犯人那样"汗滴禾下土"，一双手冻裂那么多口子，因为他叫"程万能"。

本钢技校毕业，到一钢厂当轧钢工。"文凭热"流行了，搞对象，谈恋爱，大学生成了香饽饽。终身大事不可含糊，自己也觉得那点文化水平跟不上时代进步，报考电大，带薪读书。大学毕业了，风向又变了，你做什么工作，挣多少钱呀？好像超越房车一步到位了，又好像回归本原了，反正这个世界是越来越实际了。好在妻子出身书香门第，好像还未跟上时代步伐，不然就与这个漂亮、养眼的姑娘失之交臂了。

这时还没有"下岗"一说，距噼里啪啦像下饺子似的下海潮，也有十来年的光景，"扑通"声已时有可闻了。程茳苕是下河，去太子河边捞鱼食，捞一天能卖15元左右。后来又发现条更来钱的道儿，去郑家沙窝用手推车推"铁匜匜"，就是炼铁时废弃的铁渣砣子，一天能赚30元。就恨不能一年365天都是星期天，天天都去推"铁匜匜"。因为他在一钢厂的月收入，算上通勤费才68元。

风水轮流转，好像又在重复父亲8小时内外的故事，却谁知他内心的孤独、挣扎和那种噬咬心灵的危机感？

读技校最后一年，在那方天地谈到"郎才女貌"，说的就是他和那位校花了。父亲的"手艺经"无论怎样碰得头破血流，人生在世，总得有手技艺。论个头、身材、形象，也算才貌双全了。如今讲"郎财女貌"，他经营影楼、酒店、房地产，可那时呢？大热的天，技校门口那么多卖冰棍的，1根5分钱都掏不出来。校花明白，只管跟他唠着，瞅也不瞅，舌尖却不自觉溜出来舔了舔嘴角，他就觉得一记耳光甩在脸上。

不说什么单位了，一位领导通知他的妻子什么时间去趟办公室。以为开会，按时去了，就她一个人。妻子觉出不对，谎称去趟洗手间，跑了。又一次，又一位领导，在酒店一个房间，他和妻子一起去的。你来干什么？谁叫你来了？他能读出这种眼神，可人家真就谈起工作了，你把拳头攥出火星了，又能咋的？

因为妻子太漂亮了，那种对男人的尊严的挑战和危机感，也就益发强烈。就算作为个体的人，来世上就这么走一遭，不也是对自己的生活、生命的大不敬吗？还有作为父亲、儿子和"一个姑爷半拉儿"的责任、义务呢？

岳父不同意：你有技术，又是大学生，怎么能去当小商小贩哪？

母亲说得更直白：盲流、劳改释放的，那些人没别的路了，才去街头摆摊。你那叫"大全民"，多少人挤破脑袋都抢不到的，倒要往那堆人里挤。

还未平反的父亲，本已彻底服气了，这时也看出世道不一样了，只是岁月不饶人，好时候来了，自己干不动了，就给儿子扔出一句：好汉不挣有数的钱。

终于使程荐著下定决心的，是3岁的儿子。

这是1988年春的一天，儿子不知道从哪儿知道这个世界上有"回锅肉"，缠着他要吃回锅肉，正好刚推了一天"铁垦垦"，就领着儿子去饭店。4元一盘回锅肉，儿子吃得风卷残云。剩点姜丝，问能不能吃，盘子底太滑，筷子不大好使，伸出小手去抓。

于是，他就把那些理念都扔了。

在火车站前摆摊，卖茶蛋、汽水，还有胶卷，第一天净赚一百多元。他用自行车驮着妻子乐颠颠回家，下坡时把个小伙子刮了一下，小伙子出言不逊。有道是"人逢喜事精神爽"，那天如果不是开门大吉，而是赔了，八成就得打起来。夫妻俩赶紧下车，给人家赔不是，问碰着哪儿了，明知道什么事儿没有，也说去医院检查检查，倒把小伙子逗乐了。

半道上下车，买烧鸡、猪蹄、大虾，都是父母和儿子最爱吃的。当然不能没酒。一辈子以酒为伴的父亲，一口口搁着宁城老窖，美滋滋的。母亲气愤儿子不听话，当了小贩，就没好脸，这工夫看到孙子狼吞虎咽的样儿，也笑了。

类似郭雅丽"长大了去冰棍厂上班"的远大理想，随着年龄增长一个个遁去，魏耀刚眼前三点成一线，好像逐渐明晰起来的，是当处长，住"工字楼"。

40岁以上的本溪人，都见过或知道"工字楼"，是北地的标志性建筑，伪满时期的建筑,日本人叫"大和寮"。前后两幢四层建筑,中间一道封闭长廊通联起来,形成一个"工"字。前后楼共一百七十多个房间,另有餐厅和大小会议室,各种设施一应俱全。当年共产党闯到关东,东北局曾设在这里,读者就能大体想见会是何等模样。

魏耀刚有个同学住在"工字楼",去一次再就不想去了。进屋得脱鞋,他没穿袜子,听说厕所还在屋里,觉得不可思议。

他家在溪湖东山街,是个日本什么科长的洗澡房改造的,距厕所一百多米远。那一片大都是伪满时期的老房子,挤挤匝匝的,冬天雪地里,常见黄色液体锥出的窟窿眼。

父亲是跨过鸭绿江的汽车兵营长,转业到本溪汽车修配厂,当销售科长兼保卫科长。战争年代坐的病,一到冬天就呼噜气喘的,三年困难时期45岁时去世。继父也是志愿军,本钢一钢厂工人。

小学二年级,"文化大革命"开始了。高中毕业,0.1和1/2谁多谁少,有人还掰扯不清,就成了"知识青年",下乡,然后回城。家庭的,社会的,命运在不堪回首的岁月中漂泊,一往无前的是热血男儿的心。

背上书包就当班长,接下来是团支部书记、红卫兵团副主任(相当于学生会副主席吧),然后是青年点长、生产队长。再回到这座生他养他的城市,是锅炉工、车间副主任、厂团委书记、市医药联合总公司团委书记、国外经济科科长、主持工作的外经处副处长。

父母三班倒,母亲在街道办的五七厂摊煎饼。俩妹一弟,先背大妹,再背小妹,最后是小弟。该吃奶了,领着大的,背着小的,去母亲的厂子。8岁开始做饭、洗衣、劈柴、挖野菜,去后山抠黄土往家背。在那方天地,像他这般大的孩子,干这些事挺平常的。第一次感到自己的先天不足,是他的给张学良当过副官的舅舅,在那个年代,他几乎就天然地不能入党、参军了。最终让他明白在人生的马拉松赛场上,必须付出比别人多得多的汗水,才能取得和别人同样的名次,是在下乡回城当了锅炉工后。从当年的大寨大队,到今天的华西村,以及那些一直默默无闻的大队(村),谁都明白,当个好大队(村)长不容易。在某种程度上,当个生产队长,还是青年点长,甚至更难。这等履历,放个有点什么背景的人身上,是不是成为重点培养对象了?实际上,从学校到农村,魏耀刚都曾被视为这种对象,那时叫"苗子"、"干部苗子"。只是世道变迁,这回轮到他了,就是三班倒的锅炉工了。而当一条东山街日渐老态,整个溪湖包括与科长同级的车间主任,越来越少了,甚至没有了,他就想到去了一次再也不想去了的"工字楼"。

如今好像如愿以偿了,他却下海了,成了本溪市医药保健品公司经理。

有人说他奔钱去了，他真的需要钱，也真的赚了钱。

下乡到昭乌达盟巴林右旗，就是后来孟昭君去买巴林石的那个地方，他给父母写信，说青年点天天有细粮，还有牛羊肉。一提到昭乌达盟，那不就是大草原，牛羊成群吗？后来母亲不知从哪儿得知全然不是那么回事儿，先是寄来 20 斤饼干，又寄来 40 元钱。20 斤饼干 20 斤粮票，差不多够一个大人一个月的粮食定量。而母亲烟熏火燎摊一个月煎饼，挣 24 元。"我在马路边，捡到一分钱，把它交到警察叔叔手里边。"今天的孩子还唱这支歌，却捡不到 1 分钱了。而光买饼干的一笔钱，那时就是个多大的数啊？

一条东山街，少有像母亲那样漂亮的女人，却挺凶，对继父，有时没来由就发火。长大了才明白，母亲如此"称王称霸"，要在这个家说一不二，是怕继父对他不好。继父买几个苹果，那个最大的总是他的，跟弟妹换了，继父会像变戏法似的再摸出一个，悄悄塞给他。在单位，组织上要提他当干部，他说我没文化，干不了。该涨工资了，领导说你是党员，让给别人吧，他说行。分房了，领导说你等下次的吧，他说行。回城当锅炉工挣钱了，发工资那天，给继父买瓶酒、一条烟。入党了，像继父一样，发工资先交党费。继父是河南人，继祖父后半辈子巴望儿子给盖个新房。那时在河南乡下人心目中，像继父这样的本钢工人，就是富翁了。下海后赚了钱，去了一趟，圆了继祖父的梦。母亲不知道世上都有些什么好吃的东西，瞅着没见过，就说不好吃，说他乱花钱，生气，就认准了刀鱼、血肠。看母亲吃得高兴，那是他最幸福的时候。

继父是车祸去世的，这个家刚过上好日子，爸你怎这么没福啊？肇事的小伙子刚买辆车跑运输，家里有个瘫痪父亲，这不是屋漏偏逢连阴雨吗？法院调解，他说别判了，别让那个家塌天了。小伙子登门拜谢，他瞪圆眼睛吼：你走，永远别让我见到你！

因为九年一贯制高中毕业下乡，学生时代 8 年是在"文化大革命"中度过的，有人会自暴自弃，魏耀刚却是恶补文化知识。在青年点，当锅炉工，谁有本书就借来看。后来的业余大学、党校大专班，还有中国科学院研究生班，整个社会有了读书的气氛、条件，当然更不能错过。无论工作多忙，读书都是必修课，半夜上床也要捧本书，习惯了。

他是 2007 年本溪市十大藏书家之一，还是本溪市武术协会副主席、中国武当自然三丰派第二十六代正宗传人和掌门人。文武之道，和谐一人，和谐社会。习武 30 年，弟子众多，收徒两个条件，在家孝敬父母，在外遵纪守法，不能惹是生非，打架斗殴。

他说，习武也好，当官做生意也罢，不管做什么，首先是做人。人都做不好，还能做什么？

闻听毛泽东逝世，魏耀刚正在山上干活。他疯了似的往青年点跑，一路见人就问真的吗？确凿无疑了，一种天塌地陷般的感觉。

去年底，笔者写这本书，在电视上看到金正日逝世，寒风中平壤街头悲痛欲绝的人群，就想起1976年的9月9日。我正在沈阳军区一所（今金星宾馆），参加《解放军文艺》办的"歌颂'文化大革命'创作学习班"（那时不叫"笔会"），听说毛泽东逝世，正埋头写作的二十多学员全愣了、傻了，许多人泪水一下子就下来了。出院一箭多远，就是红旗广场，巨大的毛泽东雕像，今天还矗立在那里，只是基座上的雕塑，有的已经不是原来的样子了。开头人还不多，很快就黑压压的了，默默垂泪的，恸哭失声的。我不知道几千年来，还有哪个中国人的离去，能够引发那么多泪水。与魏耀刚一样的感觉中，是毛主席怎么能死呢？我们怎么能没有毛主席呀？

过两年后，听说他们这批来内蒙古的知青都要回城了，魏耀刚不大相信。直到通知打包了，来接他们的汽车也到了，他还是有些疑惑，觉得不是真的。"扎根农村干革命，广阔天地炼红心"，尽管对这14个字早已有所疑问，可当初欢送大会上，他代表赴昭盟知青表决心，各级领导讲话鼓励、支持，还有媒体宣传报道，不都是这话吗？信誓旦旦，音犹在耳，说不作数就不作数了？他觉得心头空落落的，好像有什么东西遗失在永远留驻着他的两年多生命的那方天地里了。

纽约的摩天大楼下是贫民窟，全世界三分之二的人处在水深火热之中，则是笔者红领巾时代就留在脑幕上的印象，后来写文章也这么说，难免有种解放天下受苦人的冲动。随着电视机普及家庭，先是黑白的，后是彩色的，外面的世界越来越多地进入眼帘。我国的香港、台湾与韩国、新加坡这"亚洲四小龙"，特别令人印象深刻，就想这世界怎么是这样子呀？

1992年春，正是房地产热浪袭人之际，笔者应建设部（今住建部）之邀，采写一部关于中国房地产业的报告文学。天南地北跑了十几座城市，先后有三座城市安排我采访的有关部门来电来信，告诉我谁谁谁出事了，不要写了。书出版后，偶然看到报纸上的一篇长文，深圳市副市长王炬，我采访时写在书中的职务是市长助理，也腐败了。

当时本溪流行"军勾"，一种军用高靿皮鞋，特别受到小青年青睐。还在摆摊的程莛苕，当然不会错过这样的商机。司机从沈阳拉货回来，他一看不对，立即与供货方联系，对方一口咬定没错。他说肯定错了，你多付货了，多出一倍。对方态度立刻大变，说忙昏头了，谢个没完。

"386"、"486"、"586"，笔者所在单位同事的电脑，当时不断升级换代。那是个"换脑"的时代。换脑筋，换思想，换观念，换意识，换世界观已经形成了或正在形成时期形成的那些东西。换到什么程度？用当时已是完成时的实行家庭联产承包制时，媒体引用的一部分人的话，叫"辛辛苦苦三十年，一夜回到解放前"。

从"穷过渡"到物欲横流，许多时候只是一步之遥。当改革开放把人们的聪明才智发掘、发挥出来后，红尘滚滚，欲壑深深，灵魂往哪儿安放呢？有人就认准一个"钱"字了，用过来人耳熟能详的一句话，叫"穷得只剩下钱了"。

魏耀刚和程荭睿，把心灵中从懂事时期就被胡涂乱抹的那些东西涂抹去后，足踏在地上，首先是做人。

不差钱

见到包紫臣，第一眼就觉得这位本溪矿业有限责任公司董事长、本溪市民营企业第一纳税大户，有点像中央电视台"星光大道"的主持人毕福剑，只是比"毕姥爷"更英俊，也更普通。

他 1951 年出生，沈阳人，十九中毕业。十九中是重点中学，他数学特别好，理想是当个数学家、科学家，结果是像"双百徐恺"一样，命中注定只能下乡当农民。然后回城，到本钢矿建公司当工人，架子工、水泥工、浇铸工。父亲是沈阳轿车修配厂（今金杯汽车公司）工会干部，高血压、肝硬化，不能上班，每月四十来元病休工资，母亲患心脏病。他的想法是调回沈阳，在物资储运公司当工人，这样能照顾点父母，也经常是干着急。家里有病人，那钱窟窿就是无底洞了。一咬牙，扑通一声下海了。那时别说亿万富翁，连万元户也未想过，也没有"万元户"一说。有什么别有病，没什么别没钱。那时距母亲去世还有两年，距父亲去世还有 7 年。24 岁的儿子只想着父母有钱看病，希望他们能像这个世界上的大多数人那样正常生活，自然老去。

去吉林省德惠县往回背黄豆、葵花子。晚上乘车早晨到，下火车再走几个小时，去农村社员家买。忙活一天，再在火车上熬一夜，第二天早晨回沈阳。两大一小三个旅行袋，黄豆能装百多斤，葵花子不到一百斤。葵花子炒了，卖给在电影院附近打游击卖零食的老太太。黄豆背去城郊油坊榨油，豆饼也能卖钱。两天一个回合，比上一个月班挣的还多。

三个旅行袋拴在一起，前面一个大的，后面一大一小，搭在肩上。碰上顺路的大车、拖拉机最幸福了，碰上意外就糟心了。没赶上火车，在车站蹲一宿。大雪飘飘，在大平原上迷路了，下半夜还在风雪中跋涉。鞋底走掉了，用绳子绑扎起来。百多斤黄豆越来越沉，那人又累又饿。一次敲开人家，大楂子就咸萝卜疙瘩吃一顿，身上除了买火车票的钱，只有5斤全国粮票。那家大哥大嫂说什么也不要，他悄悄给塞炕席底下了。赶到车站，在候车室迷迷糊糊刚睡着，就听见有人喊：起来，起来了，这是谁的黄豆，没收了。

那是1975年，"文化大革命"还在"史无前例"着。"下海"一词，如能穿越到那个年代，板上钉钉是"投机倒把"，再加上一句"走资本主义道路"。赵大林在那辽东大山里做贼似的卖树苗，包紫臣则在这松辽平原上往来奔波，以一种最原始的方式"投机倒把"。那是人生中最提心吊胆的岁月，从到德惠下车去农家、走黑市，一路眼观六路，耳听八方。"大革命"中还有小革命、小运动，倒霉赶上了，就算二郎神三只眼，或者后脑勺儿长眼睛也没辙。大包小袋、背抱撂行的，一看不就是干这个的吗？碰上好说话的，你4角多买的，按1角几分的国营价收购。碰上不好说话的，有的连"没收"两个字都没有，有二话的就训你一顿。

想当数学家、科学家的青年，有时就想，这样的人生还有什么意思呢？可一想到给了他生命的父母，就去买三个旅行袋，再来。

如今有时会想，如果人生真能穿越回去，有今天这么多钱，父母会那么早就离去吗？

两年后开始倒腾服装，然后是五金交化和钢材。

1998年，这位当年下乡回城的本钢工人，斥资1800万买断了本溪市梨树沟铁选厂。用他自己的话讲，是举牌（招标）举来的。

这是一家濒临破产的乡镇集体企业，管理不善不用说了，另一个重要原因是当时铁矿粉价格奇低，一吨才100元。产品不值钱，买家还少有不欠账的。那边钱要不回来，这边职工要开支，电费什么的还欠了一大堆。

你欠我，我欠他，谁还欠他的，连环欠，当时叫"三角债"。像本钢、矿务局这样的大型国企，也一样脱离不了这种"三角债"，是改革初期困扰企业的一大难题。

包紫臣东抵西挡，重整江山5年后，铁矿粉价格才上来，2008年国际金融危机又跌落。就在这一年，矿业公司向国家纳税近2.3亿。笔者采访时，这家拥有16亿元固定资产的实体企业，是本钢、北钢两家国企后的本溪第三纳税大户，自2002年起一直是本溪民营企业的纳税状元，为公益事业捐款捐物九千多万元。

自然，他也成为本溪乃至中国最不差钱的一类。

我问，你觉得自己幸福吗？

他说，我不幸福。

亿万富翁不幸福，世上还有幸福的人吗？

"钱不是万能的，没钱是万万不能的。"这种经典语言的意思，其实人人心中都有，王朔把它说了出来。而在包紫臣的感觉中，如果钱能治病救人，而且救的是生他养他的亲人，那不几乎就是万能的了吗？

当赵大林做贼似的数钱数到手软时，包紫臣的幸福指数绝对与钱成正比。当又一次"投机倒把"成功，而且是涉险过关，那种喜悦、激动，又有一种超乎钱的感觉。而当矿业公司终于从困境中挣扎出来，那种身心解脱、轻松，实在是美妙的享受、幸福。而今，一个早已过了数钱阶段的亿万富翁的幸福，与个在街头乞讨的人的幸福，或者与那个在松辽平原往来奔波、"投机倒把"的青年的幸福，无论有多少不同，就钱而言，就个人而言，再赚多少，又与幸福指数有多少关系？

晚上何时上床没准，早晨6点半起床，看新闻、洗漱、吃饭，8点半到办公室。上午处理公司事务，然后基本就是应酬了。德国总理默克尔能去南非看世界杯，中国人半夜三更爬起来看人家踢。当年十九中足球队的右后卫，如今是不能上场了，当个球迷还不行吗？他更喜欢下围棋，刚摆上，或者正下得来兴致，电话响了。笔者那天上午采访两个小时左右，他接了6个电话。

"我接个电话"，或者冲我点下头。这位采访对象的语态、眼神，谦和、自然而又随性。

高官、巨富，会让人感到神奇、神秘，油然而生一种探究的欲望。包括摸彩票暴富的幸运儿，他怎么就抓到了那个号呢？而"富"与"豪"，"财大"与"气粗"，好像天生就是连体的。可在这位矿业巨富身上，我听到看到，更多是感觉到的，则是"普通"、"平常"和它们的同义词、近义词。

公司总经理蔡亚斌，北京钢铁学院毕业，在钢铁行业摸爬滚打二十多年的行家里手，这样评说他的董事长：我批评人像职业病似的，错了就得说呀！老包不行。这人干事业是大手笔，要从他嘴里说出别人不对的话来，那就难了。这可能与他没当过干部有关吧。对市长、对司机都一样，对老百姓更热情。来个孩子辈的员，也端茶倒水，永远是那么普通、平常。你觉得这是装的？开头我也这么想。我到这已经6年了，他就这样，那是一种骨子里的东西。

市工商联一位"70"后说，十多年了，工作关系，接触的人都是不差钱的。有的腰包越来越鼓，那人张狂得让你认不出来了。有的还挺热情，挺平易近人的样子，但那自觉不自觉的居高临下的眼神告诉你，装的。包紫臣呢？论财富，本溪不差钱的人中,还有超过他的吗?可他还是十多年前的样子,目光、眼神告诉你,咱们都是一样的人。

不差钱的人的张狂,郭美美的炫富,其实是一种正常现象,一个难以逾越的历史阶段、过程。让人想到"阶级斗争"的计划经济年代,没有今天这种不差钱的富人。即便能让人想到"富贵"二字,那个年代被称作"大红旗"的红旗轿车,专车乘用者也并不拥有那车,一旦成了"走资派"什么的,立马变成无产者、"贫下中农"。"辛辛苦苦三十年,一夜回到解放前",有人大富,仿佛也是一夜之间。从思想到文化都没有准备,而且穷惯了、穷怕了,一下子不差钱了,头晕目眩找不着北了,用民间的话讲"不知道自己是谁了"。

中国没有贵族,包紫臣的卓尔不群,却让人感到一种高贵。

本溪市牛心台镇人张宝昌,与包紫臣同岁,同样中学毕业上山下乡又回城的经历,分配到北台钢铁厂当工人。班长、段长、车间主任、保卫科长、武装基干民兵营长、北钢集团公司经营科长、武装部长、司法处长、总经理助理兼北钢厂办主任、党办主任、销售公司党委书记、总经理。1997年任本溪北方曲轴(集团)有限责任公司党委书记、董事长、总经理,笔者采访时是公司副董事长兼总经理。

这家曲轴公司原为曲轴厂,像那条著名的地工路一样曾经辉煌,又在变成"停产一条街"时破产了,被北钢收购。设备陈旧,技术落后,市场萧条,高成本、高消耗,怎么才能起死回生啊?北钢派来个11人的接收班子,弄不了,张宝昌就被派来了。

企业改革进入攻坚阶段,直接涉及、冲击每个人的切身利益。从上世纪90年代中后期走过来的企业家,提起那一段的经历,少有不刻骨铭心的。具体到破产重组的曲轴公司,有段顺口溜:"上班被下药,下班家被撬,总有人闹,有事没事写写小字报。"

公司领导和部分机关人员在四楼办公,走廊上一台饮水机,张宝昌给大家买些苦丁茶放那儿。百废待兴,万事开头难,着急上火呀。可这水怎这么苦呀?苦丁茶能不苦吗?开头没当回事儿,泡方便面怎么也苦哇?越来越多的人觉出不对劲儿,拿去有关部门检测,发现水中含有"硫脲",一种有较强致癌性的化学药剂。这下子可不敢掉以轻心了,报案破案,是个内部员工干的。

有道是"行家一出手,便知有没有"。就是在这样的背景下,临危受命的张宝昌,一番调研,胸有成竹:"一年平,二年盈,三年上水平,四年精细化,五年排头兵。"

而今,公司曲轴销量占国内市场的十分之一,并有部分出口。

坐落在本溪满族自治县小市镇北的曲轴公司,依然是当年的办公楼,前面溪田铁路，背依太子河。右后侧厂房机器的隆隆声，在初冬辽远的蓝天下，轰鸣着一种磅礴的气势、活力。偌大的厂区，不见一个烟头及可称之为垃圾的东西，办公楼前发黄的草坪上，一群鸽子在欢快地追逐、嬉戏。

笔者采访时，张宝昌外出了，在家主持工作的是他的儿子、常务副总经理张国辉。

34岁的"富二代"，1.74米以上个头，帅气、文雅、稳重，感觉不到纨绔气息。吉林大学商学院工商管理硕士，去年毕业。

他说，父亲不希望他干这个，他想在实践中摔打摔打，检验自己，积累人生。

他说，父亲经常告诫他，男人一辈子要用事业证明自己。钱吗，你有钱财千千万，一天只吃三顿饭。我是快60岁的人了，这辈子能给你两样东西，一是好体格，二是好品德，剩下的你自己干、自己闯。

他说他是奶奶带大的，奶奶辛劳一辈子，90岁了也不闲着，身体也好，夏天去老家种菜，冬天回市里住楼。"大鼻子"、"小鼻子"，国共拉锯，"大跃进"，"文化大革命"，奶奶这辈子见的事情多了，印象最深的是土改。旧社会爷爷在铁路上当装卸工，不知为什么定个富农成分。奶奶常说，平安是福，健康是财，钱是惹祸的妖精，够花就行。

张宝昌的老领导、北台钢铁集团公司总经理杨新华，则说钱少了是自己的，多了是人民的，人民币嘛。

比包紫臣小1岁的杨新华，中等个头，瘦得精干，浓眉下目光凛然。

他是凤城市四门子乡人，父亲是本钢工人，1958年下放回老家，1960年落实政策重返本溪。小学毕业赶上"文化大革命"，1971年中学毕业下乡，1974年被推荐上大学，东北重型机械学院机械专业。他说中学是"混"的，这大学好多人也是混下来的，小学毕业也能上大学，叫"教育革命"。1981年，对几届工农兵大学生全国统考，不及格取消学历。本溪冶金系统250人，他名列第五，这回算是真的大学毕业了。

毕业让他留校当教师，留校的都是好学生，他是年级党支部书记。他不干。妻子在北台学校当教师，他分配到本钢连轧厂，两年后调到北钢，直到笔者采访前半年退休。

从钢铁总厂厂长，到集团公司总经理，能在一家大型国企当27年一把手，全国有几个？还有吗？

这个地球无论离开谁都一样转动，说明刚逝去27年的北钢真的离不开这个人的，是27年间资产增加了100倍，4年前上交国家的各种利税，已经相当于他接手时的 156 个北钢。而且是在那样的大变革时期，以地工路为代表的地方工业企业纷纷停产、破产，同样的地方企业北钢，不但挺了过来，而且不断发展，还成了接纳失业大军的超级国企，由不到 1 万人增加到 3.7 万人。

一个北钢养活了多少本溪人，又怎样维护了社会稳定？

此前此后，采访对象中有比较了解杨新华的，有的畅所欲言，有的欲言又止。而在笔者采访的百余人中，采访杨新华的时间是最少的，只有个把小时。可这个曾经深处变革时代旋涡中心的精明强悍的男人，有时不经意的几句，也能让我感到惊涛骇浪扑面。

这次采写这本书，我曾多次对一位作家朋友说，本溪作家应该好好写写两个人，一个是民企老板包紫臣，另一个是国企老总杨新华。后者是能够炼出人参铁的文学富矿，把中国国企改革开放 30 年的艰难坎坷、苦辣酸甜全涵盖了。前者书名就叫"钱"，封面设计一枚铜钱。

"我会赚钱，因为我知道钱眼在哪里。"这是"破烂王"张玉金的名言。本章写到的大都是不差钱的人。中国不差钱的人越来越多，出现在世界富豪榜上的也越来越多，排位越来越靠前。古人云"天下熙熙，皆为利来；天下攘攘，皆为利往"，这一刻翻译成大白话用到这里，就是都往钱眼里钻。有人无论钻成什么样巨富，始终把握一条，首先是做人。有人钻来钻去，弄得铜臭冲天，有人就把孔方兄套在脖子上成了枷锁。

辽砚

关东山里奇宝开，
蓝天红霞凝石材。
能工巧匠雕辽砚，
珍品独秀四宝斋。

这是张学良与其蒙师白永贞赞美辽砚的诗作，年代无考。确凿无疑的是，1929 年少帅下令征集辽砚，参加全国首届西湖博览会，一举夺得金牌，从此即有"南端北辽"之誉，辽砚与端砚、徽砚并称中国三大名砚。

清康熙皇帝封辽砚为"清宫御砚"，御用三百余年。清末民国，辽砚走出宫廷，西湖博览会上，世人一睹风采，声名鹊起。只是天下汹汹，战乱频仍，什么样的民族瑰宝，也只能在乱世中折腾。

天赐本溪，物华天宝，当然不止煤铁。制作辽砚的青云石、紫云石、木鱼石，怎么说呢？笔者小时家的火炕，就是一片片的青云石铺搭的。如今二十多岁的本溪人会记得，今天人行步道上各种样式的制式方砖，当年几乎都是蛋青色的青云石。

辽砚石材，本溪最佳，又以出自桥头镇黄柏峪的褐石红和青石绿为上品。天地造化，名匠鬼斧神工，就有了辽砚"滑不流磨，涩而不磨笔，养墨为群砚之首"的雅誉。端砚、徽砚历史悠久，盛名天下，清康熙皇帝封辽砚为"清宫御砚"，或许不无对这片"龙兴之地"的偏爱，文人墨客的评断则是不带任何虚妄的。

本溪有世代采石之家、制砚之家，最著名的是陈广庆、曲广勋师徒和笔者采访时刚去世不久的袁斌老人。

在袁斌老人童年的记忆里，偌大的作坊，灯光昏暗，灰尘弥漫，大人们每人面前一方砚石，雕刀、凿子、铲子在手中动作着，那种金石之声就成了袁家几代人的主题曲。到了父亲这一代，民国了，男人脑后没了那根辫子，辽砚就开始上市了。袁家在大帅府附近有家店铺，张学良也去观赏辽砚，还摸着他的脑袋，叫他"小嘎豆子"。首届西湖博览会，袁家的作品就存列在国货精品馆。

九一八事变后，袁家从沈阳搬到本溪桥头，就地取材，继续制砚。镇里最多时有十来家作坊，产品供不应求，多被达官显贵用作馈赠礼品。日本人也挤进来，买的人也多，有的用来巴结上司，有的带回日本，据说在日本出手两方砚台，就能过几年好日子。有个姓房的匠人，有方砚台被日本人看中了。据说是给川岛芳子买的，又说川岛芳子来过桥头，她自己相中的。姓房的不卖，汉奸说你摸摸头上长几个脑袋。姓房的抓起砚台，将其摔碎。鬼子连开几枪，姓房的倚墙不倒，人称"不倒人"。

生辰年代不详的陈广庆，早年入清宫造办处，专事石雕、制砚。末代皇帝被逐出宫，陈广庆回老家天津，为谋生来到本溪桥头。从宫廷到民间，从应制从艺到自由发挥，才华在金石之声中大放异彩。

本溪市政协副主席、辽砚文史专家姜峰，在其专著《关东辽砚古今谱》中认为，陈广庆在桥头几十年的制砚活动中，将清宫制砚传统与辽砚制作巧妙融合，创造出一种新的制砚风格，对辽砚制作产生了重大而深远的影响。民国时期的制砚，放弃龙凤纹饰，开辽砚以字为饰和素面砚之先河。在器形制作上，将清宫御用松花石砚的石盒移植到辽砚上，同时参照古代西北、东北早已存在的多功能砚与"套砚"的形制，创新出多功能组合砚和多功能砚。这两种形制的新砚，在中国制砚史上可说独树一帜，并成为辽砚在民国时期的主流砚。上世纪40年代钢笔、铅笔流行，砚的工具功能开始弱化，其功能如何外拓，又可否作为一种艺术品存在？这位大师的一方随形砚，做了史无前例的创新，纹饰为云龙戏珠，砚是能容纳更多墨汁的方槽，且设计了一个烟灰缸和火柴夹，成为轰动一时的畅销品。半年后，又推出了托盘式多功能砚，彻底颠覆了中国制砚的传统形制，除辽砚外，没有任何一个砚种做过如此革命性的探索。

曲广勋19岁师从陈广庆，姜峰赞其制砚刀法独特，线条圆润流畅，将线雕、浅深浮雕、镂空雕、石雕技艺融为一炉，无论在砚周、砚盖上雕刻何种花鸟、走兽，皆造型准确生动，呼之欲出。他在一方腰型的砚石上端雕一苍龙，龙身祥云环绕，探头向下俯视，砚之圆石盖上雕一小龙为钮，小龙仰首向天，跃跃欲腾云，二龙一呼一应，寓意教子升天。此砚至今仍为本溪辽砚之经典，令人叹为观止。

国共拉锯，人最要紧的是怎么活下去，国宝也不能当饭吃，袁斌去辽阳教书糊口。1957年，党和政府大力恢复特种工艺品生产，市轻工局领导派人把他请回来。让袁斌感动的，不是相当于市里领导的每月118元的特级工资，而是他们对这些传统艺人的尊重。到了"文化大革命"又不行了，除了雕刻毛主席像，别的都是"三黄四旧"、"封资修"。上世纪80年代，辽砚作为桥头石材厂的特色产品，曾经红火了一阵子，接下来就像地工路变成"停产一条街"一样停产关门了。

辽砚跌宕浮沉，当年有名的几家制砚世家，只剩下袁氏还在金石声中坚守祖传的技艺和事业。而袁斌这时也七十多岁了，桥头镇以他为首的4个老艺人，那3个相继去世。新社会没有"拜师"一说，"文化大革命"中属于"四旧"，在破除之列。新工人入厂也叫"徒工"，半年一年出徒了，还叫你"师傅"，与当年的"一日拜师，终生为父"两码事，也就没有传人。他有两儿三女，只小女儿跟他学艺。祖传技艺，向来是传儿不传女的，那不是把看家的本事送给两姓旁人了吗？可有什么办法呢？想养家糊口，找份别的工作，也不比这个行当差多少。没价值的东西，扔大街上没人捡，还有什么传儿不传女的？而且，他的父亲就是死于矽肺。成天在灰尘中生活，能活到他这把年纪，已经屈指可数。这一方方砚台，无论怎样被人欣赏、把玩，乃至被视为国宝，都是夺命的东西啊！

悠悠千年，坎坷辽砚，又一次走到了逼仄处。

本溪辽砚文化艺术有限公司总经理章永军，一个高大壮硕的40岁汉子，祖籍江西南昌幽兰镇竹林村。听这名字就很美，3年前他回去一趟，老宅还在，门前一湾池塘，荷花正艳。

章家是当地望族大户，爷爷早年下南洋发财，置房买地办商行，土改时被定为地主兼资本家，没了财产，也失去尊严。在当地抬不起头，不好做人了，爷爷和大爷、三爷就走了。山东、河北、河南人世世代代闯关东，也多是投奔亲友去的，这哥仨在东北无亲无故，不知为何竟一路北上，到了辽宁昌图县亮中桥镇西湖村。那时章永军的父亲，还穿着开裆裤。也未隐姓埋名，一切实话实说。开头还行，"文化大革命"中遭老罪了，爷爷被批斗，戴高帽、挂牌子游街，还要敲锣，敲一下，喊一声："我是逃亡地主兼资本家章××。"再举起胳膊喊叫："打倒逃亡地主兼资本家章××！"

据笔者所知，历朝历代闯关东的南方人，或者为官，或被流放，少有其他，甚至再无其他。解放战争是个例外，国共两党中南方籍官兵挺多，那是军人，军令如山，服从命令，哪有像章永军的爷爷这样平头百姓的江西老表哇？而且，本应下南洋的却闯了关东，照样颜面尽失，受苦受难，"阶级斗争"的威力，真真让人叹服。

父亲一表人才，又聪明伶俐，注定被耽误了。章永军没有，小学五年级党的政策变了，入队不久就成了"三道杠"。他有两个姨在本溪，中学毕业，举家迁来，父亲在水泥厂当搬运工，他在一家工艺美术店打工，刻字烫字做牌匾。爷爷写得一手好字，又擅绘画，从小教他。走上社会，给人打工，自己开店，再办公司，把事业做大。

与辽砚结缘，纯属偶然。公司聘用个李景新，做了方砚台，让章永军看得目瞪口呆，仿佛魂儿都被勾去了。这是他第一次见识辽砚，工艺漂亮，更令他叫绝的是那红绿相间的石材，世上竟有这等美妙的石头。比章永军大十来岁的李景新，原是桥头石材厂搞工艺美术设计的，话匣子打开了，就迫不及待地奔去桥头了。

在黄柏峪，望着那被开采了几百年的、瀑布样从上坡上泻下来的绿波盈盈的碎石海，祖上曾在宋朝出过宰相的章永军，就知道自己这辈子就钻在这石堆里了。

而见到袁斌老人第一眼，就想倒地便拜。不大的平房，像老人一样干净利整。而严谨、执着、倔强的老人，也几乎就是凭着第一眼的感觉，认准了这位除了小女儿外唯一的，也是最后的关门弟子。

得天独厚的天地馈赠，技艺精湛的师父扶植，少不了的当然还有天赋和干劲。章永军在继承辽砚传统浮雕技法上，开创独特的雕刻技法、技巧，像线雕、镂空雕、半圆雕和立体雕等综合运用的雕刻技艺，使辽砚在保持实用性的同时，突出了观赏性和收藏性。他和他的团队创作的《清明上河图》，变古人绘画为立体石雕，用神奇的青紫云石演绎了神奇的新版《清明上河图》，恢宏大气，山水、房舍、人物栩栩如生。迎澳门回归的《万众一心》，为奥运庆典所做的《奥运之星》，为纪念汶川大地震制作的《众志成城》，以及"龙"、"凤"、"山水"、"花鸟"、"宝葫芦"、"福禄寿禧"、"人物传说"等二十多种系列砚，或古典，或现代，或气势雄浑，或恬静空远，匠心独运，大品天成。

2012年4月，在扬州举办的中国工艺美术协会第七届中国玉雕精品展上，本溪紫霞堂冯军创作的一方《祥云纹暖砚》获金奖。

5月，由文化部、商业部在深圳举办的中国国际文化产业博览会上，冯军带去的是《高仿台北故宫清宫御砚100珍》。像一个月前一样，这位辽东大山里的高壮汉子，只是想去见见世面，开开眼界。端砚、歙砚、洮河砚、澄泥砚、易水砚、贺兰砚等等，名家荟萃，精品耀眼，咱这点家当往哪儿摆呀？那方《祥云纹暖砚》，开头甚至没有报名参赛。结果，又一次石破惊天，捧回了组委会特别设立的唯一一个"中国工艺美术文化创意奖"的"特别金奖"。

"60"后的冯军，父亲是位瓦工。他平生动手做的第一个物件，是支木制手枪，立马让西湖村那一片年龄相仿的男孩子眼里放光，人见人爱。别人家养鸟养花，那花盆、鸟笼子是买的，他自己做，来家串门的大人们欣赏那花盆、鸟笼子，就甚于花鸟。

初中毕业到市三建公司当木工、工段长，企业转制后任建筑公司经理。1980年一头扎进砚雕艺术，1998年创立紫霞堂，专门制作、销售辽砚。到2000年，在本溪制作辽砚的十余家团队中，紫霞堂稳居排头。

笔者与冯军匆匆一面，印象深刻的是那一头与年龄不相称的华发。

被辽宁省政府命名为名牌产品、辽宁非物质文化遗产的辽砚，使本溪的历史文化多了一分从容、典雅和雍容华贵。守着这样一方宝地，让冯军有些不解的是，同样的石材，为什么本溪制作的砚台叫"辽砚"，外地制作的就叫"松花砚"，成为皇家专宠，享尽尊荣？请教专家学者，查阅文献资料，原来一个生于民间，一个出自宫廷造办处，二者技法上区别很大。前者基本是随形就势，雕饰取材于民间喜庆理念，而后者有比较严格的制式要求，图案讲究典雅贵气。

1993年，台湾故宫从当年由大陆"精挑细选"带走的文物中，请出全部89方松花砚和两座同样石材雕制的座屏，举办一次"松花砚特展"，并出版了嵇若昕编著的考证松花砚传承的《品埒端歙》一书。

连冯军也说不清他把这本书看了多少遍，对那89方松花砚的彩色图片则反复揣摩、品味，把摸它们的精髓。接下来的一年间，为选石材，汽车加摩托，每个月都要跑上万余公里。而在复制过程中，他常常关掉手机，让一颗心沉浸在只有他才能领略的那个世界中。历时4年，不知道那头上添了多少白发，就有了1:1

比例的 89 方清宫御砚的高仿作品。

2007 年 4 月，本溪清宫御砚考证课题组的专家赴台湾进行学术交流，展示了冯军和他的团队高仿的康、雍、乾三朝御砚，砚文化著名学者嵇若昕赞叹："紫霞堂的松花砚制作水平，已不在昔时宫作之下。"

就不难想象，由康熙皇帝主持设计研发的皇家用砚，在制砚绝技失传二百多年后，毫无预感地以百方精美高仿突然现身文博会时，怎能不大放异彩，出尽风头。

辽砚文化史专家姜峰，这样评说冯军："在时下制砚艺术风格趋同化的大趋势中，他始终保持清醒而独立的思考，以曾是清宫制松花石御砚的供石地之一的本溪南芬、桥头砚石为资本，耗数十年时光，苦研宫廷制砚工艺，终使湮没百余年的清宫御用松花砚在本溪重光。他深解古人制砚之奥，是为了切实地继承，博采众家之长，是为了强化宫廷砚的独特个性，高仿不失毫厘，创新不丢脉络，为国家、民族守护这一珍贵的遗产，让这珍贵的遗产闪烁耀眼的光彩。"

获得了各种顶级荣誉，把发展辽砚当作一生事业的冯军，则说辽砚离名砚还有距离，因为辽砚还缺乏大师级的制砚名家的出现。他举例，四大名砚中都有自己的大师级名家，有了大师的价值，才会有名砚的价值，辽砚在这方面还有很长的路要走。

正值有为之年的冯军，冷静、大气，言之有理，也不尽然。因为大师的出现，归根结底是由作品决定的，谁说非得一大把胡子不可，甚至就是故人呢？

走出大山

像章永军一样高壮的张涛，35 岁，一个地道的山里汉子。

辽东大山里的一宝辽砚，出身名门，却在宫廷"隐姓埋名"三百余年，不为民间知晓。张涛经营的产品可就大不同了，"关东山三宗宝"的首宗宝人参，谁人不晓哇？桓仁素称"人参之乡"，本钢驰名中外的"人参铁"，不过是从这方水土信手拈来个名字而已。

祖籍山东蓬莱，爷爷闯关东来到桓仁县二棚甸子乡巨户沟村。"巨户沟"这名字，一说这里山大沟深出胡子，原叫"胡子沟"。又说原来有个养参大户，巨富，这么来的"巨户沟"。反正桓仁县少有不养参的，巨户沟养参历史更悠久，是有名的老参区，解放前即有 800 帘人参，集中在几户参主手中，从各地来做人参生意的"老客"络绎不绝。爷爷开饭店，还下营口贩参。张涛见过爷爷当年的照片，长袍马褂戴礼帽，拄根文明棍，脸型、身材挺像蒋介石。祖孙三代没离开人参，父母是给人看参。每年出了正月，父母就收拾行装上山了，大雪封山再回来。一个蒙着塑料布的草棚子，在里面吃住，养条大黄狗，看护参园子。开头他也去，后来上学了，两间石头黄泥房，就他一个人。一锅饭吃几天，没菜，舀勺大酱和着吃。姐姐出嫁了，隔三差五大老远跑回来一趟，给他带些好吃的。

14 岁那年放寒假，一个同学的父亲做糖葫芦，他一看就会，回家自己做。卖了几天赚些钱，就把钱都变成糖和山楂，再跟同学和街坊邻居的小朋友打招呼，谁想挣钱就来扛上一草把子糖葫芦，去周围各村去卖，他自己当起加工和批发商。父母抛家舍业给人看参园子，忙活一年 1200 元钱，除去花销没剩几个，他一个寒假净赚六百多。

中专毕业卖人参。从巨户沟到县城 38 公里，骑个除了铃哪儿都响的自行车，天未亮就上路。困哪，有时一迷糊就进沟里了，车不能骑了，百多斤人参扛着走。后来买辆摩托，这回远了，骑到通化，再坐火车去白山，那儿有参市，能卖好价钱，还能了解国内人参行情。

"说黄就黄了。"谈起上世纪 90 年代的企业，本溪人少有没这话的。这人参疯涨疯跌更快，去年 1 斤三位数的价，今年就可能卖个萝卜钱。就是这工夫，张涛贷款 26 万元，在巨户沟村山坡上竖起块牌子"森涛基地"——这就是如今著名的"桓仁巨户沟森涛山参基地"。

这时就是在已经富起来的南方沿海地区，26 万也不能算个小数。而在这辽东大山里的巨户沟人心目中，26 万是个什么概念呢？得用麻袋装，还是用车拉呀？

简直是全世界的人都在反对他，包括过去提起他就跷大拇指的长辈和同辈。反对得最激烈的，当然是父母和姐姐这些最亲近的人了。刚过几天好日子，就不知天高地厚了。人家恨不得把参园子都扒了种萝卜，你倒要大干，这不是明摆着往火坑里跳吗？咱家祖祖辈辈也没见过这么多钱哪！要是赔了，别说砸锅卖铁，就是把骨头砸成灰也赔不起呀！好孩子，去把钱退了，咱们稳稳当当过日子。

民间有句话，叫"货到地头死"，用到这一时期的桓仁人参再恰当不过了，有的在地里不用挪窝就死了。都知道人参是宝，从集体养殖到家庭承包，人们的积极性爆发出来，却不懂市场，人参就成了萝卜。运到南方卖了，往往也要不回钱，许多人倾家荡产，有的还搭上性命。

特殊的浑江水系，得天独厚的长白山地理气候，注定了这方水土就是人参之乡。桓仁人不能捧着金碗要饭吃。问题在于你得了解山外的市场，还要修炼内功，变盲目、无序为科学、有序。对于一个二十多岁的山里青年，如果说悟透这些还需要时间、过程，而且有些事情也是他根本无法掌控的，那么眼下潮涨潮落，他一眼窥透的就是机会来了。

让父母提心吊胆，着急上火，实在让他难过。对于劝他不要冒险的亲朋好友，他则劝他们别错过了机会。世上无论什么样的宝贝，都是物以稀为贵，金子要像石头那样多，那还叫金子吗？有人说他是赌博，他微微一笑，胸有成竹。人们好跟风，什么东西行情好了，一哄而上，不行了又一哄而下。任你东西南北风，他就不跟这个风。

出这步棋时，张涛也就是个5位数的万元户。而今的森涛山参基地已拥有林下参1800亩，人参深加工厂区面积1.5万平方米，研发的"森涛"牌系列产品，在全国有230多家连锁店，畅销韩国、日本、印尼等10多个东南亚国家。

需要向读者说道几句的是"林下参"。

桓仁人工养殖人参，始于道光二十六年（1846年），称作"园参"。此后，技术人员、生产技术及人参种苗推及各地，成为全国园参主要产地之一。而关于人参的神奇传说，以及采挖人参的神秘的传统习俗，说的都是在大山里自然生长的野山参。人工养殖的园参，药用和营养价值比山参差多了。但是，园参也是人参，其高贵、又娇贵得难以伺候的，是明显的忌地现象。一方土地，世道安稳，那庄稼你就一茬茬、一辈辈种下去吧。园参不行，不能连作，老参地一般要经过几十年的休养生息，才能复植。结果是养参人的运动战，这片参地种乏了，再去砍伐另一片山林，水土流失，生态失衡，在给人们带来没带来丰厚的报酬的同时，也祸害了一方水土。

林下参，顾名思义，是在山林里种植的人参，不用砍伐树木，保护了家园。其品质更接近山参，远远优于园参，造福今人，遗福后人。

种植林下参，是改革开放后的新事物，开头难免使人疑虑。再加上投入周期太长，见利慢，参农普遍不愿种植。张涛的大规模开发，就有种榜样和示范的效力，这种效力有时也真是无穷的。

那个加工制作并批发糖葫芦的14岁的"小老板"，如今被誉为"人参王"，当然并不只是因为他的事业做得大。不懂技术他服务，缺乏资金他扶助，如今巨户沟已有百余户村民种植林下参，面积近万亩。

我采访时是桓仁满族自治县副县长的郭元戎和文化局副局长赵金富，两个大山里的"60"后，1987年考入本溪师专，一个学中文，一个学历史。

从大山沟来到煤铁之城，两个大学生觉得什么都新奇、高大。那高楼、高炉、大烟囱，宽敞的街道，商店里琳琅满目的商品。那时街上轿车很少，中国还是自行车王国，可在他们眼里多极了。印象更深的当然是人，一是多，二是洋气，连捡破烂的也比桓仁的洋气。

国庆节放假3天，回家路费是笔花销，不知谁说去水洞看看，几个桓仁同学就结伴去了。流连忘返，出来晚了，最后一辆长途客车也没了。在路边招手搭车，郭元戎搭上一辆拉煤的解放，司机四十来岁，很热情。哪儿人哪？桓仁的。听到这话，司机那眉宇间的表情，郭元戎这辈子都难以忘怀，分明是"我怎么这么倒霉呀"，甚至就是"今天怎么碰上个穷鬼呀"。搭这种顺路车，通常应该给个一元两元的。临下车时，郭元戎掏出10元钱，说：师傅，买两盒烟抽吧。

如今，好多东西讲"天价"，一盒"天价烟"要上百元、几百元。那时，10元钱能买两盒挺好的烟，够郭元戎半个月的伙食费。

提起桓仁，本溪人的印象，就是"大山沟子"、"穷"。两县四区，桓仁是明摆着的第三世界。一个明显的例证，从1911年开始，火车已在本溪南来北往整整100年了，笔者在桓仁采访，那大山里还未通车。

副县长、副局长当年结束了学生时代，回大山里教书。有年纪差不多的青年，从本溪、沈阳、大连打工回来，埋怨自己的祖宗。有的说，当年闯关东，下船上岸第一站就是大连，干吗不在大连落地生根哪？大连没站住，去沈阳也挺好呀，路过本溪留下来也行啊，干吗往这大山沟子里跑哇？有的说，留在大连的是懒得动弹了，咱们的祖先勤快，想奔更好的日子。有的说，什么懒呀勤快的，还不是把咱们扔这大山里受穷吗？

就有人感叹：人啊就像人参籽，让风刮到一片沃土，就成了百草之王，落到石头上就成了瘪子，瞎了。

儿时郭元戎听大人讲，本溪的工人骑自行车上班，一个月挣几十元钱，有的还一百多，就想那是什么样的美日子呀？

大学毕业，系团支部书记郭元戎，被分配到本钢综合公司团委。县教育局的领导来了，说桓仁的情况你们都清楚，不多说了，家乡更需要你们。郭元戎、赵金富和几个同学也没说什么，收拾东西就回来了。

快毕业了，男女同学原来多么隐秘的特殊关系，也一下子浮出水面，张罗着希望能够分配到一个单位，起码别市里县里天各一方啊。郭、赵二人省事了。英俊帅气，品学兼优，多少异性投以青睐，各自也都有心仪的姑娘，都是本溪人，说得准确些是"市里人"。可"桓仁"两个字，就像大山横亘其间。起码一条，有几多父母愿把女儿嫁到那大山沟子里去呀？倘能成功，是不是现代版的梁祝了？

20年后，郭元戎到市里开会，见到两位老同学，让他在桓仁搞次同学聚会。全班31人，来了二十多。一路感慨，进了县城，大呼小叫，来过的人说认不出来了，没来过的说原来桓仁这么美呀。

而现居大连的笔者，去趟桓仁，就想在那里买住房了。

一座本溪城，街巷中的牌匾广告，要问哪两个字最多？桓仁。

榛子、蘑菇、木耳、人参、鹿茸、灵芝，清代特供宫廷的贡米和杂粮，从原汁原味到深加工系列，还有"五女山"牌葡萄酒系列，都是来自大山里的特产。冰葡萄酒在公交车上溢香，成为流动的风景，路边商铺各种色状的牌匾上的"桓仁"、"桓仁"、"桓仁"，在人们的视野里狂轰滥炸，那种来自大山里的冲击波气势逼人。

沿本桓公路过大凹岭隧洞，就是桓仁县界。出洞就见一大幅山水广告，上书"南有桂林，北有桓仁，桓仁山水甲天下"。进入县城，出租车上写着"中国桓仁"。

大江南北，长城内外，笔者也算走过一些大中城市，还未见过哪个县有这等气势。

当沿海和内陆的武汉、重庆，依托通衢之利由村落而城市时，这辽东大山里一代代人创造生活和幸福的难度，不言而喻。把事业做出国门的张涛们，在市里、省城、在笔者居住的这座滨海城市，毫不犹豫地亮出"桓仁"旗号的那些人，当然需要头脑、智慧，更多的还是立足大山、走出大山的万丈雄心与豪情，那一代代被大山围困的窘境中，造就的雄心与豪情。而已经走出这大山沟子的郭元戎们，又重新回到这大山的褶皱和围困中，那心境还用说吗？

并不仅仅是因为在桓仁采访了县长、副县长，在采写本书的过程中，我总忘不了老县长章樾，那牵挂着八股绳的颤悠悠的扁担，马蹄铁在山路上溅起的火星子，浑江、太子河上令天地动容的山里号子。

就在本书完稿3个多月后的9月27日，章樾公园彩旗飘飘，礼炮齐鸣，"两高一铁"通车庆典暨第二届国际冰酒节，在这座曾经的正在恢复建设的八卦城隆重举行。

"两高一铁"，即桓仁境内的丹（东）通（化）、桓（仁）永（陵）两条高速公路，东北东部铁路桓仁段的通（化）灌（水）铁路。过去，桓仁人去趟沈阳得一天，从这一天起只需两小时，一下子进入以沈阳为中心的经济圈，与周边的空港海港触手可及。

青稞酒酥油茶会更加香甜，

幸福的歌声传遍四方。

……

我没看到这次绝对具有划时代意义的庆典，却分明听到了《天路》的旋律——当然，桓仁人是会把这类歌词稍作改动的。

山水家园

SHANSHUIJIAYUAN

我的本溪

本溪最早的城市规划，是 1940 年伪满"交通部都邑计划司"编制的《本溪湖市都邑计划》。这是个长达 30 年的城市建设"计划"，结果是 5 年后"满洲国"就垮台了。"大城市，小骨架"的布局，"计划"城市人口 20 万，用地 25 平方公里，工业区与居民区不设隔离带，宫原（今平山地区）一带平坦地区为日本人居住，边缘山坡、山沟中国人住去吧。

如今的溪湖，当年繁华的主城区，有经纬分明的"日本街"和"中国街"。被老百姓称作"洋街"的"日本街"，这街那路都叫"××町"，柏油路两侧是洋楼洋房，上下水、暖气、浴池设施齐全，还有花园、公园绿地和高尔夫球场。"中国街"破旧不堪，下点雨就泥泞不堪，挤挤匝匝的叫"房子"的东西，人称"劳工房"、"苦力房"。

三年拉锯战，煤铁之城千疮百孔。好在那些大烟囱不冒烟了，人口骤降，住房也就不显紧张。新中国成立后，从周边地区招工，中央也从全国各地调集人马支援这座重工业城市。那时还没有"先生产，后生活"一说，本溪热火朝天，"掀起了社会主义建设高潮"，其中也包括关乎重要民生的住房建设。平山地区解放路两侧、中心街一带、平山脚下、东坟（今东芬）、北地、彩屯等，一片片住宅群迅速崛起。从 1950 年至 1957 年，全市用于基本建设投资 45281 万元，建筑面积 177.5 万平方米。到了"文化大革命"，好像就光顾"革命"了。1968 年本溪市区人口 643949 人，全市新增建筑面积仅 420 平方米，相当于今天的一幢豪宅。

如果没有长达二十多年的人口激增，就不会有"一人超生，全村结扎"这样令人毛骨悚然的标语口号，今天的房价也不会高得这样离谱。知识青年上山下乡，缓解了城市就业、交通、住房等一系列压力，可他们还得回城啊，而且到了婚嫁的年纪。还有那些携家带口下放农村的，落实政策回来了，也得有个住的地方啊。

"文化大革命"结束时的积重难返，是全方位的。

1977 年统计，全市人均居住面积 1.75 平方米。1979 年全市房屋失修面积达 367 万平方米，占房屋总数的 52%，其中严重破漏和有倒塌危险的 42.1 万平方米，占住宅总数的 11.8%。

1978 年 10 月，满清华被任命为市房产局党委书记兼局长，谈到当时的住房，老人用了 4 个字：缺、破、挤、危。

彩屯老 24 路公交车终点站附近，有个"九趟房"，因为九趟砖瓦房得名，孟昭君和他的两姐一弟就出生在那里。

上世纪 50 年代，为支援煤铁之城建设，国家分配大批复员转业军人，并为之建房，九趟房为其中之一。每趟房十几户，每户 9 平方米左右，进屋就是锅灶，紧挨着一铺小炕，占去约三分之二的面积。水缸之类是不能离地的，其余的物件就去抢夺空间，人则在炕上挤。一家 7 口人，奶奶睡炕头，然后是母亲、父亲、孟昭君和弟弟、姐姐。笔者采访时，孟昭君说是"立板睡"，都得侧着身子，不然根本睡不下。6 岁时奶奶去世，他哭啊！晚上睡觉，顿觉这个世界轻松了不少。

笔者采访到的所有从棚户区出来的人，都谈到"房下崽"，就是向房前屋后扩张，搭起叫"偏厦子"的小房。东西两侧的住户更具优势，还能向侧翼拓展。郭雅丽的邻居姓袁，从母亲这边论，她叫"袁舅"、"袁舅妈"，前后左右无法"下崽"，四儿一女，老大老二结婚的新房，原址都是公共厕所。向街道申请，跟那一片的居民协商，把厕所扒倒，盖起新房，就是洞房。结婚那天，大家都去赶礼、贺喜。

关于九趟房，孟昭君总觉得当初规划设计者的本意，应该是独身宿舍。这是一批从朝鲜战场归来的军人，有功之臣，几乎都未结婚，即便成家有个孩子，有这样 9 平方米左右的一方天地，在那个年代也算挺好的了。而孟昭君打从记事时起，九趟房中间的自来水就没有龙头，一天到晚长流水。那时没人想到人类会有缺水干渴的时候，那时他掏出小鸡鸡就撒尿，撅起屁股就拉屎，母亲用锹撮起来送到厕所里。待到知道不好意思了，每天清晨也加入到厕所前排列的队伍中去了，房子下的那"崽"就不只是住人的偏厦子了，还有今天被称作"卫生间"、"洗手间"的厕所。寻个地方，开头用木板、油毡纸什么的围挡一下，后来好像满世界都是塑料了，就用塑料布。原来军营般条块分明的九趟房，就变得迷宫似的，陌生人进来七拐八绕，眼前冷不丁站起个人，提着裤子，吓你一跳不说，就算并非异性，也够尴尬的呀。

平山区的棚户区，多为新中国成立后建起来的。溪湖则几乎都是旧社会遗留的，其中相当数量是伪满时期的"劳工房"、"苦力房"。

郭雅丽的父亲是"本溪姑爷"，结婚后和外祖父住在一起。伪满时的"劳工房"，老百姓叫"大房子"，20 来米长，5 米来宽，南北大炕，当年住的都是单身劳工。用秫秸抹黄泥间壁起来，40 来平方米为一个空间，南北大炕住两户。后来搬到"佣员"的房子，佣员是伪满的正式职工，房子好，结实，也是一排排的，共七排，叫"七趟房"。房与房之间的通道，下雨两个人打伞过不去，那也一样"下崽"，里外都"下崽"。像"大房子"一样，原来住一家的变成两家、三家，还有一分为四的。

而无论能不能"下崽"，都面临着因采煤而形成的地下空洞的威胁。

本溪地下采煤对于城市建设的影响，最早的数据，见于市建委1975年11月4日关于彩屯煤矿的一篇调查报告：彩北地区平均下沉1.5米，下沉盆地中心达2.1米。

30年后，彩屯煤矿采煤区平均沉陷5米，最大沉陷8.8米。

彩屯煤矿是本溪矿务局最大的煤矿，还有本溪、牛心台、田师付三座煤矿，采煤区也都程度不同地成了沉陷区。

孟昭君脖子上挂把钥匙上学后，公司来人把九趟房的一些房盖揭了，在墙上加砖砌高。不加高不行，窗外那地面差不多与窗台一般高了。本溪人都知道，这脚下和那太子河河床下面，许多地方都被挖煤掏空了，但是没有参照物，感觉不到沉陷。那时一到夏天，孟昭君就羡慕脚上穿双水靴的人。胡同和窗前的过道，春天开化后泥呀水的，下场雨更是泥泞不堪，家家户户都往上垫炉灰渣子，就以为是这么垫高的。

1983年3月5日，为应对沉陷区居民搬迁和建筑物的改建、加固，本溪市成立"采煤沉陷区治理办公室"。这是全国第一家有关机构，简称应为"沉治办"，本溪人叫"治沉办"。

郭雅丽是2001年调到这家非常设单位的。来自沉陷区、又是棚户区的矿工女儿，以为对自己的工作再熟悉不过了，深入下去还是不断吃惊。

小时，郭雅丽就听老鼠在天棚上哧溜哧溜来回跑，有时还叽叽喳喳打架。时不时掉下个蜈蚣，或是什么虫子，有时掉进脖子里，吓得她大声叫妈。下雨了，炕上地上柜子上就放些盆碗，外边雨停了，屋里还滴滴答答的。灰了吧唧的墙面上，各种动植物和轮船、飞机什么的图案，随天气和季节不断变幻，有时瞅着想什么就像什么。左邻右舍大抵如此，她还跟小朋友比谁家的图案好看。到治沉办后，看到的可就是千家万户了，一点也未夸张、形容，就是千家万户。每天到处跑，特别是雨季，雨越大越往沉陷区跑。市委、市政府和区委、区政府的人也往那跑，指挥、帮助抢险，治沉办还要调研、录像，拿出各种数据。雨水从门口、窗户和墙缝涌进屋里，在房前屋后垒沙袋的，往房顶和墙上蒙塑料布的，用脸盆和水桶向外舀水的。有的水都上炕了，老太太爬到炕柜上坐着。人们讲"水深火热"，沉陷区许多人家是"水深火不热"、"水不深，火不热"。雨后几天，地面行了，那炉坑里还向外渗水，就算水没了，那炉坑炉灶也潮乎乎的，那火一时半会能热吗？

山坡上的房子，人下山不注意，一脚能踩到房顶上。彩屯宝藏街一幢二层楼，"文化大革命"期间盖的，沉陷得雨搭抵上人的胸脯了。就在下边挖个大坑，上坑下坑才能进出。一楼成地下室了，说是地堡也差不多。

平时进到人家，有的就像进了塑料大棚。冬天门窗蒙糊塑料防寒，其余三季不常用的衣物被子什么的，用塑料包裹着防雨。有的棚顶也兜上了，在地面上方留个洞眼导流，下雨时在下面放个脸盆。这样雨水就淋不到家具、衣物、炕上，起码也能少淋点。

随时随地的是次生灾害。地面沉陷，地下管线损坏，修好还沉还坏。这对没有暖气和上下水的平房，倒是没有影响，一视同仁的是煤气中毒。外高内低，通风不好，炕裂口子一时难以察觉，气压低时熏死人是太容易了。特别是冬天，房子捂得严实，从市长到居民组长立马绷紧神经，那也免不了死人，沉陷区自然更甚。

2003年6月1日，温家宝总理来本溪实地考察沉陷区情况，与居民交谈。在牛心台煤矿小南沟罗运德家，两间平房的外墙，被几根碗口粗细的木头死死顶撑着。总理里外看着，陪同人员也一样在那木头间钻绕着。

前面说的沉陷区的树朝下长，沉到地下没影了，就发生在小南沟。老矿工罗运德的房子还长在地上，墙早开裂张嘴，房也扭歪了，不支撑着说不定什么时候就倒了。

在小南沟，在牛心台，在当年本溪矿务局所属的四座煤矿，罗运德家的住房都不算最危重的。田师付煤矿巍堡，几幢房子沉裂扭歪，外墙上支撑的木头，夸张点说，就像自行车圈的辐条似的。这时郭雅丽到治沉办大半年了，见多识广了。这种还支撑着的房子，说明还有人住，可她还是觉得不应该有人了。外面阳光刺眼，进屋眼神还未缓过来，炕上突然坐起个人，把他们吓了一跳。郭雅丽说明来意，那人一声吼：出去！

有道是"安居乐业"，治沉办的工作对象是居不安，多无业。沉陷区居民有名的"两高"：失业率高，犯罪率也高。

省和国务院部委领导，愈来愈频繁地来本溪沉陷区考察、调研，有关部门领导汇报完了，有时有的领导会让郭雅丽这样做具体工作的人谈谈。谈什么呢？三代人挤在一铺炕上，墙上裂开的口子能把胳膊伸到隔壁家去，路边、墙角厕所围挡着的塑料布什么的，有的只能遮挡住下半身，老远看到领导来了，大姑娘、小媳妇赶紧提着裤子往家跑。就这些，还用说什么吗？

无论生活中接触的，还是几十年来的采访对象，我很少见到像李静军这样精明强干的人。

1.70 米以上个头，身材匀称，面目清秀。他 1966 年生于丹东市宽甸县，5 岁来本溪，住在笔者后来所在的某集团军机关大院，那儿原是军区某分部驻地，他的父亲是部队工程师。这个年纪应算赶上了好时候，起码中学时代是比较正规了。1987 年沈阳建筑工程学院（今沈阳建筑大学）毕业，先在本溪市政府建房办工作，然后是华厦建设集团副总经理兼总工程师，2000 年 5 月调任治沉办主任。

上班第一天就吃个下马威。七十多人来上访，大都是叔叔、阿姨辈的，他那不到十平方米的办公室挤不下，就站在走廊里。大家都说自己那房子不能住了，七嘴八舌，吵儿巴火，有人声言今天再没个准话就不走了。

一条太子河，把一座城市大体分作东西两半，沉陷区大都在河西。大学毕业前，李静军没去过河西，后来工作了去那边也是乘车路过。他来治沉办前，本溪已经治理沉陷区 18.4 平方公里，治理工作基本结束了。一任任老领导和同志们，为棚户区改造做出了实实在在的业绩，他这个主任只是接续一下，把尾收了。这时没人知道本溪地区还有 50.6 平方公里的沉陷区，21327 户居民房屋处于危险等级，涉及人数 64425 人，住房面积达 80 多万平方米。已经治理的只不过是一盘菜，还有一桌菜没端上来呢。他当然也不知道。但是，来上访的人讲的问题是实实在在的，而这些人知道的也只是自己家那一片的情况。

下去调查。

就收入而言，计划经济年代，部队工程师与煤矿工人差不多。论住房条件，郭雅丽的棚户区与李静军的军营大院，可就差多了。所以一深入下去，连郭雅丽都感到吃惊，李静军就是惊心动魄，甚至目瞪口呆了，与首次来视察的各级领导和北京、香港的那些记者有得一比：这世上怎么还有人住在这样的地方呀？

家住彩西街的冯乐珍老人说，我是党员，分房时让给别人了。那时不少党员让房，让来让去，企业不行了，也没有分房一说了。

老人的老伴告诉李静军：我 18 岁嫁给他，当大姑娘时就听说这片要动迁盖大楼。矿上的、政府的，那时也不叫治沉办，来过的人多了。我们也没想着住高楼大厦，夏天不漏雨、冬天不冻人就行了。

上任不到一个星期，就开始政务公开。治沉办每人一张 5 寸标准照，姓名、职务、职责、分工，一套流程，在大厅走廊公示，来人一看就知道到哪间办公室找谁。从上班第二天起，他的办公室那门就留条缝，从未关严实，并要大家都这样。因为他大学毕业联系工作，这单位那部门跑着，看那门关得紧紧的想敲门，那手就举得有些沉重。

他说，到我们这里来的人，基本都是基层的弱势群体，来表达最基本的生活诉求。有的情绪可能比较激烈，甚至像枚炸弹，点火就着。有时你找上门去，也不给你好脸："我在这都住几十年了，你们怎么才来？来了走，走了来，你们都来多少趟了，那套嗑我都能背下来了，有什么用？解决问题了吗？"有人说这些人素质不高。当年分房把房子让给别人的人，觉悟、素质高不高？任何文明都要建立在物质文明的基础上，连最基本的生活需求都缺少保障，那文明、素质、体面、尊严，能不打折扣？李静军常对治沉办的人讲，将心比心，设身处地，如果换成咱们这些人会怎样？有的人情绪会不会更激烈？

2004 年夏的一天中午，一个女的撒完泼后，有人说咱们主任让那女的"调戏"了。

这是个三十多岁的女人，有在场的人说进屋就"破马张飞"（撒泼、撒野）来上了，唾沫星子喷一脸，出言不逊，还动手了。李静军是个脾气挺大的人，坐在椅子上，铁青着脸，一声不吭。几个人劝了一阵子也劝不住，就让郭雅丽去看看到底是怎么回事。原来这是个孝顺媳妇，公婆瘫痪，沉陷区动迁，她想要个一楼，进出方便，背老人到外面放风晒太阳。她在农村长大，对社会上的事情不大了解，不知道这事归谁管，去了不少地方也没摸着门儿。这天上午又在哪儿弄了一肚子气，听说有个治沉办，大热的天好不容易找来，进屋就"爆炸"了。

李静军去了，问明想要哪幢楼的哪个楼口，帮她写个申请书，又去社区协商，向居民公示，特殊情况，希望大家给予理解、照顾。最终如愿。这个女的又来了，一个劲地给李静军鞠躬，说大兄弟呀，你是好人好官哪。

他每天关注天气预报，还自己观测、预报。一辆三菱帕杰罗，大雨瓢泼中风驰电掣，风雪交加中在山路上颠簸。背老太太，抱小孩，把他们转移到安全处，更多的时候是扛着那台摄像机。太专注了，有时难免碍手碍脚，有人认为他不干正经事，有人喊记者到一边去。大雪把房子压塌了，有人煤气中毒了，人们又会是什么心情、脾气呀？他录制的那些资料中，永远没有他穿着大裤衩子的身影，也没有他被推搡的镜头，却让从地方到中央的一级级当家人，看到了最真实的沉陷区人的生活，和谁都缺不了的那种叫作"房子"的东西。

最早录制的《企盼安居》，送给市长，市长又送给省长。省长、市长多次考察沉陷区，市长是流着泪看完的，省长下半夜打来电话：沉陷的问题不是搞不搞，而是必须搞，马上搞，耽误一天都是失职。

2003 年 1 月 13 日，国务院副总理、国家计委（今发改委）主任曾培炎，把当时在京的司局长都带来了，考察本溪沉陷区。曾培炎面色严峻，步履沉重：解放五十多年了，还有这么多老百姓在这种状态中生活。

随后跟进的是各路记者，北京的主流媒体几乎全来了，最多一次几十人。现场采访，一些人就哭。吃饭了，主人举杯，没人响应。

6月1日，北京非典后温家宝出行的第一座城市，就是本溪。当时辽宁两件大事，一是振兴老工业基地，二是沉陷区治理。抚顺、阜新、铁岭等，辽宁的采煤沉陷区多了，之前中央更关注的是抚顺。本溪之行，温总理重点考察本钢，关于沉陷区治理，据说只是听听看看，不表态的，结果一锤定音：不要再犹豫、争论了，马上拿方案吧。

当家人决断，再由专家论证，论证需要多少钱。

万丈高楼平地起，那一砖一瓦不都是钱吗？

1998年冬，省长到彩屯沉陷区视察，在彩力街被居民围住，非让他表态不可：你就说一句：什么时候能让我们住上遮风挡雨的房子？

自1975年后，关于采煤影响城市建设情况，本溪不断向中央有关部门反映、报告。1980年7月23日，时任国务院副总理余秋里，决定停采平山地区的地下煤炭。本溪沉陷区治理是全国动手最早的，矿务局拿一部分钱，市政府再拿一部分，受益居民也拿点，那楼像平房一样有火炕，叫"火炕上楼"。临街一楼作为店铺出售，或者建几幢卖一幢，有点房地产开发的味道，所谓"滚动治理"。无论怎样资源枯竭，多少也有煤采，还可转产，也就多少提留点资金，用于沉陷区治理。抚顺、阜新就是这样。本溪却不行了，矿务局一刀切破产了。计划经济年代，本溪人努力生产，支援国家建设，自己勒紧裤腰带，留下一座"卫星上看不到的城市"、滞后的城市建设和大量职业病人。而今，因为有了"本溪经验"，这座没了煤的城市，就有了一支组建两个集团军的员额还绰绰有余的失业大军，和一片片日益沉陷的沉陷区，再无一点有源之水。

在普通百姓眼里，一座城市要办件什么事，那不就是市长的一句话吗？更不用说省长了，没有办不了的事情。平时看你们在电视上开会做报告，接见什么人，有时还是外宾，有时还要举杯，这回见到真人了，怎么就不能说个准话，交个实底呢？他们哪里知道，省长、市长在宴会上频频举杯，回到家里还得吃碗面条呀？不当家不知柴米贵，不知当家人的难处。但凡有一点办法，能那么拖欠政府机关人员的工资吗？而两万多户的动迁、建房，又是个多么惊人的巨大数字呀？

那么，国家已经投入两个亿，有关部门已宣布"基本结束"后，重新启动的治理工程，到底需要多少钱呢？

李静军和他的团队拿出的数字，是11个亿。

有人大吃一惊：怎么可能啊？

有人告诉笔者，这种数字报上去，最终批复下来的，可能是五分之四、三分之二，有时甚至会拦腰减去一半。

这次，国家计委承诺的是10.508亿元。

都是国内权威专家，现场考察，反复论证。小数点前面的数字，李静军张口就来。50 多平方公里沉陷区，21327 户居民住房，以损坏程度分作 A B C D 四类。堆积如山的档案资料中，随意抽出哪一户，上面的各种数据，与实地调查、测算丝毫不差。

专家感叹：本溪人太了不起了，太可爱了。

专家没明说的是"认真"、"求实"、"叫真"，一眼就能窥透的是那种不可思议的工作量：一个算上司机 16 个人的团队，用了一年多点的时间。

李静军这辈子都忘不了沉陷区人的那种眼神。那些相识不相识的人，说他是"好人"、"好官"、"好人好官"，他觉得自己还是好儿子、好丈夫。给了你生命的父母，把终身托付给你的妻子，对他们不好，那还叫人吗？通知开会，他去请假，说有点儿事。领导觉出这"点儿事"不对劲儿，到底什么事？妻子患乳腺癌，已经做过一次手术，还得做。领导火了，这么大的事，怎么不告诉我？他说父母也没告诉。母亲脑血栓，父亲"渐冻人"，大脑支配不了手脚。无论多晚多黑，他都尽量抽空去看看父母。他是父亲，能读懂父母的眼神。然后去医院照护妻子，跟她说话，看她睡觉。实实在在，他还想做个好父亲。可这"好"字一多，人就活得太累，眼下真的来不及、顾不上了。

李静军是正规大学工业与民用建筑专业的高才生，国家一级注册建筑师，本溪最年轻的高级工程师，来治沉办后还有企业找他，年薪 50 万元，上班即付。郭雅丽就因为比李静军大 5 岁，她的学生时代就注定几乎被"文化大革命"糟蹋殆尽，后来只能去考那今天已经没人当回事儿的自修、函授之类大学文凭，再后来就下岗了。命运的转折当然需要机会，更源自她并不比许多成功人士差的天赋，和绝不向命运低头的强悍。

去沉陷区这家那户走访调查，再写材料。她是治沉办的笔杆子，总结、报告、规划、方案等等，大都出自她手。大都是回家后点灯熬油写的，坐办公室的时间相应也多些，无形中又多了个角色，接待上访。本溪人民广播电台和市纪委办个"行风热线"栏目，为百姓牵线搭桥，解答人们关注的社会热点问题。全市各个行业八十多个单位参与，治沉办是周一至周五的 8 点到 9 点，定时直播："我是'行风热线'值班员郭雅丽……"开头多为单位副职，逐渐处长科长多起来，郭雅丽连个员都不是，下岗招聘的临时工。而她这条热线问题又多，涉及的政策法规也多，提问者的情绪往往也比较激烈，属热线中的热线。

"行风热线"也好，接待上访也罢，无论对方什么态度，有的甚至就是刁难，她就是两个字"阳光"。那阳光发自内心，也就洋溢在脸上，扩散在语气中。这位来自沉陷区的煤矿工人的后代的下岗职工，坚信政府会解决他们的困难，就像坚信她家的那片棚户区也会变成高楼大厦一样。

以搬迁顺序选择新房，这个方法并不科学，却是可行的。总有人拖着不搬，接待上访像答记者问似的，录像机、录音机、录音笔，有时还是"暗访"，揣在兜里就录下了。有人还指名道姓说什么人以权谋房。郭雅丽一一记下。迄今为止，还没有发现这类问题。而她一言不妥，就可能引发问题。

一次，她发现妹妹竟然也来了，办公室挤不下，站在走廊人群后头。后来得知，是社区组织的，"谁不去是叛徒"。她这个气呀。你那点事我还不知道吗？想不开去家里说呗！

正巧，有人又说饱汉不知饿汉饥，你高楼大厦住着，当然站着说话不腰疼了。过去，无论她怎么说，总有人不信。这回妹妹来得正好，社区干部也站出来证明，免去许多口舌。

比郭雅丽小 1 岁的朱学平，原是市建公司的工程预算员，破产下岗了，和郭雅丽一样被聘用为临时工。不到 1.60 米的个头，小巧玲珑，文静秀气。国家专家组来后，由她陪同论证。来人都是父辈，都是学富五车的学者，有的还是上世纪 50 年代留苏的，在她眼里就是圣人，可这并不妨碍她提出自己的不同意见。在论证每平方米的工程造价时，这位平时话语不多，对专家恭恭敬敬、未说话先笑的预算员，和专家争得面红耳赤。

论证结束，专家组要把她带走，借用，去另一座城市论证。

专家说，有一说一，有二说二，又有见地，你们本溪人太可爱了。

我们本溪人！

1963 年，我从草河口小镇的本溪县五中初中毕业，考入当时本溪县唯一的完全中学，坐落在县城小市的本溪县一中。之后，读 3 年高中，又在校当两年红卫兵参加"文化大革命"（我称之为"高中本科"），然后上山下乡又参军，直至 1987 年随军迁入本溪市，在这座县城学习、工作、从军达 24 年，是迄今为止生活时间最久，并最终决定了我的人生走向的一方水土，自然印象深刻。

以县政府前的十字街为中心，本溪满族自治县的最高学府县一中，在南边约半公里处。两米来高的青灰色石头墙，圈起一方占地约 4 万平方米的校园，校领导、教师办公室和教室、宿舍，以及理化实验室、图书室、校医室，迎对校门的大礼堂兼饭堂，清一色的石头墙、水泥瓦。西面是农田，东面校门临街，街对面也是田地。

汤河与太子河的交汇处，大山里豁然一片开阔地，给日后的这座县城预留了空间。南向通往笔者出生地的小草公路，零公里处应是县政府前的十字路口吧？

从那儿北到火车站，南至纺织厂，扯出一条 3 公里左右的土路，时而或东或西岔出条胡同，沿途的临街房舍，就勾勒出县城的轮廓，矮趴趴、灰头土脸的。在我的记忆里，直到上世纪 70 年代中期，只有 3 幢楼房，除县政府算主楼三层外，县委招待所和工农兵小学均为二层。一中北面应为新城区，一片片石头墙瓦房。东侧农田边有个 104 地质队的俱乐部，一幢红砖白瓦的大房子，为这座县城唯一的文化娱乐场所，也就是个把月放映一场电影，"文革"前我去看过，5 分钱一张票。全城两座饭店，一个在中心十字街的东南，两间房子大小的店面，叫"红旗饭店"。另一个在城南，一幢独立的两间房子，叫"大众饭店"。一家百货商店也在城南，离我的岳父家不远，五间黑瓦房，准确称呼是"供销合作社"，老百姓都叫"合社"。城南是老城区，许多石头墙抹黄泥的茅草房，有的年久失修，披头散发。路也窄，两辆解放牌汽车对开，司机就得格外小心。有胡同处，房舍就向侧翼伸展出一块。主干道旁有排水沟，胡同里没有，每到雨季，或者春天开化，泥呀水的难下脚。我岳父家住的那条胡同叫闵家街，婚前婚后 18 年，进进出出，捡干爽点的地方蹦啊跳的。

临街房舍，有时会空旷出一片农田。而两侧房屋外，则是大片的农田，种植蔬菜、庄稼。工农兵小学那幢楼，就在一中后面的农田里孤立着。县政府楼前，除一方广场一条路，都是庄稼地。

纺织厂是 1965 年动工兴建的，市属企业，县团级单位。门前一条土路，与小草公路十字交叉，向西通往山坡上的二三一医院，向东越过汤河进入捡柴沟，小市人称之为"军沟"。这是个口窄内宽的山沟，中国人民解放军唯一驻扎在县城的军级单位、我曾服役 15 年的某军军部，最初就在这里。司政后机关办公楼、招待所、俱乐部，一幢幢将军楼和师团营职军官宿舍，进得沟来，顿觉别有洞天。当初来这座县城求学，就觉得军人特别多。在街头掠过的挂着白色军牌的伏尔加、华沙轿车，更是那个年代全国的县城都罕见的一景。

"文革"后期，县政府前十字路口西南角田地里矗起一座电影院，有二层楼高，从一开始就是个"楼歪歪"，肉眼都能看出歪斜了。

上世纪 80 年代，楼房时代开始起跑。火柴盒式的三四层楼，没暖气的火炕楼，一幢幢、一片片拔地而起。同学、熟人见面，上楼了，美滋滋，喜洋洋。

民间传统，过了大年初一，成家的男人就该去拜望老丈人了。记得是 1997 年，下火车一路瞅着就觉得眼生，到老丈人家附近干脆找不着北了。对开 4 车道的柏油路，临街都是店铺，后面是高楼，留下记忆的参照物全没了。我这人有点不记人、不记道，这时已搬离这座县城多年，但那也在这里生活了 24 年，而且起码每年这个时候都要回来一次呀？最可气的是妻子，站在那儿转圈儿瞅，念叨着哪去了，

哪去了，找不到那个生她养她的家了。

曾几何时，家乡不可复识。

在采访本书的奔波中，除了接纳我来到这个世界的那个小镇，没有哪儿能像这座县城这样，让我投注那么多热切的目光了。早起散步，在那楼房簇拥着的街巷里转着转着，就不得不停下脚步，向两侧山上望望，以确定自己的方位。而那山也让人颇费思量，因为山上的地形地物也变了，白墙红瓦掩映在绿丛中，有的山坡、山沟干脆被楼群覆盖了。

东面一条汤河及河滩，占去小半城面积。当年正对一中校园的那段河面，伸进几间房子大小的青灰色岩石，水深丈许，成为小镇男人的天然游泳场，我也去那里"狗刨"过。如今，两岸护堤，一道道横坝托高水面，南北两座大桥连起一圈滨河路。河东东北抗联史实陈列馆、四中、翠和楼宾馆和民宅，河西临街楼房间不时跃起一幢高层建筑，路边绿地花坛树木。沿河两米多宽的人行步道，白色石栏，方砖铺地，水波中荡漾着蓝天、青山、楼宇和散步、健身的人影。入夜，一城灯火在半城水中流光溢彩。

这还是留下我24年热哄哄的生命的那座县城吗？

部队移驻本溪后，驻地向东一公里出点头，就是杂草丛生的大山沟子。而今，那条山沟高楼耸立，前面写到的老劳模刘树生就住在那里。

第二次采访，住在北地的华强宾馆。我的弟弟家就在那一片，老城区，是我最熟悉的地方之一，入住头两天硬是转向。变化最大的不是旧貌换新颜，而是只能凭借周边山的轮廓遥想当年的沿太子河北上，离开主城区上了大峪岭时展现在眼前的世界。华夏花园、名士华庭、樱桃小区，等等，一片片风格各异的小区，气势恢宏的建设广场，一派欣欣向荣的生机与活力。而河对岸的太子城，怎么说呢？倘是近5年没有回过本溪的游子，倘能把他空降到那里，无论是什么样的老本溪，也无论在外面见识过什么样的世界，绝然想象不到那方水土会是本溪。

真的，这还是我的本溪吗？

曾是"卫星上看不到的城市"

民国初期流行一首秧歌《唱唱本溪湖》，从正月唱到十二月，十二月的一段开头即是："十二月里来整一年，'大仓组'黑烟遮住天。"

近年有媒体称："我国一直到 1974 年空气都是干干净净的。1978 年改革开放后灰霾天气开始在我国爆发性增长。"媒体关于各地空气、河流、土地污染的报道，也几乎都是改革开放后，经济迅猛发展所致。而本溪作为一个以资源和能源消耗为主的煤铁之城，从民国初期到二十来年前，除国共拉锯那 3 年大烟囱不冒烟外，少有不被烟尘笼罩的时候。那 3 年的丽日蓝天，和周边一些城市也没法比。天上不降地上起，浮土一踩噗噗冒"烟"，"晴天扬（洋）灰路，雨天水泥路"，一刮风什么样子就不用说了。

1979 年，市环保办调查，本溪城区每年排放工业废气 700 多亿立方米，工业粉尘 20 多万吨，二氧化硫 10 多万吨。溪湖、南地、彩屯等地，每月每平方公里降尘量达 200 多吨。当然还有废水和其他固体废弃物，其中 80% 为工业废水、废渣，每天注入太子河的工业废水即达 60 多万吨。

新建的楼房，没几天就灰蒙蒙的，再下场雨，用本溪人的话讲，就"变成花狗脸了"。

即便国人的衣着告别了灰黑色年代，大热的天，本溪人也不大习惯穿白衬衫。于是，本溪的肥皂经常脱销，销售量是邻市丹东的 3 倍。一些工厂附近的居民，一年四季不敢开窗，更不能在外面晾晒衣物。至于路旁的花草，周边山上的树木，无论蓬头垢面蒙受了多少灰尘，也只有等着老天爷给它们洗澡。而这方水土本来就是先有厂矿，后有城市，民房就夹杂在厂矿之间，后来才向周边拓展，其间也矗起一些大烟囱。不到 50 平方公里的城区，林立着近 600 个大烟囱，本钢发电厂的烟囱高达 120 米。

民以食为天，也就一天三顿饭，而空气呢？在这个世界上，没有比空气再宝贵又须臾离不了的了。电视新闻中那些骨瘦如柴、奄奄一息、行将饿毙的非洲老人儿童，也从未曾缺少空气。只是因其无所不在，可以免费尽情享用，就好像无所谓了似的。可那空气中如果充满烟尘，以及其他的有害物质呢？今天人们关注 PM2.5（直径小于 2.5 微米的颗粒物，简称"细颗粒物"，占可吸入颗粒物的 70%～80%），空气中的污染物越小越危险。那时人们不知道也不懂这些。我在本溪市内居住 7 年，最直接的感受之一，是经常迷眼睛，那种疼法又格外剧烈。刚从大烟囱里喷吐出来的那种颗粒，有棱有角的，那眼睛如何受得了呀？

鞍山的大烟囱也不少，可那儿属辽河平原，烟灰有点风就刮走了。这辽东大山里的本溪是河谷盆地，风大时灰土满天，风小了那烟尘就在盆地里窝着沉积着，更不用说没风了。

1979 年年初，联合国环境署官员从卫星照片上惊异地发现，东经 124 度、北纬 41 度的中国本溪，整个儿被一团烟雾笼罩着。毫无疑问，这是一座极度污染的城市，有人甚至认为不会有人生存。

就在本溪成为"卫星上看不到的城市"前后，笔者听到一个故事，有两种版本。非洲某国几位冶金专家来本钢考察，有人说下车瞅瞅嗅嗅，扭头就走。有人说住了一夜，第二天走了。怎么回事儿呀？人家说了，这里的空气不适于维持呼吸运动。

那时当然没有"雷语"一词，我却被雷倒了：咱们都是第三世界，你们是不是也太娇气了呀？就算我们活得再粗糙、不讲究，你们肩负重要使命，大老远来一趟，就不能将就、忍耐几天吗？本溪人就是在这种环境中，每年为共和国创造近 40 亿元的财富，你们的国家是不是要在这个世界上再创造出个"第四世界"呀？

只是无论本溪人已经怎样"习惯"，甚至"适应"了这种生存环境，毕竟也是血肉之躯。

据说，沈阳中国医科大学附属医院的医生，打开病人的胸腔看一下肺叶，十有七八就能确认这是个本溪人。

马上就要写到的市环保局长宫锡久，孩子在外地读书，寒暑假回来就咳嗽，走了就好了。

前面写到的矿务局医院院长张明亮，至今留在脑幕上的父亲的影像，就是坐在院子里的一个小板凳上，嗓子拉风匣似的呼噜气喘的，有时喘不上气，憋得嗷嗷叫。硅肺三期，经常发烧、咳血，"文化大革命"前不到 50 岁去世时，所在的本钢耐火材料厂同期一千多工人，已经去世三百多了，都是硅肺。

1978 年年末不完全统计，全市硅肺病患者 3081 人。

还有大量的尘肺病患者。

1979 年 8 月 23 日，市总工会、劳动局和卫生局组成联合调查组，对全市接尘接毒的 1233 个厂矿、2446 个接尘点进行检查，其中接尘点合格率为 27.3%，接毒点合格率为 1.7%。

但是，本溪人的头号杀手并不是硅肺、尘肺，而是恶性肿瘤。市内某医院的统计数字，1985 年至 1987 年间因恶性肿瘤去世的人数，分别为 127、155 和 198 人。同时期的呼吸、消化和循环系统疾病的死亡人数，也呈上升趋势。

截至 1985 年，《本溪市志》载："全市人均寿命由新中国成立初期的 35 岁左右，上升到 70 岁左右。"

2008 年，改革开放 30 年后的数字是 75.49 岁。

包括本书前面写到的刘凤鸣、李庆振、高尚一，《本溪市志》收录 18 位"文革"前的劳模的传记、传略，除 1 人在"文化大革命"中被迫害致死外，均为病故。其中四十多岁的 5 人，五十多岁的 9 人，六十多岁的 2 人，七十多岁的 1 人，八十多岁的1人，平均寿命55.38岁，刚过女性法定退休年龄。

国务委员、国务院环保委主任宋健，在这座以"卫星上看不见的城市"而闻名的山城视察时，曾沉痛地说，本溪为国家发展做出了重大的贡献，却把污染和疾病留给了自己。

当年打下江山的共产党人，望着蓝天下那些死挺挺的大烟囱，恨不能爬上去，从那里面掏出"烟朵"来。"社会主义工业化的象征"也好，习惯了看不到蓝天的日子，觉得本溪人命该如此也罢，终于有一天，人们开始忧心忡忡地凝视那滚滚的黑烟、红烟、黄烟、灰烟了，这场城市保卫战就要打响了。

当年三保本溪，是保卫这座煤铁之城免落国民党之手。这回的本溪保卫战，是保卫大自然赐予这座城市的那些原本的东西，还这里以青山绿水蓝天。

一场艰苦卓绝的攻坚战。

本溪市环保局，是在这座城市的污染在联合国都挂了号的那年秋天正式成立的，之前叫"环保办"，再之前叫"三废办"（"三废"即废气、废水、废渣，全称"废气废水废渣治理办公室"）。三废办编制4个人，人称"四大天王"。变成环保办，又增加4个人，人称"八大金刚"。环保局挂牌，局机关28人，成了"二十八宿"。待到宫锡久就任局长时，监测站、收费站、科研所等一应机构人马齐全了，总共108人，就成了"一百单八将"。

宫锡久，一个来自桓仁大山里的汉子，结实、精明、爽快。他1964年考入鞍山钢铁学院，学炼铁，毕业后分到北台钢铁厂，工人、车间主任、炼钢厂副厂长、总厂总调度长，来环保局前是总厂副厂长。

上任头一天，刚进办公室坐下，办公室主任送来一堆资料，上面是最近的几张报纸。首先映入眼帘的是份《人民日报》，头版大幅标题"卫星上看不到的城市"。然后一份《光明日报》，通栏标题"茫茫烟尘蔽 本溪知何去"。

论职务，算平调。论收入，原来七百多元，这回一下子变成二百多。责任、压力呢？难用倍数形容，就像一座山。过去上班，第一件事是安全，不能出事，接下来是生产任务。环保这一块也归他管，脑子里也挂着号。可在企业领导者眼里，生产永远是第一位的，产供销才是压倒一切的大事。而工人上班，老远看到烟囱不冒烟了，心头咯噔一下子。工厂停产了，不就下岗了吗？一家人怎么吃饭呀？屁股决定脑袋。这回坐到环保局来了，就得换换脑筋了，那些不该冒烟的大烟囱就不能让它冒烟了。

牛心台的一些居民来环保局告状，附近一家工厂排放污水，污染土地，水也不能喝了。调查，化验，没错。厂长是宫锡久十多年的好朋友，罚款，限期治理。

　　有人要在合金厂附近搞个电解铝工厂，很赚钱的项目，有人批示同意。宫锡久一查资料，生产过程中会产生大量氟气，剧毒。有人找上门来，说你也搞企业出身，还不明白企业吗？他苦笑笑，说职责所限，过去还真不大明白，只看到自己那一亩三分地。"不能走先污染后治理的发展路子"，中国还没这话时，本溪已是重灾区了，现在咱们是替前人还债。前人不懂，那时没有环保的概念，几代人付出代价。咱们都是父亲，还能让孩子替咱们还债吗？

　　桓仁二棚甸子有个水泥厂，铅矿还要建座高炉，要他表态，而且只许点头，不许摇头，不然就不放你走。家乡人嘛。他也半开玩笑地道，这个脑袋只要还长在我的脖子上，今天就只会摇头了。

　　有人说，水泊梁山那一百单八将里，也没有黑脸包公啊！

　　一条太子河上27个排污口，还有细河，别说那排污口了，有些河段也是赤橙黄绿青蓝紫，跟那些大烟囱喷吐的"烟龙"的色彩差不多。沿河顺排污口上查，有哪些企业排污，污水中都含有什么成分，像那些大烟囱的"烟龙"一样，一一取样化验，拿出数据。再与媒体合作，发动群众投票，评选本溪十大污染企业，在报纸上公布。

　　有人指着宫锡久的鼻子说，这不让搞，那不让搞，本溪经济上不去，就是你们环保局搞的。人家都往脸上贴金，你们给本溪抹黑，内商外商，还怎么来投资呀？

　　更多的当然还是鼓励、支持。

　　老百姓支持，市委、市政府支持。市委书记丛正龙说，锡久，你只管放心大胆地干，这是造福今人后人的百年大计，是关系到本溪可持续发展的基础工程。环境治理好了，山清水秀本溪美了，自然有人来投资，不然来了也会走。

　　早在1973年11月2日，本溪即召开了首次环境保护会议，部署环保工作，提出治理措施。本溪应该是中国最早关注环保的城市（不知道是不是需要加上个"之一"）。现实明摆着，形势逼人哪。可在那种疯狂的年代，即便政府和民间有多少有识之士，又能怎样呢？

　　而今，无论牵涉到多少企业的实际利益，也算得上下共识、同仇敌忾了，可钱呢？不光天上烟尘，河里浊流，地面也在沉陷，都是中央企业。作为一级地方政府，本溪并不是问题产生单位，而且一场史无前例、全国罕见的下岗潮即将袭来，当时的本溪就是个吃饭财政，这一笔笔的天文数字，每一笔后面都减去个"0"，那钱包里也掏不出来呀。

　　市委、市政府的决心是：无论如何也要干，能干多少是多少。

　　一场保卫战就这样打响了——早就打响了。

　　20多年后，与笔者同年退休的宫锡久说，本溪环保能有今天，要感谢一个人，国务院环保局（今环保部）副局长王洋祖，一个小个子南方人。他来本溪两次，每次都感触很深，比咱们本溪人还着急上火。他说这么大的工程，光靠本溪和环保局的力量不行，得有重量级人物说话。不知怎么个过程，他把报告送到陈云那里，陈云很快批示：治理污染，保护环境，是我国一项大的国策，要当作一件非常重要的事情来抓。

就有了在本溪环保史举足轻重的、从1989年开始的"七年治理"，初步遏制了污染不断加剧的势头。

就有了"辽宁环保看本溪"。

看本溪的天怎样一年年变蓝，看本溪的水怎样一年年变绿，各种水鸟越来越多，因为水里的鱼多了。有人还看见天鹅在太子河上嬉戏。当然更重要的是看本溪人今非昔比的环保意识，看一茬茬环保人坚忍不拔地履行职责，看一任任当家人的决心、魄力。

市委书记李波说，本溪的经济发展要坚持"环保准入，规划先行"，绝不能再走"先污染，后治理"的老路，要实现"以环境换取经济增长到环境优化经济增长"的转折，树立"保住青山绿水、留住发展空间也是政绩"的观念。

市长江瑞说："既要积累金山银山，也要本溪的绿水青山"，"宁可少要GDP，也要把环境治理好，为本溪人民撑起一片蓝天"。

2006年春，有记者在污染严重的山城水泥厂拍照，被工人围住，说你的照片见报了，把我们厂子弄黄了，我们不下岗了吗？非让记者保证不见报不可，不然就不放人。江瑞闻讯赶去，说你们让记者回去，我留下来行不行？有人说这不是咱们本溪刚来的市长吗？江瑞说我是代理市长，大家有什么心里话，咱们随便唠。工人说，本溪污染，我们厂制造污染，我们一天灰头土脸吃了多少水泥，我们就想这样吗？可我们首先要吃饭，要养活老婆孩子，然后才是呼吸新鲜空气。江瑞说，听着这话，看到你们在这种环境中工作，我感到有愧。本溪人要吃好饭，还要呼吸新鲜空气，市委、市政府有通盘考虑、计划。无论作为代理市长，还是你们的兄弟、兄长，我可以打包票，决不会继续愧对大家。

给我讲这个故事的环保局现任局长夏广勇说，2008年12月17日，是本溪历史上一个永远值得纪念的日子。坐落在溪湖的本钢一铁厂，被称为中国现代炼铁业"鼻祖"，承载着中国工业化记忆，为共和国冶炼了2940万吨"人参铁"的1号、2号高炉，以及与之配套的烧结机、焦炉设备，在像以往一样的出铁的钟声中，悄然结束了近百年的炼铁生涯。

有人称之为"壮士断臂"。

钟声响起，在场的工人几乎都哭了，一些老工人哭得嘞儿嘞儿的。

夏广勇也热泪盈眶。父亲在铁路工作，就经济生活而言，好像与这两座高炉没有关系，可污染呢？他就在这里长大，打记事时起，就见这高炉和与之伴生的大烟囱朝天上喷云吐雾，脚下灰土扑哧扑哧的，像腾云驾雾。

一座477立方米的高炉早已矗起，工人将去那里上岗。只是"铁水奔流"、"钢花飞溅"，本溪人看了几辈子的这类伴着污染的"壮观"和"诗情画意"，再也见不到了。而山城的另一大污染源——几家水泥建材企业，也陆续搬迁改造，成了花园式单位。

与此同时，先后建起7座污水处理厂。扭住"烟龙"，澄清蓝天，再给浊流套上笼头。截至2009年年底，本溪市空气环境质量二级（良）以上天气达343天，太子河国控断面主要考核指标达到国家地表水Ⅲ类标准，城市水源达标率100%。

仅2003年至2008年，6年间本溪投入环保资金21个多亿。

而一座城市为环保立法，本溪是全国第一家。

夏广勇局长说，市长与县区和重点企业负责人签订责任状，县区领导再与下边签。各部委局办齐抓共管，从治污到节电节水及用纸，都有指标。你有什么困难尽管说，给你解决，落不到实处不行。一票否决，你还想不想干了？小学生、老太太给环保局打电话，有人讲起法律条文还一套一套的。职责关系，这些年没少外出考察，像本溪污染这么严重的没见到，像本溪人这么真抓实干的，怎么说呢？不多。

在桓仁，我大口地呼吸。

"燕山雪花大如席"是文学语言，"一尘不染"也是。这个世界上没有一尘不染之地，可桓仁空气的那种清新、清纯，只能让人想到这4个字。

依托逶迤的山势和一条太极图状的浑江，老县长章樾在桓仁建起一座天人合一的八卦城。而今，驱车还未进入县城，老远就见青山绿水托拥着的楼宇，那种建筑风格叫人眼前一亮，与众不同，又似曾相识，而且是老相识。对了，是在古装影视剧中常见的，电视新闻播映韩国的画面有时也能见到的，那种融进了现代元素的浓郁的唐风汉韵。多年前，省长陈政高来视察时，曾说桓仁县城是辽宁县城中的美男子。

大山里一块三面环江的小平原，聚落一座本溪地区最古老的县城。东北8公里处是五女山，被列入世界文化遗产名录的高句丽山城，就在上面。站到山顶，脚下是辽宁最大的淡水湖和淡水鱼养殖基地桓龙湖。水天一色的湖面上灰鹤飞舞，有时会达几百上千只，看倒影似在水中翱翔。白墙红顶在绿荫中若隐若现，一条浑江绕城而过，在层峦叠嶂的大山里巨龙般盘旋，在极目处的云霭中泻入天河。

沿本桓公路往返，大凹岭隧洞桓仁一侧，是约定俗成的小憩点，各种旅游大巴、中巴和轿车停在路边。一辆内蒙古牌照的私家车上下来一家人，女人领着小女孩去坡下的公厕，男人走到我身旁点燃一支烟。我说来旅游？他点头。再问都去了什么地方，他说五女山、桓龙湖、望天洞，还在大雅河上漂流了半天。我说有句话叫"看景不如听景"，感觉如何？他连说不虚此行，不虚此行。我指着路边高耸的"南有桂林，北有桓仁，桓仁山水甲天下"的广告牌，请他比较、评说一下，他说没去过桂林。旁边几个京津口音的游客道，各有特色，难以类比。一个戴眼镜的中年人认为，桓仁山水更具一种阳刚之美。

说来惭愧，家乡的好山好水好景致，这次采访登五女山、平顶山，之前只去过本溪水洞。不对，想起来了，之前也去过平顶山，还有关门山。

被本溪人称作"父亲山"的平顶山，是鸟瞰城区的最佳去处。1985年春，本溪市作家协会成立，与会作家提出看看市景，一辆大客把我们拉上平顶山。而在此前后，从国家环保局到省里领导，凡是因污染来本溪的，少有不登临平顶山的。即便响晴的天，脚下的城市也笼罩着一层灰蒙蒙的厚重的雾盖。有人说本溪像座大工厂，有人说像个大筷笼子，那些大烟囱就是插在笼子里的筷子。当然还要去看看太子河。无论中国有多少城市缺水，这个世界怎样越来越干渴，本溪都是座水资源丰富的城市，却硬生生把条母亲河弄成了藏污纳垢的流动的垃圾场，下游的辽阳也跟着受害。

本溪有"枫叶之都"的美誉，就有"枫叶节"。如今每年深秋，经霜的枫叶，漫山遍野，红红火火，尤以关门山地区为佳。十里景区，游人接踵，景区外是车队长龙，一票难求。

上世纪70年代中期，我所在的部队经常在关门山一带训练，每年秋天则固定要去那大山里捡橡子，连队养猪，附近社员也捡橡子喂猪。部队伙食能比普通百姓好些，也一样缺油水。只是无论什么样的年代，人们心灵中那些原本的东西，包括旋律，都只能被压抑着，而不会被灭绝。习惯了直线加方块的韵律，散到那与世隔绝的深山老林里，顿觉周身的细胞都放纵快活、无拘无束起来，也就自然而随性地发泄出来。有人就可着嗓子吼唱"树上的鸟儿成双对"、"十五的月亮升上了天空"、"阿哥阿妹情意长"，一人唱来众人和，这山唱来那山应。山里有熊，安全第一，连队三令五申，三人一伙，不得走散。唱歌能提前把熊轰走，本来是提倡的，这回再加上个"不准唱黄色歌曲"。至于那火焰般红透了山岭的枫叶，在今天一票难求的游客眼里，那人不就是在诗画中吗？而驻地就在这大山里的军人，世代居住在这里的农民（这时叫"社员"），谁曾在意呢？

本溪成了"卫星上看不到的城市"，从关门山到财神庙再到长春沟，这大山里的世界却处子般清新、俊秀，美轮美奂，而且世世代代就这么美轮美奂着。可当这个世界被一个"穷"字覆盖了，人们为一张嘴还忙不过来时，那置身的世界无论多么美不胜收，也只能视而不见，浑然不觉。

好像忽然一天，中国人开始旅游了。本溪人也出动了，天南地北，去他们认为应该去的地方，游山玩水（曾经的贬义词），不辞辛苦。

仿佛又是一夜之间，人们忽然发现，咱本溪差啥呀？不是熟悉的地方没有风景，而是天蓝了，水绿了，这方水土原本的容颜性情显现出来了。还因为见多了，识广了，自开天辟地就藏匿在大山里的那些好山好水好景致，也倏然间扑面而来，一杯杯老酒般让人陶醉。

从百姓到市长，来客人了，上平顶山看看，去滨河路走走，已经成为越来越多的本溪人待客的保留节目。

本溪是国家森林城市，有山就有树，从来不缺树，本溪人不知足，依然把树当菜种——这个世界还会嫌弃绿意吗？

市文联主席于凌波告诉我，十多年前他在广电局工作时，一家电影厂要拍部战争片，来本溪选外景地，跑了些地方都不中意，点名要去南芬地区的南天门。有点资历的电影人都知道，当年拍摄《英雄儿女》，主要场景都在那儿。于凌波说那儿也不是当年的荒山秃岭了，早已绿化得浓荫蔽天，千军万马进去都难见影儿。

而昔日像这座城市一样灰蒙蒙、脏兮兮的平顶山，成了森林公园，天然的大氧吧，还有三十多处景点。老人孩子可乘索道上山，不着急的，就沿人行步道一级级台阶慢慢来，休闲、游览、健身嘛。本书写到的一些人，一天不上去下来一趟，心头就空落落的有点过不去。滨河路侧的太子河，流经市区的近二十公里河面上，6道横坝托举起 4.6 平方公里的景观水面，这座城市就有了人均 6 平方米的水上风光。上看平湖荡波，下望瀑布叠翠，入夜揽一城灯火，听水声入梦。

市建委主任白光，土生土长的本溪人，1984 年清华大学土木建筑系毕业，谈到本溪城市建设规划的特色之一，是"留白"。高层建筑一簇簇的，不能一排排、一片片的，那不是把山水家园的景致挡住了吗？一碧青山半入城，我家就在岸上住，光住得舒服不行，还得饱眼福。

沿太子河东进，从太子城开始，一路望着那些坐拥山水入怀的小区，就有一种买房子的冲动。

在桓仁，我大口地呼吸，恨不能把那空气打包带回去，上佳选择不就是在那里安家吗？

仅与环境有关的，"省"字头的不算，桓仁是东北唯一的中国旅游强县，中国园林县城、绿色名县。笔者采访时，正在争取"两奖"：中国最佳人居环境奖和世界最佳人居环境奖。

而从曾经的"卫星上看不到的城市"，到今天倾心打造山水家园，那种与这方水土的亲近、和谐，又昭示了什么？

平安本溪

好像有种心灵感应，在那人来人往，也算熙熙攘攘的小镇闹市，王进文与丁福军一下子就能对上眼睛。

本溪市南芬区下马塘镇人丁福军，从小父母双亡，无人管教，苦孩子成了野孩子，多次拘留、教养、判刑。最后一次是 2001 年，因盗窃判刑十年。这十年社会巨变，回到家乡都有点认不出来了，可人们都记得他，见到他就像鬼子进村了似的，亲戚朋友也不理睬他。想找个小店住一宿，别人 10 元钱，对他张口就是 50 元，就是撵他走。在沈阳大北监狱服刑时，知道附近有个制鞋厂，有狱友刑满出狱在那儿就业。回去找，鞋厂早黄了。望着大北监狱的高墙，寻思那里倒是个有吃有住的地方，就去恳求监狱收留他，干什么都行，继续蹲大牢也行，结果听的说的都苦笑了。世上还有这等事吗？可他丁福军别的能耐没有，想进那种地方还不容易吗？

不知怎么的又回到下马塘，在街上踩点，跟着人流物色对象，就听有人叫他的名字：丁福军，这不是小丁吗？

是王进文，就是 10 年前把他抓进去的那个警察王进文。

我琢磨着你该回来了。王进文说，走，到我那儿坐坐。

在这个世界上，丁福军最怕也最恨的就是警察了。而警察中最恨的，自然就是这个王进文了。可那天怎么就跟他走了呢？肚子咕咕叫，早饭还没吃，到他那儿起码能管顿午饭吧。也挺后悔，今天怎么就迟迟下不去手呢？不然这会儿什么问题都解决了，还用听他在这儿磨嘴皮子吗？

丁福军说，我向政府坦白交代，出狱这几天我又作案了，你再把我送进去吧。

王进文没理这碴儿，看着他咕咚咕咚喝下一杯水，又给倒了一杯，好像自言自语：吃住好办，还得想法子找个活儿干。

　　四目相对的一刻，丁福军算是明白了什么叫"仇人相见，分外眼红"。这工夫望着这个中上个头，挺结实，比自己大十来岁、有点拔顶的警察，实在不敢相信自己的耳朵。

　　王进文说，你要相信党和政府，不会丢下你不管。一些人对你有看法是自然的，脚上泡是你自己走的。兄弟，你记住，关键在于你自己，在于今后的路。一些人歧视你，瞧不起你，不理睬你，只要你有决心，是不是也能变成重新做人的一种动力？我是警察，也是你哥，有什么难处告诉我，一定会帮你。

　　丁福军的泪水下来了。监狱再好，不愁吃穿，那是人待的地方吗？这回我是真的想痛改前非了，让大家看看我从哪儿跌倒从哪儿爬起来，不然还回来遭这些白眼干啥，在外边胡作非为随便造呗！

　　王进文动情地道，兄弟，我明白你的心思，看到你回来老高兴了。

　　走了三家，最后一家是王大财，也是王进文的帮扶户，答应让丁福军住在他那儿。个把小时后，王进文又和妻子刘志凤来了，背着扛着行李、大米、白面，还有猪肉、猪蹄、刀鱼、元宵。觉得还缺点什么东西，刘志凤又出去买回几卷手纸。

　　找工作就难了，一听说是丁福军，一个个脑袋摇得拨浪鼓似的。好说歹说，一家铸造企业收留了。干了几天，丁福军打电话说他干不了了。王进文这回理解偏了，以为他游手好闲惯了，那活太累吃不消了。丁福军说人言可畏，他们把我当贼似的，那眼神实在受不了哇。

　　这下子王进文反倒更踏实了。这样个几进几出的人，有这等自尊心，也够难能可贵了，说明那上进心是真诚的。万事开头难，今后的几个月乃至更长的时间，对他是至关重要的，他会非常敏感，外界刺激，脑瓜一热，就可能做出傻事。只是清清爽爽的人，找个工作也不容易，他还得有个像保险箱似的小环境，真愁人哪。王进文和所里的同志调动各种社会关系，最终把他调到一家塑料厂。

　　2011年6月，丁福军把除去吃饭和零花钱的两个月工资2400元，交给王进文，说这是我这辈子最干净的钱，让他保管。

　　王进文说，我到银行给你存上，攒钱娶媳妇，好好过日子。

　　爱国村有个文才，经历跟丁福军差不多。王进文是驻村民警，自然更是责无旁贷。

　　医生和病人打交道，王进文和他的同事关注的，是那些有困难、有问题的人。爱国村刘钦惠进入王进文的视线，是在一次投资失误后。几十万元打了水漂儿，一股火大病一场，刘钦惠手术切除大半个胃。咬咬牙，拿房子抵押贷款建个养鸡场，又赶上禽流感，一个殷实之家彻底毁了。两口子外出打工，农忙时回来侍弄地。2009年种地时，刘钦惠一条腿被马踢断了。王进文闻讯赶去时，一家人哭作一团。

王进文拿出 3000 元钱，刘钦惠的儿媳妇撸下手上的戒指，已经绝望的刘钦惠，最终是被硬抬去了医院。

刘钦惠不想活了，一家人总闹别扭，王进文去劝哪劝哪。刘钦惠说劝了皮劝不了瓤，那也得劝哪。

外出打工赚钱，既为还债，也是躲债。这回哪儿也去不了了，沈阳一家饲料厂赶来讨债，把刘钦惠堵在炕头上，说再不还钱，就把你这条好腿卸下来。儿媳妇假装上厕所，给王进文打电话，说快来吧，要出人命了。

老远就见路边停着两辆轿车，院子、屋子里不少乡亲，帮着解劝。五六个陌生的大汉，光头的，胳膊上露着刺青的，口口声声就是不能空手回去。

王进文自我介绍一下，说欠债还钱，天经地义，可不能这么讨债。

一个少说 1.80 米的大个子说，我们就这么讨债。

王进文道，如果今天这屋里见血了，你们能走出这屋，走出这个村吗？

饲料厂来个女老板，说，你说欠债还钱，天经地义，今天你就说说，怎么个还法？

王进文说，老刘这些年拼命打工挣钱，别的都还上了，就差你这一份饲料款，他不是欠债不还的人。可现在他和这个家的样子你都看到了，一下子怎么能拿出这么多钱？我有个主意，欠你的饲料款 26360 元，今天我先替他垫上 5000 元，那 21360 元你也帮他一把，把那 11360 元免了，剩下的 10000 元，年底他还不上，我替他还，怎么样？

这天王进文是带枪去的，还带着准备给儿子结婚用的 5000 元钱，说着就把钱掏了出来。

女老板寻思一下，说，你这个警察，怎么给打折了呀？还不到六折？

女老板脖子上挂串佛珠，王进文说你信佛？女老板点头。王进文说信佛的人善良，咱们都应该帮他一把。

女老板拿着王进文签名的欠款还款计划单，走了。

临走，女老板主动跟王进文握手：今天这事让我有些后怕，我打心眼里谢谢你，碰上你这个好警察。

村民孙成友的矿石车压了刘玉会的地，两家争吵撕扯，村干部多次调解无效，王进文去劝解也不给面子。两家原来就有矛盾，过去什么事我吃亏了，这回非占便宜找回来不可，一件事能提溜出一串儿来，一时半会儿真难理清头绪，甚至根本就理不清。已经春耕了，两下里都在气头上，谁也不让谁，一方要动武，另一方也打电话召集人，准备应战。王进文又急又愁，妻子刘志凤说这事好办，不就是块地吗？咱俩去把它收拾了。王进文笑了，拍拍脑袋，说忙昏头了，一根筋不分叉了。

半亩多地，被矿石车压得像硬邦邦路面似的，还有些坑。一镐镐刨开，再把坑填平。有村民见了，跑去孙成友家，说快去看看民警老王两口子干啥吧，我都替你脸红。

4月底的艳阳天里，王进文在前面拉犁，身子弓得快与地面平行了。妻子刘志凤在后面扶犁，同时也奋力地向前推着。两个人汗流浃背，那脸比"花狗脸"还"花狗脸"。

孙成友赶紧上前抓住犁杖，一时间恨不能有个地缝钻进去，好半天才说出话：都是我干的好事，让你们替我当牛做马。

一些村民来了，刘玉会也来了，让王进文两口子去他家歇着，说这地是我的，这活也是我的。孙成友不干了，说这地是你的，这乱是我添的，这活我包了。

王进文说：谁也别争了，咱们一起干吧。

下马塘村赵兴山的邻居屈家砌院墙，占了赵家的地。赵兴山去说理，屈家硬说地是公家的，没占你的。憋了一肚子气回来，屈家的儿子找上门来骂：老不死的，我家院墙想怎么砌就怎么砌，你再去我家我整死你！七十多岁的赵兴山说我跟你拼了，一句话没说完，血压陡升，口吐白沫，差点儿死了。村委会和社区去调解，屈家不让进屋。赵兴山的老伴去派出所找王进文。实地查看，多方了解，王进文严厉批评了屈家的儿子，屈家同意赔偿赵家的损失，并向赵家赔礼道歉。

赵兴山的孩子在外地打工，挣点钱也将供嘴，老两口儿没有经济来源。王进文与厂矿联系，让老两口儿做抹布，厂矿定时来收，给现钱。房子漏雨。王进文给修，过日子缺东少西，不用说，妻子就给送来了。

也是下马塘村人金生福，一次车祸失去双腿，顶梁柱倒了，这个家就塌了。房子夏天漏雨，冬天能飘进雪花，水缸、酸菜缸都冻裂了。王进文拿出3000元，作为盖房的急需资金，又协调民政等部门盖起新房。王进文发现金生福有点生意头脑，又拿出1000元，帮他开个小店，一家人的小日子又过起来了。

王进文是山东省东营县人，三年困难时期饿得受不了，跟人一路乞讨着来到本溪下马塘，那年才6岁。他说我是吃百家饭长大的，下马塘人把我当自己的孩子，端午节吃的鸡蛋比谁都多。读书拿特等助学金，老师工资30.5元，我是19.6元。糖是怎么甜的，盐怎么咸的，醋怎么酸的，人怎么成长的，得知道感恩。再说我是警察。多少年了，有人叫我"警察"，有人叫我"民警"，这些年还有叫我"警官"的，我更乐意听这个"民警"——"人民警察"。听老年人讲，旧社会老百姓管警察叫"警察狗子"。警察没了"人民"，那成什么了？我儿子也是警察，结婚时房子和车都是亲家买的，亲家做生意，比我有钱，不用我管。我每月有四千多元，老婆一千多，花不了，留着干啥？帮人一把，心里舒坦。

王进文来自生活底层，在本溪县偏岭镇北三家子村（今三合村）长大的张云福，那个家在当地可就是高干之家了。

父亲是大队书记，母亲是大队妇女主任，爷爷是公社社长。省市县领导去蹲点、检查工作，都住在他家。三丈八宽的三间房子，比一般的五间房子还大，南北大炕，开会能坐百来个人。张家一个大家族，开党员会，两姓旁人没几个。大年三十吃罢年夜饭，爷爷说今天人挺齐的，开个党员干部会，党员可以旁听，非党员到前屋去。一个个点名，名字后面都有个"同志"，批评多，表扬少。有人说大过年的，弄得人不高兴。张云福放学路上捡穗苞米，父亲也让他送到生产队的粮仓里。张家人参军，只要体检没问题，填表走人，政审连个疤点也没有。张家享受了那个年代根红苗正的无限风光。爷爷当过偏岭、高官两个公社的社长，最后在县石油公司油库主任任上离休，一辈子两袖清风。如果再划一次成分，按今天的社会标准，爷爷还是贫下中农，父亲使大劲能算个中农吧。

张云福1982年参军，1998年任指导员时转业，先在平山分局当巡警，后到南地派出所任副所长兼德泰街驻街民警，即我们常说的"片警"。

驻村民警王进文，不管什么时候，全村人家随便进。进屋发现没人，站到院子里喊两嗓子，在附近哪儿干活的就应声了。

这驻街民警就全然不同了。

第一次入户走访，一幢楼36户，敲开9家。白天大人上班，孩子上学，家里没老人，自然敲不开。已经万家灯火了，屋里灯亮着，电视响着，有人到门镜前瞅他了，赶紧自我介绍，说明来意，里面一点反应没有。有反应的说，我们不认识你，不能让陌生人进屋。有的说社区干部来没来？有社区干部才能开门。把警官证亮到门镜前，里面说解放军还有假的呢。

有的还给他下"命令"：再别来了，让人见了，好像我们家怎么了似的。

在人们的潜意识里，警察就是破案抓人的，让警察找上门了，还能有好事吗？

第八次去特钢3号楼王大娘家，是晚上7点多钟，隔着防盗门唠一阵子，还是进不去。外面下起急雨，没带伞，走不了。进来个人，是王大娘家的客人，说你们家门口怎么站着个警察呀？这下子王大娘受不了了，把他让进屋去，说："真没见过你这样的警察。"

有时敲开一扇门，就有种前辈军人攻下一座碉堡的感觉，而且大都能谈得挺好。可一提起楼上楼下的邻居，就没多少话了。有的门对门住了几年，也不知道对方姓什么。屋里没人外面锁，有人里面锁，关在屋里成一统，现代人不希望被打扰。在楼道里走碰头了，打个招呼，或点下头，如此而已。能谈出点什么的，也大都少不了"大概"、"好像"、"可能"。

2004年2月，张云福刚到德泰社区时，15幢住宅楼1506户4381人，笔者采访时19幢3008户9147人，算上流动人口万把人。各家各户的自然情况，足不出户就一清二楚，电脑上查去呗！可他需要了解、熟悉的是活生生的人，要和他们交朋友，把自己融入这个社区。

"我叫张云福，是咱们德泰社区的片警，这是警民联系卡，上面有我的电话，二十四小时开机，有什么事找我，随叫随到。"见到小孩也给一张，再叮嘱一句，别忘了交给爸爸妈妈。

央视1套有个栏目"我要上春晚"，想上春晚的人那种挤破脑袋的劲头，怕是赶上春节前挤火车的人了。倘若德泰社区有个电视台，天生有副好嗓子的张云福，肯定削尖脑袋上去露露脸，特别是头一年。社区搞台联欢会，他主持，还表演，谢幕也不忘推销自己：个子不高，本事不大，还挺胖的，是个热心人，手脚勤快，不怕麻烦，大事小情有啥困难，别忘了有我这个片警，也算帮我减肥了。

第一次睡梦中被电话叫醒，是一家暖气爆了，热水喷溅到天棚上，老两口儿用被子捂也捂不住，半夜三更找谁去呀？想起有张警民联系卡，试试吧。张云福家住北地，下楼冲到路边，绒衣、外衣是在出租车里穿上的，赶去忙活到天亮。

这楼那楼走访，走到楼下觉得味道不对，趴窗一看，下水道堵了。打电话叫回主人开了门，主人都不想进去了。张云福进屋找条毛巾，浸湿了绑在口鼻上，操起家什干上了。

清理下水道时，发现纸、烟头、头发、菜叶子，还有塑料袋。一楼主人提出要赔偿，不然就关掉水阀，给楼上断水。楼上8家，张云福和社区干部上下沟通、调解，说明下水道就是下水的，这些垃圾无论是大人不小心掉进马桶里，还是小孩不懂事扔的，都损人不利己。一幢楼住着，大家就是利益共同体，关照别人也是关照自己。最终楼上每家拿出200元，并把这件事在社区广泛宣传，替大家买个教训。

一个四十多岁的男人，一表人才，是最早主动要警民联系卡的人之一，见到张云福笑笑，心事重重的样子，问他又不说。一个星期天，张云福在家洗衣服，电话响了，是这个男人打来的，却不说话。出事了！立即赶去，见他坐在楼下花坛边闷头抽烟。

男人苦笑着说，兄弟，我说出来，你能笑话我不？

他说，我老婆处了个"铁子"（情人），他们是同学，当年已经谈婚论嫁了，男的下岗了。去年调到我老婆那个单位，还成了她的领导，两个人死灰复燃，有时大白天就来了。我不知道，还给他们创造条件，上街买菜，热情接待。想杀了我老婆,儿子没妈了,再说也不能全怪她呀。我现在一门心思,就想整死这小子,见面就杀了他!

这个管女儿叫"儿子"的挺文雅的男人,眼里透出一股杀气。

张云福说:×哥,你是真把我当成兄弟了,我呢?无论从哪方面说,这件事我都会全力以赴。你应该是个成熟的男人了,不能冲动,一切听兄弟我的,能做到不?

男人点头。张云福说,刀带在身上吧,给我。

找楼长和社区干部谈,情况属实。一天傍晚女的下班回家了,张云福去了,开门见山,实话实说。女的说,他是我的初恋,我爱他,他也真的爱我,我们是真正的爱情。张云福说,当初他下岗了,你们就分手了,那时的爱情呢?他不也嫌你没文凭吗?女的不吱声了。张云福说,嫂子,×哥爱你,你对他也不是一点儿感情也没有,并不是我爱管闲事,硬把你们俩往一块捏合。你想没想过这件事的后果?别的不说,要是让孩子知道了,你当妈的脸往哪儿搁?孩子学习那么好(后来考上复旦大学),这个家如果毁了,会不会把孩子的一辈子都毁了?

女人掩面哭泣,末了说:云福老弟,你放心,我和他断了。

又是一个星期天,×哥又打电话,说那个男的又来了,已经上楼了。张云福说你给我盯住,不许轻举妄动,"拍马"赶到,和社区干部一起去敲门。男的不让开门,女人硬给打开了。张云福一点儿没客气:人家小日子过得挺好的,你中间插一杠子,不是我不让你,是法律、道德不允许。你说今天这事怎么办吧,是跟我到派出所去,还是让你们单位领导来领你?

个把月后,×哥又打电话,说兄弟呀,你嫂子说的,今天晚上我们一家人要请你们一家人,来家里吃顿饭。

张云福说:这顿饭得吃呀,可我这两天没工夫。你告诉嫂子,有嫂子这句话,我们一家人比吃什么都香啊。

邻里不和,婆媳关系紧张,两口子吵架、闹离婚,找到他的,他看到、感觉到的,就管,做工作。有道是"清官难断家务事",自称"本事不大"的张云福,十有八九都能让双方满意。至于谁家跑水了,小孩进不去屋了,老人找不着家了,小狗丢了,一些人首先想到的就是"找云福"。而随着邻里熟识、关系融洽,一些习以为常的问题也不成为问题了。

"找云福"当然不都是求助了。哪个重点人又有什么反常举动了,谁见到个形迹可疑的人了,他这位保一方平安的片警,经常会在第一时间了然于胸。2006年6月,有人夜里给他打电话,说隔壁有伙人不知在干什么,感觉不对劲儿。一调查,果然是在搞非法活动。

刚当片警的 2004 年,德泰社区发生 11 起可防性刑事案件。而从 2005 年至今,再无一起此类案件,辖区内 12 名重点人熟悉率百分之百。

×××为他人运输赃物,被判刑一年,缓刑一年。他不服,认为法院判错了,冤枉了他。张云福给他讲解法律,你犯的是哪条哪款,解读比照,讲得他心服口服。

重点人生活大都比较困难,张云福鼓励他们自食其力,同时想方设法为他们创造条件。服刑期满的×××,患糖尿病,不能干体力活。张云福多方咨询,又到处办手续,在辖区内帮他开了一家歌厅。有吸毒前科的×××,兄妹俩都是下岗工人,张云福找到社区主任,为他们办了低保。入户走访,见他家在一楼,窗外临街又是闹市,就建议把房子改造一下,当门市房出租。×××接受他的建议,又在另一幢楼租间住房,就有了一份对这个家庭也算可观的房租差价收入。

包括重点人,张云福常为特困户和孤寡老人买米买面,有时再拎去一桶油。每年春节,更是家家不落,一些居民和场所业主知道了,也纷纷到社区捐款。

驻村民警王进文,家无后顾之忧,而且帮谁的钱,又大都过了妻子的手。驻街民警张云福,就有点"地下党"的味道了。孩子读书,妻子下岗,这儿那儿地找活打工。父亲去世了,还在偏岭老家的母亲,更是挂在心头,需要照顾。好在像王进文一样,局里、市里、省里,还有全国公安战线爱民模范,立功受奖多,奖金也不少,那也不够哇。而且那奖金也是公开、透明的呀。对不上账了,妻子问钱哪去了,开头说这个月单位有两个同志结婚。又对不上账了,妻子问这个月又有几个同志结婚哪?见他窘在那里,支吾不上来,辽宁省十佳模范警嫂扑哧乐了,两个人哈哈大笑起来。

十年浩劫,国民经济到了崩溃的边缘,思想混乱,道德滑坡,信仰缺失。中国的改革开放,就是在这样的基础上起步的。历史已经证明,精神层面的积郁、创伤,才是最难消化、治愈的。比如随地吐痰吧,小事一桩吧?一座城市,塔吊如林,几年工夫换了人间。可哪座城市的哪个市长敢拍胸脯子,能在同样的时间里,把街头巷尾的那些痰迹灭了?

"文化大革命"把人的思想搞乱了,煤铁之城又没煤了,精神的、物质的贫困,双重夹击。历史遗留的各种问题,前进途中不断出现的矛盾,相互交织、叠加、碰撞。社会上大量的"自由人",突然增高的犯罪率,规模大、数量多的群体性上访事件。在社会转型的特殊时期,这座资源型重工业城市经历的那种剧烈的阵痛,维稳局势之严峻,在全国也不多见。

公安机关承受着前所未有的压力。

本溪市副市长、公安局长刘国秀说,一座城市之美,先天的需要发现、发扬,后天的培育、打造，这一切都取决于人。公安机关和案子打交道，东捕西抓，血腥尸臭，美在哪儿？发生 10 个案子，你全破了，美吧？少说 10 个家庭受到伤害了。公安、公安，公众安全、安宁、安乐，社会安定，不出案子，这才叫完美、大美。世上没有十全十美的事，但你必须努力争取、创造。怎么创造？这就是防患于未然，眼睛向下，牢固树立民本思想。民意似水，宜疏不宜堵。把工作的着力点放在解决小纠纷、小问题、小事情上，变"控"为"疏"，变"堵"为"导"，变被动为主动，变上访为下访，做到形势早敏感，矛盾早发现，纠纷早化解，问题早处置，防止"易事拖难、小事拖大、大事拖炸"。也就是平常我们说的，既要研究迅速扑灭"火灾"问题，更要超前研究解决发现"火种"、控制"火源"的问题。

就有了从 2008 年 6 月开始的"千名民警进万家"。

四千多民警的脚步，又带动了全市的"党员干部进万家"活动。

关于前者，有这样一组数字：在本溪公安机关联系的 2 万多户帮扶对象中，共为 2350 多户贫困家庭解决了重大疾病救治、子女就学、就业等燃眉之急。有 1100 名"两劳释解"人员再无犯罪记录，186 名逃犯主动到公安机关投案自首，及时预防不稳定事件 2458 起，化解各类矛盾纠纷 5200 余起。帮扶对象为公安机关提供有价值的情报信息 2000 余条，从中破获各类刑事案件 615 起，查处治安案件 800 余起。

巡警支队四大队大队长郭现忠，出师不顺。

敲开门，一个五十来岁的女人，中等个头，清秀的脸上透着泼辣。郭现忠叫声大姐，说明来意。女人把他上下打量一番，哼了一声，说你们挺能整景啊，砰的一声把门关上了。

第一次是晚上 7 点来钟去的。第二次是早上 6 点多钟，开门见是他，又是砰的一声。

第三次门也不开了。

这是个上访户。丈夫工伤成了植物人，企业改制后互相推诿，7 万多元医药费报销不了。妻子投资养殖，2 万元又血本无归。她到处打工挣钱，给丈夫治病，供女儿读书，下班回家路上去市场捡菜帮菜叶。这些是郭现忠从社区干部那儿了解到的，社区干部和邻居都说，这个女人挺刚烈，性子倔，这家门不大好进。

也是转业军官的郭现忠，河南安阳人，中等个头，一身好武艺，比他高一头的犯罪嫌疑人拒捕，三下两下就制伏了。成天在街上巡逻，他是世上每天见人最多的一类，也都是陌生的面孔。"千名民警进万家"，进屋了，到家了，这种零距离接触，更易使民众切实见识、感受"人民警察"的"人民"二字。只是初学乍练就连吃闭门羹，一想到再去敲门，就有点打怵。不过也不乏自信，性子偏的人，心眼实诚。

去家里，还去女人的打工处，开头送她警民联系卡都不要。记不清是第几次了，反正是两位数了，这次女人又上下打量他一番，比第一次还仔细，说报纸上说的抓持刀劫匪的就是你吧？郭现忠说是。女人说，你可得小心点儿呀，那些人才狠呢。郭现忠心里一热，说，我记住了。

怎么说这个家呢？最值钱的东西，在多数人眼里也只能弃置不用，或者干脆把收破烂的找来席卷一空了。却收拾得干净、清爽，无任何异味。植物人的丈夫卧床十来年了，身上没有褥疮，而且居然能说话了。

3年后，郭现忠对笔者说，见到这样的人家，你不帮就不配做人！

为写本书采访到的头顶警徽的人，几乎都说了这样的话。而在他们说这话时，那言行就不再仅仅是一种职务行为。

郭现忠说，大姐，有什么事跟我说，我帮不了，向领导反映。

女人叹口气，你能帮我上访，还是能帮我把钱要回来呀？

又道，兄弟，有你这话，我心里热乎，这身上也更有劲了。

找来派出所的民警，给男人照相，办身份证，办养老保险，以及这个家需要办的他又能办的一切。

一天凌晨，郭现忠正在街上巡逻，电话响了。一看号码，吓了一跳：大姐，家里怎么的了？我马上过去。电话那边，女人焦急地问了几遍你在哪儿呀，没出什么事吧，才说她刚才做了个梦，梦见他抓坏人时受伤了。

2009年春节，女人给郭现忠买个红坎肩，说这东西避邪：兄弟，你是党员，你信不信我不管，反正你穿在身上，我们一家人心里踏实些。

由于读者能够理解的原因，本节的一些人物不便道出姓名。

这是一个煤矿工人之家。父亲是安徽人，一天书没念，参加抗美援朝，一次战斗一个班就剩他一个人，复员后分配到彩屯煤矿，一线采煤工人，1988年脑溢血去世。母亲是本钢综合厂工人，1984年工伤去世。兄弟姐妹6个，老二、老三是女孩，除老四接母亲班在本钢工作外，其余都在煤矿系统。矿务局破产，5万多个家庭同一种命运，接下来就是各有各的幸与不幸了。这个父母不到50岁就离世的家，老大1991年酒后与邻居争执，用水果刀将人刺伤，本不至死，因破伤风抢救无效死亡，即畏罪潜逃没了踪影。老二、老三下岗，一个捡破烂，一个四处打工。老五、老六因打架、强奸，一个判六年，一个九年。

这是一个没有全家福，也不可能照张全家福的家。

溪湖区公安分局刑警大队副大队长顾丹翔，面对的就是这样一个家。

老四有单位和稳定的工作，先去见老四。没谈出什么，也感觉不到什么，再去找老二。这是彩屯竖井的一片棚户区，因动迁房子都扒了，只她家没钱上不去楼，两间平房孤零零戳在瓦砾堆里。老远就听一片狗叫声，各种毛色，大的小的，缺条腿的，瞎只眼的，十来只一齐汪汪着围上来。铁将军把门。趴窗看，屋里地下炕上都是报纸、纸盒子，房山旁的仓库里都是塑料瓶子。再去，远远地看到那儿有点光亮。汪汪声中，门口一个正在喂狗的女人，站起身来。那一片早已停水停电，微弱的蜡烛光里看不真切。后来发现，包括老二，只要简单收拾一下，这家兄弟姐妹6个，男人英俊，女人漂亮。可那一刻，即便是大白天，"70"后的顾丹翔要不是早知道她比自己大10岁，看那穿着、模样，只能叫声"大娘"了。

父亲去世后，老大维持着这个家，畏罪潜逃后，这个家散架了。三个弟弟成了野孩子，不好好上学，两个已经结婚的姐姐两头忙活，母亲似的给他们做饭、送饭，逼他们上学、做作业。有时晚上来送饭，屋里没人，到处找。一次找到下半夜，哥仁在个桥洞底下睡着了。丈夫问：你是要弟弟，还是要这个家？"都要"的结果是，两个经常挨打的姐姐相继离婚。父亲去世后，兄弟姐妹一致决定，父母的骨灰盒就放在家里，摆放在最尊贵的位置。这回五姐弟"团聚"了，抱着父母的骨灰盒哭作一团。

从此以后，顾丹翔走到哪儿，就格外留意塑料瓶子。刑警大队同事们喝剩的矿泉水瓶子，自然都要收集起来。同学、亲友聚会，来客人吃饭，剩点饭菜，桌上的骨头，也都收集起来，送去喂狗。房顶漏雨，找些塑料铺上压好。晚上有酒蒙子、流浪汉骚扰，后窗钉着木板、铁皮，有的地方不大结实，再给钉牢实。

1.72米的个头，堪称美男子的顾丹翔说，全市近四千民警进入两万个家庭，平均每人5家，多是有困难、有问题的人家。这家老大是命案，是重中之重，走访自然忘不了破案。我的父亲也在煤矿工作，自认对矿工子弟够熟悉了。再看看档案，上网查查，去社区了解一下情况，行了。可真的深入下去一看哪，两个字："震撼。"我是个刑警，我不会忘了自己的责任和使命，但我帮助他们也是真心实意的——见到那种情景，我觉得是人就不能不想帮助他们。

老二可是一点儿也不领情。

我早就告诉你别来了，你怎么又来了？你要整景到别处整去，我这儿不需要。我再告诉你一遍，我不知道我哥在哪儿，八成早死了。

看着顾丹翔背扛着米面油，或是塑料瓶子什么的来了，老二开头理都不理。开口了，就是类似上面的一些话，冷冰冰的，像腊月天扔在太子河边上的鹅卵石。只有看着那些捡来的流浪狗兴奋地吃着饭菜骨头时，那张被命运击打得过早苍老的脸上，才会浮现出些微笑意。

自第一次接触，顾丹翔就能感觉到他们知道老大的下落，就是不说。就是一句话的事，就这么简单，却又要多复杂有多复杂，要多艰难有多艰难。顾丹翔跟老二要了手机号码，从不开机。老二口风极严，许多情况是从老三口中得知的。而除了逃亡、坐牢的，剩下的一半自由人，对顾丹翔的那种敌意和警惕性，有的愈是隐含不露，他就愈发感到沉重。而且17年了，警察走马灯似的换几茬了，姐弟三个头脑再简单，那反侦查能力也锻炼出来了。

老三离婚后与人同居，生个男孩。她希望孩子能够拴住男人的心，维系住一个家。那个男人却不认这个孩子，已经上学读书了，还没有户口，是个"黑人"。当顾丹翔把写着孩子姓名（跟她姓）的户口交给她时，这位母亲热泪滚滚："我的儿子是中华人民共和国的公民了！"

半年前，有个"记者"说能替她办户口，拿走5000元钱后没影了。顾丹翔把钱追讨回来，老三不要，两人都从对方的眼睛里看到了真诚。

郭现忠的5户帮扶对象中，有两个逃犯之家，那种窘境也跟那户上访户差不多，也给他们背去米面油什么的。住在花园山脚下的一家，冬天屋子里墙上一层霜，又给送去两吨煤，还有一车劈柴。坐在炕上实话实说，分析案情，顶多能判几年，投案自首，好好改造，还能提前释放，光明正大做人。流浪在外，提心吊胆，何时是头？一家人都跟着担惊受怕，着急上火，老人年纪这么大了，这辈子还能见面了吗？犯罪了就要受到惩罚，付出代价，两种惩罚，哪多哪少？叔叔婶婶家这么困难，我能帮多少是多少，就是份心意。但是，能劝他回来自首，老老实实接受改造，一家人踏踏实实过上有奔头的日子，这才是我这个人民警察应该帮的、多少也能帮点的大忙，你们说是不是这个理儿？

最终，两家人都说：这几年我们没少学法，一些人也没少跟我们讲你这些话，你的眼神让我们非听你的不可。

每个个体都是不同的，也就决定了过程的多样与复杂性。

顾丹翔在饭店订桌饭菜，给老二过生日。一半的姐弟到齐了，顾丹翔给大姐夹蛋糕，给姐弟三人夹菜。末了，大姐帮他收拾剩饭剩菜和桌上的骨头，泪水下来了：顾啊，我要真有你这么个兄弟多好哇。

顾丹翔管老大叫大哥，管老二、老三叫大姐、二姐，老四叫二哥，老五、老六就是大弟、二弟了。二哥、二姐叫他"弟呀"，大姐则是"顾啊"——那一声"顾啊"，叫得他心里真热乎呀。

包括笔者采访到而未写的"进万家"的民警，我真不知道世界上还有哪个国家、年代的警察，与逃犯亲人的关系会这么融洽。可在那一声声"顾啊"、"弟呀"

之后，有时就会有些愣神，无形中竖起一道玻璃墙——因为这个"顾啊"、"弟呀"，还是个警察。

实际上，直到2009年年初老大终于归案之前，姐弟三个始终有种阴影挥之不去：这个"顾啊"、"弟呀"如此这般，是不是"黄鼠狼给鸡拜年——没安好心"哪？

最终还是口风最紧的老二，吐露实情。老大逃亡到宁夏平罗县城，改名换姓叫"陈强"，娶妻生子，女儿已经读中学了。17年哪。去年妻子突患中风，靠他骑电动车载客糊口的这个家，顿时陷入困境。

下午4点来钟，电动车停在院子里，老大正在屋里做饭。对比照片，已经判若两人。顾丹翔说："你叫陈强？"老大后来说一听那口音，他就知道是本溪来的人。顾丹翔又说：×××（老三的姓名）在宾馆等你。老大说，我跟你们走。

以必死的心情回本溪的老大，被判刑八年。

顾丹翔反复分析案情，又请教专家，认为如果有自首情节，老大应该判十年左右。可姐弟仨不分析具体因果，就认定个"杀人偿命"，不信，以为是个圈套，自首就没命了。这家人头脑比较简单，不然也不会脑瓜一热就犯罪。像老六被人拉去打架，也没造成什么后果，那人却把责任推他身上了。这天把那人堵家里了，破门工夫，那人从后窗跑了。你跑了，我拿你老婆出气，就这么弄了个强奸犯。

而用老二的话讲，要不是"进万家"活动，你警察就是一天给我讲一百遍，我也不会信就判个十年八年的。

17年间，黑龙江、内蒙古、江苏，有点线索刑警大队就出动。这回一次宁夏结案了。节省多少资源不说，警民真的一家亲了，只是实在对不住自己的那个家了。妻子一人拳打脚踢，有时紧赶慢赶盼着回家听女儿叫声"爸"，还未上学的女儿还是睡着了。

这回该喘口气了吧？早着呢。

郭现忠劝回来自首的两个逃犯之一患肺结核，咳血，可以取保候审保外就医，不用坐牢。这当然是劝其自首的有利因素了。这种病除了对症治疗，还得加强营养，多吃点鱼肉蛋什么的。可这世上什么事都有，罪犯的母亲信佛，当家做主一言堂，全家人都得跟她一样吃素。眼瞅着儿子瘦得皮包骨了，也不准动点荤腥，说是"心诚病自愈"，谁劝也不好使，就郭现忠说话有分量，这嘴皮子磨的呀。

老大临出屋时，定定地望一阵瘫痪在床的妻子，在院子又碰上放学的女儿，五十多岁的汉子泪水哗哗淌。

动身去宁夏前，刑警大队和顾丹翔就有想法。把老大押回来后，马上派人去把娘儿俩接来本溪。租间房子，与附近学校联系让孩子上学，买个二手轮椅，还有米面油菜，从家里抱来行李、炊具什么的，姐弟三个也全力以赴。怎奈娘儿俩全然不知"陈强"是个逃犯，突然遭此变故，如何承受得了？这座城市给了他们太多的温暖，也有太多的刺激。再加上水土不服，两地学校的差异，原来学习非常好的孩子，成绩一落千丈，想回去。又一轮捐款，共是一万多元，顾丹翔和同事把娘儿俩送回老家。平罗属贫困县，像这娘儿俩的情况算不算贫困户，去当地有关部门问明白了，把低保什么的该办的都办了。如今，定期给娘儿俩寄钱寄药，经常写信，给她们的亲戚打电话，询问情况，有什么难处。

笔者采访时，老五、老六已相继出狱。顾丹翔想帮他们开家小卖店，或出租摩托什么的，有个正经营生，把心安下来。这哥儿俩则盼着大哥好好改造，能够提前释放，届时和"顾哥"一起照张全家福。

有本书《情暖万家——本溪公安"千名民警进万家"大走访故事选粹》，共是 93 个故事，没见到郭现忠的，写顾丹翔的只有 1500 字。

幸福是什么——"幸福楼"四

上世纪末，历经近半个世纪已成"杂拌楼"的"幸福楼"，仿佛一夜之间没影了。随之，塔吊转动，机械轰鸣，三幢十层楼耸立起来。二楼以下是连体的，一楼为商铺、银行、药房、影楼等。当年的"幸福楼"名字再响亮，也就是人们嘴上叫着，这回可是正式得名"幸福苑"。居住"幸福苑"中的当年"幸福楼"的老住户，比较确切的只有新中国成立后不久的市委第一书记的儿子了，也是爷爷辈的人了。是否还应该有几户呢？有人说"可能"、"大概"吧。

楼下就是本溪著名的"东明步行一条街"，正式名称是东明二马路。每天清晨，卖服装鞋帽日用品的，以及蔬菜和山货野果的摊子，就在约 1 公里长的一条街上铺展开来，两侧余出空道，人来人往，熙熙攘攘。隔着一排楼房，对面是本溪日报社和市高中所在的东明二马路。除了两条路，一条东明沟都叫楼厦填满了。夏季雨大时，从东面平顶山泻下来的雨水，在路上顺坡而下，车辆驰过，两侧就像张开了翅膀。

"都来浇冰场，一人二十盆，不浇不是人！"每次史建国经过步行街"幸福苑"那儿，当年孩子头小宝的大嗓门儿，仿佛就从那楼群中穿越而来。待到冰雪消融，如今两条路之间的那一溜高楼那儿的那条小河，就淙淙流淌起来。一场大雨过后，西边太子河的鱼儿逆流而上，在乍清还浑的河沟里游啊游。

除了史建国和已经不多的他们的父辈，还有几个人的脑幕上有这样的影像呢？

2009 年年底，顾丹翔在北京开会，接到老二电话，带着哭音：顾啊，房子着火了，家没啦！顾丹翔吓了一跳，忙问你在哪儿，怎么样？又问狗呢？再问买楼的钱烧了吗？听到回答，放下心来，说下午会议结束，我今晚就回去。又说，烧就烧了，马上就上楼了，也用不着了 。

民政局、建委、治沉办，顾丹翔东跑西颠，老二应该得到的政策都得到了，有楼房等她入住了。

郭雅丽的父亲在朝鲜半岛爬冰卧雪，一双脚冻坏了，一到冬天就又痒又痛，上楼就好了，室温翻了一倍还多。老人这个开心、满足哇，有时也长长地叹口气：你妈没福呀，没住上楼。

2007 年 2 月 8 日，《工人日报》以整版的篇幅，刊登程家小区动迁居民的全家福。丽日蓝天下，欢天喜地的人们，新居是白墙红顶的楼群。整幅照片嵌在另一幅照片里，那是溪湖的棚户区，同样的季节，破旧的住了几辈子的平房，从沟底挤挤匝匝到山坡上。

这乔迁之喜是不能偷着乐的，亲朋好友、左邻右舍和前来帮忙的单位同事，要一道吃一顿，好好喜庆、热闹一番，俗称"燎锅底"。可一片棚户区的人都在搬家，这锅底怎么"燎"哇？就只好道喜了，"同喜、同喜"——从棚户区到新居，新老邻居相见都是"同喜"声。

新世纪伊始，本溪人经常挂在嘴上的，就是"动迁"、"上楼"了。当然还有"房子"、"买房子"。这也是同时期国人最关注的话题之一。从奥巴马、普京到普通百姓，忙活一天，通常都要回到那个安在房子里的家。鸟儿还有个窝呢。而当衣食逐渐从人们奔忙的主题中淡出后，自然就开始渴望拥有一个温暖、舒适的家了。

溪湖、彩屯、田师付属稳定的沉陷区，搬倒扶起，就地矗起楼群。牛心台是不稳定沉陷区，棚户区整体搬迁，然后绿化。前面说了，"先有碱厂，后有本溪"，本溪市区则是先有本溪湖，后有本溪。直到新中国成立初期，人们说"去市里"，指的还是溪湖，那里繁华、热闹哇。随着城市扩建，重心南移，溪湖愈显老旧、破败。待到国人关注房子了，上海人说"宁要浦西一张床，不要浦东一间房"，本溪是"宁要东明一张床，不要溪湖一间房"，溪湖已成"棚户区"、"贫民区"的代名词。而今一些早已搬走的人，又开始心仪这里了。自然，想来这里怀旧的"本溪湖会"的日本人，除了那两座已不再吞云吐雾的高炉，也难以寻觅到当年的痕迹了。

常年在水泥森林里奔忙的城市人，不光需要一个家，还要有歇脚、散步、散心的去处，本溪就有了市府广场、站前广场和建设广场、治沉广场、枫叶广场等。

拿破仑说广场是城市的客厅，张立砚很喜欢去那"客厅"坐坐。

半个多世纪前，19 岁的张立砚，揣着个作家梦，随着下车的旅客出了收票口，站在广场上茫然四顾，这就是本溪？所谓广场，就是一圈房子中间一块挺大的地场，前面还有一条马路，地面的色彩与路面一样。不远处正对着的市府广场，也是一样。之后，声援越南、古巴和亚非拉人民的反帝斗争，"文化大革命"中欢呼毛泽东发表"最新指示"，以及庆祝成立市革委会，他就随着单位的人去市府广场集会、游行。"文化大革命"中的一派群众组织，因为在站前广场集会、演讲，曾被称作"站前派"。

像本溪人一样，张立砚喜欢上了广场，是在建设了新广场和老广场也体现出了它们原本的功能之后。

从高速公路北口进入市区，被称作"迎客厅"的占地 23000 平方米的建设广场，让人眼前一亮。比之建设广场的恢宏大气，枫叶广场更显得温雅、怡情。彩屯大桥左岸的治沉广场，听这名字，就明白其承载的历史。绿树花坛，黄铜雕塑，有人统计，每天来治沉广场休闲、娱乐、健身的至少 3000 人，多为曾经的棚户区居民。

市内有几十支秧歌队，民间自发的，以治沉广场的秧歌最火。自带行头，每天傍晚锣鼓家什敲起来，大红大绿的队伍就扭起来。还有唱二人转、京戏、评剧的，2 万多平方米的广场上不时爆发出掌声、喝彩声，为那演技和唱功。张立砚更关注的是人们的表情和广场的气氛，那种全身心投入的舒展、自然、快感，那种忘却一切烦恼的和谐、愉悦和怡然自得。清晨又是另一种情境，散步的，跑步的，打太极拳的，舞剑的，跳舞的，悠扬的乐曲声中，让人感受到城市的脉动。

已经退休十来年了，依然变不了观察生活的职业习惯。

站在五楼自家阳台上，看到楼群里多了户人家，楼下偏厦子住进了一对中年夫妇。那偏厦子旁的大棚子里，被称作"破烂"的那一类东西，就日渐多了起来，就有人要撵走他们。这是一对河南夫妇，一儿一女先后考上大学，一点积蓄花光了，在乡下种地难再供养儿女读书，就循着同乡的足迹，从中原来到这里打拼。他就给两个大学生写信，告诉他们你们的父母在这边多么艰辛，要好好学习有出息，改变自己和这个家庭的命运。又去找社区干部，希望给这对夫妇方便、照顾，一座城市需要大企业家，同时也需要拾荒者来维持。

他也一儿一女。当年很多人上学背上书包，还不能忘了把拴钥匙绳套在脖子上。如今老了，一些人返老还童，除了钥匙，还有老年证。他只有后者，他觉得"双保险"的日子离他还远着哩。平时掩在衣服里，上公交车时掏出来。有老年证坐车不花钱，又有的是时间，就东西南北满城跑。一次去南地，到终点下车了，去哪儿呢？往南边的大山里走，去看看城市边缘人的生活。那天来去有 10 公里左右吧，走到山里最远的一家，确认前边没人了，和主人唠了个把小时。

正是踏青时节，山野吐翠，梨花雪白，没有小桥，也有流水。三间瓦房，鸡鸣犬吠，五十多岁的男女主人正在门前种地，让人想到陶渊明的"种豆南山下"，也不能不让人想到打个酱油也够麻烦的。屋子里的一切，都让人想到"简陋"二字，一台电视和一台电脑，把外面的世界拥揽入怀。

在家读书写东西。作家还有退休一说吗？他家住在老一中附近，南边女儿家，北面儿子家，步行都是 5 分钟。晚饭后散步，去那楼下望啊望。厨房灯亮是在做饭，客厅灯火通明是在吃饭，楼窗里灯熄了，又忽明忽暗忽闪忽闪的，是一家人在看电视。有熟人见了，说散步哪，他说转转，连老伴也不知道这"转转"的主题。冬天站久了，有点冷。他很想听到那声甜甜的"爷爷"（"姥爷"），却只是站那儿望啊望。万家灯火中，他不知道有多少扇窗口吸引着像他这样的目光。这注定是他每天最幸福的时刻之一，也是他的秘密，他愿独守这份幸福和秘密。

美国著名民意测验公司盖洛普公布的 2005 年至 2009 年全球最幸福的国家，前 10 个依次是丹麦、瑞士、奥地利、冰岛、巴哈马群岛、芬兰、瑞典、不丹、文莱、加拿大。

盖洛普公司去年 3 月公布的美国最幸福的人，既不是世人皆知的美国总统奥巴马，也不是多年来的世界首富、次富比尔·盖茨，而是一个不说谁也不知道、说了也难记得的阿尔文·王：男性，华裔，69 岁，身高 1.78 米，家住夏威夷檀香山市，已婚，有子女，严守教规的犹太教徒，经营一家医疗保健管理公司，年收入超过 12 万美元。

得知自己是美国最幸福的人，先是将信将疑，再一想，自己也确实是个非常幸福的人。

这位阿尔文·王，是依据生活评价、心理健康、身体健康、健康习惯、工作环境、基本服务六项内容、指标，被贴上"最幸福"标签的。这是美国的幸福指数。美国人也是人，其幸福指数当然具有很多共性，却也因国家、地区的历史、文化差异和幸福基点的不同，不能一概而论。至于名列前 10 位的幸福国家，是无论盖洛普有多少依据、指标，必不可少的一条都是和平。像阿富汗、伊拉克、叙利亚这样饱受战乱，或是汽车炸弹什么的不断轰鸣，以及正被炮火硝烟充斥着的国家，是无论如何也谈不上幸福感的。

由求是杂志社所属《小康》杂志和清华大学媒介调查实验室进行的《2011年中国人幸福感大调查》，结论是六成国人感到幸福。

当赵大林被带去田头开批判会时，媒体和人们经常挂在嘴上（包括笔者的文章和嘴巴）的是，站在田头，胸怀祖国，放眼世界，解放天下三分之二的受苦人。那个年代的人们，好像很幸福，还挺自豪。而今看世界，无论有多少不如意，有多少人对我们指手画脚，从精神到物质，中国人的幸福感与当年都不可同日而语。

不知道今天中国最幸福的人是谁，国家体育总局一位副局长说，就整体而言，中国运动员是"世界上最幸福的运动员"。

六成国人感到幸福，应该大体没错。媒体文章《中国运动员全世界最幸福》，题目后有个"？"。

如果评比本溪最幸福的人，我想许多人会想到包紫臣，他却说他不幸福。中国大陆新首富、娃哈哈集团董事长宗庆后，也曾说过幸福感不如他的员工。

宗庆后也好，包紫臣也罢，在过着普通大众柴米油盐的日子时，八成也像认为他们最幸福的人一样，把拥有今天的财富视作幸福的标准，甚至是唯一的标准。那么，他们是身在福中不知福，或者故做噱头的炒作？商海浮沉的压力，日程安排到每小时乃至每分钟的生活，或许开头曾觉得风光、充实，久而久之呢？包紫臣当年是校足球队的右边锋，如今不能踢了，一些重大赛事也想看看，还喜欢下围棋。好不容易有点个人的时空了，一个电话又被拖拽到被责任感驱赶着的那种日复一日的流程中去——这就是他曾经追求的幸福吗？

有人全力以赴，不惜代价要上春晚。有人也曾如此，如今请也不去，已经不需要这种露脸风光了。可如果是人类居住的这个星球要搞台春晚什么的，有人会不会不请自去，千方百计？

笔者当知青时，一次去公社办事，听到几个市里下放的"五七干部"围坐炉边唠嗑。老刘怎么没来呀？他"去世"了（去市里了）。老张呢？"归西"了（回本溪了）。老赵呢？"上吊"了（调回去了）。都是个"死"，听着好笑，怨气溢于言表。可在社员的眼里，他们每月拿着几十上百元的工资，又不用怎么参加劳动，那不就像神仙过的日子吗？

前面写到的郭雅丽的邻居、两个儿子在改建后的公厕结婚的袁舅妈，去世前两年突患中风，炕上拉，炕上尿。儿子女儿，特别是儿媳，给擦呀洗呀换的，老人始终干干净净、清清爽爽的，在棚户区传为佳话。袁家四儿一女，一个老爹，还养个长年患病的大爷，住在和郭雅丽家一样的当年的佣员房子，自然更挤，日子也过得更累。杨白劳过年买二斤面要包顿饺子，袁家大年三十大米饭太稀，兑些玉米面，袁舅妈先盛两大碗稠的给公公和大伯哥。平时有个鸡蛋煮了，两人一人一半。袁舅发的劳动保护，像"四海"肥皂什么的，都让袁舅妈卖了，用草木灰淋水洗衣服。袁家人衣服上无论有多少补丁，从来干净、清爽。见过像她一样刚强了一辈子，却死在屎尿窝子里的老人，临去世时望着围在身边的儿女、儿媳、女婿、孙子、外孙，脸上漾着笑意，感觉幸福极了。而老公公和大伯哥去世时就望着她，那眼神那个幸福、知足哇。

公厕改建的新房里，夫妻和睦，妻贤子孝。有多少佣人的豪宅里，却不一定有这些天伦之乐。

每个时代都有欢乐与痛苦，也就有幸福与不幸福的人。幸福不幸福是比较出来的，与别人比，与自己比。幸福的不幸福的，每个人都在自己的基点上追求幸福，追求缺少的缺失的希望的东西。

至今也照不成一张全家福的，包括还在服刑的老大在内的六兄弟姐妹是幸福的，因为有希望在支撑。顾丹翔、郭现忠、张云福、王进文是幸福的，他们在帮助别人的过程中收获幸福。道了和即将道出"同喜"的棚户区人，这些几乎一眼就被视作不幸福的人是幸福的。幸福其实挺简单，就是步步高，今天比昨天好，明天比今天好。幸福当然不可能一劳永逸，明天说不定会潜藏着什么样的痛苦和不如意，可希望也在招手。

去年底，2012年春节假日安排公布后，1月共休假14天，被网友称之为"最具幸福感月"。这当然是上班族的幸福月了，对我就无所谓了。每天两个8小时工作制，脑子里没有节假日的概念，有时写本书楼也不下，有人说你这是人过的日子吗？可我就喜欢这样，觉得自己的幸福指数很高。大千世界，无论幸福有多少共性，每个个体都是不同的，有各自的口味和需求。往大里说，有人爱美人更爱江山，有人爱美人甚于江山，有人什么都要。而对于居家过日子的普通大众来说，有人见了美酒就像见到情人，有人只需一杯苦茶。无论有多少欲望、诱惑，许多时候幸福简单到只是一种感觉，你觉得这样舒服、得劲儿，那就是幸福了。

幸福不幸福不能"被"，也不可置换。人与人如此，国与国也一样。把美国的幸福指数拿去非洲一些贫困国家，那人是不是找不着北了？

科学研究发现，人的幸福感，很大程度上是由一种特殊基因决定的。可那位阿尔文·王就算"幸福基因"再多再强，再天性乐观知足，如果年收入不是超过12万美元，而是不到1.2万美元，他能成为美国最幸福的人吗？而渴望照张全家福的老二，如果还住在早已断水断电，今天漏雨、明天塌炕的房子里，而且没有希望，那她差不多就注定是本溪最不幸福的人了。

大事记

● 2000 年

9 月 20 日，本溪至桓仁公路新线正式剪彩通车。

30 日，本溪市已有 2.5 万多户、6.9 万多名特困居民，享受城市居民最低生活保障待遇，占全市非农业人口总数的 6.73%，基本实现"不重不漏，应保尽保"目标。

● 2001 年

10 月 26 日，市委办公楼（建于 1953 年）、市政府办公楼（建于 1940 年）、本钢公司办公楼、原矿务局办公楼（建于 1957 年）、本钢石灰石矿办公楼（原张作霖别墅，建于 1927 年）、本钢电气公司办公楼（原日本煤铁株式会社）、本溪湖火车站（建于 1912 年）、本溪水塔、沈阳矿务局东煤干校办公楼（建于 1955 年）、人民文化宫（建于 1953 年）、市文化局办公楼（建于 1959 年）等 11 处具有历史意义的建筑物，被划定为本溪市第一批保护建筑。

● 2002 年

4 月 1 日，本溪市改革户籍管理制度，取消"农转非"审批，放宽户口迁移条件，鼓励外地人来本溪落户。

8 月 26 日，本溪至丹东高速公路建成通车。

● 2003 年

6 月 12 日，总投资 649 万元的本溪烈士纪念馆综合改造工程开工。现馆内安放 116 位烈士骨灰，铭刻 1401 位烈士英名。

7 月 26 日，桓仁境内普降暴雨到大暴雨，造成直接经济损失 2600 万元。

● 2004 年

7 月 19 日，本钢浦项冷轧薄板有限责任公司揭牌及工程开工奠基仪式在本钢厂区举行。新建冷轧工程总投资 55 亿元人民币，设计年产量为 190 万吨。

11 月 15 日，新型农村合作医疗试点在桓仁启动，全县 23 万农民将享受医疗保障。

● 2005 年

4 月 25 日，本钢新建的年产量可达 280 万吨热轧 1880 薄板坯连轧生产线一次预热试车成功，为本钢经济构建新的增长点。

12 月 6 日，本溪市隆重召开授予田连元、冯大中"人民艺术家"荣誉称号暨本溪市第六届"天女木兰"奖表彰大会。

● 2006 年

4 月 17 日，备受社会各界关注的本溪人民广播电台"行风热线"栏目三方联线正式开通，在参与方式、解决群众问题形式上比以前有了新的变化。

6 月 25 日，国务院公布第一批国家级非物质文化遗产名录，本溪的乞粒舞和象帽舞名列其中。

● 2007 年

3 月 27 日，由中国环科院、中国社科院等单位专家组成的评审组，对本溪市创建国家环保模范城市规划进行评审考核，予以通过。

5 月 1 日，五一黄金周，全市接待旅游人数 69 万人次，旅游收入 2.04 亿元，分别比上年同期增长 13.07% 和 11.27%。

7 月 24 日，本钢第二冷轧厂正式竣工投产，本钢成为国内第二个具有批量生产汽车表面板能力的企业。

12 月 31 日，全市生产总值实现 484.9 亿元，比上年增长 14.5%。地方财政一般预算收入实现 33.7 亿元，增长 26.2%。社会消费品零售总额实现 116 亿元，增长 17.2%。城镇居民人均可支配收入达到 11100 元，增长 17.1%。农民人均纯收入达到 5198 元，增长 16.7%。城镇登记失业率控制在 5.2%，各项经济指标均创历史新高。

● 2008 年

2 月 14 日，本溪市第一次全国污染源普查取得阶段性成果，全市共清查出污染源 4616 家，其中工业源 1587 家（重点工业污染源 1075 家，一般工业污染源 512 家），生活源 3026 家，集中式污染治理设施 3 家。

10 月 10 日，东北地区容积最大、技术水平最先进的本钢新 1 号高炉正式投入运行。

12 月 1 日，我国第一台年产 515 万吨的 2300mm 带钢热轧机组，在本钢投入运行。

本本分分做人，点点滴滴做事

——『山魂水魄本溪人』五

BENBENFENFENZHUOREN

DIANDIANDIDIZUOSHI

——— 一个人与一座山 ———

　　"60"后李正刚，不知道祖上哪辈子闯关东来到桓仁的大山里，曾祖父是本溪地区最早的公办学堂桓仁莲沼书院院长。祖父留日，学成归来，一辈子办学、劝学。父亲是公社文教助理，虽经"文化大革命""洗礼"，书香之家，仍有余香。他1980年考入本溪师专中文系，毕业后先后在团县委、团市委、市林业局工作，2002年成立平顶山森林公园管理处（后改称局），调任处长（局长），直至今天。有人开玩笑，说他当了"山大王"。他自己有时也想，这辈子怎么就和山有缘呢？

　　如今，每年登平顶山健身、游览的达三百多万人次，与这座山有缘的人多去了，而且越来越多。前面说了，一个太子河，一个平顶山，从老百姓到市长，来了客人，领去太子河边转转，上平顶山看看，已经成为越来越多的本溪人的待客内容。市政协主席姚和松把"客随主便"发挥到极致，来客必登平顶山，"看看我们本溪"。一条河，一座山，已成本溪天人合一的大景致，外地人则赞叹：本溪福地呀。

　　从桓仁来的学子，把市内该去的地方都去了，就想去平顶山上看看。任何一个本溪人，都难免有这样一种冲动。在本溪生活了多少年，甚至大半辈子，还没看到自己的家园的全景全貌，能不觉得亏欠点什么吗？师专就在平顶山脚下，李正刚约了几个同学就上去了。

　　靠近山下的沟坡，生活垃圾、建筑垃圾、工业垃圾，有的已不知堆积多少年了，山前山后还有好多坟包。树干树枝树叶和草丛灰突突的，像结了层霜，上去下来一趟，那人一个个灰头土脸的。在大山里长大的李正刚，哪见过这样的山和树哇？更不用说脚下的城市也灰蒙蒙的看不真切了。

　　上去一次就再也不想去了，但这回那人就像长在那山上了。

　　有人大约算了一下，截至笔者采访，8年间，李正刚每年在山上的时间少有低于350天的。

　　开头算他共是7个人，每天早晨乘公交车来到山下。因山顶平坦得名的平顶山，地跨平山、明山、南芬三区，海拔662.7米，方圆17平方公里。他们两人一伙，今天这儿，明天那儿，分头登山踏察。笔和本必不可少，还有镰刀什么的，当然少不了午饭，渴了捧几口山泉。在这座城市，没有像他们那样费衣服费鞋的了，特别是头两年。纯正的军用胶鞋，有时穿不上个把月就得换一双。

平顶山森林公园大规模开发建设始于 2007 年，作为市政府向全市人民承诺的十大民心工程之一，写入这一年的政府工作报告。平顶山、四方台、滴水洞三大景区的 28 个自然景点，新建和修复景区景点 30 处，新建功能性广场 10 余座，观景台 5 座，以及碑林、万佛窟、日俄战争遗址、钟鼓楼等众多旅游景点。

从来都是这座山上最忙的人的李正刚，这下子更忙了。修建 2145 级台阶、1600 米长、立体高度 360 米的登山步道时，工程队两班倒、三班倒，他经常连轴转。实在受不了了，找个地方眯一会儿。

"李处长"、"李局长"、"李正刚"、"正刚"、"小李子"、"李叔叔"，那些每天登山的各色人等跟他打着招呼，都以为这个中等个头、戴副眼镜的挺结实的局长，那皮肤天生就是黑黝黝的。其实，如果让他在办公室里坐上个把月，那人们十有八九会认不出他了。

"今天你登山了吗？"这句已经成了越来越多的本溪人的见面语，就像那句不知说了多少辈子的"吃了吗"。

每天每天，晨光熹微中，小鸟刚刚醒来，平顶山北坡的登山步道上就响起脚步声。天光大亮看吧，云顶广场、文化广场、奥运广场，唱二人转的，跳舞的，舞剑的，打太极拳、练八卦掌的。晨练的一波退去后，陆续上来的就是休闲、游览的人流了。乘缆车登顶的，乘汽车从后面盘山公路上来的，更多的还是沿着那2145 级台阶一路漫步观光。有拄着拐杖的老人，有抱孩子的妇女，累了坐下歇会儿，眼睛也闲不着。有人在观景台上寻找、指点山下楼群中自己的家。有人曾像李正刚、也像笔者一样，多少年前来过一次就再也不想来了，感慨这山认不出来了。待到下班的车流人流过后，那人好像都拥到那条河滨路和这条登山步道上了，特别是夏季，许多是全家出动。好山好水养眼，山风河风惬意，一家人悠闲其间，那叫一个享受。

在那登山步道上，市委书记、市长身边通常会有几个人。不是保安，不是警察，也没有秘书，就是和他们一样的游客、登山爱好者。家里几口人，都干什么，收入多少，单位生产、效益怎么样，还有物价、房价、孩子入托什么的，边走边唠。累了歇会儿，围上来的人多了，话题也更多了。

在山上忙活的李正刚，每天都会接到几个电话。从书记、市长到他认识的、不认识的游客，有表扬，有批评，更多的是建议，当然都是关于如何把平顶山建设得更美，更对得住这座天赐的城中山。

李正刚说，咱们本溪人，无论乡下人，还是城里人，其实都是山里人。从关里到关外，咱们的祖先大老远赶来，为什么择山而居呢？"泰山北斗"、"寿比南山"、

"风雨不动安如山",山坚定、沉稳,让人感到安全、可靠,还因为这里的大山富足。葱郁的森林,关东山的三宗宝,高粱、大豆,煤铁矿藏,山里人的一切,有几多不是山的馈赠?这是有形的,还有无形的。就说这平顶山,森林覆盖率达95%,每年吸收二氧化碳6250吨,释放氧气4512吨,可减少市区空气中的粉尘5000吨,是这座城市天然的大氧吧和空气清新器。即便蓬头垢面成了垃圾场的年代,它也在尽职尽责地守护着本溪的小气候,关爱着包括人在内的这方水土中的生命。古人说:"智者乐水,仁者乐山。"山给人仁爱,人不能独享其乐,要敬山爱山,与山同乐。你见过"放山"(采参)人祭山吗?几块石头搭个山神庙,那人却那么虔诚,焚香磕头,庄严、肃穆,一丝不苟。视山为神,能不庄重、神圣吗?能一言以蔽之,就是"封建迷信"?那是一种参文化,更是一种山文化,对山的敬畏、崇拜、亲爱、感恩。

听李正刚侃山,如沐甘霖。

在辽东大山里考古,梁志龙这辈子算是和山摽上了。

舒群"文革"中被打倒后,先是下放到桓仁农村,1974年又被弄到个城不城、乡不乡的牛心台。梁志龙记得再清楚不过了,那天是10月4日,那年他还不到20岁,他的姐姐结婚,婆婆家离舒群家不远。煤矿工人住宅,一个小院,舒群坐在门口小凳上抽烟。送亲赶礼的人群中,不知谁说了句"他就是舒群",梁志龙就像被施了定身法似的。作家今天也不属于大众职业,那个年代就更小众了,再加上"反党"、"右派"什么的,就成"稀有动物"了。那个年代的年轻人,如果不喜欢文学,好像就没年轻过。而无论有多少人揣着个文学梦,敢于进到那个小院和屋子,从此成为舒群的常客和忘年交的,也只有本钢焦化厂推土机手梁志龙了。1979年,舒群重回市里,编写《本溪市志》缺人手,自然想到梁志龙。不久,舒群落实政策要回北京,这个临时的写作班子面临散伙,梁志龙准备回焦化厂了,市博物馆找上门了。如今的博物馆副馆长,当时问了句:博物馆是干什么的呀?考古,他觉得挺神秘、浪漫,也挺文学的,乐颠颠地去了。

因为文学,因为那么一次偶遇,梁志龙的人生就开始穿越历史,注定与古人对话了。

平顶山古称青云山、平定山,早在3000年前的西周就有古貊人生息。燕太子丹派荆轲刺秦王失败,在山上躲避。唐元明清时期,山上山下,筑城建堡,刀光剑影。明成化四年,建州女真过鸦鹘关入侵本溪,辽中卫金事胡珍率军在山上阻击,大小将领56员全部战死。历史文化内涵,使李正刚这个"山大王",当得愈发信心满满。而这一切的发掘、发现与论证,都少不了梁志龙的专业知识。与李正刚守定一座山不同的是,梁志龙打一枪换个地方,这山那山,踏遍青山。

庙后山遗址、铁刹山石刻、高俭地山城、李家堡子长城、大片地石棺墓群、上古城子墓群、马城子洞穴墓地，等等，凡有文物古迹处，就少不了他的身影。有时半夜三更接到电话，哪个工地发现疑似文物，背起工具箱就走。那是个蓝漆木箱，里面装的皮尺、线绳、手铲、罗盘、绘图仪、GPS等物。大热的天走累了，去老乡家喝口水，有人问他：师傅，你是修鞋的吧？

1984年，与他同时考入南开大学历史系考古专业的5个辽宁籍同学，如今就剩他一个人还在田野、大山里奔波了。

1996年春，梁志龙又背着他的宝贝箱子上了五女山。

民国初期有学者考察，认为五女山是中国古代北方少数民族高句丽的第一都城，后来有学者否定。新中国成立后，又有人提出"第一都城"说，但都缺乏证据。

省考古所研究员李新全、万欣，县文管所的王俊辉，还有个小赵，一行五人。山上一幢石头房，一个看房子的老人，头两天还有个躲计划生育的怀孕女人。没电，点嘎斯灯。在山上忙活一天，就在那咝咝响的嘎斯灯下登记、清理文物。山顶海拔八百多米，山下桓龙湖，晚上听林涛水声。又冷又潮，三伏天盖棉被，赶上连阴天就盼出太阳，把被子晒一晒，总不放晴就穿着大衣睡觉。蛇多，也冷，在那石头墙缝里抬头探脑，见这些人并无恶意，就放心大胆爬出来晒太阳。

每年映山红花开上山，山上飘雪了下山。有时下山办个什么事，到县城一看，那人都穿上T恤、裙子了。

四度映山红花开，第一都城的王宫、兵营、古城墙、古粮仓等遗址，已历历在目，就又有座山向梁志龙招手了。

中上个头，浓眉下的目光，真诚又爽利。像李正刚一样，那肤色底色再白也白不起来。好酒，他说是跟舒群学的。参加会议、讲座，别人讲话都喝水，舒群的杯子里是酒。后来发现，干他这行的，也真有点少不了酒。胃不大好，职业病，自然就瘦，却挺有劲，身手敏捷，登山爬砬子练出来的。

第一块瓦片出土，第一枚五铢钱捧在手里，第一方房舍遗址现出雏形，"新全啊"，"志龙啊"，那种惊呼，那声低唤，怕惊扰了古人似的。多少次曾经满怀信心的失望，多少个千年等一回的时刻，那种激动、幸福，周身的每个细胞都沸腾着快感。

2004年7月1日，在中国苏州第二十八届世界遗产大会上，五女山山城荣登世界文化遗产名录。消息传来，那天晚上，梁志龙喝了一瓶铁刹山酒。

有朋友游五女山归来，说山上的枫叶美极了，梁志龙将信将疑。从理论到实践，这话都应该没问题，可考古人的严谨，眼见都不一定为实。他在山上4个春夏秋，怎么没有什么印象呢？再去，果然，林子把衣服剐得尽是窟窿眼子，手脸剐出血道子，经常要扒拉开树枝才能俯身挥动手铲的，少说一半是枫树。深秋时节，经霜的枫叶通红一片，就在眼前晃动。可那人的心思根本不在那上头，也就视而不见了。

2009年3月，孙诚听朋友无意间谈到当年长春沟分田到户的事，这不是咱们本溪的小岗村吗？问准了，又打电话向桓仁县有关部门核实一遍，立刻向领导汇报，邀报社记者一起去长春沟调查、采访。

那时，孙诚大学毕业分配到市档案馆已经28个年头了。

市档案馆是1960年成立的，人扛车推，到处收集档案资料，再粘贴裱糊，整理分类，用不上个把小时吐痰就是黑的。一座城市，少有像档案馆这样孤寂、枯燥的单位，而且进来的人再出去基本就是退休了。可从员到档案局（馆）长，孙诚却乐此不疲。战争年代，打下一座城市，档案馆是需要重点控制的部门之一，因为它是城市的资料库和信息库。而在孙诚和老局长单培茹的心目中，还应是辅助市委、市政府的参谋部。《桓仁近代交通发展述略》《本溪农业新品种演变概述》《本溪矿业资源汇编》《本溪地域文化丛书》《关于开辟本溪中药材市场与解决下岗职工再就业问题的建议》《关于将石桥子开发区建成高科技医药园区的建议》等等，近三十年来，每年都有相当数量的著作问世，不光召之即来，来之能战，战之能胜，而且经常主动出击。

2009年春，有权威专家要来本溪，论证一铁厂列入国家重点工业文物保护单位的可行性。由于专家组来得急，市政府要求档案馆4天拿出一份权威资料。在不明就里的人看来，这不就是跟姑子要孩子吗？结果，专家实地考察后，论证会上举着档案局提供的资料，一锤定音了。

在平山区桥头镇，笔者目睹了一次文物保护战。

桥头曾是军事重镇，又是旅游景区。1932年日本人出版的《满洲国旅行案内》（可译为《"满洲国"旅游向导》）中写道：桥头"是（伪）满洲国稀见的水乡，奇山绿水交加自然美。尽有满铁的诸设备"。2010年后笔者来到这里时，"满铁的诸设备"之一的候车室，正在被拆毁。上任才几个月的区文化局长胡立友，立即去与施工队、开发商和镇政府交涉，说明当年满铁的一应建筑和日本守备队营房、洋行、和田旅社等建筑，已有百年左右历史，是东北地区现存最好、最完整的建筑群之一，蕴藏着丰富的旅游开发资源，可开辟为爱国主义教育基地。在桥头镇动迁改造期间，对这些建筑应该予以妥善保护。

马上给区政府写《关于加强桥头日式建筑群文物保护的报告》，向主管副区长、区长汇报，把能找到的有关资料都抱回家去看哪看哪，再带人去桥头走访调查。

半个月后，我打电话问他怎么样了，他乐滋滋地道：行了，保护起来了。

又问他有没有什么阻力，他说，有啊，我就说"那房子不是我的呀"。

在桥头，也听他这么说。

这8个字让我感动。

平顶山不是李正刚的，有时春节都在山上过。梁志龙的"家"多去了，而且不知道还有多少"家"在山野间呼唤。孙诚自走上工作岗位，就以档案馆（局）为家。一个人与一座山，与一方天地、领域，事业即为家。

去桥头为采访一位百岁老人，见到胡立友。去档案馆查阅资料，与孙诚唠一会儿。了解五女山发掘、平顶山开发情况，与梁志龙、李正刚匆匆一面，还吃了顿饭，顺便写了这么几位恪尽职守的官员。

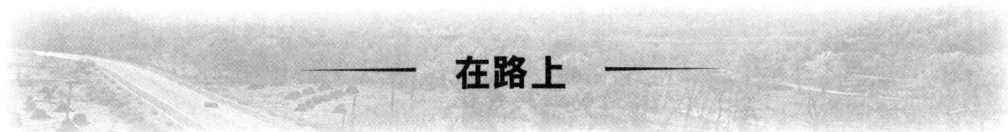

在路上

老教授李志新的父亲是位牙科医生，在沈阳开家"根本齿科医院"，1949年春调来本溪煤铁公司医院，如今的本钢总医院口腔科就是他创办的。"文化大革命"中说他是特务，电台装在牙齿里。他说你们说哪颗牙里有电台，我拔下来砸碎了你们看看。下放到小市公社上堡大队劳动，去县医院看病，赖在口腔科不走，说我帮你们看牙行不行？不要报酬，白干。

父亲这辈子就对牙感兴趣，李志新这辈子就和山较真儿了。

他1956年考入东北地质学院（后长春地质学院、今吉林大学地球科学学院）地质系，毕业后分配到家乡本溪钢铁学校采矿系任教，与本溪的大山结缘，用他的话讲，是"掉到聚宝盆里了"。

截至新中国成立60周年，全国有138家地质公园，本溪是唯一以行政区划的整体城市申报成功的。泰山有名吧？张家界美吧？都是单一景点的地质公园，是专卖店，而本溪有16种类型，是大超市，是地质学的百科全书。用大众读者会感到费解、吃力的李志新这样的专家的话说，是以岩溶、地层剖面、地质构造和地层接触关系所组成的地质遗迹为主体景观特色，结合雄奇、旖旎的山林河湖风光和悠久的历史文化资源，集科考、科教、观光游览、休闲度假于一体，科学内涵丰富、地方特色浓郁、具极高美学观赏价值的国家地质公园。

1963年，李志新的月薪是56元，省吃俭用花120元买台上海58-2型照相机，星期天就往城市周边的大山里跑。每年带领学生实习，更有用武之地，他和妻子的工资一半左右被"咔嚓"掉了。

成了地质系地质调查及找矿专业的大学生，有了一种比较专业的目光，寒暑假回家再看本溪的山石地层地貌，就觉得非同寻常。当了几年老师，愈发胸有成竹，就给母校写信。院长亲自带领几名教授来了，在下马塘施家堡子泥石流遗址，看着那冲刷出来的露头，新中国成立初留苏的老院长连叫两声"天工造物"、"天工造物"。李志新小心翼翼地问，能否称作地学摇篮？老院长果决地道，应该说是地学殿堂。

中国地质大学的田明中教授，在本溪转了一圈后感慨：活了大半辈子，这回才明白什么叫"流连忘返"。本溪是最精美的地质教科书，丰富的地学百科全书，搞地质的人都应该来看看游游。

城市不断扩建，有些地方已被破坏了，好在李志新都留下了照片。他就骑着自行车，去有关部门呼吁加强管理保护，并递交资料，建议申报国家地质公园。

2002年夏，已经退休6年的老教授李志新，找到某局领导，说，我大半辈子致力于本溪地质公园研究，已经到了"不死掉块肉"（有民谚："六十六，不死掉块肉"）的岁数了，可我赶上这么个时间段了，现在正是保护和申报国家地质公园的时候，这是咱们本溪，也是全国人民和人类的地质宝库，咱们还得加把劲儿呀。

这位领导挺为难：这事我不能再提了，现在已经"不务正业"了。

这位很热心的领导，为地质公园做了很多实际工作。可李志新要办成的这件事，至少涉及三个部门。人一多，关系难免复杂、微妙，老教授至今也琢磨不透的问题，不知从哪儿就冒出来了。

在山野间奔波，老教授收集许多奇石，谁要给谁。有时就多个心眼，乘机送上几份资料，再打开笔记本电脑，给人家讲解地质公园。他如数家珍，讲得如醉如痴，有人听得索然无味。也难怪，在本溪随便捡块石头，他能说出形成的年代。可他嘴里那些名词术语，不办次科普讲座，有几个人听得懂啊？

有许多家企业请他出山。内蒙古一家矿业公司让他当总工程师，薪金优厚，另有5%股份。和老伴商量，钱够花就行，无论如何要把地质公园这事了了。

去市政府，门卫不让进。见到民进主委李振亮，李主委派秘书长把资料送去。市长江瑞把老教授请进办公室，说，您老辛苦了，您老为本溪办了件大好事，子孙后代都会感激你。

老教授感觉幸福极了。

"先有碱厂，后有本溪"，我想找位研究碱厂史的专家请教一下，县委宣传部推荐了碱厂镇政府退休干部赵永顺。

李志新中等个头，稍胖，赵永顺高些，瘦，像老教授一样儒雅、和善。大冷的天，穿件挺旧的黑色羽绒服，手背上贴着几块止痛膏。

康熙二十年，赵永顺的高祖父从山东登州府闯关东来到碱厂，世代为农。他1957 年初中毕业，那一年本溪的中考不用考，学生都被抢光了。全民大办工业，各行各业都办学，他去了本溪煤矿工业技术学校。多半时间劳动，学校还建起小煤窑，出事故，有人退学。他是父亲病了，顶梁柱倒了，他得把这个家撑起来，回碱厂小学当了教师。1959 年共和国十年大庆，碱厂公社办十年成就展览。如今声光电，照片想放多大放多大，还是彩色的，那时不行，全靠画。赵永顺多才多艺，喜爱文学、文娱，擅长绘画，这活儿就交给他了。之后各种展览不断，就调到公社成了国家干部，用今天的话讲叫公务员。

1962 年辽宁省第一次文物普查，赵永顺参加培训、普查。第二年春天，有人在黄柏峪大山里发现地窖子，岩石上还有字迹。赵永顺去看，认为是抗联遗迹，给市文博馆写封信。原本想给县文化馆写信，可与具体分管的人不认识，市文博馆管这摊的是碱厂人，挺熟。信中也只是介绍情况，询问是否派人考察、定夺，以便保护，别的也就唠几句老乡嗑。可县里那人不高兴了，认为这是隔着锅台上炕，告他的状了。此人神通广大，就有人一句话，赵永顺就回村当农民了。

去本溪煤矿工业技术学校读书，他的理想是当个煤矿工程师。父亲病了，人生、命运一个急转弯，这下子则是急转直下了。

当 16 年农民，那个年代的所有农活，包括出民工，他全干过，而且是生产队的顶尖高手。只是那工分挣得实在可怜，因为每年都有半年左右在公社干老本行。各种展览、会演，春节办秧歌队，及至公社机关大门上的那副春联，要想被人称道，在各种评比中拿个好名次，就非他不可。

1972 年参加县里幻灯会演归来，收拾铺盖准备回去，公社一位领导说，别来回折腾了，留下来，先干临时工。别太清高了，克制点，注意跟有的领导搞好关系，有机会转为正式干部。

没人愿意被吆来喝去，他也不想像个干部似的，在公社机关出来进去。他是农民，回去种地，名副其实，心里踏实。可他真的对不起老婆孩子。他希望一家人过点好日子，抽屉里有个购粮本，每月能去粮站买商品粮，而不是因为那点工分钱不够，东挪西借去生产队买粮，就不能不渴望重新成为干部。为了这个家，为了赏识、信赖他的领导，他会好好干，但是不能为了"干部"二字屈身事人。

1979 年年底，他由文化站长而经营管理站长，他敢说他历年上报的所有数字，都是真实的和最接近于真实的。有人不喜欢他那些数字，可县里在他那儿召开现场会，让他介绍经验。

实行家庭联产承包制，他认为早该如此了，但也需要具体情况具体分析。有的生产大队翻耕耙压已经机械化，有的小队公积金25万，有6辆拖拉机（3辆手扶），还有煤矿、果园，大多数社员也不同意分。世上哪有那么多大小高矮一刀齐的事物，一刀切不符合辩证法。

他说，谁能给我说句话、撑把伞，两种典型，实验三年，如果搞不好，怎么处理我都行。

退休了，"到站下车"，他这辆"车"还在路上跑。

早就想好了，首先两件事，为碱厂镇写部志，再为家乡写首歌。

历时7年，两件事毕。

他在《碱厂镇志》的前言中写道："我的家碱厂是辽东有悠久历史的乡镇之一。从可查资料算起，已有七百多年历史。特别是从明朝开始，便是明与女真的边防重镇，太子河流域物流、贸易的上游第一码头，曾是商品集散的商埠和富甲辽东的乡镇。但至今未见前人或有人较系统地把它编撰成史志。余于古稀之年，深感其有整理、编撰的必要，把生养自己的这块芳香热土写成史志，留给后人，使其知水源木本而慎终追远，而珍惜来之不易的今朝，而为家乡的第三次繁荣富庶贡献力量。"

一部5万余字的《碱厂镇志》，最棘手的是资料难觅。有时为了核准一个数字，跑几家档案馆、图书馆也查不到，车费、宿费及所有费用，当然自掏腰包。李志新说钱够花就行，赵永顺说不够花也行，再不够花也比当年宽绰。

笔者采访时，老人接到电话，镇里有人发现疑似文物，请他去鉴定，他说我尽快过去。

1962年的文物普查，给他的人生埋下苦果，也带来乐趣。他这辈子有点空闲就手不释卷，其中许多是关于考古的书籍，而且在本溪县这方天地，古镇碱厂也真有用武之地。近半个世纪中，这里出土的文物，都与他有关。城镇动迁改造，或者谁家盖房子，挖出坛啊罐啊石碑什么的，第一反应都是"快找赵老师"，他就乐颠颠地去了。

他说，知识、道德与权力、地位无关，却能赢得信赖和尊敬。

本钢改制，主体厂矿陆续"退养"1.5万人。大体为男55岁、女50岁，具体由各厂矿定，划条年龄线，到线一刀齐，退职休养。

发电厂宣传部长史建国，为1.5万人之一。

2010年秋，因法国政府准备提高退休年龄，法国工会组织全国范围的大罢工。德国已决定把法定退休年龄从65岁提高到67岁，欧盟则早已建议，在2060年前把法定退休年龄提高到70岁。

不知道 20 年后，史建国的孩子这一代的法定退休年龄是多少，提高肯定是大趋势。无计划生育时代来到这个世界的史建国们，与"一对夫妻一个孩"的他们的孩子们，当生命的年轮都过了半百时，儿女辈会被视为来日方长的年富力强，而史建国们的人生的老年阶段，则被提前了、拉长了，因为他们赶上了这个时代段，就只能退养了。

2008 年退养后，每天吃罢早饭，当医生的妻子匆匆上班走了，史建国把房间收拾妥当，背上挎包也出去了。

满世界收集、研究票证。粮票、布票、棉花票、肉票、油票、豆腐票，三年困难时期发给浮肿病人的糖票、黄豆票，火车票、汽车票和厂矿职工的通勤票，及各单位食堂的内部饭票等等。一张几元、十几元、几百元，上百了就得掂量掂量，有的张口就是几千，还有上万的。有时人家不让拍照，他就实话实说，我不是收藏，是想写本书，这张票证写到书里，不也是替你宣传做广告了吗？

十多年前，对本钢史颇有研究的史建国，就对票证产生兴趣，还在报纸上发表一篇《本溪庙宇说略》。票证是他和父辈两代人的记忆，其蕴含的政治、经济、历史、文化不言而喻。庙宇代表宗教文化，也是一种旅游资源。去杭州，游西湖，能不游灵隐寺？去曲阜，能不去孔庙？所谓名胜古迹，多与庙宇有关，旧中国时还与人们的生活息息相关。听本溪老人讲，当年溪湖河沿有个药王庙，赶庙会时人山人海，卖什么的都有。而且，被视作"世外"的庙宇和僧道之人，也不能不随着时代的变迁起落沉浮。

原来是业余，这回像"专业"了。《本溪票证实物研究》，是与钢管集团原党委书记熊铁生合作。去两县四区寻访庙宇，和氧气厂宣传部长徐春发搭档。两人同年参军，同年退养，一拍即合。两位当年的军人就像听到了进军号，一身迷彩服，背上行囊，出发。

AA 制。乘火车、汽车，去时我买票，回来你买。吃饭、住宿，今天你掏钱，明天我埋单。每次出行带些干粮，尽量找那种便宜的小店，尽量少在外面住宿，能赶回来多晚也往家赶。退养后收入减少，再不节俭点，那日子岂不更紧巴了？

两位退养部长寻访、调查结果，本溪地区有近三百座庙宇，有的至今完好，有的荡然无存。一是历史沿革，何时建的，建筑风格，当年今天什么样子，历任住持是谁，香火最盛时的情景。二是已经残破或没影了的，请当地老人回忆，尽量原汁原味记录下来，遗址和被村民盖房子、砌猪圈了的砖瓦条石，都要拍照。三是无论有没有寺庙和口述资料，都要去省市县档案馆查阅有关档案，有时一无所获。

清末设置本溪县后有幅地图，寺庙均有标注，一百多处，可以按图索骥。难的是后来建的，没有任何线索，又无影无踪了的。老百姓管寺庙叫"庙"、"大庙"，

"这附近有没有庙（大庙）哇"，两个人嘴不闲着，一路见人就问。许多寺庙建在山上，夏天枝叶茂密，冬天雪大坡滑，春秋两季最好，站到山顶，望远镜望出好远。看久了，也懂点"风水"了，老远瞅着哪个地方差不多，有时真就喜出望外。这山那山，有时上山四脚爬，下山两根棍子戳不住，一阵狂跑，一身臭汗。顶着星星下山，找个小店卸下背囊，再也不想动弹了——毕竟是退养的奔60岁的人了。

有时见座破庙，当地谁也说不明白，说你们怎不早点来呀？去年死的老王头，从小就跟他爹看这大庙，最清楚了。

见到老乡，有时没等他们开口，人家先问上了。你们从哪儿来的，到这大山里干什么呀？觉得这两个晒得挺黑的人可疑，是不是逃犯哪？

有时唠上一阵子，有人就问，你们到处找庙，能挣多少钱哪？

两位退养部长就苦笑：这事要能挣钱发财，还能轮到我们吗？

那本《本溪票证实物研究》，因为没钱，不能出版，还放在家里。

史建国说，1988年年底，我弟弟下班回家，见母亲已经下班回来了，躺在床上。病了？没有。那怎么不做饭哪？桌上放卷纸，像奖状似的，展开看，映入眼帘四个字："光荣退休。"父亲离休，母亲退休，我退养。无论今后还有没有"退养"一说，我们家全了。人生掐去两头，就剩中间40来年干事的时间，主客观因素再彷徨、耽误一阵、几阵子，剩多少了？我的母亲正儿八经地光荣退休，也有难解的心结，我呢？每代人有每代人的命运，人拼不过命运，我认命，又不认命。

在"幸福楼"长大的退养部长说，我服役的那支部队，同年兵中我第一个入党，第一个当班长，第一个提干，又是第一个转业的。我从小就爱当兵，现在让我当兵也干，可有些事并不是你想干就能干的。关于庙宇文化这本书，可能像票证那本一样，难以出版。有人说那不就是个死胎，白忙活了吗？那也得干。每代人有每代人的使命。有些事，我们这代人现在干还来得及，有的已经晚了，留给后人会更难。

我给他打电话，想求教个问题，他说我在山里找庙呢，又找到一座。

山里信号不好，但我能感到他的那种激动、兴奋，就像地质队员发现一座金矿。

—— **本溪精神** ——

2002年12月14日，对于本溪满族自治县南甸镇滴塔村村民武秀君，是个天塌地陷的日子：丈夫赵勇在车祸中离她而去。

晴天霹雳，悲恸欲绝。她没想到，也不相信人生中竟然会潜伏着这样一个黑色的日子，公婆白发人哭黑发人，她和儿子成了孤儿寡母。

闭上眼睛，就是丈夫，还是同学。男女生排队，男生那排他在最前面，女生这排她在最后。忽然一天，他成了男子汉，高大强壮，成了她的靠山。忽然走了，血人似的，她大叫着扑上去，抓住他不放。

在经历了一段恨不得随丈夫一道去的日子后，天生一副笑模样的武秀君咬紧牙。

当着公婆和孩子的面，她强打精神。没人了，就默默垂泪，泪水洒在丈夫的遗物上，洒在铺了一炕的欠条上。

欠条上有丈夫的签字，她认得丈夫的笔迹。别人欠他的，他欠别人的，那是5年来丈夫带施工队到处承揽建筑工程的证据。大小不一的字条，大笔几十万，小的百十元，欠信用社的，欠材料店的，欠砖厂的，欠工人的。欠她的多是发包方，工程竣工后不按合同支付工程款，拖欠、赖账。一笔笔算下来，前者270多万，后者近300万。

她就想起丈夫遗体火化那天，来了那么多她不认识的人，自我介绍是工地干活的，还有建材店、信用社的。女人的直觉告诉她，这些来吊唁的人揣着心事。

四十多岁的女人，背上挎包出去了。

先去找那些债主，把欠条核对一下，重写一张，签上她的姓名，写上手机号。她说，我二十四小时开机，别给家里打电话，让我的公公婆婆着急上火。允我点时间，赵勇欠下的钱，我一定会还。

一家材料店的女老板说，妹呀，没想到你还能找上门来对账认债，有你这份情谊足够了。赵勇已经不在了，你就别写欠条了，那钱能还多少算多少，不能还我就不要了。

武秀君说，谢谢大姐，情是情，债是债，人死债不能烂。

来到丈夫承包的工程现场，武秀君强抑住眼里泪水，对工人说，你们跟赵勇干了这么多年，是赵勇的好兄弟。你们放心，他怎么待你们，我也会怎么待你们，工钱一分钱不会少。

她盘算着，要来钱先还银行、信用社贷款，因为那是国家的钱。然后还工人的工资，那是他们的血汗钱。欠材料商的放最后，他们毕竟比工人的日子好过些。

丈夫留下的三百多张欠人家的欠条，丈夫心里有数，对她则是许多糊涂账，有的结没结账不清，有的债主不清。有个叫"栾发子"的砖厂厂长，欠条上写的砖款3万元，没有电话，也不知道砖厂地址。她到处打听，终于打听到这位厂长叫栾忠发，收到一笔工程款，即给他打电话。

欠债还钱，天经地义。每还一笔，她就长出一口气，脚下的步子也顿觉轻快了些。

同样的道理、心情，不也应该适于那些欠她钱的人吗？

去镇里不用起大早，去县里市里四五点钟就出门上路了。她得赶在8点钟上班前，站到发包方单位的门口，才能堵住领导说上话。对账、还钱一次就行，打个电话就行，这讨债要钱，十次八次也两手空空，今天明天下个月，再下个月，各种理由把她支来支去。

几年前看个范伟和黄宏表演的小品《杨白劳和黄世仁》，演黄世仁的黄宏说，现在欠钱的是大爷，要钱的是孙子。当时看着觉得好笑，而今呢？

一次到县里某单位要钱，工作人员说领导不在，她就在走廊等。中午休息了，她到楼外门口等。站不住了，靠在路边电线杆子上。看着来往的行人，有说有笑的夫妻，想起丈夫，想到孩子，还有年迈的公婆，早已离世的父母，忍不住泪水哗哗淌。

她的老家在南甸马城子，那儿是太子河上游南北两条支流的交汇处，1960年那场大洪水，第一波洪峰下来村子就没影了，淹死四十多人。洪流中，4岁的哥哥骑在父亲肩上，父亲说我管不了你了，是死是活抱住我的头。左手抱着本溪煤矿工友周叔叔3岁的儿子，右手抓住母亲的手，母亲抱着刚满月的姐姐。那水急呀，刚齐裆那人就有点站不住了。父亲近1.80米的个头，母亲只有1.50米左右，激流中几次漂了起来，父亲大喊："把丫头扔了！把丫头扔了！"

父亲这辈子常挂在嘴上的两个字是"信义"：人得讲信义，不能让人戳脊梁骨。

滔滔洪水中，宁肯舍弃自己的亲骨肉，也要保住朋友的后人。比之父亲的信义，武秀君就觉得自己这点事算不了什么，没想到后来却获得那么多荣誉。

有人一时也真的没钱还债，就拿门市房抵债。那门市要是赚钱，人家能用来抵债吗？而且武秀君是要钱还债。可你不要什么都没有了。结果是以市场价抵债，再低价出售。

原以为讨债还债还能剩点，这回就算都讨回来，也填不平这个窟窿了。

就去街头，站到绝少女人的那些找活的打工者的队列中，脚下一块木板写着"油漆工"。

后来，市委宣传部和市文化局以这位全国道德模范为原型，创作排演了一部大型现代评剧，名字叫"女人是座山"。而在那悲恸欲绝的和站在街头等活的日子里，这个在山里长大的女人，有时就定定地望着那沉静、安定、厚重的大山出神。

莎士比亚说，女人的名字叫弱者。

一个女人，一个上有老、下有小的女人，一个天下女人中最不幸的，被称作"寡妇"的女人，一个这个世界欠她很多，她一点儿也不欠这个世界的女人。

被国务院和中央军委授予"雷锋式消防战士"的金春明，自然让人想到雷锋。

雷锋是孤儿，金春明也是孤儿。雷锋从江南来到辽东大山里当汽车兵，金春明从北国的黑龙江省尚志市来本溪当消防兵。雷锋个子不高，照片上的雷锋，胖乎乎的，一副笑模样，阳光灿烂。金春明中上等个头，瘦，就显矮了点，英俊，目光沉静、坚毅，不苟言笑。

同与不同，时空隔不断的是一种一脉相承的精神。

1995年年底，18岁的金春明，参军来到本溪市消防支队。新兵训练5公里越野，有人没跑上一半已经气喘如牛，金春明面不改色，总是第一。他的弱势也是明显的。队列训练，班长口令"向左转"，他有时向右转了，转对了也要慢半拍，因为他要看着、感觉到别人的动作才能动作。他是朝鲜族，家乡是朝鲜族聚居的村庄，读的也是朝鲜族学校，汉语只会"行"、"谢谢"、"吃饭"之类最简单的常用语。

雷锋个子小，力气小，手榴弹投不远，月亮地里还在操场上练投弹。雷锋式的战士金春明，学汉语，练精兵，在不到两年后的本溪支队消防业务大比武中，夺得总分第一名。

就在夺得"武状元"的这年春天，火车站前的环球商场着火，大火从一楼烧到三楼，周围都是楼房，不及时控制就火烧连营。一支水枪开路，金春明和副班长张吉伟冲上三楼。烈火浓烟，柜台和窗户烧炸得玻璃碴子四溅，有楼板烧塌了，金春明一脚踏空，下面就是火海。赴汤蹈火15年，多少次生死一瞬间，都少不了运气眷顾。这次是下坠中抓住棚顶上的两根铁架，一咬牙把身子撑起来，被张吉伟拉上来。张吉伟抓起水枪往上冲，金春明一把将他拽住，大吼"我先上"。

有道是"水火无情"，最让消防军人揪心的不是火光中升腾的黑烟，而是那种好像并不令人惊骇的白色、蓝色烟雾。即在笔者采访前几天，一家工厂氨气管道泄漏，距居民楼几十米远。一些人不晓得厉害，在那儿看热闹，风向一变，会撂倒一片。支队首长指挥抢险，首先疏散居民，金春明带3个人迎风进入，这样便于查到漏点。味很大，水枪开路、稀释，膝盖以下都是浓雾，进到厂房米把远看不清人。这时不光需要胆大心细，平时还要对这种企业的设备和工艺流程有所了解。第一次无功而返，有人要换他，他说我进过一次，比较熟悉，还是我来。

一茬茬的战友都知道，金春明身手敏捷，沉稳、冷静，无论多么急难险重的任务，从不慌乱。可真要到了那种生死一线间的时刻，他会变得粗暴、野蛮，谁也不行，非他不可。你心理、技术再好，疲劳作战，也影响发挥吧？有人觉得他过于自信，有人有点摸不着头脑，追问再三，他说，我是孤儿，没有牵挂。

震撼，默然。

地球人都看到了纽约双子星座轰然坍塌的情境，就在那烟尘飞散的瞬间，343名消防队员殉难。金春明在昆明消防指挥学院学习时的一位最好的同学，毕业一年后牺牲。哈尔滨一对父子兵，在一次救火中牺牲。

门是红色的，车是红色的，肩章是红色的，这是一支赴汤蹈火的部队。人民用"身经百战"来形容久经沙场的军人。15年间，金春明参加各种抢险救灾两千八百多次。在人们眼里的那些惊心动魄的场面，对他来说，实在就是普通平常的工作、生活了。

和平年代的军营，没有哪个军兵种的部队有消防部队那样高的伤亡率。而作为支队尖刀的特勤班、特勤中队，自金春明当班长、中队长后，有伤无亡，而且多是在训练场上伤的。没有人说得清金春明身上有多少伤疤，两个膝盖以下疤摞疤，摸上去凹凸不平，脸上骨头坏了肉缝针的多少回了。至于几百上千度的高温中，水枪打到墙上溅起水花，落到脖子里就烫起的一片水泡，那就不叫伤了。

2002年，金春明被省消防总队评为"十佳战斗班长"，被全国消防部队评为"十佳技术能手"，市公安局和消防支队各奖励他1万元。战友家有困难，把积攒的津贴费三百二百地寄去，和战友一道照顾一位孤寡老人8年之久，对于堪称吃百家饭长大、读书后又被免除一切费用的金春明，实在是再顺理成章不过了。他要回报这个社会。可这两万元钱，一时间真的让他有些发蒙：他何时见过这么多钱哪？

他说，去学校找几个孤儿，或者贫困家庭的孩子，帮他们一把，让他们好好读书。

根据金春明的思路、意愿，支队党委准备以这笔钱设立"春明爱心助学奖学金"。在与团市委协商前，支队长找金春明谈话：你已经27岁了，自己的终身大事应该考虑了，也该积攒点钱了。

如今，"本溪姑爷"金春明的女儿已经5岁了。

只是，"雷锋式消防战士"金春明，与雷锋所处的时代已经不同了。

雷锋那时没有苏丹红、三聚氰胺和注水猪肉，也没有平安夜、圣诞节、情人节。英雄也有家庭、个人生活和私密空间。只是无论支队领导如何开明，体恤下属，许多人之常情的权利都天然地被剥夺了，连传统的春节也不能团聚，而且愈是这种时候愈要严阵以待。大千世界，千变万化，恒久不变的，是每个人都在寻找那种自我感觉的幸福。有人找到了，有人没找到，有人找到了还以为没找到。

刚过去的一个星期天，金春明去看女儿。"爸爸爸爸我想你！""哪儿想啊？"女儿拍拍自己的心窝："这儿想。"又指指爸爸的心窝："爸爸爸爸你想我吗？"

刚由副大队长提升大队长，并继续兼任特勤中队中队长的金春明谈到孩子，眼睛潮了。

桓仁满族自治县人民医院院长李秋实，也是个孤儿。

4岁父亲去世，11岁母亲病故，三年困难时期被县光荣院收养，中学毕业被保送到本溪卫校读书。先在桓仁县八里甸子公社医院当医生，后调县医院任医生、科主任、副院长、县卫生局副局长兼医院院长、党总支书记。

李秋实是县医院耳鼻喉科专家，而她从医32年无医疗差错和事故，当然不仅是因为医术精湛。

一位老人住院，护士打针回来说老人身上有虱子。李秋实拿来丈夫衣服给老人换上，把老人衣服拿回家烫了洗了。外地患者住院没人照看，李秋实在家里做软流食给带来。医院职工兰玉芹是困难户，粮食、衣物，三元五元的，李秋实经常接济她。当时李秋实每月几十元工资。兰玉芹煤气中毒去世，15岁的儿子兰岩松成了孤儿，李秋实更是时刻挂在心上，兰岩松这辈子见到的第一张百元大票，就是李秋实给的。邻居吴大爷是个孤寡老人，洗衣做饭，收拾屋子，都是李秋实的事。一个9岁女孩在街头流浪，李秋实领回家，当女儿养着，送她上学。

见不得受苦人的李秋实，眼里揉不得沙子。

患者手术后，请做手术的医生吃顿饭。李秋实责成有关部门按规章制度处理，对这名医生罚款100元。深夜急诊,患者家属拿两元钱打"板的"（一种三轮人力车）送医生回家。李秋实让这名医生写出书面检讨，将两元钱退还患者。

李秋实说，你给人家治好了病，患者感激你，心情是真诚的。亲朋邻居之间，互相帮助，不也礼尚往来吗？错了，我们这里是医患关系，你就是治病救人的，这是你的天职，国家已经给予你应得的报偿了。如果今天吃顿饭、打个车觉得没什么，将来牵头牛也可能心安理得，那时可就不好办了。

对于领导班子成员，更是严肃告诫：和我在一起工作，想捞个人好处，谋个人私利，你就别干了。

如今桓仁人一提起李秋实，眼前就会浮现出那张笑吟吟的圆脸，想到"好人"、"菩萨"。可当初也有人有点摸不着头脑：这个"菩萨"一样的女人，怎么还有一副"铁石心肠"哪？

有人告诉我，那时有个《十等人》的顺口溜，"五等人手术刀,要治病,递红包"。社会上的诱惑越来越多，"手术刀"也好，"大盖帽"也罢，把持不住自己，就可能犯错误。秋实院长不允许任何人玷污"白衣天使"的称号，铁石心肠，貌似无情，实实在在的防病救人，这叫真情大爱，是真正的菩萨心肠。

为了把孤儿兰岩松安排到医院当临时工，李秋实到处求情说小话。那时她是个医生。而今当了院长、人大代表，又是省市劳模，女儿从卫校毕业了，在有的人眼里，那不就是她一句话的事吗？照顾影响，迂回一下，请县里领导帮个忙，谁能不给点面子？她对女儿说，我这辈子是党培养的，也是自己闯出来的，你也自己去闯。

有人说，什么叫不谋私利、全心全意为人民服务？看看李秋实就明白了。

1994 年，医院想引进一台 CT 设备，与日本一家公司谈判，对方报价 300 万元，承诺巨额回扣，赠送高档家电，安排到日本考察。李秋实没有二话，就要 CT，把价格降到 280 万元，对方一再说这是最低价了。平时公出吃住，李秋实从来都找最便宜的，1 元钱都不肯多掏，这回出手就是 7 位数，岂能善罢甘休？讨价还价，最终以 250 万元成交。这家公司的代理商无限感慨：我今年卖了 11 台 CT 机，那10 台都是 300 万元。贵院有你这样的院长，一定会兴旺发达。

仅 CT 一项，桓仁县每年就有六百多患者到外地求诊，雇车到通化二〇六医院 300 元，到本溪市 500 元，还有人力和食宿费用。冬春季山区煤气中毒患者多，县医院没有高压氧舱，一些患者转院途中死亡，更多的是因病致贫、返贫。李秋实深知山里人的艰难，去本溪，跑沈阳，写议案，打报告，向省市有关部门反映情况，建议购买设备。

除 CT 机和高压氧舱外，又陆续添置了彩超、血磁治疗仪、血球计数仪、纤维支气管镜、膀胱镜等，还有微机管理系统。

令人惊异的是，在全省县级医院设备一流的桓仁县医院，竟然没辆轿车。与医院长期合作的一家药厂，主动提出送辆桑塔纳作为感谢。李秋实很高兴，一辆桑塔纳多少钱，折价又进一批药。

有人说手巧还得家什妙，这回咱们医院的日子好过了。

李秋实说，我们是人民医院，要为人民服务，不能为人民币服务。

医院有 400 张床位，过去每张床每年国家拨给 1200 元，李秋实当院长后减到 800 元。医院每年仅工资一项就得 616 万元，也就是医院每年必须挣到 584 万元，才能解决医护人员的吃饭问题。

没有钱，李秋实也从未想过要从患者身上抠钱。

上任伊始，李秋实就调整了作息时间，取消节假日和休息日，全科系 365 天24 小时开诊。同时组织巡回医疗队下乡，为偏远地区患者送医送药。尽管大多数医疗收费都是同类医院的最低标准，但是看病的、看得起病的人多了。1999 年12 月 29 日李秋实去世时，医院年收入已达 2062 万元，是 1993 年的 2.6 倍。

丈夫做彩超，女儿怀孕做 B 超、彩超，都按规定收费。她是因突发心脏病在工作岗位上去世的，去世前几天已感不适，想做动态监控心电图，200 元钱已经交了。有患者住院，也需要带上动态心脏监护仪，她说先可患者用吧，他们住个院不容易，我不着急。

如果她带上那监护仪，她会去世吗？

大雪落纸钱，山河缟素。县城的人，十里八村和几十上百里外的人，络绎不绝地跪在这位副局长兼院长、党总支书记的灵前：你救活了那么多人，俺们每人给你一口气，你也该活下来呀！

好人好官，感天动地。

武秀君是"全国道德模范"，李秋实是"党的好干部"，金春明是"雷锋式消防战士"，三位英模人物，用我们常讲的话叫"先进典型"。

从没当过一天亡国奴的李向山，到一诺千金的武秀君，本书写到的许多人物是先进典型，更多的还是默默无闻的人物。而无论典型、非典型，他们都让我想到一句话，这句话就宣示在沈丹高速公路北侧本溪市区入口处的一块广告牌上："本：本本分分做人；溪：点点滴滴做事。"

辽东大山里的本溪人本分、实在。

本溪的"人参铁"被外省一家企业抢先注册了。这未免让人感到本溪人现代意识的匮乏，保守、愚钝，令人沮丧，甚至有点泄气。可话又说回来，驰名中外的"人参铁"这个品牌，就是本溪人创造的，谁把这个名字拿去了，它也在这方水土中货真价实地存在着，这才是事物的本质。而在历史的长河中，创造、进取、诚信、本分，才是永恒的动力、活力，投机取巧这一刻也是雕虫小技。

新中国成立初期，全国支援本溪，之后本溪支援全国。宝山、首都、武汉、包头、大同、开滦、鸡西等等，东西南北中的钢铁、煤炭企业，都少不了落地生根的本溪人。西宁钢厂最初的创业者，几乎清一色的本溪人。民间有话："谁家好孩子往庙上舍呀？"本溪舍得。"炼钢大王"贾鼎勋、"快速炼钢能手"高尚一、"采煤能手"王恒成等等，这些大名鼎鼎的本溪人，一声令下，打起背包就出发。

已接待国内外游客逾千万次的本溪水洞，那么美妙的天下奇观，直通通地就叫个"水洞"，本溪人的质朴、实在，也可见一斑。

有人说本溪人"傻"——本书中许多人被称作"傻子"，雷锋也是"傻子"。

一方水土养一方人，一座城市的精神，就是这方水土中的人的精神。

"本本分分做人，点点滴滴做事"，普通平常的大实话中一种独家特色，从容、淡定中一种不动声色的大气，一种今天这个比较浮躁的世界尤显可贵的万世不朽的踏实，也是这方水土中的人世代实践并追求着的一种本分、本色与境界。

不知道这12个字最早出自谁口，我知道并不是简单地图解"本溪"的字义，并认为这就是本溪精神。

本溪有诗

田连元的肖像描写可以省略了，因为国人在电视上早已见识了。

而今轰动大江南北、海峡两岸的评书表演艺术家田连元，最早是在彩屯火起来的。那是 1960 年冬，那时他是本溪市曲艺团评书演员，因为三弦弹得好，无人可替，领导就让他弹三弦。人的成长成才有它的方向性，难以想象让刘翔去表演手上的功夫会如何。还不满 20 岁的田连元思想挺单纯，他只是不想让这张嘴闲着，晚上有工夫就骑着自行车，去彩屯书场说《大隋唐》。头一天只有六成观众，他寻思能把这些人留住已经不错了，结果个把星期后天天爆满，就这么自己给自己正名，并一直走到今天。

1966 年春，辽宁人民广播电台录制他的评书《欧阳海之歌》，其间中央人民广播电台也看好这部评书，同时邀他同录另一部《渔岛怒潮》。生活没有亏待他的勤勉和才华，年轻的评书艺术家刚要从辽东大山里走向全国——被称作"浩劫"的"文化大革命"开始了。

这个曲艺团的"黑尖子"、"走资派"，被下放到桓仁县普乐堡公社胜利大队梨树沟小队。

出身于说书世家的田连元，童年时代即随父母浪迹江湖，说学弹唱，乃至习武，都成了必修的功课。命运似乎就这么安排了他的人生，他却不能不羡慕那些背着书包的孩子。小学未毕业父病，为了生计，不得不辍学从艺。而当他终于爱上了这门艺术，那方只有一个人的舞台也向这个才华横溢的年轻人敞开怀抱时，命运又一竿子把他打到这大山里插秧种田，不久又调到县"样板戏"学习班。像他这种角色，好像只能饰演刁德一、温其久这样的角色，那也兢兢业业演好人生的每一个角色。包括每天和社员一道上下工，干着地地道道的农民的活计，却拿着干部工资这种让他找不着北的"两不像"角色。

1990 年年初，一位国人眼熟、论行内辈分称田连元为"叔"的相声名家，见到在中央电视台做节目的田连元，一本正经地道：叔哇，你知道吗？联合国最近下了个文件，说今年是"田连元评书年"。

在此前后，先是中央人民广播电台录制他的长篇广播评书《水浒传》，接着中央电视台又录制他的同名电视评书，央视 3 个频道一天播 6 到 9 次，北京电视台还有他的另一部评书在播出。

而在此前，一部《杨家将》已在二十多家省、市、自治区电视台播出。

问题不在于数量，也不在于那些大奖和荣誉称号，而在于观众——他的观众数以亿计。

笔者多年来在战争题材的军事文学中游走，有开国名将告诉我，他最早的军事启蒙，就来自农闲时节走村串户的说书艺人。

一个人只需一块醒木、一把折扇，上下古今、大千世界中的各色人等，就在口若悬河中生动活泼起来。这门古老的艺术传承至今，田连元成了电视评书的开创者，评书走出国门第一人。

田连元的优势之一，是无出其右的形体语言。即便年近七旬，闪展腾挪，一招一式，依然不减当年。有人评说他的评书内藏高趣，构思奇巧，语言诙谐生动，考证严谨扎实。观众看不到的是，他的几十部作品都是自编自导自演的，台前幕后一个人打天下。

一些明星像吃了唐僧肉，有的好像越活越年轻，那只是形象——自号"辽东山人"的田连元，几十年修炼的是内功。

一座城市住着，第一次见面，是 1992 年年初在画家宋毓敏家。宋毓敏出本画册，让我作序，去他家，田连元也在。听他谈文学，谈艺术，谈评书，谈文艺的发展从来都是当下的发展，评书千年的积淀，是很多文学艺术的载体。不经意间，那种学者、大家气度感染着我，就知道他会走很远很远。

和共和国同龄的冯大中，据说下乡当过农民，回城当过工人，最终以一支画笔饮誉华夏，成为当代中国画虎第一人。

以山水画成名的冯大中，1984 年与宋雨桂合作的《苏醒》，获得第六届全国美展银奖。

以虎为题材创作的《初雪》，1985 年获"前进中的中国青年"全国美展银奖。

1988 年，《早春》获首届中国工笔画大展金奖。

1991 年，《晚霞》获第二届中国工笔画大展银奖。

1994 年，《霜辉》获第三届中国工笔画大展金奖。

有人说无论什么样的大展，冯大中参赛就能拿奖。

中国佛教协会会长赵朴初看了他的作品，赋诗赞曰："画坛有猛虎，大中堪称王。"

2009 年 4 月 13 日，《高山景行——冯大中艺术展》在北京中国美术馆拉开帷幕，各路媒体以"盛况空前"、"观者如潮"形容之。然后，携七十余件巨幅老虎、山水、花卉画作南下巡展，5月南京，6月上海，7月济南，翌年5月在家乡辽宁收官。

虎行天下。

美术评论家夏硕琦在《冯大中的画虎美学》中说："画家冯大中以虎睥睨千古，独步当今画坛。冯大中在以虎为题材的创作中，表现出艺术创造的智慧和胆识，取得了令人羡慕的成就。他笔下的虎继承前人又超越前人，自创一格，为美术创作提供了可资借鉴的综合创新的宝贵经验。他的艺术巧夺造化之功，古今无出其右者。"

提起"虎"字，人们就会想到"虎气"、"虎势"、"虎威"、"虎啸生风"、"猛虎下山"、"气吞万里如虎"，以及"虎狼"、"虎口"、"虎视眈眈"等词句，王者之尊中透着一股杀气。而自唐宋以来，画家画虎几成模式，就是君临天下的王者气概。冯大中独辟蹊径，赋予山林之王一种全新的文化。你看他笔下的虎，威风凛凛中不失儒雅、温情、憨态，既有王者风范，又不乏绅士风度。有专家评说他把虎当人来画，虎有爱子亲情，有恋母情结，有思乡之梦，有醉酒长眠，有天伦之乐，有清寂哀伤。

我被他的虎感动。

人与虎与自然万物，一种什么样的情感、灵性的融合、交流？是仅凭精湛的技巧就能达到、完成的吗？

传说这位虎痴在某东北虎林园写生，觉得脖后被风吹得痒痒，一阵阵还挺有节奏，也未在意。不知过了多长时间，想换个姿势，偶一回头，老天爷，一只壮硕的老虎就趴在侧后几米处。他倒吸一口凉气，而这只健美的大猫一动不动，就那么和善地望着他，仿佛在说给我也来一幅吧。

本溪有名士李笑如，擅长山水花鸟和画虎，以画虎一根根栽毛著称。朝鲜战争爆发，他将自己的全部稿酬捐献，为前线将士买飞机、大炮。冯大中和今天本溪一批卓有成就的画家，多是他的弟子。1967年，冯大中倾其所能，临习了老师的一幅《猛虎在山》，请老师指教。老师扫了几眼，道，你这画还不值这张纸钱。

就知道通往"当代画虎大师"的路有多艰辛。

他在历时一年多画就的《快哉·童年》的题款中，写道："在人生的旅途上，年龄愈大，心灵愈沉重，世界愈狭小；岁数愈小，心灵愈轻松，天地愈宽大。""童年的情感是纯真的，儿时伙伴相交不须分贵贱，相知一言倾寸心。当岁月给我们带来成熟时，请不要索回这稚子的天趣，雏儿的纯情。"

天赋、勤奋，还有一份童真。不然，在这个太多诱惑的世界上，那笔端的须发纤毫，怎能那般传神、逼真？

像"辽东山人"一样，这位"伏虎草堂主人"有着深厚的文学修养。

像田连元一样，还用祝福他吗？

本溪市儿童乐园西北角，一幢有些破败却在这座城市最具书香的二层小楼，是这座城市除了家和工作单位外，我去得最多的地方。

作为本溪作协主席和主持工作的文联副主席，周熙高在这里工作了17年。

据说他的处女作是首诗，发表在《本溪日报》上，那是上世纪50年代中期，他是一中的学生。创作高峰是在那场浩劫之后，特别是1979年，竟在《人民文学》《人民日报》《鸭绿江》《延河》等报刊连发8篇中短篇小说，多属那个年代的"伤痕文学"。那是一个伤痕累累的国度，一个刮骨疗毒的时期，他用一支笔舔着民族的创口，久抑的才情火山熔岩般喷发。

英俊、帅气又而文人气质的周熙高，本应在他倾心热爱着的文学之路上走得更远，新时期繁忙的领导工作，耗去大量的精力、时间。我总觉得这不是他情愿的，他应该是个烈士。而包括人格的魅力，今日本溪文坛的作家、艺术家，有几个未曾受过他的培养、提携、影响？

周熙高、胡清和、安大伦、李一萍、王积彬、华舒、曾宪三、张立砚、李亚光、夏春仁、郑吉民、老乔、晓寒、李秀生、于文华、李月英、马红线、戴燕、刘晓波、薛红梅、冯璇、鬼金、聂与、张卓、黑娃、王晓竟等等，就是这一代代作家和本节写到的艺术家，彰显并提升着这座重工业山水城市的文化品位和魅力。我和他们中的许多人，在作品中神交已久。已出版4部长篇小说的赵雁，1990年夏我在驻桥头某师采访时，她也在那儿采访，饭桌上唠一会儿，就觉得这是个天生干这一行的人。同样写小说的王红，这次采访这本书才见面。多年前看过她的《李棒槌赶山》，字里行间那种感觉堪称一流。文学是什么？某种意义上就是一种感觉，而这种感觉是天生的。

看阿明、孙承、冯金彦、黄开中的作品，听他们谈笑风生，你会感到那人的每个毛孔都在突突地冒灵气儿。评说他们，我曾不止一次用到"瞎了"二字。他们是报人，给这座城市所有应该见报的人写文章，包括被太子河滋润出一副美妙歌喉的苏红。苏红去北京唱歌了，他们继续在这大山里办报。同为报人的白雪曼、莫永甫，写了那么多关于本溪山水风物的优美、大气的散文。同样的职业身份，如果在北京，他们可以写长江、黄河、泰山、黄山，而不是只写太子河、平顶山。

属于那幢最具书香气的小楼中的摄影家协会会员的郭韬，挎着台相机满世界跑。我与他谈了个把小时，他接了6个电话，城里乡下，领导群众，都是请他去留下历史记忆的。

从1997年开始，每年除夕夜，万家灯火，阖家团圆，他就把老母亲扔家里上平顶山了。如今正面有登山步道，侧背后盘山公路平光光、明晃晃，当年荒山野岭，黑灯瞎火，打车谁去呀？借摩托。冰天雪地，摩托在山路上吼叫，他不敢开快了，又恨不得立马就让母亲听到那吼叫声。冰雪路上飘层雪像抹油似的，一加油后轮跑前边去了不怕，栽沟里了呢？零下 20 来摄氏度，摔不死也冻硬了。母亲就是这么想的。零点，辞旧迎新，准时定点，咔咔咔一阵狂拍。当年棚户区的灯笼什么样，如今又怎样在楼厦间点缀、闪亮，那一年年这个瞬间的些微的巨大的变迁。

而从棚户区的日常生活，到动迁、乔迁，他用相机跟踪了全过程。13 年间，本溪地区的重要会议、活动、事件，副局以上的干部，各种先进人物，你想看什么就找郭韬。至于民生百态，社会万象，有人说他那台相机只有进了卫生间才不咔嚓。其实当年棚户区的厕所他就拍了不少，当然那只能叫"厕所"，而不能叫"卫生间"、"洗手间"什么的。

没人要求这位供职于市档案局的公务员这样奔波、玩命，就像没人让他没有双休日、节假日，也没有八小时工作制一样。

上海举办世博会，郭韬与中国档案界 9 位摄影家，应邀为世博会拍摄官方档案图片。87 岁老母病重，他是咬牙走的，被母亲逼走的。到上海第三天，母亲病危，连夜赶回本溪。已经不能说话了的母亲见到儿子，目光那么温暖，又那么冷峻，剑刃般逼人："你走！回去！"上海那边忙得脚跟打后脑勺儿，况且他还是 10 人拍摄组的组长，可这工夫离开母亲，他还是人吗？可他又怎能违背母亲的意愿呢？儿子是母亲的作品，儿子的作品也是。从三十多年前母亲省吃俭用为他买下第一台相机始，他的每一幅照片都是献给母亲的，都寄托着母亲的期望、幸福和骄傲。

他扑倒在地，咣咣咣不知多少个响头，泪水把额头都溅湿了。

在沪 10 天，郭韬和他的团队，向上海市档案馆捐赠两万五千余幅图片。其中一幅《中国领航》，以"城市发展中的中华智慧"为主题的中国馆，在郭韬的镜头中，成了一艘昂首奋进的巨轮，令观者耳目一新，啧啧称绝。

世博会是上海的中国的世界的，世博会绝美的照片是咱本溪的。

温家宝总理来本溪视察沉陷区，正是非典时期，警卫特别严。郭韬不是记者，没有采访证，到不了现场。像世博会一样，这种机会不说千年等一回，他这辈子还有第二次吗？老天爷照应，有个文字记者不让靠前退下来了，他就把那采访证套在脖子上。多少台相机一路咔嚓着，他拍的温总理与老工人罗运德交谈的一幅照片，从中央到地方的媒体没有不用的，并获《人民摄影报》年度全国摄影头名金奖。

就又想起那两个字"瞎了"——这位本溪人倘能像有些人那样，可以跟着温总理这样的人到处走，那又会怎样啊？

刘晓庆来过本溪一次，对郭韬为她拍的几张照片爱不释手，问：你是新华社的吗？

听说范曾到沈阳了，郭韬就赶去了，这位绘画大师就有了平生最满意的一幅照片。此后办画展，在中央电视台做访谈时的背景上，一句话凡是需要出现他的照片的地方，就是出自郭韬之手的一幅手持烟斗的照片。

有关部门领导找他谈话，要提他当副局长。他脑子里哪有这根弦哪？急了：那我还照不照相了？

在 2004 年 8 月全国第三届杂文笔会上，《杂文选刊》主编刘成信说："东北杂文在辽宁，辽宁杂文在本溪。"

本溪的杂文，是继周熙高的小说之后，又一道亮丽的风景。王重旭、刘兴雨、李兴濂、马亚丽四位作家，以一篇篇极具冲击力的作品，颠覆着人们的传统观念，为改革开放吹响号角，燃起火炬，并在新时期的中国杂文界抢得一席之地。

刘兴雨是我最熟悉的本溪作家之一，本溪作家群中许多中青年作家，都是他向我推荐、介绍才相识的。热情、敦厚，鼎力扶植新人，而他的一支笔新锐、老到，剖析历史，抨击腐恶，反思人性，一颗赤子之心，一种文人风骨。他的杂文随笔集《追问历史》，10 年来长销不衰，已经三版，有人评之为"继《万历十五年》《天朝的崩溃》后，又一部反思中国历史的力作"。他的众多杂文被《中国新文学大系（杂文卷）》《难忘的 100 篇经典杂文》《感动你一生的杂文全集》《21 世纪报刊杂文选萃》等书收入，而自 2001 年后的"中国年度最佳杂文"，则好像少他就不成戏了。

或杂文，或随笔，或报告文学，王重旭已出版 6 本书。像刘兴雨一样个头不高，从容、淡定中更显老成、持重，那老成、持重又难掩一股书生气。坐到电脑前手抚键盘，即文采飞扬，思想的野马在历史、现实的天空中恣意驰骋、翱翔，不时可闻黄钟大吕之音。即将出版的《中国杂文百部》，其中 50 部为当代作家的，他和刘兴雨各占 1 部。有人这样评说他的随笔集《中国历史的屈辱》："用思辨和质疑的目光重新审视中国历史的谜团，同样的内容，比余秋雨更深刻。"无论这个世界多么浮夸、浮躁，相信读过这本书的人，会颔首称是。

四位杂文作家，马亚丽是位女性，论年纪李兴濂是大哥。马亚丽写《我想嫁梁山好汉》，李兴濂即信手拈来《嫁不得梁山好汉》。我二十多年前即看过李兴濂的杂文，构思巧妙，文字洗练，常有惊人之笔，让人慨叹人生世事原来如此。

他们不赶时髦，在辽东大山里深思熟虑，默默耕耘，使本溪杂文自立于中国杂文之林，与众多杂文大家比肩，没人炒作，实属不易。

大浪淘沙，他们的作品会留存后世，而能留得下来的才是真金。

本溪有诗有歌有画，绝对少不了一位重量级人物张捷。

船沉了／我的心属于海／海枯了／我的心属于岸／在没有岸的日子／我和你／共宿月亮。这首《心》读一遍就记住了，而读一遍就记住的句子，就让人想到那些耳熟能详的不朽诗句。

印象更深的，是"命运把我攥下高山／我就到河里摸鱼／不让我坐那把阳光椅子／我就在月光下坐石头／不给我那朵镀金的玫瑰／我就娶一盆真香真白的茉莉"（《命运》），不动声色中一种铁锤砸在铁砧上的响亮，那是一位八十多岁的老人与国家、民族同命运的不屈的生命的交响。

再看《一个诗人的预言》：失去昨天的精神／权利也会变种／我们将在黄金的弹头下／倒进另一种血泊／不要被人民眼泪淹死时／才想起最初的誓言／不要把历史经营成商品／给英雄标定门票／不要以山的名义／忘记石头的功劳／不要让哭的人不会押韵／让笑的人都有节奏／不要从政治万能跌进金钱万能／极端从来都是末日的起笔啊。——还用再说什么吗？

有人告诉我，张捷每月都有诗作在媒体上发表。我看的不多，但是看到了就不能不读，因为都是珍品。

张捷的诗雄浑、大气、厚重，即便是写女人、乡情，温馨、浪漫中的主旋律，仍是"心里痛出来的诗"，且永远向上，追逼美好。他的诗很讲究，又很潇洒、随意，读起来很难让人想到"推敲"二字。目光到处，灵感四射，飞流直下，大鹏冲天，刘翔、博尔特也追不上那诗的脚步。而创造诗意的语言，质朴、活泼、形象而又诡谲，单摆浮搁难免生涩，却被诗人驾驭得浑然天成。那种振聋发聩的穿透，真善美中的大意境，让你的身心在一次次震颤、沐浴中清新。

像前述四位杂文家的杂文一样，我敢说，在中国，在当代，张捷的诗是一流的。

红尘滚滚，欲望腾腾，诗是什么？诗在哪里？举目世界，还有叫作诗的东西吗？在辽东大山里的本溪，一位耄耋老人正把那诗情、诗意的炉火烧得通红，礼花般绽放世纪的星空。

采访本书期间，赶上一次文学座谈会，张捷与一位我不认识的作家发生争论。老人站起来，面红耳赤，慷慨陈词。不知在座的作家有何感想，我只有艳羡，艳羡那真人真性情，艳羡那活力四射的激情，艳羡他心灵中那一片青春葱茏的处女地。

无论有多少终身制终将打破，张捷都是终身诗人。

中等个头，稍胖，浓眉下坦诚、敦厚、和善的目光，一下子就让人感到贴心。一头并无修饰的花白发，像那心境，也像那书法一样飘逸、潇洒、随性。他就是中国书法家协会会员、国家一级书法家、本溪市书法家协会名誉主席赵福元。

采访本书，希望能够找到一个最幸福的本溪人，这应在情理之中，而且这方水土的170万人中，肯定会有这样一个人。结果就在几乎放弃之际，平生第一次看福元信笔挥毫时，竟然听到他随口哼着一支悠然的小曲，那种从心灵深处不经意间流淌出来的天籁之音，那种充溢了周身每个细胞的陶醉、惬意、愉悦，我突然发现这位小我几个月的同龄人，不就是咱们本溪的阿尔文·王吗？

妻贤且仙，子孝争气，诚实劳动，和美之家。而他除了倾心热爱着的书法，再无他求，才气横溢，成就斐然，桃李满山城——那幸福就写在那眼神中，还用问他的自我感觉吗？

—— 两个"80"后 ——

本钢特钢厂炼钢车间生产主任王海峰，中上个头，结实极了。黄色安全帽，纯牛皮劳动保护鞋，蓝工作服左胳膊上衣兜里插支钢笔。

他是河南省睢县人，2001年包头职业技术学院金属材料与热处理专业毕业，来到本钢。开头在工段当万能员，负责统计、安检，觉得没劲，就要求当了炼钢工。1600多度高温，平时从那电炉前一走一过都有点受不了，这回距离两米远，手持吹氧管，半小时一轮换。坐那儿咕嘟咕嘟灌几瓶盐汽水，屁股下一会儿一滩水。一到炉前就没汗了，即出即蒸发，都烤干了。后来干精炼工能差点儿，最后的铸锭工也跟炼钢工差不多，而且更累。纯棉帆布防护服，干时硬邦邦的，湿时水捞似的。为炉前工特制的鞋，两指多厚的鞋底，自己再钉上两层。

那是个比桑拿还桑拿的世界，只要顶住头十天半个月就行了，就什么都不在话下了。如今设备现代化了，已经没有这些工种了，可他就是这么一步步走过来的，他觉得这是人生的一笔财富。

红领巾时代，王海峰就听说"重工业看东北，东北看辽宁"，就向往这片土地，学的又是这个专业，就想把炼钢的工艺流程都尝试一遍。领导当然喜欢这样的小伙子，也着力培养这个大学生。

之后，为10号炉炉长兼精炼炉炉长，25岁，是特钢厂有史以来最年轻的炉长。

接下来是厂调度室调度、值班主任。四班三运转，班与班衔接，各班组协调，从进料到产品的组织生产，等于一线指挥员，夜班相当于厂长的责权，他干得得心应手。

如今，他每天6点半到车间，8点厂例会，半个小时左右回到车间，再召集工段长开车间例会。下班后再转转看看，人员、设备、生产没有任何问题，才能走人。公司规定，早8晚5为上下班时间，他连双休日也准时上班，下午没事了回家休息半天。领导说他违规，他说女人爱逛商场，我就有这口瘾，爱逛车间。法定的作息时间，妻子基本能做到。她是当年一起分配来的校友，铸钢车间技术组技术员，平常每天去幼儿园接送女儿。公办幼儿园条件好，收费高，如今还有舍不得在孩子身上投资的家长吗？而且正规，许多人就是冲着"正规"二字，把孩子送去的。却不适合他们，因为到点就得接走，还有寒暑假。妻子也忙，有时还要出差。他手机一天二十四小时开机，一个电话半夜三更也往车间跑，设备大修时更是顾不了家。民办幼儿园送接早点晚点，甚至把孩子放那儿两天，跟人家关系搞好了，都行。

老家没山，包头有山没树，本溪山清水秀，第一眼就觉得这地方不错。这几年入乡随俗，无形中也一口挺地道的东北话了。刚来时一听他的河南地方口音，有些人就问你是哪儿人哪？一代代闯关东来到这方水土的本溪人，一点儿也不欺生排外，那眼神、口气，让他感到温暖。

本钢第二冷轧厂是国内一流的冷轧企业，笔者采访时全厂 630 人，70% 以上是大学生，平均年龄 30 岁。

比王海峰小两岁的杜黎明，高挑身材，清秀俊逸，不善言谈，开口就是让我头大的技术名词术语。

他是黑龙江省大庆市人，2000 年考入东北大学轧钢系，大四时曾在本钢实习，毕业即应聘到二冷轧为工序技术员，不久去日本参加轧机工艺培训。乳化液系统是酸轧机组的辅助系统，为自动化控制，却需要操作工判断何时加油补水和加补多少，不但加大操作人员工作量，而且人为控制，参数波动大，势必影响产品质量。在日本时他就认为设计不合理，并向日方专家指出这个缺欠，实践检验一点没错。他有空就在现场观察琢磨，收集数据，和电气控制点验员夏泽旭一起，修改工艺流程的编程，使乳化液系统实现自动补给功能，并达到世界一流的浦项水平。

磨辊区的中间辊连续烧箱，杜黎明反复观察，总结出 6 条操作方案，再未出现烧箱事故。

工人说，没有小杜攻不下的难关，帮我们解决的都是实际问题。

杜黎明说，能被一线工人夸奖，比被领导表扬还开心。

杜黎明和王海峰是追求完美的人。本书写到的许多人都是这样的。杜黎明的方式，是用一副挑剔的目光询问世界。高大宏伟的厂房，高科技的设备，包括那些精巧的细部，他崇拜人类的文明、前人的智慧，他要学习的东西太多太多。但这个世界不可能是完美的，必然存在许多缺憾，一旦发现，他就扭住不放。

结婚前住独身宿舍，去水房要穿过整条走廊，别的房间有人聊天、看电视，他打壶水都恨不能小跑。去日本培训，3 周时间，正是樱花盛开时节，还有富士山什么的，他也不是没想，也不是一点儿工夫都没有——可他就是一点儿也没有，除了培训，就是钻研、消化那些资料。

2008年，杜黎明一次性通过了中国质量协会注册六西格玛黑带考试，获得了令人瞩目的黑带大师资格证。

他把六西格玛应用在企业管理中，首先抓内部培训，树立目标意识，帮助大家理顺工作流程，提高效率。他推行六西格玛文化，利用业余时间协助公司绿带、黑带编写教材，培训讲课。而二冷轧厂工艺室主管的各项辅料指标消耗，都已实现成本的最优化。

二冷轧最年轻的中层干部、工艺室副主任杜黎明，不是我希望碰到的那种采访对象。在家里，他也是妻子的听众。可一谈起他的那个世界，进入他的王国，那滔滔不绝无论怎样让我头大，那种激情，那种快意，那种痴迷，都令我感动。

而杜黎明、王海峰和像他们一样年轻的二冷轧，不正象征着本钢和这座城市的未来吗？

这个世界有太多的诱惑。

一些民营企业，特别是钢铁企业，太重视本钢了。一批批设备引进，一批批大学生就业，人才济济。其中最具魅力的，自然是像杜黎明、王海峰这样"80"后的佼佼者了。年轻有为，理论知识，实践经验，拿来就用，一本万利——就有人被挖走了。

高薪，房子、车子立马就有。

王海峰收入五千多，杜黎明四千多，算上各自妻子的收入，两家差不多。杜黎明是本溪姑爷，两对老人经济上没有负担，小两口买房这样的大宗开销，老人还能助力。王海峰正好相反。夫妻俩省吃俭用，在彩屯买套64平方米的房子，年底定时给两对老人各寄7000元钱。无论怎样精打细算，3个家庭有点变故，立马捉襟见肘，亮起红灯。

王海峰也不是没动心，钱是很实际的，他缺钱，那也就是怦怦跳了几下而已。妻子也说，咱不求大富大贵，现在就挺好，将来会更好。人各有志，不能强求。男人奔的是事业、前程。事业有成钱不多，他也觉得心情舒畅，幸福挺多。

杜黎明说，国企有国企的问题，民企就什么都好？

像王海峰一样，杜黎明觉得自己上上下下的环境都很好，浑身有使不完的劲儿。人生在世，能把自己的聪明才智比较充分地发挥出来，就是最大的价值，还有何求？

他们让我想到"炼钢大王"贾鼎勋、"汽锤大王"刘凤鸣和"一二三四"的合金厂人。他们都是劳模，无论与当年的那一代劳模有多少不同，骨子里一脉相承的都是同一种东西。

山高水远

执政党箴言

　　酷暑烈日，"山水人家"建筑工地上，塔吊转动，搅拌机轰鸣，工人在脚手架上下忙活。一辆出租车在路边停下，下来个高瘦的中年男人。两山夹一沟，路在山坡上，坡下沟里是正在为棚户区居民兴建的山水家园。中年男人望一阵子，进入工地，走着看着，和工人唠着。有人认出来了，说这不是咱们的市长吗？中年男人道：我是市长江瑞。

　　不知道这位市长在哪儿打的车，一路上和司机唠了些什么，在工地上唠的是质量、工期，大热的天能不能喝上开水绿豆汤，还有员工的收入、家庭及子女入托、入学、就业等等。

　　喜欢登平顶山的人，都知道他们有一位同行同道的市长、书记。而对于这座城市的这位当家人，那2145级登山步道就是社情民意的调研中心、信息平台，比在各种汇报会上听到的更准确、更生动、更形象。

　　从代市长、市长到市委书记，一晃6年了。

　　他说："为本溪工作，让百姓感谢党。"

　　把"本溪"换成任何一座城市、一个国家的名字，这句话不就是这个世界上所有执政党的执政箴言吗？

　　天赐本溪，煤铁之城。从这座城市解放时起，抓住"煤铁"二字，一任任当家人就甩开膀子干去吧。

　　直到1982年12月31日，辽宁省人民政府批准本溪市城市总体规划，依然确定城市性质为以钢铁、煤炭为主的工业城市。而在两年前的7月，因为城区沉陷，国务院已决定停采平山地区地下煤炭。没人想到16年后，国务院会确定矿务局整体破产。但是，这方水土山里地下还有多少煤，这座城市的两大支柱产业之一还能支撑多少时间，本是心中有数的。况且，无论怎样物质不灭，资源都不是取之不竭的。

　　而没了煤的铁之城，本钢一咳嗽，本溪就感冒，这座城市还能这么一钢独大，世世代代捧着钢铁这碗饭吗？

未雨绸缪。每代人有每代人的使命，是为这座城市的性质、未来认真谋划一番的时候了。

2011 年 6 月 21 日，市委书记江瑞在中共本溪市第十一次代表大会的报告《昂首十二五，建设新本溪，为实现全市经济社会科学发展而努力奋斗》中，指出："建设新本溪，就是要全面完成'三都五城'建设。要坚决依托三大产业，把本溪建设成钢都、药都和枫叶之都；要巩固国家森林城市和全国优秀旅游城市的创建成果，继续完成国家园林城、国家卫生城和全国环保模范城创建，让本溪的自然山水、地域文化和现代工业完美结合，努力把本溪建设成为中国最美的山水工业城市。"

2010 年 6 月 8 日，本溪钢铁（集团）有限责任公司与北台钢铁（集团）责任有限公司正式合并。重组后的本钢集团有限公司，年产 2000 万吨优质钢材，年销售收入超 1000 亿元，当年即以产品出口总量 280 万吨的佳绩，跃居全国钢企首席宝座。

钢者产业，都者城市，以盛产钢铁而著名的城市。本溪钢都的目标，是在 2015 年把本钢打造成年产 2000 万吨级的精品钢材基地，具有国际竞争力的特大型企业集团，进军世界 500 强。

本溪不但有雄厚的钢铁工业基础、浓重的钢铁文化，而且近年又相继发现两座大型铁矿，储量超过 100 亿吨的大台沟铁矿和储量 23 亿吨的思山岭铁矿。像南芬、歪头山两座老矿一样低磷低硫，是冶炼"人参铁"的上乘铁矿，为钢都的建设、发展攒足了后劲。

药都也一样。

"关东山，三宗宝，人参貂皮鹿茸角"，两宗为药材。本溪地区 1200 万亩山地、925 万亩森林，为天然的中药库，有植物、动物、矿物等天然中药 1117 种。从 1984 年开始的为期两年的实地普查，各种野生药材资源总量达 2.2 万吨。本溪素有种植药材传统，适宜人工种植的 300 多万亩山地、平地，已建成药材种植园 80 余万亩。

本溪地产药材量、品种，在辽宁位居前列，中成药产业工业增加值全省第一。1994 年 2 月 5 日，首届国家中药品种保护评委会评定，本溪有三十多个品种的中成药受国家保护，占首批 97 个品种的 30.9%。本溪药厂生产的中西药，曾在各种国家质量评比中多次获得金奖、银奖、铜奖，只是由于未做广告，要不是这次采访，连我这个家乡人也不知道。而比之世世代代守着这座天赐的药材宝库，这样的成就是不是也真的不值一提？

2008 年 3 月，省长陈政高来本溪调研，市委书记李波、市长江瑞汇报了发展旅游、现代医药和钢铁深加工三大接续产业的思路，省长当即表态："举全省之力，支持本溪做大做强医药产业,把本溪建设成全国领先、世界先进的医药产业基地。"

而今,坐落在石桥子开发区的药都,已引进包括国内医药百强企业和上市公司在内的各类项目283个,53家企业建成投产,27家研发单位投产运营,314个品种正式投产,年销售收入220亿元。

药都已具雏形,枫叶之都更是天造地设。

经霜后的大山,东北人叫"五花山",赤橙黄绿,五色斑斓。本溪的五花山,许多是一红独大,火焰般燃遍山岭沟壑。那是枫叶,那种霜重色愈浓的红红火火的生命的歌唱。端详细部,红有杏红、橘红、猩红、大红,形有心形、扇形、掌形、五角形,叶角从三角枫、五角枫到十三角枫。更让人啧啧称奇,感叹造化神功的是,同一棵树上枫叶的叶角,竟然也有三角、五角、七角、九角、十一角、十三角的,也都是奇数。

种类之多,分布之广,规模之大,中国独一无二。

不知道"枫叶之国"的加拿大人来本溪会做何感想,本溪人以美丽的枫叶为契机,把旅游产业做得风生水起。

"建设枫叶之都,就是依托本溪丰富的旅游资源,全力发展旅游产业。目前,我们依托水洞和温泉地热资源,规划建设了水洞温泉国际旅游度假区;依托五女山和本溪水洞,积极打造'双世界遗产城市'品牌,建设辽宁山水旅游休闲基地。不久前,本溪刚刚被国家林业局授予了全国唯一的'中国枫叶之都'称号,这是本溪的一笔宝贵财富。5年后,本溪旅游产业总收入要力争达到1000亿元。"

以上文字,摘自市委书记江端在中共辽宁省委第十一次党代会上的发言。

而一年后的10月26日,辽宁省科技厅、本溪市政府隆重召开本溪国家高新技术产业开发区建设推进大会,并举行本溪高新技术产业开发区升级为国家级基地进入国家队的揭牌仪式,一个新本溪、一个中国药都已呼之欲出。

在本溪这方水土的百余年历史上,2012年是个金秋。

1993年,溪湖区石桥子镇成了一片热土,推土机在地上轰鸣,吊塔在空中转动。那是中国少有城市不建开发区的时期。当石桥子旧貌换新颜后,应该怎样评说这个本溪市经济技术开发区呢?有人用了"冷寂",有人说是"不温不火"。笔者每次路过那里,望着望着,一声叹息。

像深秋的枫叶般红火起来的,源自2006年6月的中共本溪市第十次代表大会的战略决策。大战略,大结构,大整合,全力推进产业、所有制、城市空间布局三大结构调整,加快本溪资源型城市经济转型和老工业基地全面振兴。一项具体重大的决策,是在石桥子建设现代医药产业园区,并以此为支撑建设一座生态新城，就有了前述药企和研发单位纷至沓来，药都已具雏形。

药都的建设目标，可概括"一走廊、一新城、一产业"。"一走廊"是建设一条 65 公里长沈本产业大道，带动沿途经济发展，建设时速 350 公里的城际轨道，使沈本一体化成为现实。"一新城"的框架是"一心两带三园三城"，"一心"是要成为本溪市的政务中心，"两带"是要形成沈本经济产业带和十里水街景观带，"三园"是建设生物医药产业园、医疗器械产业园、健康服务产业园，"三城"是在"三园"的基础上，建设大学城、商贸城、健康城。

宏伟的目标，激动着药都的创业者。在药都采访，得知这里的人们是"5+2"、"白加黑"——没有双休日，夜以继日。

就想起那句执政党箴言："为本溪工作，让百姓感谢党。"

本溪梦

先是水蒸气如巨型喷泉冲天而起，继而火光烛天，在空中形成巨大烟柱，大地剧烈颤动，满世界震耳欲聋。天崩地裂，大量岩石碎块和火山物质从火山口抛掷空中，炽热的岩浆喷涌出来，如一道道血河滚滚滔滔，所到之处一片火海。

这是距今 1.35 亿年前后，本溪市溪湖区境内大明山火山爆发的情景。

之后就沉寂着，一个原始的荒莽的世界，庙后山人出现又消逝。终于有了茅屋炊烟，即开始生生不息，田园牧歌，鼓角旌旗，直至 1906 年这方水土设县建治，而今是一座楼厦林立的山水城市。

秦始皇、太子丹和慈禧太后没有看过电视，见识不到今天的现代生活。本溪人和国人一样，无论有多少不如意，都在享受着先人难以想象的文明和幸福。

而由县而市，106 年间本溪人最大的幸福，莫过于中华人民共和国成立 62 年来所享有的和平生活——尽管经历了那么多"运动"，那 10 年还曾爆响武斗的枪声。

长期的和平生活，却易使人觉察不到这种幸福，关注空气中的PM2.5，而忘却了我们的前辈曾经呼吸的硝烟、血腥。今天中国人满世界跑，可就算索马里、阿富汗、叙利亚遍地金银，谁去？"天不怕，地不怕，就怕飞机拉屎屎。"今天没有孩子说唱我儿时的这种歌谣了，和平是大幸福，是一切幸福的源头和前提。

生活在战乱中的人民，何谈"幸福"？

溪湖东山的本钢石灰石矿办公楼，当年是张作霖的别墅，居高临下，虎视前面写到的大仓财阀的小红楼和大白楼，占尽风水之利。可钱包不鼓，拳头不硬，国力不行，风水何用？

人望幸福树望春。世界上没有哪座城市、哪个国家，不致力于市民、国民的富裕，提高人民的幸福指数。"越穷越革命"违背人性，穷是永远没出息、没出路的。但是，国家不同于家庭，也不是企业。企业利润丰厚，做大做强，支撑的也主要是国家的经济实力。国家的最崇高目标不是致富，而是运用财富提高综合国力。众所周知，中东一些国家富得流油，并不强大，以色列却成了袖珍强国。自1840年鸦片战争后，百余年来中华民族挨打受辱，有的对手的GDP也不如我们。

改革开放之初，看到电视上介绍一些发达国家，就想有朝一日，我们也建起那么多高楼大厦，街道上也跑着那么多轿车，再加上我们优越的社会制度，社会主义是不是就成功了，甚至离共产主义不远了？

无论周边的外部的世界如何变化，归根结底都取决于我们自己是否强大。只要我们足够强大，那些心怀叵测的人就只能老老实实，我们就会享有和平这个大幸福。而在提高综合国力、构筑和平的大幸福时，我们千万不要忘了社会的公平和正义，不能忽视一种精神的力量。

同年11月29日，习近平总书记参观中国国家博物馆"复兴之路"展览现场时指出"实现中华民族的伟大复兴，就是中华民族近代以来最伟大的梦想"。

中国梦是复兴，本溪梦是幸福，是在民族复兴中不断提高这座城市的幸福指数。

写作本书，我总忘不了当年欢庆东北暨本溪解放大会搭的那彩门横幅上的12个大字："建设民主自由幸福的新本溪"。

一代代闯关东人来到这辽东大山里的本溪，都揣着一个梦，一个奔幸福的梦。众人幸福才是城市的幸福，幸福之树需要稳定的根。这根是人民、国家的和平、和谐和稳定。任何城市的命运，都与国家息息相关。中国搞"反右"、"大跃进"、"文化大革命"，本溪这方水土就不能不跟着折腾起来，本溪人再勤劳、智慧、本分，也没好日子过了。

从"继续革命"到"可持续发展"，一个高速发展的国家，必然会遇到许多从未有过的矛盾、问题，不可能不犯错误。但是，只要不搞运动，不再犯"文化大革命"那样的错误，人类中有着共同的历史、文化的最大的一群人，就能梦想成真，抵达复兴、幸福的理想彼岸。

1913年，12岁的英国男孩埃德加·科德林，在一篇设想2000年的生活的作文中写道："到 2000 年，花不了多少钱就可以买到一辆自行车。飞机会像汽车一样多见，它们在天上飞来飞去，既可以是商业上的用途，也可以供人们休闲享受。报纸也会变得很便宜。"

本书最后一次修改到这里时，正值中国航天员驾驶"神舟九号"飞船与"天宫一号"成功对接，"蛟龙号"载人潜水器在马里亚纳海沟突破 7000 米海深。

我知道在这个人类以从未有过的高度文明高速发展的时代，百年后的世界，航天飞船应该跟今天的飞机差不多。而且随着科技发展，人们生活会越来越幸福。

"终身诗人"张捷，有一首描述"在我离开人世之后"灵魂归来的《这样回来》。就用其中的诗句结尾本书：

　　回来看看我的身后
　　公平和正义
　　开出什么样的花
　　和谐的阳光
　　怎样擦亮百姓的玻璃
　　文明和道德
　　怎样扶起苍老的人生
　　如果一切和谐了
　　请相信
　　我不再以鬼火的身子回来
　　我会把最后一块磷
　　化作肥料
　　滋养春天
　　爱护我的祖国

2010 年 10 月至 12 月、2011 年 7 月至 8 月
采访于本溪
2011 年 9 月至 2012 年 6 月
看资料、写作、修改于大连
11 月再改于大连

大事记

● 2009 年

9 月 21 日，总投资 53 亿元的大伙房水库输水一期工程正式建成输水。

● 2010 年

6 月 8 日，本溪钢铁集团与北台钢铁集团合并重组。

● 2011 年

9 月 8 日，国家林业局正式授予本溪"中国枫叶之都"荣誉称号。

● 2012 年

4 月，本溪市高新区升级为"国家级高新技术开发区"。

从六十岁出发

作家没有退休一说

2005 年 10 月，沈阳军区政治部宣传部副部长焦凡洪，打电话问我最近能不能去部里一趟，开个会，吃顿饭，好好唠唠。

我们是十多年的老朋友了，他没提开会、吃饭的主题：我已满 60 岁，是"到站下车"的时日了。

我说，需要办什么手续，你就替我办了。我下个月去齐齐哈尔采访，路过沈阳再唠，行吧？

尽管早有思想准备，真的到了这一刻，一颗心还是像停摆了似的有点愣神：真就退休走人了？

也就那么一会儿。

回首青少年，甚至童年时代，就喜爱文学。小人书、小说、诗歌、散文，囫囵吞枣也好，认真捧读也罢，反正是见了就两眼放光。那时家贫，那个年代书也少，有本书看不易。至于为了那个文学梦，在那辽东大山里的校园、军营，又是怎样仰望苦恋、埋头苦干，一步步走到今天，想来也只有天知地知我知了。可昨天还上班工作，今天就只能回家休息了，对于其他的行当，无论你服不服气，也只能面对这种现实。作家这个职业却不同，原本没有"八小时工作制"一说，也无所谓"上班"、"下班"之类。只要对生活怀有好奇、敬意、勇气、激情，你就干去呗！也见过扬言"退休就不干了"也真就歇笔了的作家，就有些不大理解，觉得这人是不是原来就是个"伪军"呀？

但是，毫无疑问，退休了，人生的一个新阶段开始了。

而未到 60 岁，我就把 70 岁前的活儿排满了。

而今，80 岁前的活儿已经满满的，而且不断加活儿。

已经出版的 19 本书中，11 本是退休后的 7 年写的。

每个人都有自己的角色和使命

伴着母亲的痛苦和希冀，我来到这个世界就成了儿子。还有祖父、曾祖父，还是孙子、重孙子。还有哥姐，还是弟弟。后来有了弟妹，又成了哥哥。长大成人，娶妻生子，再成丈夫、父亲。近半个世纪前的那些同学，没有没当爷爷、奶奶（姥爷、姥姥）的了，我迟早也会提职晋级跟他们一样的。

这是家庭角色，还有社会角色。背上书包成了学生，入队入团入党不用多说了。走出校门，当一年知青，然后参军，直至退休前人们都说我是个军人，我也常说我当了一辈子兵，其实本质角色还是个写字的作家。

每种角色、身份，都意味着责任、义务和使命。

部队驻扎本溪时，集团军机关大院，每天早晨两辆大巴送家属、孩子上班上学。孩子们背着书包，挎着军用水壶（那时没有瓶装水），还带点水果。看人家孩子带富士苹果，有的还有香蕉，我的一对小儿女带的是那种老品种的国光苹果，就想一定要努力工作，让他们吃上富士苹果和香蕉。而今，妻子女儿逛街回来，说商场里什么衣服多么好，就是太贵了。我坐那儿写东西，听着就觉得脸上有些挂不住，这个丈夫、父亲当得不称职。

至于作家称不称职，像儿子、丈夫、父亲一样，我尽力了。

人生在世，许多责任、义务是天赋的，比如孝敬父母，比如抚养儿女。恋爱、结婚时，想到岳父、岳母把女儿养大了嫁给我，就想到"一个姑爷半拉儿"。男人尤其要有一种家国情怀，于国于家，勇于担当。无论身兼多职，有多少家庭、社会角色，也无论有多少难处，都须勉力而为。而作为一个作家，写作既是一种谋生的手段，也是为国家、民族效力。笔耕几十年，也谈不上什么远大理想，我一直孜孜以求的，就是想写点能够留得下来的东西。

东北抗联是文学的富矿，我是东北人，还是军人、作家，退休前曾鼓吹同行往这段历史中走走，我则将其视为此生必须完成的作品之一。断续跑了二十来年，有时专程，有时借采访别的作品"搂草打兔子"。请教专家，采访亲历者，坐在农家炕头上唠，躺进被窝儿里也唠。有时身上生了虱子，回到家直奔卫生间，把自己扒光，妻子再把衣服放进滚开的水里烫。我敢说，像我这样采访的作家，今天已经不多了。

由于某种原因，东北抗联原本是组织赋予的写作任务，成了个人行为。花公家钱也心疼，这回就更得抠门了。去乡下采访，县城有桑塔纳、夏利，贵，就坐那种三轮摩托。大冬天，开裂的未开裂的塑料棚子哗哗响，冻得鼻涕拉达的。在城市采访当然舒服些，食住行也贵。有位抗联老人曹曙焰，每次半天，采访不下三十次，老人说你把我的骨髓都榨干了。固然因为抗联本来人就少，在我心目中个个都是金子般的民族英雄，还因为缺少银子，而我与他同居一座城市。报告文学这种东西，是非常耗费脚力的，没钱就走不动。那时孩子还在读书，要养家糊口。之所以断断续续采访二十来年，原因之一，是得积攒采访经费，有点钱了才能出行。

生命在于愉悦

我家楼后有一广场，还有网球场，出小区一站路就是有名的老虎滩海滨公园。家养两条小狗，除了贪嘴，就是渴望外面的世界。我把它们视为家庭成员，它们吃了比我吃了都香，却从未下楼遛过它们，更别说自己或者和妻子出去散步了。

通常5点左右起床，有时3点来钟就起来了，吃点东西即坐到书桌前。中午睡一觉，晚上11点左右上床，每天两个8小时工作制。除了外出采访，回家就是这样。有时写本书都不下楼。推辞各种活动，包括免费旅游、疗养和参加作品获奖授奖仪式。外面的世界，无论多么精彩，好像都与我无关。

有人说，你这还叫人过的日子吗？

真的挺累，也真的挺痛快，觉得幸福指数很高，因为我干的是自己倾心热爱着的事情，而且兴趣、爱好是开启成功之门非常好的钥匙。

"生命在于运动"，这话没错。运动健身，给人活力，但首先在于心情，在于心情愉悦。一肚子窝心事，郁闷愁苦，着急上火，甚至自寻烦恼的人，再运动又有何益？人们常把"累死了"挂在嘴上，夸张而已。或者有病，或者营养不良，或者精神压力，心力交瘁，纯粹累死的，即所谓的"过劳死"，有几个？人生在世，就是活个心情，心情愉悦能治病，心气不顺会添病。无论每个个体有多少差异，世上幸事福事，莫过于干了自己爱干的事了。这是人生的大幸福。纵然多累，也累得痛快，累得惬意，其乐无穷。

就像谈恋爱，上一天班，再谈到半夜三更的，谁觉得累了？那也不能不累，也真甜蜜、幸福，也就乐此不疲。

有时不自量力，驾驭一个比较陌生的题材，连一些名词术语也不懂，常常那个吃力呀，觉得苦不堪言。可宏观上，那不仍是在自己倾心热爱着的文学园地里耕耘吗？

干自己爱干的活，无论怎样易于施展聪明才智，从体力到智力，一个人究竟有多少潜力，一辈子又发挥、发掘出了多少？60岁，人生的积累丰富、厚重，而以今天人们的生存状态和生命周期，只要身心健康，这个年龄段也堪称人生的黄金时期之一。从小爱干这一行，拼命地学习、充电，退休了，一切都是已知数了，就不干了，是不是浪费生命，对得起自己吗？再想想从小受的那些苦，这点苦累算什么呢？总觉得人是累不坏的，总有一种紧迫感，觉得时间不够用，就和时间赛跑，疲于奔命。

看着楼后广场上晨练的人，想到比我还小已经离世的朋友，有时就想加入到那健身的队伍中去。毕竟奔七十的人了，年岁不饶人，愉悦第一，也不能丢了第二的运动啊？人有两条命也有干不完的活儿。而身体就像个容器，容器碎了，岂不什么都没了？

从未说过戒烟，写完这本该出去散散步，活动活动了，却说过不知多少遍了。"磨刀不误砍柴工"，理论上全明白，行动上做不到。

但是，这回应是下定决心了。

关于这本书

此生写得最累的三部作品，一是描写东北抗联的《雪冷血热》，再就是1992年应建设部（今住建部）邀请写的《解放——中国房地产业纪实》和这本《人望幸福》。前者采写工程实在浩繁，后两者则是对地方题材不大熟悉，不懂的东西太多。处理每个题材，都想成为研究这个领域的专家，实际许多时候是做不到的，但是必须为之努力。

有人约我写大庆，一座石油城，一目了然，易于把握。这本溪应该写个什么东西呢？处理一个题材，这是最难最难的了，有的题材则是天然地棘手，难以下手。

几经歧途，想到一句话"人望幸福树望春"，觉得有了抓手。一代代的闯关东人和他们的后人，在这方水土奔波、忙碌，为的什么呢？这是一个放之四海而皆准的主题，古今中外各色人等永恒的主题。近两年"两会"上党和国家领导人强调"幸福"，今年中秋、国庆两节央视记者见人就问"你幸福吗"——幸福原本是人与生俱来的向往和追求。

选取有代表性的历史碎片，从50万年左右前的庙后山时代到今天，把它们连缀起来。历史是人创造的，文学是写人的，各个历史阶段比较重要的人物、事件，按编年的方式一路写来，加上大事记，多少有点"志"的痕迹、味道。更重要的是有一代代本溪人的志趣、志气、志向，对幸福生生不息的渴望、追求，创造与奉献，梦想与光荣。

无论多苦多累，能为家乡做点事，力所能及地奉献，总是幸福的。

张正隆

2012 年秋